百年经典学术丛刊

中国文学史

·上·

钱基博 著

上海古籍出版社

图书在版编目(CIP)数据

中国文学史/钱基博著. -- 上海：上海古籍出版社，2025.5. --（百年经典学术丛刊）. -- ISBN 978-7-5732-1541-3

Ⅰ.I209

中国国家版本馆CIP数据核字第2025Q2U691号

百年经典学术丛刊
中国文学史
（全三册）

钱基博　著

上海古籍出版社出版发行

（上海市闵行区号景路159弄1-5号A座5F　邮政编码201101）

（1）网址：www.guji.com.cn
（2）E-mail：guji1@guji.com.cn
（3）易文网址：www.ewen.co

浙江临安曙光印务有限公司印刷

开本890×1240　1/32　印张34.75　插页9　字数867,000
2025年5月第1版　2025年5月第1次印刷
印数：1—1,500
ISBN 978-7-5732-1541-3
Ⅰ·3910　定价：138.00元
如有质量问题，请与承印公司联系

出版说明

钱基博(1887—1957),字子泉,别号潜庐,江苏无锡人,著名学者、教育家。早年参加辛亥革命。1913年任无锡县立第一小学文史地教员。1920年后任吴江丽则女子中学国文教员、江苏省立第三师范学校国文与经学教员及教务长。1923年后历任上海圣约翰大学国文教授、北京清华大学国文教授、南京中央大学中国语文学系教授、无锡国学专修学校校务主任、光华大学(今华东师范大学)中国文学系主任及文学院院长等职。1937年,抗日战争爆发,辗转浙江大学、湖南蓝田国立师范学院等处任教。抗战胜利后,1946年任武汉华中大学(今华中师范大学)教授。1957年11月30日病逝于武汉。

钱氏出身书香门第,四岁起即读四书五经,十五岁时读《资治通鉴》《续通鉴》《读史方舆纪要》等书。少年时期所受的教育,决定了他一生的学术走向。钱氏在思想上基本上秉持了"中学为体,西学为用"这一根本理路,以中国传统的经史之学为自撰门径,同时亦以此为驾驭新知识、新学问的一种方法。

《中国文学史》与《现代中国文学史》二书,体现了钱基博对于中国文学总的看法和研究。二书冠以几乎相同的《绪论》,对于"文学""文学史""中国文学史"等关键概念的定义和运用是一贯的:"盖文学者,文学也。文学史者,科学也。文学之职志,在抒情达意;而文学史之职志,则在纪实传信。""所谓中国文学史者,记中国人之文学作业云尔。"钱氏的文学史写作方式受到传统学术的影响,但既不同于旧史"文苑传",也不同于诗话、文话。钱氏自述其宗旨为"义折衷于《周易》,文裁则于班马",前者指《周易》"观其会通"之理念,后者指司马迁、班固作史传"知人论世,详次著述,约其归趣,详略其品"之法。钱氏以文体为纲,作家为目,论人列记其事,并大量选录作品原文,评论出入其间,由此织就上下数千年的文学史巨网。

钱氏将中国文学史分为五期:一、上古,秦以前;二、中古,汉魏六朝;三、近古,唐宋元;四、近代,明清;五、现代,民国。《中国文学史》叙述古代文学,正文分为六编,第一编为《绪论》,第二至六编为《上古文学》至《近代文学》(迄于明朝),附录《清代文学纲要》和《读清人集别录》二种,作为正编未及清代文学史的补充。其后则接续《现代中国文学史》,叙述脉络是一贯的。

对于习惯于文学史写作以理论、流派为主轴的当代读者来说,本书可能反而有耳目一新之感。其中选录的诗文,当代著述多所未备。百年前的钱氏,其观念可能偏"旧";今日重观,又成为某种意义上的"新",其人其书终将获得更加全面客观的评价。

本次再版,我们将本社《钱基博著作集》中的《中国文学史》与《现代中国文学史》取出,收录于《百年经典学术丛刊》中,以飨读者。

上海古籍出版社
2025年1月

目　录

上　册

出版说明 …………………………………………………………… 1

第一编　绪　论

第一章　文学 ……………………………………………………… 3

第二章　文学史 …………………………………………………… 6

第三章　中国文学史 ……………………………………………… 7

第二编　上古文学

第一章　先秦 …………………………………………………… 15
　第一节　文章原始 …………………………………………… 15
　第二节　六经 ………………………………………………… 16
　第三节　孔子 ………………………………………………… 22
　第四节　左丘明 ……………………………………………… 27
　第五节　诸子 ………………………………………………… 31
　第六节　屈原　宋玉 ………………………………………… 40

第七节　国策 ································· 44

第二章　秦 ····································· 48
　　第一节　李斯 ································· 48

第三编　中古文学

第一章　发凡 ································· 53

第二章　西汉 ································· 55
　　第一节　发凡 ································· 55
　　第二节　贾谊附贾山　晁错　董仲舒 ················ 56
　　第三节　枚乘附李陵 苏武　司马相如 ··············· 67
　　第四节　司马迁 ································ 86
　　第五节　王褒 ·································· 92
　　第六节　刘氏向、歆附匡衡 谷永 ·················· 95
　　第七节　王莽　扬雄 ···························· 98

第三章　东汉 ································· 102
　　第一节　发凡 ································· 102
　　第二节　班固附崔骃　张衡附傅毅 ················· 103
　　第三节　蔡邕 ································· 109
　　第四节　孔融附祢衡 ···························· 111

第四章　三国 ································· 113
　　第一节　发凡 ································· 113

第二节　魏武帝　文帝　曹植附王粲 徐幹 陈琳 阮瑀 应场 刘桢
　　　　　　杨修 ………………………………………………… 114
　　第三节　嵇康　阮籍 …………………………………………… 127
　　第四节　蜀诸葛亮　秦宓　谯周　李密　陈寿 ……………… 134
　　第五节　吴大帝　诸葛恪　胡综　韦昭附薛莹 华核 ………… 143

第五章　两晋 …………………………………………………………… 149
　　第一节　发凡 …………………………………………………… 149
　　第二节　陆机附弟云　潘岳附从子尼　张载　张协　张亢 ……… 149
　　第三节　左思　刘琨　郭璞附葛洪 干宝 ………………………… 159
　　第四节　王羲之　陶潜 ………………………………………… 165

第六章　南朝 …………………………………………………………… 171
　　第一节　发凡 …………………………………………………… 171
　　第二节　宋谢灵运附弟惠连　颜延之　鲍照附汤惠休 袁淑
　　　　　　谢庄 ……………………………………………………… 172
　　第三节　范晔　刘义庆附裴松之 ………………………………… 183
　　第四节　齐王融　谢朓　沈约附范云 何逊 ……………………… 186
　　第五节　江淹　任昉　刘峻　孔稚珪附吴均 丘迟 ……………… 195
　　第六节　梁武帝　昭明太子　简文帝　元帝附裴子野 ………… 205
　　第七节　刘勰　钟嵘 …………………………………………… 213
　　第八节　庾信　徐陵附江总 姚察 ………………………………… 217

第七章　北朝 …………………………………………………………… 231
　　第一节　发凡 …………………………………………………… 231
　　第二节　魏温子升附邢劭 魏收 …………………………………… 232

3

第三节	齐颜之推	234
第四节	周苏绰　宇文护	236
第五节	隋李谔　王通	242

第四编　近古文学 上

第一章　发凡 ... 249

第二章　唐 ... 252
- 第一节　发凡 ... 252
- 第二节　唐太宗附虞世南　魏徵附马周　王绩 ... 253
- 第三节　王勃　杨炯　卢照邻　骆宾王 ... 260
- 第四节　沈佺期　宋之问附李峤 苏味道 崔融 杜审言等 ... 269
- 第五节　陈子昂附富嘉谟 吴少微 卢藏用 ... 275
- 第六节　刘知幾 ... 279
- 第七节　苏颋　张说附薛稷 阎朝隐 韩休等　张九龄 ... 283
- 第八节　李白　杜甫　王维　孟浩然附储光羲　崔颢　王昌龄附王之涣　李颀　高适　岑参　常建　钱起附郎士元　刘长卿 ... 296
- 第九节　萧颖士　李华　元结　独孤及 ... 326
- 第十节　陆贽 ... 332
- 第十一节　韩愈附李翱 皇甫湜 孙樵 孟郊 贾岛 姚合 李贺　柳宗元附刘禹锡 ... 336
- 第十二节　白居易　元稹 ... 388
- 第十三节　杜牧　李商隐　温庭筠附唐彦谦 韩偓 吴融　皮日休　陆龟蒙　段成式 ... 408

第十四节　司空图　方干附杜荀鹤　罗隐　徐铉 …………… 424
第十五节　蜀韦庄　冯延巳　南唐二主 ………………………… 435

中　册

第五编　近古文学　下

第三章　北宋 ………………………………………………… 443
第一节　发凡 ……………………………………………… 443
第二节　杨亿附刘筠 钱惟演 夏竦　宋氏庠、祁晏氏殊、
　　　　幾道附胡宿　王珪 ………………………………… 445
第三节　林逋附潘阆 种放 魏野　寇准附赵湘 …………… 467
第四节　王禹偁附柳开　尹洙附穆修　苏舜钦　石介 …… 474
第五节　欧阳修　梅尧臣　张先　柳永　刘氏敞、攽 …… 491
第六节　苏洵　苏轼附秦观 黄庭坚 陈师道 张耒 晁补之 李廌
　　　　苏辙附子孙 ………………………………………… 516
第七节　曾巩　王安石附司马光 …………………………… 567
第八节　周邦彦 ……………………………………………… 592

第四章　南宋 ………………………………………………… 595
第一节　汪藻附綦崇礼 孙觌等　洪迈附兄适 遵　李刘 …… 595
第二节　朱熹　陆九渊　吕祖谦附陈亮　薛季宣　陈傅良
　　　　叶适附真德秀 ……………………………………… 612
第三节　陈与义　吕本中　曾几　陆游附楼钥
　　　　杨万里附范成大　永嘉四灵　严羽 ……………… 635

5

第四节　张孝祥　辛弃疾附刘过　刘克庄　蒋捷　姜夔
　　　　　吴文英　周密　史达祖　高观国　王沂孙
　　　　　张炎……………………………………………… 695
第五节　金党怀英　赵秉文　王若虚　元好问…………… 719

第五章　元……………………………………………… 736
第一节　发凡………………………………………………… 736
第二节　耶律楚材　郝经附阎复　刘秉忠　刘因附安熙
　　　　　姚燧附张养浩　元明善附马祖常　苏天爵…… 737
第三节　方回　戴表元　谢翱附方凤 牟巘　赵孟𫖯附邓文原
　　　　　袁桷…………………………………………… 755
第四节　虞集　欧阳玄　揭傒斯附范梈 杨载　黄溍
　　　　　柳贯附戴良…………………………………… 779
第五节　吴莱　杨维桢附吴复 李孝光 张雨 顾瑛　倪瓒
　　　　　王逢…………………………………………… 803

下　　册

第六编　近代文学

自　序…………………………………………………… 821

第一章　明文……………………………………………… 823
第一节　总论………………………………………………… 823
第二节　杨维桢　宋濂附张孟兼　刘基附王祎 徐一夔 胡翰

苏平仲 ……………………………………………… 823
　第三节　方孝孺附解缙 …………………………………… 829
　第四节　杨士奇附杨荣 黄淮 金幼孜　杨溥 …………… 831
　第五节　李东阳附邵宝 …………………………………… 834
　第六节　李梦阳　何景明附康海 王九思 王廷相 ……… 837
　第七节　王守仁　杨慎 …………………………………… 841
　第八节　王世贞附李攀龙　宗臣附吴国伦 ……………… 845
　第九节　王慎中　茅坤　唐顺之　归有光 ……………… 849
　第十节　袁宏道附徐渭 袁宗道　钟惺　谭元春 ………… 859
　第十一节　钱谦益　艾南英附罗玘 ……………………… 867
　第十二节　张溥　陈子龙 ………………………………… 871

第二章　明诗附词 ……………………………………………… 874
　第一节　总论 ……………………………………………… 874
　第二节　杨维桢附贝琼　刘基　高启附杨基 张羽 徐贲 袁凯
　　林鸿等 …………………………………………………… 875
　第三节　李东阳　李梦阳　何景明　徐祯卿附祝允明 唐寅
　　文征明 边贡等　杨慎附高叔嗣 华察 皇甫冲等 ……… 880
　第四节　李攀龙　王世贞　宗臣　谢榛附徐中行 吴国伦 … 888
　第五节　袁宏道附弟中道　高攀龙 ……………………… 891
　第六节　钟惺　谭元春附程嘉燧 陈继儒　陈子龙 ……… 893

第三章　明曲 …………………………………………………… 897

第四章　明八股文 ……………………………………………… 899
　第一节　总论 ……………………………………………… 899

7

第二节　黄子澄　姚广孝附于谦 ………………………… 902
第三节　唐顺之附王鏊　归有光附胡友信 ………………… 904
第四节　陈际泰　艾南英附章世纯　罗万藻　邱义等 …… 907

附　　录

清代文学纲要 ……………………………………………… 915

读清人集别录 ……………………………………………… 922
　望溪先生文集十八卷　集外文十卷　集外文补遗二卷 …… 922
　集虚斋学古文十二卷 …………………………………… 944
　刘海峰集十九卷　附时文三册 ………………………… 950
　惜抱轩文集十六卷　文后集十卷　诗集十卷　诗后集一卷
　　诗外集一卷　尺牍八卷 ……………………………… 957
　中复堂全集九十八卷 …………………………………… 972
　柏枧山房文集十六卷　续集一卷　骈体文二卷　诗集十卷
　　续集二卷 ……………………………………………… 988
　因寄轩文初集十卷　二集六卷　补遗一卷 …………… 995
　刘孟涂诗前集十卷　后集二十一卷　文集十卷　骈体文二卷
　　 ………………………………………………………… 1004
　仪卫轩诗集五卷　文集十二卷　文外集一卷 ………… 1012
　梅崖居士文集三十卷　外集八卷 ……………………… 1026
　太乙舟文集八卷 ………………………………………… 1036
　大云山房文稿初集四卷　二集四卷　言事二卷　文稿补编一卷
　　 ………………………………………………………… 1042
　茗柯文初编一卷　二编二卷　三编一卷　四编一卷　补编二卷

目录

外编二卷 …………………………………………………… 1055
养一斋文集十九卷 补遗一卷 …………………………… 1064
龙璧山房文集五卷 ………………………………………… 1073
经德堂文内集四卷 外集二卷 别集二卷 经籍举要一卷
　汉南春柳词一卷 附梅神吟馆诗草一卷 ……………… 1075
怡志堂文初编六卷 诗初编八卷 ………………………… 1083
邵位西遗文一册 …………………………………………… 1087
寓庸室遗稿一册 …………………………………………… 1088
桦湖文集十二卷 …………………………………………… 1088
移芝室诗古文合编 内诗四卷 古文附家传一卷 ……… 1093

第一编
绪 论

第一章 文　　学

　　治文学史，不可不知何谓文学；而欲知何谓文学，不可不先知何谓文。请先述文之涵义。

　　文之含义有三：（甲）复杂　非单调之谓复杂。《易·系辞传》曰："文相杂，故曰文。"《说文·文部》："文错画；象交文。"是也。（乙）组织　有条理之谓组织。《周礼·天官·典丝》："供其丝纩组文之物。"注："绘画之事，青与赤谓之文。"《礼·乐记》："五色成文而不乱。"是也。（丙）美丽　适娱悦之谓美丽。《释名·释言语》："文者，会集众彩以成锦绣；会集众字以成辞义，如文绣然。"是也。综合而言，所谓文者，盖复杂而有组织，美丽而适娱悦者也。复杂乃言之有物。组织，斯言之有序。然言之无文，行之不远。故美丽为文之止境焉。

　　文之涵义既明，乃可与论文学。

　　文学之定义亦不一：（甲）狭义的文学，专指"美的文学"而言。所谓美的文学者，论内容，则情感丰富，而或不必合义理；论形式，则音韵铿锵，而或出于整比，可以被弦诵，可以动欣赏。梁昭明太子萧统序《文选》："譬诸陶匏为入耳之娱，黼黻为悦目之玩"者也。"若夫姬公之籍，孔父之书……老庄之作，管孟之流，盖以立意为宗，不以能文为本；今之所撰，又以略诸。若贤人之美辞，忠臣之抗直，谋夫之话，辩士之端，冰释泉涌，金相玉振，所谓坐狙丘，议稷下，仲连之却秦军，食其之下齐国，留侯之发八难，曲逆之吐六奇，盖乃事美一时，语流千载，概见坟籍，旁出子史，若斯之流，又亦繁博，虽传之简牍，而事异篇章；今之所集，亦所

3

不取。至于记事之史,系年之书,所以褒贬是非,纪别异同,方之篇翰,亦已不同。若其赞论之综辑辞采,序述之错比文华,事出于沉思,义归乎翰藻,故与夫篇什,杂而集之,……名曰《文选》云耳。"所谓"篇什"者《诗》雅颂十篇为一什,后世因称诗卷曰篇什。由萧序上文观之,则赋耳,诗耳,骚耳,颂赞耳,箴铭耳,哀诔耳,皆韵文也。然则经姬公之籍,孔父之书。非文学也,子老庄之作,管孟之流。非文学也,史记事之文,系年之书。非文学也;惟赞论之"综缉辞采",序述之"错比文华","事出沉思","义归翰藻",与夫诗赋骚颂之成篇什者,方得与于斯文之选耳。梁元帝《金楼子·立言》篇以"扬榷前言,抵掌多识者谓之笔;咏叹风谣,流连哀思者谓之文。"又云:"至如文者,惟须绮縠纷披,宫征靡曼,唇吻遒会,情灵摇荡。"刘勰《文心雕龙·总术》篇曰:"今之常言,有文有笔;以为无韵者笔也,有韵者文也。夫文以足言,理兼《诗》《书》,别目两名,自近代耳。颜延年以为'笔之为体,言之文也;经典则言而非笔,传记则笔而非言。'请夺彼矛,还攻其楯矣。何者?《易》之《文言》,岂非言文?若笔果言文,不得云经典非笔矣。"持萧统之说以衡,虽唐宋韩、柳、欧、苏、曾、王八家之文,亦不得以厕文学之林;以事虽出于沉思,而义不归乎翰藻,盖以立意为宗,不以能文为本者也。颜延之以文限于韵文,此论最狭,萧统《文选》,文与笔皆称为文,所选已不限于韵文。刘勰著《文心雕龙》,则经子史皆称为文,又同于六朝以前,所谓"文学"者,"著述之总称"。然吾人傥必持颜延之之说以绳文学,则所谓文学者,殆韵文之专利品耳,与萧统之说即相背。(乙)六朝以前的文学。"文学"二字,始见《论语》。子曰:"博学于文。""文"指《诗》《书》六艺而言,不限于韵文也。孔门四科,"文学子游子夏";不闻游夏能韵文也。《韩非子·五蠹》篇力攻文学,而指斥及藏管、商、孙、吴之书者;管商之书,法家言也;孙吴之书,兵家言也;而亦谓之文学。汉司马迁《史记·自序》曰:"汉兴,萧何次律令,韩信申军法,张苍为章程,叔孙通定礼仪,则文学彬彬稍进。"举凡律

第一编 绪 论

令、军法、章程、礼仪，皆归于文学。班固撰《汉书·艺文志》，凡六略；六艺百三家，诸子百八十九家，诗赋百六家，兵书五十三家，数术百九十家，方技三十六家，皆入焉。倪以狭义的文学绳之，六略之中，堪入艺文者，惟诗赋百六家耳。其六艺百三家，则萧序所谓"姬公之籍，孔父之书"也。至《国语》、《国策》与夫《楚汉春秋》、《太史公书》之并隶入《春秋》家者，则萧序所谓"记事之史，系年之书"也。诸子、兵书、方技、术数之属，则萧序所谓"老、庄之作，管、孟之流，盖以立意为宗，不以能文为本"者也。则"文学"者，述作之总称耳。今之所谓文学者，既不同于述作之总称，亦异于以韵文为文。所谓文学者，用以会通众心，互纳群想，而兼发智情；其中有重于发智者，如论辨、序跋、传记等是也，而智中含情；有重于抒情者，如诗歌、戏曲、小说等是也。大抵智在启悟，情主感兴。《易》、《老》阐道而文间韵语，《左》、《史》记事而辞多诡诞，此发智之文而智中含情以感兴之体为之者也。后世诗人好质言道德，明议是非，作俑于唐之昌黎，极盛于宋之江西，忘比兴之指，失讽谕之义，则又以主情之文而为发智之用，亦不背于智中含情之意。譬如舟焉，智是其舵，情为帆棹；智标理悟，情通和乐；得乎人心之同然者也。是文学者兼发情智而以情为归者也。又近世之论文学，兼及形象，是经子史中之文，凡寓情而有形象者，皆可归于文学，则今之所谓文学，兼包经子史中寓情而有形象者，又广于萧统之所谓文矣。

文学与哲学科学不同：

哲学解释自然　乃从自然之全体观察，复努力以求解释之。

科学实验自然　乃为自然之部分观察，以求实验而证明之。

文学描写自然　科学家实验自然之时，必离我于自然，即以我为实验者之谓也。文学家描写自然之时，必融我入自然，即我与自然为一之谓也。

第二章　文　学　史

文学之义既明，请论史之为物。

《说文·史部》："史，记事者也，从又持中，正也。"然则史之云者，又《说文》："又，手也。"持中以记事也。中者，不偏之谓。夫史以传信。所贵于史者，贵能为忠实之记载，而非贵其有丰厚之情绪也；夫然后不偏不党而能持以中正。推而论之：文学史非文学。何也？盖文学者，文学也。文学史者，科学也。文学之职志，在抒情达意；而文学史之职志，则在纪实传信。文学史之异于文学者，文学史乃纪述之事，论证之事，而非描写创作之事；以文学为记载之对象，如动物学家之记载动物，植物学家之记载植物，理化学家之纪载理化自然现象，诉诸智力而为客观之学，科学之范畴也。不如文学抒写情志之动于主观也。更推是论之：太史公《史记》不纯为史。何也？盖发愤之所为作，工于抒慨而疏于记事。其文则史，其情则骚也。胡适《五十年来之中国文学》不纯为文学史。何也？盖褒弹古今，好为议论，大致主于扬白话而贬文言，成见太深而记载欠翔实也。夫记实者，史之所为贵；而成见者，史之所大忌也。於戏，是则偏之为害，而史之所以不传信也！史之云者，又持中以记事也。《周书·周祝》、《荀子·性恶》注："事，业也。"又《荀子·非十二子》注："事业，谓作业也。"然则记事云者，记作业也。史之云者，持中正之道，记人之作业也。文学史云者，记吾人之文学作业者也。然则所谓中国文学史者，记中国人之文学作业云尔。

第三章　中国文学史

　　中国无文学史之目。而"文史"之名，始著于唐吴兢《西斋书目》，宋欧阳修《唐书·艺文志》因之，凡《文心雕龙》、《诗品》之属，皆入焉。后世史家乃以诗话文评，别于总集后出一文史类。《中兴书目》曰："文史者，所以讥评文人之得失。"盖重文学作品之讥评，而不重文学作业之记载者也，有史之名而亡其实矣。

　　自范晔《后汉书》创《文苑传》之例，后世诸史因焉；此可谓之文学史乎？然以余所睹记，一代文宗，往往不厕于文苑之列：如班固、蔡邕、孔融，不入《后汉书·文苑传》。潘岳、陆机、陆云、陈寿、孙楚、干宝、习凿齿、王羲之，不入《晋书·文苑传》。王融、谢朓、孔稚珪，不入《南齐书·文学传》。谢灵运、颜延之鲍照、王融、谢朓、江淹、任昉、王僧孺、沈约、徐陵，不入《南史·文学传》。元结、韩愈、张籍、李翱、柳宗元、刘禹锡、杜牧，不入《旧唐书·文苑传》。欧阳修、曾巩、王安石、苏轼、苏辙、陈亮、叶适，不入《宋史·文苑传》。宋濂、刘基、方孝孺、杨士奇、李东阳，不入《明史·文苑传》。然则入文苑传者，皆不过第二流以下之文学家尔。且作传之旨，在于铺叙履历，其简略者仅以记姓名而已，于文章之兴废得失不赞一辞焉。呜呼，此所以谓之文苑传，而不得谓之文学史也。盖文学史者，文学作业之记载也；所重者，在综贯百家，博通古今文学之嬗变，洞流索源，而不在姝姝一先生之说；在记载文学作业，而不在铺叙文学家之履历。文学家之履历，虽或可借为考证之资。欧西批评文学家尝言："人物，环境，时代，三者构成艺术之三要素也。欲研究一种著作,不可不先考究作者之人物、环境及时代。"质而言之,即不可不先考证文学家之履历也。然而所以考证文学家之履历者,其主旨在说明文学著作。舍文学著作而言文学史,几于买椟还珠矣。

文学著作之日多,散无统记,于是总集作焉。一则网罗放佚,使零章残什,并有所归。一则删汰繁芜,使莠稗咸除,菁华毕出。是固文章之衡鉴,著作之渊薮矣。昔挚虞始作二书:一曰《文章志》,一曰《文章流别》。《文章志》四卷,《文章流别集》三十卷,见《晋书》本传。今其书佚不见,而体裁犹可悬揣而知。盖志如今之严可均《全上古三代秦汉三国六朝文》,以人为纲;而流别疑如姚鼐《古文辞类纂》,以文体为纲者也。尔后作者,代不乏人:梁昭明太子之《文选》,宋姚铉之《唐文粹》,吕祖谦之《宋文鉴》,真德秀之《文章正宗》,元苏天爵之《元文类》,明唐顺之之《文编》,黄宗羲之《明文海》,清严可均之《全上古三代秦汉三国六朝文》,姚鼐之《古文辞类纂》,姚椿之《国朝文录》,李兆洛之《骈体文钞》,曾国藩之《经史百家杂钞》,王先谦黎庶昌之《续古文辞类纂》,王闿运之《八代文选》,其差著者也。然有文学著作而无记载,以体裁分而鲜以时代断,于文章嬗变之迹,终莫得而窥见焉。则是文学作品之集,而非文学作业之史也。独严氏书仿明梅鼎祚《文纪》,起皇古,迄隋,博蒐毕载,是为总集家变例,然而与史有别者;以所孜矻者,不在文学作业之纪载,而在文学作品之集录也。此只以与文史、文苑传,供文学史编纂之材料焉尔。

昔刘知幾谓作史有三难:曰才,曰学,曰识。而余则谓作史有三要:曰事,曰文,曰义;孟子谓:"其事则齐桓晋文,其文则史,其义则丘窃取之"者也。夫文学史之事,捃采诸史;文学史之文,滂沛寸心;而义则或于文史之属有取焉。然设以人体为喻:事,譬则史之躯壳耳,必敷之以文而后史有神彩焉,树之以义而后史有灵魂焉。余以为作中国文学史者,莫如义折衷于《周易》,文裁则于马、班。《易·系辞传》曰:"圣人有以见天下之动而观其会通。"又曰:"《易》有圣人之道,⋯⋯以动者

第一编 绪 论

尚其变;……通其变,遂成天下之文。"而文学史者,则所以见历代文学之动而通其变,观其会通者也。此文学史之所为取义也。至司马迁作《史记》,于六艺而后,周秦诸子,若孟、荀、三邹、老、庄、申、韩、管、晏、屈原、贾生、虞卿、吕不韦诸人,情辞有连,则裁篇同传;知人论世,详次著述;约其归趣,详略其品;抑扬咏叹,义不拘墟;在人即为列传,在书即为叙录。其后班书合传,体仍司马,而参以变化;一卷之中,人分首尾;两传之合,辞有断续;传名既定,规制綦密;然逸民、四皓之属,王贡之附庸也;王吉、韦贤诸人,儒林之别族也;附庸如颛臾之寄鲁,署目无闻;别族如田陈之居齐,重开标额;征文则相如侈陈词赋,辨俗则东方不讳谐言;盖卓识鸿裁,犹未可量以一辙矣。人分首尾,斯义分主从;传详著述,则文有征信;倘可取裁而以为文学史之文者也。然而世之能读马班书而通其例者鲜,读《周易》而发其义于史者尤鲜。太史公上稽仲尼之意,会《诗》、《书》、《左传》、《国语》、《世本》、《战国策》、《楚汉春秋》之言,通黄帝、尧、舜至于秦汉之世,可谓观其会通者矣。所惜者,观会通于帝王卿相之事为者多,观会通于天下之动者少,不知以动者尚其变耳。

试翻十九朝唐、虞、夏、商、周、秦、汉、魏、晋、宋、齐、梁、陈、隋、唐、宋、元、明、清。之史,每一鼎革,政治、学术、文艺,亦若同时告一起讫而自为段落。然事以久而后变,道以穷而始通。殷因夏礼,周因殷礼,其所损益者微也。秦燔诗书,汉汲汲修补,惟恐不逮,其所创获者浅也。六代骈俪,沿东京之流。北朝浑朴,启古文之渐。唐之律诗,远因陈、隋。宋之诗余,又溯唐季。唐之韩、柳,宋之欧、苏,欲私淑孟、庄、荀、韩以复先秦之旧也。元之姚、虞,明之归、唐,清之方、姚,又祖述韩、柳、欧、苏以追唐宋之遗也。是则代变之中,亦有其不变者存。然事异世变,文学随之,积久而著,迹以不掩;而衡其大较,可得而论。兹以便宜,分为四期:第一期自唐虞以迄于战国,名曰上古;骈散未分,而文章孕育以渐成长之时期也。第二期自两京以迄于南北朝,名曰中古;衡较上古,文质殊尚。上古之文,理胜于词。中古之文,渐趋词胜而辞赋昌,以次变排偶,驯至俪体独盛之一时期也。第三期自唐以迄于元,谓之近古;中古之世,文伤于华;而近古矫枉,则过其正,又失之野。律绝之盛而辞曲兴,骈文之敝而古文兴,于是俪体衰而诗文日趋于疏纵之又一时期也。第四期明清两朝以迄于清,谓之近代;唐之韩愈,文起八代之衰,宋之言文章者宗之,于是"唐宋八大家"之名以起。而始以唐宋为不足学者,则明之何景明、李梦阳也。尔后治文章者,或宗秦汉,或持唐宋,门户各张;迄于清季,辞融今古,理通欧亚,集旧文学之大成而要其归,蜕新文学之化机而开其先。虽然,中国文学史之时代观,有不可与学术史相提并论者。试以学术言:唐之经学,承汉魏之训诂而为正义,佛学袭魏晋之翻译而加以华妙,似不宜与宋之理学比,而附于陈隋之后为宜。而自文学史论:沈宋出而创律诗,韩柳出而振古文,温韦出而有倚声,则开宋元文学之先河,而以居宋元之首为宜。故谓学术史之第二期,始两汉而终五代,与文学史同其始,而不同其终。而第三期则始于宋而终于明,与文学史殊其终,并不同其始。盖明之学术,实袭宋朱、陆之成规而阐明之;不如文学之有何、李、王、李复古运动,轩波大起也。

民国肇造,国体更新,而文学亦言革命,与之俱新。尚有老成人,湛深古学,亦既如荼如火,尽罗吾国三四千年变动不居之文学,以缩演诸民国之二三十年间,而欧洲思潮又适以时澎湃东渐,入主出奴,聚讼盈庭,一哄之市,莫衷其是。榷而为论,其蔽有二:一曰执古。二曰骛外。何谓骛外?欧化之东,浅识或自菲薄,衡政论学,必准诸欧;文学有作,势亦从同,以为:"欧美文学不异话言,家喻户晓,故平民化。太炎、畏庐,今之作者;然文必典则,出于尔雅;若衡诸欧,嫌非平民。"又谓:"西洋文学,诗歌、小说、戏剧而已。唐宋八家,自古称文宗焉,倘准则于欧美,当摈不与斯文。"如斯之类,今之所谓美谈,它无谬巧,不过轻其家丘,震惊欧化,降服焉耳。不知川谷异制,民生异俗。文学之作,根于民

第一编 绪 论

性;欧亚别俗,宁可强同。李戴张冠,世俗知笑;国文准欧,视此何异。必以欧衡,比诸削足,屦则适矣,足削为病;兹之为蔽,谥曰骛外。然而茹古深者又乖今宜;崇归、方以不祧,鄙剧曲为下里,徒示不广,无当大雅;兹之为蔽,谥曰执古。知能藏往,神未知来;终于食古不化,博学无成而已。余耽嗜文学,行年六十,诵记所及,辄有撰论;不苟同于时贤,亦无矜其立异;树义必衷诸古,取材务考其信;约为是编,观其会通。治国闻者,倘有取焉。

第二编
上古文学

第一章 先　　秦

第一节　文　章　原　始

积字成句,积句成文。欲溯文章之缘起,先穷造字之源流。上古之时,有语言而无文字。凡字义皆起于右旁之声,任举一字,闻其声,即知其义。凡同声之字,但举右旁之声,不必举左旁之迹,皆可通用。且字义既起于声,并有不举右旁为声之本字;任举同声之字,即可用为同义。故一义仅有一字。其有一义数字,一物数名者,半由方言不同。由语言而造文字,而同义之字,声必相符。文字者,基于声音者也。上古未造字形,先有字音,以言语流传,难期久远,乃结绳为号,以辅言语之穷。相传黄帝之史仓颉,见鸟兽蹄迒之迹,知分理之可相别异也,乃易结绳为书契,而文字之用以兴。字训为饰,《广雅》《玉篇》并云:"字,饰也。"《广韵》注引《春秋纬说题词》亦云:"字,饰也。"与文之为绣训同。足证上古之初,言与字分:宣之在口曰言,饰之以文为字。然文字初兴,勒书简毕,有漆书刀削之劳,抄写匪易,传播维艰;故学术授受,胥借口耳相传。又虑其艰于记忆也,原本歌谣,杂以韵偶,寡其辞,协其音,以文其言,以便记诵,而语言之中有文矣。

上古之时,先有语言,后有文字。有声音,然后有点画。有谣谚,然后有诗歌。谣谚二体,皆为韵语。谣训徒歌,《尔雅》:"徒歌谓之谣。"歌者,永言之谓也。谚训传言,《说文》:"谚,传言也。"言者,直言之谓也。生民之初,文字未著,感物吟志,情动于中而形于言,徒有讴歌吟咏;纵令和以土鼓苇籥,必无文字雅颂之声;如此则时虽有乐,容或无诗;搢绅士夫莫得而载其辞焉;厥为有音无辞之世。及书契既兴,唐虞文章,则焕乎始盛,乃有依声按韵,诵其言,咏其声,播之文字而为声诗者。然而文字之起,以代结绳,记事而已,不以抒情。故文字之用,记载最先,而声诗次之;载籍可考,厥有明征。《史记》托始黄帝,而咏歌则征虞舜;以歌咏出之天籁,无假文字;而记载尤切人事,必亟著录也。然则文章肇始,不出二体:大抵言志者为诗,出之永言,婉转抑扬而托于文;记事者为史,杂以俪句,简劲奥质而略近语。其大较也。

第二节 六 经

欲观二帝唐、虞三王夏、商、周之文,六经其灿然者已。独乐微眇,以音律为节,又为郑卫所乱,故无遗法。其可考论者,大抵《易》《书》二经,媲于《诗》而饰以文者也。《礼》及《春秋》,托于史而略近语者也。试陈其略:

(甲)《易》 宓戏氏仰观象于天,俯观法于地,观鸟兽之文与地之宜,近取诸身,远取诸物,于是始作八卦以通神明之德,以类万物之情。至于殷周之际,纣在上位,逆天暴物。文王以诸侯顺命而行道,天人之占,可得而效;于是重《易》六爻,作上下篇。孔子为之《彖》、《象》、《系辞》、《文言》、《序卦》之属十篇,明天之道,察民之故。圣人有以见天下之动,而观其会通;一阴一阳之谓道;道有变动,故曰爻;爻有等,故曰物;物相杂,故曰文。义出于沉思,辞归于翰藻;音韵克谐,奇偶相生。试诵《蒙》卦之辞曰:

蒙,亨。匪我求童蒙,童蒙求我。初筮告韵,再三渎韵;渎则不告韵。利贞。

又《震》卦之辞曰：

震，亨。震来虩虩韵，笑言哑哑韵。震惊百里，不丧匕鬯。

此音韵克谐也。其在《系辞传》曰：

天尊地卑，乾坤定矣。卑高以陈，贵贱位矣。动静有常，刚柔断矣。下二句与上二句相为偶。方以类聚，物以群分，两句偶。吉凶生矣。在天成象，在地成形，两偶句。变化见矣。此"在天成象"三句，与上"方以类聚"三句，亦自为偶。是故刚柔相摩，八卦相荡。以下皆两句为偶。鼓之以雷霆，润之以风雨韵。日月运行，一寒一暑韵。乾道成男，坤道成女韵。乾知大始，坤作成物。

通体俪偶，独首两句单领起，则是奇偶相生也。

（乙）《书》 《书》之所起远矣。黄帝首立史官，以仓颉为左史，沮诵为右史，左史记言，右史记动。惟至唐虞，益臻明备。尧、舜二典，备载一君终始，是纪传体之权舆也。而《禹贡》推表山川以叙九州，为地理志之滥觞。《甘誓》详叙事由以起誓辞，为记事本末之滥觞。周室微而《书》缺有间。至孔子观书周室，得虞、夏、商、周四代之典，乃删其善者，上断于尧，下讫秦缪，凡百篇。而为文章，奇偶相生，音韵克谐，亦无不与《易》同。其在《尧典》曰：

曰若稽古帝尧，曰放勋韵，钦明韵，文思，安安，允恭，克让二字为偶；光被四表，格于上下。克明俊德，以亲九族韵。九族既睦韵，平章百姓韵。百姓昭明韵。此"平章百姓，百姓昭明"两句，与上"以亲九族，九族既睦"两句相为偶。协和万邦韵。黎民于变，时雍韵。

（丙）《诗》 舜之命夔曰："诗言志，歌永言。"是诗教之始也，有夏承之,篇章泯弃,靡有孑遗。迄及商王,不风不雅。周尚文,妇人女子,亦解歌讴,动中律吕;于是太史采于十国者谓之《风》,出自王朝者谓之《雅》《颂》;其文三千余篇。及至孔子,去其重,取可施于礼义,上采契后稷,中述殷周之盛,至幽厉之缺,始于衽席;故曰:"《关雎》之乱,以为《风》始。《鹿鸣》为《小雅》始。《文王》为《大雅》始。《清庙》为《颂》始。"凡三百五篇,其体为风、雅、颂,其辞有赋、比、兴。赋者,直陈其事者也。如《出其东门》之诗曰:

> 出其东门,有女如云。虽则如云,匪我思存。缟衣綦巾,聊乐我员。
> 出其闉闍,有女如荼。虽则如荼,匪我思且。缟衣茹藘,聊可与娱。

此夫告其妻以矢无他,言有女虽则如云,与娱自有我思也。又如《无衣》之诗曰:

> 岂曰无衣,与子同袍。王于兴师,修我戈矛,与子同仇。
> 岂曰无衣,与子同泽。王于兴师,修我矛戟,与子偕作。
> 岂曰无衣,与子同裳。王于兴师,修我甲兵,与子偕行。

此君不恤民以怨其上,言平日不恤饥寒,有急则厉兵役也。比者,以物取譬者也。如《蝃蝀》之诗曰:

> 蝃蝀在东,莫之敢指。女子有行,远父母兄弟。
> 朝隮于西,崇朝其雨。女子有行,远兄弟父母。
> 乃如之人兮,怀婚姻也;大无信也,不知命也。

此以蝃蝀之人莫敢指,喻女子有遗行之必为父母兄弟所远也。又如《相鼠》之诗曰:

> 相鼠有皮,人而无仪;人而无仪,不死何为!

相鼠有齿,人而无止;人而无止,不死何俟!

相鼠有体,人而无礼;人而无礼,胡不遄死!

此以鼠之有皮有体,喻人之不可无礼无仪也。兴者,感物抒兴者也。如《淇奥》之诗曰:

瞻彼淇奥,绿竹猗猗。有匪君子,如切如磋,如琢如磨。瑟兮僩兮,赫兮咺兮;有匪君子,终不可谖兮。

瞻彼淇奥,绿竹青青。有匪君子,充耳琇莹,会弁如星。瑟兮僩兮,赫兮咺兮;有匪君子,终不可谖兮。

瞻彼淇奥,绿竹如箦。有匪君子,如金如锡,如圭如璧。宽兮绰兮,猗重较兮;善戏谑兮,不为虐兮。

此睹绿竹之猗青,而兴怀君子之有匪也。又如《蒹葭》之诗曰:

蒹葭苍苍,白露为霜。所谓伊人,在水一方。溯洄从之,道阻且长。溯游从之,宛在水中央。

蒹葭萋萋,白露未晞。所谓伊人,在水之湄。溯洄从之,道阻且跻。溯游从之,宛在水中坻。

蒹葭采采,白露未已。所谓伊人,在水之涘。溯洄从之,道阻且右。溯游从之,宛在水中沚。

此睹蒹葭之苍,白露之霜,而兴怀伊人之不见也。赋易知而比兴难别。比切事而兴触绪。不惟《诗》三百篇有之,其他《易》、《书》、《礼》、《春秋》亦有之。《书》之记言,《春秋》之记事,《礼》之记礼,直书所记;此辞之媲于赋者也。然《易》之《系辞》,《乾》象云龙,《坤》利牝马,语多取譬;有比有兴,与三百篇同矣,而音韵相和,三百篇于不规律中渐有规律,尤为后世一切诗体之宗。而其叶韵之法有三:首句次句连用韵,而自第三句以下,隔句用韵者,如《蒹葭》及《关雎》之一章曰:

关关雎鸠韵,在河之洲韵。窈窕淑女,君子好逑韵。

是也。凡汉以下诗及唐人律绝近体诗之首句用韵者源于此。自首至末,隔句为韵者,如《螽斯》之一章二章,及《卷耳》之一章曰：

　　采采卷耳,不盈顷筐韵。嗟我怀人,寘彼周行韵。

是也。凡汉以下诗及唐人律绝近体诗之首句不用韵者源于此。自首至末,句句用韵者,如《出其东门》《相鼠》,及《卷耳》之二章三章四章曰：

　　陟彼崔嵬韵,我马虺隤韵。我姑酌彼金罍韵,维以不永怀韵。
　　陟彼高冈韵,我马玄黄韵。我姑酌彼兕觥韵,维以不永伤韵。此章与上章为偶。
　　陟彼砠韵矣。我马瘏韵矣两句为偶。我仆痡韵矣。云何吁韵矣。

是也。凡汉以下诗若魏文《燕歌行》之类句句用韵源于此。自此而变,则转韵矣。转韵之始,亦有连用隔用之别,而不可以一体拘。于是有上下各自为韵者,如《采薇》之一章四章曰：

　　采薇采薇,薇亦作韵止。曰归曰归,岁亦莫韵止。靡室靡家,猃狁之故韵。不遑启居,猃狁之故韵。
　　彼尔维何？维常之华韵。彼路斯何？君子之车韵。四句两两作偶。戎车既驾,四牡业业韵。岂敢定居,一月三捷韵。

有首末自为一韵,中间自为一韵者,如《车攻》之五章曰：

　　决拾既佽,韵。与末句柴为韵。弓矢既调韵。调读如同。射夫既同韵,助我举柴韵。柴音恣。

有隔半章自为韵者,如《生民》之卒章曰：

　　卬盛于豆,于豆于登韵。其香始升韵,上帝居歆韵。胡臭亶时韵?后稷肇祀韵。庶无罪悔,以迄于今韵。

有首提二韵,而下分二节承之者,如《有瞽》之诗曰:

> 有瞽有瞽,韵。与下虡、羽、鼓、圉、举诸句为韵。在周之庭。韵。与下声、鸣、听、成诸句为韵。设业设虡韵。崇牙树羽韵。应田县鼓韵,鞉磬柷圉韵。既备乃奏,箫管备举韵。喤喤厥声韵,肃雍和鸣韵。先祖是听韵。我客戾止,永观厥成韵。

此皆诗之变格。惟是声律之用,本于性初,发之天籁。故古人之文,化工也;自然而合于音,则虽无韵之文,而往往有韵,《易》《书》是也。苟其不然,则虽有韵之文,而时亦不用韵,如《诗》是也。《诗》为有韵之文,而三百篇之中,有二三句不用韵者,有全章不用韵者,亦有全篇无韵者,难更以仆数。而文则四言单行,时出俪偶,体格略与《书》同。然则后世有作,韵文多为偶,而散文多用奇。而在三代以上,韵文不尽偶,而散文不必奇。观《易》《书》《诗》三经,文章之美,凝重多出于偶,流美多出于奇;体虽骈,必有奇以振其气;势虽散,必有偶以植其骨。仪厥错综,致为微妙已。

(丁)《礼》　殷因夏礼,损益可知。周因殷礼,损益可知。武王崩,成王少,周公乃摄行政当国,兴正礼乐,制度于是改,而曲为之防,事为之制,故曰:"礼经三百,威仪三千。"监于二代,郁郁乎文,详六官之官属职掌,而作《周礼》。损益前代之冠、昏、丧、祭、朝、聘、射、飨之礼而记之,名之曰《仪礼》。一王大法,一朝掌故,洪纤毕举,条理井然。凡后世史、志、通典、通考等之作,皆此为其权舆也。惟其辞简质,不杂偶语韵文,与《易》《书》《诗》不同;则以昭书简册,悬布国门,犹后世律例公文,义取通俗,故不为文也。

(戊)《春秋》　《春秋》者,鲁史记之名也。记事者,以事系日,以日系月,以月系时,以时系年,年有四时,故错举以为所记之名。仲尼因鲁史策书成文,断自隐公,下迄哀公十四年,十二公,据鲁,亲周,故殷,运之三代,约其文辞而指博,其微显阐幽,裁成义类者,皆经国之常制,周公之垂法;约言示制,推以知例;大事书之于策,小事简牍而已。此如后世会典之有事例,律之有例案,直书其事,记载有定式,而无取偶语韵文以厕其间,故亦与《易》《书》《诗》不同。

大抵文能宗经,体有六义:一则情深而不诡,二则风清而不杂,三则事信而不诞,四则义直而不回,五则体约而不芜,六则文丽而不淫。故论说辞序,则《易》统其旨;诏策章奏,则《书》发其源;赋颂歌赞,则《诗》立其本;书志六典,则《礼》总其端;纪传编年,则《春秋》为根;并穷高以树表,极远以启疆,所以百家腾跃,终入环内者也。然周之衰,诸侯将逾法度,恶其害己,皆灭去其籍,自孔子时而不具。于是七十二弟子之徒,知今温古,考前代之宪章,参当时之得失,俱以所见,各记旧闻,错综鸠聚,《礼记》之目,于是乎在。虽标题记礼,而义贯六经,其间众家纷纭,反复申论;惟以单行之语,述经叙理,动辄千言,缅缅不休;此则论难之语,又于《礼》及《春秋》之外,别出一格,而以弥纶群言,研精一理者已。

佛书三科曰经、论、律。而籀我古籍,亦不越此三者:一曰文,藻绘成文,杂以韵偶,垂之不刊,以资讽诵,如《易》《书》《诗》是也,是即佛书之经科。一曰语,辞有论难,义贵畅发,多用单行之语,如《礼记》之属,是即佛书之论科也。一曰例,明法布令,语简事赅,义取共晓,以便遵行,如《周礼》《仪礼》及《春秋》,是即佛书之律科也。后世以降,排偶之文,皆经科也。单行之文,皆论科也。典制之文,皆律科也。故经、律、论三者,可以赅古今文体之全焉。

第三节 孔　　子

孔子之时,周室微而礼乐废,诗书缺。追迹三代之礼,叙《书》传,上纪唐虞之际,下至秦缪,编次其事,曰:"夏礼,吾能言之,杞不足征也;殷礼,吾能言之,宋不足征也。文献不足故也,足则吾能征之矣。"观殷夏所损益,曰:"虽百世可知也!""周监于二代,郁郁乎文哉!吾从周。"故《书》传、《礼记》自孔氏。孔子语鲁太史:"乐其可知也,始作翕如也,从之纯如也,皦如也,绎如也以成。""吾自卫反鲁,然后乐正雅颂,各得其所。"古者诗三千余篇,孔子纯取周诗,上采殷,下取鲁,三百五篇,孔子皆弦歌之以求合《韶》《武》《雅》《颂》之音。礼乐自此可得而述,以备王道,成六艺。孔子晚而喜《易》,序《彖》《系》《象》《说卦》《文言》,读《易》,韦编三绝,曰:"假我数年,若是我于《易》则彬彬矣。"孔子以《诗》《书》《礼》《乐》教弟子,盖三千焉,身通六艺者七十二人。子贡曰:"夫子之文章,可得而闻也。夫子之言性与天道,不可得而闻也。"颜渊喟然叹曰:"仰之弥高,钻之弥坚;瞻之在前,忽焉在后。夫子循循然善诱人,博我以文,约我以礼,欲罢不能。既竭吾才,如有所立卓尔,虽欲从之,末由也已。"颜渊死,孔子曰:"天丧予!"及西狩见麟,反袂拭面,涕沾袍,曰:"孰为来哉!""吾道穷矣。""吾何以自见于后世哉!"以鲁,周公之国,礼文备物,史官有法。故据行事而作《春秋》,因兴以立功,败以成罚,假日月以定历数,借朝聘以正礼乐。孔子在位听讼,文辞有可与人共者,弗独有也。至于为《春秋》,笔则笔,削则削,子夏之徒不能赞一辞,孔子曰:"后世知丘者以《春秋》,而罪丘者亦以《春秋》!"孔子以六艺题目不同,指意殊别,恐道离散,后世莫知根源,故作《孝经》以总会之,明其枝流虽分,本萌于孝者也。孔子既卒,门人相与辑而论纂,接于夫子之语,为《论语》二十篇。盖继往开来,而集二帝三王文学之大成者也。而孔子之所以有造于中国文学者又有五焉。

(甲)正文字 仓颉之初作书,盖依类象形,故谓之文;其后形声相益,即谓之字;著于竹帛谓之书;书者,如也。以迄五帝三王之世,改易殊体,封于泰山者七十有二代,靡有同焉。及周宣王太史籀著大篆十五篇，与古文或异。至孔子将从事于删述，则先考正文字。春秋之时，文字虽秉仓史之遗，而古之作字者多家，其文往往犹在，或相诡异。至于别国，殊体尤众。孔子之至是邦也，必闻其政，又观于旧史氏之藏，百二十国之书，佚文秘记，远俗方言，尽知之矣。于是修定六经，择其文之近雅驯者用之，而书以古文。以六经文字极博，指义万端，间有仓史文字所未赡者，则博稽于古，不主一代；刑名从商，爵名从周之例也。春秋异国众名，则随其成俗曲期；物从中国，名从主人之例也。其后太史公书屡称孔氏古文，以虽出仓史文字，而经孔子考定以书六经，则谓孔氏古文焉。子所雅言，《诗》《书》执礼。六经不经孔子删定，其文不雅驯也。意孔子当日必有专论文字之书，其见引于许慎《说文》书者，如"一贯三为王"；"推十合一为士"；"黍可为酒，禾入水也"；"儿，仁人也，在人下故诘屈"；"乌，盱呼也，取其助气，故以为乌呼"；"牛羊之字，以形举也"；"狗，叩也，叩气吠以守"；"视犬之字如画狗也"；"貉之为言恶也"；"粟之为言续也"；如此之类，其说皆引出孔子，此孔子正文字之证。

（乙）订诗韵　古诗皆被弦歌；诗，即乐也；故知诗为乐心，声为乐体；乐以协律，诗以持志。而《诗》三百五篇，孔子皆弦歌之以求合《韶》《武》《雅》《颂》之音；是所以订《诗》之韵谱也。以三百五篇之《诗》，地涉江汉，时亘殷周，作之非一人，采之非一国，殊时异俗，其韵安能尽合？孔子皆弦歌之以求合，而于韵之未安者，则正之使合于《雅》《颂》，故曰："乐正《雅》《颂》，各得其所。"乐正《雅》《颂》者，乐以《雅》《颂》为正也，即所谓"求合《韶》《武》《雅》《颂》之音"也。《雅》《颂》之音，宗周之正韵也，故以为正。然则孔子未正以前，或不协于弦歌；既正以后，学者即据之为韵谱，故《易象》、《楚辞》、秦碑、汉赋，用韵与《诗》三百合，皆以孔子为准矣。

（丙）用虚字　上古文运初开，虚字未兴，罕用语助之辞，故《书》典、谟、誓、诰，无抑扬顿挫之文，木强寡神。至孔子之文，虚字渐备。赞

《易》《彖》《象》《系辞》，用"者""也"二字特多；而《论语》二十篇，其中"之""乎""也""者""矣""焉""哉"无不具备。浑噩之语，易为流利之词，作者神态毕出，此实中国文学一大进步。盖文学之大用在表情，而虚字，则情之所由表也，文必虚字备而后神态出。

（丁）作《文言》《文言》者，孔子之所作也。孔子以前，有言有文。直言者谓之言，修辞者谓之文。而孔子则以直言之语助，错综于用韵比偶之文，奇偶相生，亦时化偶为排，特创文言一体，以赞《易》《乾》《坤》二卦；堆垛之迹，尽化烟云，晓畅流利，自成一格。其在《乾·文言》曰：

> 元者，善之长也。亨者，嘉之会也。利者，义之和也。贞者，事之干也。君子体仁足以长人，嘉会足以合礼，利物足以和义，贞固足以干事。以上八句，四句一组，化偶为排。君子行此四德者，故曰："乾，元、亨、利、贞。"初九曰"潜龙勿用"，何谓也？子曰："龙德而隐者也。不易乎世，不成乎名；韵。两句偶。遁世无闷，韵。不见是而无闷；乐则行之，忧则违之，两句偶。确乎其不可拔，'潜龙'也。"九二曰"见龙在田，利见大人"，何谓也？子曰："龙德而正中者也。庸言之信，韵，庸行之谨；韵。两句偶。闲邪存其诚，韵。善世而不伐，德博而化。两句偶。《易》曰：'见龙在田，利见大人'，君德也。"九三曰"君子终日乾乾，夕惕若厉，无咎"，何谓也？子曰："君子进德修业：忠信，所以进德韵也；修辞立其诚，所以居业韵也。两句为偶。知至至之，可与几韵也。知终终之，可与存义韵也。四句两两为偶。是故居上位而不骄，在下位而不忧。两句为偶。故乾乾因其时而惕，虽危，无咎矣。"九四曰"或跃在渊，无咎"，何谓也？子曰："上下无常，非为邪也。进退无恒，非离群也。四句两两为偶。君子进德修业，欲及时也，故无咎。"九五曰"飞龙在天，利见大人"，何谓也？子曰："同声相应，同气相求。两句偶。水流湿，火就燥。两句偶。云从

龙,风从虎。韵。两句偶。圣人作而万物睹。本乎天者亲上,本乎地者亲下,韵。两句偶。则各从其类也。"上九曰"亢龙有悔",何谓也?子曰:"贵而无位,高而无民,贤人在下位而无辅,三句排。是以动而有悔也。"潜龙勿用,下韵也。见龙在田,时舍韵也。终日乾乾,行事韵也。或跃在渊,自试韵也。飞龙在天,上治韵也。亢龙有悔,穷之灾韵也。乾元用九,天下治也。潜龙勿用,阳气潜藏。见龙在田,天下文明。韵。终日乾乾,与时偕行。韵。或跃在渊,乾道乃革。韵。飞龙在天,乃位乎天德。韵。亢龙有悔,与时偕极。韵。乾元用九,乃见天则。韵。乾元者,始而亨韵者也。利贞韵者,性情韵也。乾始能以美利利天下,不言所利,大矣哉!大哉乾乎!刚健中正,纯粹精韵也;六爻发挥,旁通情韵也。时乘六龙,以御天也。云行雨施,天下平韵也。君子以成德为行,日可见之行韵也。潜之为言也,隐而未见,行而未成,两句偶。是以君子弗用也。君子学以聚之,问以辨之,宽以居之,仁以行之。排句。《易》曰"见龙在田,利见大人",君德也。九三重刚而不中,上不在天,下不在田,两句偶。故乾乾因其时而惕,虽危无咎矣。九四重刚而不中,上不在天,下不在田,中不在人,三句排。故或之。或之者,疑之也,故无咎。夫大人者,与天地合其德,与日月合其明,与四时合其序,与鬼神合其吉凶;四句排。先天而天弗违,后天而奉天时;两句偶。天且弗违,而况于人乎,况于鬼神乎!两句偶。亢之为言也,知进而不知退,知存而不知亡韵,知得而不知丧韵。三句排。其惟圣人乎,知进退存亡而不失其正者,其惟圣人乎!

自孔子作《文言》以昭模式,于是孔门著书,皆用文言。子夏序《诗》以明六义,文言也;左丘明受经仲尼,著《春秋传》,文言也;有子曾子之门人,记夫子语,成《论语》一书,亦文言也;《礼记》有《檀弓》《礼运》两篇,皆子游之门人所记,亦文言也。时春秋百二十国,孔门弟子三千,所占国籍不少,言语异声,文字异形,如使人人各操国语著书,征之载记,齐语鲁语,已形扞格,更何论南蛮鴂舌,如所称吴楚诸国。故曰:"言之无文,行而不远。"此孔子于《易》所以著《文言》之篇,而昭弟子式者欤。盖自孔子作《文言》,而后中国文章之规模具也。文言者,折衷于文与言之间。在语言,则去其方音俚俗,而力求简洁,而于文则取其韵语偶俪,而不为典重。音韵铿锵以为节,语助吟叹以抒情,流利散朗,蕲于辞达而已。后世议论叙述之文,胥仍其体。自文言而益藻密,则为齐梁之骈体。自文言而益疏纵,则为唐宋之古文。此其大较也。

（戊）编总集　古者诗三千余篇,及至孔子去其重,《关雎》以为《风》始,《鹿鸣》,《小雅》始,《文王》,《大雅》始;《清庙》,《颂》始。三百五篇,厥为诗之第一部总集。又删虞夏商周四代之典,为《尚书》百篇,所以宣王道之正义,发话言于臣下,故其所载皆典、谟、训、诰、誓、命之文,厥为文之第一部总集。则是总集之编,导源《诗》《书》,而出于孔子者也。惟《诗》者,风、雅、颂以类分;而《书》则虞、夏、商、周以代次。则是《诗》者,开后世总集类编之先河;而《书》则为后世总集代次之权舆焉。

子以四教,而文居首,及游夏并称文学之彦;而子夏发明章句,开汉代经学之祖。懿欤休哉,此所以为六艺之宗,称百世之师欤!

第四节　左　丘　明

孔子明王道,论史记旧闻,兴于鲁而次《春秋》,所贬损大人,当世君臣,有威权势力。约其辞文。七十子之徒,口受其传指,为有所刺讥褒讳挹损之文辞,不可以书见也。鲁君子左丘明惧弟子人人异端,各安其意,失其真,故论本事而作传,明夫子不以空言说经也。故传或先经以始事,或后经以终义,或依经以辩理,或错经以合异,随义而发其例之所重。旧史遗文,略不尽举,非圣人所修之要故也。身为国史,躬览载籍,必广记而备言之;纷者整之,孤者辅之,板者活之,直者婉之,俗者雅之,枯者腴之,剪裁运化之方,斯为大备。《春秋》文见于此,而起义在彼,左丘明能窥其秘,故其为文虚实互藏,两在不测,信圣人之羽翮,而述者之冠冕也。至文章之雄丽,从容委曲,词不迫切,而意独深至,反复低昂,辞气铿訇,使人精神振发,兴趣悠长,以采自列国史书,故其文有方言,又喜引《诗》《书》之辞,其文整齐,故多偶句;薄物细故,无不穷态尽妍;浮夸,尤喜说鬼,怪怪奇奇。而叙战事,纷纷错综,能令百世之下,颇见本末。试举数事以见例。

北戎侵郑,郑伯御之,患戎师,曰:"彼徒我车,惧其侵轶我也。"公子突曰:"使勇而无刚者,尝寇而速去之。君为三覆以待之。戎轻而不整,贪而无亲;胜不相让,败不相救。先者见获,必务进;进而遇覆,必速奔。后者不救,则无继矣。乃可以逞。"从之。戎人之前遇覆者奔。祝聃逐之,衷戎师,前后击之,尽殪。戎师大奔。十一月甲寅,郑人大败戎师。隐九年传

宋华父督见孔父之妻于路,目逆而送之,曰:"美而艳!"二年春,宋督攻孔氏,杀孔父而取其妻。公怒,督惧,遂弑殇公。君子以督为有无君之心而后动于恶,故先书弑其君。经书宋督弑其君与夷及其大夫孔父。会于稷,以成宋乱。为赂故,立华氏也。宋殇公立,十年十一战,民不堪命。孔父嘉为司马。督为大宰,故因民之不堪命,先宣言曰:"司马则然。"桓二年传

晋侯梦大厉,被发及地,搏膺而踊曰:"杀余孙不义。余得请于帝矣!"坏大门及寝门而入。公惧,入于室。又坏户。公觉,召桑田巫。巫言如梦。公曰:"何如?"曰:"不食新矣。"公疾病,求医于秦。

秦伯使医缓为之。未至，公梦疾为二竖子，曰："彼，良医也；惧伤我，焉逃之？"其一曰："居肓之上，膏之下；若我何？"医至，曰："疾不可为也。在肓之上，膏之下。攻之不可，达之不及，药不至焉，不可为也。"公曰："良医也。"厚为之礼而归之。六月，晋侯欲麦，使甸人献麦，馈人为之。召桑田巫，示而杀之。将食，张，如厕，陷而卒。成十年传

宋人或得玉，献诸子罕。子罕弗受。献玉者曰："以示玉人，玉人以为宝也，故敢献之。"子罕曰："我以不贪为宝，尔以玉为宝。若以与我，皆丧宝也；不若人有其宝。"稽首而告曰："小人怀璧，不可以越乡；纳此，以请死也。"子罕寘诸其里，使玉人为之攻之，富而后使复其所。襄十五年传

公薨之月，子产相郑伯以如晋。晋侯以我丧故，未之见也。子产使尽坏其馆之垣而纳车马焉。士文伯让之曰："敝邑以政刑之不修，寇盗充斥，无若诸侯之属辱在寡君者何；是以令吏人完客所馆，高其闬闳，厚其墙垣，以无忧客使。今吾子坏之。虽从者能戒，其若异客何？以敝邑之为盟主，缮完葺墙以待宾客。若皆毁之，其何以共命？寡君使匄请命。"对曰："以敝邑褊小，介于大国，诛求无时，是以不敢宁居，悉索敝赋以来会时事。逢执事之不闲，而未得见；又不获闻命，未知见时；不敢输币，亦不敢暴露。其输之，则君之府实也；非荐陈之，不敢输也。其暴露之，则恐燥湿之不时而朽蠹，以重敝邑之罪。"

"侨闻文公之为盟主也，宫室卑庳，无观台榭；以崇大诸侯之馆，馆如公寝。库厩缮修，司空以时平易道路，圬人以时塓馆宫室。诸侯宾至：甸设庭燎，仆人巡宫；车马有所，宾从有代，巾车脂辖，隶人牧圉各瞻其事；百官之属，各展其物。公不留宾，而亦无废事；忧乐同之，事则巡之；教其不知，而恤其不足。宾至如归，无宁菑患，不畏盗寇，而亦不患燥湿。今铜鞮之宫数里，而诸侯舍于隶人，

门不容车,而不可逾越;盗贼公行,而夭疠不戒。宾见无时,命不可知,若又勿坏,是无所藏币以重罪也。敢请执事将何以命之?虽君之有鲁丧,亦敝邑之忧也。若获荐币,修垣而行,君之惠也。敢惮勤劳。"文伯复命。

赵文子曰:"信。我实不德,而以隶人之垣以赢诸侯;是吾罪也。"使士文伯谢不敏焉。晋侯见郑伯有加礼,厚其宴好而归之。乃筑诸侯之馆。叔向曰:"辞之不可以已也如是夫!子产有辞,诸侯赖之;若之何其释辞也!"襄三十一年传

楚公子围聘于郑,且娶于公孙段氏。伍举为介。将入馆,郑人恶之。使行人子羽与之言,乃馆于外。既聘,将以众逆。子产患之,使子羽辞曰:"以敝邑褊小,不足以容从者;请墠听命。"令尹命大宰伯州犁对曰:"君辱贶寡大夫围,谓围将使丰氏抚有而室。围布几筵,告于庄、共之庙而来。若野赐之,是委君贶于草莽也,是寡大夫不得列于诸卿也;不宁唯是,又使围蒙其先君,将不得为寡君老。其蔑以复矣。唯大夫图之。"子羽曰:"小国无罪,恃实其罪。将恃大国之安静已,而无乃包藏祸心以图之?小国失恃,而惩诸侯,使莫不憾者,距违君命而有所壅塞不行是惧。不然,敝邑,馆人之属也,其敢爱丰氏之祧!"伍举知其有备也,请垂櫜而入。许之。正月,乙未,入逆而出,遂会于虢。**昭元年传**

郑徐吾犯之妹美,公孙楚聘之矣。公孙黑又使强委禽焉。犯惧,告子产。子产曰:"是国无政,非子之患也。唯所欲与。"犯请于二子,请使女择焉。皆许之。子晳盛饰入,布币而出。子南戎服入,左右射,超乘而出。女自房观之曰:"子晳信美矣。抑子南夫也。夫夫妇妇,所谓顺也。"适子南氏。子晳怒;既而櫜甲以见子南,欲杀之而娶其妻。子南知之,执戈逐之,及冲,击之以戈。子晳伤而归,告大夫曰:"我好见之,不知其有异志也,故伤。"大夫皆谋

之。子产曰："直钩。幼贱有罪,罪在楚也。"乃执子南而数之曰："国之大节有五,女皆奸之:畏君之威,听其政,尊其贵,事其长,养其亲,五者所以为国也。今君在国,女用兵焉,不畏威也。奸国之纪,不听政也。子晳,上大夫,女嬖大夫,而弗下之,不尊贵也。幼而不忌,不事长也。兵其从兄,不养亲也。"君曰:"余不女忍杀,宥女以远。勉速行乎,无重而罪!"五月,庚辰,郑放游楚于吴。昭元年传

其文缓,其旨远;将令学者原始要终,寻其枝叶,究其所穷;优而柔之,使自求之;餍而饫之,使自趋之;若江海之浸,膏泽之润,涣然冰释,怡然理顺,然后为得也。

左丘明既为《春秋内传》,又稽其逸文,纂其别说,分周、鲁、齐、晋、郑、楚、吴、越八国事,起自周穆王,终于鲁悼公,别为《春秋外传》,即《国语》,合为二十一篇。其事以方内传,或重出而小异。而其体则《左传》以经编年,《国语》以国分部,体制不同。《国语》以国为分,盖本《诗》之十五《国风》;然《国风》为有韵之诗,而《国语》则无韵之文也。大抵周鲁多掌故,齐多制,晋越多谋;文之佳者,深闳杰异;不同《左传》之从容委曲;而《越语》尤奇峻。然亦有委靡繁絮,不能振起者;不如《左传》之婉而成章,镕铸如出一手;其辞多枝叶,盖由当时列国之史,材有厚薄,学有浅深,故不能醇一耳。或说:"丘明之传《春秋》也,盖先采集列国之史,国别为语;旋猎其英华,作《春秋传》。而先所采集之语,草稿具存,时人共传习之,号曰《国语》;殆非丘之所欲出也。"

第五节　诸　　子

三代之文奥,六经是也。春秋之辞缓,《论语》《左氏传》是也。战国

之气激，诸子、《国策》、《楚辞》是也。独《老子》冠时独出，为诸子之祖；薄仁义，贵道德，与孔子异趣；而文章安雅，语约而有余于意，其味黯然而长，其光油然而幽，排偶之辞，而出于俯仰揖让，不为巉刻斩绝之言，与《论语》同。其文不以放纵为高，则以时代相同也。试互勘以为况：

载营魄抱一，能无离乎？专气致柔，能婴儿乎？涤除玄览，能无疵乎？爱民治国，能无知乎？天门开阖，能为雌乎？明白四达，能无为乎？以上《老子》

子曰："学而时习之，不亦说乎！有朋自远方来，不亦乐乎！人不知而不愠，不亦君子乎！"以上《论语》

天下皆知美之为美，斯恶已。皆知善之为善，斯不善已。故有无相生，难易相成，长短相较，高下相倾，音声相和，前后相随。是以圣人处无为之事，行不言之教；万物作焉而不辞，生而不有，为而不恃，功成而弗居。夫唯弗居，是以不去。以上《老子》

子曰："圣人，吾不得而见之矣；得见君子者，斯可矣。善人，吾不得而见之矣；得见有恒者，斯可矣。亡而为有，虚而为盈，约而为泰，难乎有恒矣！"以上《论语》

视之不见名曰夷，听之不闻名曰希，搏之不得名曰微，此三者不可致诘，故混而为一。以上《老子》

子曰："视其所以，观其所由，察其所安，人焉廋哉？人焉廋哉？"以上《论语》

天地不仁，以万物为刍狗。圣人不仁，以百姓为刍狗。以上《老子》

子曰："君子上达，小人下达。"以上《论语》

我有三宝，持而保之：一曰慈，二曰俭，三曰不敢为天下先。慈，故能勇；俭，故能广；不敢为天下先，故能成器长。以上《老子》

第二编　上古文学

孔子曰："君子有三畏：畏天命，畏大人，畏圣人之言。小人不知天命，而不畏也；狎大人；侮圣人之言。"以上《论语》

信言不美，美言不信。以上《老子》

子曰："君子和而不同，小人同而不和。"以上《论语》

如此之类，未可以更仆终。老子，李氏，名耳，字聃，周守藏室之史也。孔子适周，尝问礼焉。而或者好为奇论，乃谓《老子》书疑出战国，而与《论语》《左氏传》辞气不伦。《老子》书与《论语》之非辞气不伦，则既然矣；而所为不同于《左氏传》者：辞以简隽称美，不如《左氏传》之以曲畅为肆；意以微妙见深，不如《左氏传》之以净夸为奇。若其文缓而旨远，余味曲包，则固与《左氏传》如出一辙者也。《左氏传》耐人诵，《老子书》耐人思。

老子言："以正治国，以奇用兵。"春秋之末，齐人有孙子武者能阐其义以著十三篇，而为兵家之祖，极奇正之变，而归之于道；深切喜往复，其旨不乖于孔子。子路问于孔子曰："子行三军则谁与？"子曰："暴虎冯河，死而无悔者，吾不与也。必也临事而惧，好谋而成者也。"孙子论兵，则先计而后战，而开宗明义以发之于《计》篇曰：

孙子曰："兵者，国之大事，死生之地，存亡之道，不可不察也。故经之以五事，校之以计而索其情：一曰道，二曰天，三曰地，四曰将，五曰法。道者，令民与上同意也；故可与之死，可与之生，而民不畏危。天者，阴阳，寒暑，时制也。地者，远近，险易，广狭，死生也。将者，智，信，仁，勇，严也。法者，曲制官道，主用也。凡此五者，将莫不闻；知之者胜，不知者不胜。故校之以计而索其情曰：主孰有道？将孰有能？天地孰得？法令孰行？兵众孰强？士卒孰练？赏罚孰明？吾以此知胜负矣！将听吾计，用之必胜；留之。将不听吾计，用之必败；去之。计利以听，乃为之势以佐其外；势者，因利而制权也。兵者，诡道也；故能而示之不能，用而示之不用；近而示之远；远而示之近；利而诱之，乱而取之，实而备之，强而避之，怒而挠之，卑而骄之，佚而劳之，亲而离之，攻其无备，出其不意；此兵家之胜，不可先传也。夫未战而庙算胜者，得算多也。未战而庙算不胜者，得算少也。多算胜，少算不胜，而况于无算乎？吾以此观之，胜见负矣。"

孙子以兵法见于吴王阖闾，卒以为将，西破强楚，入郢；北威齐晋，显名诸侯，孙子与有力焉。或以其人不见《春秋左氏传》，而疑十三篇后人伪托。然余诵其文，抑扬爽朗，而参排句以利机势，用语助以尽顿挫，首尾秩然，有伦有脊，遣言措意，似《大学》《中庸》；抑亦衍孔子《文言》之体，而与七十二弟子之徒相类，切近的当而不为滥漫恣肆，则固断乎其为春秋之作者，而不同于战国之诸子也。

战国诸子，当以庄子为首出。

庄子名周，与梁惠王、齐宣王同时；其学无所不窥，然其要本归于老子之言；而寓真于诞，寓实于玄，以谬悠之说，荒唐之言，无端崖之辞，时恣纵而不傥，不以觭见之也；以天下为沉浊，不可与庄语，以卮言为曼衍，以重言为真，以寓言为广；独与天地精神往来，而不敖倪于万物，不谴是非以与世俗处；其书虽瑰玮而连犿，无伤也。其言洸洋自恣以适己。其在《逍遥游》曰：

> 北冥有鱼，其名为鲲。鲲之大，不知其几千里也。化而为鸟，其名为鹏。鹏之背，不知其几千里也；怒而飞，其翼若垂天之云。是鸟也，海运则将徙于南冥。南冥者，天池也。《齐谐》者，志怪者也。《谐》之言曰："鹏之徙于南冥也，水击三千里，抟扶摇而上者九万里，去以六月息者也。"野马也，尘埃也，生物之以息相吹也。天之苍苍，其正色耶？其远而无所至极耶？其视下也，亦若是则已

矣。且夫水之积也不厚，则其负大舟也无力。覆杯水于坳堂之上，则芥为之舟；置杯焉则胶，水浅而舟大也。风之积也不厚，则其负大翼也无力；故九万里，则风斯在下矣。而后乃今培风，背负青天而莫之夭阏者，而后乃今将图南。蜩与学鸠笑之曰："我决起而飞，枪榆枋。时则不至而控于地而已矣。奚以之九万里而南为！"适莽苍者，三飡而反，腹犹果然。适百里者，宿舂粮。适千里者，三月聚粮。之二虫又何知？小知不及大知，小年不及大年。奚以知其然也？朝菌不知晦朔，蟪蛄不知春秋，此小年也。楚之南有冥灵者，以五百岁为春，五百岁为秋。上古有大椿者，以八千岁为春，八千岁为秋。而彭祖乃今以久特闻。众人匹之，不亦悲乎！

汤之问棘也是已：穷发之北有冥海者，天池也。有鱼焉，其广数千里，未有知其修者，其名为鲲。有鸟焉，其名为鹏，背若泰山，翼若垂天之云，抟扶摇羊角而上者九万里，绝云气，负青天，然后图南，且适南冥也。斥鴳笑之曰："彼且奚适也？我腾跃而上，不过数仞而下，翱翔蓬蒿之间，此亦飞之至也。而彼且奚适也？"此小大之辨也。故夫知效一官，行比一乡，德合一君而征一国者，其自视也亦若此矣。而宋荣子犹然笑之。且举世誉之而不加劝，举世非之而不加沮，定乎内外之分，辨乎荣辱之境，斯已矣；彼其于世未数数然也。虽然，犹有未树也。夫列子御风而行，泠然善也，旬有五日而后反，彼于致福者未数数然也。此虽免乎行，犹有所待者也。若夫乘天地之正，而御六气之辩，以游无穷者，彼且恶乎待哉！故曰："至人无己，神人无功，圣人无名。"

故其著书十余万言，大抵率寓言也。作《渔父》《盗跖》《胠箧》，以诋訾孔子之徒，以明老子之术。畏累虚、亢桑子之属，皆空语无事实；然其属书离辞，指事类情，用剽剥儒墨；虽当世宿学，不能自解免也。其辞虽参差而俶诡可观。

孟子,邹人也;名轲,鲁公族孟孙之后也。生有淑质,师孔子之孙子思,治儒术之道;通五经,尤长于《诗》《书》。道既通,游事齐宣王,宣王不能用;适梁,梁惠王不果所言,则见以为迂阔而远于事情。天下方务于合从连横,以攻伐为贤;而孟轲乃述唐虞三代之德,是以所如者不合;退而与万章之徒,序《诗》《书》,述仲尼之意,作《孟子》七篇,包罗天地,揆叙万类,以浩然之气,发仁义之言;无心于文,而开辟抑扬,高谈雄辩,曲尽其妙;终而又曰:"予岂好辩哉,予不得已也。"一纵一横,论者莫当。尝应彭更以自明志曰:

> 彭更问曰:"后车数十乘,从者数百人,以传食于诸侯,不以泰乎?"孟子曰:"非其道,则一箪食不可受于人。如其道,即舜受尧之天下,不以为泰;子以为泰乎?"曰:"否,士无事而食,不可也。"曰:"子不通功易事,以羡补不足,则农有余粟,女有余布。子如通之,则梓匠轮舆,皆得食于子。于此有人焉,入则孝,出则弟,守先王之道,以待后之学者,而不得食于子。子何尊梓匠轮舆而轻为仁义者哉?"曰:"梓匠轮舆,其志将以求食也。君子之为道也,其志亦将以求食与?"曰:"子何以其志为哉;其有功于子,可食而食之矣。且子食志乎?食功乎?"曰:"食志。"曰:"有人于此,毁瓦画墁,其志将以求食也;则子食之乎?"曰:"否。"曰:"然则子非食志也,食功也。"

儒者之文,至《孟子》而极跌宕顿挫之妙。道家之文,至《庄子》而尽荡逸飞扬之致。盖庄子之学,出于老子,而解散辞体,出以疏纵;犹孟子之学,出于孔子,而解散辞体,发为雄肆;其揆一也。辞气激宕,消息世运;文章之变,盖至此极。孔老之文,雍容浑穆,如天闲良骥,鱼鱼雅雅,自中节度。而孟庄则神锋四出,如千金骏足,飞腾飘瞥,蓦涧跃波;虽皆极天下之选,而以德以力,则略有间矣。然孟与庄又自不同。盖孟文开阖变化,庄更益以缥缈;孟文光辉发越,庄又出以诙诡。庄生玄而入幻,孟子正而不谲。其大较也。

荀卿,赵人,年五十,始来游学于齐。齐襄王时,而荀卿最为老师。孟子者亦大儒,以人之性善。荀卿后孟子百余年,荀卿以为人性恶,故非孟子以作《性恶》一篇。荀卿善为《诗》《礼》《易》《春秋》,尤精言礼;行应绳墨,安贫贱。荀卿卒不用于世,疾浊世之政,亡国乱君相属,不遂大道,而营于巫祝,信禨祥,鄙儒小拘,如庄周等,又滑稽乱俗,于是推儒墨道德之行事兴坏,序列著三十二篇。其《劝学》篇曰:

> 积土成山,风雨兴焉。积水成渊,蛟龙生焉。积善成德而神明自得,圣心备焉。故不积跬步,无以至千里;不积小流,无以成江海。骐骥一跃,不能十步;驽马十驾,功在不舍。锲而舍之,朽木不折;锲而不舍,金石可镂。蚓无爪牙之利、筋骨之强,上食埃土,下饮黄泉,用心一也;蟹六跪而二螯,非蛇蟺之穴无可寄托者,用心躁也。是故无冥冥之志者,无昭昭之明;无惛惛之事者,无赫赫之功。行衢道者不至,事两君者不容。目不能两视而明,耳不能两听而聪。螣蛇无足而飞,梧鼠五技而穷。《诗》曰:"尸鸠在桑,其子七兮。淑人君子,其仪一兮。其仪一兮,心如结兮。"故君子结于一也。

其为文章灵警不如庄生,雄肆亦逊孟子;而体裁绮密,出之以铿锵鼓舞,又是一格。然气亦激矣。敷陈往古,掎挈当时,又托于《成相》以喻意曰:

> 请成相:世之殃:愚暗愚暗堕贤良;人主无贤,如瞽无相何伥伥!请布基,慎圣人。愚而自专事不治;主忌苟胜,群臣莫谏必逢灾。论臣过,反其施,尊主安国尚贤义。拒谏饰非,愚而上同国必祸。曷谓罢?国多私,比周还主党与施。远贤近谗,忠臣蔽塞主势

移。曷谓贤？明君臣，上能尊主爱下民。主诚听之，天下为一海内宾。主之孽，谗人达，贤能遁逃国乃蹶。愚以重愚，暗以重暗成为桀。

词赋亦自名家，立言指事，根极理要。然体物写志有余，铺采摛文不足，此所以为儒也。特其一以隐语，一以意答，五赋一格，殊少变化。录《赋篇》之卒章曰：

天下不治，请陈佹诗。天地易位，四时易乡。列星陨坠，旦暮晦盲。幽晦登昭，日月下藏。公正无私，反见从横。志爱公利，重楼疏堂。无私罪人，憼革贰兵。道德纯备，谗口将将。仁人绌约，敖暴擅强。天下幽险，恐失世英。螭龙为蝘蜓，鸱枭为凤凰。比干见刳，孔子拘匡。昭昭乎其知之明也，郁郁乎其遇时之不祥也；拂乎其欲礼义之大行也，暗乎天下之晦盲也。皓天不复，忧无疆也。千岁必反，古之常也。弟子勉学，天不忘也。圣人拱手，时几将矣。与愚以疑，愿闻反辞。其小歌曰：念彼远方，何其塞矣。仁人绌约，暴人衍矣。忠臣危殆，谗人服矣。璇玉瑶珠，不知佩也。杂布与锦，不知异也。闾娵子奢，莫之媒也。嫫母力父，是之喜也。以盲为明，以聋为聪，以危为安，以吉为凶。呜呼上天，曷维其同！

至诚悱恻，颇有恻隐古诗之意。而促节急弦，慨当以慷，以视三百篇之温柔敦厚者殊矣。

韩非者，韩之诸公子也；喜刑名法术之学，而其归本于黄老。非为人口吃，不能道说，而善著书，与李斯俱事荀卿，斯自以为不如。非见韩之削弱，数以书谏韩王，韩王不能用。于是韩非疾治国不务修明其法制，执势以御其臣下，富国强兵，而以求人任贤；反举浮淫之蠹，而加之于功实之上。以为："儒者用文乱法，而侠者以武犯禁。宽则宠名誉之人，急则用介胄之士。今者所养非所用，所用非所养。"悲廉直不容于邪

枉之臣,观往者得失之变,故作《孤愤》《五蠹》《内外储》《说林》《说难》十余万言。其《五蠹篇》曰:

> 今有不才之子,父母怒之弗为改,乡人谯之弗为动,师长教之弗为变。夫以父母之爱,乡人之行,师长之智,三美加焉而终不动其胫毛,不改。州部之吏,操官兵,推公法,而求索奸人,然后恐惧,变其节,易其行矣。故父母之爱,不足以教子,必待州部之严刑者,民固骄于爱,听于威矣。故十仞之城,楼季弗能逾者,峭也。千仞之山,跛牂易牧者,夷也。故明主峭其法而严其刑也。布帛寻常,庸人不释。铄金百镒,盗跖不掇。不必害,则不释寻常。必害手,则不掇百镒。故明主必其诛也。是以赏莫如厚而信,使民利之。罚莫如重而必,使民畏之。法莫如一而固,使民知之。故主施赏不迁,行诛无赦;誉辅其赏,毁随其罚,则贤不肖俱尽其力矣。……故明主用其力,不听其言;赏其功,必禁无用;故民尽死力以从其上。
>
> 夫耕之用力也劳,而民为之者,曰可得以富也。战之为事也危,而民为之者,曰可得以贵也。今修文学,习言谈,则无耕之劳,而有富之实;无战之危,而有贵之尊;则人孰不为也。是以百人事智,而一人用力。事智者众,则法败。用力者寡,则国贫。此世之所以乱也。故明主之国,无书简之文,以法为教;无先王之语,以吏为师;无私剑之捍,以斩首为勇。是境内之民,其言谈者必轨于法,动作者归之于功,为勇者尽之于军。是故无事则国富,有事则兵强,此之谓王资。

生平恶文学之士而贵耕战,然其著书,则文理整赡,而曲折顿挫,百态千状,博辩明透,少伤惨礉;其为《内、外储说》,古以为连珠之体所肇;迨汉《淮南·说山》,实首模效之,扬雄班固乃约其体而为《连珠》矣。

大抵儒家重实际,其文多平实。道家主想象,其文多超逸。法家尚深刻,其文多峭峻。此外如墨杂家之文质,名家小说家之文琐,农家之文鄙,杂家之文驳,譬之自郐,弗欲观已。然兵家如《吴子》之平实,杂家如《吕氏春秋》之博丽,略其大体,举其一鳞一爪,亦往往非后世所可及。

诸子文章之不同于六经者辞气,而不能脱其窠臼者,则文、语、例三者之体制。大抵韵偶者谓之文,论难者谓之语,发凡者谓之例。《老子》及《荀子·成相》篇、《赋》篇,皆属于文者也。孙、庄、孟、荀、韩,皆属于语者也。《墨子·经上、下篇》,《韩非·内、外储说》,皆属于例者也。

第六节　屈原　宋玉

屈原者,名平,楚之同姓也;博闻强志,娴于辞令;遭怀王,忧谗畏讥,乃幽思冥索,作《离骚》《九歌》《天问》《九章》《远游》《卜居》《渔父》二十五篇,导源古诗,另辟门径,名曰《楚辞》。平既遭际困穷,故多侘傺噫郁之音。然托陈引喻,点染幽芬,于烦乱瞀扰之中,具悃款悱恻之旨,得《三百篇》之遗音,为辞赋之鼻祖。惟扩展诗体,特出以激楚。《诗》三百篇,四言为多,节短而势不险。而《离骚》则长言永叹,辞繁而调益促,此其不同也。又体物写志,语多比兴,读者睹其丽辞,罕会英旨。其《山鬼》篇《九歌》之一曰:

若有人兮山之阿,被薜荔兮带女萝。既含睇兮又宜笑,子慕予兮善窈窕。乘赤豹兮从文狸,辛夷车兮结桂旗。被石兰兮带杜衡,折芳馨兮遗所思。余处幽篁兮终不见天,路险难兮独后来。表独立兮山之上,云容容兮而在下。杳冥冥兮羌昼晦,东风飘兮神灵雨。留灵修兮憺忘归,岁既晏兮孰华予。采三秀兮于山间,石磊磊兮葛蔓蔓。怨公子兮怅忘归。君思我兮不得闲。山中人兮芳杜若,饮石泉兮荫松柏。君思我兮然疑作。雷填填兮雨冥冥。猿啾啾兮狖夜鸣。风飒飒兮木萧萧,思公子兮徒离忧。

又假主客之辞,托为《卜居》以见意曰:

> 屈原既放三年,不得复见,竭智尽忠,蔽鄣于谗,心烦意乱,不知所从,乃往见太卜郑詹尹曰:"余有所疑,愿因先生决之。"詹尹乃端策拂龟曰:"君将何以教之?"屈原曰:"吾宁悃悃款款,朴以忠乎?将送往劳来,斯无穷乎?宁诛锄草茅以力耕乎?将游大人以成名乎?宁正言不讳以危身乎?将从俗富贵以偷生乎?宁超然高举以保真乎?将哫訾栗斯,喔咿嚅唲以事妇人乎?宁廉洁正直以自清乎?将突梯滑稽,如脂如韦以洁楹乎?宁昂昂若千里之驹乎?将泛泛若水中之凫乎?与波上下,偷以全吾躯乎?宁与骐骥抗轭乎?将随驽马之迹乎?宁与黄鹄比翼乎?将与鸡鹜争食乎?此孰吉孰凶?何去何从?世溷浊而不清!蝉翼为重,千钧为轻;黄钟毁弃,瓦釜雷鸣;谗人高张,贤士无名。吁嗟嘿嘿兮,谁知吾之廉贞!"詹尹乃释策而谢曰:"夫尺有所短,寸有所长;物有所不足,智有所不明;数有所不逮,神有所不通。用君之心,行君之意,龟策诚不能知此事。"

意出尘外,怪生笔端,文境之缥缈俶诡。就《离骚》而论,屈原略与庄生相似;惟原以激楚之韵文,而庄以隽逸之散文耳。不善读者疑为于此于彼,恍惚无定;不知国手置棋,观者迷离,置者明白。然缥缈虽同,而意趣不一。有路可走,卒归于无路可走;如屈子所谓:"登高吾不说,入下吾不能"是也。无路可走,卒归于有路可走,如庄生所谓:"今子有五石之瓠,何不虑以为大樽,而浮于江湖","今子有大树,何不树之于无何有之乡、广莫之野"是也。而二子之书之全旨,亦可以此概之。

屈原既死,楚有宋玉、唐勒、景差之徒,皆好辞而以赋见称,然皆祖

屈之从容辞令,而宋玉为著。其为《登徒子好色赋》曰:

  大夫登徒子侍于楚王,短宋玉曰:"玉为人体貌闲丽,口多微辞;又性好色。愿王勿与出入后宫。"王以登徒子之言问宋玉。玉曰:"体貌闲丽,所受于天也。口多微辞,所学于师也。至于好色,臣无有也。"王曰:"子不好色,亦有说乎?有说则止,无说则退。"玉曰:"天下之佳人,莫若楚国。楚国之丽者,莫若臣里。臣里之美者,莫若臣东家之子。东家之子:增之一分则太长,减之一分则太短;著粉则太白,施朱则太赤,眉如翠羽,肌如白雪,腰如束素,齿如含贝;嫣然一笑,惑阳城,迷下蔡。然此女登墙窥臣三年,至今未许也。登徒子则不然:其妻蓬头挛耳,龂唇历齿;旁行踽偻,又疥且痔。登徒子悦之,使有五子。王孰察之,谁为好色者矣?"

  是时秦章华大夫在侧,因进而称曰:"今夫宋玉盛称邻之女以为美色愚乱之邪?臣自以为守德谓不如彼矣。且夫南楚穷巷之妾,焉足为大王言乎?若臣之陋,目所曾睹者,未敢云也。"王曰:"试为寡人说之。"大夫曰:"唯唯。臣少曾远游,周览九土,足历五都,出咸阳,熙邯郸,从容郑、卫、溱、洧之间。是时,向春之末,迎夏之阳;鸧鹒喈喈,群女出桑。此郊之姝,华色含光。体美容冶,不待饰装!臣观其丽者,因称诗曰:'遵大路兮揽子祛。'赠以芳华,辞甚妙。于是处子怳若有望而不来,忽若有来而不见;意密体疏,俯仰异观,含喜微笑,窃视流眄,复称诗曰:'寤春风兮发鲜荣,洁斋俟兮惠音声。赠我如此兮不如无生!'因迁延而辞避。盖徒以微辞相感动,精神相依凭。目欲其颜,心顾其义,扬诗守礼,终不过差;故足称也!"于是楚王称善。宋玉遂不退。

按登徒,姓也;子者,男子之通称。《战国策》曰:"孟尝君出行国,至楚,献象床,郢之登徒,直使送之。"意楚王之侍从,而赋假以为辞,讽于淫也。辞意胎自《诗》三百,而采之《郑风》者为多,以托谕于溱洧之間也。溱、洧,郑二水名。《郑风·溱洧》之诗曰:"维士与女,伊其相谑,赠之以芍药。"《诗大序》曰:"变风发乎情,止乎礼义",赋之所为取意也。故卒之曰:"盖徒以微辞相感动,精神相依凭。目欲其颜,心顾其义,扬诗守礼,终不过差。"以明作者之旨,崇精神之契合,葆女贞之洁清,与所作《神女赋》末归重"自持不可犯干"者,同一用意;比于《国风》好色而不淫者也。至"遵大路兮揽子袪",既明袭郑诗遵大路之辞《郑风·遵大路》曰:"遵大路兮掺执子之袪兮。"而"赠以芳华辞甚妙",尤暗偷溱洧赠芍之意。"鸧鹒喈喈",取语《小雅》《小雅·出车》。"群女出桑",亦采《豳风》。斯尤凿凿有据。惟风人发以永言之歌诗,而玉则托之主客之酬对耳。玉赋好色而归之扬诗守礼,而《钓赋》则称尧、舜、禹、汤以圣贤为竿,道德为纶,仁义为钩,禄利为饵,四海为池,万民为鱼。至于《九辩》,乃曰:"独耿介而不随兮,愿慕先圣之遗教。处浊世而显荣兮,非予心之所乐。与其无义而有名兮,宁穷处而守高。食不偷而为饱兮,衣不苟而为温。窃慕诗人之遗风兮,愿托志乎素餐。"观其游文六艺,留意仁义,盖同于荀卿之儒;而骨气奇高,辞采华茂,新丽顿挫,自胜荀卿之平典。盖荀卿规旋以矩步,故伦序而寡状。宋玉腾茂以蜚英,斯卓荦而为杰矣!所作《登徒子好色赋》及《风赋》《高唐赋》《神女赋》《九辩》《招魂》,其殊胜者。香草美人,朗丽以哀志,其原盖出屈原;而变化以促节激弦,错综震荡,不如屈原之哀怨缠绵,使人味之,亹亹不倦。后人乃哀屈原、宋玉、景差之作,以为《楚辞》。

《楚辞》者,上承三百篇之《诗》,下开汉人之赋,体纵于三代,而风雅于战国,乃纵横之别子,而诗教之支流也。屈原、宋玉以赋见称,而娴于辞令。观其骨鲠所树,肌肤所附,虽取镕经义,亦自铸伟辞。故《骚经》《九章》,朗丽以哀志;《九歌》《九辩》,绮靡以伤情;《远游》《天问》,瑰诡而惠巧;《招魂》《招隐》,耀艳而深华。《卜居》标放言之致,《渔父》寄独往之才。故能气往轹古，辞来切今；遂客主以首引，极声貌以穷文。铺张扬厉，媲于纵横，体物写志，原本诗教；奇文郁起，莫与争能矣。

第七节　国　　策

战国者，纵横之世也。纵横之学，本于古者行人之官。自春秋时，列国争衡，使者往来其间，尚辞令，崇舌辨，而纵横之端绪开。战国初，鬼谷子更发明揣摩捭阖纵横之说。而游说权谋之徒，见贵于俗；是以苏秦、代、厉、张仪、公孙衍之属，主纵横短长之说，左右倾侧。苏秦为纵，张仪为横，横则秦帝，纵则楚王；所在国重，所去国轻，抵掌揣摩腾说以取富贵。其辞敷张而扬厉，变其本而恢奇焉，不可谓非行人辞命之极也。然孔子不云乎："诵《诗》三百，使于四方，不能专对，虽多奚为！"是则比兴之旨，讽谕之义，固行人之所肄也；纵横家者流，推而衍之，是以能委折而入情，微婉而善讽。盖由诗教之比兴，解散辞体而为韵文，则为楚《骚》之扬厉；由诗教之比兴，解散辞体而为语言，则为《国策》之纵横；虽语文攸异，而为比兴一也。战国之时，君德浅薄，为之谋策者，不得不因势而为资，据时而为画，故其谋扶急持倾，为一切之权；虽不可以临教化，兵革救急之势也。秦兼天下而辑其辞说以著《战国策》，其篇有东西二周、秦、齐、燕、楚、三晋、宋、卫、中山，合十二国，分为三十三卷。夫谓之"策"者；盖录而不序，故即简以为名。或云：汉代刘向以战国游士为之策谋，因谓之《战国策》。录一二以见例：

苏秦为赵合从，说齐宣王曰："齐，南有泰山，东有琅邪，西有清河，北有渤海，此所谓四塞之国也。齐地方二千里，带甲数十万，粟如丘山。齐车之良，五家之兵，疾如锥矢，战如雷电，解如风雨。即有军役,未尝倍泰山、绝清河、涉渤海也。临淄之中七万户,臣窃度之,下户三男子,三七二十一万;不待发于远县,而临淄之卒,固已二十一万矣。临淄甚富而实,其民无不吹竽鼓瑟,击筑弹琴,斗鸡走犬,六博蹋鞠者。临淄之途,车毂击,人肩摩,连衽成帷,举袂成幕,挥汗成雨,家殷人足,志高气扬。夫以大王之贤与齐之强,天下不能当;今乃西面事秦,窃为大王羞之。且夫韩魏所以畏秦者,以与秦接界也。兵出而相当,不至十日,而战胜存亡之机决矣。韩魏战而胜秦,则兵半折,四境不守;战而不胜,以亡随其后。是故韩魏之所以重与秦战而轻为之臣也。今秦攻齐则不然。倍韩魏之地,至闱阳晋之道,径亢父之险:车不得方轨,马不得并行;百人守险,千人不能过也。秦虽欲深入,则狼顾,恐韩魏之议其后也。是故恫疑虚喝,高跃而不敢进,则秦不能害齐,亦明矣。夫不料秦之不奈我何也,而欲西面事秦,是群臣之计过。今臣无事秦之名,而有强国之实,臣固愿大王之少留计!"齐王曰:"寡人不敏,今主君以赵王之诏告之,敬奉社稷以从。"

田单将攻狄,往见鲁仲子。仲子曰:"将军攻狄,不能下也。"田单曰:"臣以五里之城,七里之郭,破亡余卒,破万乘之燕,复齐墟。攻狄而不下,何也?"上车弗谢而去。遂攻狄,三月而不克之也。齐婴儿谣曰:"大冠若箕,修剑柱颐。攻狄不能下,垒枯丘。"田单乃惧,问鲁仲子曰:"先生谓单不能下狄,请问其说。"鲁仲子曰:"将军之在即墨,坐而织蒉,立则杖插,为士卒倡曰:'可往矣,宗庙亡矣!亡日尚矣!归于何党矣!'当此之时,将军有死之心,而士卒无生之气,闻若言,莫不挥泣奋臂而欲战,此所以破燕也。当今将军,东有夜邑之奉,西有淄上之虞,黄金横带而驰乎淄渑之间,有生之乐,无死之心,所以不胜者也。"田单曰:"单有心,先生志之矣。"明日,乃厉气循城,立于矢石之所及,援枹鼓之。狄人乃下。

学者惟拘声韵为之诗,而不知言情达志,敷陈讽谕,抑扬涵泳之文,皆本于诗教,观《战国策》可知也。夫难显之情,他人所不能达者,战国策士因事设譬,意趣横生,盖诗人比兴之教也。如:

　　苏厉谓周君曰:"败韩魏,杀犀武,攻赵,取蔺、离石、祁者,皆白起,是攻用兵又有天命也。今攻梁,梁必破,破则周危。君不若止之。"谓白起曰:"楚有养由基者善射;去柳叶者百步而射之,百发百中。左右皆曰:'善。'有一人过曰:'善射,可教射也矣。'养由基曰:'人皆善,子乃曰可教射。子何不代我射之也?'客曰:'我不能教子支左屈右。夫射柳叶者百发百中,而不以善息;少焉,气力倦,弓拨矢钩,一发不中,前功尽矣。今公破韩魏,杀犀武,而北攻赵,取蔺、离石、祁者,公也。公之功甚多。今公又以秦兵出塞,过两周,践韩而以攻梁。一攻而不得,前功尽灭。公不若称病不出也。'"

　　齐欲伐魏。淳于髡谓齐王曰:"韩子卢者,天下之疾犬也。东郭逡者,海内之狡兔也。韩子卢逐东郭逡,环山者三,腾山者五;兔极于前,犬废于后;犬兔俱罢,各死其处。田父见之,无劳倦之苦而擅其功。今齐魏久相持以顿其兵,敝其众,臣恐强秦、大楚承其后,有田父之功。"齐王惧,谢将休士。

皆巧于构思,罕譬而喻,他人所百思不到者,既读之而适为人人意中所有。然而其气疏宕,其文散朗,跌宕昭彰,盖太史公文之所自昉焉。

《国语》与《国策》,记言体同,又皆国别史,而文章攸殊。《国语》寓偶于散以植其骨,《左传》之支流也。《国策》解偶为散以振其气,迁史之前茅也。《国策》之文粗,《国语》之文细。《国语》之气萎,《国策》之气雄。《国语》,左氏末弩乎;《国策》,司马氏先鞭乎。虽《国策》一书,多记当时策士智谋。然亦时有奇谋诡计,一时未用,而著书之士,爱不能割,假设主臣问难以快其意,如苏子之于薛公及楚太子事,其明征也。然则贫贱而托显贵交言,愚陋而附高明为伍,策士夸诈之风,又值言辞相矜之际,天下风靡久矣。《孟子》书,梁惠、齐宣诸王及门弟子问,而孟子答之,意以往复而始发,理以诘难而有明,亦客主之辞,乃战国文体尔。

第二章 秦

第一节 李 斯

秦始皇并天下,虽召文学,置博士,然焚烧诗书,蔑弃古典。史载始皇除谥法制,报李斯议封建,及二世诏李斯、冯去疾诸制诏,铺张事业,着墨不多,而吐属峻重,天威大声,词不敷腴,而其文峻简,其旨刻峭,不同成周之温厚,亦异汉帝制诏之雄赡也。其丞相李斯,与韩非同事荀卿,不师儒者之道,而以法术为治。六国之时,文字异形,斯乃奏同之,罢其不与秦文合者。是时秦大发吏卒,兴戍役,官狱职务繁,初有隶书以趋约易,而学法令以吏为师。民间所存,医药卜筮种树之书而已。然李斯颇有文采,而所为文章,深于诗教。上书论逐客,多方设譬,得《诗》比兴之意。而为泰山、琅琊诸刻石文,敷政诵德,亦《诗》《雅》、《颂》之体。或嫌法家辞气,体乏弘润。而不知《雅》以为后世法,《颂》诵德广以美之,天心布声,讽切治体,本自与十五《国风》之体物言志,优游涵泳者不同。特以斯之笔情轻侠,秋声朝气,揄扬未能雍容,气韵自欠深远,未能如《雅》、《颂》之天心布声,优游涵泳,达其深旨也。至于上书谏逐客,辞特弘赡,而用笔急转直驶,终是削刻本色。大抵秦法峻急,秦文刻核,骨多少肉,气峻无韵,比周文意欠温醇,视汉代气不宏远;峭削崚嶒,觇其祚促。声音之道,与政通矣。然如斯之疏而能壮,亦一代之绝采已!

斯初入秦，以楚人拜客卿，会韩国人郑国来间秦，已而觉，秦宗室大臣请一切逐客，李斯议亦在逐中。斯乃上书曰：

臣闻吏议逐客，窃以为过矣！昔缪公求士，西取由余于戎，东得百里奚于宛，迎蹇叔于宋，求丕豹、公孙支于晋。此五子者，不产于秦，而缪公用之，并国二十，遂霸西戎。孝公用商鞅之法，移风易俗，民以殷盛，国以富强，百姓乐用，诸侯亲服，获楚魏之师，举地千里，至今治强。惠王用张仪之计，拔三川之地；西并巴蜀，北收上郡，南取汉中，包九夷，制鄢郢，东据成皋之险，割膏腴之壤，遂散六国之纵，使之西面事秦，功施到今。昭王得范睢，废穰侯，逐华阳，强公室，杜私门，蚕食诸侯，使秦成帝业。此四君者，皆以客之功。由此观之，客何负于秦哉？向使四君却客而不内，疏士而不用，是使国无富利之实，而秦无强大之名也。

今陛下致昆山之玉，有随和之宝，垂明月之珠，服太阿之剑，乘纤离之马，建翠凤之旗，树灵鼍之鼓，此数宝者，秦不生一焉。而陛下说之，何也？必秦国之所生然后可，则是夜光之璧不饰朝廷，犀象之器不为玩好，郑卫之女不充后宫，而骏良駃騠不实外厩，江南金锡不为用，西蜀丹青不为采。所以饰后宫，充下陈，娱心意，说耳目者，必出于秦然后可，则是宛珠之簪，傅玑之珥，阿缟之衣，锦绣之饰不进于前；而随俗雅化，佳冶窈窕赵女不立于侧也。夫击瓮叩缶，弹筝搏髀而歌呼呜呜快耳者，真秦之声也。郑卫桑间、《韶虞》《武象》者，异国之乐也。今弃击瓮叩缶而就郑卫，退弹筝而取《韶虞》，若是者何也？快意当前，适观而已矣。今取人则不然。不问可否，不论曲直，非秦者去，为客者逐。然则是所重者在乎色乐珠玉，而所轻者在乎人民也。此非所以跨海内、制诸侯之术也。

臣闻地广者粟多，国大者人众，兵强则士勇。是以泰山不让土壤，故能成其大；河海不择细流，故能就其深；王者不却众庶，故能明其德。是以地无四方，民无异国，四时充美，鬼神降福，此五帝三王之所以无敌也。今乃弃黔首以资敌国，却宾客以业诸侯，使天下之士退而不敢西向，裹足不入秦，此所谓借寇兵而赍盗粮者也。夫物不产于秦，可宝者多；士不产于秦，而愿忠者众。今逐客以资敌国，损民以益雠，内自虚而外树怨于诸侯，求国无危，不可得也。

秦王乃除逐客之令，复李斯官，卒用其计谋，二十余年，竟并天下，尊王为皇帝，以斯为丞相，一法度衡石丈尺，车同轨，书同文字。于是始皇乃遂上泰山，立石，封祠祀；并渤海以东，穷成山，登之罘；南登琅琊，作琅琊台；北之碣石，东南上会稽，望于南海，所至立石，刻颂秦德，以明得意，其文多出李斯手。其《会稽石刻》文曰：

> 皇帝休烈，平一宇内，德惠修长。卅有七年，亲巡天下，周览远方。遂登会稽，宣省习俗，黔首斋庄。群臣颂功，本原事迹，追道高明。秦圣临国，始定刑名，显陈旧章。初平法式，审别职任，以立恒常。六王专倍，贪戾慠猛，率众自强。暴虐恣行，负力而骄，数动甲兵。阴通闲使，以事合纵，行为辟方。内饰诈谋，外来侵边，遂起祸殃。义威诛之，殄熄暴悖，乱贼灭亡。圣德广密，六合之中，泽被无疆。皇帝并宇，兼听万事，远近毕清。运理群物，考验事实，各载其名。贵贱并通，善否陈前，靡有隐情。饰省宣义，有子而嫁，倍死不贞。防隔内外，禁止淫泆，男女絜诚。夫为寄豭，杀之无罪，男秉义程。妻为逃嫁，子不得母，咸化廉清。大治濯俗，天下承风，蒙被休经。皆遵轨度，和安敦勉，莫不顺令。黔首修洁，人乐同则，嘉保太平。后敬奉法，常治无极，舆舟不倾。从臣诵烈，请刻此石，光垂休铭。

三句为韵，泰山、之罘、碣石诸刻石皆然，惟《琅琊台刻石》二句取韵，略与三百篇同耳。

第三编

中古文学

第一章 发　　凡

由汉至隋，文章迁变，昭然可征者，约有四焉。

西汉代兴，文区二体：赋、颂、箴、铭，源出于文者也；论、辩、书、疏，源出于语者也。观邹邹阳枚枚乘枚皋扬扬雄马司马相如之流，咸工作赋，沉思翰藻，不歌而诵，旁及箴、铭、骚、七，咸属有韵之文。若贾生作论，史迁报书，刘向、匡衡之献疏，虽记事记言，昭书简册，不欲操觚率尔，或加润色之功；然大抵皆单行之语，不杂骈俪之辞；或出语雄奇，或行文平实，咸能抑扬顿挫，以期语意之爽朗。东京以降，论、辩、书、疏诸作，亦杂用排体，往往以单行之语，运排偶之辞，而奇偶相生，致文体迥殊于西汉。建安之世，七子继兴，偶有撰著，悉以排偶易单行。即非有韵之文，亦用偶文之体，而华靡之作，遂开四六之先，而文体一归于骈俪。由歧趋一，其迁变者一也。

西汉攸作，纵笔所至，故句法长短错综，不拘一格；或以数十字成一句，或以二三字成一句，而形容事物，神理毕出，如贾谊论奏，《史记》纪传是也。东汉之文，句法渐有定式，研炼而出以简化；往往以四字成一语。而魏代之文，则合二语成一意。或上句用四字，下句用六字；或上句用六字，下句用四字；或上句下句皆用四字，而上联咸与下联成对偶，诚以非此不能尽其意也。由复趋简，其迁变者二也。

西汉之时，虽骚赋之韵文，而对偶之法未严。其为文章，或此段与彼段互为对偶之词，以成排比之体；或一句之中，以上半句对下半句，皆得谓之偶文，非拘于用同一之句法也，亦非拘拘于用一定之声律也。东汉则字句之间，渐互对偶。若魏代之体，则又以声色相矜，以藻绘相饰，虽多华靡，尚有清气。至晋宋以降，靡曼纤冶，则又偏重辞华矣。由散趋整，其迁变者三也。

西汉文人，若扬马之流，类皆湛深小学，故相如作《凡将篇》，而子云亦作《方言》；故选辞遣字，亦能古训是式，沉博典丽，注之者既备述典章，笺之者复详征诂故。非明六书假借之用者，不能通其辞。东汉文苑，既与儒林分列，故文辞古奥，远逊西京。魏代之文，则奇字古文，用者甚少，语意易明，而无俟后儒之解诂。由奥趋显，其迁变者四也。

又不仅是。古者朝有典谟，官存法令，风诗采之闾里，敷奏登之庙堂，未有人自为书，家存一说者也。古人之言，所以为公也，未尝矜于文辞而私据为己有也。六经者，三代盛时典章法度见于政教行事之实，而非圣人有意作为文字以传后世也。自治学分途，百家风起，周秦诸子，不胜纷纭，识者已病大道之裂矣。然而诸子思以其学易天下，固将以其所谓道者争天下之莫可加。而语言文字，未尝私其所出也，又苟足显其业而可以传授于其徒，则其说亦遂止于是，而未尝有参差庞杂之文也。两汉文章渐富，为著作之始衰。然贾生奏议，编入新书；相如辞赋，但记目录。皆成一家之言，与诸子不甚相远。初未尝有汇次诸体，裒次而为文集者也。自东京以降，迄乎建安、黄初之间，文章繁矣。然范晔《后汉书》、陈寿《三国志》所次文士诸传，识其文笔，皆云"所著诗、赋、碑、箴、颂、诔若干篇"，而不云"文集若干卷"；则文集之实已具，而文集之名犹未立也。晋挚虞创为《文章流别集》，学者便之。于是别聚古人之作，标为别集。则文集之名，实仿于晋代。然挚虞《文章流别集》，乃是后人集前人。人自为集，自齐之王文宪俭集始。而集之为言，辞章不专家，而萃聚文墨以为龙蛇之菹也。经学不专家，而文集有经义。史学不专家，而文集有碑传。诸子不专家，而文集有论辩。由专而杂，由公而私，亦文章得失之林也。具以冠于篇。

第二章 西 汉

第一节 发 凡

汉兴,去古未远,其文章盖战国之余波也。大要不出三派:其一,高帝之世,有蒯通、郦生、娄敬;迄于汉武,主父偃、徐乐、严安之伦,因势合变,抵掌而谈,以干时主,《国策》之尾闾也。其二,陆贾说高祖马上得之,不可以马上治,著秦所以失,汉所以得。文帝时有颍川贾山、洛阳贾谊、颍川晁错,达于奏议,而根切理要,语有据依。至武帝兴贤良,董仲舒对策言天人相与之际,弥纶群言,诸子之遗意也。其三,高祖好楚声,当世多化之。武帝尤喜《楚辞》,使淮南王为《离骚》作传。《七发》造于枚乘,借吴、楚以为客主。如朱买臣等,多以能为《楚辞》进。相如独变其体,益为恢诡广博无涯涘。淡藻扬葩,篇章不匮,《楚骚》之遗音也。三者之为文不同,而尚气善辩,辞意铿訇,要得战国纵横之意,则无乎不同。然则《国策》者,尤西汉文章之根极乎。及司马迁厥协六经异传,整齐百家杂语,为《太史公书》百三十篇,盖尝见意于《屈原列传》,隐以自喻,谓:"信而见疑,忠而被谤,能无怨乎?屈平之作《离骚》,盖自怨生也。《国风》好色而不淫,《小雅》怨诽而不乱,若《离骚》者,可谓兼之矣。上称帝喾,下道齐桓,中述汤武,以刺世事。明道德之广崇,治乱之条贯,靡不毕见。"及至自序其著书之意,亦自以遭李陵之祸,意有所郁结不得通，故述往事，思来者，于是卒述陶唐以来，至于麟止；则亦依仿《离骚》而作，特得其意而不必袭其辞。若论其辞，则犹《国策》纵横之体耳！是以太史公文兼括六艺百家之旨，变化捭阖，不可方物；第论其惨怛之情，抑扬之致，则得于《诗》三百篇及《离骚》居多。而学《离骚》，得其情者为太史公，得其辞者为司马相如；史公善用奇，而衍上古之语，以开唐宋八家之古文；相如媲于偶，而衍上古之文，以成汉魏六朝之骈文，标然特出，号两司马，并驾齐足，模楷百代，盖后世韵散文大宗也。而辞赋得楚《骚》之怨悱，议论如战国之纵横，先两司马而驰誉，冠东西京而首出，兼能并美，迭用奇偶者，莫如贾谊。

第二节 贾谊附贾山 晁错 董仲舒

　　贾谊，洛阳人。年十八，以能诵诗书属文，河南守吴公召置门下。文帝初立，闻吴公治平为天下第一，征为廷尉。廷尉乃言谊年少，颇通诸子百家之书，文帝召以为博士，年二十余，最为少。每诏令议下，诸老先生未能言，贾生尽为之对，人人各如其意所出。文帝悦之，一岁之中，超迁至大中大夫。既而为绛、灌、东阳侯冯敬之属嫉毁，出为长沙王太傅。谊意不自得，及渡湘水，为赋以吊屈原，盖以自谕也。谊之文，不为雕饰，而疏俊瑰伟，仍战国之逸响。观其《陈政事疏》《上疏请封建子弟》及《过秦论》，得《国策》之雄肆，而出以明允笃诚，不效苏张之侈诞诙戏。《鹏鸟赋》《惜誓》及《吊屈原文》，有楚《骚》之哀激，而抒为绚明切当，微逊屈宋之瑰丽缠绵。昔人称《骚经》《九章》朗丽以哀志。谊之学《骚》，哀志则然矣，盖有其朗而无其丽者乎。谊以汉兴至文帝二十余年，仍袭秦故，而未能明仁义，乃作《过秦论》以见意。

　　《过秦论》上：

第三编　中古文学

秦孝公据殽函之固，拥雍州之地，君臣固守，以窥周室，有席卷天下，包举宇内，囊括四海之意，并吞八荒之心。当是时，商君佐之，内立法度，务耕织，修守战之备；外连衡而斗诸侯，于是秦人拱手而取西河之外。孝公既没，惠王、武王蒙故业，因遗册，南兼汉中，西举巴蜀，东割膏腴之地，北收要害之郡。诸侯恐惧，会盟而谋弱秦，不爱珍器重宝肥美之地，以致天下之士，合从缔交，相与为一。当是时，齐有孟尝，赵有平原，楚有春申，魏有信陵，此四君者，皆明知而忠信，宽厚而爱人，尊贤重士，约从离横，并韩、魏、燕、楚、齐、赵、宋、卫、中山之众。于是六国之士，有宁越、徐尚、苏秦、杜赫之属为之谋，齐明、周最、陈轸、昭滑、楼缓、翟景、苏厉、乐毅之徒通其意，吴起、孙膑、带佗、儿良、王廖、田忌、廉颇、赵奢之伦制其兵。尝以十倍之地，百万之众，叩关而攻秦。秦人开关延敌，九国之师，逡巡遁逃而不敢进。秦无亡矢遗镞之费，而天下诸侯已困矣。于是从散约解，争割地而奉秦。秦有余力而制其敝，追亡逐北，伏尸百万，流血漂卤，因利乘便，宰割天下，分裂河山，强国请服，弱国入朝。延及孝文王、庄襄王，享国日浅，国家无事。及至秦王，续六世之余烈，振长策而御宇内，吞二周而亡诸侯，履至尊而制六合，执棰拊以鞭笞天下，威振四海。南取百越之地，以为桂林、象郡，百越之君俯首系颈，委命下吏。乃使蒙恬北筑长城而守藩篱，却匈奴七百余里，胡人不敢南下而牧马，士不敢弯弓而报怨。于是废先王之道，焚百家之言，以愚黔首。堕名城，杀豪俊，收天下之兵，聚之咸阳，销锋铸镞，以为金人十二，以弱黔首之民。然后斩华为城，因河为池，据亿丈之城，临不测之溪以为固。良将劲弩守要害之处，信臣精卒陈利兵而谁何。天下已定，秦王之心，自以为关中之固，金城千里，子孙帝王万世之业也。秦王既没，余威震于殊俗。

陈涉瓮牖绳枢之子，氓隶之人，而迁徙之徒也。才能不及中人,非有仲尼、墨翟之贤,陶朱、猗顿之富,蹑足行伍之间,而倔起什伯之中,率罢散之卒,将数百之众,转而攻秦。斩木为兵,揭竿为旗,天下云集响应,赢粮而景从,山东豪俊遂并起而亡秦族矣。且夫天下非小弱也,雍州之地,殽函之固,自若也。陈涉之位,非尊于齐、楚、燕、赵、韩、魏、宋、卫、中山之君;锄耰棘矜,非铦于钩戟长铩也;谪戍之众,非抗于九国之师;深谋远虑,行军用兵之道,非及曩时之士也。然而成败异变,功业相反也。试使山东之国,与陈涉度长絜大,比权量力,则不可同年而语矣!然秦以区区之地,致万乘之权,招八州而朝同列,百有余年矣。然后以六合为家,殽函为宫。一夫作难而七庙隳,身死人手,为天下笑者,何也?仁义不施而攻守之势异也。

《过秦论》中:

秦并海内,兼诸侯,南面称帝,以养四海。天下之士斐然乡风,若是者何也?曰:近古之无王者久矣。周室卑微,五霸既没,令不行于天下,是以诸侯力政,强侵弱,众暴寡,兵革不休,士民罢敝。今秦南面而王天下,是上有天子也。既元元之民,冀得安其性命,莫不虚心而仰上。当此之时,守威定功,安危之本,在于此矣。秦王怀贪鄙之心,行自奋之智,不信功臣,不亲士民;废王道,立私权;禁文书而酷刑法,先诈力而后仁义,以暴虐为天下始。夫并兼者高诈力,安定者贵顺权,此言取与守不同术也。秦离战国而王天下,其道不易,其政不改,是其所以取之守之者异也。孤独而有之,故其亡可立而待。借使秦王计上世之事,并殷周之迹,以制御其政,后虽有淫骄之主,而未有倾危之患也。故三王之建天下,名号显美,功业长久。

今秦二世立,天下莫不引领而观其政。夫寒者利短褐,而饥者甘糟糠，天下之嗷嗷，新主之资也，此言劳民之易为仁也。乡使二世有庸主之行而任忠贤，臣主一心而忧海内之患，缟素而正先帝之过，裂地分民以封功臣之后，建国立君以礼天下，虚囹圄而免刑戮，除去收帑污秽之罪，使各反其乡里；发仓廪，散财币，以振孤独穷困之士，轻赋少事，以佐百姓之急，约法省刑，以持其后。使天下之人皆得自新，更节修行，各慎其身，塞万民之望，而以威德与天下，天下集矣。即四海之内，皆欢然各自安乐其处，惟恐有变。虽有狡猾之民，无离上之心，则不轨之臣，无以饰其智，而暴乱之奸止矣。二世不行此术，而重之以无道，坏宗庙与民，更始作阿房宫；繁刑严诛，吏治刻深；赏罚不当，赋敛无度；天下多事，吏弗能纪；百姓困穷，而主弗收恤。然后奸伪并起，而上下相遁，蒙罪者众，刑戮相望于道，而天下苦之。自君卿以下，至于众庶，人怀自危之心，亲处穷苦之实，咸不安其位，故易动也。是以陈涉不用汤武之贤，不借公侯之尊，奋臂于大泽，而天下响应者，其民危也。故先王见始终之变，知存亡之机。是以牧民之道，务在安之而已。天下虽有逆行之臣，必无响应之助矣。故曰："安民可与行义，而危民易与为非。"此之谓也。贵为天子，富有天下，身不免于戮杀者，正倾非也。是二世之过也。

《过秦论》下：

秦并兼诸侯，山东三十余郡，缮津关，据险塞，修甲兵而守之。然陈涉以戍卒散乱之众数百，奋臂大呼，不用弓戟之兵，锄櫌白梃，望屋而食，横行天下。秦人阻险不守，关梁不阖，长戟不刺，强弩不射。楚师深入，战于鸿门，曾无藩篱之限。于是山东大扰，诸侯并起，豪俊相立。秦使章邯将而东征，章邯因以三军之众，要市于外，以谋其上。群臣之不信，可见于此矣。子婴立，遂不寤。借使子婴有庸主之才,仅得中佐,山东虽乱,秦之地可全而有,宗庙之祀,未当绝也。

秦地被山带河以为固,四塞之国也。自缪公以来,至于秦王,二十余君,常为诸侯雄,岂世世贤哉?其势居然也。且天下尝同心并力而攻秦矣。当此之世,贤智并列,良将行其师,贤相通其谋,然困于阻险而不能进,秦乃延入战而为之开关,百万之徒,逃北而遂坏,岂勇力智慧不足哉?形不利,势不便也。秦小邑并大城,守险塞而军,高垒毋战,闭关据阨,荷戟而守之。诸侯起于匹夫,以利合,非有素王之行也。其交未亲,其下未附,名为亡秦,其实利之也。彼见秦阻之难犯也,必退师。安土息民以待其敝,收弱扶罢以令大国之君,不患不得意于海内。贵为天子,富有天下,而身为禽者,其救败非也。秦王足已不问,遂过而不变。二世受之,因而不改,暴虐以重祸。子婴孤立无亲,危弱无辅。三主惑而终身不悟,亡,不亦宜乎?

当此时也,世非无深虑知化之士也,然所以不敢尽忠拂过者,秦俗多忌讳之禁,忠言未卒于口,而身为戮殁矣。故使天下之士,倾耳而听,重足而立,钳口而不言。是以三主失道,忠臣不敢谏,智士不敢谋,天下已乱,奸不上闻,岂不哀哉!先王知壅蔽之伤国也,故置公卿大夫士,以饰法设刑而天下治。其强也,禁暴诛乱而天下服;其弱也,五伯征而诸侯从;其削也,内守外附而社稷存。故秦之盛也,繁法严刑而天下震;及其衰也,百姓怨望而海内畔矣。故周王序得其道,而千余岁不绝。秦本末并失,故不长久。由此观之,安危之统,相去远矣。野谚曰:"前事之不忘,后事之师也。"是以君子为国,观之上古,验之当世,参以人事,察盛衰之理,审权势之宜,去就有序,变化有时。故旷日长久,而社稷安矣。

谊《陈政事疏》，开首自陈："验之往古，按之当今之务。"而《过秦论》入后亦云："观之上古，验之当世。"陈古以刺今，亦谊之所以学屈原。《史记·屈原列传》历叙《离骚》："上称帝喾，下道齐桓，中述汤武，以刺世事，明道德之广崇，治乱之条贯，靡不毕见。"是即谊所谓"观之上古，验之当世"也。不过屈原文繁而辞微，而在贾生，事核而义明，故能气往轹古，辞来切今。世传有贾谊《新书》。

同时有贾山者，颍川人也，议论激切，善指事意。上书文帝，言治乱之道，名曰《至言》，借秦为谕，亦贾生《过秦》之指。其文去战国未远，疏荡有奇气，而不用绳墨。然语极醇实，不同苏、张之浮夸；气又宏肆，亦异秦文之瘦硬；敷陈往古，掎挈当时，根极理要，而出以博辩，略似《荀子》，而跌宕昭彰过之。

晁错，亦颍川人，学申、商刑名于轵张恢生所，为人峭直刻深。文帝时，拜太子家令，以其辩得幸太子。太子家号曰智囊。是时匈奴强，数寇边，文帝发兵以御之。而错上书言兵事；言守边备塞，务农力本，当世急务二事；复言募民徙塞下，重农贵粟。大抵酌古以御今，指事类情，辨析疏通；然瘦硬而未雄，裁核而不肆，未能如贾山、贾谊之辞气铿訇，使人精神振发，盖于法家为近，而贾山、贾谊则博辩似纵横家。盖贾山、贾谊以儒者而兼纵横，急言竭论，略近孟荀。而晁错则以法家而兼兵农，开塞耕战，一同商韩。其《重农贵粟书》曰：

> 圣王在上而民不冻饥者，非能耕而食之，织而衣之也，为开其资财之道也。故尧禹有九年之水，汤有七年之旱，而国亡捐瘠者，以蓄积多而备先具也。今海内为一，土地人民之众，不避汤禹；加以亡天灾数年之水旱，而蓄积未及者，何也？地有遗利，民有余力，生谷之土未尽垦，山泽之利未尽出也，游食之民未尽归农也。民贫则奸邪生。贫生于不足，不足生于不农，不农则不地著，不地著则

离乡轻家,民如鸟兽,虽有高城深池,严法重刑,犹不能禁也。夫寒之于衣,不待轻暖;饥之于食,不待甘旨;饥寒至身,不顾廉耻。人情一日不再食则饥,终岁不制衣则寒。夫腹饥不得食,肤寒不得衣,虽慈母不能保其子,君安能以有其民哉?明主知其然也,故务民于农桑,薄赋敛,广蓄积,以实仓廪,备水旱,故民可得而有也。民者,在上所以牧之,趋利如水走下,四方亡择也。夫珠玉金银,饥不可食,寒不可衣;然而众贵之者,以上用之故也。其为物轻微易藏,在于把握,可以周海内而亡饥寒之患。此令臣轻背其主,而民易去其乡,盗贼有所劝,亡逃得轻赍也。粟米布帛,生于地,长于时,聚于力,非可一日成也。数石之重,中人弗胜,不为奸邪所利;一日弗得,而饥寒至。是故明君贵五谷而贱金玉。

今农夫五口之家,其服役者不下二人,其能耕者不过百亩。百亩之收,不过百石。春耕夏耘,秋获冬藏,伐薪樵,治官府,给徭役,春不得避风尘,夏不得避暑热,秋不得避阴雨,冬不得避寒冻,四时之间,亡日休息;又私自送往迎来,吊死问疾,养孤长幼在其中。勤苦如此,尚复被水旱之灾。急政暴虐,赋敛不时,朝令而暮改。当其有者半贾而卖,亡者取倍称之息,于是有卖田宅、鬻子孙以偿责者矣。而商贾大者积贮倍息,小者坐列贩卖,操其奇赢,日游都市,乘上之急,所卖必倍。故其男不耕耘,女不蚕织;衣必文采,食必粱肉;亡农夫之苦,有仟佰之得。因其富厚,交通王侯,力过吏势,以利相倾;千里游敖,冠盖相望,乘坚策肥,履丝曳缟。此商人所以兼并农人,农人所以流亡者也。今法律贱商人,商人已富贵矣;尊农夫,农夫已贫贱矣。故俗之所贵,主之所贱也;吏之所卑,法之所尊也。上下相反,好恶乖迕,而欲国富法立,不可得也。

方今之务,莫若使民务农而已矣。欲民务农,在于贵粟。贵粟之道,在于使民以粟为赏罚。今募天下,入粟县官,得以拜爵,得以除罪。如此富人有爵,农民有钱,粟有所渫。夫能入粟以受爵,皆有余者也。取于有余,以供上用,则贫民之赋可损,所谓损有余,补不足,令出而民利者也。顺于民心,所补者三:一曰主用足,二曰民赋少,三曰劝农功。今令,民有车骑马一匹者,复卒三人。车骑者,天下武备也,故为复卒。《神农之教》曰:"有石城十仞,汤池百步,带甲百万,而亡粟,弗能守也。"以是观之,粟者,王者大用,政之本务。令民入粟受爵,至五大夫以上,乃复一人耳,此其与骑马之功相去远矣。爵者,上之所擅,出于口而亡穷。粟者,民之所种,生于地而不乏。夫得高爵与免罪,人之所甚欲也。使天下人入粟于边,以受爵免罪,不过三岁,塞下之粟必多矣。

《商君书·农战》曰:"国之所以兴者,农战也。"又《算地》曰:"故民生则计利,死则虑名;名利之所出,不可不审也。利出于地,则民尽力;名出于战,则民致死。入使民尽力,则草不荒;出使民致死,则胜敌。胜敌而草不荒,则富强之功可立而致也。"韩非子曰:"孔墨不耕耨,则国何得焉。曾史不战攻,则国何利焉。"盖亦推本《商君书》,而为错之学所自出焉。对贤良策,始于错,其文不传,而广川董仲舒独以《贤良对策》擅名于千古!

仲舒少治春秋,为博士,下帷讲诵,三年不窥园,而进退容止,非礼不行,学士皆师尊之。及武帝即位,诏举贤良方正直言极谏之士,亲策问之。仲舒为对,推颂孔子,抑黜百家,立学校之官,州郡举茂才孝廉,皆自仲舒此对发之。其辞曰:

陛下发德音,下明诏,求天命与情性,皆非愚臣之所能及也。臣谨按《春秋》之中,视前世已行之事,以观天人相与之际,甚可畏也!国家将有失道之败,而天乃先出灾害以谴告之,不知自省,又出怪异以警惧之;尚不知变,而伤败乃至,以此见天心之仁爱人君而欲止其乱也。自非大亡道之世者,天尽欲扶持而全安之。事在强勉而已矣。强勉学问,则闻见博,而知益明;强勉行道,则德日起而大有功,此皆可使还至而立有效者也。《诗》曰:"夙夜匪懈。"《书》云:"茂哉茂哉。"皆强勉之谓也。道者,所繇适于治之路也,仁义礼乐,皆其具也。故圣王已没,而子孙长久,安宁数百岁,此皆礼乐教化之功也。王者未作乐之时,乃用先王之乐宜于世者,而以深入教化于民。教化之情不得,《雅》《颂》之乐不成,故王者功成作乐,乐其德也。乐者,所以变民风,化民俗也。其变民也易,其化人也著,故声发于和而本于情,接于肌肤,藏于骨髓;故王道虽微缺,而管弦之声未衰也。夫虞氏之不为政久矣。然而乐颂遗风,犹有存者,是以孔子在齐而闻《韶》也。夫人君莫不欲安存而恶危亡。然而政乱国危者甚众,所任者非其人,而所繇者非其道,是以政日以仆灭也。夫周道衰于幽厉,非道亡也,幽厉不繇也。至于宣王,思昔先王之德,兴滞补弊,明文武之功业,周道粲然复兴,诗人美之而作。上天祐之,为生贤佐,后世称诵,至今不绝,此夙夜不懈行善之所致也。孔子曰:"人能弘道,非道弘人也。"故治乱废兴在于己,非天降命不可得反,其所操持悖谬,失其统也。

臣谨按《春秋》之文,求王道之端,得之于正,正次王,王次春,春者天之所为也,正者王之所为也。其意曰:上承天之所为,而下以正其所为,正王道之端云尔。然则王者欲有所为,宜求其端于天。天道之大者在阴阳。阳为德,阴为刑,刑主杀而德主生。是故阳常居大夏,而以生育长养为事;阴常居大冬,而积于空虚不用之处,以此见天之任德不任刑也。天使阳出布施于上,而主岁功;使阴入伏于下,而时出佐阳。阳不得阴之助,亦不能独成岁终;阳以成岁为名,此天意也。王者承天意以从事,故任德教而不任刑。刑者不可任以治世,犹阴之不可任以成岁也。为政而任刑,不顺于天,故先王莫之肯为也。今废先王德教之官,而独任执法之吏治民,毋乃任刑之意欤？孔子曰："不教而诛谓之虐。"虐政用于下,而欲德教之被四海,故难成也。

臣谨按《春秋》谓一元之意,"一"者物之所从始也,"元"者辞之所谓大也。谓"一"为"元"者,视大始而欲正本也。《春秋》深探其本而反自贵者始。故为人君者正心以正朝廷,正朝廷以正百官,正百官以正万民,正万民以正四方。四方正,远近莫敢不一于正,而亡有邪气奸其间者。是以阴阳调而风雨时,群生和而万民殖,五谷熟而草木茂。天地之间,被润泽而大丰美；四海之内,闻盛德而皆徕臣；诸福之物,可致之祥,莫不毕至,而王道终矣。三王之教,所祖不同,而皆有失。或谓久而不易者,道也；意岂异哉？臣闻夫乐而不乱、复而不厌者谓之道。道者万世无弊,弊者道之失也。先王之道,必有偏而不起之处,故政有眊而不行,举其偏者以补其弊而已矣。三王之道,所祖不同,非其相反,将以救溢扶衰,所遭之变然也。故孔子曰："无为而治者,其舜虖！"改正朔,易服色,以顺天命而已,其余尽循尧道,何更为哉？故王者有改制之名,亡变道之实。然夏上忠,殷上敬,周上文者,所继之救,当用此也。孔子曰："殷因于夏礼,所损益可知也。周因于殷礼,所损益可知也。其或继周者,虽百世可知也。"此言百世之用,以此三者矣。夏因于虞,而独不言"所损益"者,其道如一,而所上同也。道之大原出于天,天不变,道亦不变。是以禹继舜,舜继尧,三圣相受而守一道,亡救弊之政也,故不言其"所损益"也。繇是观之,继治世者其道同,继乱世者其道变。

今汉继大乱之后,若宜少损周之文,致用夏之忠者。陛下有明德嘉道,愍世俗之靡薄,悼王道之不昭,故举贤良方正之士,论谊考问,将欲兴仁谊之休德,明帝王之法制,建太平之道也。臣愚不肖,述所闻,诵所学,道师之言,廑能勿失尔。若乃论政事之得失,察天下之息耗,此大臣辅佐之职,三公九卿之任,非臣仲舒所能及也。然而臣窃有怪者:夫古之天下,亦今之天下;今之天下,亦古之天下,共是天下,古亦大治,上下和睦,习俗美盛,不令而行,不禁而止,吏无奸邪,民亡贼盗,囹圄空虚,德润草木,泽被四海,凤凰来集,麒麟来游,以古准今,壹何不相逮之远也?安所缪戾而陵夷若是?意者有所失于古之道与?有所诡于天之理与?试迹之古,返之于天,党可得见乎?

夫天亦有所分予:予之齿者去其角,傅之翼者两其足,是所受大者,不得取小也。古之所予禄者,不食于力,不动于末,是亦受大者不得取小,与天同意者也。夫已受大,又取小,天不能足,而况人乎?此民之所以嚣嚣苦不足也。身宠而载高位,家温而食厚禄,因乘富贵之资力,以与民争利于下,民安能如之哉?是故众其奴婢,多其牛羊,广其田宅,博其产业,畜其积委,务此而亡已,以迫蹴民。民日削月朘,浸以大穷。富者奢侈羡溢,贫者穷急愁苦。穷急愁苦而上不救,则民不乐生;民不乐生,尚不避死,安能避罪。此刑罚之所以蕃,而奸邪不可胜者也。故受禄之家,食禄而已,不与民争业,然后利可均布,而民可家足。此上天之理,而亦太古之道,天子之所宜法以为制,大夫之所当循以为行也!故公仪子相鲁,之其家,见织帛,怒而出其妻;食于舍而茹葵,愠而拔其葵,曰:"吾已食禄,又夺园夫红女利乎!"古之贤人君子,在列位者皆如是。是故下高其行而从其教,民化其廉而不贪鄙。

及至周室之衰,其卿大夫缓于谊而急于利,亡推让之风,而有争田之讼。故诗人疾而刺之曰:"节彼南山,维石岩岩。赫赫师尹,民具尔瞻。"尔好谊,则民乡仁而俗善。尔好利,则民好邪而俗败。由是观之:天子大夫者,下民之所视效,远方之所四面而内望也。

近者视而放之,远者望而效之,岂可以居贤人之位,而为庶人行哉！夫皇皇求财利,常恐乏匮者,庶人之意也。皇皇求仁义,常恐不能化民者,大夫之意也。《易》曰:"负且乘,致寇至。"乘车者,君子之位也;负担者,小人之事也,此言居君子之位而为庶人之行者,其患祸必至也。若居君子之位,当君子之行,则舍公仪休之相鲁,亡可为者矣。

《春秋》大一统者,天地之常经,古今之通谊也。今师异道,人异论,百家殊方,指意不同,是以上亡以持一统,法制数变,下不知所守。臣愚以为诸不在六艺之科,孔子之术者,皆绝其道,勿使并进。邪辟之说灭息,然后统纪可一,而法度可明,民知所从矣。

大抵祖述《春秋》,观天人相与之际,以明王者有改制之名,无变道之实。其文雄骏不如贾生,辩挈亦逊晁错,而纵笔之所之,气流墨中,不可以绳墨拘,划然轩昂,自仍战国纵横之体。然气象光昌,不同策士之支离构辞,诡激会巧。风恢恢而能远,流洋洋而不溢,王庭之美对也。于时,贾谊、晁错、董仲舒以议著。枚乘、司马相如以辞赋显。

第三节　枚乘（附李陵 苏武）　司马相如

枚乘,字叔,淮阴人也,为吴王濞郎中。吴王怨望,谋为逆,乘上书谏,吴王不用,卒见擒灭,由是知名。景帝召拜乘为弘农都尉。乘久为大国上宾,与英俊并游,得其所好,不乐郡吏,去游梁。梁孝王客皆善属辞赋,乘尤高。孝王薨,乘归淮阴。武帝自为太子,闻乘名,及即位,乃以安车蒲轮征乘。其文有《七发》,遂创七体之格,而实赋之别子为祖也。辞曰:

楚太子有疾，而吴客往问之，曰："伏闻太子玉体不安，亦少闲乎？"太子曰："惫。谨谢客！"客因称曰："今时天下安宁，四宇和平；太子方富于年，意者久耽安乐，日夜无极，邪气袭逆，中若结轖；纷屯澹淡，歔欷烦酲；惕惕怵怵，卧不得瞑；虚中重听，恶闻人声；精神越渫，百病咸生；聪明眩耀，悦怒不平；久执不废，大命乃倾。太子岂有是乎？"太子曰："谨谢客！赖君之力，时时有之，然未至于是也。"客曰："今夫贵人之子，必宫居而闺处。内有保母，外有傅父，欲交无所。饮食则温淳甘膬，腥醲肥厚；衣裳则杂遝曼暖，燂烁热暑。虽有金石之坚，犹将销铄而挺解也，况其在筋骨之间乎哉！故曰：'纵耳目之欲，恣支体之安者，伤血脉之和。'且夫出舆入辇，命曰蹷痿之机。洞房清宫，命曰寒热之媒。皓齿蛾眉，命曰伐性之斧。甘脆肥醲，命曰腐肠之药。今太子肤色靡曼，四支委随，筋骨挺解，血脉淫濯，手足惰窳。越女侍前，齐姬奉后，往来游宴，纵恣乎曲房隐闲之中，此甘餐毒药，戏猛兽之爪牙也。所从来者至深远，淹滞永久而不废，虽令扁鹊治内，巫咸治外，尚何及哉！今如太子之病者，独宜世之君子，博闻强识，承闲语事，变度易意，常无离侧，以为羽翼；淹沈之乐，浩唐之心，遁佚之志，其奚由至哉？"太子曰："诺。病已，请事此言。"客曰："今太子之病，可无药石针刺灸疗而已，可以要言妙道说而去也，不欲闻之乎？"太子曰："仆愿闻之。"

客曰："龙门之桐，高百尺而无枝。中郁结之轮菌，根扶疏以分离。上有千仞之峰，下临百丈之溪。湍流溯波，又澹淡之。其根半死半生。冬则烈风漂霰，飞雪之所激也；夏则雷霆霹雳之所感也；朝则鹂黄鳱鴠鸣焉，暮则羁雌迷鸟宿焉。独鹄晨号乎其上，鹍鸡哀鸣翔乎其下。于是背秋涉冬，使琴挚斫斩以为琴，野茧之丝以为弦，孤子之钩以为隐，九寡之珥以为约，使师堂操畅，伯子牙为之歌。歌曰：'麦秀蕲兮雉朝飞，向虚壑兮背槁槐，依绝区兮临回溪。'

飞鸟闻之,翕翼而不能去;野兽闻之,垂耳而不能行;蚑蟜蝼蚁闻之,拄喙而不能前。此亦天下之至悲也,太子能强起听之乎?"太子曰:"仆病未能也!"

客曰:"刍牛之腴,菜以笋蒲。肥狗之和,冒以山肤。楚苗之食,安胡之饭,抟之不解,一啜而散。于是使伊尹煎熬,易牙调和。熊蹯之臑,勺药之酱。薄耆之炙,鲜鲤之鲙。秋黄之苏,白露之茹。兰英之酒,酌以涤口。山梁之餐,豢豹之胎。小饭大歠,如汤沃雪。此亦天下之至美也,太子能强起尝之乎?"太子曰:"仆病未能也!"

客曰:"钟岱之牡,齿至之车。前似飞鸟,后类距虚。稻麦服处,躁中烦外。羁坚辔,附易路。于是伯乐相其前后,王良、造父为之御,秦缺、楼季为之右。此两人者,马佚能止之,车覆能起之,于是使射千镒之重,争千里之逐。此亦天下之至骏也,太子能强起乘之乎?"太子曰:"仆病未能也!"

客曰:"既登景夷之台,南望荆山,北望汝海,左江右湖,其乐无有。于是使博辩之士,原本山川,极命草木,比物属事,离辞连类,浮游览观,乃下置酒于虞怀之宫,连廊四注。台城层构,纷纭玄绿。辇道邪交,黄池纡曲。涧章白鹭,孔雀鹍鹄,鹓雏鵁鶄,翠鬣紫缨。螭龙德牧,邕邕群鸣。阳鱼腾跃,奋翼振鳞。滚漻莽蓼,蔓草芳苓,女桑河柳,素叶紫茎。苗松豫章,条上造天,梧桐并闾,极望成林。众芳芬郁,乱于五风。从容猗靡,消息阳阴。列坐纵酒,荡乐娱心。景春佐酒,杜连理音。滋味杂陈,肴糅错该。练色娱目,流声悦耳。于是乃发激楚之结风,扬郑卫之皓乐,使先施、征舒、阳文、段干、吴娃、闾娵、傅予之徒,杂裾垂髾,目窕心与。揄流波,杂杜若,蒙清尘,被兰泽,嬿服而御。此亦天下之靡丽皓侈广博之乐也,太子能强起游乎?"太子曰:"仆病未能也!"

客曰:"将为太子驯骐骥之马,驾飞轸之舆,乘牡骏之乘;右夏服之劲箭,左乌号之雕弓;游涉乎云林,周驰乎兰泽,弭节乎江浔,掩青蘋,游清风,陶阳气,荡春心,逐狡兽,集轻禽。于是极犬马之才,因野兽之足,穷相御之智巧;恐虎豹,慴鸷鸟;逐马鸣镳,鱼跨麋角;履游麕兔,蹈践麖鹿;汗流沫坠,冤伏陵窘,无创而死者,固足充后乘矣!此校猎之至壮也,太子能强起游乎?"太子曰:"仆病未能也!"然阳气见于眉宇之间,侵淫而上,几满大宅。客见太子有悦色也,遂推而进之曰:"冥火薄天,兵车雷运。旌旗偃蹇,羽旄肃纷,驰骋角逐,慕味争先。徼墨广博,望之有圻,纯粹牷牺,献之公门。"太子曰:"善!愿复闻之!"客曰:"未既。于是榛林深泽,烟云暗莫,兕虎并作。毅武孔猛,袒裼身薄。白刃硙硙,矛戟交错。收获掌功,赏赐金帛。掩蘋肆若,为牧人席。旨酒嘉肴,羞炰脍炙,以御宾客。涌触并起,动心惊耳。诚必不悔,决绝以诺。贞信之色,形于金石。高歌陈唱,万岁无斁!此真太子之所喜也,能强起而游乎?"太子曰:"仆甚愿从,直恐为诸大夫累耳。"然而有起色矣!

客曰:"将以八月之望,与诸侯远方交游,兄弟并往,观涛乎广陵之曲江。至则未见涛之形也,徒观水力之所到,则卹然足以骇矣。观其所驾轶者,所擢拔者,所扬汩者,所温汾者,所涤汔者,虽有心略辞给,固未能缕形其所由然也。怳兮忽兮,聊兮栗兮,混汩汩兮;忽兮怳兮,俶兮傥兮,浩㲿瀁兮,慌旷旷兮。秉意乎南山,通望乎东海。颠洞兮苍天,极虑乎涯涘。流揽无穷,归神日母。汩乘流而下降兮,或不知其所止。或纷纭其流折兮,忽缪往而不来。临朱汜而远逝兮,中虚烦而益怠。莫离散而发曙兮,内存心而自持。于是澡概胸中,洒练五藏,澹澉手足,颊濯发齿,揄弃恬怠,输写淟浊。分决狐疑,发皇耳目,当是之时,虽有淹病滞疾,犹将伸伛起躄,发瞽披聋而观望之也,况直眇小烦懑酲酴病酒之徒哉!故曰:发蒙解惑,不足以言也。"太子曰:"善!然则涛何气哉?"客曰:"不记也。然闻于师曰:似神而非者三。疾雷闻百里;江水逆流,海水上潮;山出内云,日夜不止。衍溢漂疾,波涌而涛起。其始起也,洪淋淋焉,若白鹭之下翔;其少进也,浩浩㶧㶧,如素车白马帷盖之张。其波涌而云乱,扰扰焉如三军之腾装;其旁作而奔起也,飘飘焉如轻车之勒兵。六驾蛟龙,附从太白。纯驰浩蜺,前后络绎。颙颙卬卬,椐椐强强,莘莘将将。壁垒重坚,杳杂似军行。訇隐匈磕,轧盘涌裔,原不可当。观其两旁,而滂渤怫郁,暗漠感突,上击下硿,有似勇壮之卒,突怒而无畏。蹈壁冲津,穷曲随隈,逾岸出追,遇者死,当者坏。初发乎或围之津涯,荄轸谷分,回翔青篾,衔枚檀桓,弭节伍子之山,通厉胥母之场,凌赤岸,篲扶桑,横奔似雷行。诚奋厥武,如振如怒。沌沌浑浑,状如奔马。混混庉庉,声如雷鼓。发怒庢沓,清升逾跇,侯波奋振,合战于藉藉之口。鸟不及飞,鱼不及回,兽不及走。纷纷翼翼,波涌云乱;荡取南山,背击北岸,覆亏丘陵,平夷西畔。险险戏戏,崩坏陂池,决胜乃罢。汩汩潺湲,披扬流洒;横暴之极,鱼鳖失势,颠倒偃侧,沈沈湲湲,蒲伏连延。神物怪疑,不可胜言。直使人踣焉,洄暗凄怆焉。此天下怪异诡观也,太子能强起观之乎?"太子曰:"仆病未能也!"

客曰:"将为太子奏方术之士有资略者,若庄周、魏牟、杨朱、墨翟、便蜎、詹何之徒,使之论天下之精微,理万物之是非。孔老览观,孟子持筹而算之,万不失一。此亦天下要言妙道也,太子岂欲闻之乎?"于是太子据几而起曰:"涣乎若一听圣人辩士之言,涊然汗出,霍然病已!"

借吴楚以为客主,分条侈说,其中以最后观涛一段为穷态极研,惊心动魄;次游宴、校猎二段,亦绚发新丽,有声有色;起音乐一段,尚著意写;次滋味、车马二段,则平平;以后则一段浓似一段,至观涛而极;浓淡相间,节节顿挫;前后相映,弥臻瑰丽;而涤畅以任气,盖原本楚骚之诛丽,而旁参国策之纵横者。虽有甚泰之辞,而不没其讽谕之义;其大指在声色游观之娱视听,不如要言妙道之餍心志;而入后要言妙道一段,只寥寥数语,不如前七段声色游观之铺张扬厉者。盖行文之旨,全在裁制,无论细大,皆可驱遣。当其闲漫纤碎处,反宜动色而陈,凿凿娓娓,使读者见其关系,寻绎不倦。至大议论,人人能解者,不过数语发挥,关于含蓄。譬如渴虹饮水,霜隼搏空,瞥然一见,瞬息灭没,神力变态,转更夭矫。读枚乘《七发》而可参悟者也。自乘作《七发》,而后汉属文之士,若傅毅、张衡、崔骃、崔瑗、马融之徒,承其流而作之者纷焉,有《七激》《七辩》《七依》《七苏》《七广》之篇,或以恢大道而导幽滞,或以黜瑰侈而托讽咏,皆依仿于乘也。

诗之五言,亦始自乘,世传《古诗十九首》,《玉台新咏》以为出于乘者八篇,姑系于此。其辞曰:

　　行行重行行,与君生别离。相去万余里,各在天一涯。道路阻且长,会面安可知?胡马依北风,越鸟巢南枝。相去日已远,衣带日已缓。浮云蔽白日,游子不顾反。思君令人老,岁月忽已晚。弃捐勿复道,努力加餐饭!

　　青青河畔草,郁郁园中柳。盈盈楼上女,皎皎当窗牖;娥娥红粉妆,纤纤出素手。昔为倡家女,今为荡子妇。荡子行不归,空床难独守!

　　西北有高楼,上与浮云齐;交疏结绮窗,阿阁三重阶。上有弦歌声,音响一何悲!谁能为此曲,无乃杞梁妻?清商随风发,中曲正徘徊。一弹再三叹,慷慨有余哀。不惜歌者苦,但伤知音稀。愿为双鸣鹤,奋翅起高飞。

　　涉江采芙蓉,兰泽多芳草。采之欲遗谁?所思在远道。还顾望旧乡,长路漫浩浩。同心而离居,忧伤以终老。

  庭中有奇树,绿叶发华滋。攀条折其荣,将以遗所思。馨香盈怀袖,路远莫致之。此物何足贵,但感别经时。

  迢迢牵牛星,皎皎河汉女。纤纤擢素手,札札弄机杼。终日不成章,泣涕零如雨。河汉清且浅,相去复几许。盈盈一水间,脉脉不得语。

  东城高且长,逶迤自相属。回风动地起,秋草萋已绿。四时更变化,岁暮一何速!晨风怀苦心,蟋蟀伤局促。荡涤放情志,何为自结束!燕赵多佳人,美者颜如玉。被服罗裳衣,当户理清曲。音响一何悲,弦急知柱促。驰情整中带,沉吟聊踯躅。思为双飞燕,衔泥巢君屋。

  明月何皎皎,照我罗床帏。忧愁不能寐,揽衣起徘徊。客行虽云乐,不如早旋归。出户独彷徨,愁思当告谁?引领还入房,泪下沾裳衣。

观其结体散文,直而不野,婉转附物,怊怅切情,实五言之冠冕也。其体原出于《国风》,盖比兴意多而出以柔厚,柔则意婉而不为倾泻,厚则味永而不同寒瘦。不能不言,而又不欲竟言,托物寓意,于是乎有比兴。特《国风》多四言之结体,而此为五言之开山。又《国风》语短而调缓,此则句长而弦促,凄激有余响,操调略似《楚骚》,或逊《国风》之雅意深笃。风会变迁,非缘人力也。

  《古诗十九首》,自乘八篇外,其《冉冉孤生竹》一篇,《文心雕龙·明诗》以为东汉傅毅之作。而《青青陵上柏》、《今日良宴会》、《明月皎夜光》、《回车驾言迈》、《驱车上东门》、《去者日以疏》、《生年不满百》、《凛凛岁云暮》、《孟冬寒气至》、《客从远方来》十篇,则不知作者姓名,或以为桓帝灵帝时作。其辞曰:

青青陵上柏,磊磊涧中石。人生天地间,忽如远行客。斗酒相娱乐,聊厚不为薄。驱车策驽马,游戏宛与洛。洛中何郁郁,冠带自相索;长衢罗夹巷,王侯多第宅;两宫遥相望,双阙百余尺。极宴娱心意,戚戚何所迫!

今日良宴会,欢乐难具陈。弹筝奋逸响,新声妙入神。令德唱高言,识曲听其真。齐心同所愿,含意俱未申。人生寄一世,奄忽若飙尘,何不策高足,先据要路津!无为守穷贱,轗轲长苦辛。

明月皎夜光,促织鸣东壁。玉衡指孟冬,众星何历历。白露沾野草,时节忽复易;秋蝉鸣树间,玄鸟逝安适。昔我同门友,高举振六翮;不念携手好,弃我如遗迹。南箕北有斗,牵牛不负轭。良无盘石固,虚名复何益!

回车驾言迈,悠悠涉长道。四顾何茫茫,东风摇百草。所遇无故物,焉得不速老!盛衰各有时,立身苦不早。人生非金石,岂能长寿考。奄忽随物化,荣名以为宝。

驱车上东门,遥望郭北墓。白杨何萧萧,松柏夹广路。下有陈死人,杳杳即长暮;潜寐黄泉下,千载永不寤。浩浩阴阳移,年命如朝露。人生忽如寄,寿无金石固。万岁更相送,圣贤莫能度。服食求神仙,多为药所误。不如饮美酒,被服纨与素。

去者日以疏,生者日以亲。出郭门直视,但见丘与坟。古墓犁为田,松柏摧为薪。白杨多悲风,萧萧愁杀人。思还故里闾,欲归道无因。

生年不满百,常怀千岁忧。昼短苦夜长,何不秉烛游。为乐当及时,何能待来兹。愚者爱惜费,但为后世嗤。仙人王子乔,难可与等期。

凛凛岁云暮,蝼蛄夕鸣悲。凉风率已厉,游子寒无衣。锦衾遗洛浦,同袍与我违。独宿累长夜,梦想见容辉。良人惟古欢,枉驾惠前绥;愿得常巧笑,携手同车归。既来不须臾,又不处重闱。亮无晨风翼,焉能凌风飞。眄睐以适意,引领遥相睎。徙倚怀感伤,垂涕沾双扉。

孟冬寒气至,北风何惨栗。愁多知夜长,仰观众星列。三五明月满,四五蟾兔缺。客从远方来,遗我一书札:上言长相思,下言久离别。置书怀袖中,三岁字不灭。一心抱区区,惧君不识察。

客从远方来,遗我一端绮。相去万余里,故人心尚尔。文彩双鸳鸯,裁为合欢被;著以长相思,缘以结不解。以胶投漆中,谁能别离此!

低徊细诵,气调实与枚乘不同。盖乘之八篇,宛转附物,多美人香草之思,文温以丽。而此十篇,则意悲而激,惊心动魄,其妙处似质而腴,骨最苍,气最遒。以枚乘为况:乘妍冶饶姿态,此遒劲见骨力。乘所病儿女情多,此独臻风云气遒。大抵汉诗五言,杂有《国风》之温柔,楚《骚》之哀怨,而发之以边塞之凄厉悲壮,考之以七雄之纵横家气调,故不同风人之和雅,而亦异《楚辞》之缠绵,观于古诗及乘而可知矣。至于结言端直,而发音遒激者,其体盖出《小雅》也。

五言之作,枚乘而外,《文选》所引李陵诗尤著。陵与苏武友善。武使匈奴被系,而陵兵败,为匈奴执降。及武之归,陵以诗赠别,文多凄怨,自有清拔之气,激楚似《骚》,温厚如《诗》,与枚乘同一风格。凡三章,录其二章,辞曰:

良时不再至,离别在须臾。屏营衢路侧,执手野踟蹰。仰视浮云驰,奄忽互相逾。风波一失所,各在天一隅。长当从此别,且复立斯须。欲因晨风发,送子以贱躯。

携手上河梁,游子暮何之。徘徊蹊路侧,恨恨不得辞。行人难久留,各言长相思。安知非日月,弦望自有时?努力崇明德,皓首以为期。

篇无警句,句无切响,而自然高亮,如秋雁唳空;情韵不匮,音响有余;意悲而远,惊心凄魄!

任昉《文章缘起》、钟嵘《诗品》标李陵为五言宗,而不言苏武,刘勰《文心雕龙·明诗》篇云:"李陵、班婕妤见疑于后代。"亦无苏武,而世传古诗四章,出之苏武,录其三章,辞曰:

> 黄鹄一远别,千里顾徘徊;胡马失其群,思心常依依。何况双飞龙,羽翼临当乖。幸有弦歌曲,可以喻中怀。请为游子吟,泠泠一何悲;丝竹厉清声,慷慨有余哀。长歌正激烈,中心怆以摧。欲展清商曲,念子不能归。俯仰内伤心,泪下不可挥。愿为双黄鹄,送子俱远飞。

> 结发为夫妻,恩爱两不疑。欢娱在今夕,嬿婉及良时。征夫怀往路,起视夜何其。参辰皆已没,去去从此辞。行役在战场,相见未有期。握手一长叹,泪为生别滋。努力爱春华,莫忘欢乐时!生当复来归,死当长相思。

> 烛烛晨明月,馥馥我兰芳。芬馨良夜发,随风闻我堂。征夫怀远路,游子恋故乡。寒冬十二月,晨起践严霜。俯观江汉流,仰视浮云翔。良友远离别,各在天一方;山海隔中州,相去悠且长。嘉会难再遇,欢乐殊未央。愿君崇令德,随时爱景光。

玩其词旨,亦系送别,非答李陵,而语多相袭。李陵第一首"良时不再至,离别在须臾",苏武第三首"结发为夫妻,恩爱两不疑。欢娱在今夕,嬿婉及良时"四句,即从之化出。特李用赋,苏比兴;李激切,苏婉深。李第一首"仰视浮云驰,奄忽互相逾;风波一失所,各在天一隅",苏第四首"俯观江汉流,仰视浮云翔,良友远离别,各在天一方",辞意雷同,尤属显然。而苏第二首"黄鹄一远别,千里顾徘徊"六句,从李第一首"长当从此别,且复立斯须"脱胎。特李直赋,苏比兴。"愿为双黄鹄,送子俱远飞",从李第一首"欲因晨风发,送子以贱躯"脱胎,特李晨风,苏黄鹄。李以"努力崇明德"结三篇,苏以"愿君崇令德"结四篇。当是后人拟李作而托之苏乎?特李雕润恨少,无惭清劲;而苏才章富健,厥旨渊放。李则气过其文,而苏质有其文。以此而论,苏为长矣。拟古之作,得未曾有。

司马相如,字长卿,蜀郡成都人;以赀为郎,事景帝为散骑常侍,非其好也。是时梁孝王来朝,从辞赋之士邹阳、枚乘之徒,相如见而悦之,因病免,客游梁,得与诸侯游士居。数岁,乃著《子虚》之赋。蜀人杨得意为狗监,侍武帝。帝读《子虚赋》而善之,曰:"朕独不得与此人同时哉!"得意曰:"臣邑人司马相如自言为此赋。"帝惊,乃召问相如。相如曰:"有是。然此乃诸侯之事,请为天子游猎之赋。"帝令尚书给笔札。相如以子虚,虚言也,为楚称;乌有先生者,乌有此事也,为齐难;亡是公者,亡是人也,欲明天子之义,故虚借此三人为辞,因以讽谏。其辞曰:

> 楚使子虚使于齐。王悉发车骑,与使者出畋。畋罢,子虚过妊乌有先生,亡是公存焉。坐定,乌有先生问曰:"今日畋乐乎?"子虚曰:"乐。""获多乎?"曰:"少。""然则何乐?"对曰:"仆乐齐王之欲夸仆以车骑之众,而仆对以云梦之事也。"曰:"可得闻乎?"子虚曰:"可!王车驾千乘,选徒万骑,畋于海滨;列卒满泽,罘网弥山,掩兔辚鹿,射麋脚麟,骛于盐浦,割鲜染轮;射中获多,矜而自功,顾谓仆曰:'楚亦有平原广泽游猎之地,饶乐若此者乎?楚王之猎,孰与寡人乎?'仆下车对曰:'臣,楚国之鄙人也,幸得宿卫十有余年,时从出游,游于后园,览于有无,然犹未能遍睹也;又焉足以言其外泽乎?'齐王曰:'虽然,略以子之所闻见而言之。'仆对曰:'唯唯!'

> '臣闻楚有七泽,尝见其一,未睹其余也。臣之所见,盖特其小

小者耳,名曰云梦。云梦者,方九百里,其中有山焉。其山则盘纡弗郁,隆崇嵂崒;岑岩参差,日月蔽亏;交错纠纷,上干青云;罢池陂陀,下属江河。其土则丹青赭垩,雌黄白坿,锡碧金银,众色炫耀,照烂龙鳞。其石则赤玉玫瑰,琳瑉昆吾;瑊玏玄厉,瑌石碔砆。其东则有蕙圃:衡兰芷若,芎䓖菖蒲;江蓠蘪芜,诸柘巴苴。其南则有平原广泽:登降陁靡,案衍坛曼;缘以大江,限以巫山。其高燥则生葳菥苞荔,薛莎青𬞟;其埤湿则生藏莨蒹葭,东蘠雕胡,莲藕觚卢,庵闾轩于,众物居之,不可胜图。其西则有涌泉清池,激水推移,外发芙蓉菱华,内隐巨石白沙。其中则有神龟蛟鼍,玳瑁鳖鼋。其北则有阴林,其树梗枏豫章,桂椒木兰,檗离朱杨,樝梨楟栗,橘柚芬芳。其上则有鹓雏孔鸾,腾远射干。其下则有白虎玄豹,蟃蜒貙犴。于是乎乃使剸诸之伦,手格此兽。

楚王乃驾驯驳之驷,乘雕玉之舆,靡鱼须之桡旃,曳明月之珠旗,建干将之雄戟,左乌号之雕弓,右夏服之劲箭。阳子骖乘,纤阿为御。案节未舒,即陵狡兽:蹴蛩蛩,轥距虚,轶野马,辚陶𬳿,乘遗风,射游骐,倏眒倩浰,雷动猋至,星流霆击;弓不虚发,中必决眦;洞胸达腋,绝乎心系;获若雨兽,揜草蔽地。于是楚王乃弭节徘徊,翱翔容与,览乎阴林,观壮士之暴怒,与猛兽之恐惧,徼𫎇受诎,殚睹众物之变态。

于是郑女曼姬,被阿緆,揄纻缟,杂纤罗,垂雾縠;襞积褰绉,纡徐委曲;郁桡溪谷,衯衯裶裶;扬袘戌削,蜚襳垂髾;扶舆猗靡,翕呷萃蔡,下靡兰蕙,上拂羽盖,错翡翠之威蕤,缪绕玉绥,眇眇忽忽,若神仙之仿佛。于是乃相与獠于蕙圃,媻姗勃窣,上乎金堤;揜翡翠,射䴔鶒;微矰出,纤缴施,弋白鹄,连驾鹅,双鸧下,玄鹤加。怠而后发,游于清池,浮文鹢,扬旌栧;张翠帷,建羽盖;罔玳瑁,钩紫贝。扣金鼓,吹鸣籁;榜人歌,声流喝;水虫骇,波鸿沸;涌泉起,奔扬会,礧石相击，硠硠磕磕，若雷霆之声，闻乎数百里之外。将息獠者，击灵鼓，起烽燧，车按行，骑就队，纚乎淫淫，般乎裔裔。于是楚王乃登云阳之台，泊乎无为，憺乎自持，勺药之和，具而后御之。不若大王终日驰骋，曾不下舆，脟割轮焠，自以为娱。臣窃观之，齐殆不如。'于是齐王无以应仆也。"

乌有先生曰："是何言之过也？足下不远千里，来贶齐国。王悉发境内之士，备车骑之众，与使者出畋，乃欲戮力致获，以娱左右；何名为夸哉？问楚地之有无者，愿闻大国之风烈，先生之余论也。今足下不称楚王之德厚，而盛推云梦以为高，奢言淫乐而显侈靡，窃为足下不取也。必若所言，固非楚国之美也。无而言之，是害足下之信也。彰君恶，伤私义，二者无一可；而先生行之，必且轻于齐而累于楚矣。且齐东陼巨海，南有琅邪，观乎成山，射乎之罘，浮渤澥，游孟诸；邪与肃慎为邻，右以汤谷为界；秋田乎青丘，徬徨乎海外，吞若云梦者八九于其胸中，曾不蒂芥。若乃俶傥瑰玮，异方殊类，珍怪鸟兽，万端鳞崒；充牣其中，不可胜记。禹不能名，离不能计。然在诸侯之位，不敢言游戏之乐，苑囿之大。先生又见客，是以王辞不复；何为无以应哉！"

亡是公听然而笑曰："楚则失矣；而齐亦未为得也。夫使诸侯纳贡者，非为财币，所以述职也。封疆画界者，非为守御，所以禁淫也。今齐列为东藩，而外私肃慎，捐国逾限，越海而田，其于义固未可也。且二君之论，不务明君臣之义，正诸侯之礼；徒事争于游戏之乐，苑囿之大，欲以奢侈相胜，荒淫相越，此不可以扬名发誉，而适足以贬君自损也。

且夫齐楚之事，又乌足道乎？君未睹夫巨丽也，独不闻天子之上林乎？左苍梧，右西极；丹水更其南，紫渊径其北；终始灞浐，出入泾渭；酆镐潦潏，纡余委蛇，经营乎其内；荡荡乎八川分流，相背而异态。东西南北,驰骛往来,出乎椒丘之阙,行乎洲淤之浦;经乎桂林之中,过乎泱漭之野;汨乎混流,顺阿而下,赴隘峡之口,触穹石,激堆埼,沸乎暴怒,汹涌彭湃;滭弗宓汨,偪侧泌㴖;横流逆折,转腾潎洌;滂濞沆溉,穹隆云桡;宛潬胶戾,逾波趋浥;涖涖下濑,批岩冲拥,奔扬滞沛;临坻注壑,瀺灂霣坠;沈沈隐隐,砰磅訇礚;潏潏淈淈,湁潗鼎沸,驰波跳沫,汩㴐漂疾,悠远长怀,寂漻无声,肆乎永归;然后灏溔潢漾,安翔徐回;翯乎滈滈,东注太湖,衍溢陂池。于是乎蛟龙赤螭,䱇䲛渐离,鰅鳙鳍魠,禺禺魼鳎,揵鳍掉尾,振鳞奋翼,潜处乎深岩。鱼鳖欢声,万物众夥:明月珠子,的砾江靡。蜀石黄碝,水玉磊砢,磷磷烂烂,采色澔汗,丛积乎其中。鸿鹔鹄鸨,鴐鹅属玉,交精旋目,烦鹜庸渠,箴疵鵁卢,群浮乎其上。泛淫泛滥,随风澹淡,与波摇荡,奄薄水渚,唼喋菁藻,咀嚼菱藕。

于是乎崇山矗矗,巃嵷崔巍;深林巨木,崭岩参差。九嵕巀嶭,南山峨峨,岩陁甗锜,摧崣崛崎;振溪通谷,蹇产沟渎,谽呀豁閜,阜陵别坞,崴磈嵔廆;丘虚堀礨,隐辚郁壘;登降施靡,陂池貏豸;沇溶淫鬻,散涣夷陆,亭皋千里,靡不被筑。揜以绿蕙,被以江蓠。糅以蘪芜,杂以留夷。布结缕,攒戾莎。揭车衡兰,藁本射干;茈姜蘘荷,葴持若荪;鲜支黄砾,蒋芧青薠;布濩闳泽,延曼太原;离靡广衍,应风披靡;吐芳扬烈,郁郁菲菲;众香发越,肸蚃布写,晻薆咇茀。于是乎周览泛观,缜纷轧芴,芒芒恍忽,视之无端,察之无涯。日出东沼,入乎西陂。其南则隆冬生长,踊水跃波。其兽则猗旄獏犛,沈牛麈麋;赤首圜题,穷奇象犀。其北则盛夏含冻裂地,涉冰揭河。其兽则麒麟角端,騊駼橐驼;蛩蛩驒騱,駃騠驴蠃。

于是乎离宫别馆,弥山跨谷;高廊四注,重坐曲阁;华榱璧珰,辇道纚属;步櫩周流,长途中宿。夷嵕筑堂,累台增成,岩突洞房。頫杳眇而无见,仰攀橑而扪天;奔星更于闺闼,宛虹拖于楯轩。青龙蚴蟉于东厢,象舆婉僤于西清。灵圄燕于闲馆;偓佺之伦,暴于南荣。醴泉涌于清室,通川过于中庭;盘石振崖,嵚岩倚倾;嵯峨嶵嶭,刻削峥嵘,玫瑰碧琳,珊瑚丛生。瑉玉旁唐,玢豳文鳞。赤瑕驳荦,杂臿其间。晁采琬琰,和氏出焉。于是乎卢橘夏熟,黄甘橙楱,枇杷橪柿,亭奈厚朴,梬枣杨梅,樱桃蒲陶,隐夫薁棣,荅遝离支,罗乎后宫,列乎北园;貤丘陵,下平原;扬翠叶,杌紫茎;发红华,垂朱荣;煌煌扈扈,照耀巨野。沙棠栎槠,华枫枰栌,留落胥邪,仁频并闾,欃檀木兰,豫章女贞,长千仞,大连抱,夸条直畅,实叶葰楙,欑立丛倚,连卷欐佹,崔错癹骫,坑衡闛砢,垂条扶疏,落英幡纚,纷溶箾蔘,猗狔从风,藰莅卉歙,盖象金石之声,管籥之音;偨池茈虒,旋还乎后宫,杂袭絫辑,被山缘谷,循阪下隰,视之无端,究之无穷。于是乎玄猿素雌,蜼玃飞蠝;蛭蜩蠼猱,獑胡豰蛫,栖息乎其间,长啸哀鸣,翩幡互经,夭蟜枝格,偃蹇杪颠,踰绝梁,腾殊榛,捷垂条,掉希间,牢落陆离,烂漫远迁,若此者数百千处。娱游往来,宫宿馆舍,庖厨不徙,后宫不移,百官备具。

于是乎背秋涉冬,天子校猎,乘镂象,六玉虬;拖蜺旌,靡云旗;前皮轩,后道游;孙叔奉辔,卫公参乘,扈从横行,出乎四校之中。鼓严簿,纵猎者,江河为陆,泰山为橹,车骑雷起,殷天动地;先后陆离,离散别追,淫淫裔裔;缘陵流泽,云布雨施;生貔豹,搏豺狼;手熊罴,足野羊;蒙鹖苏,绔白虎;被斑文,跨野马;凌三嵕之危,下碛历之坻,径峻赴险,越壑厉水,椎蜚廉,弄獬豸,格虾蛤,铤猛氏;罥騕袅,射封豕;箭不苟害,解脰陷脑;弓不虚发,应声而倒。于是乘舆弭节徘徊,翱翔往来;睨部曲之进退,览将帅之变态;然后侵淫促节,倏夐远去,流离轻禽,蹴履狡兽;轊白鹿,捷狡兔;轶赤电,遗光耀;追怪物,出宇宙;弯蕃弱,满白羽;射游枭,栎蜚遽;择肉而后发,先中而命处;弦矢分,艺殪仆。然后扬节而上浮,凌惊风,历骇猋,乘虚无，与神俱；躏玄鹤，乱昆鸡；遒孔鸾，促鵕鸃；拂鹥鸟，捎凤皇；捷鸳雏，揽焦明。道尽途殚，回车而还，消摇乎襄羊，降集乎北纮，率乎直指，暗乎反乡。蹶石阙，历封峦，过鳷鹊，望露寒，下棠梨，息宜春；西驰宣曲，濯鹢牛首；登龙台，掩细柳；观士大夫之勤略，均猎者之所得获，徒车之所辚轹，步骑之所蹂若，人臣之所蹈借，与其穷极倦却，惊惮慑伏，不被创刃而死者，他他借借，填坑满谷，掩平弥泽。

于是乎游戏懈怠，置酒乎颢天之台，张乐乎胶葛之寓；撞千石之钟，立万石之虡；建翠华之旗，树灵鼍之鼓；奏陶唐氏之舞，听葛天氏之歌；千人唱，万人和；山陵为之震动，川谷为之荡波。巴渝宋蔡，淮南干遮，文成颠歌；族居递奏，金鼓迭起，铿锵闛鞈，洞心骇耳。荆吴郑卫之声，韶濩武象之乐，阴淫案衍之音，鄢郢缤纷，激楚结风。俳优侏儒，狄鞮之倡，所以娱耳目，乐心意者，丽靡烂漫于前，靡曼美色于后。若夫青琴宓妃之徒，绝殊离俗，妖冶娴都；靓妆刻饰，便嬛绰约；柔桡嫚嫚，妩媚孅弱；曳独茧之褕绁，眇阎易以恤削；便姗嫳屑，与俗殊服；芬芳沤郁，酷烈淑郁；皓齿粲烂，宜笑的皪；长眉连娟，微睇绵藐；色授神与，心愉于侧。于是酒中乐酣，天子芒然而思，似若有亡；曰：'嗟乎，此大奢侈！朕以览听余闲，无事弃日，顺天道以杀伐，时休息于此，恐后叶靡丽，遂往而不返，非所以为继嗣创业垂统也。'

于是乎乃解酒罢猎，而命有司曰：'地可垦辟，悉为农郊，以赡萌隶。隳墙填堑，使山泽之人得至焉。实陂池而勿禁，虚宫馆而勿仞；发仓廪以救贫穷，补不足，恤鳏寡，存孤独。出德号，省刑罚；改制度，易服色，革正朔，与天下为更始。'于是历吉日以斋戒，袭朝服，乘法驾，建华旗，鸣玉鸾，游于六艺之囿，驰骛乎仁义之涂。览观《春秋》之林，射《狸首》，兼《驺虞》，弋玄鹤，舞干戚，载云罕，掩群雅,悲《伐檀》,乐乐胥;修容乎礼园,翱翔乎书圃,述易道,放怪兽,登明堂,坐清庙,次群臣,奏得失。四海之内,靡不受获!于斯之时,天下大悦;乡风而听,随流而化。卉然兴道而迁义;刑错而不用,德隆于三王,而功羡于五帝,若此故猎乃可喜也。若夫终日驰骋,劳神苦形;罢车马之用,抏士卒之精,费府库之财,而无德厚之恩;务在独乐,不顾众庶;忘国家之政,贪雉兔之获,则仁者不繇也。从此观之,齐、楚之事,岂不哀哉!地方不过千里,而囿居九百:是草木不得垦辟,而人无所食也。夫以诸侯之细,而乐万乘之侈,仆恐百姓被其尤也。"于是二子愀然改容,超若自失,逡巡避席曰:"鄙人固陋,不知忌讳,乃今日见教,谨受命矣。"

主客问难,辞意铿訇,丽而不靡,壮而能道,此正行以战国纵横之辞也。赋者,古诗之流,而为纵横之继别;比兴讽谕,本于《诗》教;铺张扬厉,又出纵横。故曰:"赋者,铺也;铺张扬厉,体物写志也。"体物写志,故曰"古诗之流";铺张扬厉,乃见纵横之意;遂客主以首引,极声貌以穷文。相如《子虚》《上林》,与宋玉《登徒》,枚乘《七发》,一脉相传。妙在疏古之气,腴而奥,圆而劲,有纵横之意,无排比之迹。宋玉以女色为主,相如以游畋为主,而枚乘则更遍及于音乐、滋味、驰骋、游宴、校猎、观涛,恣意佚乐,所以讽也;而见用意处,不在铺张扬厉,而在闲闲一二冷语,此文章之体要,而辞赋之写志,然使一直说出,有何意味?后人无铺张之才,纯以议论见意;写志有之,体物则未也。独相如与枚乘,以体物为写志,极铺张扬厉之能,此所以为辞赋之宗也。赋奏,天子大悦,以为郎。数岁,会唐蒙使略通夜郎,征发巴、蜀吏卒千人,郡又多为发转漕卒万余人,用军兴法诛其渠率。巴、蜀人大惊恐。上闻之,乃遣相如责唐蒙等,因喻告巴、蜀人以非上之意也。乃著书假蜀父老为辞,而己以语难之,以讽天子,因宣其使指,令百姓知天子意焉。其辞曰:

汉兴七十有八载,德茂存乎六世。威武纷纭,湛恩汪濊。群生沾濡,洋溢乎方外。于是乃命使西征,随流而攘,风之所被,罔不披靡。因朝冉从駹,定筰存邛,略斯榆,举苞蒲,结轨还辕,东乡将报,至于蜀都。耆老大夫搢绅先生之徒二十有七人,俨然造焉。辞毕,进曰:"盖闻天子之牧夷狄也,其义羁縻勿绝而已。今罢三郡之士,通夜郎之涂,三年于兹,而功不竟,士卒劳倦,万民不赡,今又接之以西夷。百姓力屈,恐不能卒业。此亦使者之累也,窃为左右患之。且夫邛筰西夷之与中国并也,历年兹多,不可记已。仁者不以德来,强者不以力并,意者其殆不可乎?今割齐民以附夷狄,敝所恃以事无用,鄙人固陋,不识所谓。"

使者曰:"乌谓此乎!必若所云,则是蜀不变服,而巴不化俗也。仆常恶闻若说。然斯事体大,固非观者之所覯也。余之行急,其详不可得闻已。请为大夫粗陈其略:盖世必有非常之人,然后有非常之事;有非常之事,然后有非常之功。夫非常者,固常人之所异也,故曰:'非常之原,黎民惧焉。'及臻厥成,天下晏如也。昔者洪水沸出,氾滥衍溢,民人升降移徙,崎岖而不安。夏后氏戚之,乃堙洪塞源,决江疏河,洒沈澹灾,东归之于海,而天下永宁。当斯之勤,岂惟民哉?心烦于虑而身亲其劳,躬腠胝无胈,肤不生毛,故休烈显乎无穷,声称浃乎于兹。

且夫贤君之践位也,岂特委琐喔齪,拘文牵俗,修诵习传,当世取说云尔哉?必将崇论宏议,创业垂统,为万世规。故驰鹜乎兼容并包,而勤思乎参天贰地。且《诗》不云乎:'普天之下,莫非王土。率土之滨,莫非王臣。'是以六合之内,八方之外,浸淫衍溢,怀生之物,有不浸润于泽者,贤君耻之。今封疆之内,冠带之伦,咸获嘉祉,靡有阙遗矣!而夷狄殊俗之国,辽绝异党之域,舟车不通,人迹罕至,政教未加,流风犹微,内之则时犯义侵礼于边境;外之则邪行横作,放杀其上,君臣易位,尊卑失序,父老不辜,幼孤为奴虏,系缧号泣,内向而怨,曰:'盖闻中国有至仁焉,德洋恩普,物靡不得其所;今独曷为遗己!'举踵思慕,若枯旱之望雨。戾夫为之垂涕,况乎上圣,又焉能已?故北出师以讨强胡,南驰使以诮劲越,四面风德,二方之君,鳞集仰流,愿得受号者以亿计!故乃关沫若,徼牂牁,镂灵山,梁孙原,创道德之涂,垂仁义之统,将博恩广施,远抚长驾,使疏逖不闭,曶爽暗昧,得耀乎光明,以偃甲兵于此,而息讨伐于彼。遐迩一体,中外禔福,不亦康乎!夫拯民于沉溺,奉至尊之休德,反衰世之陵夷,继周氏之绝业,天子之亟务也。百姓虽劳,又恶可以已乎哉?且夫王者固未有不始于忧勤,而终于逸乐者也。然则受命之符,合在于此。方将增太山之封,加梁父之事;鸣和鸾,扬乐颂,上减五,下登三。观者未睹旨,听者未闻音;犹鹪鹏已翔乎寥廓之宇,而罗者犹视乎薮泽,悲夫!"于是诸大夫茫然丧其所怀来,失厥所以进,喟然并称曰:"允哉汉德!此鄙人之所愿闻也。百姓虽劳,请以身先之。"敞罔靡徙,迁延而辞避!

开譬切至,盖辞命而非辞赋。然于严辞诘数之中,有雍容揄扬之意。大抵相如之辞赋,侈丽而有《国策》纵横之意;相如之辞命,辩肆而得楚《骚》缠绵之味。绮而能遒,丽而不靡,婀娜刚健,所以为难。若以与司马迁相提并论,大抵司马迁得楚《骚》之情,而抒以纵横之辞。相如得楚《骚》之辞,而运以纵横之气。司马迁叙事浩落,于权奇中饶妩媚。相如属辞绵丽,于婀娜中见刚健。其大较也。相如为《子虚》、《上林赋》,意思萧散,不复与外事相关;控引天地,错综古今,忽然如睡,焕然而兴,几百日而后成。其友人盛览,字长通,牂牁名士,尝问以作赋。相如曰:"合綦组以成文,列锦绣而为质,一经一纬,一宫一商,此赋之迹也。赋家之心,包括宇宙,总揽人物,斯乃得之于内,不可得而传。"览乃作《合组歌》、《列锦赋》而退,终身不敢言作赋之心矣。

第四节 司 马 迁

司马迁生龙门,耕牧河山之阳,年十岁,则诵古文,二十而南游江淮,上会稽,探禹穴,窥九疑,浮于沉湘,北涉汶泗,讲业齐鲁之都,观孔子之遗风,乡射邹峄。于是父谈为太史公,而迁世其官,绅史记石室金匮之书。会李陵兵败降匈奴,而迁白其无罪,遂遭腐刑;既而为中书令,尊宠任职。故人益州刺史任安乃与书,责以进贤之义。而迁自以著书未成,故忍辱被刑而不死,乃发愤报书,其辞曰:

太史公牛马走司马迁再拜言。少卿足下:曩者辱赐书,教以慎于接物,推贤进士为务。意气勤勤恳恳,若望仆不相师,而用流俗人之言。仆非敢如此也。仆虽罢驽,亦尝侧闻长者之遗风矣。顾自以为身残处秽,动而见尤,欲益反损,是以独郁悒而谁与语。谚曰:"谁为为之,孰令听之!"盖钟子期死,伯牙终身不复鼓琴。何则?士为知己者用,女为说己者容。若仆大质已亏缺矣,虽材怀隋、和,行若由、夷,终不可以为荣,适足以见笑而自点耳。书辞宜答,会东从上来,又迫贱事,相见日浅,卒卒无须臾之闲,得竭志意。今少卿抱不测之罪,涉旬月,迫季冬,仆又薄从上雍,恐卒然不可为讳。是仆终已不得舒愤懑以晓左右,则长逝者魂魄,私恨无穷。请略陈固陋,阙然久不报,幸勿为过。

仆闻之:修身者,智之符也。爱施者,仁之端也。取与者,义之表也。耻辱者,勇之决也。立名者,行之极也。士有此五者,然后可以托于世,而列于君子之林矣。故祸莫憯于欲利,悲莫痛于伤心,行莫丑于辱先,诟莫大于宫刑。刑余之人,无所比数,非一世也,所从来远矣:昔卫灵公与雍渠同载,孔子适陈。商鞅因景监见,赵良寒心。同子参乘,袁丝变色。自古而耻之。夫以中材之人,事有关于宦竖,莫不伤气,而况于慷慨之士乎?如今朝廷虽乏人,奈何令刀锯之余,荐天下之豪俊哉?仆赖先人绪业,得待罪辇毂下二十余年矣。所以自惟:上之不能纳忠效信,有奇策材力之誉,自结明主。次之又不能拾遗补阙,招贤进能,显岩穴之士。外之不能备行伍,攻城野战,有斩将搴旗之功。下之不能积日累劳,取尊官厚禄,以为宗族交游光宠。四者无一遂,苟合取容,无所短长之效,可见于此矣。向者仆亦尝厕下大夫之列,陪奉外廷末议;不以此时引纲维,尽思虑,今已亏形为扫除之隶,在阘茸之中,乃欲仰首伸眉,论列是非,不亦轻朝廷、羞当世之士邪?嗟乎,嗟乎!如仆尚何言哉,尚何言哉!

且事本末未易明也。仆少负不羁之才,长无乡曲之誉。主上幸以先人之故,使得奏薄技,出入周卫之中。仆以为戴盆何以望天?故绝宾客之知,忘室家之业,日夜思竭其不肖之才力,务一心营职,以求亲媚于主上。而事乃有大谬不然者。

夫仆与李陵俱居门下,素非相善也。趋舍异路,未尝衔杯酒,接殷勤之余欢。然仆观其为人,自守奇士,事亲孝,与士信,临财廉,取与义,分别有让,恭俭下人,常思奋不顾身以徇国家之急。其素所蓄积也,仆以为有国士之风。夫人臣出万死不顾一生之计,赴公家之难,斯已奇矣。今举事一不当,而全躯保妻子之臣,随而媒孽其短,仆诚私心痛之。且李陵提步卒不满五千,深践戎马之地,足历王庭,垂饵虎口,横挑强胡,仰亿万之师,与单于连战十有余日,所杀过当。虏救死扶伤不给,旃裘之君长咸震怖,乃悉征其左右贤王,举引弓之民,一国共攻而围之;转斗千里,矢尽道穷,救兵不至，士卒死伤如积。然陵一呼劳军，士无不起，躬自流涕，沫血饮泣，更张空拳，冒白刃，北向争死敌者。陵未没时，使有来报，汉公卿王侯皆奉觞上寿。后数日，陵败书闻，主上为之食不甘味，听朝不怡；大臣忧惧，不知所出。仆窃不自料其卑贱，见主上惨怆怛悼，诚欲效其款款之愚。以为李陵素与士大夫绝甘分少，能得人之死力，虽古之名将，不能过也。身虽陷败，彼观其意，且欲得其当而报于汉。事已无可奈何，其所摧败，功亦足以暴于天下矣。仆怀欲陈之而未有路。适会召问，即以此指推言陵之功，欲以广主上之意，塞睚眦之辞，未能尽明。明主不晓，以为仆沮贰师，而为李陵游说，遂下于理。拳拳之忠，终不能自列，因为诬上，卒从吏议。家贫，货赂不足以自赎；交游莫救视，左右亲近不为一言。身非木石，独与法吏为伍，深幽囹圄之中，谁可告诉者！此真少卿所亲见，仆行事岂不然乎？李陵既生降，隤其家声；而仆又佴之蚕室，重为天下观笑，悲夫，悲夫！事未易一二为俗人言也。

　　仆之先人，非有剖符丹书之功；文史星历，近乎卜祝之间，固主上所戏弄，倡优所畜，流俗之所轻也。假令仆伏法受诛，若九牛亡一毛，与蝼蚁何以异？而世俗又不与能死节者次比，特以为智穷罪极，不能自免，卒就死耳。何也？素所自树立使然也。

　　人固有一死，死有重于泰山，或轻于鸿毛，用之所趋异也。太上不辱先，其次不辱身，其次不辱理色，其次不辱辞令，其次诎体受辱，其次易服受辱，其次关木索、被箠楚受辱，其次剔毛发、婴金铁受辱，其次毁肌肤、断肢体受辱，最下腐刑极矣。传曰："刑不上大夫。"此言士节不可不勉励也。猛虎在深山，百兽震恐；及在槛阱之中，摇尾而求食，积威约之渐也。故士有画地为牢，势不可入；削木为吏，议不可对，定计于鲜也。今交手足，受木索，暴肌肤，受榜箠，幽于圜墙之中；当此之时，见狱吏则头枪地，视徒隶则心惕息，何者？积威约之势也。及已至是，言不辱者，所谓强颜耳，曷足贵乎？且西伯，伯也，拘于羑里。李斯，相也，具于五刑。淮阴，王也，受械于陈。彭越、张敖，南面称孤，系狱抵罪。绛侯诛诸吕，权倾五伯，囚于请室。魏其，大将也，衣赭衣，关三木。季布为朱家钳奴。灌夫受辱于居室。此人皆身至王侯将相，声闻邻国；及罪至罔加，不能引决自裁。在尘埃之中，古今一体，安在其不辱也！由此言之，勇怯，势也；强弱，形也。审矣，何足怪乎！夫人不能早自裁绳墨之外，以稍陵迟，至于鞭箠之间，乃欲引节，斯不亦远乎？古人所以重施刑于大夫者，殆为此也。夫人情莫不贪生恶死，念父母，顾妻子。至激于义理者不然，乃有所不得已也。今仆不幸，早失父母，无兄弟之亲，独身孤立，少卿视仆于妻子何如哉？且勇者不必死节，怯夫慕义，何处不勉焉。仆虽怯懦，欲苟活，亦颇识去就之分矣，何至自沉溺缧绁之辱哉！且夫臧获婢妾，犹能引决，况仆之不得已乎！所以隐忍苟活，幽于粪土之中而不辞者，恨私心有所不尽，鄙陋没世，而文采不表于后世也。

古者富贵而名磨灭，不可胜记，惟倜傥非常之人称焉。盖文王拘而演《周易》；仲尼厄而作《春秋》；屈原放逐，乃赋《离骚》；左丘失明，厥有《国语》；孙子膑脚，兵法修列；不韦迁蜀，世传《吕览》；韩非囚秦，《说难》、《孤愤》；《诗》三百篇，大抵贤圣发愤之所为作也。此人皆意有所郁结，不得通其道，故述往事，思来者。乃如左丘无目，孙子断足，终不可用，退而论书策，以舒其愤，思垂空文以自见。仆窃不逊，近自托于无能之辞，网罗天下放失旧闻，略考其行事，综其终始，稽其成败兴坏之纪，上计轩辕，下至于兹，为十表，本纪十二，书八章，世家三十，列传七十，凡百三十篇，亦欲以究天人之际，通古今之变，成一家之言。草创未就，会遭此祸，惜其不成，是以就极刑而无愠色。仆诚已著此书，藏之名山，传之其人，通邑大都。则仆偿前辱之责,虽万被戮,岂有悔哉!然此可为智者道,难为俗人言也。

且负下未易居,下流多谤议。仆以口语,遇遭此祸,重为乡党所笑,以污辱先人,亦何面目复上父母之丘墓乎!虽累百世,垢弥甚耳。是以肠一日而九回,居则忽忽若有所亡,出则不知其所往。每念斯耻,汗未尝不发背沾衣也。身直为闺阁之臣,宁得自引,深藏岩穴邪?故且从俗浮沉,与时俯仰,以通其狂惑。今少卿乃教以推贤进士,无乃与仆私心刺谬乎。今虽欲自雕琢,曼辞以自饰,无益于俗,不信,适足取辱耳。要之死日,然后是非乃定。书不能悉意,略陈固陋。谨再拜。

文字贵炼贵净,而迁此书全不炼不净,粗枝大叶,任意写去,而矫健磊落,笔力真如走蛟龙、挟风雨,而且峭句险字,往往不乏,读之但见其奇肆而不得其结构。《中庸》称"有余不敢尽",此则既无余矣,犹哓哓不已,于文字宜不为佳。然风神横溢,笔情恣肆,读者多服其跌宕不群,翻觉炼净者之为琐小,不如迁之意态豪纵不羁,其所为尽而有余,此所由笔力卓越。惟贾谊《过秦论》同此奇矫雄肆。自来文章惟《国策》善用其尽,跌宕昭彰,尽而不为声嘶气竭,只见恣肆横溢,仪态万方,于粗豪出妩媚,以雄快为洄澜。汉文得《国策》之尽,而夭矫余怒,力沉气猛者,惟贾谊与司马迁。然贾谊明辩,尽以雄快。马迁悲愤,尽而沉郁。既以身遭腐刑,而恨文采不表于后世。网罗天下放失旧闻,上起黄帝,下穷汉武,十二本纪以包举大端,七十列传以委曲细事;十表以谱列年爵,八书以总括政典;逮于天文地理,国制朝章,显隐必该,洪纤靡失,合百三十篇,因鲁史旧名,目之曰《太史公书》,后称《史记》。其意则楚《骚》之情兼雅怨,其体则史记之事该本末,而其文则《国策》之辞极纵横,跌宕昭彰,独超众类。其为《秦楚之际月表序》曰:

第三编　中古文学

　　太史公读《秦楚之际》,曰:初作难,发于陈涉;虐戾灭秦,自项氏;拨乱诛暴,平定海内,卒践帝祚,成于汉家。五年之间,号令三嬗;自生民以来,未始有受命若斯之亟也。昔虞、夏之兴,积善累功数十年,德洽百姓,摄行政事,考之于天,然后在位。汤、武之王,乃由契、后稷修仁行义十余世,不期而会孟津八百诸侯,犹以为未可;其后乃放弑。秦起襄公,章于文、缪;献、孝之后,稍以蚕食六国;百有余载,至始皇,乃能并冠带之伦。以德若彼,用力如此,盖一统若斯之难也。秦既称帝,患兵革不休,以有诸侯也;于是无尺寸之封,堕坏名城,销锋镝,锄豪杰,维万世之安。然王迹之兴,起于闾巷,合从讨伐,轶于三代。乡秦之禁,适足以资贤者,为驱除难耳。故发愤其所为天下雄,安在无土不王;此乃传之所谓大圣乎?岂非天哉!非大圣,孰能当此受命而帝者乎!

《春秋》文见于此,起义在彼;而《太史公书》亦妙得此意。即如《项羽本纪》,叙其战胜攻取;《高祖本纪》叙其屡为项王所败,而首详其符命,诸父老皆曰"平生所闻刘季诸珍怪当贵";《项羽本纪》末叙垓下之败,借羽口中喝出"天之亡我,非战之罪也"一语;而《高祖本纪》叙高祖临崩,亦称"吾以布衣,提三尺剑,取天下,岂非天命乎"。两相照映,言下见得高祖并无功德,所以得天下,不过命当贵,得天独厚耳。此序《秦楚之际月表》,历称虞、夏之兴,汤、武之王,及秦起襄公,云"以德若彼,用力如此"。而高祖则德力两无可称,乃起闾巷,而合从讨伐轶三代,不得已归之于天;极意颂扬之中,辞带讽刺,与《本纪》羽口中"非战之罪",高祖自云"岂非天命",语气熔成一片。及序《六国表》,又称:"论秦之德义,不如鲁、卫之暴戾者。量秦之兵,不如三晋之强。然卒并天下,盖若天所助。"以天所助归之于秦,而以德义与兵两层"不如"夹出,正与《秦楚之际月表序》"以德若彼,用力如此"两语对照,为汉作影子。而卒之曰:

"战国之权变,亦颇有可采者,何必上古。秦取天下多暴;然世异变,近己而俗变相类,议卑而易行。"意尤跃然,见秦取天下多暴,而为汉所取法;汉之治天下,不过承战国之权变,袭秦之故耳。叙事不合参入断语,而太史公寓主意于客位,允称微妙!

《太史公书》与《左传》一揆。左氏先经以始事,后经以终义,依经以辩理,错经以合异;而太史公善叙事理,或由本以之末,或操末以续颠,或繁条而约言,或一传而数事,夹叙夹议,于左氏法已不移而具。

文章之道,时为大。即以《左传》《史记》而论:强左为马,则噍杀;强马为左,则啴缓;惟与时为消息,故不同,正所以同也。若逸气纵横,则左谢为马。若簪裾礼乐,则马不继左。马迁文字,一二百言作一句下,更点不断;惟长句中转得意出,所以为豪。而"学无所不窥","善指事类情",太史公以是传《庄子》,亦自况也。文如云龙雾豹,出没隐现,变化无方,此庄、骚、太史所同。

第五节 王　　褒

西京文章,雄矫遒变。宣元之间,风骨渐隤。经生则为匡刘之诵数,承贾董之流波,开东京许慎、郑玄一派,记诵博而论议疏。词人则为王褒之铺排,袭枚马之余韵,开东京崔骃、蔡邕一派,骨力衰而风华靡矣。

王褒,字子渊,蜀人也。宣帝时,修武帝故事,讲论六艺群书;征能为《楚辞》,召高材刘向、张子侨、华龙等,待诏金马门。天下殷富,数有嘉应;上颇作歌诗,欲兴协律之事。于是益州刺史王襄欲宣风化于众庶,闻王褒有俊材,请褒作《中和乐职宣布》诗。好事者习而歌之,转而上闻,因荐褒有轶材。上乃征褒,至则诏为《圣主得贤臣颂》,

第三编　中古文学

其辞曰：

夫荷旃被毳者，难与道纯绵之丽密。羹藜含糗者，不足与论太牢之滋味。今臣僻在西蜀，生于穷巷之中，长于蓬茨之下，无有游观广览之知，顾有至愚极陋之累；不足以塞厚望，应明旨。虽然，敢不略陈愚心而抒情素。记曰："恭维《春秋》法五始之要，在乎审己正统而已。"夫贤者，国家之器用也；所任贤，则趋舍省而功施普；器用利，则用力少而就效众。故工人之用钝器也，劳筋苦骨，终日矻矻。及至巧冶铸干将之璞，清水淬其锋，越砥敛其锷，水断蛟龙，陆剸犀革，忽若篲氾画涂。如此，则使离娄督绳，公输削墨，虽崇台五层，延袤百尺而不溷者，工用相得也。庸人之御驽马，亦伤吻弊策而不进于行，胸喘肤汗，人极马倦。及至驾啮膝，骖乘旦，王良执靶，韩哀附舆，纵骋驰骛，忽如影靡；过都越国，蹶如历块；追奔电，逐遗风，周流八极，万里一息，何其辽哉？人马相得也。故服絺绤之凉者，不苦盛暑之郁燠。袭貂狐之暖者，不忧至寒之凄怆。何则？有其具者易备。贤人君子，亦圣王之所以易海内也，是以呕喻受之，开宽裕之路，以延天下之英俊也。

夫竭智附贤者，必建仁策。索人求仕者，必树伯迹。昔周公躬吐握之劳，故有圄空之隆。齐桓设庭燎之礼，故有匡合之功。由此观之：君人者勤于求贤，而逸于得人。人臣亦然。昔贤者之未遭遇也，图事揆策，则君不用其谋；陈见悃诚，则上不然其信；进仕不得施效，斥逐又非其愆；是故伊尹勤于鼎俎，太公困于鼓刀，百里自鬻，宁戚饭牛，离此患也。及其遇明君，遭圣主也，运筹合上意，谏诤则见听，进退得关其忠，任职得行其术，去卑辱奥渫而升本朝，离疏释蹻而享膏粱，剖符赐壤而光祖考，传之子孙以资说士。故世必有圣智之君，而后有贤明之臣。故虎啸而谷风冽，龙兴而致云气，蟋蟀俟秋吟，蜉蝣出以阴。《易》曰："飞龙在天，利见大人。"《诗》曰："思皇多士，生此王国。"故世平主圣，俊乂将自至。若尧、舜、禹、汤、文、武之君，获稷、契、皋陶、伊尹、吕望之臣，明明在朝，穆穆列布，聚精会神，相得益彰。虽伯牙操递钟，蓬门子弯乌号，犹未足以喻其意也。故圣主必待贤臣而弘功业，俊士亦俟明主以显其德。上下俱欲，欢然交欣，千载一会，论说无疑，翼乎如鸿毛遇顺风，沛乎若巨鱼纵大壑。其得意如此，则胡禁不止，曷令不行？化溢四表，横被无穷。遐夷贡献，万祥必臻。是以圣主不遍窥望而视已明，不殚倾耳而听已聪，恩从祥风翱，德与和气游，太平之责塞，优游之望得，遵游自然之势，恬淡无为之场；休征自至，寿考无疆，雍容垂拱，永永万年；何必偃仰诎信若彭祖，煦嘘呼吸如乔松，眇然绝俗离世哉？《诗》曰："济济多士，文王以宁"；盖信乎其以宁也。

是时上颇好神仙，故褒对及之；极力铺排，而振采失鲜，负声无力；然舒徐自在，亦正于不用力处见雅润。上令褒与张子侨等并待诏，数从褒等放猎，所幸宫馆，辄为歌颂；第其高下，以差赐帛。议者多以为淫靡不急。上曰："不有博弈者乎，为之犹贤乎已！辞赋，大者与古《诗》同义，小者辩丽可喜，譬如女工有绮縠，音乐有郑卫，今世俗皆以此娱悦耳目，辞赋比之，尚有仁义讽谕鸟兽草木多闻之观，贤于倡优博弈远矣。"顷之，擢褒为谏大夫。其后太子体不安，苦忽忽善忘，不乐。诏使褒等皆之太子宫，虞侍太子，朝夕诵读奇文及所自造作，疾平复，乃归。太子喜褒所为《甘泉》及《洞箫赋》，令后宫贵人左右皆诵读之。其《洞箫赋》，著意扬诩，大约本枚乘《七发》之龙门之桐一发，而推衍之，然徒为繁缛而逊其遒健，风骨隤矣。其他诸文，如《九怀》托众芳之零落，悲贤人之放逐，亦是屈子遗意，而敲金击石，特为急节，则又不如屈子之缠绵情深。

《僮约》铺排而出以疏野,特诙诡有奇趣。

第六节 刘氏向、歆 _{附匡衡 谷永}

西汉奏议,自宣帝而后,风气亦一变:由排宕而温醇,由纵横而儒雅,刘氏向、歆、匡衡、谷永其选也。其为文章,引经据典,好以诵数为功,而傅会时事,裁以己意。刘氏向、歆,父子世学,尤一代之杰焉。

向,字子政,本名更生。年十二,以任为郎,既冠,以行修饬,擢谏大夫。是时宣帝循武帝故事,招选名儒俊才,置左右。更生以通达能属文辞,与王褒、张子侨等并进对,献赋颂凡数十篇。会初立《穀梁春秋》,更生受《穀梁》,讲论《五经》于石渠。元帝时,石显等用事,数上书言事,遂废不用十余年。成帝即位,显等伏辜,更生乃复进用,更名向,累官光禄大夫。成帝以书颇散亡,使谒者陈农求遗书,诏向校。每一书已,向辄条其篇目,撮其指意。及为文章,词赋摹楚《骚》而稍嫌平钝,疏议本经术而务为驯雅。言有据依,属辞比事,不以驰骋见长,而辞意朒恳,素所蓄积然也。其《理甘延寿陈汤疏》曰:

郅支单于囚杀使者吏士以百数,事暴扬外国,伤威损重,群臣皆闵焉。陛下赫然欲诛之,意未尝有忘。西域都护延寿,副校尉汤,承圣指,倚神灵,总百蛮之君,揽城郭之兵,出百死,入绝域,遂蹋康居,屠五重城,搴歙侯之旗,斩郅支之首,县旌万里之外,扬威昆山之西,扫谷吉之耻,立昭明之功;万夷慑伏,莫不惧震。呼韩邪单于见郅支已诛,且喜且惧,乡风驰义,稽首来宾,愿守北藩,累世称臣。立千载之功,建万世之安,群臣之勋莫大焉。昔周大夫方叔、吉甫为宣王诛猃狁而百蛮从,其《诗》曰:"焊焊烨烨,如霆如雷;

显允方叔,征伐狎狁。蛮荆来威",《易》曰:"有嘉折首,获匪其丑";言美诛首恶之人,而诸不顺者皆来从也。今延寿汤所诛震,虽《易》之折首,《诗》之雷霆,不能及也。论大功者不录小过。举大美者不疵细瑕。《司马法》曰:"军赏不逾月";欲民速得为善之利也,盖急武功,重用人也。吉甫之归,周厚赐之,其《诗》曰:"吉甫宴喜,凡多受祉。来归自镐,我行永久。"千里之镐,犹以为远,况万里之外?其勤至矣。

延寿汤既未获"受祉"之报,反屈捐命之功,久挫于刀笔之前,非所以劝有功,厉戎士也。昔齐桓公前有尊周之功,后有灭项之罪,君子以功覆过,而为之讳行事。贰师将军李广利损五万之师,靡亿万之费,经四年之劳,而廑获骏马三十匹,虽斩宛王母鼓之首,犹不足以复费,其私罪恶甚多。孝武以为万里征伐,不录其过,遂封拜两侯,三卿,二千石百有余人。今康居国强于大宛,郅支之号重于宛王,杀使者罪甚于留马。而延寿、汤不烦汉士,不费斗粮,比于贰师,功德百之。且常惠随欲击之乌孙,郑吉迎自来之日逐,犹皆裂土受爵。故言威武勤劳,则大于方叔、吉甫。列功覆过,则优于齐桓、贰师。近事之功,则高于安远、长罗。而大功未著,小恶数布,臣窃痛之。宜以时解县通籍,除过勿治,尊宠爵位,以劝有功。

西汉文章,马迁、相如之雄伟,此天地遒劲之气,得于阳与刚之美者也,此天地之义气也。刘向、匡衡之渊懿,此天地温厚之气,得于阴与柔之美者也,此天地之仁气也。刘向、匡衡文皆本经术。然向倾吐肝胆,诚恳恻悱,说经却转有大意处;而衡则说经较细,然觉志不逮辞矣。西汉奏议,贾、董、匡、刘皆名儒者。然贾董气激,笔阵雄快而失之矜。匡刘气平,辞意笃雅而不免弱。贾董主于议论,而援引亦出以议论,所以化堆垛为烟云。匡刘好为援引,而议论即托于援引,斯其不徒托于空言。

是则贾董与匡刘之异也。特是匡衡引经据典，语无归宿。刘向殚见洽闻，笔有裁制。匡衡不免肤泛，刘则语必切核，斯刘之所为胜于匡也。刘向奏议，以《谏营昌陵疏》浑融遒逸，当为第一。次则《谏用外戚封事》，忠厚悱恻，若有所甚不得已于中者，足以贯三光而通神明。是故识精而不炫，气盛而不矜；料王氏之必篡，思有以早为之所，而又无诛灭王氏之意，宅心平实，指示确凿，皆本忠爱二字弥纶周浃而出。

匡衡上疏言政治得失，上疏言治性正家，上疏戒妃匹劝经学威仪之则，则古称先，缘饰经术，而语不切核，意未胹挚。

谷永建始三年举方正对策，复对，陈善责难，以经术为缘饰，同于刘向、匡衡；特明白切核，不同匡衡之浮泛无指实，而过为讦直，则逊刘向之忠厚悱恻。故当雄于匡衡，浅于刘向。独其上疏讼陈汤，密而能疏，雄而不快，足与刘向《理甘延寿陈汤疏》相匹。

向子歆，字子骏。成帝初，待诏宦者署，为黄门郎，亦湛靖有谋，累官侍中奉车都尉光禄大夫。歆好《左氏春秋》，欲立于学官。哀帝令歆与五经博士讲论其义。诸博士不肯置对。歆因移书太常博士，责让深切。然峻而不迫，安而能劲，其文章最为人所称道。后改名秀，字颖叔。王莽篡汉，歆博见强志，能以经术缘饰其事。莽之居摄三年，莽母功显君死，意不在哀。太后诏议其服。歆为少羲和，乃献议曰：

> 居摄之义，所以统立天功，兴崇帝道，成就法度，安辑海内也。昔殷成汤既殁，而太子早夭，其子太甲幼少不明，伊尹放诸桐城而居摄，以兴殷道。周武王既殁，周道未成，成王幼少，周公屏成王而居摄，以成周道。是以殷有翼翼之化，周有刑错之功。今太皇太后比遭家之不造，委任安汉公宰尹群僚，衡平天下；遭孺子幼少，未能共上下；皇天降瑞，出丹石之符，是以太皇太后则天明命，诏安汉公居摄践祚，将以成圣汉之业，与唐、虞、三代比隆也。摄皇帝遂开秘

府,会群儒,制礼作乐,卒定庶官,茂成天功。圣心周悉,卓尔独见,发得周礼,以明因监,则天稽古而损益焉;犹仲尼之闻韶,日月之不可阶;非圣哲之至,孰能若兹。纲纪咸张,成在一篑,此其所以保祐圣汉,安靖元元之效也。今功显君薨。礼,庶子为后,为其母缌。传曰:"与尊者为体,不敢服其私亲也。"摄皇帝以圣德承皇天之命,受太后之诏,居摄践祚,奉汉大宗之后;上有天地社稷之重,下有元元万机之忧,不得顾其私亲。故太皇太后建厥元孙,俾侯新都,为哀侯后;明摄皇帝与尊者为体,承宗庙之祭奉,共养太皇太后,不得顾其私亲也。周礼曰:"王为诸侯缌缞,弁而加环绖,同姓则麻,异姓则葛。"摄皇帝当为功显君缌缞,弁而加麻环绖,如天子吊诸侯服,以应圣制。

其为文章,俯仰揖让,动引经典,而不为浑浩流转之句,铿锵鼓舞之音,大率皆此类也。然不能仗气爱奇,以视马迁、相如之行神如空,控物自富,吞吐万有,浩气苍莽,固自有间,虽淹雅无惭于古,而风骨少隤矣。

第七节 王莽 扬雄

刘氏向、歆湛深经术,镕裁自我,其节安,其气舒。王莽、扬雄诵法三代,依仿为古,其辞矜,其格赝,而好称引奇诞,文字烂然,浮于质矣。

王莽,字巨君。父曼,孝元皇后弟,蚤死,不侯。莽孤贫,勤身博学,收赡名士,虚誉隆洽,遂为大司马,辅政;迎立平帝,拜太傅,封安汉公,进号宰衡,加九锡;平帝崩,迎立宣帝玄孙广戚侯子婴为皇太子,年二岁,谓之孺子,自称摄皇帝;文章尔雅,典诰是则。东郡太守翟义起兵讨之，莽惶惧，仿周公作《大诰》，班于天下，谕以摄位当反政孺子之意。义灭，寻即真，定有天下之号曰新。莽乃策命孺子曰：

咨尔婴！昔皇天右乃太祖，历世十二，享国二百一十载，历数在于予躬。《诗》不云乎，"侯服于周，天命靡常。"封尔为定安公，永为新室宾。于戏，敬天之休，往践乃位，毋废予命！

读策毕，莽亲执孺子手，流涕歔欷曰："昔周公摄位，终得复子明辟。今余独迫皇天威命，不得如意！"哀叹良久。敢为激发之行，处之不惭恧。置司恭，司徒，司明，司聪，司中大夫。策曰：

予闻上圣欲昭厥德，罔不慎修厥身，用绥于远，是用建尔，司于五事。毋隐尤；毋将虚；好恶不愆，立于厥中。呜呼勖哉！

盖色取仁而行违，诵六艺以文奸言，大率仿此。莽稽古有作，好为依仿，布政本《周官》，行文学《尚书》，虽非其诚，而简质渊懿，其气峻，其辞奥。今观其文，如上书辞赏新野田，小心寅畏，不啻若自口出。《大诰》诘屈聱牙而气流墨中。诏去刚卯，出力钱，以峻重出流利。诏限田，禁奴婢，从辨要得奥简。自说德祥事，总说符命，矫诬神人，妙在居之不疑。下书责七公，策命统睦侯陈崇，申诰卿士，俨若临之在上。要之文章之道，本于性情。貌很自臧，持必不移，此其气之所以能峻。言伪而辩，顺非以泽，此其文之所以追古。茂丽宏肆，不如扬雄；从容游衍，亦逊刘歆；而特以方重奥峭，别出一格；奸人之雄，曹操、司马懿之师，岂得以末路不振而轻之。

扬雄，字子云，蜀郡成都人也。博览无所不见，顾尝好辞赋。先是时，蜀有司马相如作赋，甚宏丽温雅。雄心壮之，每作赋，常拟之以为式。又以赋莫深于楚《骚》，反而广之，又效《惜诵》以下至《怀沙》一卷，名曰《畔牢愁》。成帝时，客有荐雄文似相如者，召雄待诏。岁余，奏《羽猎赋》，除为郎，给事黄门，与王莽、刘歆并。哀帝之初，又与董贤同官。既而贤用事，诸附丽之者，或起家至二千石。时雄方草《太玄》，有以自守，泊如也。或嘲雄以玄尚白，而雄解之，效东方朔《答客难》文，号曰《解嘲》。雄以为："赋者，将以风之，必推类而言，极丽靡之辞，闳侈巨衍，竞于使人不能加也。既乃归之于正，然览者已过矣。往时武帝好神仙，相如上《大人赋》，欲以风帝，反缥缥有陵云之志。繇是言之，赋劝而不止明矣。又颇似俳优淳于髡、优孟之徒，非法度贤人君子诗赋之正也。"于是辍不复为，非圣哲之书不好也。以为：经莫大于《易》，故作《太玄》。传莫大于《论语》，作《法言》。史篇莫善于《仓颉》，作《训纂》。箴莫善于《虞箴》，作《州箴》。皆斟酌其本，相与仿依而驰骋云。特仿相如，能得其茂丽，而逊其纵横。《反离骚》，则袭其奇辞，而无其高气。敩《虞箴》，又有其精微，而失其洁净。徒以无所不学，无所不似，泽古者深，遂臻化境。虽较相如为缓懦，而视王褒则雄丽。王褒气缓而不遒，辞缛而不丽；而扬雄则丽辞瑰气，张皇周流，句法历落，不入排偶。渊云并称，王故不及扬也。大抵武帝以前，铺张扬厉，调依屈赋，而出之激楚；跌宕昭彰，词出纵横，而杂以譬况，战国之余响也，而贾谊实为前茅。昭宣而后，则古称先，缘饰经术，而出于诵数；雍容揄扬，渐为排偶，而不免阐缓，东京之权舆也，而扬雄则其例外。雄用心于内，不求于外，历成、哀、平三世不徙官。及王莽篡汉，谈说之士，用符命称功德获封爵者甚众，雄以往时司马相如作《封禅》一篇，以彰汉氏之休；诚乐昭著新德，光之罔极；依仿献《剧秦美新》一篇；然相如《封禅》，以"兴必虑衰，安必思危"作收，犹有颂不忘规之意；而《剧秦美新》，则一味颂谀矣。特浓腴而饶古色，沉郁而有婉致；奥词宏澜，出以炼劲；意常语新，不害其为杰作。以耆老久次转为大夫，实好古而乐道，其意欲求文章成名于后世；既博诵古籍，无所不仿效，辄复无所不似。自雄之殁，其《法言》大行。录《吾子》篇曰：

降周迄孔，成于王道。然后诞章乖离，诸子图徽。撰《吾子》。

或问吾子少而好赋。曰："然，童子雕虫篆刻。"俄而曰："壮夫不为也。"或曰："赋可以讽乎？"曰："讽则已。不已，吾恐不免于劝也。"或曰："雾縠之组丽。"曰："女工之蠹矣。"

或问："景差、唐勒、宋玉、枚乘之赋也，益乎？"曰："必也淫。""淫则奈何？"曰："诗人之赋丽以则。辞人之赋丽以淫。如孔氏之门用赋也，则贾谊升堂，相如入室矣。如其不用何！"或问："屈原智乎？"曰："如玉如莹，爰变丹青；如其智，如其智！"

或曰："君子尚辞乎？"曰："君子事之为尚。事胜辞则伉。辞胜事则赋。事辞称则经；足言足容，德之藻矣。"或问："公孙龙诡辞数万以为法；法欤？"曰："断木为棋，梡革为鞠，亦皆有法焉。不合乎先王之法者，君子不法也。"

"观书者，譬诸观山及水。升东岳而知众山之峛崺也，况介丘乎？浮沧海而知江河之恶沱也，况枯泽乎？舍舟航而济乎渎者末矣，舍《五经》而济乎道者末矣。弃常珍而嗜乎异馔者，恶睹其识味也！山径之蹊，不可胜由矣。向墙之户，不可胜入矣。"曰："恶由入？"曰："孔氏。孔氏者户也。"曰："子户乎？"曰："户哉户哉，吾独有不户者矣！"

为文章多方仿佽。其初摹长卿以追楚《骚》，纵横铿訇；继而诵仲尼以袭经言，简古奥峭。王莽仿《尚书》，仿《礼》；而雄效《易》，仿《论语》，心摹口追，何所不似。然从来足于道者，文心自然流出；《太玄》、《法言》，抑何气尽力竭耶！

第三章 东　　汉

第一节　发　　凡

　　王莽诛灭，光武中兴，虽承炎统，而文章风轨，与前不同。前汉恢张扬厉，袭战国纵横捭阖之遗，而自出变化。东汉舂容整赡，得儒者俯仰揖让之态，而好为依仿。前汉张而不弛，东汉弛而不张。前汉为周秦纵横之余，东汉开齐梁骈偶之风。由疏而密，由朴而丽，文章之变，此其转关。

　　东汉文章，前有班固，后有蔡邕，后先辉映，最为特称，号曰班蔡。而排衍闸缓，冯衍开其前路。

　　冯衍，字敬通，京兆杜陵人也。天下兵起，尚书仆射鲍永行大将军事，安集北方。衍说以纵横之计，与上党太守田邑等缮甲养士，扞卫并土。既而光武即位，获邑母弟妻子，邑乃遣使献璧马，即拜为上党太守，因遣招永、衍。永、衍忿邑背前约，乃遗邑书曰：

　　　　盖闻晋文出奔，而子犯宣其忠。赵武逢难，而程婴明其贤。二子之义当矣。今三王背叛，赤眉危国，天下蚁动，社稷颠陨，是忠臣立功之日，志士驰马之秋也。伯玉擢选剖符，专宰大郡。夫上党之地，有四塞之固；东带三关，西为国蔽。奈何举之以资强敌，开天下之匈，假仇仇之刃，岂不哀哉！衍闻之：委质为臣，无有二心。挈瓶之智，守不假器。是以晏婴临盟，拟以曲戟，不易其辞。谢息守郿，胁以晋鲁，不丧其邑。由是言之：内无钩颈之祸，外无桃莱之利，而被叛人之声，蒙降城之耻，窃为左右羞之。

且郲庶其窃邑叛君以要大利，曰贱而必书。莒牟夷以土地求食，而名不灭。是以大丈夫动则思礼，行则思义，未有背此而身名能全者也。为伯玉深计，莫若与鲍尚书同情戮力，显忠贞之节，立超世之功。如以尊亲系累之故，能捐位投命，归之尚书，大义既全，敌人纾怨，上不损剖符之质，下足救老幼之命，申眉高谈，无愧天下。若乃贪上党之权，惜全邦之实，恐伯王必怀周赵之忧，上党复有前年之祸。昔晏平仲纳延陵之诲，终免栾高之难。孙林父违穆子之戒，故陷终身之恶。以为伯玉闻此至言，必若刺心；自非婴城而坚守，则策马而不顾也。圣人转祸而为福。智士因败以成胜。愿自强于时，无与俗同。

虽有纵横捭阖之意，而开阐缓比偶之体。既降光武，遂见摈弃，乃作赋自厉，命其篇曰《显志》。体仿《离骚》，辞尚排比，而音采不赡丽，气亦少靡矣！其乡人有杜笃者，字秀雅，博学不修小节；居美阳，美阳令与游。数从请托，不谐，遂相恨，令系送京师。会大司马吴汉薨，光武诏诸儒诔之。笃于狱中为诔辞最高；赐笃免刑。笃以关中表里山河，先帝旧京，不宜改营洛邑；诚见司马相如、扬子云作辞赋以讽主上，乃上奏《论都赋》一篇，其体沿《子虚》、《上林》，辞不甚壮丽，而特和雅可诵，体密思靡，盖班固《两都》之所由昉云。特班固恢张雒邑，而笃则盛称长安耳。

第二节　班固 附崔骃　张衡 附傅毅

班固，字孟坚，扶风安陵人也。父彪，字叔皮。王莽败，三辅大乱。

时隗嚣拥众天水，彪乃避难从之，以嚣有叛汉之志，乃著《王命论》以感之。而嚣终不寤，遂改事河西大将军窦融，为从事，画策事汉，草章奏。及融征还京师，光武问知为彪所为，雅闻其才，因召见，举司隶茂才，拜徐令；以病免。后数应三公之命，辄去。彪既才高而好述作，遂专心史籍之间。武帝时，司马迁著《史记》，自太初以后，阙而不录。后好事者，颇或缀集时事，然多鄙俗，不足以踵继其书。彪乃继采前史遗事，傍贯异闻，作《后传》数十篇，因斟酌前史而讥正得失，其略论曰："迁之所记，从汉元至武以绝，则其功也。至于采经摭传，分散百家之事，甚多疏略，不如其本，务欲以多闻广义为功，论议浅而不笃。其论术学，则崇黄老而薄五经；序货殖，则轻仁义而羞贫穷；道游侠，则贱守节而贵俗功，此其大敝伤道。然善述序事理，辩而不华，质而不俚，文质相称，盖良史之才也。司马迁序帝王，则曰本纪；公侯传国，则曰世家；卿士特起，则曰列传；又进项羽陈涉而黜淮南衡山。细意委曲，条例不经。若序司马相如举郡县，著其字；至萧、曹、陈平之属，及董仲舒并时之人，不记其字，或县而不郡者，盖不暇也。"论者以为得实。

　　固承其学，遂博贯载籍。父彪卒，固居乡里，而以彪所续前史未详，乃潜精研思，欲就其业。既而有人告固私改作国史者，诏下郡收固系京兆狱。固弟超乃诣阙上书，得召见，具言固所著述意。显宗甚奇之，召诣校书郎，除兰台令史，与前睢阳令陈宗、长陵令尹敏、司隶从事孟异，共成《世祖本纪》，迁为郎，典校秘书。固又撰功臣、平林、新市、公孙述事。作列传、载记二十八篇，奏之。帝乃复使终成前所著书。固乃起元高祖，终于孝平王莽之诛，十有二世，二百三十年，综其行事，为十二纪，十志，八表，七十列传，勒成一史，目为《汉书》，盖仿《虞书》、《夏书》、《商书》、《周书》之名。其文体异于《尚书》，全仿司马迁例也，但不为世家，改书曰志而已。惟迁文直而气肆，固辞赡而裁密；迁寄微情妙旨于文辞蹊径之外，而固则情旨尽露于文辞蹊径之中。然固自永平中始受诏，潜精积思，二十余年，廑乃成书，学者莫不讽诵焉。录《公孙弘传赞》曰：

> 公孙弘、卜式、倪宽，皆以鸿渐之翼，困于燕雀，远迹羊豕之间；非遇其时，焉能致此位乎？是时汉兴六十余载，海内乂安，府库充实，而四夷未宾，制度多阙。上方欲用文武，求之如弗及，始以蒲轮迎枚生，见主父而叹息。群士慕向，异人并出；卜式拔于刍牧，弘羊擢于贾竖，卫青奋于奴仆，日䃅出于降虏，斯亦曩时版筑饭牛之朋已。汉之得人，于兹为盛。儒雅则公孙弘、董仲舒、倪宽，笃行则石建、石庆，质直则汲黯、卜式，推贤则韩安国、郑当时，定令则赵禹、张汤，文章则司马迁、相如，滑稽则东方朔、枚皋，应对则严助、朱买臣，历数则唐都、洛下闳，协律则李延年，运筹则桑弘羊，奉使则张骞、苏武，将帅则卫青、霍去病，受遗则霍光、金日䃅，其余不可胜纪。是以兴造功业，制度遗文，后世莫及。孝宣承统，纂修洪业，亦讲论六艺，招选茂异；而萧望之、梁丘贺、夏侯胜、韦玄成、严彭祖、尹更始，以儒术进，刘向、王褒，以文章显；将相则张世安、赵充国、魏相、邴吉、于定国、杜延年，治民则黄霸、王成、龚遂、郑弘、召信臣、韩延寿、尹翁归、赵广汉、严延年、张敞之属；皆有功迹，见述于后世，参其名臣，亦其次也。

借公孙弘以综叙一代人物，虽不如司马迁之卓荦为杰，而和雅春容，不大声色而意度宏远，亦非司马迁之好奇负气所有；特意尽于辞，无迁之微情妙旨！为郎后，遂见亲近，会京师修起宫室，浚缮城隍，而关中耆老，犹望朝廷西顾。固感前世相如、寿王、东方之徒，造构文辞，终以讽劝，乃上《两都赋》，盛称洛邑制度之美，以折西宾淫侈之论，而序其意曰：

> 或曰，赋者，古诗之流也。昔成康没而颂声寝，王泽竭而《诗》不作。大汉初定，日不暇给。至于武宣之世，乃崇礼官，考文章，内

设金马石渠之署,外兴乐府协律之事,以兴废断绝,润色鸿业;是以众庶悦豫,福应尤盛。白麟、赤雁、芝房、宝鼎之歌,荐于郊庙;神雀、五凤、甘露、黄龙之瑞,以为年纪。故言语侍从之臣,若司马相如、虞丘寿王、东方朔、枚皋、王褒、刘向之属,朝夕论思,日月献纳。而公卿大臣,御史大夫倪宽、太常孔臧、太中大夫董仲舒、宗正刘德、太子太傅萧望之等,时时间作。或以抒下情而通讽谕,或以宣上德而尽忠孝;雍容揄扬,著于后嗣,抑亦雅颂之亚也。故孝成之世,论而录之,盖奏御者千有余篇;而后大汉之文章,炳焉与三代同风。

且夫道有夷隆,学有粗密,因时而建德者,不以远近易则。故皋陶歌虞,奚斯颂鲁,同见采于孔氏,列于《诗》《书》;其义一也。稽之上古则如彼,考之汉室又如此。斯事虽细,然先臣之旧式,国家之遗美,不可阙也!臣窃见海内清平,朝廷无事;京师修宫室,浚城隍而起宛囿,以备制度。西土耆老,咸怀怨思,冀上之眷顾,而盛称长安旧制,有陋洛邑之议。故臣作《两都赋》以极众人之所眩曜,折以今之法度。

其赋分两篇,盖因杜笃《论都赋》而作;《西都》极其眩曜,主于讽刺,所谓抒下情而通讽谕也;《东都》折以法度,主于揄扬,所谓宣上德而尽忠孝也。主客对扬,依仿《子虚》《上林》。然相如体隽而气骏,楮墨殆不任轶荡;固则采富而骨重,藻丽只尽于扬诩;而序特和雅,但即眼前铺叙,更不钩深,却自无不尽;节奏最浑妙,舒徐典润,有自然之顿挫,盖蕴藉深,故气度闲;春容大雅,无意与相如争能,而志节和平,东京本色,乃转以掩相如之铿訇,而别出一格。盖相如恢张,气溢于彩;而固序淡雅,辞有余妍也。固又撰《典引》,述叙汉德,以为相如《封禅》靡而不典,扬雄《美新》典而不实,盖自谓得其致焉。相如骨气奇高,辞笔生动,有飞舞之势。雄则辞采丽茂,好用奇字,然运而无所积。班固体平词茂,结言端直,气少于长卿,文薄于子云,在扬马间别构一体;尚规矩,不贵绮错。其他词赋多可观。

涿郡崔骃,字亭伯,博学,善属文。少游太学,与班固齐名。顾以典籍为业,未遑仕进。时人或讥其太玄静。骃拟扬雄《解嘲》,作《达旨》以答焉。肃宗巡狩方岳,骃上《四巡颂》,辞甚典美。帝嗟叹之,谓侍中窦宪曰:"公爱班固而忽崔骃,此叶公之好龙也。"然寻骃所作,旨浮而力缓,气益靡矣,不如固之闳丽也。

张衡字平子,南阳西鄂人也。东京之有班固、张衡,犹西汉之有司马相如、扬雄,萧规曹随,有意相犯。然扬雄不如司马之雄骏,而辞益瑰丽;张衡不如班固之茂密,而气特恢宏;善用其长而自出变化,后先辉映,尽有独至。班固作《两都》,衡赋《两京》。班固作《幽通》,衡赋《思玄》。班固有《答宾戏》,衡作《应间》。衡少善属文,而从容淡静。永元中,举孝廉,不行;连辟公府,不就。时天下承平日久,自王侯以下,莫不逾侈。衡乃拟班固《两都赋》,作《二京赋》,因以讽谏;《西京》全袭班固《西都赋》而语加恢张,参差历落,其文法之变化,亦撷《左氏》之雅练,于整齐中见错落,自成一格,不作排比;此实衡刻意求工,不欲效颦《西都》也。《东京赋》则历数大典,安详整暇,气肃而度舒,几欲掩过其上。盖班固于《东都》,以不写为写;而衡赋《东京》,则以写为写,而详固之所略也。然才欲窥深,词务索广,故思能入巧而不制繁,便觉神气不贯,虑详而力缓;此衡所为不如也。及为侍中,上疏请得专事东观,收检遗文,毕力补缀;又条上司马迁、班固所叙,与典籍不合者十余事;又以为王莽本传,但应载篡事而已;至于编年月,纪灾祥,宜为元后本纪。又更始居位,人无异望;光武初为其将,然后即真,宜以更始之号,建于光武之初。议论文章,盖欲驾固而出其上焉。

固自以志郁道滞,仿《离骚》,作《幽通赋》以自畅;而衡亦为《思玄赋》。《幽通赋》意祖《离骚》,而辞多诘屈,似有意学扬雄;然辞奇而气不疏,遂不能运;又平典似道德论;赋家以体物为铺排,而《幽通赋》独以议论引古为结构,正言未能若反,转以正襟未能高谈,不耐寻味。然《幽通》写意以直赋;而《思玄》则叙事为比兴,仿屈原《远游》之意而推广之,布局尽宏,而用意甚紧,以视《幽通》之艰涩平板者,何啻后贤之畏。但仿古太似则不新,立局太宽则不紧,此所以不如前人也。扬雄有言:"诗人之赋丽以则。"东京词赋,大抵则而不丽;而丽者又或欠骏逸,茂于辞而不疏于气,班固、张衡,其焯焯也。独马融作《广成颂》,典丽乔皇,波澜壮阔;王延寿作《鲁灵光殿赋》,藻采焕发,气机流动,苍劲古逸,胥有西京之遗云。然东京文章阐缓,而诗特警遒;文章绮茂,而诗特疏朗;所以逸响高调,挺拔而为俊矣。

傅毅,字武仲,扶风茂陵人也。少博学;以显宗求贤不笃,士多隐处,故作《七激》以为讽。又刘勰《文心雕龙·明诗》称傅毅为《冉冉孤生竹》一诗,亦此意也。其辞曰:

冉冉孤生竹,结根泰山阿。与君为新婚,兔丝附女萝。兔丝生有时,夫妇会有宜;千里远结婚,悠悠隔山陂。思君令人老,轩车来何迟。伤彼蕙兰花,含英扬光辉;过时而不采,将随秋草萎。君亮执高节,贱妾亦何为。

雅得风人比兴之意,辞不华藻,而特高亮凄激。建初中,肃宗博召文学之士,以毅为兰台令史,拜郎中,与班固贾逵共典校书;而固讥"武仲下笔不能自休";今观毅所作,虽不如固之云兴车屯,辞笔奔会,而凝厚之中,饶有流动,堆垛尽化烟云。著诗、赋、诔、颂、祝文、七激、连珠凡二十八篇;造怀指事,诗最清峻。至张衡为《四愁诗》,则益原本屈宋,依仿楚声,七言腾踊而为新体。其辞曰:

我所思兮在太山,欲往从之梁父艰,侧身东望涕沾翰。美人赠我金错刀,何以报之英琼瑶。路远莫致倚逍遥,何为怀忧心烦劳!

我所思兮在桂林,欲往从之湘水深,侧身南望涕沾襟。美人赠我金琅玕,何以报之双玉盘。路远莫致倚惆怅,何为怀忧心烦伤!

我所思兮在汉阳,欲往从之陇阪长,侧身西望涕沾裳。美人赠我貂襜褕,何以报之明月珠。路远莫致倚踟蹰,何为怀忧心烦纡!

我所思兮在雁门,欲往从之雪纷纷,侧身北望涕沾巾。美人赠我锦绣段,何以报之青玉案。路远莫致倚增叹,何为怀忧心烦惋!

时天下渐弊,郁郁不得志;乃仿屈原,以美人为君子,珍宝为仁义,水深雪雾为小人;思以道术相报,贻于时君;而惧谗邪不得以通,自抒其郁陶云尔。衡所作诗,如《怨篇》四言和雅,得三百篇之敦厚;《同声歌》五言婉笃,异《十九首》之哀思。而《怨篇》托兴于秋兰,《同声歌》取譬于淑女,香草美人以喻君子,则又出于楚《骚》也;然取《骚》之意而不为其体。《四愁诗》朗丽以哀志,则又袭《骚》体而异其调;楚《骚》缠绵,而此则哀激也。

第三节 蔡　　邕

司马迁、相如,才骏而气逸。班固、张衡,辞丽而体闳。而蔡邕,则不能骏逸而为冲和者也,不能闳丽而为雅淡者也。蔡邕,字伯喈,陈留圉人也。少博学,好辞章;献帝时,累拜左中郎将;封高阳乡侯。董卓为司空,重邕才学,厚相遇待。及卓诛,并被收付廷尉。邕前在东观,与卢植、韩说等撰补《后汉记》,会遭事流离,不及得成。至是乃陈辞谢,乞黥首刖足,继成汉史,卒被杀。其撰集汉事,未见录,以继后史,适作《灵纪》及《十意》,又补别诸列传四十二篇,因李傕之乱,湮没多不存。所著诗、赋、碑、诔、铭、赞、连珠、箴、吊、论议、《独断》、《劝学》、《释诲》、《叙乐》、《女训》、《篆势》、祝文、章表、书记，凡百四篇，今存九十篇，而墓碑居其半，曰碑、曰铭、曰神诰、曰哀赞，其实一也。处士郭泰有高名，及死，邕为作碑曰："吾为人作碑，未尝不有惭容；惟为郭有道颂，无愧色耳！"其辞曰：

> 先生，讳泰，字林宗，太原界休人也。其先出自有周，王季之穆，有虢叔者，实有懿德；文王咨焉，建国命氏，或谓之郭；即其后也。先生诞膺天衷，聪叡明哲，孝友温恭，仁笃慈惠。夫其器量宏深，姿度广大，浩浩焉，汪汪焉，奥乎不可测已。若乃砥节砺行，直道正辞，贞固足以干事，隐括足以矫时。遂考览六经，探综图纬，周流华夏，随集帝学，收文武之将坠，拯微言之未绝。于时，缨绥之徒，绅佩之士，望形表而影附，聆嘉声而响和者，犹百川之归巨海，鳞介之宗龟龙也。尔乃潜隐衡门，收朋勤诲，童蒙赖焉，用祛其蔽。州郡闻德，虚己备礼，莫之能致。群公休之，遂辟司徒掾，又举有道，皆以疾辞；将蹈鸿涯之遐迹，绍巢许之绝轨，翔区外以舒翼，超天衢以高峙。禀命不融，享年四十有二，以建宁二年正月乙亥卒。凡其四方同好之人，永怀哀悼，靡所置念，乃相与惟先生之德，以谋不朽之事；佥以为先民既没，而德音犹存者，亦赖之于见述也；今其如何而阙斯礼？于是树碑表墓，昭铭景行，俾芳烈奋于百世，令闻显于无穷。其辞曰：
>
> 於休先生，明德通玄；纯懿淑灵，受之自天。崇壮幽浚，如山如渊。礼乐是悦，诗书是敦；匪惟摭华，乃寻厥根。宫墙重仞，允得其门。懿乎其纯，确乎其操。洋洋搢绅，言观其高；栖迟泌丘，善诱能教。赫赫三事，几行其招。委辞召贡，保此清妙。降年不永，民斯悲悼。爰勒兹铭，摛其光耀。嗟尔来世，是则是效。

邕之文，泽古者深；其辞坦迤如不经意，而暗与之合。大抵以《书》之端凝植其骨，以《诗》之安和植其节，以《左氏》之整暇调其机。其文以意度胜人，不以骨力见高；舒详安雅，而气如莹，汎汎乎三代之遗音也。然有余于安和，不足于警切；叙事不具本末，议论亦欠分晓。集中《郭有道》、《陈太丘》两碑，最为名篇；而浮辞满纸，绝不见其人性情。词赋依效《离骚》，亦无跌宕伟丽之观；平流徐行，盖其素性然云。东京作者，骈称班蔡；然邕虑详而力缓，温雅以循规；不如固之雅壮而多风，情高以会采也。世传有《蔡中郎集》六卷，或十卷。

第四节　孔融 附祢衡

遒文壮节，足以振靡起懦者，于汉季得一人焉，曰孔融。融，字文举，鲁国人，孔子二十世孙。性好学，博涉多该览。建安中，献帝都许，累拜将作大匠。既见曹操雄诈渐著，数不能堪，故发辞偏宕。操惮融名重天下而建正议，虑鲠大业。山阳郗虑承望风旨，以微法奏免融官；操遂构成其罪，令路粹枉状奏融："前与白衣祢衡跌宕放言，更相赞扬，衡谓融曰：'仲尼不死。'融答曰：'颜回复生。'"竟坐诛。所著诗、颂、碑文、论议、六言、策文、表、檄、教令、书记，凡二十五篇。虽体属骈丽，然卓荦遒亮，信含异气，笔墨之性，殆不可胜。而与曹公《论盛孝章书》，纵笔无结构，然雄迈之气，弥以不掩。其辞曰：

　　岁月不居，时节如流；五十之年，忽焉已至。公为始满，融又过二。海内知识，零落殆尽，惟会稽盛孝章尚存。其人困于孙氏，妻孥湮没，单孑独立，孤危愁苦；若使忧能伤人，此子不能复永年矣。《春秋传》曰："诸侯有相灭亡者，桓公不能救，则桓公耻之！"今孝章，实丈夫之雄也；天下谈士，依以扬声。而身不免于幽絷，命不期于旦夕；是吾祖不当复论损益之友，而朱穆所以绝交也。公诚能驰一介之使，加咫尺之书，则孝章可致，友道可宏矣。今之少年，喜谤前辈，或能讥评孝章。孝章要为有天下大名；九牧之人，所共称叹！燕君市骏马之骨，非欲以骋道里，乃当以招绝足也。惟公匡复汉室，宗社将绝，又当正之；正之之术，实须得贤。珠玉无胫而自至者，以人好之也；况贤者之有足乎？昭王筑台以尊郭隗，隗虽小才而逢大遇，竟能发明主之至心；故乐毅自魏往，剧辛自赵往，邹衍自齐往。向使郭隗倒悬而王不解，临溺而王不拯，则士亦将高翔远引，莫有北首燕路者矣。凡所称引，自公所知；而复有云者，欲公崇笃斯义；因表不悉。

不甚斫削，然疏俊可诵。又《荐祢衡表》，则于典丽之中，能为疏宕；虽野于班固，而茂于蔡邕。建安文章，雅壮多风，结两汉之局，而开魏晋之派者，盖融有以先之也。融所为五言杂诗，如"岩岩钟山首"一首，气郁勃而辞遒壮；"远送新行客"一首，意凄惋而笔曲达；骨气奇高，不假藻饰。融与广陵陈琳孔璋、山阳王粲仲宣、北海徐干伟长、陈留阮瑀元瑜、汝南应场德琏、东平刘桢公干，并称建安七子。六子皆与操子丕植友善，各被操辟为掾属；独融为汉尽命。

平原祢衡，字正平，亦有文采，而不在七人之列。自以有才辩，而气尚刚傲，好矫时慢物，惟善于融，融亦深爱其才。衡始弱冠，而融年四十，遂与为交友；既为疏荐之，数称述于曹操。操欲见之，而衡素相轻疾。操怀忿，而以其才名，不欲杀之，于是遣人骑送之荆州刘表，复侮慢于表。表耻不能容，以江夏太守黄祖性急，故送衡与之，卒以见害，年二十六。其文章多亡，独传《鹦鹉赋》，未极铺采摘文之能。其他文章，俪体行文，亦伤平典；雅而不壮，未及孔融之逸气贯注，淋漓行墨间也。盖融气盛于为笔，衡则思锐于为文，有偏美焉。

第四章 三 国

第一节 发 凡

燕赵多慷慨悲歌之士,江左擅绮丽纤靡之文,自古然矣;顾有不可论于三国者。魏武帝崛起称霸,开基青豫,以文武姿,掞藻扬葩,把酒临江,横槊赋诗,固一世之雄也。子桓、子建,兄弟竞爽,亦擅词采;然华而不实,上有好者,下必殆甚。陈琳、阮瑀以符檄擅声,王粲、徐幹以辞赋标美,刘桢情高以全彩,应场学优以得文,皆一时之秀。而何晏、王弼妙善玄言,嵇康、阮籍轻世肆志,已萌晋世清谈之习,而开江左六朝绮丽之风矣。夫江左六朝,建国金陵,阻长江为天堑,与北方抗衡;其端实自孙氏启之。孙权称制江东,号吴大帝;然文笔雅健,不为绮丽;《与诸将令》、《责诸葛瑾诏》,卓荦有西京之风焉。虞翻《谏猎》之书,简而能要。骆统《理张温表》,语亦详畅。而诸葛恪《救国》之论,慨当以慷,尤吴人文之可诵者。吴之末造,韦曜《博弈论》,渐近偶俪,然质而不靡,以视魏武父子之风情隽上,辞彩秀拔,固有间矣。谁则谓南朝文士尽华靡者乎?至蜀为司马相如、扬雄辞赋家产地,而诸葛亮文彩不艳,陈寿亦不与相如竞艳,而质直过之。是南人之文质直,转不如北人之藻逸工言情矣。岂非古今一变例也哉!

第二节　魏武帝　文帝　曹植_{附王粲}
徐幹　陈琳　阮瑀　应玚　刘桢　杨修

三国之文，莫盛于魏。西汉之文骏朗，东京之文丽则；而魏则总两汉之菁英，导六朝之先路，丽而能朗，疏以不野，藻密于西汉，气疏于东京；此所以独出冠时，而擅一代之胜也。方汉建安之世，魏武帝实秉国钧，推奖文学，俊彦蔚集。文帝为五官将，及弟平原侯植，皆好文章，王粲、徐幹、陈琳、阮瑀、应玚、刘桢并见友善；而"七子"之目，实自文帝；其为《典论·论文》曰：

文人相轻，自古而然。傅毅之于班固，伯仲之间耳；而固小之，与弟超书曰："武仲以能属文为兰台令史，下笔不能自休。"夫人善于自见；而文非一体，鲜能备善；是以各以所长，相轻所短。里语曰："家有弊帚，享之千金"；斯不自见之患也。今之文人，鲁国孔融文举、广陵陈琳孔璋、山阳王粲仲宣、北海徐幹伟长、陈留阮瑀元瑜、汝南应玚德琏、东平刘桢公干。斯七子者，于学无所遗，于辞无所假；咸以自骋骥骡于千里，仰齐足而并驰；以此相服，亦良难矣。盖君子审己以度人，故能免于斯累，而作论文。王粲长于辞赋。徐幹时有齐气，然粲之匹也。如粲之《初征》、《登楼》、《槐赋》、《征思》，幹之《玄猿》、《漏卮》、《圆扇》、《橘赋》，虽张蔡不过也；然于他文，未能称是。琳、瑀之章表书记，今之隽也。应玚和而不壮，刘桢壮而不密。孔融体气高妙，有过人者，然不能持论，理不胜辞，以至乎杂以嘲戏；及其所善，扬、班俦也。常人贵远贱近，向声背实，又患暗于自见，谓己为贤。

夫文,本同而末异。盖奏议宜雅,书论宜理,铭诔尚实,诗赋欲丽。此四科不同,故能之者偏也;惟通才能备其体。文以气为主。气之清浊有体,不可力强而致;譬诸音乐,曲度虽均,节奏同检;至于引气不齐,巧拙有素;虽在父兄,不能以移子弟。盖文章,经国之大业,不朽之盛事。年寿有时而尽,荣乐止乎其身;二者必至之常期,未若文章之无穷;是以古之作者,寄身于翰墨,见意于篇籍,不假良史之辞,不托飞驰之势,而声名自传于后。故西伯幽而演《易》,周旦显而制《礼》,不以隐约而弗务,不以康乐而加思。夫然,则古人贱尺璧而重寸阴,惧乎时之过已。而人多不强力;贫贱则慑于饥寒,富贵则流于逸乐,遂营目前之务,而遗千载之功;日月逝于上,体貌衰于下,忽然与万物迁化,斯志士之大痛也。融等已逝,唯干著论成一家言。

文帝缛采有余,而《典论》独为淡雅,出以散朗。其他诸作如《与钟大理书》,以君子比德于玉,铺采摛文,赋心书体,若嫌浓至;《与朝歌令吴质书》,追想南皮之游,触绪感慨,情文并茂,缛不害骨,致为隽篇。而《与吴质第二书》,则意与《典论·论文》相发,以徐、陈、应、刘一时俱逝作骨,俯仰绵邈,不以缛采见才藻,而于粗朴觇情深,疏疏落落,当为第一。

徐幹于七子中最为清玄体道,著《中论》二十篇,其大指原本经训,指陈人事,而归于圣贤之道;《大臣篇》极推荀卿而不取游说之士;《考伪篇》以求名为圣人之至禁;辞意典雅,而无奇矫之致,可谓彬彬君子矣,不复以华采为工也。

王粲溢才,捷而能密;属文举笔便成,无所改定;然正复精意覃思,亦不能加也。著诗赋、论议,垂六十篇。文帝称其长于辞赋;然辞有余悁,气无激韵;而《登楼》一赋,盖依荆州刘表,意有所郁结不得通,蕲于发愤一吐;然低徊俯仰,曲涧沦漪,无长江大河波涛汹涌之观。而《为刘荆州与袁谭、袁尚》两书，亦同《左氏》之优游缓节，而异战国之卓荦为杰；文帝所为惜其体弱，不起其文者也。其《登楼赋》曰：

> 登兹楼以四望兮，聊暇日以销忧。览斯宇之所处兮，实显敞而寡仇。挟清漳之通浦兮，倚曲沮之长洲；背坟衍之广陆兮，临皋隰之沃流。北弥陶牧，西接昭丘。华实蔽野，黍稷盈畴。虽信美而非吾土兮，曾何足以少留！遭纷浊而迁逝兮，漫逾纪以迄今。情眷眷而怀归兮，孰忧思之可任？凭轩槛以遥望兮，向北风而开襟。平原远而极目兮，蔽荆山之高岑。路逶迤而修回兮，川既漾而济深。悲旧乡之壅隔兮，涕横坠而弗禁。昔尼父之在陈兮，有归欤之叹音；钟仪幽而楚奏兮，庄舄显而越吟。人情同于怀土兮，岂穷达而异心。惟日月之逾迈兮，俟河清其未极。冀王道之一平兮，假高衢而骋力。惧匏瓜之徒悬兮，畏井渫之莫食。步栖迟以徙倚兮，白日忽其将匿。风萧瑟而并兴兮，天惨惨而无色；兽狂顾以求群兮，鸟相鸣而举翼。原野阒其无人兮，征夫行而未息。心凄怆以感发兮，意忉怛而惨恻。循阶除而下降兮，气交愤于胸臆。夜参半而不寐兮，怅盘桓以反侧。

朗丽哀志，楚《骚》遗调，摘其诗赋，则七子之冠冕乎。

陈琳、阮瑀，则文帝所云章表书记之隽；武帝并以为司空军谋祭酒，管记室；军国书檄，多琳、瑀所作也，而琳尤健爽。帝平张鲁，曹洪以都督随征，琳乃为洪与文帝书曰：

> 前初破贼，情佼意奢，说事颇过其实。得九月二十书，读之喜笑，把玩无厌。亦欲令陈琳作报，琳顷多事，不能得为。念欲远以为欢，故自竭老夫之思；辞多不可一二，粗举大纲，以当谈笑。
>
> 汉中地形，实自险固；四岳三涂，皆不及也。彼有精甲数万，临高守要，一夫挥戟，万人不得进；而我军过之，若骇鲸之决细网，奔

兕之触鲁缟,未足以喻其易。虽云王者之师,有征无战;不义而强,古今常有。故唐虞之世;蛮夷猾夏;周宣之盛,亦仇大邦;《诗》、《书》叹载,言其难也。斯皆凭阻恃远,故使其然。是以察兹地势,谓为中材处之,殆难仓卒。来命陈彼妖惑之罪,叙王师旷荡之德,岂不信然。是夏殷所以丧,苗扈所以毙;我之所以克,彼之所以败也。不然,商周何以不敌哉?昔鬼方聋昧,崇虎逸凶,殷辛暴虐,三者,皆下科也。然高宗有三年之征,文王有退修之军,孟津有再驾之役,然后殪戎胜殷,有此武功;未有星流景集,飙奋霆击,长驱山河,朝至暮捷若今者也。由此观之,彼固不惮下愚;则中才之守,不然明矣。

在中才则谓不然,而来示乃以为彼之恶稔,虽有孙田墨厘,犹无所救。窃又疑焉。何者?古之用兵,敌国虽乱,尚有贤人,则不伐也;是故三仁未去,武王还师。宫奇在虞,晋不加戎。季梁犹在,强楚挫谋。暨至众贤奔绌,三国为墟,明其无道有人,犹可救也。且夫墨子之守,萦带为垣,高不可登;折箸为械,坚不可入;若乃距阳平,据石门,摅八阵之列,骋奔牛之权;焉肯土崩鱼烂哉?设令守无巧拙,皆可攀附;则公输已陵宋城,乐毅已拔即墨矣;墨翟之术何称?田单之智何贵?老夫不敏,未之前闻。盖闻过高唐者效王豹之讴,游睢涣者学藻缋之采。间自入益部,仰司马、扬、王遗风,有子胜斐然之志;故颇奋文辞,异于他日。怪乃轻其家丘,谓为"倩人",是何言欤?夫骐骥垂耳于坰牧,鸿雀戢翼于污池,亵之者,固以为园囿之凡鸟,外厩之下乘也。及其整兰筋,挥劲翮,陵厉清浮,顾盼千里;岂可谓其借翰于晨风,假足于六驳哉?恐犹未信丘言,必大噱也。洪白。

腴而得峭,骏而为婉,词气纷纭,远胜王粲之文秀而质羸也。王粲属文,举笔便成，篇中无幽奥之辞，雕镂之字；低徊往复，蕲于自抒胸臆。而琳则著力锻语，以细为弘，以琢为肆，遂觉色浓而味腴矣。

阮瑀书记，亦称翩翩。武帝既丧师赤壁，吴绝不通，瑀乃为作书与孙权曰：

> 离绝以来，于今三年，无一日而忘前好；亦犹姻媾之义，恩情已深，违异之恨，中间尚浅也。孤怀此心，君岂同哉？每览古今所由改趣，因缘侵辱，或起瑕衅，心忿意危，用成大变；若韩信伤心于失楚，彭宠积望于无异，卢绾嫌畏于己隙，英布忧迫于情漏，此事之缘也。孤与将军，恩如骨肉。割授江南，不属本州，岂若淮阴捐旧之恨？抑遏刘馥，相厚益隆，宁放朱浮显露之奏？无匿张胜贷故之变，非有阴构贲赫之告，固非燕王淮南之衅也。而忍绝王命，明弃硕交，实为佞人所构会也。夫似是之言，莫不动听；因形设象，易为变观。示之以祸难，激之以耻辱；大丈夫雄心，能无愤发？昔苏秦说韩，羞以牛后；韩王按剑，作色而怒；虽兵折地割，犹不为悔，人之情也。仁君年壮气盛，绪信所嬖；既惧患至，兼怀忿恨，不能复远度孤心，近虑事势；遂赍见薄之决计，秉翻然之成议；加刘备相扇诱，事结衅连，推而行之。想畅本心，不愿于此也。

> 孤以德薄，位高任重，幸蒙国朝将泰之运，荡平天下，怀集异类，喜得全功，长享其福；而姻亲坐离，厚援生隙；常恐海内多以相责，以为老夫包藏祸心，阴有郑武取胡之诈，乃使仁君翻然见绝。以是忿忿，怀惭反侧。常思除弃少事，更申前好，二族俱荣，流祚后嗣，以明雅素。中诚之效，抱怀数年，未得散意。

> 昔赤壁之役，遭离疫气，烧船自还，以避恶地；非周瑜水军所能抑挫也。江陵之守，物尽谷殚，无所复据，徙民还师；又非瑜之所能败也。荆土本非己分，我尽与君，冀取其余；非相侵肌肤，有所割损

也。思计此变，无伤于孤；何必自遂于此，不复还之？高帝设爵以延田横，光武指河而誓朱鲔；君之负累，岂如二子？是以至情，愿闻德音。往年在谯，新造舟船，取足自载，以至九江，贵欲观湖漾之形，定江滨之民耳；非有深入攻战之计。将恐议者大为己荣，自谓策得，长无西患，重以此故，未肯回情。然智者之虑，虑于未形；达者所规，规于未兆。是故子胥知姑苏之有麋鹿；辅果识智伯之为赵禽；穆生谢病，以免楚难；邹阳北游，不同吴祸：此四士者，岂圣人哉？徒通变思深，以微知著耳。以君之明，观孤术数；量君所据，相计土地；岂势少力乏，不能远举，割江之表，晏安而已哉？甚未然也。若恃水战，临江塞要，欲令王师终不得渡，亦未必也。夫水战千里，情巧万端。越为三军，吴曾不御。汉潜夏阳，魏豹不意。江河虽广，其长难恃也。凡事有宜，不得尽言；将修前好而张形势，更无以威胁重敌人；然有所恐，恐书无益。何则？往者军逼而自引还；今日在远而兴慰纳，辞逊意狭，谓其力尽；适以增骄，不足相动；但明效古人，当自图之耳。

昔淮南信左吴之策，隗嚣纳王元之言，彭宠受亲吏之计；三夫不寤，终为世笑。梁王不受诡胜，窦融斥逐张元；二贤既觉，福亦随之。愿君少留意焉。若能内取子布，外击刘备，以效赤心，用复前好；则江表之任，长以相付；高位重爵，坦然可观；上令圣朝无东顾之劳，下令百姓保安全之福，君享其荣，孤受其利，岂不快哉！若忽至诚，以处侥幸，婉彼二人，不忍加罪；所谓小人之仁，大仁之贼；大雅之人，不肯为此也。若怜子布，愿言俱存；亦能倾心去恨，顺君之情，更与从事，取其后善；但禽刘备，亦足为效；开设二者，审处一焉。闻荆扬诸将，并得降者，皆言交州为君所执，豫章距命不承执事，疫旱并行，人兵损减，各求进军；其言云云。孤闻此言，未以为悦。然道路既远，降者难信。幸人之灾，君子不为。且又百姓，国家之有；加怀区区，乐欲崇和。庶几明德，来见昭副。不劳而定，于孤益贵。是故按兵守次，遣书致意。古者兵交，使在其中。愿仁君及孤，虚心回意，以应诗人补衮之叹，而慎《周易》牵复之义。濯鳞清流，飞翼天衢，良时在兹，勖之而已。

条畅任气，优柔怿怀，虽不及陈琳之铦劲，然俊而能婉，所以难能。陈琳之为袁绍《檄豫州》，为魏武《檄吴将校部曲》，乘势恐喝。而瑀此书，当败军之后，固不能以形势自夸，有倍难于措辞者。情讽理喻，入后余波淋漓，是尺牍佳境，正于率处见风度；与陈琳著力锻语，于锻处见遒健者，故不同也。建安七子，王粲徐幹，文秀而质羸；孔融陈琳，气骏而笔遒；而瑀翩翩书记，介于其间，故当雄于王徐，靡于孔陈。琳瑀书记，得苏张纵横之辩，而无其雄直骏快。王粲词赋，有屈宋朗丽之风，而逊其瑰诡惠巧。追风以入丽，沿波而得奇，虽阐缓于七雄，而疏俊于东汉也！应场汝颍之士，流离世故，意气渐平，以故其文和而不壮。刘桢采缛而辞窕，硣硣丽辞，斯为下矣！

曹植为临菑侯，秉意投杨修；以修与王粲、陈琳、徐幹、刘桢、应场并论，而不数阮瑀。弘农杨修，字德祖，太尉彪子也；文博而才捷，不在七人之列。曹植与以书曰：

> 数日不见，思子为劳，想同之也。仆少小好为文章，迄至于今二十有五年矣！然今世作者，可略而言也。昔仲宣独步于汉南，孔璋鹰扬于河朔，伟长擅名于青土，公幹振藻于海隅，德琏发迹于北魏，足下高视于上京。当此之时，人人自谓握灵蛇之珠，家家自谓抱荆山之玉。吾王于是设天网以该之，顿八纮以掩之；今悉集兹国矣。然此数子，犹复不能飞轩绝迹，一举千里。以孔璋之才，不闲于辞赋，而多自谓能，与司马长卿同风；譬画虎未成，反为狗也。前有书嘲之，反作论盛道仆赞其文。夫钟期不失听，于今称之。吾亦

不能妄叹者,畏后世之嗤余也。

世人之著述,不能无病。仆尝好人讥弹其文,有不善者,应时改定。昔丁敬礼常作小文,使仆润色之。仆自以才不过若人,辞不为也。敬礼谓仆:"卿何所疑难?文之佳恶,吾自得之;后世谁相知定吾文者耶?"吾常叹此达言,以为美谈。昔尼父之文辞,与人通流;至于制《春秋》,游夏之徒,乃不能措一辞;过此而言不病者,吾未之见也。盖有南威之容,乃可以论于淑媛;有龙泉之利,乃可以议于断割。刘季绪才不能逮于作者,而好诋诃文章,掎摭利病。昔田巴毁五帝,罪三王,訾五霸于稷下,一旦而服千人;鲁连一说,使终身杜口。刘生之辩,未若田氏;今之仲连,求之不难;可无叹息乎?人各有好尚,兰茝荪蕙之芳,众人所好,而海畔有逐臭之夫;《咸池》《六茎》之发,众人所共乐,而墨翟有非之之论;岂可同哉?

今往仆少小所著辞赋一通相与。夫街谈巷说,必有可采。《击辕》之歌,有应风雅。匹夫之思,未易轻弃也。辞赋小道,固未足以揄扬大义,彰示来世也。昔扬子云,先朝执戟之臣;犹称壮夫不为也。吾虽德薄,位为蕃侯;犹庶几戮力上国,流惠下民,建永世之业,留金石之功;岂徒以翰墨为勋绩,辞赋为君子哉。若吾志未果,吾道不行;则将采庶官之实录,辩时俗之得失,定仁义之衷,成一家之言;未能藏之于名山,将以传之于同好;非要之皓首,岂今日之论乎?其言之不惭,恃惠子之知我也。明早相迎,书不尽怀。

其文体貌英逸,梗概而多气,然亦有平有激;激者,露才扬己,仿佛孔融,而健笔有纵横之意;平者,敛才就范,差似蔡邕,而缓辔有踥蹀之致;佳处在作得有肉,高处在骨力驱遣,而要之有华有锋。魏文之才,洋洋清绮；而仗气爱奇，则不如植。然植思捷而才俊，诗丽而表逸；文帝虑详而力缓，故不竞于先鸣；而乐府清越，《典论》辩要，迭用短长，亦无懵焉。世传《曹子建集》十卷。

植既以才捷为文帝所嫉，及帝即位，迭遭贬斥；帝以太后故，仍改进封王；因以峻法绳植及诸王。黄初四年，诸王朝京师。任城王彰暴薨，诸王既怀友于之痛；植及白马王彪还国，欲同路东归，以叙隔阔之思，而监国使者不听；植发愤告离而作诗曰：

谒帝承明庐，逝将归旧疆。清晨发皇邑，日夕过首阳。伊洛广且深，欲济川无梁。泛舟越洪涛，怨彼东路长。顾瞻恋城阙，引领情内伤。太谷何寥廓，山树郁苍苍。霖雨泥我涂，流潦浩纵横；中逵绝无轨，改辙登高岗。修坂造云日，我马玄以黄。

玄黄犹能进，我思郁以纡。郁纡将难进，亲爱在离居；本图相与偕，中更不克俱。鸱枭鸣衡轭，豺豹当路衢；苍蝇间白黑，谗巧令亲疏。欲还绝无蹊，揽辔止踟蹰。

踟蹰亦何留，相思无终极。秋风发微凉，寒蝉鸣我侧。原野何萧条，白日忽西匿；归鸟赴乔林，翩翩厉羽翼；孤兽走索群，衔草不遑食。感物伤我怀，抚心长太息。

太息将何为，天命与我违。奈何念同生，一往形不归！孤魂翔故域，灵柩寄京师。存者忽复过，亡没身自衰。人生处一世，去若朝露晞。年在桑榆间，影响不能追。自顾非金石，咄唶令心悲。

心悲动我神，弃置莫复陈。丈夫志四海，万里犹比邻。恩爱苟不亏，在远分日亲。何必同衾帱，然后展殷勤。忧思成疾疢，无乃儿女仁。仓卒骨肉情，能不怀苦辛？

苦辛何虑思，天命信可疑。虚无求列仙，松子久吾欺。变故在斯须，百年谁能持。离别永无会，执手将何时。王其爱玉体，俱享黄发期。收泪即长路,援笔从此辞。

植诗多比兴,独《赠白马王彪》六章,据事直书,发愤一道,更不雕琢;只莽莽苍苍,以气驱遣,而情景两融,意态绝浓,于激昂中出缠绵,于宽譬中见哀愤,跌宕昭彰,《小雅》之嗣音也。直书见事,直书目前,直书胸臆,淋漓悲壮,与他篇空论泛咏者不同;遂开盛唐之杜甫一脉焉。然植有忧生之嗟,辞采华茂,情兼雅怨。或蓄愤斥言,如《赠白马王彪》此诗是也。或环譬托讽,如《箜篌引》、《美女》、《白马》、《名都》诸篇乐府是也。以情纬文,以文被质,骨气奇高。录辞如下:

箜篌引

置酒高殿上,亲友从我游。中厨办丰膳,烹羊宰肥牛。秦筝何慷慨,齐瑟和且柔;阳阿奏奇舞,京洛出名讴。乐饮过三爵,缓带倾庶羞。主称千金寿,宾奉万年酬。久要不可忘,薄终义所尤。谦谦君子德,磬折欲何求?惊风飘白日,光景驰西流。盛时不可再,百年忽我遒。生存华屋处,零落归山丘。先民谁不死,知命亦何忧。

美女篇

美女妖且闲,采桑歧路间。柔条纷冉冉,落叶何翩翩。攘袖见素手,皓腕约金环。头上金爵钗,腰佩翠琅玕。明珠交玉体,珊瑚间木难。罗衣何飘飘,轻裾随风还。顾盼遗光彩,长啸气若兰。行徒用息驾,休者以忘餐。借问女安居,乃在城南端。青楼临大路,高门结重关。容华耀朝日,谁不希令颜。媒氏何所营,玉帛不时安。佳人慕高义,求贤良独难。众人何嗷嗷,安知彼所观。盛年处房室,中夜起长叹。

白马篇

白马饰金羁,连翩西北驰。借问谁家子,幽并游侠儿。少小去乡邑,扬声沙漠垂。宿昔秉良弓,楛矢何参差;控弦被左的,右发摧月支;仰手接飞猱,俯身散马蹄。狡捷过猴猿,勇剽若豹螭。边城多警急,胡房数迁移。羽檄从北来,厉马登高堤。长驱蹈匈奴,左顾陵鲜卑。弃身锋刃端,性命安可怀。父母且不顾,何言子与妻!名编壮士籍,不得中顾私。捐躯赴国难,视死忽如归。

名都篇

名都多妖女,京洛出少年。宝剑直千金,被服丽且鲜。斗鸡东郊道,走马长楸间。驰骋未能半,双兔过我前;揽弓捷鸣镝,长驱上南山,左挽因右发,一纵两禽连。余巧未及展,仰手接飞鸢。观者咸称善,众工归我妍。归来宴平乐,美酒斗十千,脍鲤臇胎鰕,炮鳖炙熊蹯。鸣俦啸匹侣,列坐竟长筵。连翩击鞠壤,巧捷惟万端。白日西南驰,光景不可攀。云散还城邑,清晨复来还。

骨劲而气完,态浓而致远,粲溢今古矣。植之为诗,骨气奇高,禀之乃父,而辞采华茂则远过之,然苍坚不如。

魏武帝曹操诗风古直,甚有悲凉之句;仗气爱奇,动多振绝,但气过其文,雕润恨少。其乐府《苦寒行》曰:

北上太行山,艰哉何巍巍!羊肠阪诘屈,车轮为之摧。树木何萧瑟,北风声正悲。熊罴对我蹲,虎豹夹路啼。谿谷少人民,雪落何霏霏。延颈长叹息,远行多所怀。我心何怫郁,思欲一东归。水深桥梁绝,中道正徘徊。迷惑失故路,薄暮无宿栖。行行日已远,人马同时饥。担囊行取薪,斧冰持作糜。悲彼《东山》诗,悠悠使我哀。

其辞清拔,其音凄怆,其原出李陵乎?大抵武帝诗苍茫雄直,气直而逐层顿断,不一顺平放,时时换气换势;寻其意绪,无不明白;玩其笔势,凝重屈蟠;而粗朴不为雕镂,自是开国气象。

文帝曹丕之才,洋洋清绮,兴托不奇;苍古不如乃父,华彩亦逊哲弟；勉作壮语，终非沉雄；独《燕歌行》绍张衡《四愁》而开七言，善为凄戾之词，自有清拔之气，其辞曰：

> 秋风萧瑟天气凉，草木摇落露为霜，群燕辞归雁南翔。念君客游思断肠，慊慊思归恋故乡，何为淹留寄他方？贱妾茕茕守空房，忧来思君不敢忘，不觉泪下沾衣裳。援琴鸣弦发清商，短歌微吟不能长，明月皎皎照我床。星汉西流夜未央，牵牛织女遥相望，尔独何辜限河梁。

文帝诗美瞻可玩，而不足于高亮；独《燕歌行》为变体。大抵以诗而论：魏武父子，文多凄怆，怨者之流，而有不同。魏武感时伤乱，其辞悲凉。文帝伤逝嗟生，其气消沉。植则忧谗畏讥，其意郁结；而植以风人之比兴，发《小雅》之怨悱，体被文质，独得诗教温柔敦厚之旨。魏武气过其文，雕润恨少；文帝力缓于辞，风骨不飞；而植则异气禀之魏武，茂彩过于难兄，兼擅父兄之美，独出冠时，足以上继古诗枚李，下开盛唐李杜。然古诗枚李，不假思索；而植则起调轶荡，喷薄以出。古诗枚李，不假烹铸；而植则使字尖颖，时时琢炼。古诗枚李，不调平仄；而植则宫羽克谐，渐露唐律。此汉魏之所以判也；然结体行气，尚不失西汉之旧。七子诗以陈琳徐幹为最，而琳则骨劲而辞少雕润，幹则辞婉而气不遒爽。然如琳《饮马长城窟行》，古直悲凉，仿佛魏武；幹之《情诗》、《室思》，缠绵凄恻，略似枚乘，各得植之一体。而钟嵘《诗品》，乃以植而下，刘桢独步，谓"仗气爱奇，动多振绝，真骨陵霜，高风跨俗，但气过其文，雕润恨少。"今观桢所作，乃知誉过其实。如桢《公宴诗》《赠五官中郎将》四首，语颇腴而意不深，何尝雕润恨少。《赠徐幹》一首，气较爽而语多率，岂遽气过其文。《赠从弟》，稍紧健而气则促，亦不见所谓"仗气爱奇，动多振绝，真骨陵霜，高风跨俗"也。乃云"自陈思以下，桢称独步"，其然，岂其然乎！以桢之视陈思，何啻跛鳖之与骐骥。王粲《咏史》、《七哀》诸诗，直道所见，更不著一绮靡语，苍劲有骨力，不为文秀，特征气劲。《从军》诗铺张排比，气骨少驽。《杂诗》"联翩飞鸾鸟"、"鸷鸟化为鸠"两首，意在比兴，而辞特紧健；就枯处炼出腴采，色古力遒，乃真所谓"真骨陵霜，高风跨俗，仗气爱奇，雕润恨少"者；而《诗品》谓其"文秀质羸"，想见胸中全无泾渭。应玚《侍五官中郎将建章台集》诗，不为颂谀，别起一波，脱去公宴恒径，而以旅雁为比兴，昔调悲切而浏亮。《别诗》两首，亦凄悲遒激。其源出于李陵，于七子中与王粲为近，惟粲泽以文秀，而玚得其古直。应璩，应玚之弟，所为《百一诗》、《杂诗》，得讽谕之旨，不如乃兄之鲜明紧健，亦异魏文之洋洋清绮，特为殷勤婉笃。而《诗品》谓其祖袭魏文，亦所不解也。

应璩，字休琏，明帝世，历官散骑常侍，稍迁侍中大将军长史；博学好属文，尤善书记；《与满公琰书》曰：

璩白：昨者不遗，猥见照临；虽昔侯生纳顾于夷门，毛公受眷于逆旅，无以过也。外嘉郎君谦下之德，内幸顽才见诚知己，欢欣踊跃，情有无量。是以奔骋御仆，宣命周求。阳书喻于詹何，杨倩说于范武，故使鲜鱼出于潜渊，芳旨发自幽巷。繁俎绮错，羽爵飞腾。牙旷高徵，义渠哀激。当此之时，仲孺不辞同产之服，孟公不顾尚书之期。徒恨宴乐始酣，白日倾夕，骊驹就驾，意不宣展；追惟耿介，迄于明发。适欲遣书，会承来命，知诸君子复有漳渠之会。夫漳渠，西有伯阳之馆，北有旷野之望；高树翳朝云，文禽蔽绿水；沙场夷敞，清风肃穆，是京台之乐也，得无流而不反乎？适有事务，须自经营，不获侍坐，良增邑邑。因白不悉。璩白。

为文章多所称引，义托比兴，辞必偶俪；有余于翰藻，不足于风致。魏文帝谓"应玚和而不壮"；吾则谓应璩整而未暇；只以征事为腴，琢句为工；

文体相辉,而风骨少隤矣;盖任昉之所祖欤。

第三节　嵇康　阮籍

魏室既建,经籍道息。文明继代,斧藻文章,未遑则古;而丧乱弘多,音节哀变;乃有不屑屑于翰藻,而轻世肆志,以畅玄风者;俶落于何晏、王弼,而文明于嵇康、阮籍,不事修饰,自然艳绝,亦文章之奇也。

何晏,字平叔,汉大将军何进孙也。母尹氏,为武帝夫人。晏长于宫省,又尚公主,少以才秀知名,作《道德论》及诸文赋著述,凡数十篇;好庄老玄胜之谈,理过其辞,淡乎寡味;其称丽则者,惟有《景福殿赋》。魏明帝将东巡,恐夏热,故许昌作殿,名曰景福;既成,命人赋之。晏遂有作,其体制依仿王延寿《鲁灵光殿赋》;而文势俊逸,于琢炼中出娟便;苍坚稍逊《灵光》,而畅肆过之;主文而谲谏,正言若反;其兴建也,因财因力,不至筑怨筑愁;其临莅也,兴让兴仁,而非为游为豫,是以规为颂也。何晏以为圣人无喜怒哀乐,其论甚精。钟会等述之。王弼与不同,以为:"圣人茂于人者,神明也。同于人者,五情也。神明茂,故能体冲和以通无。五情同,故不能无哀乐以应物。然则圣人之情,应物而无累于物者也。今以其无累,便为不复应物,失之多矣。"晏不能难也。弼,字辅嗣,好论儒道,辞才逸辩。何晏为吏部尚书,甚奇弼,叹之曰:"仲尼称后生可畏;若斯人者,可与言天人之际乎!"弼注《易》及《老子》,甚有奇丽之言;然坦迤其辞,而气不遒壮;有清识而无茂裁,建安风力尽矣。独嵇康用旷迈之才,变创文体;阮籍仗清刚之气,赞成厥美;发明奇趣,振起玄风,一隽一遒,挺拔而为俊矣。

嵇康,谯国铚人,字叔夜;家世儒学。少有才俊,旷迈不群,高亮任性,不修名誉,宽简有大量;学不师授,博洽多闻。长而好老庄之业,恬静无欲。性好服食，常采御上药。善属文论。弹琴咏诗，自足于怀抱之中。以为神仙者禀之自然，非积学所致；至于导养得理以尽性命，若安期、彭祖之伦，可以善求而得也；著《养生论》。知自厚者，所以丧其所生；其求益者，必失其性；超然独达，遂放世事，纵意于尘埃之表。司马昭为大将军，尝欲辟康。康既有绝世之言；及山涛为选曹郎，举康自代；康答书拒绝，因自说不堪流俗而非薄汤武。《与山巨源绝交书》曰：

康白：足下昔称吾于颍川，吾尝谓之知言。然经怪此意尚未熟悉于足下，何从便得之也？前年从河东还，显宗、阿都说足下议以吾自代，事虽不行，知足下故不知之。足下旁通，多可而少怪。吾直性狭中，多所不堪；偶与足下相知耳。间闻足下迁，惕然不喜。恐足下羞庖人之独割，引尸祝以自助；手荐鸾刀，漫之膻腥；故具为足下陈其可否。

吾昔读书，得并介之人；或谓无之，今乃信其真有耳。性有所不堪，真不可强。今空语同知有达人，无所不堪，外不殊俗，而内不失正，与一世同其波流，而悔吝不生耳。老子、庄周，吾之师也，亲居贱职。柳下惠、东方朔，达人也，安乎卑位。吾岂敢短之哉？又仲尼兼爱，不羞执鞭。子文无欲卿相，而三登令尹。是乃君子思济物之意也；所谓达能兼善而不渝，穷则自得而无闷。以此观之，故尧舜之君世，许由之岩栖，子房之佐汉，接舆之行歌，其揆一也。仰瞻数君，可谓能遂其志者也。故君子百行，殊涂而同致；循性而动，各附所安；故有处朝廷而不出，入山林而不反之论。且延陵高子臧之风，长卿慕相如之节，志气所托，不可夺也。吾每读尚子平、台孝威传，慨然慕之，想其为人。

少加孤露，母兄见骄，不涉经学；性复疏懒，筋驽肉缓；头面常一月十五日不洗，不大闷痒，不能沐也。每常小便而忍不起，令胞中略转，乃起耳。又纵逸来久，情意傲散；简与礼相背，懒与慢相成；而为侪类见宽，不攻其过。又读《庄》、《老》，重增其放；故使荣进之心日颓，任实之情转笃。此犹禽鹿少见驯育，则服从教制；长而见羁，则狂顾顿缨，赴蹈汤火；虽饰以金镳，飨以嘉肴，逾思长林而志在丰草也。阮嗣宗口不论人过，吾每师之而未能及；至性过人，与物无伤，惟饮酒过差耳。至为礼法之士所绳，疾之如仇；幸赖大将军保持之耳。吾不如嗣宗之贤，而有慢弛之阙；又不识人情，暗于机宜，无万石之慎，而有好尽之累；久与事接，疵衅日兴；虽欲无患，其可得乎。又人伦有礼，朝廷有法，自惟至熟，有必不堪者七，甚不可者二：卧喜晚起，而当关呼之不置，一不堪也。抱琴行吟，弋钓草野；而吏卒守之，不得妄动，二不堪也。危坐一时，痹不得摇；性复多虱，把搔无已；而当裹以章服，揖拜上官，三不堪也。素不便书，又不喜作书；而人间多事，堆案盈几；不相酬答，则犯教伤义；欲自勉强，则不能久，四不堪也。不喜吊丧，而人道以此为重，已为未见恕者所怨，至欲见中伤者；虽瞿然自责，然性不可化；欲降心顺俗，则诡故不情，亦终不能获无咎无誉；如此，五不堪也。不喜俗人而当与之共事；或宾客盈座，鸣声聒耳，嚣尘臭处，千变百伎，在人目前，六不堪也。心不耐烦，而官事鞅掌，机务缠其心，世故繁其虑，七不堪也。又每非汤武而薄周孔，在人间不止此事，会显世教所不容，此甚不可一也。刚肠疾恶，轻肆直言，遇事便发，此甚不可二也。以促中小心之性，统此九患，不有外难，当有内病；宁可久处人间耶？

又闻道士遗言，饵术黄精，令人久寿；意甚信之。游山泽，观鱼鸟，心甚乐之。一行作吏，此事便废，安能舍其所乐而从其所惧哉？夫人之相知，贵识其天性，因而济之。禹不逼伯成子高，全其节也。仲尼不假盖于子夏，护其短也。近诸葛孔明不逼元直以入蜀，华子鱼不强幼安以卿相；此可谓能相终始，真相知者也。足下见直木必不可以为轮，曲者必不可以为桷；盖不欲以枉其天才，令得其所也。故四民有业，各以得志为乐；惟达者为能通之。此足下度内耳，不可自见好章甫，强越人以文冕也；已嗜臭腐，养鸳雏以死鼠也。吾顷学养生之术，方外荣华，去滋味，游心于寂寞，以无为为贵。纵无九患，尚不顾足下所好者。又有心闷疾，顷转增笃。私意自试，必不能堪其所不乐，自卜已审。若道尽涂穷，则已耳。足下无事冤之，令转于沟壑也。

吾新失母兄之欢，意常凄切。女年十三，男年八岁，未及成人；况复多病，顾此恨恨，如何可言。今但守陋巷，教养子孙，时与亲奋叙阔，陈说平生，浊酒一杯，弹琴一曲，志愿毕矣。足下若嬲之不置，不过欲为官得人，以益时用耳。足下旧知吾潦倒粗疏，不切事情；自惟亦皆不如今日之贤能也。若以俗人皆喜荣华，独能离之，以此为快；此最近之，可得言耳。然使长才广度，无所不淹，而能不营，乃可耳。若吾多病困，欲离事自全，以保余年，此真所乏耳，岂可见黄门而称贞哉？若趣欲共登王途，期于相致，时为欢益；一旦迫之，必发其狂疾；而非重怨不至于此也。野人有快炙背而美芹子者，欲献之至尊；虽有区区之意，亦已疏矣。愿足下勿似之。其意如此，既以解足下，并以为别。嵇康白。

康正名辩物，颇核持论，而气不奇，采不遒，意思安闲，只是以质率妙造自然；而不同阮籍之仗气爱奇，动多振绝；亦异曹植之丽辞腾踊，采翔藻逸。而《三国志》本传谓康"文辞壮丽，好言老庄，而尚奇任侠"。好言老庄，则有之矣；壮丽尚奇，窃未见然。独此《与山巨源绝交书》，于坦迤中出激宕，气度俊伟，别是一格。其他如所为《琴赋》，脱胎王褒《洞箫赋》、马融《长笛赋》；而偪侧不如王，腴炼亦逊马。又依仿屈原《卜居》而为

《卜疑篇》，有意振奇，而票姚之势，铿訇之致，终远逊之。性识所无，不可强也。传有《嵇中散集》十七卷。世云壮丽，又曰华妙。嵇康妙而不华，阮籍壮而未丽；而脱尽畦径，要皆一代之秀。

阮籍，字嗣宗，阮瑀子也。旷远不羁，不拘礼俗。性至孝，居丧虽不率常检，而毁几至灭性。兖州刺史王昶请与相见，终日不得与言；昶叹赏之，自以不能测也。太尉蒋济闻而辟之，遂奏记《诣蒋公》曰：

> 籍死罪死罪。伏惟明公以含一之德，据上台之位；群英翘首，俊贤抗足。开府之日，人人自以为掾属。辟书始下，下走为首。子夏处西河之上，而文侯拥彗。邹子居黍谷之阴，而昭王陪乘。夫布衣穷居韦带之士，王公大人所以屈体而下之者，为道存也。籍无邹卜之德，而有其陋；猥见采擢，何以当之。方将耕于东皋之阳，输黍稷之税，以避当涂者之路。负薪疲病，足力不强，补吏之日，非所克堪。迄回谬恩，以光清举。

济既辟籍，恐不至；得记欣然，遣卒迎籍，已去。济大怒，与籍书，劝说之。于是乡亲共喻籍，乃就吏。后为尚书郎，曹爽参军，以疾归田里；岁余，爽诛，司马懿父子乃以为从事中郎。后朝论以其名高，欲显崇之；籍以世多故，禄仕而已。闻步兵校尉缺，厨多美酒，营人善酿酒，求为校尉；遂纵酒昏酣，遗落世事。时率意独驾，不由径路，车迹所穷，辄恸哭而反。既以逼于司马氏，意有郁结不得摅，故游心于物外以为轻世肆志，所为《东平赋》、《亢父赋》，气激而辞遒；《达庄论》、《大人先生论》，旨放而韵逸；错综震荡，气过其文，颇得孔融之一体。孔融辞丽而气卓，籍则有其逸气而逊其华采；独此奏记《诣蒋公》，及《为郑冲劝晋王笺》，风流调达，别是一格。

正始明道，诗杂仙心；何晏之徒，亦多浮浅；惟嵇康清峻，而籍旨遥深。康过为峻切，讦直露才，而诗多危苦之言；至籍《咏怀》之什，微文见意，多悲魏氏，愤司马之词；凡八十二首，其尤激切者七首，辞曰：

夜中不能寐，起坐弹鸣琴。薄帷鉴明月，清风吹我衿。孤鸿号外野，朔鸟鸣北林。徘徊将何见，忧思独伤心。

嘉树下成蹊，东园桃与李。秋风吹飞藿，零落从此始。繁华有憔悴，堂上生荆杞。驱马舍之去，去上西山趾。一身不自保，何况恋妻子！凝霜被野草，岁暮亦云已。

天马出西北，由来从东道。春秋非有托，富贵焉常保。清露被皋兰，凝霜沾野草。朝为媚少年，夕暮成丑老。自非王子晋，谁能常美好！

登高临四野，北望青山阿。松柏翳冈岑，飞鸟鸣相过。感慨怀辛酸，怨毒常苦多。李公悲东门，苏子狭三河！求仁自得仁，岂复叹咨嗟！

昔闻东陵瓜，近在青门外。连畛距阡陌，子母相拘带。五色曜朝日，嘉宾四面会。膏火自煎熬，多财为患害。布衣可终身，宠禄岂足赖？

昔年十四五，志尚好书诗。被褐怀珠玉，颜闵相与期。开轩临四野，登高望所思。丘墓蔽山冈，万代同一时。千秋万岁后，荣名安所之！乃悟羡门子，噭噭令自蚩。

灼灼西隤日，余光照我衣。回风吹四壁，寒鸟相因依。周周尚衔羽，蛩蛩亦念饥。如何当路子，磬折忘所归。岂为夸誉名，憔悴使心悲。宁与燕雀翔，不随黄鹄飞。黄鹄游四海，中路将安归。

虽事在刺讥，而文多诡隐，徒以气褊而心危，故意隐而情迫；语与兴驱，势逐情起，全不雕琢，苍茫直吐。骨气高奇似陈王，而辞采不华茂；宗旨玄默同嵇康，而辞气加锋烈；顾言在耳目之内，情寄八荒之表，厥旨渊放，归趣难求；令言者无罪，会之者得意。大抵嵇康安闲以得趣，而激

第三编　中古文学

扬于当众；而籍则和同以谐俗，而悲愤以隐心；此其所以全身于篡盗，而不遘于祸也。传有《阮嗣宗集》二卷。三国诗人，集于曹魏。魏武以下，文多凄怆，气则遒宕，其源实出李陵；而傅以老庄之玄言，则陵之所未晓。魏武、陈琳、应玚，苍茫雄直，于陵尤近。陈王、王粲，泽以华采，才高而辞丽。嵇康与籍，傅以仙心，虑澹而气激。籍与山涛、嵇康、向秀、刘伶、阮咸、王戎七人，互相标题，号竹林七贤；竞慕老庄，托之酣饮。

刘伶，字伯伦，遂为《酒德颂》以见意曰：

> 有大人先生，以天地为一朝，万期为须臾；日月为扃牖，八荒为庭衢。行无辙迹，居无室庐；幕天席地，纵意所如。止则操卮执觚，动则挈榼提壶；唯酒是务，焉知其余。有贵介公子，搢绅处士，闻吾风声，议其所以；乃奋袂攘衿，怒目切齿；陈说礼法，是非锋起。先生于是方捧罂承槽，衔杯漱醪；奋髯箕踞，枕麹藉糟；无思无虑，其乐陶陶。兀然而醉，豁尔而醒；静听不闻雷霆之声，熟视不睹泰山之形；不觉寒暑之切肌，利欲之感情；俯观万物，扰扰焉如江汉之载浮萍。二豪侍侧焉，如蜾蠃之与螟蛉。

撮庄生之旨，为颂歌之文，极真率，极豪迈，潇洒自得，浩浩落落，亦逸才也。其他山涛唯以启事著称；向秀《思旧赋》，寂寥失采；王戎阮咸，罕传篇什；虽其玄谈肆志，结契同符；而文章之美，自推嵇康阮籍矣。而籍承建安之风格，含《易》《老》之名理，畅宣玄风，尤为振奇。清谈以盛，遂习成俗。王戎从弟衍，有重名，与南阳乐广，并称王乐。衍总角尝造山涛，涛嗟叹良久，既去，目送之曰："何物老妪，生此宁馨儿。然误天下苍生者，未必非此人也！"卫瓘逮与正始中诸名士谈论，见乐广，奇之曰："昔诸贤既没，常恐微言将绝，而今乃复闻斯言于君矣！"然此后竟以析理为务，文采顿减。乐广善清言而不长于笔，将让尹，请潘岳为表。岳曰："当得君意。"广乃作二百语句，述己之志。岳因取次比，便成名笔。时人咸云："若广不假岳之笔，岳不取广之旨，无以成斯美也！"然谭玄者不必擅文藻，而工文者无不溺玄风；入晋以还，逐流不返，则魏有以启之也。综观魏文，可分四派：如魏文帝、曹植、王粲、陈琳、阮瑀、应玚、应璩、杨修、吴质、繁钦、李康之伦，辞彩斐茂，顾盼清扬，上希枚马之踪，近接孔融之武；盖以辞赋家之茂美，并纵横家之疏快，而融裁为一手者，此正统也。亦有不事修饰，自然隽逸，如何晏、嵇康、阮籍等，发挥名理，以畅玄风者，此新派也。其他如曹冏、王肃、高堂隆、傅嘏、张茂、杜恕等，抑扬爽朗，疏宕入古，汲西京贾董之流者也。又邯郸淳、钟会、卫觊等，温醇尔雅，婉笃有度，袭东汉崔蔡之体者也。虽亡老成人，尚有典型，亦不可谓非一代之矫矫也。未能备举，而著姓氏以待考论焉。

第四节　蜀诸葛亮　秦宓　谯周　李密　陈寿

蜀汉昭烈帝，当汉祚渐移，不得骋志中原；而拥梁益一隅，称尊号；规模未备，文物无足称；而后世史氏每尊蜀汉为正统者，则因诸葛亮《出师表》而重也。亮，字孔明，为琅邪阳都人；遭汉末扰乱，避难荆州，躬耕于野。时昭烈帝以左将军屯新野，乃三顾亮于草庐。亮遂解带写诚，规取荆益，与魏吴鼎立，以定天下三分之局。帝以亮为军师将军；及称尊号，拜亮丞相录尚书事。帝既殂落，后主幼弱，事无巨细，亮皆专之；于是外连东吴，内平南越，立法施度，整理戎旅；自以无身之日，则未有抗衡魏朝者，而欲及身定之；北征则虑后主富于春秋，朱紫难别；临发，上《出师表》曰：

先帝创业未半，而中道崩殂！今天下三分，益州疲弊；此诚危急存亡之秋也。然侍卫之臣，不懈于内；忠志之士，忘身于外者；盖追先帝之殊遇，欲报之于陛下也。诚宜开张圣听，以光先帝遗德，恢弘志士之气；不宜妄自菲薄，引喻失义，以塞忠谏之路也。宫中府中，俱为一体；陟罚臧否，不宜异同。若有作奸犯科及为忠善者，宜付有司，论其刑赏，以昭陛下平明之理；不宜偏私，使内外异法也。侍中侍郎郭攸之、费祎、董允等，此皆良实，志虑忠纯，是以先帝简拔以遗陛下。愚以为宫中之事，事无大小，悉以咨之，然后施行；必能裨补阙漏，有所广益。将军向宠，性行淑均，晓畅军事，试用于昔日，先帝称之曰能，是以众议举宠为督。愚以为营中之事，悉以咨之，必能使行阵和睦，优劣得所。亲贤臣，远小人，此先汉所以兴隆也；亲小人，远贤臣，此后汉所以倾颓也；先帝在时，每与臣论此事，未尝不叹息痛恨于桓灵也。侍中，尚书，长史，参军，此悉贞良死节之臣，愿陛下亲之信之；则汉室之隆，可计日而待也。

臣本布衣，躬耕于南阳，苟全性命于乱世，不求闻达于诸侯。先帝不以臣卑鄙，猥自枉屈，三顾臣于草庐之中，咨臣以当世之事；由是感激，遂许先帝以驰驱。后值倾覆，受任于败军之际，奉命于危难之间，尔来二十有一年矣。先帝知臣谨慎，故临崩寄臣以大事也。受命以来，夙夜忧勤，恐托付不效，以伤先帝之明。故五月渡泸，深入不毛。今南方已定，兵甲已足，当奖率三军，北定中原，庶竭驽钝，攘除奸凶，兴复汉室，还于旧都。此臣所以报先帝，而忠陛下之职分也。至于斟酌损益，进尽忠言，则攸之、祎、允之任也。愿陛下托臣以讨贼兴复之效；不效，则治臣之罪，以告先帝之灵。若无兴德之言，则责攸之、祎、允等之慢，以彰其咎。陛下亦宜自谋以谘诹善道，察纳雅言，深追先帝遗诏。臣不胜受恩感激。今当远离，临表涕泣，不知所云。

绝去雕饰，沛然如肝肺中流出；而风神高远，自然朗隽；盱衡当世，足以配之者，唯魏武帝一人而已。魏武帝文出掇拾，完篇者少；然就余所睹，质悫明白，若与其生平不类；开心沥胆，蔑权奇之气，饶肫诚之意；意密而体疏，气俊而辞质；及功名既盛，遂有逼主之嫌，而下令《辞爵土以见本志》曰：

> 孤始举孝廉，年少，自以本非岩穴知名之士，恐为海内人之所见凡愚。欲为一郡守，好作政教，以建立名誉，使世士明知之；故在济南，始除残去秽，平心选举。违迕诸常侍，以为强豪所忿；恐致家祸，故以病还。去官之后，年纪尚少；顾视同岁中年有五十，未名为老；内自图之：从此却去二十年，待天下清，乃与同岁始举者等耳；故以其时归乡里，于谯东五十里筑精舍，欲秋夏读书，冬春射猎；求底下之地，欲以泥水自蔽，绝宾客往来之望，然不能得如意。后征为都尉，迁典军校尉，意遂更欲为国家讨贼立功，欲望封侯，作征西将军，然后题墓道言"汉故征西将军曹侯之墓"；此其志也。而遭值董卓之难，兴举义兵。是时合兵，能多得耳；然常自损，不欲多之；所以然者，兵多意盛，与强敌争，倘更为祸始。故汴水之战数千，后还到扬州，更募亦复不过三千人；此其本志有限也。
>
> 后领兖州，破降黄巾三十万众。又袁术僭号于九江，下皆称臣，名门曰建号门，衣被皆为天子之制，两妇预争为皇后；志计已定，人有劝术使遂即帝位，露布天下。答言"曹公尚在，未可也！"后孤讨禽其四将，获其人众；遂使术穷亡解沮，发病而死。及至袁绍据河北，兵势强盛。孤自度势实不敌之；但计投死为国，以义灭身，足垂于后；幸而破绍，枭其二子。又刘表自以为宗室，包藏奸心，乍前乍却，以观世事，据有荆州；孤复定之，遂平天下。身为宰相，人臣之贵已极，意望已过矣。今孤言此，若为自大；欲人言尽，故无讳

耳。设使国家无有孤，不知当几人称帝，几人称王。或者人见孤强盛，又性不信天命之事，恐私心相评，言有不逊之志，妄相忖度，每用耿耿。齐桓晋文所以垂称至今日者，以其兵势广大，犹能奉事周室也。《论语》云："三分天下有其二，以服事殷，周之德，可谓至德矣！"夫能以大事小也。昔乐毅走赵，赵王欲与之图燕；乐毅伏而垂泣，对曰："臣事昭王，犹事大王。"臣若获戾放在他国，没世然后已；不忍谋赵之徒隶，况燕后嗣乎！胡亥之杀蒙恬也，恬曰："自吾先人及至子孙，积信于秦，三世矣。今臣将兵三十余万，其势足以背叛；然自知必死而守义者，不敢辱先人之教，以忘先帝也。"孤每读此二人书，未尝不怆然流涕也。孤祖父以至孤身，皆当亲重之任，可谓见信者矣；以及子桓兄弟，过于三世矣。孤非徒对诸君说此也，尝以语妻妾，皆令深知此意。孤谓之言："顾我万年之后，汝曹皆当出嫁，欲令传道我，使他人皆知之。"孤此言，皆肝鬲之要也。所以勤勤恳恳叙心腹者，见周公有《金縢》之书以自明，恐人不信之故。然欲孤便尔委捐所典兵众以还执事，归就武平侯国，实不可也。何者？诚恐己离兵，为人所祸也。既为子孙计；又己败，则国家倾危；是以不得慕虚名而处实祸，此所不得为也。

前朝恩封三子为侯，固辞不受；今更欲受之，非欲复以为荣；欲以为外援，为万安计。孤闻介推之避晋封，申胥之逃楚赏，未尝不舍书而叹，有以自省也。奉国威灵，仗钺征伐，推弱以克强，处小而禽大；意之所图，动无违事；心之所虑，何向不济；遂荡平天下，不辱主命；可谓天助汉室，非人力也。然封兼四县，食户三万，何德堪之？江湖未静，不可让位。至于邑土，可得而辞。今上还阳夏、柘、苦三县户二万，但食武平万户，且以分损谤议，少减孤之责也。

其他教令，皆经事综物，文彩不艳，而过于丁宁周至，无不与诸葛亮气象

相类。魏武帝掣申商之法术,该韩白之奇策,官方授材,各因其器;而诸葛亮亦为后主写《申》、《韩》、《管子》、《六韬》一通,整理戎旅,科教严明,循名责实,刑政虽峻,而无怨者;尊闻行知,亦无不同。然魏武帝运筹演谋,鞭挞宇内;而亮才于治戎为长,奇谋为短。魏武帝欲用亮,亮自陈不乐出身;武帝谢遣之曰:"义不使高世之士,辱于污君之朝也!"而与亮书,奉鸡舌香五斤以表微意,则亦甚服亮矣。世传有《诸葛忠武侯文集》四卷,《附录》二卷,《诸葛故事》五卷。特亮中原人士,以用蜀土,非其地著。若其导扬蜀学,擅美州部;则秦宓专对有余,文藻壮美,慕相如之风;而谯周词理渊通,为世硕儒,有扬雄之规,皆雍容风议,君子有取焉。

秦宓,字子敕,广汉绵竹人。有才学,州郡辟命,辄称疾不往。奏记《益州牧刘焉荐任安》、《答王商书》,典缛而不滞于机,颇卓卓有异气也。宓见《帝系》之文,五帝皆同一族;宓辩其不然之本,又论皇帝王霸养龙之说,甚有通理。或谓宓曰:"足下欲自比于巢、许、四皓,何故扬文藻,见瑰颖乎?"宓答曰:"仆文不能尽言,言不能尽意,何文藻之有扬乎?夫虎生而文炳,凤生而五色,岂以五采自饰画哉?天性自然也。"诸葛亮领益州牧,选宓,迎为别驾,寻拜左中郎将、长水校尉。吴遣使张温来聘,百官往饯,众人集而宓未往。亮遣使促。温曰:"彼何人也?"亮曰:"益州学士也。"及至,温问曰:"君学乎?"宓曰:"五尺童子皆学,何必小人。"温复问曰:"天有头乎?"宓曰:"有之。"温曰:"在何方也?"宓曰:"在西方。《诗》曰:'乃眷西顾。'以此推之,头在西方。"温曰:"天有耳乎?"宓曰:"天处高而听卑。《诗》云:'鹤鸣九皋,声闻于天。'若其无耳,何以听之?"温曰:"天有足乎?"宓曰:"有!《诗》曰:'天步艰难,之子不犹。'若其无足,何以步之?"温曰:"天有姓乎?"宓曰:"有。"温曰:"何姓?"宓曰:"姓刘。"温曰:"何以知之?"答曰:"天子姓刘,故以此知之。"温曰:"日生于东乎?"宓曰:"虽生于东而没于西。"答问如响,应声而出;宓之文辩,皆此类也。谯周少时数往谘访,记录其言焉。

谯周，字允南，巴西西充国人也。耽古笃学，家贫未尝问产业，诵读典籍，欣然独笑以忘寝食。研精六经，尤善书札。而体貌素朴，性推诚不饰，无造次辩论之才。亮领益州牧，命周为劝学从事。亮卒于敌境，周在家闻问，即便奔赴。寻有诏禁断，惟周以速行得达。后主立太子，以周为仆，转家令，徙中散大夫，犹侍太子。于时军旅数出，百姓雕瘁。周与尚书令陈只论其利害，退而书之，谓之《仇国论》，其辞曰：

因余之国小，而肇建之国大，并争于世，而为仇敌。因余之国，有高贤卿者，问于伏愚子曰："今国事未定，上下劳心。往古之事，能以弱胜强者，其术何如？"伏愚子曰："吾闻之，处大无患者恒多慢，处小有忧者恒思善。多慢则生乱，思善则生治，理之常也。故周人养民，以少取多。句践恤众，以弱毙强。此其术也。"贤卿曰："曩者项强汉弱，相与战争，无日宁息。然项羽与汉约，分鸿沟为界，各欲归息民；张良以为民志既定，则难动也；寻帅追羽，终毙项氏；岂必由文王之事乎？肇建之国，方有疾疢；我因其隙，陷其边陲，觊增其疾而毙之也。"

伏愚子曰："当殷周之际，王侯世尊，君臣久固，民习所专，深根者难拔，据固者难迁。当此之时，虽汉祖，安能杖剑鞭马而取天下乎？当秦罢侯置守之后，民疲秦役，天下土崩，或岁改主，或月易公，鸟惊兽骇，莫知所从。于是豪强并争，虎裂狼分，疾搏者获多，迟后者见吞。今我与肇建，皆传国易世矣。既非秦末鼎沸之时，实有六国并据之势；故可为文王，难为汉祖。夫民疲劳，则骚扰之兆生。上慢下暴，则瓦解之形起。谚曰：'射幸数跌，不如审发。'是故知者不为小利移目，不为意似改步。时可而后动，数合而后举。故汤武之师，不再战而克；诚重民劳而度时审也。如遂极武黩征，土崩势生，不幸遇难；虽有知者，将不能谋之矣。若乃奇变纵横，出入无间,冲波截辙,超谷越山,不由舟楫而济盟津者;我愚子也,实所不及。"

其为文章靡密以闲畅,主客对扬,盖蜀之风土然也。以视诸葛亮之解散辞体,而发轫以高骧者,有雄靡之分矣。顾亦有靡密闲畅,而不害仁孝胪挚者,李密是已。

李密,字令伯,犍为武阳人也。父早亡,母何更嫁。密见养于祖母,事祖母以孝闻,侍疾,日夜未尝解带。蜀平后,晋武帝征为太子洗马,诏书累下,郡县逼迫。密上《陈情表》曰:

臣密言:臣以险衅,夙遭闵凶:生孩六月,慈父见背。行年四岁,舅夺母志。祖母刘闵臣孤弱,躬亲抚养。臣少多疾病,九岁不行,零丁孤苦,至于成立。既无叔伯,终鲜兄弟,门衰祚薄,晚有儿息。外无期功强近之亲,内无应门五尺之童,茕茕孑立,形影相吊。而刘夙婴疾病,常在床蓐。臣侍汤药,未曾废离。逮逢圣朝,沐浴清化。前太守臣逵,察臣孝廉;后刺史臣荣,举臣秀才。臣以供养无主,辞不赴命。诏书特下,拜臣郎中;寻蒙国恩,除臣洗马,猥以微贱,当侍东宫,非臣陨首所能上报!臣具以表闻,辞不就职。诏书切峻,责臣逋慢;郡县逼迫,催臣上道;州司临门,急于星火。臣欲奉诏奔驰,则刘病日笃;欲苟顺私情,则告诉不许;臣之进退,实为狼狈。

伏惟圣朝以孝治天下;凡在故老,犹蒙矜育;况臣孤苦,特为尤甚。臣少仕伪朝,历职郎署,本图宦达,不矜名节。今臣亡国贱俘,至微至陋,过蒙拔擢,宠命优渥;岂敢盘桓,有所希冀?但以刘日薄西山,气息奄奄,人命危浅,朝不虑夕。臣无祖母,无以至今日;祖母无臣,无以终余年。母孙二人,更相为命;是以区区不能废远。臣密今年四十有四,祖母刘今年九十有六;是臣尽节于陛下之日长,报养刘之日短。乌鸟私情,愿乞终养。臣之辛苦,非独蜀之人士及二州牧伯所见明知;皇天后土,实所共鉴。愿陛下矜愍愚诚,听臣微志;庶刘侥幸,保卒余年。臣生当陨首,死当结草。臣不胜犬马怖惧之情,谨拜表以闻。

初不着意为文,而本之性情,发为雅练,丽而能质朴,缛而有顿挫,此与诸葛亮《出师表》同一情至而文自生者也。然而靡密闲畅,导扬蜀风。顾亦有不囿土风,自然朗隽,而练核事情,足以知亮之意理者;是则与周同郡之安汉陈寿也。

陈寿,字承祚;少师事周,为文章,不如周之典丽,而闲畅过之。盖周有扬子云之遗规,而未得其瑰奇;而寿则太史公之别子,而变之以简隽者也。仕蜀,为观阁令史。入晋,举孝廉,除佐著作郎,出补阳平令,撰蜀相《诸葛亮集》凡二十四篇,奏之;其辞曰:

臣寿等言:臣前在著作郎,侍中领中书监济北侯臣荀勖,中书令关内侯臣和峤,奏使臣定故蜀丞相诸葛亮故事。亮毗佐危国,负阻不宾;然犹存录其言,耻善有遗;诚是大晋光明至德,泽被无疆;自古以来,未之有伦也。辄删除复重,随类相从,凡为二十四篇,篇名如右。

亮少有逸群之才,英霸之器,身长八尺,容貌甚伟,时人异焉。遭汉末扰乱,随叔父玄避难荆州,躬耕于野,不求闻达。时左将军刘备以亮有殊量,乃三顾亮于草庐之中。亮深谓备雄姿桀出,遂解带写诚,厚相结纳。及魏武帝南征荆州,刘琮举州委质;而备失势众寡,无立锥之地。亮时年二十七,乃建奇策,身使孙权,求援吴会。权既宿服仰备,又睹亮奇雅,甚敬重之;即遣兵三万人以助备。备得用与武帝交战,大破其军,乘胜克捷,江南悉平。后备又西取益州;益州既定,以亮为军师将军。备称尊号,拜亮为丞相,录尚书事。及备殂殁,嗣子幼弱,事无巨细,亮皆专之。于是外连东吴,内平南越,立法施度,整理戎旅,工械技巧,物究其极;科教严明,赏罚必信,无恶不惩,无善不显;至于吏不容奸,人怀自厉,道不拾遗,强不侵弱,风化肃然也。当此之时,亮之素志,进欲龙骧虎视,包括四海;退欲跨陵边疆,震荡宇内;又自以为无身之日,则未有能蹈涉中原、抗衡上国者;是以用兵不戢,屡耀其武。然亮才于治戎为长,奇谋为短;理民之干,优于将略;而所与对敌,或值人杰;加众寡不侔,攻守异体,故虽连年动众,未能有克。昔萧何荐韩信,管仲举王子城父,皆忖己之长,未能兼有故也。亮之器能政理,抑亦管萧之亚匹也;而时之名将无城父韩信,故使功业陵迟,大义不及耶?盖天命有归,不可以智力争也?青龙二年春,亮帅众出武功,分兵屯田,为久驻之基;其秋,病卒。黎庶追思,以为口实;至今梁益之民,咨述亮者,言犹在耳;虽《甘棠》之咏召公,郑人之歌子产,无以远譬也。孟轲有云:"以逸道使民,虽劳不怨;以生道杀人,虽死不怨",信矣!

论者或怪亮文彩不艳,而过于丁宁周至。臣愚以为咎繇,大贤也。周公,圣人也。考之《尚书》,咎繇之谟略而雅,周公之诰烦而悉。何则?咎繇与舜禹共谈,周公与群下矢誓故也。亮所与言,尽众人凡士,故其文指不得及远也;然其声教遗言,皆经事综物;公诚之心,形于文墨,足以知其人之意理,而有补于当世。

伏维陛下迈踪古圣,荡然无忌;故虽敌国诽谤之言,咸肆其辞而无所革讳,所以明大通之道也。谨录写上诣著作。臣寿诚惶诚恐,顿首顿首,死罪死罪!

其文章不事雕饰而波澜老成,一出一人,高简有法;撰魏、蜀、吴《三国志》凡六十五篇。时人称其善叙事,有良史之才;于司马迁、班固以外,自成一格。盖史公短长相生,而出以雄肆;《汉书》奇偶错综,而求为雅练;寿志三国,雄肆不如史公,雅练亦逊班固;而不矜才气,自然温润,平流跃波,曲折都到焉。马迁意态雄杰,寿则体态闲暇;此其较也。

第五节　吴大帝　诸葛恪　胡综

韦昭 附薛莹 华核

吴大帝孙权袭父兄之烈,称帝江左,特工诏令,推心披腹,辞笔质悫,而有岸异之气,恺恻之忱,贯注字里。人之杰矣,故能自擅江表,成鼎峙之业。然性多嫌忌,果于杀戮,暨臻末年,弥以滋甚。而大臣信任,保全始终者,独诸葛瑾。瑾,字子瑜,诸葛亮兄也。大帝遣瑾使蜀,通好刘备;与亮公会相见,退无私面;既而从讨关羽,取荆州,封宣城侯;以绥南将军领南郡太守,住公安。刘备东伐吴以报羽败。瑾乃与备笺曰:

> 奄闻旗鼓,来至白帝。或恐议臣以吴王侵取此州,危害关羽,怨深祸大,不宜答和;此用心于小,未留意于大者也。试为陛下论其轻重及其大小。陛下若抑威损忿,暂省瑾言,计可立决,不复咨之于群后也。陛下以关羽之亲,何如先帝?荆州大小,孰与海内?俱应仇疾,谁当先后?若审此数,易如反掌。

备不听。而瑾为文章,未尝激肆,微见风采,粗陈指归,大率类此。时或言瑾别遣亲人与备相闻。大都督陆逊表保明瑾无此事,宜以散其意。大帝报曰:

> 子瑜与孤从事积年,恩如骨肉,深相明究;其为人非道不行,非义不言。玄德昔遣孔明至吴,尝与子瑜曰:"卿与孔明同产,且弟随兄,于义为顺;何以不留孔明?孔明若从卿者,孤当以书解玄德,意

自随人耳。"子瑜答孤言:"弟亮以失身于人,委质定分,义无二心。弟之不留,犹瑾之不往也。"其言足贯神明;今岂当有此乎!孤前得妄语文疏,即封示子瑜,并手笔与子瑜,即得其报,论君臣大节,一定之分。孤与子瑜,可谓神交,非外言所间也。知卿意至,辄封来表以示子瑜,使知卿意。

开诚布公,朗畅不如诸葛亮,而粗朴差似魏武帝;雕润恨少,骨气奇高矣。瑾既先大帝死,及大帝老病,乃征诸葛恪以大将军领太子太傅中书令,属以后事。

恪字元逊,诸葛瑾之子也。少帝嗣位,诏有司诸事,一统于恪。于是罢视听,息校官,原逋责,除关税,事崇恩泽,众莫不悦。恪每出入,百姓延颈,思见其状。恪乃使司马李衡往蜀,说姜维令举兵,曰:"圣人不能为时。时至,亦不可失。今魏政在私门,外内猜隔,兵挫于外,而民怨于内;自曹操以来,彼之亡形,未有如今者也。"数出伐魏,欲以应蜀。而诸大臣谏以为劳民;恪乃著论谕众意曰:

夫天无二日,土无二王。王者不务兼并天下,而欲垂祚后世,古今未有之也。昔战国之时,诸侯自恃兵强地广,互有救援,谓此足以传世,人莫能危;恣情从怀,惮于劳苦,使秦渐得自大,遂以并之,此既然矣。近者刘景升在荆州,有众十万,财谷如山;不及曹操尚微,与之力竞,坐观其强大,吞灭诸袁。北方都定之后,操率三十万众来向荆州;当时虽有智者,不能复为画计,于是景升儿子交臂请降,遂为囚虏。凡敌国欲相吞,即仇雠欲相除也;有雠而长之,祸不在己,则在后人,不可不为远虑也。昔伍子胥曰:"越十年生聚,十年教训,二十年之外,吴其为沼乎!"夫差自恃强大,闻此邈然,是以诛子胥而无备越之心;至于临败悔之,岂有及乎?越小于吴,尚为吴祸;况其强大者耶!昔秦但得关西耳,尚以并吞六国。今贼皆得秦、赵、韩、魏、燕、齐九州之地；地悉戎马之乡,士林之薮。今以魏比古之秦,土地数倍。以吴与蜀,比古六国,不能半之。然今所以能敌之；但以操时兵众,于今适尽；而后生者未悉长大,正是贼衰少未盛之时。加司马懿先诛王凌,绩自陨毙；其子幼弱而专彼大任,虽有智计之士,未得施用。当今伐之,是其厄会。圣人急于趋时,诚谓今日。若顺众人之情,怀偷安之计,以为长江之险,可以传世；不论魏之终始,而以今日遂轻其后；此吾所以长叹息者也。

自本以来,务在产育。今者贼民岁月繁滋,但以尚小,未可得用耳；若复十数年后,其众必倍于今。而国家劲兵之地,皆已空尽,惟有此见众,可以定事；若不早用之,端坐使老；复十数年,略当损半,而见子弟数不足言。若贼众一倍,而兵损半；虽复使伊、管图之,未可如何。今不达远虑者,必以此言为迂。夫祸难未至而豫忧虑,此固众人之所迂也。及于难至,然后顿颡；虽有智者,又不能图。此乃古今所病,非独一时。昔吴始以伍员为迂,故难至而不可救。刘景升不能虑十年之后,故无以诒其子孙。今恪无具臣之才,而受大吴萧霍之任,智与众同,思不经远；若不及今日,为国斥境；俯仰年老,而仇敌更强,欲刎颈谢责,宁有补耶？今闻众人或以百姓尚贫,欲务闲息；此不知虑其大危而爱其小勤者也。昔汉祖幸已自有三秦之地,何不闭关守险以自娱乐？空出攻楚,身被疮痍,甲胄生虮虱,将士厌困苦；岂甘锋刃而忘安宁哉？虑于长久,不得两存者耳。每览荆邯说公孙述以进取之图,近见家叔父表陈与贼争竞之计,未尝不喟然叹息也。夙夜反侧,所应如此；故聊疏愚言以达二三君子之末。若一朝殒殁,志画不立,贵令来世知我所忧,可思于后。

颇异乃父之简尽,而同蜀相之恳到；操心虑危,依仿《后出师表》,得其曲畅，而逊其轩昂。于是大发州郡二十万众，兵出无功，死伤载道，百姓怨恫，遂为孙峻所诛。然才高气壮，抑扬爽朗，危言苦意，亦亮之亚也。此则大吴伟人，国之元辅，不以文章施用。若其摅辞扬采以为国华；胡综文章经国，称辞命之美，韦昭博综吴故，有记述之才；辞义典雅，足传于后。

胡综，字伟则，汝南固始人。少孤，母将避难江东。综年十四，大帝亦稚弱，以综侍读书。既而大帝统事，遂见信任；诸文诰策命，邻国书符，略皆综之所造也。及大帝称尊号；蜀遣卫尉陈震来申前好，乃参分天下，豫、青、徐、幽属吴；兖、冀、并、凉属蜀；其司州之土，以函谷关为界。综为盟文，文章甚美，其辞曰：

天降丧乱，皇纲失序；逆臣承衅，劫夺国柄。始于董卓，终于曹操，穷凶极恶，以覆四海。至令九州幅裂，普天无统，民神痛怨，靡所戾止。及操子丕，桀逆遗丑，荐作奸回，偷取天位。而叡么么，寻丕凶积，阻兵盗土，未伏厥诛。昔共工乱象，而高辛行师。三苗干度，而虞舜征焉。今日灭叡，擒其徒党；非汉与吴，将复谁任！夫讨恶翦暴，必声其罪；宜先分裂，夺其土地，使士民之心，各知所归。是以春秋晋侯伐卫，先分其田以畀宋人；此其义也。

且古建大事，必先盟誓；故《周礼》有司盟之官，《尚书》有告誓之文。汉之与吴，虽信由中；然分土裂境，宜有盟约。诸葛丞相德威远著，翼戴本国，典戎在外，信感阴阳，诚动天地，重复结盟，广诚约誓，使东西士民，咸共闻知；故立坛杀牲，昭告神明，再歃加书，副之天府。天高听下，灵威棐谌，司慎司盟，群神群祀，莫不临之。

自今日汉吴既盟之后，戮力一心，同讨魏贼，救危恤患，分灾共庆；好恶齐之，无或携贰。若有害汉，则吴伐之；若有害吴，则汉伐之；各守分土，无相侵犯，传之后叶，克终若始。凡百之约，皆如载书；信言不艳，实居于好。有渝此盟，创祸先乱，违贰不协，慆慢天命；明神上帝，是计是督；山川百神，是纠是殛；俾坠其师，无克祚国。于尔大神，其明鉴之！

辞气铿訇，点窜《左氏》，而颇雅练，得班蔡之意；不如建安七子之蹈厉发扬也。时魏降人，或云魏都督河北振威将军吴质颇见猜疑。综乃伪为质作降文，反复低昂，亦有辞观；其文既布，而质召入侍中矣。质，字季重，济阴人，以文才为魏文帝兄弟所赏；尤工笔札，曹植称其文采委曲；传有《答魏太子笺》《答东阿王书》，优柔怿怀，而稍未遒。然文秀而质嬴，亦王粲之亚也。

韦昭，字弘嗣，吴郡云阳人。好学能属文，大帝以为太子中庶子。时蔡颖亦在东宫，性好博弈；太子和以为无益，命昭论之。其辞曰：

盖闻君子耻当年而功不立，疾没世而名不称。故曰："学如不及，犹恐失之。"是以古之志士，悼年齿之流迈，而惧名称之不立也；故勉精厉操，晨兴夜寐，不遑宁息，经之以岁月，累之以日力。若宁越之勤，董生之笃，渐渍德义之渊，栖迟道艺之域。且以西伯之圣，姬公之力，犹有日昃待旦之劳；故能兴隆周道，垂名亿载；况在臣庶而可以已乎？历观古今立功名之士，皆有累积殊异之迹；劳身苦体，契阔勤思，平居不堕其业，穷困不易其素。是以卜式立志于耕牧，而黄霸受道于图圄，终有荣显之福，以成不朽之名。故山甫勤于夙夜，而吴汉不离公门，岂有游堕哉。

今世之人，多不务经术，好玩博弈，废事弃业，忘寝与食，穷日尽明，继以脂烛。当其临局交争，雌雄未决，专精锐意，心劳体倦，人事旷而不修，宾旅阙而不接；虽有太牢之馔，《韶》《夏》之乐，不暇存也。至或赌及衣物，徒棋易行，廉耻之意弛，而忿戾之色发；然其所志不出一枰之上，所务不过方罫之间，胜敌无封爵之赏，获地无兼土之实；技非六艺，用非经国，立身者不阶其术，征选者不由其道。求之于战阵，则非孙吴之伦也；考之于道艺，则非孔氏之门也；以变诈为务，则非忠信之事也；以劫杀为名，则非仁者之意也。而空妨日废业，终无补益；是何异设木而击之，置石而投之哉。且君子之居室也，勤身以致养；其在朝也，竭命以纳忠；临事且犹旰食，而何博弈之足耽。夫然，故孝友之行立，贞纯之名彰也。

方今大吴受命，海内未平，圣朝乾乾，务在得人；勇略之士，则受熊虎之任；儒雅之徒，则处龙凤之署；百行兼苞，文武并骛，博选良才，旌简髦俊，设程试之科，垂金爵之赏。诚千载之嘉会，百世之良遇也。当世之士，宜勉思至道，爱功惜力，以佐明时；使名书史籍，勋在盟府；乃君子之上务，当今之先急也！夫一木之枰，孰与方国之封？枯棋三百，孰与万人之将？兖龙之服，金石之乐，足以兼棋局而贸博弈矣。假令世士移博弈之力，而用之于《诗》《书》；是有颜、闵之志也；用之于智计，是有良、平之思也；用之于资货，是有猗顿之富也；用之于射御，是有将帅之备也。如此，则功名立而鄙贱远矣。

其文渐即于俳偶，气疏而不茂，辞俪而未壮，奕奕清畅，未能如胡综之气往轹古，词来切今也。和废后，为黄门侍郎。诸葛恪辅政，表昭为太史令，撰《吴书》；华核、薛莹等皆与参同。

薛莹，字道言，沛郡竹邑人。华核，字永先，吴郡武进人。核与韦昭、薛莹共事而极推之：自谓："愚浅才劣，适可为莹等作注而已。莹涉学既博，文章尤妙，同寮之中，莹为冠首；而昭在吴，亦汉之史迁也。"然昭典诰尤美。华核文赋之才，有过于昭；而与诰不及也。

大抵东汉之文，典重而或入板滞，儒缓而流为拘牵；而于是建安七子化以疏朗，竹林七贤益臻清玄，一张一弛，盖运会之自然；如餍刍豢者之旨蔬笋，羁朝绅者之羡野服也。而吴与蜀偏霸一方，犹仍故步，得风气稍迟；故不如魏氏地处中原者之有开必先云。

第五章 两　　晋

第一节　发　　凡

两晋文章，其回翔于汉魏之际而渐定所趋者乎？其大要不出二派：其一派奇丽藻逸，撷两汉之葩，潘岳、陆氏机云、左思其尤，以开太康之盛；又一派清微淡远，袭七贤之风，王羲之、陶潜为著，以结东晋之局。斯一代之冠冕，而文词之命世也。其他张载、张协，才绮而相垺，可谓鲁卫之政，兄弟之文也；而张亢则微不逮。刘琨雅壮而多风，卢谌情发而理昭，亦遇之于时势也。郭璞艳逸，足冠中兴；《江赋》既穆穆以大观，《仙诗》亦飘飘而凌云矣。葛洪之明仙，靡密以闲畅；干宝之说鬼，循理而清通；亦笔端之良工也。袁宏发轸以高骧，故卓出而多偏。孙绰规旋以矩步，故伦序而寡状。殷仲文之孤兴，谢混之闲情，并解散辞体，缥渺浮音，虽滔滔风流，而大浇文意。独陶潜文章不群，辞彩精拔，丽而不缛，淡而能旨，抑扬爽朗，莫之与京；故是一代风雅之宗矣。

第二节　陆机_{附弟云}　潘岳_{附从子尼　张载　张协　张亢}

魏季，才士放达，振起玄风，文采顿减。至晋武帝，底定吴蜀，区宇始一;太康之中,文彦云会;而三张、二陆、两潘、一左,勃尔复兴,踵武前汉,风流未沫,亦文章之中兴也。左思奇才,业深覃思,尽锐于《三都》,拔萃于《咏史》,足以自张一军矣。而张载、张亢,不及张协。二陆则弟逊于兄,两潘则尼不如岳。而冠冕群英,实推潘陆。史称之曰:"机文喻海,岳藻如江。"一世之雄也。然潘之机利而笔不遒,陆之体重而势不骏。潘岳才思清绮,秀爽有余,承建安之风流。而机则文章丽典,宫商相变,开永明之新制;特是语多偶排,气未清壮,情隐于辞繁,势弩于藻缛;所患意不逮辞,情急于藻,偶语胜而古意亡矣。

陆机,字士衡,吴郡人。祖逊,吴丞相。父抗,吴大司马。机少有异才,伏膺儒术;抗卒,领父兵,为牙门将。年二十而吴灭,退居旧里,闭门勤学,积有十年。以孙吴文章,清畅奕奕,不为轶丽;而机以亡国之余,独振华采;以孙氏有大勋于江表,深慨孙皓举而弃之,乃论权所以得,皓所以亡,遂作《辨亡论》二篇;其体仿汉贾生《过秦论》而抒以排偶,虽有余于赡丽,不足于雄肆;然高词迥映,炫曜京洛,遂与弟云造太常张华。张华字茂先,范阳方城人;辞藻温丽,尝赋《鹪鹩》以寓意,抚时感事,以为处尊不如安贫之足乐,有才不如无用之能全也;言有浅而可以托深,名重一时。与武帝定策平吴,封广武县侯,累官太常。性好人物,诱进不倦,一见机云,如旧相识,曰:"伐吴之役,利获二俊!"机天才秀逸,辞藻宏丽;华谓之曰:"人之为文,常恨少才;而子更患其多。"惠帝朝,官著作郎,有《吊魏武帝文》,情文恻怆。其辞曰:

> 元康八年,机始以台郎出补著作,游乎秘阁,而见魏武帝遗令,忾然叹息,伤怀者久之。客曰:"夫始终者,万物之大归。生死者,性命之区域。是以临丧殡而后悲,睹陈根而绝哭。今乃伤心百年之际,兴哀无情之地;意者无乃知哀之可有,而未识情之可无乎?"机答之曰:夫日食由乎交分,山崩起于朽壤,亦云数而已矣。然百

姓怪焉者,岂不以资高明之质,而不免卑浊之累;居长安之势,而终婴倾离之患故乎?夫以回天倒日之力,而不能振形骸之内;济世夷难之智,而受困魏阙之下。已而格乎上下者,藏于区区之木;光于四表者,翳乎蕞尔之土。雄心摧于弱情,壮图终于哀志;长算屈于短日,远迹顿于促路。呜呼,岂特瞽史之异阙景,黔黎之怪颓岸乎!

观其所以顾命冢嗣,贻谋四子,经国之略既远,隆家之训亦宏。又云:"吾在军中,持法是也;至于大愤怒,小过失,不当效也。"善乎达人之谠言矣!持姬女而指季豹,以示四子,曰"以累汝!"因泣下。伤哉,曩以天下自任,今以爱子托人。同乎尽者无余,而得乎亡者无存。然而婉娈房闼之内,绸缪家人之务,则几乎密欤。又曰:"吾婕好伎人,皆著铜雀台;于台堂上施八尺床繐帐,朝晡上脯糒之属;月朝十五,辄向帐作伎。汝等时时登铜雀台,望吾西陵墓田。"又云:"余香可分与诸夫人;诸舍中无所为,学作履组卖也。吾历官所得绶,皆著藏中。吾余衣裘,可别为一藏;不能者,兄弟可共分之。"既而竟分焉。亡者可以勿求,存者可以勿违,求与违不其两伤乎!悲夫,爱有大而必失,恶有甚而必得。智慧不能去其恶,威力不能全其爱,故前识所不用心,而圣人罕言焉。若乃系情累于外物,留曲念于闺房,亦贤俊之所宜废乎?于是遂愤懑而献吊云尔。

接皇汉之末绪,值王途之多违。伫重渊以育鳞,抚庆云而遐飞。运神道以载德,乘霱风而扇威。摧群雄而电击,举勍敌其如遗。指八极以远略,必翦焉而后绥。釐三才之阙典,启天地之禁闱。举修纲之绝纪,纽太音之解徽。扫云物以贞观,要万途而来归。丕大德以宏覆,援日月而齐辉。济元功于九有,固举世之所推。彼人事之大造,夫何往而不臻?将覆篑于浚谷,挤为山乎九天。苟理穷而性尽,岂长算之所研?悟临川之有悲,固梁木其必颠。当建安之三八,实大命之所艰。虽光昭于曩载,将税驾于此年。惟降神之绵邈,眇千载而远期。信斯武之未丧,膺灵符而在兹。虽龙飞于文昌,非王心之所怡。愤西夏以鞠旅,溯秦川而举旗。逾镐京而不豫,临渭滨而有疑。冀翌日之云瘳,弥四旬而成灾。咏归涂以反旆,登崤渑而揭来。次洛汭而大渐,指六军曰念哉。

伊君王之赫奕,实终古之所难。威先天而盖世,力荡海而拔山。厄奚险而弗济,敌何强而不残。每因祸以禔福,亦践危而必安。迄在兹而蒙昧,虑噤闭而无端。委躯命以待难,痛没世而永言。抚四子以深念,循肤体而颓叹。迫营魄之未离,假余息乎音翰。执姬女以矍瘵,指季豹而洿焉;气冲襟以呜咽,涕垂睫而汍澜。违率土以靖寐,戢弥天乎一棺。咨宏度于峻邈,壮大业之允昌。思居终而恤始,命临没而肇扬。援贞咨以惄悔,虽在我而不臧。惜内顾之缠绵,恨末命之微详;纡广念于履组,尘清虑于余香。结遗情之婉娈,何命促而意长。陈法服于帷座,陪窈窕于玉房,宣备物于虚器,发哀音于奋倡;矫戚容以赴节,掩零泪而荐觞。物无微而不存,体无惠而不亡。庶圣灵之响像,想幽神之复光。苟形声之翳没,虽音景其必藏。徽清弦而独奏,进脯糈而谁尝。悼缥帐之冥漠,怨西陵之茫茫。登爵台而群悲,伫美目其何望。既睎古以遗累,信简礼而薄葬。彼裘绂于何有,贻尘谤于后王。嗟大恋之所存,故虽哲而不忘。览遗籍以慷慨,献兹文而凄伤。

文亦闳美,欲入卿云之室;而所为不如两汉者,气肆以僄,不及相如之遒逸;辞丽未奥,则逊子云之卓炼;体懈而弛,亦异班固之方重;虽闳赡自足,而风骨少隤;才高辞赡,排语作态,所以闳美在此,而不甚苍坚亦在此。然如《五等诸侯论》、《豪士赋序》,虽是俪体,而辞锋英伟,笔笔顿挫,直能以贾董之笔,行于排偶之中,抑扬爽朗,庶几笔势纵放,不减《过秦》者；信一集之弁冕，而斯文之雄杰也。观才士之所作，有以得其用心，放言遣辞，可得而言；恒患意不称物，文不逮意；因论作文之利害所由，而作《文赋》；其大要以为："夸目者尚奢，惬心者贵当。""诗缘情而绮靡，赋体物而浏亮，碑披文以相质，诔缠绵而凄怆，铭博约而温润，箴顿挫而清壮，颂优游以彬蔚，论精微而朗畅，奏平彻以闲雅，说炜晔而谲诳。虽区分之在兹，亦禁邪而制放。要辞达而理举，故无取乎冗长。或文繁理富，而意不指适；立片言而居要，乃一篇之警策。虽众辞之有条，必待兹而效绩。"扬榷文体，发凡起例，实刘勰《文心雕龙》之前导，而为中国文学批评之初祖也。又依仿班固，《演连珠》五十首；录其五以备体曰：

> 臣闻鉴之积也无厚，而照有重渊之深；目之察也有畔，而视周天壤之际。何则？应事以精不以形，造物以神不以器。是以万邦凯乐，非悦钟鼓之娱；天下归仁，非感玉帛之惠。
>
> 臣闻览影偶质，不能解独；指迹慕远，无救于迟。是以循虚器者，非应物之具；玩空言者，非致治之机。
>
> 臣闻弦有常音，故曲终则改；镜无畜影，故触形则照。是以虚己应物，必究千变之容；挟情适事，在观万殊之妙。
>
> 臣闻目无赏音之察，耳无照景之神。故在乎我者，不诛之于己；存乎物者，不求备于人。
>
> 臣闻理之所开，力所常达；数之所塞，威有必穷。是以裂火流金，不能焚景；沉寒凝海，不能结风。

所谓连珠者，兴于汉章之世，班固、傅毅尝受诏作之，其文体辞丽而言约，不指说事情，必假喻以达其旨，而览者微悟，合于《诗》三百讽兴之义；欲使历历如贯珠，易看而可悦，故谓之连珠。至是机演为之，而偶对既工，音律克谐，则开辞赋之别派，而为四六之滥觞焉。诗则偶语十居七八，铺陈整赡，而以开谢灵运之前茅；然辞虽俪偶而未甚缛藻，意致疏散，不以排偶累其驰骋之势，犹有建安遗韵。如乐府《猛虎行》曰：

> 渴不饮盗泉水，热不息恶木阴。恶木岂无枝，志士多苦心。整驾肃时命，杖策将远寻。饥食猛虎窟，寒栖野雀林。日归功未建，时往岁载阴。崇云临岸骇，鸣条随风吟。静言幽谷底，长啸高山岑。急弦无懦响，亮节难为音。人生诚未易，曷云开此衿！眷我耿介怀，俯仰愧古今。

然机亦有悲凉古直，粲然逸古，而不贵绮错者，如乐府《门有车马客行》曰：

> 门有车马客，驾言发故乡。念君久不归，濡迹涉江湘。投袂赴门涂，揽衣不及裳。拊膺携客泣，掩泪叙温凉。借问邦族间，恻怆论存亡；亲友多零落，旧齿皆雕丧。市朝互迁易，城阙或丘荒；坟垄日月多，松柏郁芒芒。天道信崇替，人生安得长！慷慨惟平生，俯仰独悲伤。

澹而不绮，散而不整，于机为别调。而机好为俪语，矜重而不赡逸；其为藻丽缛密者，则开谢灵运之偶对；而有清刻疏爽者，亦导谢玄晖之警秀，如《招隐》、《挽歌》是也。要之诗之由古体开律意，文之由建安为永明，不得不推机为风气转变之枢焉。传有《陆士衡集》十卷。弟云尝与书曰："兄文自为雄，非累日精拔，卒不可得。古今文兄所未得与校者，亦惟兄所道数都赋耳。云谓兄作'二京'，必得无疑。"

陆云，字士龙；六岁能属文，与兄机齐名，号曰二陆。陆机才欲窥深，词务索广，故思能入巧而不制繁。而云则樊范《诗》、《骚》，多欲练辞；而才不窥深，思未入巧，未能如哲兄之桀然自树质干；然辞务索广而不制繁，则与阿兄同病，所以辞溺则伤乱，理郁者苦晦。刘勰《文心雕

154

龙》称："士龙朗练，以识检乱，故能布采鲜净，敏于短篇"；殊未见其云然。义华而声悴，情隐而文泽，辞则练矣，朗何有焉？布采宁谓鲜净。然而与机书曰："兄文章之高远绝异，不可复称言；然犹皆欲微多。但文实无贵于为多；多而如兄文者，人不饜其多也；但清新相接，不以此为病耳。云今意视文，乃好清省，欲无以尚。"其论文先辞而后情，尚絜而不取悦泽。乃知"布采鲜净，敏于短篇"，特其所蕲尚如是，而有志未逮。传有《陆士龙集》十卷。士龙研练而未昭晰，机则赡丽而乏风骨；其诗亦通赡具足，而绚采无力，遂开排偶一派；采缛于正始，力柔于建安；西京以来空灵矫健之意，不复存矣。

潘岳，字安仁，荥阳中牟人，少以才颖见称，乡邑号为奇童。及长，才藻妍丽，与陆机骈称曰潘陆。岳富于情，机骁于气；而岳特工哀诔之文，巧于序悲，易入新切；其为《杨仲武诔》曰：

> 杨经，字仲武，荥阳宛陵人也；中领军肃侯之曾孙，荆州刺史戴侯之孙，东武康侯之子也。八岁丧父；其母郑氏，光禄勋密陵成侯之元女；操行甚高，恤养幼孤，以保乂夫家而免诸艰难。戴侯、康侯，多所论著，又善草隶之艺。子以妙年之秀，固能综览义旨，而轨式模范矣。虽舅氏隆盛，而孤贫守约，心安陋巷，体服菲薄；余甚奇之。若乃清才隽茂，盛德日新；吾见其进，未见其已也。既藉三叶世亲之恩，而子之姑，余之伉俪焉。往岁卒于德官里。丧服周次，绸缪累月，苟人必有心，此亦款诚之至也。不幸短命；春秋二十九，元康九年夏五月己亥卒。呜呼哀哉！乃作诔曰：

> 伊子之先，奕叶熙隆。惟祖惟曾，载扬休风。显考康侯，无禄早终。名器虽光，勋业未融。笃生吾子，诞茂淑姿：克岐克嶷，知章知微。钩深探赜，味道研几。匪直也人，邦家之辉。子之遘闵，曾未龀髫；如彼危根，当此冲飙。德之休明，靡幽不乔。弱冠流芳，

隽声清劭。尔舅惟荣,尔宗惟瘁。幼秉殊操,违丰安匮。撰录先训,俾无陨坠。旧文新艺,罔不毕肄。潘杨之穆,有自来矣;矧乃今日,慎终如始。尔休尔戚,如实在己。视余犹父,不得犹子。敬亦既笃,爱亦既深。虽殊其年,实同厥心。日昃景西,望子朝阴。如何短折,背世湮沉。呜呼哀哉!寝疾弥留,守兹孝友。临命忘身,顾恋慈母。哀哀慈母,痛心疾首;嗷嗷同生,凄凄诸舅。春兰擢茎,方茂其华;荆宝挺璞,将剖于和;含芳委耀,毁璧摧柯。呜呼仲武,痛哉奈何!

德宫之艰,同次外寝。惟我与尔,对筵接枕。自时迄今,曾未盈稔。姑侄继殒,何痛斯甚!呜呼哀哉!披帙散书,屡睹遗文;有造有写,或草或真。执玩周复,想见其人;纸劳于手,涕沾于巾。龟筮既袭,埏隧既开,痛矣杨子,与世长乖。朝济洛川,夕次山隈。归鸟颉颃,行云徘徊。临穴永诀,抚梓尽哀。遗形莫绍,增恸余怀。魂兮往矣,梁木实摧。呜呼哀哉!

辞气凄婉;传有《潘黄门集》六卷。为文章短于赋事而工叙哀;叙哀能于寻常中出凄婉,赋事却于铺写中少遒变,故诔工而赋平也。诗有《悼亡》三篇,亦为世传诵。其辞曰:

荏苒冬春谢,寒暑忽流易。之子归穷泉,重壤永幽隔。私怀谁克从,淹留亦何益。僶俛恭朝命,回心返初役。望庐思其人,入室想所历。帷屏无仿佛,翰墨有遗迹。流芳未及歇,遗挂犹在壁。怅恍如或存,周皇忡警惕。如彼翰林鸟,双栖一朝只;如彼游川鱼,比目中路折。春风缘隙来,晨溜承檐滴。寝息何时忘,沉忧日盈积。庶几有时衰,庄缶犹可击。

皎皎窗中月,照我室南端。清商应秋至,溽暑随节阑。凛凛凉风升,始觉夏衾单。岂曰无重纩,谁与同岁寒?岁寒无与同,朗月何胧胧;展转眄枕席,长簟竟床空。床空委清尘,虚室来悲风。独无李氏灵,仿佛睹尔容。抚衿长叹息,不觉涕沾胸。沾胸安能已?悲怀从中起。寝兴目存形,遗音犹在耳。上惭东门吴,下愧蒙庄子。赋诗欲言志,此志难具纪。命也可奈何,长戚自令鄙!

曜灵运天机,四节代迁逝;凄凄朝露凝,烈烈夕风厉。奈何悼淑仪,仪容永潜翳!念此如昨日,谁知已卒岁。改服从朝政,哀心寄私制。茵帱张故房,朔望临尔祭。尔祭讵几时,朔望忽复尽;衾裳一朝撤,千岁不复引。亹亹期月周,戚戚弥相愍。悲怀感物来,泣涕应情陨。驾言陟东阜,望坟思纡轸;徘徊墟墓间,欲去复不忍。徘徊不忍去,徙倚步踯躅。落叶委埏侧,枯荄带坟隅。孤魂独茕茕,安知灵与无。投心遵朝命,挥涕强就车,谁谓帝宫远,路极悲有余!

辞来切情,情往引哀,只就闺房细碎,抒写追慕,情文相生,如闻呜咽,以岳固工于叙哀也。其他集中如《秋兴》、《怀旧》、《寡妇》、《闲居》诸赋,亦皆抒情之作,而为世所称;虽不如陆机之赡美,而写得事情出,疏秀爽达;盖直取胸中者吐之纸上,故风调自别。机文深而芜,岳文浅而净。体质凝厚,排奡流宕,则机胜岳。轻清爽利,出口如脱,则岳胜机。独为《马汧督诔》,腾骧磊落,神与古会,得史公之沉郁,含相如之遒逸,骨节强于机,驱迈疾于云,其辞哀且劲,盖岳之变体焉。从子尼,字正叔;与岳俱以文章见知;性静退不竞,惟以勤学著述为事,扬历显要,从容而已。而岳性轻躁,趋世利,卒以诛死。

安平张载,字孟阳;与弟协,字景阳;亢,字季阳,并号三张。载有《剑阁铭》,为时所称;然筋弩肉缓,句既未遒,势亦欠紧。协文采为茂,依仿枚乘《七发》、曹植《七启》作《七命》,气骨不如《七发》,而辞彩葱菁过植。植则意质而句缛,气不足以运;而协一意雕绘,所以翻不竭也。

特是枚乘《七发》，每一发浓淡相间，调多变化；而协则丽辞碌碌，只是一格。其为诗巧构形似之言，雄于潘岳，而靡于左思，风流调达，称旷代之高手。传有《咏史》、《杂诗》诸什；而《杂诗》遒丽，则开鲍照之雕藻，而胜陆机之阐缓者也，录其四篇曰：

> 秋夜凉风起，清气荡暄浊；蜻蛚吟阶下，飞蛾拂明烛。君子从远役，佳人守茕独。离居几何时，钻燧忽改木。房栊无行迹，庭草萋以绿。青苔依空墙，蜘蛛网四屋。感物多所怀，沉忧结心曲。
>
> 大火流坤维，白日驰西陆。浮阳映翠林，回飙扇绿竹。飞雨洒朝兰，轻露栖丛菊。龙蛰暄气凝；天高万物肃。弱条不重结，芳蕤岂再馥。人生瀛海内，忽如鸟过目；川上之叹逝，前修以自勖。
>
> 朝霞迎白日，丹气临汤谷。翳翳结繁云，森森散雨足。轻风摧劲草，凝霜竦高木；密叶日夜疏，丛林森如束。畴昔叹时迟，晚节悲年促。岁暮怀百忧，将从季主卜。
>
> 黑蜧跃重渊，商羊舞野庭。飞廉应南箕，丰隆迎号屏。云根临八极，雨足洒四溟。霖沥过二旬，散漫亚九龄。阶下伏泉涌，堂上水衣生。洪潦浩方割，人怀昏垫情。沉液漱陈根，绿叶腐秋茎。里无曲突烟，路无行轮声。环堵自颓毁，垣闾不隐形。尺烬重寻桂，红粒贵瑶琼。君子守固穷，在约不爽贞。虽荣田方赠，惭为沟壑名。取志于陵子，比足黔娄生。

协之丽偶，与陆机同；特其工于造语，丽而能遒，偶而不滞，所以风骨警挺，音韵铿锵。诗以琢炼出警遒，极于鲍照，而萌于张协。然照过为巧琢，颇流险仄；而炼不伤气，不得不让协出一头地也。载驰誉《七哀》，沉郁顿挫，无惭哲弟，而色泽不如。协《杂诗》感慨苍凉，风流调达，有陆机之举体华美，而异其芜缛；同左思之仗气卓荦，而出以葱菁；辞丽而气遒，盖陈王之具体矣。亢才藻不逮二昆，亦有属缀；棣萼相辉；泊乎二陆入洛,三张减价;然时人犹谓载、协、亢与陆机、云曰二陆三张,故以缀于篇。

第三节　左思　刘琨　郭璞_{附葛洪 干宝}

左思,字太冲,齐国临淄人。貌寝口讷,而辞藻壮丽,欲仿班固《两都赋》、张衡《两京赋》而赋蜀、吴、魏三都。妹芬亦有文采;武帝纳为贵嫔。移家京师,乃诣张载,访岷蜀之事;遂构思十年,门庭藩溷,皆著笔纸;遇得一句,即便疏之。自以所见不博,求为秘书郎。初陆机入洛,欲为此赋;闻思作之,抚掌而笑;与弟云书曰:"此间有伧父,欲作《三都赋》,须其成,当以覆酒瓮耳。"及思赋出,机绝叹伏,以为不能加也。第相其笔力,非但不及班张,似犹在机之下,以其语缛而机滞也。惟只苦心琢炼,字争奇,句争巧,功积力久,暨后凑合成章,遂文彩烂然。其味态尽浓腴,第骨力未强,无驱运跌宕之势;不能如班张之以翻空出奇,而以征实为贵。然思愈周,则力愈缓;事愈实,则格愈平。至其典确详核,实为前人所难,故足多也。惟托讽谕之致以为《咏史》诗,胸次高旷,笔力又复雄迈,陶冶汉魏,自铸伟辞,故是一代作手;岂复潘陆辈所能比垺。其辞曰:

弱冠弄柔翰,卓荦观群书;著论准《过秦》,作赋拟《子虚》。边城苦鸣镝,羽檄飞京都。虽非甲胄士,畴昔览穰苴。长啸激清风,志若无东吴。铅刀贵一割,梦想骋良图。左眄澄江湘,右盼定羌胡。功成不受爵,长揖归田庐。

郁郁涧底松,离离山上苗。以彼径寸茎,荫此百尺条。世胄蹑高位,英俊沉下僚;地势使之然,由来非一朝。金张藉旧业,七叶珥汉貂。冯公岂不伟,白首不见招。

吾希段干木,偃息藩魏君。吾慕鲁仲连,谈笑却秦军。当世贵不羁,遭难能解纷。功成耻受赏,高节卓不群。临组不肯绁,对珪宁肯分。连玺耀前庭,比之犹浮云。

济济京城内,赫赫王侯居。冠盖荫四术,朱轮竟长衢。朝集金张馆,暮宿许史庐;南邻击钟磬,北里吹笙竽。寂寂扬子宅,门无卿相舆。寥寥空宇中,所讲在玄虚。言论准宣尼,辞赋拟相如。悠悠百世后,英名擅八区。

皓天舒白日,灵景耀神州。列宅紫宫里,飞宇若云浮。峨峨高门内,蔼蔼皆王侯。自非攀龙客,何为欻来游?被褐出阊阖,高步追许由。振衣千仞冈,濯足万里流。

荆轲饮燕市,酒酣气益震。哀歌和渐离,谓若旁无人。虽无壮士节,与世亦殊伦。高眄邈四海,豪右何足陈。贵者虽自贵,视之若埃尘;贱者虽自贱,重之若千钧。

主父宦不达,骨肉还相薄。买臣困采樵,伉俪不安宅。陈平无产业,归来翳负郭。长卿还成都,壁立何寥廓。四贤岂不伟,遗烈光篇幅。当其未遇时,忧在填沟壑;英雄有迍邅,由来自古昔。何世无奇才,遗之在草泽。

习习笼中鸟,举翮触四隅。落落穷巷士,抱影守空庐。出门无通路,枳棘塞中涂。计策弃不收,块若枯池鱼。外望无寸禄,内顾无斗储。亲戚还相蔑,朋友日夜疏。苏秦北游说,李斯西上书。俯仰生荣华,咄嗟复雕枯。饮河期满腹,贵足不愿余;巢林栖一枝,可为达士模。

《咏史》之名,起自班固,但指一事;不过美其事而咏叹之,櫽栝本事,不加藻饰;此正体也。而思多摅胸臆,不必专咏一人,专咏一事;咏古人而己之性情俱见；本事不过借以为影子，不脱不黏。错综震荡，创格新特，而造语奇伟，不为陆机之绮练，亦异潘岳之清浅，骨气雄高，足追陈王。而《诗品》乃谓其源出于公干；以刘桢之平钝，视左思之雄逸，岂仅跂鳖之与骐骥乎！《诗品》又以左思野于陆机，深于潘岳；深于潘岳则有之矣，野于陆机，岂其然乎？陆藻缛而机滞，不如思之植骨遒。潘气清而味薄，不如思之得天厚。潘岳、陆机、张协与思，一时竞秀，咸有诗名，而蹊径不同。就体制论：潘岳、陆机、张协排偶，开齐梁之新声；独左思偘侻，得汉魏之古意。就骨彩论，陆文丽以为工，潘流靡以自妍，格调不同，而同归于风骨不飞，气病其弩；协琢炼以警遒，思错综而震荡，风格亦不同，而同归于挺拔为俊，气过其文。而刘琨清刚，郭璞超逸，与思代兴，力矫轻绮；诚足嗣汉魏之逸响，而障潘陆之颓波已。

又晋承魏风，贵黄老，稍尚虚谈；于时篇什，理过其辞，淡乎寡味；爰及江表，微波尚传，孙绰、许询、桓温、庾亮诸公，诗皆平典似道德论；建安风力尽矣。其间郭璞用俊上之才，创变其体。刘琨仗清刚之气，亦复济美。

刘琨，字越石，中山魏昌人。少有朗俊之目，文咏颇为当时所许；累拜大将军，都督并州诸军事，加侍中太尉。会天下丧乱，为石勒所败。幽州刺史鲜卑段匹磾数遣信要琨；及赴，为所拘。琨自知必死，神色怡如也。范阳卢谌，字子谅，善属文，琨以为从事中郎；及琨败，卢谌求为段匹磾别驾，笺诗与琨。琨答谌以四言诗，并书曰：

> 损书及诗，备辛酸之苦言，畅经通之远旨，执玩反复，不能释手，慨然以悲，欢然以喜。昔在少壮，未尝检括，远慕老庄之齐物，近嘉阮生之放旷，怪厚薄何从而生，哀乐何由而至。自顷辀张，困于逆乱，国破家亡，亲友雕残。负杖行吟，则百忧俱至；块然独坐，则哀愤两集；时复相与举觞对膝，破涕为笑，排终身之积惨，求数刻

之暂欢;譬犹积疢弥年,而欲一丸销之,其可得乎!

夫才生于世,世实须才。和氏之璧,焉得独曜于郅握;夜光之珠,何得专玩于隋掌。天下之宝,当与天下共之;但分析之日,不能不怅恨耳!然后知聃周之为虚诞,嗣宗之为妄作也。昔骐骥倚辀于吴坂,长鸣于良乐,知与不知也。百里奚愚于虞而智于秦,遇与不遇也。今君遇之矣,勖之而已。不复属意于文二十余年矣,久废则无次,想必欲其一反,故称指送一篇,适足以彰来诗之益美耳。琨顿首顿首。

书辞出以俪偶,而悲壮磊落,不伤于缛,有建安诸人气韵;固非二陆、三张之丽词碌碌,采乏风骨者所可比伦也。而诗则善为凄戾之辞,自有清拔之气;《重赠卢谌》五言一首曰:

握中有悬璧,本自荆山璆。惟彼太公望,昔在渭滨叟。邓生何感激,千里来相求。白登幸曲逆,鸿门赖留侯。重耳任五贤,小白相射钩。苟能隆二伯,安问党与仇。中夜抚枕叹,想与数子游。吾衰久矣夫,何其不梦周?谁云圣达节,知命故不忧。宣尼悲获麟,西狩涕孔丘。功业未及建,夕阳忽西流;时哉不我与,去乎若云浮。朱实陨劲风,繁英落素秋。狭路倾华盖,骇驷摧双辀。何意百炼钢,化为绕指柔!

琨诗托意非常,摅畅幽愤,远想张陈,感鸿门、白登之事,用以激谌。谌素无奇略,以常词酬和,殊乖琨心。琨意多郁结,而气自激昂;自非词人雕琢求工者所及也。英雄失路,万感悲凉,故其诗随笔倾吐,哀音无次,宣尼二句,一人互用。想见仓猝成章,不暇推敲。而自然遒亮;不如郭璞之文体相辉,彪炳可玩,足变永嘉平淡之体,而称中兴第一也。

郭璞,字景纯,河东闻喜人。好经术,博学有高才,而讷于言论;辞赋为中兴之冠。好古文奇字,注释《尔雅》,别为《音义图谱》,又注《三仓》、《方言》、《穆天子传》、《山海经》及《楚辞》、《子虚》、《上林赋》数十万言；妙于阴阳算历卜筮之术。元帝初镇建业，遂称尊号。璞以中兴王宅江外，乃著《江赋》，述川渎之美，其辞甚伟。复作《南郊赋》。然赋者铺也，铺采摛文，体物写志也。而璞为赋，体物着意铺排，写志无当比兴。即如《江赋》，多用水旁奇字堆砌成句，而佳处却不在此。凡作文字，贵用意奇警，不贵屼嶫面目也。中段叙江中物产，为一赋大铺排处；却于错综处见笔法，于点缀处见精彩。帝见而嘉之，以为著作佐郎。寻大将军王敦以武昌作难，请璞为记室参军。璞惧祸及，而为羁系；乃托屈原《远游》之指，以赋《游仙》诗；其辞曰：

　　京华游侠窟，山林隐遁栖。朱门何足荣，未若托蓬莱。临源挹清波，陵冈掇丹荑。灵溪可潜盘，安事登云梯。漆园有傲吏，莱氏有逸妻，进则保龙见，退则触藩羝。高蹈风尘外，长揖谢夷齐。

　　青溪千余仞，中有一道士。云生梁栋间，风出窗户里。借问此何谁，云是鬼谷子。翘迹企颍阳，临河思洗耳。阊阖西南来，潜波涣鳞起。灵妃顾我笑，粲然启玉齿，蹇修时不存，要之将谁使？

　　翡翠戏兰苕，容色更相鲜。绿萝结高林，蒙笼盖一山。中有冥寂士，静啸抚清弦。放情陵霄外，嚼蕊挹飞泉。赤松临上游，驾鸿乘紫烟。左挹浮丘袖，右拍洪涯肩。借问蜉蝣辈，宁知龟鹤年。

　　六龙安可顿，运流有代谢。时变感人思，已秋复愿夏。淮海变微禽，吾生独不化。虽欲腾丹溪，云螭非我驾。愧无鲁阳德，回日向三舍。临川哀年迈，抚心独悲咤。

　　逸翮思拂霄，迅足羡远游。清源无增澜，安得运吞舟。珪璋虽特达，明月难暗投。潜颖怨青阳，陵苕哀素秋。悲来恻丹心，零泪缘缨流。杂县寓鲁门，风暖将为灾。吞舟涌海底，高浪驾蓬莱。神仙排云出，但见金银台。陵阳挹丹溜，容成挥玉杯。姮娥扬妙音，洪崖颔其颐。升降随长烟，飘飘戏九垓。奇龄迈五龙，千岁方婴孩。燕昭无灵气，汉武非仙才。

晦朔如循环，月盈已复魄。蓐收清西陆，朱羲将由白。寒露拂陵苕，女萝辞松柏；蘤荣不终朝，蜉游岂见夕。圆丘有奇草，钟山出灵液；王孙列八珍，安期炼五石。长揖当涂人，去来山林客。

《游仙》之作，曹植集中最多；以世网见缚，而游心方外也。郭璞为之，骨气雄高，磊落英多，直追子建。而《诗品》谓其宪章潘岳；不知潘岳凄怆而气清，郭璞慷慨而骨遒；以为宪章，殊拟非其伦。郭璞气调岸异，当与左思刘琨为辈；而非宪章潘岳。辞多慷慨，心怀郁纡，其云"逸翮思拂霄"，又云"迅足羡远游"，乃是坎壈咏怀，非列仙之趣也。后为王敦所杀。然而郭璞托于游仙，而志不在仙也，亦有葛洪，冲以避世，而真欲超世者焉。

葛洪，字稚川，丹阳句容人。从祖玄，吴时，学道得仙，号曰葛仙公；以其炼丹秘术授弟子郑隐。洪就隐学；又师事南海太守上党鲍玄。玄亦耽内学，见洪，深重之，妻以女。洪传玄业，兼综练医术，凡所著撰，皆精核是非，而才章富赡，大凡内外一百一十六篇，号曰《抱朴子》；《内篇》论神仙修炼符箓刻治诸事，为道家之支与流裔；《外篇》则论时政得失，人事臧否，多作排偶之体；而词旨辩博，饶有名理，要其本归于黄老。而阐不死之理，发金丹之秘，则非老子道德之意也。

又有干宝者，字令升，新蔡人；博览书记，著《晋纪》，自宣帝迄于愍帝五十三年，凡二十卷，书佚；仅传《总论》，依仿贾生《过秦论》而出以整赡者也。尤好鬼神機祥之事，撰集古今神祇灵异人物变化，名为《搜神记》二十卷，传于世；有鬼董狐之目。干宝搜神以说鬼，葛洪论仙以畅玄，非耳目所经，亦晋文之绝出也。然洪文缛丽，略同陆机，而指则玄；道家之别子也。而宝坦迤，似准陈寿，而事则怪；稗史之开山也。兹录两家之作以互勘比。

抱朴子

盈乎万钧,必起于锱铢;竦秀凌霄,必始于分毫。是以行潦集,而南溟就无涯之旷;寻常积,而玄圃致极天之高。

阅风玄圃,不借高于丘垤;悬黎结绿,不假观于琼珉。是以英伟不群,而幽蕙之芬骇;峻概独立,而众禽之响振。

威施之艳,粉黛无以加;二至之气,吹呼不能增。是以怀英逸之量者,不矜风格以示异;体邈俗之器者,不恤小誉以徇通。以上原《博喻》篇

搜神记

晋世新蔡王昭平犊车在厅事上,夜无故自入斋室中,触壁而出,后又数闻呼噪攻击之声,四面而来。昭乃聚众设弓弩战斗之备,指声,弓弩俱发。而鬼应声接矢数枚,皆倒入土中。原卷十六

吴中有一书生,皓首,称胡博士,教授诸生。忽复不见。九月初九日,土人相与登山游观,闻读书声,命仆寻之,见空冢中群狐罗列,见人即走。老狐独不去,乃是皓首书生。原卷十八

豫章有一家婢在灶下,忽有人长数寸来灶间壁;婢误以履践之,杀一人。须臾,遂有数百人,着衰麻服,持棺迎丧,凶仪皆备,出东门,入园中覆船下。就视之,皆是鼠妇。婢作汤灌杀,遂绝。原卷十九

宝记怪怪奇奇,神仙鬼狐,不名一端;盖唐人小说之所本焉;特不刻意构画其事,其辞坦迤,淡乎若无味,恬乎若无事。傥非后来之所能及乎?以稍矜张,便嫌诞妄。

第四节　王羲之　陶潜

晋自中朝贵玄,江左称盛,因谈余习,流成文体,是以世极迍邅,而

辞意夷泰；诗必道德之旨归，赋乃漆园之义疏。故知文变染乎世情，兴废系乎时序：原始以要终，虽百世可知也。但理过其辞，雕润恨少；而葛洪才章赡丽，自成一子，又嫌缛而伤隽。若乃无雕虫之功，而探怀以抒，可以陶性灵，发幽思，言在耳目之内，情寄尘埃之表；洋洋乎会于风雅，使人忘其鄙近，自致旷观者，其惟王羲之、陶潜乎。

王羲之，字逸少，琅邪临沂人。大将军王敦、宰相王导之从子也。幼讷于言；及长，辩赡，尤善隶书，为古今之冠；深为从伯敦、导所器重，累官右军将军、会稽内史。羲之雅好服食养性，不乐在京师；既赴会稽，有佳山水；宰相谢安未仕时，亦居焉。孙绰、李充、许询、支遁等，皆以文义冠世，并筑室东土，与羲之同好；尝宴集会稽山阴之兰亭。羲之自为之序以申其志曰：

> 永和九年，岁在癸丑，暮春之初，会于会稽山阴之兰亭，修禊事也。群贤毕至，少长咸集。此地有崇山峻岭，茂林修竹；又有清流激湍，映带左右；引以为流觞曲水，列坐其次。虽无丝竹管弦之盛，一觞一咏，亦足以畅叙幽情。是日也，天朗气清，惠风和畅，仰观宇宙之大，俯察品类之盛，所以游目骋怀，足以极视听之娱，信可乐也。
>
> 夫人之相与，俯仰一世。或取诸怀抱，晤言一室之内。或因寄所托，放浪形骸之外。虽趣舍万殊，静躁不同；当其欣于所遇，暂得于己，快然自足，曾不知老之将至。及其所之既倦，情随事迁，感慨系之矣。向之所欣，俯仰之间，已为陈迹；犹不能不以之兴怀；况修短随化，终期于尽。古人云："死生亦大矣。"岂不痛哉！每览昔人兴感之由，若合一契；未尝不临文嗟悼，不能喻之于怀；固知一死生为虚诞，齐彭殇为妄作。后之视今，亦犹今之视昔，悲夫！故列叙时人，录其所述。虽世殊事异，所以兴怀，其致一也。后之览者，亦

将有感于斯文。

苍凉感叹之中,逸趣横生,故是俊人。尤工书札,风神高远,泅泅移人。寻以与扬州刺史王述不洽,遂称病去郡;与谢安弟万书曰:

> 古之辞世者,或被发佯狂,或污身秽迹,可谓艰矣。今仆坐而获逸,遂其宿心。其为庆幸,岂非天赐?违天不祥。顷东游还,修植桑果,今盛敷荣;率诸子抱弱孙,游观其间,有一味之甘,割而分之,以娱目前。虽植德无殊邈,犹欲教养子孙以敦厚退让;或有轻薄,庶令举策数马,仿佛万石之风。君谓此何如?

辞若面对,自然高妙;而世论独赏其草隶,犹是徇声之谈。然羲之身在轩冕,哀乐未忘;不如陶潜之胸次浩然,亭亭物表也。

陶潜,字元亮,大司马侃之曾孙;世有贵仕,而潜少怀高尚,颖脱不羁,任真自得,因著《五柳先生传》以自况;其辞曰:

> 先生不知何许人也,亦不详其姓氏。宅边有五柳树,因以为号焉。闲静少言,不慕荣利。好读书,不求甚解;每有会意,便欣然忘食。性嗜酒,家贫不能常得;亲旧知其如此,或置酒而招之,造饮辄尽,期在必醉;既醉而退,曾不吝情去留。环堵萧然,不蔽风日;短褐穿结,箪瓢屡空,晏如也。尝著文章自娱,颇示己志,忘怀得失,以此自终。
>
> 赞曰:黔娄有言:"不戚戚于贫贱,不汲汲于富贵。"其言兹若人之俦乎?酣觞赋诗,以乐其志,无怀氏之民欤?葛天氏之民欤?

其自序如此,时人谓之实录。又托为《桃花源记》以寄意世外;其辞曰:

> 晋太元中,武陵人,捕鱼为业。缘溪行,忘路之远近。忽逢桃花林,夹岸数百步;中无杂树,芳草鲜美,落英缤纷,渔人甚异之。复前行,欲穷其林;林尽水源,便得一山;山有一口,仿佛若有光;便

舍船从口入,初极狭,才通人;复行数十步,豁然开朗,土地平旷,屋舍俨然;有良田美池,桑竹之属,阡陌交通,鸡犬相闻。其中往来种作,男女衣着,悉如外人;黄发垂髫,并怡然自乐。见渔人,乃大惊,问所从来。具答之。便要还家,设酒杀鸡作食。村中闻有此人,咸来问讯。自云:"先世避秦时乱,率妻子邑人来此绝境,不复出焉;遂与外人间隔。"问今是何世,乃不知有汉,无论魏晋。此人一一为具言所闻;皆叹惋。余人各复延至其家,皆出酒食。停数日辞去。此中人语云:"不足为外人道也!"既出,得其船,便扶向路,处处志之。及郡下,诣太守说如此。太守即遣人随其往,寻向所志,遂迷,不复得路。南阳刘子骥,高尚士也,闻之欣然,规往,未果,寻病终。后遂无问津者。

以冲淡闲远之致,写愤世嫉俗之怀,独超众类,若未尝经意;质而为绮,疏而能隽,而以魏武、蜀相之浑简,抒嵇康、阮籍之怀抱;然其文不可以学而能;非文之难,有其胸次为难也。然篇章不多;而诗绝工,尤为后世所称,情真景真,事真意真,只是就本色炼得入细,如作瘿瓢籐杖,本色不雕一毫,水磨又极精细。止任元朴或拥肿不堪,刘琨是也。专事工夫者又矫揉无味,陆机是也。而潜则直率语却自追琢中出,所以耐咀嚼。诗多不能备,录其七篇:

归园田居一首

野外罕人事,穷巷寡轮鞅。白日掩荆扉,虚室绝尘想。时复墟曲中,披草共来往;相见无杂言,但道桑麻长。桑麻日已长,我土日已广。常恐霜霰至,零落同草莽。

移居二首

昔欲居南村,非为卜其宅;闻多素心人,乐与数晨夕。怀此颇有年,今日从兹役。敝庐何必广,取足蔽床席。邻曲时时来,抗言谈在昔。奇文共欣赏，疑义相与析。

春秋多佳日，登高赋新诗。过门更相呼，有酒斟酌之。农务各自归，闲暇辄相思。相思则披衣，言笑无厌时。此理将不胜，无为忽去兹。衣食当须纪，力耕不吾欺。

读山海经诗一首

孟夏草木长，绕屋树扶疏。众鸟欣有托，吾亦爱吾庐。既耕亦已种，且还读吾书。穷巷隔深辙，颇回故人车。欢言酌春酒，摘我园中蔬。微雨从东来，好风与之俱。泛览周王传，流观《山海》图。俯仰终宇宙，不乐复何如。

杂诗二首

结庐在人境，而无车马喧。问君何能尔？心远地自偏。采菊东篱下，悠然见南山。山气日夕佳，飞鸟相与还。此中有真意，欲辨已忘言。

秋菊有佳色，裛露掇其英。泛此忘忧物，远我遗世情。一觞虽独进，杯尽壶自倾。日入群动息，归鸟趋林鸣。啸傲东轩下，聊复得此生！

挽诗一首

荒草何茫茫，白杨亦萧萧。严霜九月中，送我出远郊。四面无人居，高坟正嶕峣。马为仰天鸣，风声自萧条。幽室一已闭，千年不复朝。千年不复朝，贤达无奈何。向来相送人，各自还其家。亲戚或余悲，他人亦已歌。死去何所道，托体同山阿。

就浅景写得入妙，就浅意写得入奥；大约皆以悦来得趣，百练下笔，洗净铅华，自然发艳。虽然，巧于斧斤者多拟其拙，窘于检括者辄病其放；孔子曰："宁武子，其智可及也，其愚不可及也！"后此唐之王维、储光羲、韦应物、柳宗元、白居易；宋之王安石、苏轼，学焉而皆得其性之所近。然韦应物、白居易、苏轼,失之平易,而少追琢。储光羲、柳宗元、王安石,不免巉刻,又损自然。王维秀丽疏朗,差为近之,而微华靡;终莫有及焉者也。《诗品》称:"宋征士陶潜,其源出于应璩,又协左思风力。"今诵潜诗,清微淡远,不矜左思之风力,亦异应璩之讽谕;只是自抒胸怀,朴实说理,以枯淡出腴润,含悲凉于解脱。潘岳、陆机,视之为靡;左思、刘琨,又逊其和;平淡而不为懦钝,遒亮而出以浑雅。《诗品》以曹陈王为"骨气奇高,辞采华茂",而潜则骨气不矜奇高而特为超逸;辞采不喜华茂而发之朗秀。天挺此才,以结晋代之诗局,而与陈王后先辉映。陈王华贵而发以沉郁,潜则感慨而发以高浑;粲然逸古,可谓清音独远矣。传有《陶渊明集》十卷。

第六章 南　　朝

第一节　发　　凡

　　文之骈体，成于南朝；大抵编字不只，捶句皆双，修短取均，奇偶相配，故应以一言蔽之者，辄足为二言；应以三句成文者，必分为四句；其原出于陆机。机缛旨星稠，繁文绮合，丰藻克赡，而风骨不飞，碌碌丽辞，遂开骈体。降自梁陈，专工对仗，边幅复狭，令阅者白日欲卧，未必非士衡为之滥觞也。刘宋之世，颜延之、谢灵运，弁冕南朝，体裁明密，并称文章第一。而鲍照雕藻淫艳，异军特起，才秀人微，骖驾其间，并方轨前秀，垂范后昆。沉约继起，更唱声律于齐梁之际；欲使宫羽相变，低昂舛节，若前有浮声，则后须切响；一简之内，音韵尽殊；两句之中，轻重悉异；至云"灵均已来，此秘未睹"。而不获邀赏于梁武；声病拘牵，固非英雄所喜也。求其俪体行文，无伤逸气者，江淹、任昉，庶几近之。二子纵横骈偶，不受羁靮，故能超妙。而孔稚圭更于声偶之中，发挥奇趣；所为《北山移文》，雕章琢句，务为新颖，亦六朝文之善者也。夫三代以前，文无声偶，八音克谐，司马子长所以铿锵鼓舞也。浸淫六季，制句切响，千英万杰，莫能跳脱；所可自异者，死生气别耳。历观骈体，前有江淹、任昉，后有徐陵、庾信，皆以生气见高，遂称俊物。而庾信华实相扶，抽黄对白之中，灏气舒卷，遂集六朝之大成，而导唐初四杰之先路。他家学步寿陵,菁华先竭,犹责细腰以善舞,窃为忧其饿死也。于是作者虽众,极其所之,总而为论,略有三体:一则启心闲绎,托辞华旷,虽存巧绮,终致迂回;宜登公宴,本非准的;而疏慢阐缓,膏肓之病;典正可采,酷不入情,此体之源出灵运而成也。次则缉事比类,非对不发,博物可嘉,职成拘制;或全借古语,用申今情,崎岖牵引,直为偶说,惟睹事例,全失精彩;此则傅咸五经,应璩指事,虽不全似,可以类从。次则发唱惊挺,操调险急,雕藻淫艳,倾炫心魂,亦犹五色之有红紫,八音之有郑卫,斯鲍照之遗烈也。但自然英旨,罕值其人;恒患事尽于形,情急于藻,义牵其旨,韵移其意。文胜之敝,欲救以质;于是钟嵘品诗,不贵用事;刘勰文心,首标《原道》;物极必反,理有宜然。何待苏绰之《大诰》,韩愈之《原道》,而后知文章之必变,征词体之解散乎?盖所由来者渐也。

第二节　宋谢灵运_{附弟惠连}　颜延之　鲍照_{附汤惠休　袁淑　谢庄}

宋初文咏,体有因革;庄老告退而山水方滋;俪采百字之偶,争价一句之奇,情必极貌以写物,辞必穷力而追新;谢灵运雕镂山水,还乎自然;此实为之倡也。灵运,陈郡阳夏人;晋车骑将军玄之孙也。博学善文章,袭祖封康乐公,车服鲜丽,衣物多改旧形制,世共宗之,咸称谢康乐也。宋武帝受命,降公爵为侯,为太子左卫率。少帝即位,以非毁执政,出为永嘉太守。郡有名山水,灵运素所爱好,出守既不得志,遂肆意游遨,所至辄为诗咏以致其意;有《晚出西射堂》《登池上楼》《登江中孤屿》诸诗,兴多才高,寓目辄书;录其三篇:

晚出西射堂

步出西掖门,遥望城西岑。连障叠巘崿,青翠杳深沉。晓霜枫叶丹,夕曛岚气阴。节往戚不浅,感来念已深:羁雌恋旧侣,迷鸟怀故林。含情尚劳爱,如何离赏心。抚镜华缁鬓,揽带缓促衿。安排徒空言,幽独赖鸣琴。

登池上楼

潜虬媚幽姿,飞鸿响远音。薄霄愧云浮,栖川怍渊沉。进德智所拙,退耕力不任。徇禄反穷海,卧疴对空林。衾枕昧节候,褰开暂窥临。倾耳聆波澜,举目眺岖嵚。初景革绪风,新阳改故阴。池塘生春草,园柳变鸣禽。祁祁伤豳歌,萋萋感楚吟。索居易永久,离群难处心。持操岂独古,无闷征在今。

登江中孤屿

江南倦历览,江北旷周旋。怀新道转迥,寻异景不延。乱流趋正绝,孤屿媚中川。云日相辉映,空水共澄鲜。表灵物莫赏,蕴真谁为传。想象昆山姿,缅邈区中缘。始信安期术,得尽养生年。

在郡一周,称疾去职。灵运父祖并葬始宁县,并有故宅及墅;遂移籍会稽,修营旧业,傍山带江,尽幽居之美;与隐士王弘之、孔淳之等放荡为娱。名章迥句,处处间起;每一诗出,莫不竞写,宿昔间士庶皆遍。作《山居赋》并自注以言其事。然灵运名冠宋代,而文章不称,彩乏雕润,气无岸异。《山居赋》有意为卓荦,而平直少姿致。诗则气无奇类,殊未俊发。后人好以陶、谢并称。然陶情喻渊深,自然偶傥。谢体裁绮密,动见拘束。谢之视陶,亦何啻跛鳖之于骥足。而《诗品》称:"其源出于陈思,杂有景阳之体,故尚巧似,而逸荡过之,颇以繁富为累。"然陈思骨气雄高,而灵运颇平钝;景阳风流调达,而灵运乖秀逸;辞繁不杀,累则有之;而风骨不飞,何逸荡之有焉。惟《岁暮》一篇,寂寥短章,而吐言天拔；其辞曰：

> 殷忧不能寐，苦此夜难颓。明月照积雪，朔风劲且哀。运往无淹物，年逝觉已催。

浩气直落，于灵运为别调；其他丽辞碌碌，殊乏抑扬爽朗之致也。然山水闲适，时发理趣，在诗家亦为独辟之境；如《石壁精舍还湖中作》曰：

> 昏旦变气候，山水含清晖。清晖能娱人，游子憺忘归。出谷日尚早，入舟阳已微。林壑敛暝色，云霞收夕霏。芰荷迭映蔚，蒲稗相因依。披拂趋南径，愉悦偃东扉。虑澹物自轻，意惬理无违。寄言摄生客，试用此道推。

陶、谢诗不以理语为累，以其浑化得理趣，而不落滞境也。晋孙绰、许询、桓温、庾亮诸公诗皆平典似道德论。此由乏理趣耳，夫岂尚理之过哉。所不同者，特陶公心处闲逸，而灵运辞出刻缕；陶公寓意于田园，灵运寄兴于山水。文帝即位，起灵运为秘书监，寻迁侍中，赏遇甚厚。灵运自以名辈应参时政，至是唯以文义见接；意既不平，称疾不朝，屡被劾，赐假东归，寻免官。灵运既东，与族弟惠连、东海何长瑜、颍川荀雍、太山羊璿之以文章赏会，共为山泽之游，时称四友。惠连十岁能属文，灵运加赏之云："每有篇章，对惠连辄得佳语。"尝于永嘉西堂思诗，竟日不就；忽梦见惠连，即得"池塘生春草"，大以为工，每云："此语有神功，非吾语也！"灵运后徙广州，有言其谋叛，奏收之，于广州弃市。

谢惠连为《雪赋》，佯色揣称，不为先汉扬马之雄矫，亦异东京班张之典丽，特以警秀见奇。其辞曰：

> 岁将暮，时既昏。寒风积，愁云繁。梁王不悦，游于兔园；乃置旨酒，命宾友，召邹生，延枚叟；相如末至，居客之右。俄而微霰零，密雪下。王乃歌《北风》于卫诗，咏南山于周《雅》，授简于司马大夫

曰："抽子秘思，骋子妍辞，侔色揣称，为寡人赋之。"

相如于是避席而起，逡巡而揖曰："臣闻雪宫建于东国，雪山峙于西域。岐昌发咏于来思，姬满申歌于黄竹。《曹风》以麻衣比色，楚谣以幽兰俪曲。盈尺，则呈瑞于丰年；袤丈，则表沴于阴德。雪之时义远矣哉。请言其始。若乃玄律穷，严气升；焦溪涸，汤谷凝；火井灭，温泉冰；沸潭无涌，炎风不兴；北户墐扉，裸壤垂缯。于是河海生云，朔漠飞沙。连氛累䨘，掩日韬霞。霰淅沥而先集，雪纷糅而遂多。其为状也，散漫交错，氛氲萧索。蔼蔼浮浮，瀍瀍奕奕。联翩飞洒，徘徊委积。始缘甍而冒栋，终开帘而入隙。初便娟于墀庑，末萦盈于帷席。既因方而为珪，亦遇圆而成璧。眄隰则万顷同缟，瞻山则千岩俱白。于是台如重璧，逵似连璐；庭列瑶阶，林挺琼树。皓鹤夺鲜，白鹇失素；纨袖惭冶，玉颜掩嫮。若乃积素未亏，白日朝鲜，烂兮若烛龙衔耀照昆山。尔其流滴垂冰，缘霤承隅，粲兮若冯夷剖蚌列明珠。至夫缤纷繁骛之貌，皓汗瀎洁之仪。回散萦积之势，飞聚凝曜之奇。固展转而无穷，嗟难得而备知。若乃申娱玩之无已，夜幽静而多怀。风触楹而转响，月承幌而通晖。酌湘吴之醇酎，御狐貉之兼衣。对庭鹍之双舞，瞻云雁之孤飞。析园中之萱草，摘阶上之芳薇。践霜雪之交积，怜枝叶之相违。驰遥思于千里，愿接手而同归。"

邹阳闻之，懑然心服，有怀妍唱，敬接末曲；于是乃作而赋《积雪》之歌，歌曰："携佳人兮披重幄，援绮琴兮坐芳缛。燎薰炉兮炳明烛，酌桂酒兮扬清曲。"又续而为《白雪》之歌，歌曰："曲既扬兮酒既陈，朱颜酡兮思自亲。愿低帷以昵枕，念解佩而褫绅。怨年岁之易暮，伤后会之无因。君宁见阶上之白雪，岂鲜耀于阳春？"歌卒，王乃寻绎吟玩，抚览扼腕；顾谓枚叔，起而为乱。乱曰："白羽虽白，质以轻兮；白玉虽白，空守贞兮。未若兹雪，因时兴灭。玄阴凝，不昧其洁；太阳曜，不固其节。节岂我名，洁岂我贞。凭云升降，从风飘零。值物赋象，任地班行。素因遇立，污随染成。纵心浩然，何虑何营。"

丽句清辞，秀色可餐，脱尽前人浓重之气，另成一格。然入后乱曰："未若兹雪，因时兴灭"云云，亦灵运诗"虑淡物自轻，意惬理无违"之意。而着意描写，转成理障。至云不立节，不守洁，伤教害义；不如灵运之浑融无碍也。灵运炼句用字，在生熟深浅之间。传有《谢康乐集》四卷，《拾遗》一卷。惠连之于灵运，犹潘岳之于陆机。惠连疏秀爽达，不如灵运之拙累，而遒古之意亦益减矣。

颜延之，字延年，琅邪临沂人。文章冠绝当世，与灵运齐名；而二人文辞，迟速悬绝。文帝敕拟乐府《北上》篇，延之受诏便成，灵运久之乃成。《宋书·谢灵运传》曰："纵横俊发，过于延之，深密则不如也。"又《传论》曰："爰逮宋氏，颜谢腾声；灵运之兴会标举，延年之体裁明密。"谈者称其得实。自今观之：延年之体裁明密，未以为病。灵运之兴会标举，实为过誉。何者？以诗论：灵运模山范水，务为精密，巧构形似，原出张景阳，而无其风流爽达；又以繁富为累，而逊景阳之文体华净；碌碌丽辞，而气无奇类，何能兴会标举？转不如延之《五君咏》之磊落英多，《北使洛还至梁城作》之悲凉遒丽，铲锤在手，极流动酣适之趣。盖延之体密而救以气俊，故密而得明；灵运辞密而不免体拘，斯密以伤滞也。至灵运意气虽自纵横，文章何曾俊发？观其所为《征赋》、《山居赋》，造语非不卓荦，而行文伤于平直；发则有之，俊于何有？而延之则文质相宣，体裁明密之中，自有抑扬爽朗之致。《赭白马赋》穷态极妍，曲终雅奏而归之只慎；则相如《上林》、子云《羽猎》之嗣音也；虽不及相如之雄丽，子云之琢炼，而安行徐步之中，自具顿挫。《阳给事诔》，苍雄古健；《祭屈原文》，凄丽沉郁；辞与事称，各肖其人之生平；亦何尝以雕文纂组,有害俊发?《武帝谥议》亦腴畅。《庭诰》雅意深笃,善贻厥谋,可谓有德之言,不得以文章工拙论。人谓颜不如谢,吾谓谢定逊颜,可与知者道,难为寻声逐响之士谈也。延之疏诞,不能取容权要,辞意激扬,乃作《五君咏》以述竹林七贤;而山涛、王戎,乃以贵显被黜。其词曰:

阮步兵籍

阮公虽沦迹,识密鉴亦洞。沉醉似埋照,寓辞类托讽。长啸若怀人,越礼自惊众。物故不可论,途穷能无恸。

嵇中散康

中散不偶世,本自餐霞人。形解验默仙,吐论知凝神。立俗忤流议,寻山洽隐沦。鸾翮有时铩,龙性谁能驯?

刘参军伶

刘伶善闭关,怀情灭闻见。鼓钟不足欢,荣色岂能眩。韬精日沉饮,谁知非荒宴。颂酒虽短章,深衷自此见。

阮始平咸

仲容青云器,实禀生民秀。达音何用深,识微在金奏。郭奕已心醉,山公非虚觏。屡荐不入官,一麾乃出守。

向常侍秀

向秀甘淡薄,深心托毫素。探道好渊玄,观书鄙章句。交吕既鸿轩,攀嵇亦凤举。流连河里游,恻怆山阳赋。

调响意圆,每首中四句排偶,已开后世之律体,然明密足为模楷;以其字字称量而出,无一苟下也。左太冲《咏史》似论体,颜延之《五君咏》似传体;而要之托古人以寄意,其原出《诗》三百之比兴。尝问鲍照,己与谢灵运优劣,照曰:"谢五言如初发芙蓉,自然可爱。君诗若铺锦列绣,亦雕缋满眼。"延之终身病之。延之诗体裁绮密:四言五言,动无虚散,尤不工发端；四言如《应诏宴曲水作》诗，五言如《拜陵庙作》、《赠王太常》、《夏夜呈从兄散骑车长沙》；中权尽多警丽，发唱未能透快；有余于辞华，不足于风力；气无奇类，文有异彩。《诗品》谓"其源出于陆机"，信然。然如《北使洛还至梁城作》及《五君咏》，则擅陆机之华美，协左思之风力，俪对而饶有遒变，雄快而出以凝厚；沉郁顿挫，亦何曾以体裁绮密而乖秀逸。其《北使洛还至梁城作》一首曰：

> 眇然轨路长，憔悴征戍勤。昔迈先祖师，今来后归军。振策眷东路，倾侧不及群。息徒顾将夕，极望梁陈分。故国多乔木，空城凝寒云。丘垄填郛郭，铭志灭无文。木石扃幽闼，黍苗延高坟。惟彼雍门子，吁嗟孟尝君！愚贱同埋灭，尊贵谁独闻。曷为久游客，忧念坐自殷。

延之诗喜作壮丽语，而失之重滞晦涩，此篇独见悲凉。以壮丽之意，写悲凉之态，流动酣适，则何尝以"铺锦列绣"为病。它所为文章，世所传诵者：《三月三日曲水诗序》，丽而伤缛，则滞于机。《陶征士诔》，和而未茂，故懦于笔。振采无力，与诗同讥。独《代湘州刺史张邵祭屈原文》，文采高丽，工于发端。其辞曰：

> 惟有宋五年月日，湘州刺史吴郡张邵，恭承帝命，建旟旧楚；访怀沙之渊，得捐佩之浦，弭节罗潭，艤舟汨渚。乃遣户曹掾某敬祭故楚三闾大夫屈君之灵：兰薰而摧，玉缜则折；物忌坚芳，人讳明洁。日若先生，逢辰之缺。温风怠时，飞霜急节。嬴芈遘纷，昭怀不端。谋折仪尚，贞蔑椒兰。身绝郢阙，迹遍湘干。比物荃荪，连类龙鸾。声溢金石，志华日月。如彼树芳，实颖实发。望汨心欷，瞻罗思越。藉用可尘，昭忠难阕。

结尾两句，意涉晦，虽工发端，而踬末篇。大抵谢灵运密于为对而辞未俊,颜延之工于造辞而机或滞。若夫追琢之辞,出以俊逸,慷慨任气,磊落使才,要不得不推鲍照出一头地。嗟其才秀人微,故取湮当代。

鲍照字明远,东海人。尝谒临川王义庆,未见知,欲贡诗言志,人或止之。照勃然曰:"千载上有英才异士,沉没而不闻者,安可数哉!大丈夫岂可遂蕴知能,使兰艾不辨,终日碌碌与燕雀相随乎!"于是奏诗。义庆奇之,甚见知赏。文帝以为中书舍人。帝好文章,自谓人莫能及;照悟其旨,为文章,多鄙言累句;咸谓照才尽,实不然也。所为诗文,以俊逸之笔,写豪壮之情,发唱惊挺,操调险急,而模山范水,情文骏发,尤推《登大雷岸与妹书》。其辞曰:

> 吾自发寒雨,全行日少。加秋潦浩汗,山溪猥至,渡溯无边,险径游历;栈石星饭,结荷水宿。旅客贫辛,波路壮阔。始以今日食时,仅及大雷。涂登千里,日逾十晨。严霜惨节,悲风断肌;去亲为客,如何如何!向因涉顿,凭观川陆,遨神清渚,流睇方曛,东顾五洲之隔,西眺九派之分,窥地门之绝景,望天际之孤云,长途大念,隐心者久矣。
>
> 南则积山万状,争气负高,含霞饮景,参差代雄;凌跨长陇,前后相属,带天有匝,横地无穷。东则砥原远隰,亡端靡际。寒蓬夕卷,古树云平。旋风四起,思鸟群归。静听无闻,极视不见。北则陂池潜演,湖脉通连;苎蒿攸积,菰芦所繁,栖波之鸟,水化之虫,智吞愚,强捕小,号噪惊聒,纷祀其中。西则回江永指,长波天合;滔滔何穷,漫漫安竭。创古迄今,舳舻相接。思尽波涛,悲满潭壑,烟归八表,终为野尘;而是注集,长写不测,修灵浩荡,知其何故哉!西南望庐山,又特惊异,基压江潮,峰与辰汉连接。上常积云霞,雕锦缛,若华夕曜,岩泽气通,传明散彩,赫似绛天,左右青霭,表里紫霄,从岭而上,气尽金光;半山以下,纯为黛色。信可以神居帝郊,

镇控湘汉者也。若潦洞所积,溪壑所射,鼓怒之所砥击,涌溲之所宕涤,则上穷荻浦,下至猗洲,南薄燕爪,北极雷淀,削长埤短;可数百里。其中腾波触天,高浪灌日;吞吐百川,写泄万壑;轻烟不流,华鼎振渣;弱草朱靡,洪涟陇蹙;散涣长惊,电透箭疾;穹浴崩聚,坻飞岭覆;回沫冠山,奔涛空谷;磴石为之摧碎,碕岸为之鏊落。仰视大火,俯听波声,愁魄胁息,心惊栗矣。

至于繁化殊育,诡质怪章,则有江鹅海鸭鱼鲛水虎之类,豚首象鼻芒须针尾之族,石蟹土蚌燕箕雀蛤之俦,折甲曲牙逆鳞反舌之属,掩沙涨,被草渚,浴雨排风,吹涝弄翩。夕景欲沉,晓雾将合,孤鹤寒啸,游鸿远吟。樵苏一叹,舟子再泣,诚足悲忧,不可说也!风吹雷飙,夜戒前路,下弦内外,望达所届。寒暑难适,汝专自慎。夙夜戒护,勿为我念。恐欲知之,聊书所睹。临涂草麼,辞意不周。

驱迈苍凉之气,惊心动魄之辞,运意深婉,融情于景,无句不锤炼,无句不俊逸;颇喜巧琢,与颜延之同。然延之巧琢而或伤堆砌,照则巧琢而出以喷薄。延之采缛而肌沉,负声无力;照则骨劲而气猛,振藻高翔。丽而能遒,此其所为与延之异也。谢灵运文不警切,以不知扣题;而照则巧于驭题,随事赋形;如赋《舞鹤》,不呆写鹤,而写舞之穷态极妍;赋《芜城》,不泛写芜,而扣定城字写芜;赋《野鹅》,不呆写鹅,而写鹅之意欲适野;《飞白书势铭》,不泛写书,而刻意写飞白之势;题面题神,一丝不走,此其所为与灵运殊也。

诗则以警丽发悲凉,故彩有余遒;以排奡出险急,斯句无懦响;气警而骨奇,调响而语峭,俊而能发,不如谢灵运之发而不俊,腴而能炼,亦异颜延之之丽而或缛。颜谢扬声,而照以才秀人微,骖驾而三;其诗亦如颜谢之多偶对以开唐律,而特善自发诗端,气有奇类;尤自长于夸饰,故光焰腾于纸墨之表。《诗品》谓:"得景阳之俶诡,含茂先之靡嫚,骨节强于谢混,驱迈疾于颜延,总四家而擅美,跨两代而孤出。"信然。吾则谓模山范水以发理趣,灵运所长;抒情造事以出警调,则照特快。灵运语排意排,只是律体,不免平板;而照错综震荡,奇偶无迹,绰见警遒。乐府尤俊逸,如《东门行》、《京洛篇》、《东武吟》、《别鹤操》、《出自蓟北门行》、《升天行》、《苦热行》、《结客少年场行》、《边居行》、《行路难》诸篇,孚甲新意,雕画奇辞;尽是赡丽,尽是对偶,而气最劲,语最峭,调最响,不以繁采损风力;惟藻耀而高翔,所以才锋峻立,符采克炳;异于灵运之采乏风骨也。五言诗如《赠故人马子乔》之"踯躅城上羊"、"松生陇坂上"、"双剑将别离"三章,《拟古》之"鲁客事楚王"、"十五讽诗书"、"幽并重骑射"三章,《学刘公干体》之"胡风吹朔雪"一章及《咏史》,抑扬爽朗,高风跨俗,亦以乐府之体为之,而《上浔阳还都道中作》、《行京口至竹里》两篇,语偶而势遒,虽俪辞不碌碌也;按眼前景,字字新隽,颇得陶潜之一体;特有遒响而无远韵,光焰长而意味不长,所以不如陶之吐言渊永,有弦外音也。陶诗如璞玉,浑成天然,而照则如错采镂金,非不绚烂光耀,却少温润之意;特多健句而出以追琢,句含金石,字挟风霜,录乐府四篇:

代东武吟

主人且勿喧,贱子歌一言。仆本寒乡士,出身蒙汉恩。始随张校尉,占募到河源;后逐李轻车,追虏穷塞垣;密途亘万里,宁岁犹七奔。肌力尽鞍甲,心思历凉温。将军既下世,部曲亦罕存。时事一朝异,功绩复谁论?少壮辞家去,穷老还入门。腰镰刈葵藿,倚杖牧鸡豚。昔如鞲上鹰,今似槛中猿。徒结千载恨,空负百年怨。弃席思君幄,疲马恋君轩。愿垂晋主惠,不愧田子魂。

代出自蓟北门行

羽檄起边亭,烽火入咸阳。征骑屯广武,分兵救朔方。严秋筋竿劲,虏阵精且强。天子按剑怒,使者遥相望。雁行缘石径,鱼贯度飞梁。箫鼓流汉思,旌甲被胡霜。疾风冲塞起,沙砾自飘扬。马毛缩如蝟,角弓不可张。时危见臣节,世乱识忠良。投躯报明主,身死为国殇。

代结客少年场行

骢马金络头,锦带佩吴钩。失意杯酒间,白刃起相仇。追兵一旦至,负剑远行游。去乡三十载,复得还旧丘。升高临四关,表里望皇州:九涂平若水,双阙似云浮;扶宫罗将相,夹道列王侯。日中市朝满,车马若川流;击钟陈鼎食,方驾自相求。今我独何为,垧壤怀百忧!

代东门行

伤禽恶弦惊,倦客恶离声。离声断客情,宾御皆涕零。涕零心断绝,将去复还诀;一息不相知,何况异乡别?遥遥征驾远,杳杳落日晚。居人掩闺卧,行子夜中饭。野风吹草木,行子心肠断。食梅常苦酸,衣葛常苦寒。丝竹徒满坐,忧人不解颜。长歌欲自慰,弥起长恨端。

晋宋以还,五言诗全体对偶,惟陶潜篇中时时以单行出之;而鲍照则以单运偶,而出以琢炼。凡琢炼,对语不难,单语难;奇语不难,常语难;而潜与照特以单语常语见妙。但陶多澹宕之言,鲍多陵厉之笔。唐诗蹊径,不出二家:陶开王维孟浩然储光羲韦应物先路,鲍辟岑参高适韩愈孟郊一派。而郊首联多对起,多警辟语,皆从鲍来也。只是操调险急,故下句无懦响;虽温厚之意稍衰,然却奇俊。汤惠休诗淫靡,情过其才;世遂匹之鲍照,恐殊商周矣。羊曜璠云:"是颜公忌鲍之文,故立休鲍之论。"颜延之每薄汤惠休诗,谓人曰:"惠休制作,委巷中歌谣耳。"宁足与鲍照颉颃?传有《鲍参军集》十卷。

此外如袁淑、谢庄，亦有称于时。袁淑效古诗，效曹植《白马篇》，皆为时诵，遒劲差似太冲，典腴亦仿士云，在颜谢之间。而谢庄为灵运族子，善赋诔，所谓《月赋》，与谢惠连《雪赋》丽句清辞，同一格调。然惠连赋雪，刻意描写，不免着迹；而庄之《月赋》，则意趣洒然，如云："气霁地表，云敛天末；洞庭始波，木叶微脱。"又曰："凉夜自凄，风篁成韵。"又曰："隔千里兮共明月。"大致只写月下之情，非为赋月也；看似平淡而实精缛，所谓写神则生，写貌则死。而骈辞偶句，如贯珠联璧，遂开初唐四六之先；则两赋如出一辙，此其较也。

第三节　范晔　刘义庆附裴松之

鲍照为诗，寓奇于偶，磊落以使才；范晔论史，化偶为排，跌宕以尽势；而一为诗人之变格，一为史论之别调，俳体之盛，略可睹已。

范晔，字蔚宗，顺阳人。父泰，累官侍中左光禄大夫国子祭酒，博览篇籍，好为文章，撰《古今善言》二十四篇及文集，传于世。晔少懒学问，晚成人，年三十许，政始有向耳。自尔以来，转为心化，往往有微解，口机不调利，言乃不能自尽，以此无谈功；至于所通解处，皆自得之于胸怀，文章转进。常耻作文士，患其事尽于形，情急于藻，义牵其旨，韵移其意；虽时有能者，大较多不免此累。常谓："年少中，谢庄最有其分，手笔差易，文不拘韵故也。情志所托，故当以意为主，以文传意。以意为主，则其旨必见；以文传意，则其辞不流；然后抽其芬芳，振其金石耳。"此中情性旨趣，千条百品，屈曲有成理，自谓颇识其数；尝为人言，多不能赏，意或异故也。累为尚书吏部郎；以得罪彭城王义康，出为宣城太守；不得志，乃删众家《后汉书》为一家之作，《本纪》十卷，《列传》八十卷，别有《后汉书论赞》五卷，后人以论赞散于纪传之后；至于屈伸荣辱之际,未尝不致意焉。文帝以为左卫将军,太子詹事;寻以谋反系狱,将诛,与诸甥侄书,自叙作《后汉书》之意,谓:"自古体大而思精,未有此也。吾杂传诸序论,皆有精意深旨;笔势放纵,实天下之奇作;其中合者往往不减《过秦论》;比方班氏所作,非但不愧之而已。赞自是吾文之杰思,殆无一字空设,奇变不穷,同合异体,乃自不知所以称之。"其自得意如此。而世尤传诵者,《皇后纪序论》、《宦者传序论》、《逸民传序论》、《二十八将传论》;然细籀所作,平平叙去,腴畅有之;而排体乏跌宕之致,比班氏稍加典缛,而苍劲不及。独《左雄传论》依仿《汉书·公孙宏传赞》,抑扬爽朗,差似放纵。其辞曰:

古者诸侯岁贡士,进贤受上赏,非贤贬爵土;升之司马,辩论其才;论定然后官之,任官然后禄之。故王者得其人,进仕劝其行,经邦弘务,所由久矣。汉初,诏举贤良方正,州郡察孝廉秀才,斯亦贡士之方也。中兴以后,复增敦朴、有道、贤能、直言、独行、高节、质直、清白、敦厚之属。荣路既广,觖望难裁;自是窃名伪服,浸以流竞;权门贵仕,请谒繁兴。

自左雄任事,限年试才,虽颇有不密,固亦因识时宜。而黄琼、胡广、张衡、崔瑗之徒,泥滞旧方,互相诡驳;循名者屈其短,算实者挺其效。故雄在尚书,天下不敢妄选;十余年间,称为得人;斯亦效实之征乎!顺帝始以童弱反政,而号令自出,知能任使;故士得用情。天下喁喁,仰其风采。遂乃备玄纁玉帛以聘南阳樊英;天子降寝殿,设坛席;尚书奉引,延问失得;急登贤之举,虚降己之礼。于是处士鄙生,忘其拘儒,拂巾衽褐以企旌车之招矣。至乃英能承风,俊乂咸事:若李固、周举之渊谟弘深,左雄、黄琼之政事贞固,桓焉、杨厚以儒学进,崔瑗、马融以文章显,吴祐、苏章、种皓、栾巴,牧民之良干,庞参、虞诩,将帅之宏规,王龚、张皓,虚心以推士,张纲、杜乔,直道以纠违;郎𫖮阴阳详密,张衡机术特妙。东京之士,于兹盛焉。向使庙堂纳其高谋,疆场宣其智力,帷幄容其謇辞,举措禀其成式,则武宣之轨,岂其远而。《诗》云"靡不有初,鲜克有终",可为恨哉!

及孝桓之时,硕德继兴。陈蕃、杨秉处称贤宰,皇甫、张、段出号名将,王畅、李膺弥缝衮阙,朱穆、刘陶献替匡时,郭有道奖鉴人伦,陈仲弓弘道下邑;其余宏儒远智,高心絜行,激扬风流者,不可胜言。而斯道莫振,文武陵坠,在朝者以正议婴戮,谢事者以党锢致灾;往车虽折而来轸方遒,所以倾而未颠,决而未溃,岂非仁人君子心力之为乎!呜呼!

其为文章,奇偶错综,与班固同,然班固体密而气尚疏,范晔偶胜而机则滞;班固《汉书》诸序论,思能入微,而才复足以笼巨;而晔《后汉》诸序论,文欲放笔,而气不足以运辞;一则杰然自树质干,一则隤然不复振起。班固赡茂而能遒肆,其力劲;而晔整赡而未骏发,其气窳。衡厥得失,晔实愧班。而论者乃以蔚宗参踪于贾谊刘知幾《史通》语,岂以自道笔势放纵,不减《过秦》耶?何其借誉之甚也!

刘义庆《世说新语》,散朗得陈寿之笔;而范晔《后汉书》,特整赡衍班固之遗。《世说新语》者,临川王义庆所撰也。义庆性简素,寡嗜欲,爱好文义,为宋宗室之令;历官平西将军荆州、江州、南兖州刺史,并带都督;所著有《徐州先贤传》十卷,《世说新语》十卷,《集林》二百卷;而《世说》尤传诵人人。《世说》之名,肇于刘向,其书已亡;故义庆所集名《世说新书》,不知何人改为《新语》。其书取汉至晋轶事琐语,分为三十八门;叙述名隽,为清言之渊薮。录其五事:

管宁、华歆,共园中锄菜,见地有片金。管挥锄与瓦石不异,华捉而掷去之。又尝同席读书,有乘轩冕过门者,宁读如故,歆废书

出看。宁割席分坐曰:"子非吾友也!"原卷上之上《德行》

赵母嫁女。女临去,敕之曰:"慎勿为好。"女曰:"不为好,可为恶邪?"母曰:"好尚不可为,其况恶乎!"原卷下之上《贤媛》

邓艾口吃,语称艾艾。晋文王戏之曰:"卿云艾艾,定是几艾?"对曰:"凤兮凤兮,故是一凤。"原卷上之上《言语》

王戎丧儿万子。山简往省之,王悲不自胜。简曰:"孩抱中物,何至于此?"王曰:"圣人忘情。最下不及情。情之所钟,正在我辈。"简服其言,更为之恸。原卷下之上《伤逝》

竺法深在简文坐。刘尹问:"道人何以游朱门?"答曰:"君自见其朱门,贫道如游蓬户。"原卷上之上《言语》

其事多为范晔《后汉书》、陈寿《三国志》所不采者,拾遗补阙,颇广异闻。又有闻喜裴松之者,字世期,博览坟籍。文帝即位,官中书侍郎;诏使注陈寿《三国志》。松之鸠集传记,掇三国轶事,其寿所不载,事宜在录者,则罔不毕取以补其阙;或同说一事,而辞有乖杂;或出事本异,疑不能判,并皆抄内以备异闻;若乃纰缪显然,言不附理,则随违矫正以惩其妄。书奏,文帝曰:"裴世期为不朽矣!"其书嗜奇爱博,而辞笔散朗,丽典新事,络绎奔会,不为峻整,亦《世说》之流也;惟简隽逊之,颇以繁富为累耳。

第四节　齐王融　谢朓　沈约_{附范云 何逊}

宋自明帝以下,文理替矣。明帝雅好文学,每宴集赋诗,武人或买以应诏;虽多藻缋,而无胜韵。及齐武帝建元永明,而后文章复盛。其时吴兴沈约、陈郡谢朓、琅邪王融,以气类相推毂。汝南周颙善识声韵。

约等文皆用宫商，以平上去入为四声，以此制韵，不可增减；世呼为永明体。永明体者，承元嘉之流风，而更钻研声律者也；于是四声八病之说始起。八病一曰平头，第一第二字不得与第六第七字同声，如"今日良宴会，欢乐莫具陈"；"今""欢"皆平声。二曰上尾，第五字不得与第十字同声，如"青青河畔草，郁郁园中柳"，"草""柳"皆上声。三曰蜂腰，第二字不得与第五字同声，如"闻君爱我甘，窃欲自修饰"；"君""甘"皆平声，"欲""饰"皆入声。四曰鹤膝，第五字不得与第十五字同声，如"客从远方来，遗我一书札，上言长相思，下言久离别"；"来""思"皆平声。五曰大韵，如"声""鸣"为韵，上九字不得用"惊""倾""平""荣"字。六曰小韵，除第一字外，九字中不得有两字同韵。七曰旁纽，八曰正纽；十字内两字叠韵为正纽，若不共一纽而有双声为旁纽。如流久为正纽，流柳为旁纽。立骈文之鸿轨，启律诗之先路。当时竟陵王子良实有提奖之功。竟陵王者，齐武帝次子也；礼士好文，天下词客，多集其门。而梁武帝与王融、谢朓、任昉、沈约、陆倕、范云、萧琛八人，尤见敬异，号曰竟陵八友。八人之中，谢朓长于诗，任昉长于笔，沈约则文笔兼美；而声律之说，则发之王融。

王融，字元长，博涉有文才；以父宦不通，弱年便欲绍兴家业，启齐武帝求自试。永明九年，芳林园禊宴，使融为《曲水诗序》；又奉诏为《策秀才文》，咸以文藻富丽，为时所称。然丽而伤缛，赡而未宏；未若《求自试启》之倜傥骏发，奕奕顾盼也。其辞曰：

> 臣闻春庚秋蟀，集候相悲；露木风萤，临年共悦。夫惟动植，且或有心；况在生灵，而能无感？臣自奉望宫阙，沐浴恩私；拔迹庸虚，参名盛列；缨剑紫复，趋步丹墀；岁时归来，夸荣邑里。然无勤而官，昔贤曾议；不任而禄，有识必讥。臣所用慷慨愤懑，不遑自安。诚以深恩鲜报，圣主难逢。蒲柳先秋，光阴不待。贪及明时，展悉愚效，以酬陛下不世之仁。若微诚获信，短才见序，文武吏法。唯所施用。夫君道含弘，臣术无隐。翁归乃居中自见，充国曰莫若

老臣;窃景前修,敢蹈轻节,以冒不媒之鄙,式罄奉公之诚。抑又唐尧在上,不参二八,管夷吾耻之,臣亦耻之。愿陛下裁览。

虽文体已成骈偶,而抑扬爽朗,未为拘挛。至所为《策秀才文》前后十首,则通体排偶;然寓意微婉,实有散语所不能尽者;不廑以隶事见巧,缛句为工也。唐碑序,宋表启,多依仿其格;录其一首,辞曰:

问秀才:朕闻上智利民,不述于礼。大贤强国,罔图惟旧。岂非疗饥不期于鼎食,拯溺无待于规行?是以三王异道而共昌,五霸殊风而并烈。今农战不修,文儒是竞。弃本徇末,厌弊滋多。昔宋臣以礼乐为残贼,汉主比文章于郑卫;岂欲非圣无法,将以既道而权。今欲专士女于耕桑,习乡间以弓骑,五都复而事庠序,四民富而归文学,其道奚若?尔无面从。

其他九首,格调大略相同;丽而能朗,故足尚也。独《三月三日曲水诗序》,最有盛名;而最平板滞拙,依仿颜延之作,全无活泼顿挫之致;而益之以浮靡肤庸,抛荒本题,若不看其首尾,竟不知中间是为曲水诗序而作;其藻愈肥而其味愈瘠。至于五言之作,调彩葱菁,举体华美,接武颜延之,而源出于陆机。然陆机感慨身世,犹有沉郁之意;而融巧用文字,务极华贵之态;所以有结藻而无流韵,辞采尽华茂,情喻不渊深;特其华彩而臻俊逸,远胜谢灵运之绮密而乖秀逸;丽典新声,络绎奔会,雄于谢灵运,靡于颜延之。乐府如《巫山高》、《芳树》,诗如《栖玄寺听讲毕游邸园应司徒教》、杂体《报范通直》、《古意》、《咏琵琶》、《咏池上梨花》,皆可诵览。《诗品》谓"词美英净",则信然矣;而谓"五言之作,尺有所短",则今所传录,莫非五言,诚亦未见其然。而融之所自得意,乃在通晓声律;尝谓颍川钟嵘曰:"宫商与二仪俱生,自古词人不知之。惟颜宪子乃云律吕音调,而其实大谬。惟见范晔、谢庄,颇识之耳。尝欲进《知音论》未就。"王融创其首,谢朓、沈约扬其波。三贤或贵公子孙,幼有文辩;于是士流景慕，务为精密，襞积细微，专相陵架，故使文多拘忌，伤其真美。然则永明体之钻研声律，实发于王融，而成于谢朓、沈约也。

谢朓，字玄晖。文章清丽，诗尤有名，快语响调，独以清迥变谢灵运之沉郁，气变而韶，体变而灵，觉笔墨之中，笔墨之外，别有一种深情妙悟。王融诗，辞有余藻，而气无逸韵，未齐肩背。为齐随王子隆镇西功曹，转文学。子隆在荆州，好辞赋；朓尤被赏，不舍日夕。长史王秀之以朓年少相动，欲以启闻。朓知，因事求还，道中为诗《暂使下都夜发新林至京邑赠西府同僚》一首曰：

> 大江流日夜，客心悲未央。徒念关山近，终知返路长。秋河曙耿耿，寒渚夜苍苍。引领见京室，宫雉正相望；金波丽鳷鹊，玉绳低建章。驱车鼎门外，思见昭丘阳。驰晖不可接，何况隔两乡。风云有鸟道，江汉限无梁。常恐鹰隼击，时菊委严霜。寄言尉罗者，寥廓已高翔。

《诗品》颇讥朓诗，以为："善自发端而末篇多踬，此意锐而才弱也。"然如此篇感激顿挫，起"大江流日夜"固遒绝；而末劲快，亦何尝踬？所云鹰隼，云尉罗，盖以致怨于王秀之也。既至京邑，除新安王中军记室，因笺辞子隆曰：

> 故吏文学谢朓死罪死罪。即日被尚书召，以朓补中军新安王记室参军。朓闻潢污之水，愿朝宗而每竭；驽蹇之乘，希沃若而中疲。何则，皋壤摇落，对之惆怅；歧路西东，或以呜唈。况乃服义徒拥，归志莫从；邈若坠雨，翩似秋蒂。朓实庸流，行能无算。属天地休明，山川受纳，褒采一介，抽扬小善；故舍耒场圃，奉笔兔园。东乱三江，西浮七泽，契阔戎旃，从容宴语；长裾日曳，后乘载脂；荣立府庭，恩加颜色。沐发晞阳，未测涯涘；抚臆论报，早誓肌骨。不寤沧溟未运，波臣自荡；渤澥方春，旅翮先谢。清切藩房，寂寥旧草。

轻舟反溯,吊影独留。白云在天,龙门不见。去德滋永,思德滋深。唯待青江可望,候归艎于春渚;朱邸方开,效蓬心于秋实。如其簪履或存,衽席无改;虽复身填沟壑,犹望妻子知归。揽涕告辞,悲来横集;不任犬马之诚。

时荆州信去倚待,朓执笔便成,姿采幽茂,驱思入眇,抑声归细,绝去粉饰肥艳之习,而古力蟠注,情思宛妙。王融藻丽而缛,不如谢朓体艳以清。

明帝辅政,领记室;及即位,掌中书诏诰;敬皇后迁袝山陵,朓撰《哀策文》,齐世莫有及者。累官尚书吏部郎,被诛。然诗人皆以谢宣城称之,则以其为宣城太守时,吟咏最盛耳。其《宣城出新林浦向板桥》一诗曰:

江路西南永,归流东北骛。天际识归舟,云中辨江树。旅思倦摇摇,孤游昔已屡。既欢怀禄情,复协沧洲趣。嚣尘自兹隔,赏心于此遇。虽无玄豹姿,终隐南山雾。

此篇亦发端势壮,如千里来龙;而篇末句劲,如悬崖勒马;首尾匀称,不见所谓意锐而才弱也。凡为诗,必能状难写之景,如在目前;含不尽之意,见于言外;乃能为至。千古诗人,惟陶潜融意于境,造境以意,独为其至。其次则谢朓,如《登山曲》云:"风荡飘莺乱,云行芳树低。"《游敬亭山》云:"兹山亘百里,合沓与云齐。"《游东田》云:"鱼戏新荷动,鸟散余花落。"《郡内高斋闲望答吕法曹》云:"日出众鸟散,山暝孤猿吟。"《晚登三山还望京邑》云:"白日丽飞甍,参差皆可见。余霞散成绮,澄江静如练。"《直中书省》云:"红药当阶翻,苍苔依砌上。"《宣城郡内登望》云:"寒城一以眺,平楚正苍然。"《移病还园示亲属》云:"叶低知露密,崖断识云重。"《和王著作融八公山》云:"日映涧疑空,云聚岫如复。"《新治北窗和何从事》云:"池北树如浮,竹外山犹影。"《和徐都曹出新亭渚》云:

"日华川上动,风光草际浮。"《和萧中书直石头》云:"川霞旦上薄,山光晚余照。"《奉和隋王殿下》云:"四面寒飙举,千里白云来。"此所谓"状难写之景,如在目前"者也。《咏邯郸才人嫁为厮养卒妇》云:"憔悴不自识,娇羞余故姿。梦中忽仿佛,犹言承燕私。"《铜雀台同谢谘议赋》云:"玉座犹寂寂,况乃妾身轻。"《怀故人》云:"清风动帘夜,孤月照窗时。"《观朝雨》云:"朔风吹飞雨,萧条江上来。"《夜听妓》云:"情多舞态迟,意倾歌弄缓。"又云:"欢乐夜方静,翠帐垂沉沉。"此所谓"含不尽之意,见于言外"者也。至《休沐重还丹阳道中》云:"云端楚山见,林表吴岫微。试与征徒望,乡泪尽沾衣!"《和刘西曹望海台》云:"沧波不可望,望极与天平。往往孤山映,处处春云生。"《和宋记室省中》云:"落日飞鸟远,忧来不可极。竹树澄远阴,云霞成异色。"则又所谓"融意于境,造境以意"者也。

其诗调彩葱菁,辞无虚散;然亦有沉郁顿挫,气有奇类者;如《暂使下都夜发新林至京邑赠西府同僚》、《之宣城郡出新林浦向板桥》及《铜雀台同谢谘议赋》、《别王丞僧孺》、《怀故人》、《观朝雨》、《宣城郡内遥望》、《和刘西曹望海台》、《和宋记室省中》诸篇,仗气爱奇,动多振绝。然亦有通体整丽,而混成一气,灭尽针线迹者;如《咏邯郸才人嫁为厮养卒妇》、《临高台》、《郡内高斋闲望答吕法曹》、《新亭渚别范零陵云》、《和伏武昌登孙权故城》、《和王主簿季哲怨情》、《和徐都曹出新亭渚》、《夜听妓》、《咏竹》诸篇,开合动荡,自然警丽;唐李白律绝,往往似之:细针密缕,何害高视阔步。鲍照《赠故人马子乔》、《咏史》、《拟古》、《学刘公干体》诸篇,沉雄俊逸,五言诗如乐府;而朓《入朝》、《登山》诸曲,清丽工整,乐府如五言律。鲍照、王融及朓,同一才思富捷,句偶藻丽,然鲍照丽而俶诡,王融丽而高华,谢朓丽而清迥。总三家而擅誉,跨两代以鼎峙。其后李白、杜甫,运古于律,唐称两雄;然而杜媲于王,李则学谢。鲍之纵横俊发,谢之感激顿挫,王所不逮也。大抵宋之颜延年、谢灵运,语炼法整,然拘于偶对,明而未融;王融、谢朓一脉相承,而融化颜延之之铺张以雍容,朓化谢灵运之板重以秀逸;意态有余,风调可诵,运古于律,自然开合;唐贤三昧,由此而出。朓传有《谢宣城集》五卷。沈约常叹曰:"二百年来无此诗也。"

沈约,字休文;幼孤贫,笃志好学,不舍昼夜;母恐其以劳生疾,尝遣减油灭火;而昼之所读,夜辄诵之,遂博通群籍。齐永明之世,累迁太子家令,甚为文惠太子所遇。尝被敕撰《宋书》;遂增删何承天、徐爰诸家书,成百卷,喜造奇说,以诬前代,颇为时讥。独所为《宋书·谢灵运传论》,以灵运五言之冠冕,因借以扬榷诗家,究悉利钝;而要归于宫羽相变,低昂舛节。五言始于苏李,倡于东京,至建安而遒,至太康而丽,至元嘉而绮密;至约而后,研切声病,骎骎乎律矣。亦诗家升降之数也。初,梁武帝在竟陵王邸,与约游旧;遂居佐命。入梁,为尚书仆射,封建昌县侯。约左目重瞳子,腰有紫志,聪明过人,而雅意声律之论,又撰四声谱,以为在昔词人,累千载而不悟;而独得胸衿,自谓入神之作。梁武帝雅不好焉;尝问周舍曰:"何谓四声?"舍曰:"天子圣哲,是也。"然帝竟不甚遵用约也。约论四声,妙有诠辩;而诸赋亦往往与声韵乖;然曼声柔调,顾盼有情,自是六朝之俊。诗则有余于婉秀,不足于遒丽。谢朓以清迥变大谢之沉郁,而约以清婉变鲍照之惊挺;机杼不同,而要归于清以砭俗,灵以药滞。《别范安成》诗,最是压卷之作。其辞曰:

> 生平少年日,分手易前期。及尔同衰暮,非复别离时。勿言一樽酒,明日难重持。梦中不识路,何以慰相思?

一味说意,清空澈骨;此篇及《咏杜若》,一笔旋转而不为危仄,是唐诗孟浩然所祖。其他《早发定山》、《宿东园》、《游钟山》诗、《应西阳王教》、《新安江至清浅深见底贻京邑游好》诸篇,造语婉秀,寄意清旷,而模山范水,不为谢灵运之质闷落滞相;则又秀丽疏朗,开王维蹊径。录《早发定山》、《宿东园》。

早发定山

凤龄爱远壑,晚莅见奇山。标峰彩虹外,置岭白云间。倾壁忽斜竖,绝顶复孤圆。归海流漫漫,出浦水溅溅。野棠开未落,山樱发欲然。忘归属兰桂,怀禄寄芳荃。眷言采三秀,徘徊望九仙。

宿东园

陈王斗鸡道,安仁采樵路。东郊岂异昔,聊可闲余步。野径既盘纡,荒阡亦交互。槿篱疏复密,荆扉新且故。树顶鸣风飙,草根积霜露。惊麏去不息,征鸟时相顾。茅栋啸愁鸱,平冈走寒兔。夕阴带层阜,长烟引轻素。飞光忽我遒,岂止岁云暮。若蒙西山药,颓龄倘能度。

沈约诗佳处斫削,清瘦可爱;其音韵如闻阁疏钟,建章清漏,自有节度;唐诸家声律,皆出于此。《诗品》云:"观休文众制,五言最优;详其文体,察其余论,固知宪章鲍明远也;所以不闲于经纶,而长于清怨。"今观约所为乐府《江篱生幽渚》、《却出东西门行》,华美而出以沉郁。《四时白纻歌》,靡曼而自有抗坠。《临碣石》、《襄阳蹋铜蹄歌》,寂寥短章,独臻高浑。名章迥句,处处间起,并有英篇,何啻五言最优?又详其气体,字句组丽,才调劲拔;不为颜延之之体裁绮密,动无虚散;亦异鲍照之气调险急,不避危仄,所以鲍氏俶诡,而约清遒。五言如《古意》与《冬节后至丞相第诣世子车中》作两篇,同一感激顿挫,而一研美,一沉郁。《悼亡》一篇,出辞华藻而峭促,庶几所谓宪章鲍明远者乎。《怀旧》诗以伤王融,伤谢朓,伤王谌,伤刘沨四章为沉郁顿挫;偶对而出以劲快,调响意警,其源出颜延之《五君咏》也。及其为文,辞称调谐,结藻清英,略开徐庾蹊径;然不如徐庾之纵横俊发,才力苦弱,故务于绮密,未得遒变之意。其《丽人赋》曰:

有客弱冠未仕，缔交戚里，驰骛王室，遨游许史。归而称曰：狭邪才女，铜街丽人。亭亭似月，嬿婉如春。凝情待价，思尚衣巾。芳逾散麝，色茂开莲。陆离羽佩，杂错花钿。响罗衣而不进，隐明镫而未前。中步檐而一息，顺长廊而回归。池翻荷而纳影，风动竹而吹衣。薄暮延伫，宵分乃至。出暗入光，含羞隐媚。垂罗曳锦，鸣瑶动翠。来脱薄妆，去留余腻。沾粉委露，理鬓清渠。落花入领，微风动裾。

柔声曼态，顾盼有情，而不免淫靡之讥。独《与约法师书悼周舍》，话念平生，于轶丽中出质悫，哀婉动人，脱胎魏文帝《与朝歌令吴质书》，而蹊径尽化。《齐故安陆昭王碑》，风标秀举，声调铿訇，绮密之体，难在疏俊；不徒以藻丽相矜也。至《奏弹王源》，以俪语道俗情，夹叙夹议，跌宕昭彰。而《与徐勉书》，自道病苦，呻吟如闻；以质为隽，所谓古情鄙事，每仵新奇，烂然总至，何必兰挥玉振哉。是魏晋之逸调，非齐梁之靡靡也。

　　范云，舞阴人。诗有律意，与沈约同；而清便宛转，亦差仿佛；虽体质之厚，不如颜谢；而松秀过之。梁武帝受禅，云与沈约同心翊赞，名位相亚，而文章不如。然诵其《赠张徐州谡》、《效古》、《之零陵郡次新亭》三诗，破空而来，磊落恣肆，驱以豪气，有飞沙走石之势，不止清便宛转。《之零陵郡次新亭》一诗，尤高浑，脱尽畦径。丘迟则沈约同郡后生，其为诗步趋谢灵运，好为模范而短兴象，同其利，亦同其病；然叙致窈折而秀爽，不如谢灵运之铺叙而滞板也。东海何逊诗，穷力追新，刻画清峻，则谢朓之嗣音。沈约谓曰："吾每读卿诗，一日三复，犹不能已。"倘亦以清丽见赏乎？诗境至此，又一变矣。由整而律，其势相因。由丽而清，其意相矫。汰肤存液，琢缛为削，祛其拙重，而雄茂亦逊焉。

第五节　江淹　任昉　刘峻　孔稚珪　附吴均 丘迟

王融丽而缛，谢朓艳而轻，沈约绮而靡，雕画奇辞，未能滂沛轶气。而求其骨腾肉飞，字响句坚，极雕缋之能，而不落于沈腿；尽驰骋之势，而不入于轻肆；才锋峻立，符采克炳者，厥惟江淹、任昉；其次刘峻、孔稚珪也。

江淹，字文通，济阳考城人。少而沉敏，六岁能属诗；自以孤贱，厉志笃学。及长，爱奇尚异，不事章句之学，留情于文章。早为宋建平王景素镇军参军，领南东海郡丞，得罪黜。及齐高帝辅政，闻其才，召为尚书驾部郎，骠骑参军事；相府建，补记室参军。高帝让九锡及诸章表，皆淹笔也。齐受禅，累官秘书监侍中卫尉卿。同一俪体行文，淹骨力开张，气遒而笔拗；远胜沈约之盼睐弄姿，调靡而节平。诗则沈约研于声律，故诗篇婉秀，而气骨已衰，清便宛转，不如淹之直笔茂藻，厚重有古意。盖诗至刘宋，体变而整，句变而琢，不无沉闷；谢灵运固拘偶对，颜延之亦嫌重厚。沈约以清削祛颜谢之肤缛，幽艳而韵。而淹以朗丽救颜谢之拙重，疏爽以遒。然淹有古意也。晚节才思减退，云："为宣城太守时罢归，始泊禅灵寺渚，夜梦一人自称张景阳，谓曰：'前以一匹锦相寄，今可见还。'淹探怀中，得数尺与之。此人大恚曰：'那得割截都尽！'顾见丘迟，谓曰：'余此数尺，既无所用，以遗君。'"自尔淹文章踬矣。故不与永明声气之中。梁武帝革代，累迁金紫光禄大夫，封醴陵侯。传有《江文通集》十卷。淹仕历三朝，辞该众体；《恨》《别》二赋，音制一变，状景写物，缕缕入情，气舒而词丽，发唱尤警挺。《别赋》犹柔婉，而《恨赋》特激抗，通篇奇峭有韵，语法俱自千锤百炼中来；然而灵气遒骨，浑化一片；慷慨悲歌，读之英雄雪涕。其辞曰：

　　试望平原，蔓草萦骨，拱木敛魂。人生到此，天道宁论！于是仆本恨人，心惊不已；直念古者，伏恨而死。至如秦帝按剑，诸侯西驰。削平天下，同文共规；华山为城，紫渊为池。雄图既溢，武力未毕；方架鼋鼍以为梁，巡海右以送日。一旦魂断，宫车晚出。若乃赵王既虏，迁于房陵。薄暮心动，昧旦神兴。别艳姬与美女，丧金舆及玉乘。置酒欲饮，悲来填膺。千秋万岁，为怨难胜。至于李君降北，名辱身冤；拔剑击柱，吊影惭魂。情往上郡，心留雁门。裂帛系书，誓还汉恩。朝露溘至，握手何言。若夫明妃去时，仰天太息。紫台稍远，关山无极；摇风忽起，白日西匿，陇雁少飞，代云寡色。望君王兮何期，终芜绝兮异域。至乃敬通见抵，罢归田里，闭关却扫，塞门不仕；左对孺人，右弄稚子。脱略公卿，跌宕文史。赍志殁地，长怀无已。及夫中散下狱，神气激扬。浊醪夕引，素琴晨张；秋日萧索，浮云无光。郁青霞之奇意，入修夜之不旸。

　　或有孤臣危涕，孽子坠心。迁客海上，流戍陇阴。此人但闻悲风汩起，血下沾襟。亦复含酸茹叹，销落湮沉。若乃骑叠迹，车同轨。黄尘匝地，歌吹四起。无不烟断火绝，闭骨泉里。已矣哉！春草暮兮秋风惊，秋风罢兮春草生；绮罗毕兮池馆尽，琴瑟灭兮丘陇平。自古皆有死，莫不饮恨而吞声。

情喻渊深，气奇卓荦；入后陡落，有天骥下峻阪之势。至于长短篇什，情远而辞丽，才思有余，能写胸臆。《杂拟》三十首，曲尽心手之妙。爰自汉京，迄于宋齐，学一人，像一人，信可品藻渊流，穷五言之变也。又传淹罢宣城郡，遂宿冶亭，梦一美丈夫，自称郭璞，谓淹曰："我有笔在卿处多年矣，可以见还。"淹探怀中，得五色笔以授之，尔后为诗不复成语，故世传江淹才尽。任昉则少年为诗不工，故世称沈诗任笔。昉深恨之，晚节爱好虽笃,而无补遗变;倘亦性之所限。独长载笔,才思无穷。当时王公表奏,莫不请焉。昉起草而成,不加点窜;沈约一代辞宗,深所推挹。

任昉,字彦升,乐安博昌人。幼而聪明神悟,四岁诵诗数十篇,八岁能属文。身长七尺五寸。声闻借甚。为竟陵王记室参军。时王融自以才俊无对,当时见昉之文,恍然自失。书记翩翩,齐明帝深加器异,欲相擢引;会齐明帝废郁林王,始为侍中中书监,骠骑大将军,开府仪同三司,扬州刺史,录尚书事,封宣城郡公,使昉具让表。其辞曰:

臣本庸才,智力浅短。太祖高皇帝笃犹子之爱,降家人之慈。世祖武皇帝情等布衣,寄深同气。武帝大渐,实奉话言。虽自见之明,庸近所蔽;愚夫一至,偶识量己,实不忍自固于缀衣之辰,拒违于玉几之侧;遂荷顾托,导扬末命。虽嗣君弃常,获罪宣德;王室不造,职臣之由。何者,亲则东牟,任惟博陆;徒怀子孟社稷之对,何救昌邑争臣之讥;四海之议,于何逃责?且陵土未干,训誓在耳;家国之事,一至于斯;非臣之尤,谁任其咎。将何以肃拜高寝,虔奉武园?悼心失图,泣血待旦;宁容复徼荣于家耻,宴安于国危。

骠骑,上将之元勋;神州,仪形之列岳;尚书,古称司会;中书,实管王言。且虚饰宠章,委成御侮。臣知不惬,物谁谓宜。但命轻鸿毛,责重山岳。存没同归,毁誉一贯。辞一官,不减身累;增一职,已黩朝经。便当自同体国,不为饰让。至于功均一匡,赏同千室,光宅近甸,奄有全邦,殒越为期,不敢闻命。亦愿曲留降鉴,即垂顺许。巨平之恳诚必固,永昌之丹慊获申,乃知君臣之道,绰有余裕;苟曰易昭,敢守难夺;故可庶心宏议,酌己亲物者矣。不胜荷惧屏营之诚。谨附某官某甲,奉表以闻。

昉既博物,动辄用事,所以诗不得奇,见讥于当代。而笺表则属辞比事,特为工巧；大约撮得事切，炼得意警，议论以经，性情以纬，点得明，应得响，以用事见姿态，而不以用事见堆铺，故能使人循讽不倦。又昉笺表当时所推，特以婉切如人意之所欲出；而此为《明帝让表》，感慨激发，则特峻逋。明帝恶其辞斥，遂黜不用也。至《为卞彬谢修卞忠贞墓启》、《上萧太傅固辞夺礼启》，则又出以俪语，而特避不用事，浅意淡写，却极浓至；炼而能净，是有意摹东汉崔蔡者。特其少年不工为诗，《诗品》称："晚节爱好既笃，文亦遒变，若铨事理，拓体渊雅，有国士之风。但昉既博物，动辄用事，所以诗不得奇。"则亦未见其然。盖昉祈向在谢灵运，心摹力追，苦于琢炼，短于兴会，所以有辞无笔，不能驱遣；长篇苦于机滞，短又嫌于幅窘，语有雅练，而味不渊永；以其兴会不能飙举，情喻亦未渊深，死著句下，体何能拓？而其诗不得奇，非关用事；昉诗亦不见多用事，只是滞运笔耳。梁武帝霸府初开，以为骠骑记室参军，专主文翰；每制书草，沈约辄求同署。尝被急召，昉出而约在，是后文笔，约参制焉。始梁武与昉遇于竟陵王西邸，从容谓昉曰："我登三府，当以卿为记室。"至是引昉，符昔言焉。及践帝位，禅让文诰，多昉所具；累官御史中丞，秘书监，出为新安太守。

昉好交结，奖进后生，得其延誉者，多见升擢。坐上客恒有数十，时人慕之，号曰任君，言如汉之三君也。彭城到溉与弟洽俱知名，有二到之誉。昉大相赏好。先是梁天监初，昉出守义兴，要溉、洽之郡，为山泽之游。及还，为御史中丞，益为后进所附。时有彭城刘孝绰、刘苞、刘孺，吴郡陆倕、张率，陈郡殷芸，沛国刘显及溉、洽，车轨日至，号曰兰台聚。既而昉死新安，有子东里、西华、南容、北叟，并无术业，不能自振；生平旧交，莫有收恤。西华冬月着葛帔练裙，道逢平原刘孝标，泫然矜之。

刘峻字孝标，乃著《广绝交论》，辞曰：

客问主人曰："朱公叔《绝交论》为是乎，为非乎？"主人曰："客奚此之问？"客曰："夫草虫鸣则阜螽跃，雕虎啸而清风起；故细缊相感，雾涌云蒸，嘤鸣相召，星流电激。是以王阳登则贡公喜，罕生逝而国子悲。且心同琴瑟，言郁郁于兰茝；道叶胶漆，志婉恋于埙篪。圣贤以此镂金版而镌盘盂，书玉牒而刻钟鼎。若乃匠人辍成风之妙巧，伯子息流波之雅引，范张款款于下泉，殷班陶陶于永夕。骆驿纵横，烟霏雨散，巧历所不知，心计莫能测。而朱益州汨彝叙，粤谟训，捶直切，绝交游，比黔首以鹰鹯，媲人灵于豺虎。蒙有猜焉，请辨其惑。"

主人忻然而笑曰："客所谓抚弦徽音，未达燥湿变响；张罗沮泽，不睹鸿雁云飞。盖圣人握金镜，阐风烈。龙骧蠖屈，从道污隆。日月联璧，赞亹亹之宏致，云飞电薄，显棣华之微旨。若五音之变化，济九成之妙曲。此朱生得玄珠于赤水，谟神睿而为言。至夫组织仁义，琢磨道德；欢其愉乐，恤其陵夷，寄通灵台之下，遗迹江湖之上，风雨急而不辍其音，霜雪寒而不渝其色；斯贤达之素交，历万古而一遇。逮叔世民讹，狙诈飙起，溪谷不能逾其险，鬼神无以究其变；竞毛羽之轻，趋锥刀之末；于是素交尽，利交兴。天下蝇蝇，鸟惊雷骇。然利交同源，派流则异；较言其略，有五术焉。

若其宠钧董石，权压梁窦，雕刻百工，炉捶万物；吐漱兴云雨，呼噏下霜露。九域耸其风尘，四海迭其熏灼，靡不望影星奔，借响川骛。鸡人始唱，鹤盖成阴；高门旦开，流水接轸；皆愿摩顶至踵，隳胆抽肠，约同要离焚妻子，誓同荆卿湛七族。是曰势交，其流一也。富埒陶白，赀巨程罗，山擅铜陵，家藏金穴，出平原而联骑，居里闬而鸣钟。则有穷巷之宾，绳枢之士，冀宵烛之末光，邀润屋之微泽，鱼贯凫跃，飒沓鳞萃，分雁鹜之稻粱，沾玉斝之余沥；衔恩遇，进款诚，援青松以示心，指白水而旌信。是曰贿交，其流二也。陆大夫燕喜西都，郭有道人伦东国；公卿贵其籍甚，缙绅羡其登仙。

加以頷颐蹙额，涕唾流沫，骋黄马之剧谈，纵碧鸡之雄辨，叙温郁则寒谷成暄，论严苦则春丛零叶；飞沈出其顾指，荣辱定其一言。于是有弱冠王孙，绮纨公子，道不挂于通人，声未遒于云阁，攀其鳞翼，丐其余论，附骥骥之旄端，轶归鸿于碣石。是曰谈交，其流三也。阳舒阴惨，生民大情；忧合欢离，品物恒性。故鱼以泉涸而煦沫，鸟因将死而鸣哀。同病相怜，缀河上之悲曲；恐惧置怀，昭《谷风》之盛典。斯则断金由于湫隘，刎颈起于苦盖；是以伍员濯溉于宰嚭，张王抚翼于陈相。是曰穷交，其流四也。驰骛之俗，浇薄之伦，无不操权衡，秉纤纩；衡所以揣其轻重；纩所以属其鼻息；若衡不能举，纩不能飞，虽颜冉龙于凤雏，曾史兰薰雪白，舒向金玉渊海，卿云黼黻河汉，视若游尘，遇同土梗，莫肯费其半粟，罕有落其一毛！若衡重锱铢，纩微影撤，虽共工之搜愿，欢兜之掩义，南荆之跋扈，东陵之巨猾，皆为匍匐逶迤，折枝舐痔，金膏翠羽将其意，脂韦便辟导其诚。故轮盖所游，必非夷惠之室；苞苴所入，实行张霍之家；谋而后动，毫芒寡忒。是曰量交，其流五也。

凡斯五交，义同贾鬻；故桓谭譬之于阛阓，林回喻之于甘醴。夫寒暑递进，盛衰相袭；或前荣而后悴，或始富而终贫；或初存而后亡，或古约而今泰；循环翻覆，迅若波澜；此则殉利之情未尝异，变化之道不得一。由是观之，张陈所以凶终，萧朱所以隙末，断焉可知矣。而翟公方规规然勒门以箴客，何所见之晚乎！因此五交，是生三衅：败德殄义，禽兽相若，一衅也。难固易携，仇讼所聚，二衅也。名陷饕餮，贞介所羞，三衅也。古人知三衅之为梗，惧五交之速尤；故王丹威子以榎楚，朱穆昌言而示绝，有旨哉，有旨哉！

近世有乐安任昉，海内髦杰，早绾银黄，凤昭民誉。道文丽藻，方驾曹王；英跱俊迈，联横许郭。类田文之爱客，同郑庄之好贤；见一善，则盱衡扼腕；遇一才，则扬眉抵掌；雌黄出其唇吻，朱紫由其月旦。于是冠盖辐辏，衣裳云合，辎轩击毂，坐客恒满。蹈其阃阈，若升阙里之堂；入其隩隅，谓登龙门之阪。至于顾盼增其倍价，翕拂使其长鸣，縠组云台者摩肩，趋走丹墀者迭迹；莫不缔恩狎，结绸缪，想惠庄之清尘，庶羊左之徽烈。及瞑目东粤，归骸洛浦，缥帐犹县，门罕渍酒之彦；坟未宿草，野绝动轮之宾。藐尔诸孤，朝不谋夕，流离大海之南，寄命瘴疠之地。自昔把臂之英，金兰之友，曾无羊舌下泣之仁，宁慕邙成分宅之德。呜呼，世路险巇，一至于此！太行孟门，岂云崭绝？是以耿介之士，疾其若斯，裂裳裹足，弃之长骛；独立高山之顶，欢与麋鹿同群，皦皦然绝其雰浊，诚耻之也！诚畏之也！

到溉见其论，抵之于地。其文刻画世态，亦但平平叙去；而点注有情，转折中节，遂觉意状踊跃，顾盼多姿。其摛事修辞，亦非有非常新奇，盖其得力处，乃在炼意炼调，疏宕清越，雕缛中有激韵，便觉态浓而骨峻也。

孝标本名法武，宋泰始初，魏克青州，孝标年八岁，为人所掠为奴；齐永明中，奔江南，更改名峻，孝标其字也。自以少时未开悟，晚更厉精，明慧过人。闻有异书，必往祈借，于是有书淫之目。文藻秀出。竟陵王子良招学生，孝标因人求为国职，吏部尚书徐孝嗣抑而不许用。及梁武帝招文学之士，有高才者，多被引进。孝标率性而动，不能随众沉浮。武帝每集文士，策经史事。时范云沈约之徒，皆引短推长。帝乃悦，加其赏赉。曾策锦被事，咸言已罄。帝试呼问孝标。孝标时贫悴，登请纸笔，疏十余事。坐客皆惊，帝不觉失色，自是恶之，竟不见用。乃著《辩命论》以寄其怀。论成，中山刘沼致书难之，凡再反。孝标申析以答。会沼卒，不见孝标后报之书，孝标乃为书以序之。孝标虽不得志，然节亮慷慨，溢于文墨；而发唱警挺，操调险急，以之骖驾江淹、任昉，仿佛宋之有鲍照，齐骋颜谢；不徒以赡丽为工，而欲以遒逸见劲，然微嫌不如鲍之雕而能华润,遒而不噍杀;特其仗气爱奇,故是齐梁之飞将,不同江任之雅步也。《辨命论》、《广绝交论》,绸缪世故,抑扬爽朗,不徒气势腾骧;而细筋入骨,似缓而实劲。《答郭峙书》,不过五十字,亦自气流墨中,卓荦偏人。《追答刘秣陵沼书》,甚是创格。风流郁烈,莫之逮也。然刻缕尽态,炼词炼格;孝标犹逊孔稚珪之精能。

孔稚珪,字德璋,会稽山阴人。少涉学,有美誉。齐高帝辅政,取为记室参军,与江淹对掌辞笔。入齐累迁太子詹事;而风韵清流,好文咏,不乐世务。居宅盛营山水,凭几独酌,傍无杂事。门庭之内,草莱不剪,中有蛙鸣;笑曰:"以此当两部鼓吹。"汝南周颙旧隐钟山,既而应诏出为海盐令,秋满入京,欲却过此山。稚珪乃假山灵意,为《北山移文》;其辞曰:

钟山之英,草堂之灵,驰烟驿路,勒移山庭。夫以耿介拔俗之标,潇洒出尘之想,度白雪以方洁,干青云而直上,吾方知之矣。若其亭亭物表,皎皎霞外,芥千金而不盼,屣万乘其如脱,闻凤吹于洛浦,值薪歌于延濑;固亦有焉。岂期终始参差,苍黄翻覆,泪翟子之悲,恸朱公之哭;乍回迹以心染,或先贞而后黩;何其谬哉!呜呼,尚生不存,仲氏既往;山阿寂寥,千载谁赏。

世有周子,俊俗之士,既文既博,亦玄亦史。然而学遁东鲁,习隐南郭;偶吹草堂,滥巾北岳;诱我松桂,欺我云壑。虽假容于江皋,乃缨情于好爵。其始至也,将欲排巢父,拉许由,傲百氏,蔑王侯。风情张日,霜气横秋。或叹幽人长往,或怨王孙不游。谈空空于释部,核玄玄于道流,务光何足比,涓子不能俦。及其鸣驺入谷,鹤书赴陇,形驰魄散,志变神动。尔乃眉轩席次,袂耸筵上,焚芰制而裂荷衣,抗尘容而走俗状;风云凄其带愤,石泉咽而下怆,望林峦而有失,顾草木而如丧。至其纽金章,绾墨绶,跨属城之雄,冠百里之首。张英风于海甸,驰妙誉于浙右。道帙长摈,法筵久埋,敲扑喧嚣犯其虑,牒诉倥偬装其怀。琴歌既断,酒赋无续。常绸缪于结课,每纷纭于折狱;笼张赵于往图,架卓鲁于前箓,希踪三辅豪,驰声九州牧。使我高霞孤映,明月独举,青松落阴,白云谁侣。涧户摧绝无与归,石径荒凉徒延伫。至于还飙入幕,写雾出楹。蕙帐空兮夜鹤怨,山人去兮晓猿惊。昔闻投簪逸海岸,今见解兰缚尘缨。于是南岳献嘲,北陇腾笑,列壑争讥,攒峰竦诮。慨游子之我欺,悲无人以赴吊。故其林慙无尽,涧愧不歇。秋桂遣风,春萝罢月。骋西山之逸议,驰东皋之素谒。

今又促装下邑,浪栧上京。虽情殷于魏阙,或假步于山扃。岂可使芳杜厚颜,薜荔蒙耻;碧岭再辱,丹崖重滓。尘游躅于蕙路,污渌池以洗耳。宜扃岫幌,掩云关,敛轻雾,藏鸣湍,截来辕于谷口,杜妄辔于郊端。于是丛条瞋胆,叠颖怒魄,或飞柯以折轮,乍低枝而扫迹。请回俗士驾,为君谢逋客。

炼词炼格,骨劲气完,意则深严,笔则飞舞。若论精神唤应,全在虚字旋转上,转折愈多,节脉愈紧,铿锵鼓舞,极骈文声调之能事矣。

吴均,字叔庠,吴兴人。文章为沈约所赏;而文特清拔,世效之为吴均体,不如约之涉绮靡也。《与宋元思书》《与顾章书》,模山范水,亦矜刻镂;而特以清句戛造见遒,不以虚字旋转为妍。其《与宋元思书》曰:

风烟俱净,天山共色。从流飘荡,任意东西。自富阳至桐庐一百许里,奇山异水,天下独绝。水皆缥碧,千丈见底,游鱼细石,直视无碍。急湍甚箭,猛浪若奔。夹岸高山,皆生寒树,负势竞上,互相轩邈,争高直指,千百成峰。泉水激石,泠泠作响;好鸟相鸣,嘤嘤成韵。蝉则千转不穷,猿则百叫无绝。鸢飞戾天者望峰息心,经纶世务者窥谷忘反。横柯上蔽,在昼犹昏;疏条交映,有时见日。

此书体势模拟,则鲍照《登大雷岸与妹书》波澜尚存;而不极雕藻,出以清迥,故逊鲍氏之驱迈,亦无鲍氏之危仄。简澹高素,绝去锭钉之习,其丽可及,其清不可及也。

丘迟,字希范,吴均同郡人。诗笔秀爽,仿佛沈约;而文特感慨顿挫,有轶宕之势。会平南将军陈伯之降魏,而迟《与陈伯之书》,尤其卓卓者;辞曰:

> 迟顿首。陈将军足下无恙,幸甚幸甚。将军勇冠三军,才为世出,弃燕雀之小志,慕鸿鹄以高翔。昔因机变化,遭遇明主,立功立事,开国称孤,朱轮华毂,拥旄万里,何其壮也!如何一旦为奔亡之虏,闻鸣镝而股战,对穹庐以屈膝,又何劣邪!寻君去就之际,非有他故,直以不能内审诸己,外受流言,沉迷猖獗,以至于此。圣朝赦罪责功,弃瑕录用,推赤心于天下,安反侧于万物,将军之所知,不假仆一二谈也。朱鲔喋血于友于,张绣剚刃于爱子,汉主不以为疑,魏君待之若旧。况将军无昔人之罪,而勋重于当世。夫迷涂知反,往哲是与,不远而复,先典攸高。主上屈法申恩,吞舟是漏。将军松柏不剪,亲戚安居,高台未倾,爱妾尚在,悠悠尔心,亦何可言。今功臣名将,雁行有序,佩紫怀黄,赞帷幄之谋,乘轺建节,奉疆场之任;并刑马作誓,传之子孙。将军独靦颜借命,驱驰毡裘之长,宁不哀哉!夫以慕容超之强,身送东市,姚泓之盛,面缚西都。故知霜露所均,不育异类,姬汉旧邦,无取杂种。北虏僭盗中原,多历年所,恶积祸盈,理至焦烂。况伪孽昏狡,自相夷戮,部落携离,酋豪猜贰。方当系颈蛮邸,悬首藁街。而将军鱼游于沸鼎之中,燕巢于飞幕之上,不亦惑乎!

> 暮春三月,江南草长,杂花生树,群莺乱飞。见故国之旗鼓,感平生于畴日,抚弦登陴,岂不怆恨?所以廉公之思赵将,吴子之泣

西河，人之情也，将军独无情哉？想早励良规，自求多福。当今皇帝盛明，天下安乐，白环西献，楛矢东来，夜郎滇池，解辫请职，朝鲜昌海，蹶角受化；惟北狄野心，倔强沙塞之间，欲延岁月之命耳。中军临川殿下，明德茂亲，总兹戎重，吊民洛汭，伐罪秦中。若遂不改，方思仆言。聊布往怀，君其详之。丘迟顿首。

辞气铿訇，侃侃而道，难在伉健中出婉媚，回肠荡气，不能不令人移情耳。丘迟《与陈伯之书》，以激壮出婉媚；吴均《与宋元思书》，以清新得遒丽；亦六朝之秀，绮而不靡者已。

第六节　梁武帝　昭明太子　简文帝　元帝 附裴子野

自古刚健婀娜，而以枭雄擅藻采，父子兄弟，一门卓荦者，前有魏武父子，后有梁武父子。然魏武父子风骨腾骧，气余于彩；梁武父子丽采照映，辞胜其理；才为之，亦时为之。盖魏武承两汉而后，去古未远；而梁武袭六朝之盛，大璞已雕也。

梁武帝萧衍，本与沈约、任昉、范云同与竟陵八友之列；既受齐禅，诸贤并在辅佐，文宴侍从，郁郁乎文，虽建安邺下之盛，不是过也。少而笃学，能事毕究，万机多务，卷不辍手；为文下笔成章，雅不喜四声，而所作自合丽则。千赋百诗，直疏便就，虽怒徐摛之宫体，而其诗亦渐染艳情，不能遂革靡靡之习。世所传《子夜歌》、《白纻辞》、《东飞伯劳歌》、《河中之水歌》诸篇，是也。录《子夜歌》、《白纻辞》。

子夜歌
恃爱如欲进，含羞未肯前。朱口发艳歌，玉指弄娇弦。

白纻辞

朱丝玉柱罗象筵，飞琯促节舞少年。短歌流目未肯前，含笑一转私自怜。

纤腰袅袅不任衣，娇怨独立特为谁？赴曲君前未忍归，上声急调中心飞。

有余于婉媚，不足于雄直，有淫思而无古意，以视沈约《丽人赋》，可谓君君臣臣。为文章工于书牍，手书与萧宝夤，随激两化，辞令之美，宏奖文艺。

昭明太子萧统，生长典训，幼而聪睿。既冠，引纳才学之士，赏爱无倦；筑文选楼，与刘孝威、庾肩吾讨论坟籍，含咀英华，成《文选》三十卷，是总集传于今之最古者也。既成书而序其义类曰：

式观元始，眇觌玄风，冬穴夏巢之时，茹毛饮血之世，世质民淳，斯文未作。逮乎伏羲氏之王天下也，始画八卦，造书契，以代结绳之政，由是文籍生焉。《易》曰："观乎天文以察时变，观乎人文以化成天下。"文之时义远矣哉！若夫椎轮为大辂之始，大辂宁有椎轮之质；增冰为积水所成，积水曾微增冰之凛。何哉？盖踵其事而增华，变其本而加厉。物既有之，文亦宜然。随时变改，难可详悉。尝试论之曰：《诗序》云："诗有六义焉：一曰风，二曰赋，三曰比，四曰兴，五曰雅，六曰颂。"至于今之作者，异乎古昔。古诗之体，今则全取赋名，荀宋表之于前，贾马继之于末。自兹以降，源流实繁，邑居则有凭虚亡是之作，畋游则有《长杨》《羽猎》之制。若其纪一事，咏一物，风云草木之兴，鱼虫禽兽之流，推而广之，不可胜载矣。又楚人屈原，含忠履洁，君匪从流，臣进逆耳，深思远卢，遂放湘南。耿介之意既伤，抑郁之怀靡诉，临渊有怀沙之志，吟泽有憔悴之容。骚人之文，自兹而作。诗者，盖志之所之也，情动于中而形于言。

《关雎》《麟趾》，正始之道著；桑间濮上，亡国之音表，故风雅之道，粲然可观。自炎汉中叶，厥涂渐异，退傅有在邹之作，降将著河梁之篇，四言五言，区以别矣。又少则三字，多则九言，各体互兴，分镳并驱。颂者所以游扬德业，褒赞成功，吉甫有穆若之谈，季子有至矣之叹。舒布为诗，既言如彼；总成为颂，又亦如此。次则箴兴于补阙，戒出于弼匡，论则析理精微，铭则叙事清润，美终则诔发，图像则赞兴。又诏诰教令之流，表奏笺记之列，书誓符檄之品，吊祭悲哀之作，答客指事之制，三言八字之文，篇辞引序，碑碣志状，众制锋起，源流间出。譬陶匏异器，并为入耳之娱；黼黻不同，俱为悦目之玩。作者之致，盖云备矣。

余监抚余闲，居多暇日，历观文囿，泛览辞林，未尝不心游目想，移晷忘倦。自姬汉以来，眇焉悠邈，时更七代，数逾千祀。词人才子，则名溢于缥囊；飞文染翰，则卷盈乎缃帙。自非略其芜秽，集其清英，盖欲兼功，大半难矣。若夫姬公之籍，孔父之书，与日月俱悬，鬼神争奥，孝敬之准式，人伦之师友，岂可重以芟夷，加之剪截？老庄之作，管孟之流，盖以立意为宗，不以能文为本，今之所撰，又以略诸。若贤人之美辞，忠臣之抗直，谋夫之话，辩士之端，冰释泉涌，金相玉振，所谓坐狙丘，议稷下，仲连之却秦军，食其之下齐国，留侯之发八难，曲逆之吐六奇，盖乃事美一时，语流千载，概见坟籍，旁出子史；若斯之流，又亦繁博，虽传之简牍，而事异篇章，今之所集，亦所不取。至于记事之史，系年之书，所以褒贬是非，纪别异同，方之篇翰，亦已不同。若其赞论之综缉辞采，序述之错比文华，事出于沉思，义归乎翰藻，故与夫篇什杂而集之。远自周室，迄于圣代，都为三十卷，名曰《文选》云耳。凡次文之体，各以汇聚。诗赋体既不一，又以类分。类分之中各以时代相次。

籀统所选，名曰《文选》；盖必文而后选，非文则不选也。凡以言语著之简策，不必以文为本者，皆经也，子也，史也；非可专名之为文也。专名为文，必"事出于沉思，义归乎翰藻"而后可也。南朝常言，有文有笔。无韵者笔，有韵者文。而所谓韵者，乃沈约《宋书·谢灵运传论》之所云："欲使宫羽相变，低昂舛节。若前有浮声，则后须切响。一简之内，音韵尽殊，两句之中，轻重悉异，妙达此旨，始可言文。"乃以句中之同为犯而求其不齐；非如后世所谓韵脚之以句末之同为叶而求其大齐也。梁元帝《金楼子·立言》篇以扬榷前言，抵掌多识者谓之笔；咏叹风谣，流连哀思者谓之文。又曰："至如文者，惟须绮縠纷披，宫征靡曼，唇吻摇会，情灵摇荡。"此之谓"有韵者文"；亦此之为统之所欲选也。统美姿容，善举止，读书数行并下，过目皆忆；文章著述，属思便成，无所点易。尝《答弟湘东王后即位为梁元帝求文集书》曰："夫文，典则累野，丽亦伤浮。能丽而不浮，典而不野，文质彬彬，有君子之致；吾尝欲为之，但恨未逮耳。"其意趣如此。彭城到洽、刘孝绰、琅邪王筠、吴郡陆倕，皆名士为宫僚；而筠为文能压强韵，每公宴并作，辞必妍美。尝游宴玄圃，统执筠袖，抚孝绰肩而言曰："所谓左把浮丘袖，右拍洪崖肩。"其好士有如此者。先武帝薨，帝临哭尽哀，谥曰昭明。传有《昭明太子集》六卷。集中乐府多袭前人辞意，而柔肌脆骨，风力不飞，尽失古直之意。五言诗音靡节平，而又不如乃翁之婉媚；惟为排比，又好赞佛而无理趣；特文章春容大雅，如《陶渊明集序》、《陶渊明传》及《文选序》，俊逸自然，特出以散朗，不必以辞彩精拔胜也；盖袭东汉蔡邕之规，有魏文《典论》之风焉。

简文帝萧纲，武帝第三子，昭明太子母弟也。六岁能属文，武帝弗之信，于前面试，纲揽笔便成文。武帝叹曰："常以东阿为虚，今则信矣。"初封晋安王。昭明太子既早死，遂代为皇太子也。齐永明中，王融、谢朓、沈约文章，始用四声以为新变，至是经生拘牵，酷不入情，虽矫丽靡，而转懦钝。简文乃《与湘东王书》论曰：

吾辈亦无所游赏，止事披阅；性既好文，时复短咏，虽是庸音，不能阁笔，有惭伎痒，更同故态。比见京师文体，懦钝殊常，竞学浮疏，争事阐缓，玄冬修夜，思所不得，既殊比兴，正背风骚。若夫六典三礼，所施则有地；吉凶嘉宾，用之则有所。未闻吟咏情性，反拟《内则》之篇，操笔写志，更摹《酒诰》之作；迟迟春日，翻学《归藏》，湛湛江水，遂同《大传》。吾既拙于为文，不敢轻有掎摭，但以当世之作，历方古之才人，远则扬、马、曹、王，近则潘、陆、颜、谢，而观其遣辞用心，了不相似。若以今文为是，则古文为非；若昔贤可称，则今体宜弃。俱为盍各，则未之敢许。

又时有效谢康乐、裴鸿胪文者，亦颇有惑焉。何者？谢客吐言天拔，出于自然，时有不拘，是其糟粕。裴氏乃是良史之才，了无篇什之美。是为学谢，则不屈其精华，但得其冗长；师裴，则蔑绝其所长，惟得其所短。谢故巧不可阶，裴亦质不宜慕。故胸驰臆断之侣，好名忘实之类，方分肉于仁兽，逞却步于邯郸，入庖忘臭，效尤致祸。决羽谢生，岂三千之可及；伏膺裴氏，惧两唐之不传。故玉徽金铣，反为拙目所嗤；《巴人下里》，更合郢中之听。《阳春》高而不和，妙声绝而不寻，竟不精讨锱铢，核量文质，有异巧心，终愧妍手。是以握瑜怀玉之士，瞻郑邦而知退；章甫翠履之人，望闽乡而叹息。诗既若此，笔又如之。徒以烟墨不言，受其驱染；纸札无情，任其摇襞。甚矣哉，文章横流，一至于此。至如近世谢朓、沈约之诗，任昉、陆倕之笔，斯实文章之冠冕，述作之楷模。张士简之赋，周升逸之辩，亦成佳手，难可复遇。文章未坠，必有英绝；领袖之者，非弟而谁？每欲论之，无可与语，晤思子建，一共商榷，辩兹清浊，使如泾渭；论兹月旦，类彼汝南。朱白既定，雌黄有别，使夫怀鼠知惭，滥竽自耻。譬斯袁绍，畏见子将；同彼盗牛，遥羞王烈。相思不见，我劳如何。

扬榷利病，雅逸婉亮；其他文章，未能称是。所为《悔赋》，铺叙前史，吊古伤今，而卒之以"已矣哉"，悲歌慷慨，似仿江淹《恨赋》；然跌宕昭彰，不如淹之奇调间发，神气激扬，体制可以貌袭，而骨力不可伪为也。《筝赋》生材，制器、奏曲，逐层铺写，体制亦自王褒《洞箫赋》、马融《长笛赋》以来，陈陈相因；然王褒苍郁闳肆，马融腴炼缜密，有铺排处，便有提掇顿挫处；而铺排以凝厚出流动，提掇以顿挫见跌荡；而帝《筝赋》，风调流俊，全不见凝厚之意；盖其律调圆谐，辞笔绵丽，所以开唐四六之机调也。诗则调彩葱菁，弥近唐律，而往往遒变，出以清迥，骨节强于昭明，驱迈疾于武帝。情思婉妙，融之入景；如《雁门太守行》云："轻霜中夜下，黄叶远辞枝。寒苦春难觉，边城秋易知。"又云："陇暮风恒急，关寒霜自浓。"《临高台》云："高台半行云，望望高不极。草树无参差，山河同一色。"《折杨柳》云："叶密鸟飞碍，风轻花落迟。"《侍游新亭应令》云："柳叶带风转，桃花含雨开。"《经琵琶峡》云："夕波照孤月，山枝敛夜烟。"《旦出兴业寺讲诗》云："水照柳初碧，烟含桃半红。"《秋夜》云："檐重月没早，树密风声饶。"《送别》云："水苔随缆聚，岸柳拂舟垂。"《春日》云："落花随燕入，游丝带蝶惊。"名章迥句，处处间起。五言诗如《经琵琶峡》、《往虎窟山寺》，模山范水，刻意琢炼，特出以秀朗，而不为谢灵运之质闷。乐府如《从军行》之"云中亭障羽檄惊"一章、《陇西行》之"边秋胡马肥"一章、《雁门太守行》二章，劲气骏发，语无懦响，颇得鲍照之一体。《临高台》、《怨诗》，特高浑入古，不激不靡。《折杨柳》、《当置酒》，气爽辞华，于精缛中出生秀，雅似谢朓。《东飞伯劳歌》二章，及《乌栖曲》之"织成屏风金屈膝"一章，歌声靡曼而有抗坠之节，则厥考武帝之绳徽矣。为诗千言立成，尤好作艳曲；江左化之，称曰宫体；其为《乌栖曲》曰：

织成屏风金屈膝，朱唇玉面灯前出。相看气息望君怜，谁能含羞不自前。

晋之永嘉，诗崇黄老。至宋元嘉，则雕山水。极乎梁武父子，宕而不返；男女好会，古诗托之比兴；今乃侈其欢娱，倾侧宫体，风斯下矣。简文帝晚而悔之，敕徐陵撰玉台集以大厥体；今传《玉台新咏》十卷是也；是诗之第一部总集矣；与《昭明文选》辉映一世者也。新野庾肩吾、肩吾子信，与东海徐摛、摛子陵、彭城刘遵、刘孝仪孝威兄弟，同被赏接，亦一时之妙也。

元帝萧绎之于简文，其犹陈思之于魏文乎。同一雕丽，而简文之气缓散，元帝之笔警秀。简文语缛而势弩，故不矜于先鸣；元帝意警而辞秀，时卓出以偏骧。特是简文之缛而词滞，不如魏文之弱而气清；元帝之秀以警发，亦逊陈思之遒而雄出。此由世有升降，遂致气有厚薄耳。元帝，武帝第七子，简文帝异母弟也。初封湘东王，为镇西将军都督荆州刺史。及武帝为侯景所困，饿死台城，简文帝即位；帝以简文制于贼臣，不用其命。既而简文被弑，四方征镇王公卿士屡劝进，遂称帝。帝聪悟俊朗，天才英发，称其家儿；而属辞尽是典核，意趣仍复洒然；葩采迅发，情韵欲流；以古诗有"昔为倡家女，今为荡子妇，荡子行不归，空床难独守"之句，因依仿其意，为《荡妇秋思赋》曰：

荡子之别十年，倡妇之居自怜。登楼一望，惟见远树含烟；平原如此，不知道路几千。天与水兮相连，山与云兮共色。山则苍苍入汉，水则涓涓不测。谁复堪见鸟飞，悲鸣只翼？秋何月而不清，月何秋而不明；况乃倡楼荡妇，对此伤情。于时露萎庭蕙，霜封阶砌。坐视带长，转看腰细。重以秋水文波，秋云似罗。日黯黯而将暮，风骚骚而渡河。妾怨回文之锦，君思出塞之歌。相思相望，路远如何。鬓飘蓬而渐乱，心怀疑而转叹。愁紫翠眉敛，啼多红粉漫。已矣哉，秋风起兮秋叶飞，春花落兮春日晖；春日迟迟犹可至，客子行行终不归。

志不出于淫荡,辞不离于哀思;虽南朝之正声,实三百之郑曲也。然不好声色,颇慕高名,自号金楼子,因以名所著书;与河东裴子野、兰陵萧子云为布衣之交。然二人文章,颇乖时制,不与元帝同。子云依敕撰定《梁郊庙歌辞》,云用五经为本,已开复古之先河。

裴子野为文典而远,不尚靡丽,制多法古,与今文体异。当时或有诋诃者,及其末,皆翕然重之。尝删沈约《宋书》为《宋略》二十卷。约见而叹曰:"吾弗逮也。"又为《雕虫论》,论宋以来文章之敝曰:

> 宋明帝博好文章,才思朗捷,尝读书奏,号称七行俱下。每有祯祥及幸宴集,辄陈诗展义,且以命朝臣。其戎士武夫,则请托不暇,因于课限,或买以应诏焉。于是天下向风,人自藻饰;雕虫之艺,盛于时矣。梁鸿胪卿裴子野论曰:
>
> 古者四始六艺,总而为诗,既形四方之气,且彰君子之志;劝美惩恶,王化本焉。后之作者,思存枝叶,繁华蕴藻,用以自通。若悱恻芬芳,楚骚为之祖;靡漫容与,相如和其音。由是随声逐影之俦,弃指归而无执。赋诗歌颂,百袠五车,蔡邕等之俳优,扬雄悔为童子,圣人不作,雅郑谁分。其五言为家,则苏李自出;曹刘伟其风力,潘陆固其枝叶。爰及江左,称彼颜谢,箴绣鞶帨,无取庙堂。宋初迄于元嘉,多为经史。大明之代,实好斯文,高才逸韵,颇谢前哲。波流相尚,滋有笃焉。
>
> 自是闾阎年少,贵游总角,罔不摈落六艺,吟咏情性。学者以博依为急务,章句为专鲁,淫文破典,斐尔为功;无被于管弦,非止乎礼义,深心主卉木,远致极风云;其兴浮,其志弱,巧而不要,隐而不深,讨其宗途,亦有宋之遗风也。若季子聆音,则非兴国;鲤也趋庭,必有不敢。荀卿有言:"乱代之征,文章匿而采。"斯岂近之乎!

其大指归于裁浮靡而崇六艺,物极必反,征圣宗经,其来有渐焉。裴子野,字几原,裴松之之曾孙也,累官鸿胪卿。简文帝与湘东王书所称"裴鸿胪,乃是良史之才"者也。

第七节 刘勰 钟嵘

雕藻之文既盛,非难之声亦起。齐刘勰评"言贵浮诡",梁简文以"懦钝殊常"为病,子野有"淫文破典"之讥;虽所蔽不同,而为文敝一也,淳浇救靡,必出复古。"迁雄之体格"可以起殊常之懦钝,"经诰之指归"庶几式破典之淫文。止礼义以敷章,矫风骨而振靡,此唐之韩愈所以起八代之衰也。若夫雕琢性情,扬榷利病,而发其英议,导之前路者,厥有刘勰之《文心雕龙》、钟嵘之《诗品》,此吾国文学批评之开山也。

刘勰,字彦和,东莞莒人。早孤,笃志好学,家贫不婚娶,依沙门僧祐居,遂博通经论。年逾三十,则尝夜梦执丹漆之礼器,随仲尼而南行,寤而喜曰:"大哉圣人之难见也,乃小子垂梦欤!自生人以来,未有如夫子者也。敷赞圣旨,莫若注经;而马郑诸儒,宏之已精;就有深解,未足立家。惟文章之用,实经典枝条;五礼资之以成,六典因之致用,君臣所以炳焕,军国所以昭明,详其本源,莫非经典;而去圣久远,文体解散;辞人爱奇,言贵浮诡,饰羽尚画,文绣鞶帨,离本弥甚,将遂讹滥。"于是撰《文心雕龙》五十篇,论古今文体,推阐文心,而冠以《原道》、《征圣》、《宗经》、《正纬》、《辨骚》为文之枢纽,自谓:"本乎道,师乎圣,体乎经,酌乎纬,变乎骚。"《序志》第五十。而圣文之雅丽,精理以为文,秀气而成采,固衔华而佩实者也。《征圣》第二。《楚辞》者,体慢于三代,风杂于战国,所贵酌奇而不失其真;玩华而不坠其实也。《辨骚》第五。此论文之枢纽也。诗者持也,持人情性。三百之蔽,义归无邪。《明诗》第六。至于魏之三祖,气爽才丽,宰割辞调,音靡节平,观其"北上"众引、"秋风"列篇,或述酣宴,或伤羁成,志不出于淫荡,辞不离于哀思,虽三调之正声,实《韶》《夏》之郑曲也。《乐府》第七。至于赋者铺也,铺采摛文,体物写志也。文虽新而有质,色虽糅而有本,此立赋之大体也。然逐末之俦,蔑弃其本;虽读千赋,愈惑体要,遂使繁华损枝,膏腴害骨,无贵风轨,莫益劝戒;此扬子所以追悔于雕虫,贻诮于雾縠者也。《诠赋》第八。此论文体者也。又以:怊怅述情,必始乎风。沉吟铺辞,莫先于骨。若丰藻克赡,风骨不飞,则振采失鲜,负声无力。《风骨》第二十八。碌碌丽辞,昏睡耳目。何者?气无奇类,文乏异采故也。《丽辞》第三十五。榷而论之:则黄唐淳而质,虞夏质而辨,商周丽而雅,楚汉侈而艳,魏晋浅而绮,宋初讹而新。从质及讹,弥近弥澹。何则?竞今疏古,风末气衰也。矫讹翻浅,还宗经诰。《通变》第二十九。此论文心者也。持论大率类此;录《宗经》一篇以见指。

　　三极彝训,其书言经。经也者,恒久之至道,不刊之鸿教也。故象天地,效鬼神,参物序,制人纪,洞性灵之奥区,极文章之骨髓者也。皇世《三坟》,帝代《五典》,重以《八索》,申以《九丘》,岁历绵暧,条流纷糅。自夫子删述而大宝咸耀。于是《易》张《十翼》,《书》标七观,《诗》列四始,《礼》正五经,《春秋》五例。义既极乎性情,辞亦匠于文理,故能开学养正,昭明有融。然而道心惟微,圣谟卓绝,墙宇重峻,而吐纳自深;譬万钧之洪钟,无铮铮之细响矣。

　　夫《易》惟谈天,入神致用;故《系》称"旨远辞文";言中事隐,韦编三绝,固哲人之骊渊也。《书》实记言;而训诂茫昧,通乎尔雅,则文意晓然;故子夏叹《书》昭昭若日月之明,离离如星辰之行;言昭灼也。《诗》主言志,诂训同《书》,摛风裁兴,藻辞讽喻,温柔在诵,故最附深衷矣。《礼》以立体,据事制范,章条纤曲,执而后显,采掇片言,莫非宝也。《春秋》辨理,一字见义;五石六鹢,以详略成文;雉门两观,以先后显旨;其婉章志晦,谅以邃矣。《尚书》则览文如诡,而寻理即畅。《春秋》则观辞立晓,而访义方隐。此圣人之殊致,表里之异体者也。至根柢槃深,枝叶峻茂,辞约而旨丰,事近而喻远,是以往者虽旧,余味日新。后进追取而非晚,前修文用而未先,可谓太山遍雨,河润千里者也。

故论说辞序,则《易》统其首。诏策章奏,则《书》发其源。赋颂歌诗,则《诗》立其本。铭诔箴祝,则《礼》总其端。纪传铭檄,则《春秋》为根。并穷高以树表,极远以启疆;所以百家腾跃,终入环内者也。若禀经以制式,酌雅以富言,是仰山而铸铜,煮海而为盐也。故文能宗经,体有六义:一则情深而不诡,二则风清而不杂,三则事信而不诞,四则义直而不回,五则体约而不芜,六则文丽而不淫。扬子比雕玉以作器,谓《五经》之含文也。夫文以行立,行以文传,四教所先,符采相济。励德树声,莫不师圣;而建言修辞,鲜克宗经。是以楚艳汉侈,流弊不还;正末归本,不其懿欤。

赞曰:三极彝道,训深稽古。致化归一,分教斯五。性灵镕匠,文章奥府。渊哉铄乎,群言之祖!

昭明所选,名曰《文选》;盖必文而后选,非文则不选也;其曰:"老庄之作,管孟之流,盖以立意为宗,不以能文为本",斯所以立"文"与非文之畦封。所谓"文"者,"事出于沉思,义归乎翰藻","综缉辞采,错比文华"也;而飐揭《原道》以昭文心,论藻采而崇风骨,斯实昭明选文之诤臣,而为文章特起之异军。然而俪字不只,偶句成双,使事遣言,雕藻为甚;宁必本心如此,殆不免风气所囿乎?读者勿以辞害志可也。既成书,未为时流所称,欲取定于沈约,无由自达;乃负书候约于车前,状若货鬻者。约取读,大重之,谓深得文理,常陈诸几案。梁天监中,兼东宫通事舍人,迁步兵校尉,兼舍人如故;深被昭明太子爱接,而论文与昭明不同。

钟嵘,字仲伟,颍川长社人;与兄岏,弟屿,并好学有思理。嵘于梁天监中,累为诸王记室。刘勰《征圣》《宗经》以论文;而嵘出风入雅以评诗,撰成《诗品》三卷,论古诗十九首以下,上品十一人,中品三十九人,下品七十二人;而发挥论旨,冠以三序。囊括其义,大端有四:一曰赋比兴不偏废,二曰不堕理障,三曰不用事,四曰不拘声病。以为:"《诗》有三义,曰赋比兴。文已尽而意有余,兴也。因物喻志,比也。直书其事,寓言写物,赋也。宏斯三义,酌而用之,干之以风力,润之以丹采;使味之者无极,闻之者动心,是诗之至也。若专用比兴,患在意深,意深则辞踬。若但用赋体,患在意浮,意浮则文散。"此赋比兴不偏废之说也。又谓:"永嘉时,贵黄老,稍尚虚谈。于时篇什,理过其辞,淡乎寡味。爰及江表,微波尚传,孙绰、许询、桓、庾诸公诗,皆平典似道德论;建安风力尽矣。"独郭璞宪章潘岳,文体相辉,彪炳可玩,始变永嘉平淡之体,故称中兴第一。此不堕理障之说也。又曰:"属辞比事,乃为通谈。若乃经国文符,应资博古,撰德驳奏,宜穷往烈。至乎吟咏情性,亦何贵乎用事?'思君如流水',既是即目。'高台多悲风',亦惟所见。'清晨登陇首',羌无故实。'明月照积雪',讵出经史。观古今胜语,皆由直寻。颜延、谢庄,尤为繁密,于时化之;故大明泰始间,文章殆同书抄。近任昉、王元长等辞不贵奇,竞须新事,尔来作者,浸以成俗,遂乃句无虚语,语无虚字,拘挛补衲,蠹文已甚。但自然英旨,罕值其人。"此不贵乎用事之说也。又曰:"昔曹刘殆文章之圣,陆谢为体贰之才,锐精研思,千百年中,而不闻宫商之辨,四声之论。齐有王元长,尝欲进《知音论》,谢朓、沈约扬其波。三贤或贵公子孙,幼有文辨;于是士流景慕,务为精密,襞积细微,专相陵架;故使文多拘忌,伤其真美。余谓文制本须讽读,不可蹇碍;但令清俗通流,口吻调利,斯为足矣。至平上去入,则余病未能。蜂腰鹤膝,闾里已具。"此不拘声病之说也。

至于品藻众家,则以骨气为主,以辞采为辅。两者骈茂,上也,次之气过其文,又次文胜于气。如论魏陈思王植曰:"骨气奇高,辞采华茂,情兼雅怨,体被文质,譬人伦之有周孔。"论宋临川太守谢灵运曰:"原出陈思,杂有景阳。兴多才高,寓目辄书,内无乏思,外无遗物。名章迥句,处处间起;丽典新声,络绎奔会。"论宋参军鲍照曰:"得景阳之俶诡,含茂先之靡曼,骨节强于谢混,驱迈疾于颜延;总四家而擅美,跨两代而孤出。"此皆骨气辞采,两俱骈茂者也。又如魏文学刘桢曰:"仗气爱奇,动多振绝;真骨凌霜,高风跨俗;但气过其文,雕润恨少。"晋处士郭泰机、晋常侍顾恺之、宋谢世基、宋参军顾迈、戴凯曰:"观此五子,文虽不多,气调警拔,吾许其进,则鲍照江淹,未足逮止。越居中品,余曰宜哉。"此气过其文者也。又如魏侍中王粲曰:"文秀而质羸。"晋司空张华曰:"其体华艳,兴托不奇。巧用文字,务为妍冶。虽名高曩代,而疏亮之士,犹恨其儿女情多,风云气少。"此文胜于气者也。与其文胜,毋宁气过。气过,则厥旨渊放,忘其鄙近。文胜,则务为妍冶,流入淫靡。此其较也。匡时砭俗,颇曰知言,所以谓篇章之绳墨,文采之权量。然魏武悲壮,范晔华赡,屈居下第;元亮清远,鲍照遒丽,不列上品,铨次未允,颇有遗议。又所推原出于谁何,加之抑扬,第出以臆,而不必衷于情实,亦既随事纠正而明其疏;然其旨不可没也。

嵘尝求誉于沈约,约拒之。而详其文体,散朗任自然,如魏武帝临阵,意思安闲,如不欲战;又如太原公子,不衫不履,风神隽逸;在齐梁雕藻之中,另是一种蹊径。刘勰《文心》,句无虚散,齐梁之缛采也;钟嵘《诗品》,体任自然,魏晋之逸调也;宜约之赏勰而不赏嵘也。观约所制,体裁绮密,而嵘之作,风神朗照;盖体之疏密不同,故拒之而不与耶?

第八节　庾信　徐陵 附江总 姚察

刘勰《文心》,钟嵘《诗品》,力崇气骨而薄藻采,贵自然而弃刻镂;然而彼众我寡，未能动俗。雕画奇辞，日竞于繁采；而能者为之，殊别在气，干以风力，藻耀高翔，大雅不群，是则庾信、徐陵其人也。徐陵，字孝穆，东海郯人。梁简文为太子时，与父摛并在东宫，得恩宠。时庾信亦与其父肩吾出入东宫，当时称为双俊。梁禅于陈，陵历事武帝、文帝、宣帝，盛被礼遇。凡梁陈禅让之诏策，及陈初之檄书诰命，皆出其手笔，盖犹任昉之于齐梁之际也。为文瑰丽，世与庾信并称徐庾体。一时后进之士，竞相仿效，隐为一代文宗。而庾信后入周，以南人而雄视北方，启隋唐之四六，所系者尤匪细焉。

庾信，字子山，南阳新野人，庾肩吾之子也。幼而俊迈聪敏，博览群书，尤精《春秋左氏》；及聘东魏，邺下文人学者皆盛称其文辞。梁亡，入西魏，遂仕于周。陈周通好，南北流寓之士，各归其乡，周武帝独留信与王褒，惜其人才，不放还。而信虽位望通显，常作乡关之思，居恒郁郁，此《哀江南赋》所由作也。然其才华富有，绮丽之作，本自青年渐染南朝数百年之靡。及其流转入周，重以飘泊之感，调以北方清健之音，故中年以后之作，能湔洒宫体之绮艳，而特见苍凉。随事着色，善于敷扬，流连篇章，感慨兴废，景自衰飒，语必清华；发愀怆之词，擅雕虫之功。尤善用事，据古况今，属辞比事，而出之以沉郁顿挫，所以堆砌化为烟云。才藻宏富，自然健举，植骨不高而气则雄。举止轩昂，动多振绝，所以丽典新声，络绎奔会，而不伤于襞积。余尝谓韩愈之古文，于浑灏中见矜重；而信之骈文，于整丽中出疏荡。韩愈雄而不快，而信密而能疏，组织出以流美，健笔寓于绮错。盖上摩汉魏辞赋之垒，下启唐宋四六之涂，实以信管其枢也。其《哀江南赋并序》曰：

粤以戊辰之年，建亥之月，大盗移国，金陵瓦解。余乃窜身荒谷，公私涂炭；华阳奔命，有去无归。中兴道销，穷于甲戌，三日哭于都亭，三年囚于别馆；天道周星，物极不反。傅燮之但悲身世，无处求生；袁安之每念王室，自然流涕。昔桓君山之志事，杜元凯之平生，并有著书，咸能自叙。潘岳之文彩，始述家风；陆机之辞赋，先陈世德。信年始二毛，即逢丧乱，藐是流离，至于暮齿。燕歌远别，悲不自胜；楚老相逢，泣将何及。畏南山之雨，忽践秦庭；让东海之滨，遂餐周粟。下亭漂泊，高桥羁旅。楚歌非取乐之方，鲁酒无忘忧之用；追为此赋，聊以纪言；不无危苦之辞，惟以悲哀为主。日暮途远，人间何世！将军一去，大树飘零；壮士不还，寒风萧瑟。荆璧睨柱，受连城而见欺；载书横阶，捧珠槃而不定。钟仪君子，入就南冠之囚；季孙行人，留守西河之馆。申包胥之顿地，碎之以首；蔡威公之泪尽，加之以血。钓台移柳，非玉关之可望；华亭鹤唳，岂河桥之可闻。孙策以天下为三分，众才一旅；项籍用江东之子弟，人惟八千。遂乃分裂山河，宰割天下。岂有百万义师，一朝卷甲，芟夷斩伐，如草木焉！江淮无涯岸之阻，亭壁无藩篱之固。头会箕敛者，合从缔交，锄耰棘矜者，因利乘便。将非江表王气，终于三百年乎！是知并吞六合，不免轵道之灾；混一车书，无救平阳之祸。呜呼，山岳崩颓，既履危亡之运；春秋迭代，必有去故之悲；天意人事，可以凄怆伤心者矣。况复舟楫路穷，星汉非乘槎可上；风飙道阻，蓬莱无可到之期。穷者欲达其言，劳者须歌其事。陆士衡闻而抚掌，是所甘心；张平子见而陋之，固其宜矣。

  我之掌庾承周，以世功而为族；经邦佐汉，用论道而当官。禀嵩华之玉石，润河洛之波澜。居负洛而重世，邑临河而晏安。逮永嘉之艰虞，始中原之乏主；民枕倚于墙壁，路交横于豺虎。值五马之南奔，逢三星之东聚，彼凌江而建国，始播迁于吾祖。分南阳而赐田，裂东岳而胙土，诛茅宋玉之宅，穿径临江之府。水木交运，山川崩竭，家有直道，人多全节。训子见于淳深，事君彰于义烈。新野有生祠之庙，河南有胡书之碣。况乃少微真人，天山逸民，阶庭空谷，门巷蒲轮；移谈讲树，就简书筠。降生世德，载诞贞臣，文辞高于甲观，模楷盛于漳滨。嗟有道而无凤，叹非时而有麟。既奸回之矗逆，终不悦于仁人。

王子洛滨之岁，兰成射策之年；始含香于建礼，仍矫翼于崇贤。游洊雷之讲肆，齿明离之胄筵，既倾蠡而酌海，遂测管以窥天。方塘水白，钓渚池圆。侍戎韬于武帐，听雅曲于文弦。乃解悬而通籍，遂崇文而会武，居笠毂而掌兵，出兰池而典午。论兵于江汉之君，拭玉于西河之主。于是朝野欢娱，池台钟鼓，里为冠盖，门成邹鲁。连茂苑于海陵，跨横塘于江浦。东门则鞭石成桥，南极则铸铜为柱。橘则园植万株，竹则家封千户。西赆浮玉，南琛没羽。吴歈越吟，荆艳楚舞。草木之遇阳春，鱼龙之逢风雨。五十年中，江表无事，王歙为和亲之侯，班超为定远之使。马武无预于甲兵，冯唐不论于将帅。

岂知山岳暗然，江湖潜沸，渔阳有闾左戍卒，离石有将兵都尉。天子方删《诗》《书》，定礼乐，设重云之讲，开士林之学。谈劫烬之灰飞，辨常星之夜落。地平鱼齿，城危兽角。卧刁斗于荥阳，绊龙媒于平乐。宰衡以干戈为儿戏，搢绅以清谈为庙略。乘渍水以胶船，驭奔驹以朽索。小人则将及水火，君子则方成猿鹤。敝箄不能救盐池之咸，阿胶不能止黄河之浊。既而鲂鱼赪尾，四郊多垒。殿狎江鸥，宫鸣野雉。湛卢去国，艅艎失水。见披发于伊川，知百年而为戎矣。彼奸逆之炽盛，久游魂而放命，大则有鲸有鲵，小则为枭为獍，负其牛羊之力，凶其水草之性。非玉烛之能调，岂璿玑之可正。值天下之无为，尚有欲于羁縻，饮其琉璃之酒，赏其虎豹之皮。见胡柯于大夏，识鸟卵于条枝。豺牙密厉，虺毒潜吹，轻九鼎而欲问，闻三川而遂窥。

始则王子召戎，奸臣介胄，既官政而离逖，遂师言而泄漏。望廷尉之逋囚,反淮南之穷寇,出狄泉之苍鸟,起横江之困兽。地则石鼓鸣山,天则金精动宿,北阙龙吟,东陵麟斗。尔乃桀黠构扇,冯陵畿甸,拥狼望于黄图,填卢山于赤县。青袍如草,白马如练。天子履端废朝,单于长围高宴。两观当戟,千门受箭。白虹贯日,苍鹰击殿。竟遭夏台之祸,终视尧城之变。官守无奔问之人,干戚非平戎之战。陶侃空争米船,顾荣虚摇羽扇。将军死绥,路绝长围,烽随星落,书逐鸢飞。遂乃韩分赵裂,鼓卧旗折,失群班马,迷轮乱辙。猛士婴城,谋臣卷舌。昆阳之战象走林,常山之阵蛇奔穴。五郡则兄弟相悲,三州则父子离别。

护军慷慨,忠能死节;三世为将,终于此灭。济阳忠壮,身参末将,兄弟三人,义声俱倡,主辱臣死,名存身丧,敌人归元,三军凄怆。尚书多算,守备是长,云梯可拒,地道能防。有齐将之闭壁,无燕师之卧墙。大事去矣,人之云亡。申子奋发,勇气咆勃,实总元戎,身先士卒。胄落鱼门,兵填马窟,屡犯通中,频遭刮骨。功业夭柱,身名埋没。或以隼翼鷃披,虎威狐假,沾渍锋镝,脂膏原野。兵弱虏强,城孤气寡。闻鹤唳而心惊,听胡笳而泪下。据神亭而忘戟,临横江而弃马。崩于巨鹿之沙,碎于长平之瓦。于是桂林颠覆,长洲麋鹿,溃溃沸腾,茫茫堨默。天地离阻,神人惨酷。晋郑靡依,鲁卫不睦。竟动天关,争回地轴。探雀鷇而未饱,待熊蟠而诅熟。乃有车侧郭门,筋悬庙屋。鬼同曹社之谋,人有秦庭之哭。

尔乃假刻玺于关塞,称使者之酬对。逢鄂坂之讥嫌,值砂门之征税。乘白马而不前,策青骡而转碍。吹落叶之扁舟,飘长风于上游。彼锯牙而钩爪,又循江而习流。排青龙之战舰,斗飞燕之船楼。张辽临于赤壁,王浚下于巴丘。乍风惊而射火,或箭重而回舟。未辨声于黄盖,已先沉于杜侯。落帆黄鹤之浦,藏船鹦鹉之洲。路已分于湘汉,星犹看于斗牛。若乃阴陵路绝,钓台斜趣。望赤壁而沾衣，舣乌江而不渡。雷池栅浦，鹊陵焚戍。旅舍无烟，巢禽无树。谓荆衡之杞梓，庶江汉之可恃。淮海维扬，三千余里，过漂渚而寄食，托芦中而渡水。届于七泽，滨于十死。嗟天保之未定，见殷忧之方始。本不达于危行，又无情于禄仕；谬掌卫于中军，滥尸丞于御史。信生世等于龙门，辞亲同于河洛。奉立身之遗训，受成书之顾托。昔三世而无惭，今七叶而方落。泣风雨于梁山，惟枯鱼之衔索。入敧斜之小径，掩蓬藿之荒扉，就汀洲之杜若，待芦苇之单衣。

于时，西楚霸王，剑及繁阳，麋兵金匮，校战玉堂。苍鹰赤雀，铁轴牙樯。沉白马而誓众，负黄龙而渡江。海潮迎舰，江萍送王。戎车屯于石城，戈船掩于淮泗。诸侯则郑伯前驱，盟主则荀罃暮至。剖巢熏穴，奔魑走魅，埋长狄于驹门，斩蚩尤于中冀，燃腹为灯，饮头为器。直虹贯垒，长星属地。昔之虎踞龙蟠，加以黄旗紫气，莫不随狐兔而窟穴，与风尘而殄瘁。西瞻博望，北临玄圃，月榭风台，池平树古。倚弓于玉女窗扉，系马于凤凰楼柱。仁寿之镜徒悬，茂陵之书空聚。

若夫立德立言，谟明寅亮，声超于系表，道高于河上。更不遇于浮丘，遂无言于师旷。以爱子而托人，知西陵而谁望。非无北阙之兵，犹有云台之仗。司徒之表里经纶，狐偃之惟王实勤。横雕戈而对霸主，执金鼓而问贼臣。平吴之功，壮于杜元凯；王室是赖，深于温太真。始则地名全节，终则山称枉人。南阳校书，去之已远，上蔡逐猎，知之何晚。镇北之负誉矜前，风飙凛然。水神遭箭，山灵见鞭。是以蛰熊伤马，浮蛟没舻，才子并命，俱非百年。

中宗之夷凶靖乱，大雪冤耻。去代邸而承基，迁唐郊而纂祀。反旧章于司隶，归余风于正始。沈猜则方逞其欲，藏疾则自矜于己。天下之事没焉，诸侯之心摇矣。既而齐交北绝，秦患西起。况背关而怀楚,异端委而开吴。驱绿林之散卒,拒骊山之叛徒。营军梁溠,搜乘巴渝。问诸淫昏之鬼,求诸厌劾之巫。荆门遭廪延之戮,夏口滥逵泉之诛。蔑因亲以教爱,忍和乐于弯弧,既无谋于肉食,非所望于论都。未深思于五难,先自擅于三端。登阳城而避险,卧砥柱而求安。既言多于忌刻,实志勇而形残。但坐观于时变,本无情于急难。地惟黑子,城犹弹丸。其怨则黩,其盟则寒。岂冤禽之能塞海,非愚叟之可移山。况以沴气朝浮,妖精夜殒。赤乌则三朝夹日,苍云则七重围轸。亡吴之岁既穷,入郢之年斯尽。周舍郑怒,楚结秦冤。有南风之不竞,值西邻之责言。俄而梯冲乱舞,冀马云屯。伐秦车于畅毂,沓汉鼓于雷门。下陈仓而连弩,渡临晋而横船。虽复楚有七泽,人称三户。箭不丽于六麋,雷无惊于九虎。辞洞庭兮落木,去涔阳兮极浦。炽火兮焚旗,贞风兮害蛊。乃使玉轴扬灰,龙文折柱。下江余城,长林故营。徒思拑马之秣,未见烧牛之兵。章曼支以毂走,宫之奇以族行。河无冰而马渡,关未晓而鸡鸣。忠臣解骨,君子吞声。章华望祭之所,云梦伪游之地。荒谷缢于莫敖,冶父囚于群帅。硎谷折拉,鹰鹯批㩳。冤霜夏零,愤泉秋沸。城崩杞妇之哭,竹染湘妃之泪。

水毒秦泾,山高赵陉,十里五里,长亭短亭。饥随蛰燕,暗逐流萤。秦中水黑,关上泥青。于时,瓦解冰泮,风飞电散。浑然千里,淄渑一乱。雪暗如沙,冰横似岸。逢赴洛之陆机,见离家之王粲,莫不闻陇水而掩泣,向关山而长叹。况复君在交河,妾在青波,石望夫而逾远,山望子而逾多。才人之忆代郡,公主之去清河。栩杨亭有离别之赋,临江王有愁思之歌。别有飘飘武威,羁旅金微,班超生而望返,温序死而思归。李陵之双凫永去,苏武之一雁空飞。

若江陵之中否,乃金陵之祸始。虽借人之外力,实萧墙之内起。拨乱之主忽焉,中兴之宗不祀。伯兮叔兮,同见戮于犹子。荆山鹊飞而玉碎,随岸蛇生而珠死。鬼火乱于平林,殇魂游于新市。

梁故丰徙,楚实秦亡。不有所废,其何以昌?有妫之后,将育于姜。输我神器,居为让王。天地之大德曰生,圣人之大宝曰位。用无赖之子弟,举江东而全弃。惜天下之一家,遭东南之反气。以鹈首而赐秦,天何为而此醉?

且夫天道回旋,生民预焉。余烈祖于西晋,始流播于东川。泊余身而七叶,又遭时而北迁。提挈老幼,关河累年。死生契阔,不可问天。况复零落将尽,灵光岿然。日穷于纪,岁将复始。逼迫危卢,端忧暮齿。践长乐之神皋,望宣平之贵里。渭水贯于天门,骊山回于地市。幕府大将军之爱客,丞相平津侯之待士。见钟鼎于金张,闻弦歌于许史。岂知灞陵夜猎,犹是故时将军;咸阳布衣,非独思归王子。

信以碑版之文擅名一代,然数篇以后,落调多同,用事多复,习见不鲜,遂成窠臼。不如赋之往往遹变,篇各有意。而赋有二种:一种绮情艳思,风光旖旎;如《春赋》、《荡子赋》是也。一种楚调哀歌,声调激越;如《哀江南赋》、《小园赋》、《枯树赋》是也。信之在周也,明帝、武帝,雅好文学,特蒙恩礼;至于赵、滕诸王,周旋款至,有若布衣之交。王公碑志,咸相托焉。然多兴朝贵人,雍容揄扬;独所为《大将军怀德公吴明彻墓志》,英雄失路,志士拊心,慷慨悲歌,自抒寥落之感焉。其辞曰:

公讳明彻,字通昭,兖州秦郡人也。西都列国,长沙王功被山河;东京贵臣,大司马名高西汉。岂直西河有守,智足抗秦;建平有城,威能动晋而已也。祖尚,南谯太守。父标,右军将军。抗拒淮沂,平夷济漆,代为名将,见于斯矣。

公志气纵横,风情倜傥。圯桥取履,早见兵书;竹林逢猿,遍知剑术。故得勇爵登朝,材官入选。起家东宫司直,后除左军。葛瞻始嗣兵戈,仍遭蜀灭;陆机才论功业,即值吴亡。公之仕梁,未为达也。自梁受终,齐卿得政。礼乐征伐,咸归舜后;是以威加四海,德教诸侯,萧索烟云,光华日月。公以明略佐时,雄图赞务,鳞翼更张,风飙遂远。冠军侯之用兵,未必师古;武安君之养士,能得人心。拟于其伦,公之谓矣。为左卫将军,寻迁镇军丹阳尹,北军中埃,总政六师;河南京尹,冠冕百郡。文武是寄,公无愧焉。潇湘之役,凭陵岛屿。风船火舰,周瑜有赤壁之兵;盖轴襜舻,魏齐有横江之战。仍为平南将军,开府仪同三司,都督湘衡桂武四州刺史,遂得左广回局,辚车反畅。长沙楚铁,更入兵栏;洞浦藏犀,还输甲库。虽复戎歌屡凯,军幕犹张;淮南望廷尉之囚,合淝称将军之寇,莫不失穴惊巢,沉水陷火。为使持节侍中、司空、车骑大将军、都督南北兖青谯五州诸军事、南兖州刺史、南平郡开国公,食邑八千户,鼓吹一部。中台在玄武之宫,上将列文昌之宿。高蝉临鬓,吟鹭陪轩。平阳之邑万家,临淄之马千驷。坐则玉案推食,行则中分麾下。生平若此,功业是凭。既而金精气壮,师出有名;石鼓声高,兵交可远。故得舻舳所临,盖于淮泗;旌旗所袭,奄有龟蒙。魏将已奔,犹书马陵之树;齐师其遁,空望平阴之乌。

俄而南仲出车,方叔莅止,畅毂文茵,钩膺鞗革。遂以天道在北,南风不竞。昔者祁将失律,卫将军于是待罪;中军争济,荀桓子于焉受戮。心之忧矣,胡以事君。宣政元年,届于东都之亭。有诏释其鸾镳,蠲其衅社。始弘就馆之礼,即受登坛之策,拜持节大将军、怀德郡开国公,邑二千户。归平津之馆,时闻枥马之嘶;舍广城之传,裁见诸侯之客。廉颇眷恋,宁闻更用之期;李广盘桓,无复前驱之望。霸陵醉尉,侵辱可知;东陵故侯,生平已矣。大象二年七月二十八日,气疾暴增,奄然宾馆,春秋七十七,即以其年八月十九日,寄瘗于京兆万年之县东郊,诏赠某官,谥某,礼也。江东八千子弟,从项籍而不归;海岛五百军人,为田横而俱死焉。呜呼哀哉!毛脩之埋于塞表,流落不存;陆平原败于河桥,死生惭恨。反公孙之柩,方且未期;归连尹之尸,竟知何日。游魂羁旅,足伤温序之心;玄夜思归,终有苏韶之梦。遂使广平之里,永滞冤魂;汝南之亭,长闻夜哭。呜呼哀哉!乃为铭曰:

　　九河宅土,三江贡职。彼美中邦,君之封殖。负才矜智,乘危恃力。浮磬戢鳞,孤桐垂翼。五兵早竭,一鼓前衰;移营减灶,空幕禽飞。羊皮诅赎,画马何追?荀罃永去,随会无归。存没俄顷,光阴凄怆。岳裂中台,星空上将。眷言妻子,悠然亭障。魂或可招,丧何可望。壮志沉沦,雄图埋没;西陇足抵,黄尘碎骨。何处池台,谁家风月?坟隧羁远,营魂流寓。霸岸无封,平陵不树。壮士之垅,将军之墓,何代何年,还成武库?

碑志之文,自蔡邕后,皆逐节敷写;至有唐韩愈,乃变其体。若庾信则犹守蔡氏矩矱;特蔡氏骈语雅润,而信则四六铿锵耳。观其每叙一事,多用单行,先将事略说明,然后援引故实,作成联语;皆可为骈散不能偏废之证。夫骈文之中,苟无散句,则意理不显,故信为碑志诸文,述及行履,出之以散,而骈俪诸句,则接于其下。如是则气既舒缓,不伤平滞,而辞义亦复轩爽。偶意共逸韵俱发,丽句与实事并流,必使理圆事密,迭用奇偶,清畅奕奕,所以贵耳。传有《庾子山集》十六卷。

徐陵字孝穆,东海郯人。庾信丽而能闳,碑志有名。徐陵遒而能婉,书记为美。梁太清中,以陵兼通直散骑常侍,使魏。齐文襄为相,留不遣。及侯景入寇,陵父摛先在围城之内。陵不奉家信,蔬食布衣。会齐受魏禅,梁元帝承制于江陵,复通使于齐,陵累求复命,终拘留不遣,乃致书于仆射杨遵彦,危心警露,哀响闻天,造怀指事,颇为时诵。及西魏平江陵,齐送贞阳侯明为梁嗣,乃遣陵随还,太尉王僧辩初拒境不纳。

明往复致书,皆陵辞也。及明入,僧辩大喜得陵,以为尚书吏部,兼掌诏诰。其年陈武帝诛僧辩,于是废贞阳侯,而任约、徐嗣征乘虚袭石头。陵感僧辩旧恩,往赴约。约平,武帝释陵不问,以为尚书左丞;文檄军书,壹以相委。齐人以纳贞阳侯不得志,而据广陵以临江,屡告入寇。陵《为武帝作相时与齐广陵城主书》曰:

……辱告承上党殿下及匹娄领军应来江右,师出无名,此是何义?小之事大,差无违礼;彼之陵我,自是乖言。玄天所伐,匹马无还。翻见怨尤,一何非理。若彼鬼神有志,宁可斯背?鬼神无知,何用盟歃?去岁抑达磨等石头天井,连月亢阳;三子才降,连冬大雪,黄袍尽没,白帐皆浮。既因之以泥涂,兼加之以疾疫。萧裴既退,云雾便除。从尔以来,稍成灾旱。定知衣冠之国,礼乐相承,天道不言,不容都灭。长江渺渺,巨浪汤汤,如斗舰舟师,讵有深利?近梁山之战,即是前车;芜湖之役,可为明镜。昔晋侯不能乘郑马;赵将不能用楚兵;一非水土,难为骋力。扬州卑湿,厥土涂泥,如遇秋霖,杳同江汉。假令蚩尤重出,白起还生,控代马而陵波,蹑胡靴而湍水,终难逞效,讵有成功。六州勇士,虽有百万;十姓豪杰,徒劳千亿;不能为患,断可知矣。

昔我平世,天下乂安,人不识于干戈,时无闻于桴鼓;故得凶人侯景,济我横江;天步中危,实由忘战。自乱离已久,人解用兵,女子无愧于韩彭,童儿不殊于卫霍;吴钩甚利,蜀甲殊轻;槊动风霜,弩穿金石。高楼大舰,概日陵云。叱咤而起风雷,吹嘘如倒山岳。侯车骑国家重将,分陕上流,近隔以边尘,时亏表疏。王途既泰,贡赋相望,寻令子弟侍奉京邑。萧太保龙骧于贲海,王仪同虎视于洞庭,若望高烽,便当投袂。何则?凡诸将帅,各护家乡,非直吾人,独忧宗社。日者频辱司马行台及诸公有告,裴行台当今方召,此诸贤莫非英杰；其余军士，悉是骁雄。庸蜀氐羌之兵，乌丸百虏之骑，以此众战，谁能御之。来告以细柳之军，逾于灞上；吾恐今之赵括，不及廉颇也。足下既未知始末，容有疑怪。大军多士，希惠矜弘，量非此失，时腾表疏。幸停师旅，已存盟信；庶其小国，永申藩礼。天心无爽，退迩一同。投笔悚慨，不复多白。陈讳顿首。

叙事尽情，辩言中理，随激两化，文质互宣，不徒以婉媚绮错见长；与阮瑀《为曹公作书与孙权》同一机杼。所不同者，阮当败军之后，语无惭怍；此乘新胜之气，辞不矜张。阮妙婉曲，出以情真理实；此为辩裁，告以形格势禁；辞令绝品，无独有偶，信辞令之美也。其他《劝进元帝表》、《与代贞阳侯致王僧辩、陈武帝》诸书，感慨兴亡，声泪并发。至羁旅篇牍，亲朋报章，苏李悲歌，犹见遗则；代马越鸟，能不凄然。《左氏传》曰："好整以暇。"陵与庾信称为骈体之宗，同于好整，而陵特以暇。虽更丧乱，慷慨伤怀，而出以沉吟呜咽，不为信之悲凉遒激；虽使辞之文质相称，而秉气之刚柔攸异，一柔婉，一雄丽也。传有《徐孝穆集》十卷。

汉文雄杰，故多大篇；论者每以齐梁小文鄙之，为才气薄弱，为用事不得奇，其说似矣。然庾信《哀江南赋》，徐陵《与杨仆射书》，驱旧典以入新杼，隐时踪于揽古躅，极衰飒事，写得奕奕，内无乏思，外无遗物。如此等篇，亦复气体恢宏，从汉文出，但类此者无多耳。若以唐文较之，唐代骈文，无不壮丽，其源出于徐庾两家。徐庾文体，亦极藻艳调畅，然皆有遒逸之致，非仅如唐文之能为博肆也。庾信《小园赋》，选声炼色，着意修饰而仍不黏滞。徐陵《玉台新咏序》，旖语闲情，极尽声偶而中有跌宕。五色相宣，八音迭奏，可谓六朝之渤澥，四杰之津梁。

庾信之诗，曼声协律，开初唐沈宋之前河；然句多矜贵，篇欠遒炼。文秀而质羸。方李杜不足于风力，比沈宋有余于妍媚，而五言胜于七言。其中流连光景，模山范水，出以清新，不为雕藻，绮而不缛。王摩诘诗中有画,自此而胎。徐陵诗有警句而无遒篇,体裁绮密,同于庾信;而逸宕转逊,雕文织彩,失之繁縻板垛,乃以伤格。而七言乐府,辞兴婉惬,风华清靡,则开长庆元白之先路,两人一也。录其一二以当举隅。

怨歌行庾信

家住金陵县前,嫁得长安少年。回头望乡泪落,不知何处天边。胡尘几日应尽?汉月何时更圆?为君能歌此曲,不觉心随断弦。

杂曲徐陵

倾城得意已无俦,洞房连阁未消愁。宫中本造鸳鸯殿,为谁新起凤凰楼?绿黛红颜两相发,千娇百态情无歇。舞衫回袖胜春风,歌扇当窗似秋月。碧玉宫妓自翩妍,绛树新声最可怜。张星旧在天河上,从来张姓本连天。二八年时不忧度,傍边得宠谁相妒?立春历日自当新,正月春幡底旧故。流苏锦帐挂香囊,织成罗幔隐灯光。只应私将琥珀枕,暝暝来上珊瑚床。

大抵调谐而响圆,音靡则节平。儿女情多,风云气少;有琴瑟之安节,无鼙鼓之激响。俯眺隋唐律体,开其谐畅;上视汉魏乐府,逊其气骨。美瞻可玩,未云大雅。

徐庾而外,一时以文章名者,南有阴铿,北有王褒。阴铿仕于陈代,与何逊并称阴何;然阴专工琢句,实不逮何。王褒与庾信齐名,留周不返,往往有感怆之句。大抵文自齐梁以来,其辞概绮艳而失于轻浮,其情则多哀思,几如听亡国之音,南风之不竞,是岂无故哉。而陈后主遂以《玉树后庭花》、《临春乐》等曲,酣歌淫舞,结江左偏安之局,而江总实为之相。

江总,字总持,济阳考城人也。笃学有文辞,尤工五言七言,溺于浮靡。陈宣帝时,为太子詹事,与后主为长夜之饮。后主即位,历吏部尚书、仆射、尚书令。既当权任宰，不持政务，但日与后主游宴后庭，有狎客之目。其为《陈六宫谢表》曰：

> 鹤籥晨启，雀钗晓映。恭承盛典，肃荷徽章。步动云裓，香飘雾縠。靦缠艳粉，无情拂镜；愁萦巧黛，息意临窗。妾闻汉水赠珠，人间绝世；洛川拾翠，仙处无双。或有风流行雨，窈窕初日，声高一笑，价起两环；乃可桂殿迎春，兰房侍宠。借班姬之扇，未掩惊羞；假蔡琰之文，宁披悚戴。

态冶思柔，一意雕绘；盖得徐陵之一体者也。然有余于涂泽，不足于清新。

吴兴姚察，字伯审，蹈履清直，仕陈后主，累官秘书监，领著作，知撰《梁史》；入隋，未及成书，戒子思廉续成之。而思廉凭其旧稿，加以新录，为《梁书》五十六卷；父子绍述，世济其美，媲于司马之谈迁，班氏之彪固。而行文则矫然特出，不逐风气，无意于班氏之典赡，而欲力追太史公之俶傥者。盖其时争尚骈俪，即序事之文，亦多四字为句，罕有用散文单行者，沈约之《宋书》，其尤著者也。而《梁书》则多以疏荡出之，如《韦叡传》叙合肥等处之功，《昌义之传》叙钟离之战，《康绚传》叙淮堰之作，皆劲气锐笔，曲折明畅，一洗六朝芜冗之习。唐李延寿撰《南史》，力求简净，然不能增损《梁书》一字也。至诸传论亦皆抒以散文。唐太宗撰《晋书·陆机、王羲之传论》，魏徵撰《梁书·总论》，捴藻振葩，犹用骈偶；而《梁书》独卓然杰出于骈四俪六之上，则姚察为不可及也。世但知六朝之后，古文自唐韩愈倡之，而岂知姚察已振于陈隋之际也哉。

第七章 北　　朝

第一节　发　　凡

　　五胡递兴，典午南渡，河淮以北，鞠为战场；礼乐文章，荡然以尽。拓拔崛起，力征经营，日寻干戈，不遑文事。崔浩、高允，字义典正，未焕乎文也。孝文迁洛，慕尚文雅，用夏变夷，故能振起人文，革粗鄙之旧，扬雍容之风。自此而后，洛下江左，日竞于文，彼此好尚，雅有异同。江左宫商发越，贵于清绮；河朔辞义贞刚，重乎气质。气质则理胜其辞，清绮则文过其意，此其南北词人得失之大较也。济阴温子升，为北方之英，起自孤寒，郁然有文。而河间邢劭、巨鹿魏收，后先接踵，咸能综采繁缛，兴属雅清。比于建安之徐、陈、应、刘，太康之潘、陆、张、左，各一时也。有齐霸业云启，广延髦俊，而军国文翰，多是魏收作之。琅邪颜之推辞情典丽，自梁入齐，尤工尺牍，大为齐人所重，则犹庾信之在周乎。周文辅魏，欲革华靡，而参赞机密，厥云苏绰。然绰之建言，务存质朴，遂糠粃魏晋，宪章虞夏，虽属辞有师古之美，矫枉非适时之用，故莫能常行焉。既而革车电迈，渚宫云撤，梁荆之风扇于关右，狂简之徒斐然成俗；流宕忘返，无所取裁，词尚轻险，情多哀思，革以延陵之听，盖亦亡国之音也。隋文帝初统万机，每念斫雕为朴；发号施令，咸去浮华；然时俗辞藻，犹多淫丽。故宪台执法，屡飞霜简。炀帝初习艺文，有非轻侧之论,暨乎即位,一变其体;《与越公书》、《建东都诏》、《冬至受朝》诗及《拟饮马长城窟》,并存雅体;虽意在骄淫,而词无浮荡,故当时缀文之士,遂得依而取正焉。物极则反,文胜之弊,欲救以朴,心同理同,其机然也。

第二节　魏温子升 附邢劭 魏收

温子升,字鹏举,自云太原人,晋大将军峤之后也。博览百家,足有才藻。为《寒陵山寺碑》,虽篇幅不闳,而铿訇有势。至《代孝庄帝杀尔朱荣大赦诏》,历叙本末,情事都到,而俪体行文,不害遒亮。既而事魏孝武帝,为侍读兼中书舍人。会齐神武帝辅政,孝武内欲相图,神武举兵南向,上表自明,谓:"臣若敢负陛下,则使身受天殃,子孙殄绝。陛下若垂信赤心,使干戈不动,佞臣一二人,愿斟量废出。"子升为孝武草敕,以答神武曰:

前持心血,远以示王,深冀彼此共相体悉。而不良之徒,坐生间贰。今得王启,言誓恳恻,反复思之,犹所未解。以朕眇身,遇王武略,不劳尺刃,坐为天下;所谓生我者父母,贵我者高王。今若无事背王,规相攻讨,则使身及子孙,还如王誓;皇天后土,实闻此言!朕既暗昧,不知佞人是谁;可列其姓名,令朕知也。如闻库狄干语王云:"本欲取懦弱者为主,无事立此长君,使其不可驾御。今但作十五日行,自可废之,更立余者。"如此议论,自是王闲勋人,岂出佞臣之口。王若守诚不贰,晏然居北,在此虽有百万之众,终无图彼之心。王脱信邪弃义,举旗南指,纵无匹马只轮,犹欲奋空拳而鹿死。朕本寡德,王已立之,百姓无知,或谓实可。若为他人所图,则彰朕之恶;假令还为王杀,幽辱齑粉,了无遗恨。何者?王既以德见推,以义见举,一朝背德舍义,便是过有所归。本望君臣一体,若合符契,不图今日分疏到此。古语云:"越人射我,笑而道之。吾兄射我,泣而道之。"朕既亲王,情如兄弟,所以投笔拊膺,不觉歔欷。

不为藻丽,亦不驰骋,而以悬到发愤怒,于委婉见气劲,弓燥手柔,力虽不逮汉魏,格已高出齐梁,此固风会使然,抑亦地气所致。梁使张皋写子升文笔,传于江外。梁武称之曰:"曹植、陆机,复生北土,恨我辞人,数穷百六。"而济阴王晖业尝云:"江右文人,宋有颜延之、谢灵运;梁有沈约、任昉。我子升,足以陵颜轹谢,含任吐沈。"子升每谓人曰:"诗章易作,逋峭难为。"辞致宏远,独步当时,与邢劭为文士之冠;世论谓之温邢。

邢劭,字子才,河间人。雅有才思。然劭气无奇类,文乏异采;独《贺平石头》一表,抑扬爽朗,小臻遒变,不如子升也。魏收,字伯起,巨鹿人。天才艳发,而年事在二人之后,子升死后,亦称邢魏焉。然子升辞义贞刚,风气河朔;邢魏文采瞻丽,希慕江左。而二人者又异所好。邢劭规模沈约,魏收私淑任昉。及两人互争名而相訾毁也,邢劭云:"江南任昉,文体本疏。魏收非直模拟,亦大偷窃。"收闻,乃曰:"伊常于沈约集中作贼,何意道我偷任。"任沈俱有重名,而邢魏好尚不同。黄门郎颜之推以二公意问仆射祖珽,珽答曰:"见邢魏之臧否,即是任沈之优劣。"然任昉隶事精切,书记翩翩,全在点得明,应得响,而经以议论,纬以情性,所以不觉其铺砌,但见其圆润;而魏收则情性不真,议论不宏,点不明,应不响,所以不觉其茂典,但见其肤廓。沈约调圆语响,态有余妍;邢劭则辞哑意常,文乏遗韵。邢之所以不如沈者,有章句而无姿致,所以妆点与妍媚攸异。魏之所以不如任者,有排比而无筋节,所以痴肥与雄赡不同。魏收名盖齐代。文誉翔洽;然观其文章,惟《魏书》诸序论佳耳,他未能称。大抵气欲壮而笔不遒,所以振不起;意欲发而辞不警,所以透不足也。侯景叛入梁,寇南境。齐文襄令收为檄,五十余纸,不日而就。又檄梁朝,令送侯景,初夜执笔,三更便了,文过七纸。文襄善之,顾谓人曰:"在朝今有魏收,便是国之光采,雅俗文墨,通达纵横。我亦使子才、子升,时有所作,至于辞气,并不及之。"文宣面贬劭曰:"尔空字子才,然才不及魏收!"及禅魏国,诏收撰《魏书》,成一百三十卷;其史三十五例,二十五序,九十四论,前后二表一启,皆独出于收;而序论辞气铿訇,出以反复低昂,尤使人精神振发,兴趣悠长也。惟时论不以为允,谓"收祖宗姻戚,多被书录,饰以美言"。而有秽史之目。然寻《魏书·恩幸传》首列王叡,其子椿即收之姑夫;而传称"魏抚兄子收,情同己子"。乃不以旧恩曲回史笔,直道如此;纵被书录,岂必美言。而互考诸书,参证所记,亦未甚远于是非。婉而有章,繁而不芜,志存实录;秽史之称,无乃恩怨之辞乎?收历事齐文襄、文宣、孝昭、武成诸帝,累官尚书右仆射,位特进;以文章显,世称大邢小魏;盖收少邢劭十岁也。劭事文襄、文宣;累官太常卿,兼中书监,摄国子祭酒。劭与收虽并仕齐;然魏朝已有重名,盖与温子升骖驾先后云。

第三节 齐颜之推

颜之推,字介,琅邪临沂人也。九世祖含,从晋元东渡,官至侍中、右光禄、西平侯;世善《周官》《左氏》学。之推早传家业,不好虚谈,还习《礼》《传》;而博览群书,无不该洽。事梁元帝为散骑侍郎,江陵陷,入周,寻奔齐,累官黄门侍郎。齐亡,踵入周。自伤身历三朝,撰《观我生赋》,感慨废兴,亦如庾信之赋《哀江南》也。振笔直书,气过其文,雕润恨少,而粗朴入古。又述立身治家之法,成《颜氏家训》二十篇;大抵辨

析世故,阐明人情,而衷于古道,文以经训,辞情典丽。录《文章篇》曰:

夫文章者,原出《五经》:诏命策檄,生于《书》者也;序述论议,生于《易》者也;歌咏赋颂,生于《诗》者也;祭祀哀诔,生于《礼》者也;书奏箴铭,生于《春秋》者也。朝廷宪章,军旅誓诰,敷显仁义,发明功德,牧民建国,施用多途。至于陶冶性灵,从容讽谏,入其滋味,亦乐事也。行有余力,则可习之。

然而自古文人,多陷轻薄:屈原露才扬己,显暴君过,宋玉体貌容冶、见遇俳优,东方曼倩滑稽不雅,司马长卿窃赀无操,王褒过章《僮约》,扬雄德败《美新》,李陵降辱夷虏,刘歆反复莽世,傅毅党附权门,班固盗窃父史,赵元叔抗竦过度,冯敬通浮华摈压,马季长佞媚获诮,蔡伯喈同恶受诛,吴质诋诃乡里,曹植悖慢犯法,杜笃乞假无厌,路粹隘狭已甚,陈琳实号粗疏,繁钦性无检格,刘桢屈强输作,王粲率躁见嫌,孔融、祢衡诞傲致殒,杨修、丁廙扇动取毙,阮籍无礼败俗,嵇康陵物凶终,傅玄忿斗免官,孙楚矜夸陵上,陆机犯顺履险,潘岳干没取危,颜延年负气摧黜,谢灵运空疏乱纪,王元长凶贼自贻,谢玄晖侮慢见及。凡此诸人,皆其翘秀者,不能悉纪,大较如此。至于帝王,亦或未免。自昔天子而有才华者,惟汉武、魏太祖、文帝、明帝、宋孝武帝,皆负世议,非懿德之君也。自子游、子夏、荀况、孟轲、枚乘、贾谊、苏武、张衡、左思之俦,有盛名而免过患者,时复闻之;但其损败居多耳。每尝思之,原其所积:文章之体,标举兴会,发引性灵,使人矜伐;故忽于持操,果于进取。今世文士,此患弥切。一事惬当,一句清巧,神厉九霄,志凌千载,自吟自赏,不觉更有傍人。加以砂砾所伤,惨于矛戟;讽刺之祸,速乎风尘。深宜防虑,以保元吉。……

凡为文章,犹人乘骐骥,虽有逸气,当以衔勒制之;勿使流乱轨蹢，放意填坑岸也。文章当以理致为心肾，气调为筋骨，事义为皮肤，华丽为冠冕。今世相承，趋末弃本，率多浮艳。辞与理竞，辞胜而理伏；事与才争，事繁而才损。放逸者流宕而忘归，穿凿者补缀而不足。时俗如此，安能独违，但务去泰去甚耳。必有盛才重誉，改革体裁者，实吾所希。古人之文，宏才逸气，体度风格，去今实远；但缉缀疏朴，未为密致耳。今世音律谐靡，章句偶对，讳避精详，贤于往昔者多矣。宜以古之制裁为本，今之辞调为末，并须两存，不可偏弃也。

邢、魏为文，咸以北人而希江左之丽；而之推论文，欲以古制而裁今调之艳；窥其论锋，颇不慊于时制也。然古之制裁，今之辞调，犹云两存，不欲偏弃；而有裁古制以革今调者，则自周苏绰始。

第四节　周苏绰　宇文护

苏绰，字令绰，武功人。少好学，博览群书。宇文泰辅魏，乃召为行台郎中；在官岁余，诸曹疑事，皆询于绰而后定。所行公文，绰又为之条式，台中咸称其能。仆射周惠达称其有王佐才。泰曰："吾闻之久矣。"寻除著作佐郎，遂留绰。至夜，问以政道，卧而听之。绰既有口辩，于是指陈帝王之道，兼述申韩之要。泰乃起整衣危坐，不觉膝之前席，语遂达曙。诘朝，谓周惠达曰："苏绰真奇士。吾方任之以政。"累授大行台度支尚书，领著作，兼司农卿，参典机密。绰奏行六条诏书以励守令，周详委悉，仁人之言；起衰救弊，而端其本于先治心。泰方欲革易时政，务弘强国富民之道，故绰得尽其知能，反本修古，政典依仿《周官》，文章规模《尚书》；而以有晋之季，文章竞为浮华；泰欲革其弊，因魏帝祭庙，群

臣毕至,乃命绰为《大诰》以式多士;其辞曰:

惟中兴十有一年仲夏,庶邦百辟,咸会于王庭。柱国泰洎群公列将,罔不来朝。时乃大稽百宪,敷于庶邦,用绥我王度。皇帝若曰:"昔尧命羲和,允厘百工。舜命九官,庶绩咸熙。武丁命说,克号高宗。时休哉,朕其钦若。格尔有位,胥暨我太祖之庭。朕将丕命汝以厥官。"六月丁巳,皇帝朝格于太庙;凡厥具僚,罔不在位。皇帝若曰:"咨我元辅、群公、列将、百辟卿士、庶尹御事,朕惟寅敷祖宗之灵命,稽于先王之典,以大诰乎尔在位:昔我太祖神皇,肇膺明命,以创我皇基。列祖景宗,廓开四表,底定武功。暨乎文祖,诞敷文德。袭惟孝武,不赉其旧。自时厥后,陵夷之弊,用兴大难于彼东土,则我黎庶咸坠涂炭。惟台一人缵戎下武,夙夜祗畏,若涉大川,罔识攸济;是用稽于帝典,揆于王度,拯我民瘼。惟彼哲王,示我通训曰:'天生黎蒸,罔克自乂;上帝降鉴睿圣,植元后以乂之。时惟元后,弗克独乂;博求明德,命百辟群吏以佐之。肆天之命辟,辟之命官,惟以恤民,弗惟逸豫。'辟惟元首,庶黎惟趾,股肱惟弼,上下一体,各勤攸司,兹用克臻于皇极。故皇其彝训曰:'后克艰厥后,臣克艰厥臣,政乃乂。'今台一人膺天之眷,既陟元后;股肱百辟,乂服我国家之命,罔不咸守厥职。嗟!后弗艰厥后,臣弗艰厥臣,政于何弗致?呜呼艰哉!凡尔在位,其敬听命。"

皇帝若曰:"柱国,惟四海之不造,载繇二纪。我大祖、烈祖之命,用锡我以元辅。国家将坠,公惟栋梁;皇之弗极,公惟作相;百揆愆度,公惟大录;公其允文允武,克明克乂,迪七德,敷九功,戡暴除乱,下绥我苍生,傍施于九正;若伊之在商,周之有吕,说之相丁,用保我无疆之祚!"皇帝若曰:"群公太宰、太尉、司徒、司空,惟公作朕鼎足,以弼乎朕躬。宰惟天官,克谐六职。尉惟司武,武在止戈。

徒惟司众，敬敷五教。空惟司土，利用厚生。惟时三事，若三阶之在天。惟兹四辅，若四时之成岁。天工，人其代诸！"皇帝若曰："列将，汝惟鹰扬，作朕爪牙。寇贼奸宄，蛮夷猾夏，汝徂征；绥之以惠，董之以威。刑期无刑，万邦咸宁，俾八表之内莫违朕命，时汝功。"皇帝若曰："庶邦列辟，汝惟守土作民父母。民惟不胜其饥，故先王重农；不胜其寒，故先王贵女工。民之不率于孝慈，则骨肉之恩薄；弗惇于礼让，则争夺之萌生。惟兹六物，实为教本。呜呼！为上在宽；宽则人怠，齐之以礼；不刚不柔，稽极于道。"皇帝若曰："卿士庶尹，凡百御事，王省惟岁，卿士惟月，庶尹惟日，御事惟时。岁月日时，罔易其度；百宪咸贞，庶绩其凝。呜呼！惟若王官，陶君万国，若天之有斗，斟元气，酌阴阳。弗失其和，苍生永赖；悖其序，万物以伤。时惟艰哉！"皇帝若曰："惟天地之道，一阴一阳；礼俗之变，一文一质。爰自三五，以迄于兹，匪惟相革，惟其救弊。匪惟相袭，惟其可久。惟我有魏，承乎周之末流，接秦汉之遗弊，袭魏晋之华诞；五代浇风，因而未革；将以穆俗兴化，庸可暨乎！嗟我公辅、庶僚、列辟，朕惟否德，其一朕心力，祗慎厥艰，克遵前王之丕显休烈，弗敢怠荒。咨尔在位，亦叶于朕心；惇德允元，惟厥艰是务。克捐厥华，即厥实，背厥伪，崇厥诚。勿愆勿忘，一乎三代之彝典，归于道德仁义，用保我祖宗之丕命。荷天之休，克绥我万方，永康我黎庶。戒之哉，朕言不再。"

柱国泰洎庶僚百辟拜手稽首曰："宣聪明作元后，元后作民父母。惟三五之王，率繇此道，用臻于刑措。自时厥后，历千载未闻。惟帝念功，将及叔世，遂致于雍熙，庸锡降丕命于我群臣。博哉王言，非言之难，行之实难。臣闻靡不有初，鲜克有终。《商书》曰：'终始惟一，德乃日新。'惟帝敬厥始，慎厥终，以跻日新之德。则我群臣，敢不夙夜对扬。休哉！惟兹大谊，未光于四表，以迈种德；俾

238

九域幽遐,咸昭奉元后之明训,率迁于道,永膺无疆之休。"帝曰:"钦哉!"

自是之后,文笔皆依此体。新莽而还,点窜《尧典》《舜典》字,摹诰范谟,此为第二次矣。然新莽以经诰之迟重,革七雄之纵横;而宇文以经诰之古朴,救六朝之浮艳;规模略同,而所救异也。于时王褒、庾信,南国丽人,栖迟周京;而世宗雅词云委,滕赵二王雕藻间发,咸筑宫虚馆,有如布衣之交。由是朝廷之人,间阎之士,莫不忘味于遗韵,眩精于末光;而滕王之序庾信文,低昂往复,即似信笔。李昶之《答徐陵书》,婉转抑扬,亦具陵体。濡染南藻,式谷似之。大抵北齐依仿任沈,而周宗仰徐庾。绰创制一代,乃欲以谟诰变俪偶,而效之者,惟一卢辩,可谓吾道不行。然则绰之师古,亦何补于矫枉哉。顾相其笔势,如镕铸而成,佶屈聱牙,出之自然,而往复百折;惟骨劲而气猛,固辞笔之鸷翰也。前之王莽,有其辞而无其气;后之王通,得其理而遗其笔;神气索莫,负声无力,同一摹古,生死攸别矣。然而至情胜韵,自然英美,不得不推宇文护为第一手;则又吞吐汉魏,固非宪章虞夏者也。

宇文护,字萨保,泰兄子也。方泰辅魏之日,诸子冲幼,遂委任焉;每叹曰:"此子志度类我。"泰之薨也,属以后事。护纲纪内外,抚循文武;于是讽魏帝行禅代之事。孝闵帝践阼,拜大司马,封晋国公;累拜大冢宰、太师、雍州牧。高祖即位,百官总已以听焉。初护母阎姬及诸戚属,并没在齐,被幽絷。护居宰相之后,每遣间使寻求,莫知音息;既而齐人许还朝,令人为阎作书报护曰:

天地隔塞,子母异所,三十余年,存亡断绝。肝肠之痛,不能自胜。想汝悲思之怀,复何可处。吾自念十九入汝家,今已八十矣;既逢丧乱,备尝艰阻,恒冀汝等长成,得见一日安乐。何期罪衅深重,存没分离。吾凡生汝辈三男三女,今日目下不睹一人;兴言及此，悲缠肌骨。赖皇齐恩恤，差安衰暮。又得汝杨氏姑及汝叔母纥干、汝嫂刘、新妇等同居，颇亦自适。但为微有耳疾，大语方闻；行动饮食，幸无多恙。今大齐圣德远被，特降鸿慈，既许归吾于汝，又听先致音耗，积稔长悲，豁然获展。此乃仁侔造化，将何报德。

汝与吾别之时，年尚幼小，以前家事，或不委曲。昔在武川镇，生汝兄弟，大者属鼠，次者属兔，汝身属蛇。鲜于修礼起日，吾之阖家大小，先在博陵郡住，相将欲向左人城行。至唐河之北，被定州官军打败，汝祖及二叔时俱战亡。汝叔母贺拔及儿元宝，汝叔母纥干及儿菩提，并吾与汝六人，同被擒捉，入定州城。未几闲将吾及汝送与元宝掌，贺拔、纥干，各别分散。宝掌见汝云："我识其祖翁，形状相似。"时宝掌营在唐城内，经停三日，宝掌所掠得男夫妇女，可六七十人，悉送向京。吾时与汝同被送，限至定州城南，夜宿同乡人姬库根家。茹茹奴望见鲜于修礼营火，语吾云："我今走向本军。"既至营，遂告吾辈在此。明旦日出，汝叔将兵邀截吾及汝等还得向营。汝时年十二，共吾并乘马随军，可不记此事缘由也。于后，吾共汝在受阳住。时元宝、菩提及汝姑儿贺兰盛洛并汝身四人同学。博士姓成，为人严恶，凌汝四人，谋欲加害。吾共汝叔母等闻知，各捉其儿打之；惟盛洛无母，独不被打。其后尔朱天柱亡岁，贺拔阿斗泥在关西遣人迎家累。时汝叔亦遣奴来富迎汝及盛洛等。汝时着绯绫袍，银装带；盛洛着紫织成缬，通身袍黄绫里，并乘骡同去。盛洛小于汝，汝等三人并呼吾作阿摩敦。如此之事，当分明记之耳。今又寄汝小时所着锦袍表一领至，宜检看；知吾含悲戚，多历年祀。

属千载之运，逢大齐之德，矜老开恩，许得相见。一闻此言，死犹不朽。况如今者，势必聚集。禽兽草木，母子相依。吾有何罪，与汝分离，今复何福，还望见汝。言此悲喜，死而更苏。世间所有，求皆可得,母子异国,何处可求?假汝贵极王公,富过山海,有一老母,八十之年,飘然千里,死亡旦夕,不得一朝暂见,不得一日同处,寒不得汝衣,饥不得汝食,汝虽穷荣极盛,光耀世间,汝何用为,于吾何益。吾今日之前,汝既不得申其供食,事往何论。今日以后,吾之残命,惟系于汝。尔戴天履地,中有鬼神,勿云冥昧而可欺负。汝杨氏姑今虽炎暑,犹能先发。关河阻远,隔绝多年。书依常体,卢汝致惑,是以每存款质,兼亦载吾姓名,当识此理,不以为怪。

护性至孝,得书,悲不自胜,左右莫能仰视;报书曰:

区宇分崩,遭遇灾祸,违离膝下,三十五年。受形禀气,皆知母子;谁同萨保,如此不孝。宿殃积庆,惟应赐钟;岂悟网罗,上婴慈母。但立身立行,不负一物,明神有识,宜见哀怜。而子为公侯,母为俘隶,热不见母热,寒不见母寒,衣不知有无,食不知饥饱,泯如天地之外,无由暂闻,昼夜悲号,继之以血。分怀冤酷,终此一生,死若有知,冀奉见于泉下尔。不谓齐朝解网,惠以德音,摩敦、四姑,并许矜放。初闻此旨,魂爽飞越,号天叩地,不能自胜。四姑即蒙礼送,平安入境,以今月十八日,于河东拜见,遥奉颜色,崩动肝肠。但离绝多年,存亡阻隔,相见之始,口未忍言。惟叙齐朝宽弘,每存大德;云与摩敦,虽处宫禁,常蒙优礼。今者来邺,思遇弥隆;矜哀听许摩敦垂敕,曲尽悲酷,备述家事。伏读未周,五情屠割。

书中所道,无事敢忘。摩敦年尊,又加忧苦,常谓寝膳贬损,或多遗漏;伏奉论述,次第分明,一则以悲,一则以喜。当乡里破败之日,萨保年已十余岁,邻曲旧事,犹自记忆。况家门祸难,亲戚流离,奉辞时节,先后慈训,刻肌刻骨,常缠心腑。天长丧乱,四海横流。太祖乘时,齐朝抚运,两河三辅,各值神机;原其事迹,非相负背。太祖升遐，未定天保；萨保属当犹子之长，亲受顾命。虽身居重任，职当忧责；至于岁时称庆，子孙在庭，顾视悲摧，心情继绝。胡颜履戴，负愧神明。霈然之恩，既以沾洽；爱敬之至，施及旁人。草木有心，禽鱼感泽，况在人伦，而不铭戴。有家有国，信义为本，伏度来期，已应有日。一得奉见慈颜，永毕生愿，生死肉骨，岂过今恩；负山戴岳，未足胜荷。二国分隔，理无书信。主上以彼朝不绝子母之恩，亦赐许奉答；不期今日，得通家问。伏纸呜咽，言不宣心。蒙寄萨保别时所留锦袍表，年岁虽久，宛然犹识，抱此悲泣。至于拜见，事归忍死，知复何心。

一味情真，字字滴泪，而精神恺恻，为北朝第一篇文字，足与李密《陈情表》并垂千古。然李表全以质意胜，却正于质处具风度；宇文亦以质意胜，则转于质处见遒变；一则意尽迫切，而辞则优游缓节；一则笔极紧健，而意则历乱多端；李表之气舒，宇文之情激。而阎姬先报一书，不知何人代笔，家常絮语，的是老妪口吻；然以絮碎出神隽，以恳恻发岸异；虽不如护之遒炼，然篇碎而神完，语絮而情切，盖脱胎《史记·外戚世家》叙窦皇后弟窦广国一段文字者乎？足与护书称珠联璧合矣。其时人之论文体者有古今之异，而河东柳蚪以为时有古今，非文有古今，为《文质论》，文佚不见。

第五节　隋李谔　王通

李谔字士恢，赵郡人也。博学解属文，事隋文帝，累迁治书侍御史。谔以时文体尚轻薄，文帝革之而未能，因上书论正文体曰：

　　臣闻古先哲王之化民也，必变其视听，防其嗜欲，塞其邪放之心,示以淳和之路。五教六行,为训民之本;《诗》《书》《礼》《易》,为道义之门;故能家复孝慈,人知礼让,正俗调风,莫大于此。其有上书献赋,制诔镌铭,皆以褒德序贤,明勋证理;苟非惩劝,义不徒然。降及后代,风教渐落。魏之三祖,更尚文词;忽君臣之大道,好雕虫之小艺。下之从上,有同影响,竞骋文华,遂成风俗。江左齐梁,其弊弥甚。贵贱贤愚,惟务吟咏;遂复遗理存异,寻虚逐微,竞一韵之奇,争一字之巧。连篇累牍,不出月露之形;积案盈箱,惟是风云之状。世俗以此相高,朝廷据兹擢士。禄利之路既开,爱尚之情愈笃;于是闾里童昏,贵游总丱,未窥六甲,先制五言。至如羲皇舜禹之典,伊傅周孔之说,不复关心,何尝入耳。以傲诞为清虚,以缘情为勋绩,指儒素为古拙,用词赋为君子;故文笔日繁,其政日乱。良由弃大圣之轨模,构无用以为用也。损本逐末,流遍华壤;递相师祖,久而愈扇。

及大隋受命,圣道聿兴,屏黜轻浮,遏止华伪。自非怀经抱质,志道依仁,不得引领搢绅,参厕缨冕。开皇四年,普诏天下公私文翰,并宜实录。其年九月,泗州刺史司马幼之文表华艳,付所司治罪。自是公卿大臣,咸知正路,莫不钻仰坟索,弃绝华绮,择先王之令典,行大道于兹世。如闻外州远县,仍踵弊风,选吏举人,未遵典则。至有宗党称孝,乡曲归仁,学必典谟,交不苟合;则摈落私门,不加收齿。其学不稽古,逐俗随时,作轻薄之篇章,结朋党而求誉;则选充吏职,举送天朝,盖县令刺史,未行风教,犹挟私情,不存公道。臣既忝宪司,职当纠察;若闻风即劾,恐挂网者多。请勒诸司普加搜访,有如此者,具狀送台。

虽志存于典谟,而词不离于偶对;碌碌丽词,不免风气所囿乎。文帝以谔所奏颁示天下,四海靡然向风,深革其弊。是时王通讲学河汾之间,门人自远而至，号文中子，乃续《诗》《书》，论《礼》乐，依《春秋》而修《元经》，籀《易》义而有赞《易》，述作多依经典，其言纯于儒术。方举世溺于华采，而通之作周情孔思。苏绰为文依仿《尚书》，而通则于六经无所不仿，无所不似。通之于隋，如扬雄之于新焉。惟雄之文奥丽，而通之辞易良。雄撰《法言》，而通有《中说》，即以拟《论语》者也。其论文曰："吾师也，辞达而已矣。"或问扬雄张衡，曰："古之振奇人也。其思苦，其言艰。"谓"荀悦史乎史乎，陆机文乎文乎，皆思过半矣。"子谓："文士之行可见。谢灵运小人哉，其文傲；君子则谨。沈休文小人哉，其文冶；君子则典。鲍照、江淹，古之狷者也，其文急以怨。吴筠、孔珪，古之狂者也，其文怪以怒。谢庄、王融，古之纤人也，其文碎。徐陵、庾信，古之夸人也，其文诞。"或问孝绰兄弟。子曰："鄙人也，其文淫。"或问湘东王兄弟。子曰："贪人也，其文繁。谢朓，浅人也；其文捷。江总，诡人也；其文虚。皆古之不利人也。"子谓："颜延之、王俭、任昉，有君子之心焉；其文约以则。"房玄龄问史。子曰："古之史也辩道，今之史也耀文。"子曰："古之文也约以达，今之文也繁以塞。"掎摭利病，归于典则，明其义曰辩道，挈其要曰辞达；经诰之旨，于是复振；而复古之运，积久渐熟焉。然而文章未能遽变也。通字仲淹。仁寿三年，通冠矣；慨然有济苍生之心。西游长安，见隋文帝。帝坐太极殿，召见；因奏太平十二策，其大要归于尊王道，推霸略。文帝大悦曰："天以生赐朕也。"既而通睹祸难未已，吾谋不用；遂归隐不仕云。

隋之文章，牛弘雅步儒服，气度春容；杨素深文峻笔，自然英迈；一代大手笔，而皆不脱俪偶。杨素《谢炀帝手诏问劳表》，有曰："陛下拔臣于凡流，授臣以戎律。蒙心膂之寄，禀平乱之规。萧王赤心，人皆以死；汉祖大度，天下知归。妖寇廓清，岂臣之力。"辞笔拗谦，而顾盼岸异。至牛弘奏言雅乐定，其中谓："永嘉之后，九服崩离。燕石苻姚，递据华土。此其戎乎，何必伊川之上；吾其左衽，无复微管之功。"开合动宕，已开宋四六之蹊径矣。

诗则北朝齐周沾濡齐梁之绮艳,未能拔戟自成一队。隋炀帝焯有气调,稍救齐梁之靡;而杨素、孙万寿、王胄、胡师耽诸人出,沉郁顿挫,虽不脱排比之格,而托体高浑,一变纤靡,为盛唐风格之滥觞焉。

第四编
近古文学 上

第一章　发　　凡

由唐至元,文章迁变,昭然可征者,约有三焉。

唐之兴也,文章承江左遗风,陷于雕章绘句之敝。贞元元和之际,韩愈、柳宗元出,倡为先秦之古文;一时才杰如李观、李翱、皇甫湜等应之,遂能破骈俪而为散体,洗涤泽而崇质素,上踵孟、荀、马、班,下启欧、苏、曾、王,盖古文之名始此。古文者,韩愈厌弃六朝骈俪之文,而返之于六经两汉,从而名焉者也。而其所以为变,由文体骈散之不同。方骈体大盛之世,刘宋范晔增损东汉一代,成《后汉书》,自谓无惭良直。而编字不只,捶句必双,修短取均,奇偶相配;故应以一言蔽之者,辄足为二言;应以三句成文者,必分为四句;弥漫重沓,不知所裁。初唐袭南朝之余,《晋书》作者,并擅雕饰,远弃史班,近宗徐庾。夫以琢彼轻薄之句,编为史籍之文;无异加粉黛于壮夫,服绮纨于高士;刘知幾著讥于《史通》,非虐谑也。及古文之既兴,而韩愈则以文为诗。至苏轼益大放厥词,别开生面;天生一枝健笔,有必达之隐,无难显之情。其门下客有江西黄庭坚者,得其疏宕豪俊之致,而益出之以奇崛,遂开江西诗派。诗势之成倾泻,亦由文体之已解散。六朝之骈文,一变而为唐宋之古文,又一转而为宋元之语录及平话小说,文之破整为散则然也。唐之律诗绝句,一变而为宋之词,又一转而为元之剧曲,诗之破整为散则然也。诗有六义,其二曰赋。赋者铺也,铺采摛文,体物写志,滥觞于诗人,而拓宇于文境者也。然而骈体之盛,不嫌赋媲于诗;及其古文之兴,则又赋同于文。试观徐庾诸赋,多类诗句;而王勃《春思赋》,则直七字之长歌耳。此骈体之盛,赋媲于诗也。若欧阳修之《秋声赋》,苏轼之《前、后赤壁赋》,则又体势略同于散文;盖宋袭韩柳之古文而归于质,重散之世也。由骈趋散,由华反质,其迁变者一也。

六朝之文,托风采,散郁陶;惟须绮縠纷披,宫征靡曼,唇吻翕会,性灵摇荡,其文主于抒情,其义归乎翰藻,楚艳汉侈,一往不返。迄于唐代,韩愈以《原道》倡为古文,由情入理,行之乎仁义之途,游之乎诗书之源。或问为文宜何师?必谨对曰:"宜师古圣贤人。"曰:"古圣贤人所为书具存,辞皆不同;宜何师?"必谨对曰:"师其意,不师其辞。"又问曰:"文宜易宜难?"必谨对曰:"无难易,惟其是尔。"而李翱更以创义造言不相师阐发师说。正义明道,排斥佛老。欧曾继之,以文载道。而程朱诸儒变本加厉,明心见性,出入儒释,极力以求道体之所在,而不屑屑于文;以为徒雕琢其辞,亦末乎云尔。于是真德秀辑录《文章正宗》以模楷斯文,理在则然。盖以立意为宗,而义不归于翰藻者也。诗则汉魏以前,五言简古,不过写景抒情,一切细事猥语,皆著不得。即李白诗酒轶荡,怀奇负气,亦不屑意世故。独杜甫抒所欲言,杂以叙事,纬以议论,意到笔随,以尽天下之情事,逢原而泛应,而归之忠君爱国。至苏轼妙善玄言,济以旷世之逸气高情,驱驾万象,往复卷舒,一如意中所欲出,而属词比事,翻空易奇。及邵雍《击壤集》出,语不嫌俚,境务造悟,而以后元明之讲学家言诗者宗焉。独朱熹深于古诗,其效汉魏,至字字句句,平侧高下,亦相依仿;而命意托兴,必以经史事理,播之吟咏;岂徒苟为彬彬琅琅而已,仍是文以载道之旨。由情入理,由奥趋显,其迁变者二也。

六朝之文,义归翰藻,而辞尚焉,以声色相矜,以藻绘相饰。及韩愈古文之以单行易排偶,由奥趋显,由简入繁,由骈俪相偶之词,易为长短相生之体;而所以充其体,运其词者,则有养气之说焉。其说曰:"气,水也;言,浮物也;水大而物之浮者大小毕浮。气之与言犹是也。气盛,则言之短长与声之高下者皆宜。"世称韩潮苏海,亦状其气之盛,辞之沛尔。苏辙道扬其指,以为:"文者气之所形;然文不可以学而能,气可以养而致。孟子曰:'我善养吾浩然之气。'今观其文章,宽厚宏博,充乎天地之间,称其气之小大。太史公行天下,周览四海名山大川,与燕赵间豪俊交游,故其文疏荡颇有奇气。此二子者,岂尝执笔学为如此之文哉?其气充乎其中而溢乎其貌,动乎其言而见乎其文,而不自知也。"万言上书,数见不鲜;尚气纵横,下笔缅缅不能自休。秦汉之文,辞简理足,风气未开;后世文明日进,理欲其显,故格变而平;事繁于昔,故语演而长;此亦天演自然之理。诗则杜甫,唐称诗圣,运古于律,纵横挥斥,仗气爱奇,动多振绝;而五七言古之宏杰奔放,尤所不论。宋贤继之,才气所溢,遂成倾泻。词之兴也,本称诗余,以悠扬婉丽为宗;而苏轼一洗绮罗芗泽之态,摆脱绸缪婉转之度,使人高瞻远瞩,举首高歌,逸怀浩气,超乎尘埃之表,或以其音律小不谐,自是横放杰出,曲子内缚不住者;比之诗家之有韩愈,遂开南宋辛弃疾一派。弃疾才气俊迈,好为豪壮语,即法苏轼,为南宋词家大宗。由辞尚气,由敛趋肆,其迁变者三也。

虽然,近古文学之破整为散,由敛趋肆;特为社会士夫言之耳,要非所论于朝廷功令。唐以诗赋取士,宋元以经义取士,皆俪体也,遂为近代取士模楷。然则近古而后,社会士夫,即厌俪体之极敝,而救之以散行;而朝廷功令,方挽俪体之末运,而欣之以禄利。顾禄利既得,则又遁而之他,酣嬉颠倒而不厌;朝廷之禄利,岂足以易士夫之好尚?不可不察也。

第二章 唐

第一节 发 凡

唐有天下三百年，文章无虑三变：高祖太宗大难始夷，沿江左余风，缔句绘章，揣合低昂，而王勃、杨炯为之俊。玄宗好经术，群臣稍厌雕琢，索理致，崇雅黜浮；苏颋、张说，波澜渐畅，而骈俪犹存。笃意真古，则元结、独孤及开其端。是时唐兴已百年，诸儒争自名家。大历贞元间，才美辈出，擩哜道真，涵泳圣涯；于是韩愈以古文为天下倡；柳宗元、李翱、皇甫湜和之；经诰之指归，迁雄之体格，自以为文起八代之衰，非三代两汉之书不敢观，抵轹晋魏，上轧汉周。然惟愈为之沛然若有余。而裴度与李翱书，遽诋愈"以文为戏"。度则与段文昌、白居易、令狐楚之伦，好整以暇，依然排偶。而楚才思俊丽，尤工为章奏；遂以其道传李商隐，始有四六之名，为俪文之极靡矣，此实唐文之正统。而如愈之肆而不制，近于草野，则所以求辞体之解放，而为文学之革新者尔。然唐代文学，最盛者莫如诗；由靡而健，积健为雄，有初、盛、中、晚之分。大抵高祖武德元年以后百年间，谓之初唐。玄宗开元元年以后五十年间，谓之盛唐。代宗大历元年以后八十年间，谓之中唐。宣宗大中元年以后，至于唐亡，谓之晚唐。初唐诗人，王勃、杨炯、沈佺期、宋之问承陈隋之后，风气渐转，而骨格未完。齐梁浓艳，尚有沾濡；排比之迹，盖益精整。而陈子昂特起于王、杨、沈、宋之间,始以高雅冲淡之音,夺魏晋之风骨,变齐梁之俳优,力追古意;后代因之,古体之名以立。杜审言、张说、张九龄亦各全浑厚之气,于音节疏畅之中;而张说辞彩精拔,跌宕昭彰,独超众类,尤开盛唐之具体。盛唐益臻雄变。储光羲、王维、孟浩然之清逸,王昌龄、高适之闲远,常建、岑参、李颀之秀拔,李白之豪俊,元结之奥卓,咸殊绝寡伦。而杜甫独以浑雄高古,创开风气,夹叙夹议,可以为史传,可以为奏议,称盛唐之宗焉。中唐乃矜琢炼。大历诸贤,刘长卿以古朴开宗;钱起、韦应物以秀隽擅胜。迄于元和,则有韩愈之雄怪,白居易之畅易,孟郊、贾岛之瘦炼,李贺之诡丽,尤称一时之杰也。晚唐体返雕镂,独杜牧欲以高华追老杜。而温庭筠、李商隐、绮靡自喜,开宋初西崑酬唱之体;司空图、方干,清迥独拔,亦西江清新之所自昉;斯皆晚唐之胜矣。晚唐诗单辞片语,一联数句之间,不乏精制;然格局未完,而雕镂愈工,真气弥伤,此所以不如中盛唐也。词称诗余,相传创于李白,而盛于晚唐五代。顾相传李白之词,声情悲壮,岂同靡靡之音。晚唐五代,惟以婉丽相高,风骨亦少隤矣;所谓亡国之音哀以思者乎。然而晚唐五代之诗,不及其词。诗极盛难为继,词草创易为妍也,固亦有其美焉。

第二节　唐太宗附虞世南　魏徵附马周　王绩

唐太宗李世民智勇横绝,好文学。高祖世封秦王,加号天策上将,陕东道大行台,开文学馆,有友于志宁,记室参军事房玄龄、虞世南,兵曹杜如晦,参军事薛玄敬、蔡允恭,主簿薛收、李道玄,文学姚思廉、褚亮,军谘祭酒苏世长,仓曹李守素,参军事颜相时,及陆德明、孔颖达、许敬宗、盖文达、苏勖等,号十八学士。既即位,殿左置弘文馆,悉引学士更番直宿；听朝之闲，则与讨论典籍，杂以文咏。操笔成章，体沿六代而出以和雅。所作如《临层台赋》、《感旧赋》、《建玉华宫手诏》、《述圣赋序》，文温以丽，意悲而远，华而不缛，雄而不矜，逶迤而不靡。其他诏令如《备北寇诏》、《谕崇笃实诏》、《为战阵处立寺诏》、《答虞世南上圣德论手诏》、《荐举贤能诏》、《答魏徵手诏》、《亲征高丽手诏》、《追赠殷太师比干谥诏》、《答有司请忌日仍理军务诏》、《克高丽辽东城诏》、《克高丽白岩城诏》、《破高丽赐酺诏》、《征辽还宴赐父老诏》、《存问并州父老玺书》、《帝范后序》，茂美渊懿而出以沉详整肃；训词深厚，而指事曲以尽，述意深而婉；泽以比兴，斯词不迫切；资以故籍，故言为典章也。诗则调采葱菁，举体华美，而又不同梁陈之轻艳；其源盖出于陆机。录诗二篇：

经破薛举战地

昔年怀壮气，提戈初仗节。心随朗日高，志与秋霜洁。移锋惊电起，转战长河决。营碎落星沉，阵卷横云裂。一挥氛沴静，再举鲸鲵灭。于兹俯旧原，属目驻华轩。沉沙无故迹，减灶有残痕。浪霞穿水净，峰雾抱莲昏。世途亟流易，人事殊今昔。长想眺前踪，抚躬聊自适。

秋日

菊散金风起，荷疏玉露圆。将秋数行雁，离夏几林蝉。云凝愁半岭，霞碎缬高天。还似成都望，直见峨眉前。

浑脱浏亮，丽而不滞，密而能壮。其他如《过旧宅之新丰停翠辇》、《还陕述怀》、《于北平作》、《望终南山》、《初秋》、《夜坐》诸诗，大都称是。《帝京篇》十首，铺张扬厉，而引之于节俭，洋洋清绮，盛世德音。摘句如《重幸武功》云："孤屿含霜白，遥山带日红。"《出猎》云："寒野霜氛白，平原烧火红。"绚烂。《赋得夏首启节》云："早荷向心卷，长杨就影舒。"幽秀。诗笔草隶，卓越前古。唐三百年风雅之盛，帝实启之。帝谓侍臣曰："朕戏作艳诗。"虞世南便谏曰："圣作虽工，体制非雅；上之所好，下必随之；此文一行，恐致风靡。而今而后，请不奉诏。"帝曰："卿诚恳若此，朕用嘉之。"乃赐绢五十匹。

虞世南为十八学士中文章第一；自少笃志勤学，善属文，常祖述徐陵。陵亦言世南得己之意。又同郡沙门智永善王羲之书；世南师焉，妙得其体，于是声名借甚。入唐，为秦府记室。及帝践祚，历宏文馆学士、秘书监。帝称其德行、忠直、博学、文词、书翰为五绝。其为诗多拟古之作，如《从军行》、《拟饮马长城窟》、《出塞》、《结客少年场行》、《中妇织流黄》、《飞来双白鹄》等篇，调采葱菁，辞意倜傥。录《结客少年场行》，辞曰：

韩魏多奇节，倜傥遗声利；共矜然诺心，各负纵横志。结交一言重，相期千里至。绿沉明月弦，金络浮云辔。吹箫入吴市，击筑游燕肆。寻源博望侯，结客远相求。少年怀一顾，长驱背陇头。焰焰戈霜动，耿耿剑虹浮。天山冬夏雪，交河南北流。云起龙沙暗，木落雁门秋。轻生殉知己，非是为身谋。

才高词赡，以铺叙出顿挫，其源出陆机，与太宗格调略同，而倜傥过之。文亦俪体结篇，不蹈困踬，如《狮子赋》、《孔子庙堂碑》，不为徐庾之靡丽，亦异扬班之博奥；而特以松秀轻爽，开宋四六一派；然机利太过，转不如诗之沉厚有郁意也。太宗诗文，绮丽之习未渐；世南虽谏诤艳诗，而风调无改。臣工赓和，其流益靡；而长孙无忌之《新曲》，李义府之《堂堂词》，音节靡靡，殆有甚焉。

魏徵气有奇类，不逐时趋；其诗之传者，有《赋西汉》、《暮秋言怀》、《述怀》、《奉和正日临朝应诏》四首；而《述怀》一首，意尤骏爽，文明以健，骨遒而响圆，负声有力，高亮入古。其辞曰：

中原还逐鹿，投笔事戎轩，纵横计不就，慷慨志犹存。仗策谒天子，驱马出关门，请缨系南越，凭轼下东藩。郁纡陟高岫，出没望平原。古木鸣寒鸟，空山啼夜猿。既伤千里目，还惊九折魂。岂不惮艰险，深怀国士恩。季布无二诺，侯嬴重一言。人生感意气，功名复谁论！

气骨奇高，一变六朝绮艳之习，而出以安雅，不为驰骋，盛唐风格，发源于此。其云"纵横计不就，慷慨志犹存"；夫子自道，足概生平。徵，字玄成，巨鹿曲城人；少孤贫落拓，有大志，不事生业，出家为道士。好读书，多所通涉，见天下渐乱，尤属意纵横之说。李密以魏公起兵，征典书记，干以十策，密虽奇之而不能用。及密为王世充所败，徵随密降唐，至京师，久不见知，自请安辑山东，乃授秘书丞。驱传出关，此《述怀》一诗之所为作也。时徐世勣尚为密守黎阳，拥众不下。徵与以书曰：

　　自隋末乱离，群雄竞逐，跨州连郡，不可胜数。魏公起自叛徒，奋臂大呼，四方响应，万里风驰，云合雾聚，众数十万。威之所被，将半天下。破世充于洛口，摧化及于黎山，方欲西踏咸阳，北凌玄阙，扬旌瀚海，饮马渭川。翻以百胜之威，败于奔亡之虏。固知神器之重，自有所归，不可以力争。是以魏公思皇天之乃眷，入函谷而不疑。公生于扰攘之时，感知己之遇，根本已拔，确乎不动，鸠合遗散，据守一隅。世充以乘胜余勇，息其东略；建德因侮亡之势，不敢南叛。公之英声，足以振于今古。然谁无善始，终之虑难。去就之机，安危大节。若策名得地，则九族荫其余辉；委质非人，则一身不能自保。殷鉴不远，公所闻见。孟贲犹豫，童子先之。知几其神，不俟终日。今公处必争之地，乘宜速之机，更事迟疑，坐观成败，恐凶狡之辈，先人生心，则公之事去矣。

世勣乃定计归唐，则徵之说也。隐太子闻其名，引直洗马。徵见太宗勋业日隆，劝早为之计。及太子败死，太宗召徵，谓曰："汝离间我兄弟，何也？"徵曰："太子若从征言，必无今日。"太宗壮之，引为詹事主簿。及践祚，累拜特进，知门下省事，封郑国公。徵雅有经国之才，性又抗直，无所屈挠。太宗与之言，未尝不欣然接受；每曰："人言魏徵举动疏慢，我但觉妩媚。"徵亦感激知己，知无不言。而太宗之作飞山宫也，徵以为不可，乃上疏曰：

> 臣观自古受图膺运，继体守文，控御英杰，南面临下，皆欲配厚德于天地，齐高明于日月，本枝百代，传祚无穷。然而克终者鲜，败亡相继，其故何哉？所以求之失其道也。殷鉴不远，可得而言。昔在有隋，统一寰宇，甲兵强盛，四十余年，风行万里，感动殊俗。一旦举而弃之，尽为他人之有。彼炀帝岂恶天下之治安，不欲社稷之长久，故行桀虐以就灭亡哉？恃其富强，不虞后患。驱天下以从欲，罄万物以自奉；采域中之子女，求远方之奇异。宫宇是饰，台榭是崇，徭役无时，干戈不戢。外示威重，内多险忌，逸邪者必受其福，忠正者莫保其生。上下相蒙，君臣道隔，人不堪命，率土分崩。遂以四海之尊，殒于匹夫之手；子孙殄灭，为天下笑。深可痛哉！
>
> 圣哲乘机，拯其危溺，八柱倾而复正，四维绝而更张；远肃迩安，不逾于期月，胜残去杀，无待于百年。今宫观台榭，尽居之矣；奇珍异物，尽收之矣；姬姜淑媛，尽侍于侧矣；四海九州，尽为臣妾矣。若能鉴彼之所以亡，念我之所以得，日慎一日，虽休勿休。焚鹿台之宝衣，毁阿房之广殿，惧危亡于峻宇，思安处于卑宫，则神化潜通，无为而理，德之上也。若成功不毁，即仍其旧，除其不急，损之又损，杂茅茨于桂栋，参玉砌以土阶。悦以使人，不竭其力，常念居之者逸，作之者劳；亿兆悦以子来，群生仰而遂性，德之次也。若惟圣罔念，不慎厥终，忘缔构之艰难，谓天命之可恃；忽采椽之恭俭，追雕墙之侈靡，因其基以广之，因其旧而饰之，触类而长，不思

止足，人不见德，而劳役是闻，斯为下矣。譬之负薪救火，扬汤止沸，以乱易乱，与乱同道，莫可则也，后嗣何观，则人怨神怒。人怨神怒，则灾害必下，而祸乱必作；祸乱既作，而能以身名令终者鲜矣。顺天革命之后，隆七百之祚，贻厥孙谋，传之万世，难得易失，可不念哉！

议论证据今古，独深切喜往复，而以俪偶出纵横，辞意铿訇，饶有西汉贾生《过秦》，贾山《至言》之风焉。其他如《论时政第二疏》、《为李密檄荥阳守郇王庆文》，尽有俪辞；而铿訇之气，感慨之意，腾跃篇章；盖战国苏张之枝流，而非南朝徐庾之嗣响也。当时茌平马周，亦工书疏；以为中郎将常何草奏陈便宜；太宗赏异，授监察御史，累进中书令；而有机辨，能敷奏。中书侍郎岑文本称其如苏张终贾，谓"援引事类，扬榷古今，听之靡靡，令人忘倦"。观周《上太宗疏》、《陈时政疏》，轩豁洞爽，特以讦直出妩媚，与魏徵同一机杼；惟周则辞益坦迤，而魏徵不免雕藻耳！古文之作，此其先路也。徵以李密旧臣，显仕于唐；而其为《唐故邢国公李密墓志铭》也，歌咏功德，不加贬绝，匪惟推崇故主，抑亦深见卓识！昔太史公为《项羽本纪》，以"非战之罪，天也"为一篇结穴；既以天命攸归致颂汉高；又以"非战之罪"斡旋项王；两不相碍，语妙天下。而徵此志，暗袭其意，特为俪体，抒以盛藻，抑扬爽朗，健笔凌云，殊旷代之高手矣。

魏徵诗文，虽富有才气，而未脱缛丽。惟绛州王绩，词义疏旷，文体省静，其源一出陶渊明；力湔南朝俳偶缛肤之习，庶几所谓笃意真古者。绩，字无功，王通之弟；而天性真率，不随通聚徒讲学，献策干进。隋末，授秘书省正字，出为六合丞。嗜酒不任事。入唐，以前官待诏门下省。时太乐署史焦革家善酿，绩求为丞。革死，弃官归东皋，著书；传有《东皋子集》三卷。其中《醉乡记》，为韩愈、苏轼所诵说，而遒宕为一集之冠。辞曰：

第四编　近古文学上

　　醉之乡,去中国不知几千里也。其土旷然无涯,无丘陵阪险。其气和平一揆,无晦明寒暑。其俗大同,无邑居聚落。其人甚精,无爱憎喜怒。吸风饮露,不食五谷。其寝于于,其行徐徐,与鸟兽鱼鳖杂处,不知有舟车器械之用。昔者黄帝氏尝获游其都,归而杳然丧其天下,以为结绳之政已薄矣。降及尧舜,作为千钟百壶之献,因姑射神人以假道,盖至其边鄙,终身太平。禹汤立法,礼繁乐杂,数十代与醉乡隔。其臣羲和,弃甲子而逃,冀臻其乡,失路而道夭,故天下遂不宁。至乎末孙桀纣,怒而升其糟丘,阶级千仞,南向而望,卒不见醉乡。武王得志于世,乃命公旦立酒人氏之职,典司五齐,拓土七千里,仅与醉乡达焉。三十年,刑措不用。下逮幽厉,迄乎秦汉,中国丧乱,遂与醉乡绝。而臣下之爱道者,往往窃至焉。阮嗣宗、陶渊明等十数人,并游于醉乡,没身不返,死葬其壤,中国以为酒仙云。嗟乎!醉乡氏之俗,岂古华胥氏之国乎,何其淳寂也如是。余将游焉,故为之记。

亦陶渊明《桃花源记》之流也。其他如《游北山赋》,仿《归去来辞》,而少伤冗絮。然如《答冯子华处士书》、《答陈道士书》、《答刺史杜之松书》,辞兴婉惬,风华清靡。《无心子传》、《负苓者传》、《五斗先生传》、《自撰墓志铭》,理趣渊永,神志湛然。《荆轲刺秦王赞》、《祭关龙逄文》、《登箕山祭巢许文》,感慨伤怀,独有激响。诗则绰有风力,无碍俪体;《郊望》一首,最传人口。辞曰:

　　东皋薄暮望,徙倚欲何依。树树皆秋色,山山惟落晖。牧童驱犊返,猎马带禽归。相顾无相识,长歌怀采薇。

五律遂已具体,难在使笔如舌,绝不拘于偶对。而古意六首,则又陈子昂、张九龄《感遇》之先导也。录其二首。辞曰:

松生北岩下，由来人径绝。布叶捎云烟，插根拥岩穴。自言生得地，独负凌云洁。何曾畏斤斧，几度经霜雪。风惊西北枝，雹陨东南节。不知岁月久，稍觉枝干折，藤萝上下碎，枝干纵横裂；行当糜烂尽，坐共灰尘灭。宁关匠石顾，岂为王孙折。盛衰自有时，圣贤未尝屑。寄言悠悠者，无为嗟大耋。

桂树何苍苍，秋来花更芳。自言岁寒性，不知露与霜。幽人重其德，徙植临前堂。连蜷八九树，偃蹇二三行。枝枝自相纠，叶叶还相当。去来双鸿鹄，栖息两鸳鸯。荣荫诚不厚，斤斧亦勿伤。赤心许君时，此意那可忘。

格能遒健，境造古澹，而后南朝之脂纷涂泽，始一变以清迥焉。大抵绩之文，有陶渊明之萧闲旷逸，而逊其抑扬爽朗；诗则同陶渊明之跌宕昭彰，而异在绮练华整，此其较也。

第三节　王勃　杨炯　卢照邻　骆宾王

王勃与杨炯、卢照邻、骆宾王四人，号初唐四杰。承江左之风流，会六朝之华采，属辞绮错，可以代表初唐之体格，而勃为之冠。

王勃，字子安，王通之孙也。六岁，善文辞。九岁，得颜师古注《汉书》读之，作指瑕以摘其失。高宗之世，右相刘祥道巡行关内，勃上书自陈曰：

盖闻圣人以四海为家，英宰与千龄合契。用能不行而至，春霆仗天地之威；以息相推，时雨郁山川之兆。故有玄蛟晚集，凭鹤鼎而先鸣；苍兕晨惊，运龙韬而首出。并能风腾雾跃，指麾成烈士之致；蠖屈虬奔，谈笑坐群卿之右。未如越苍海，弃行间，排紫微，谒天子。于是遭不讳之主，拥非常之位，龙章凤黻照其前，锵金鸣玉叠其后。三灵叶赞，超然奉天下之图；四海承平，高步取寰中之托。君侯之富贵足矣，圣朝之付遇深矣。故知阳侯息浪，长鳙卧横海之鳞；风伯停机，大鹏息垂天之翼。及其投形巨壑，触丹浦而雷奔；假势灵飙，指青霄而电击。神气洋洋，谓鳞翮使之然也。殊不知两仪超忽，动止系于无垠；万化纠纷，舒卷存乎非我。是以陈平，昔之智士也，俯同降卒；百里奚，曩之达人也，亲为饿隶。当其背强敌，转康衢，雄卢耿于风云，危途迫于朝夕。岂自期荣称相府，西藩专虎据之图；宠冠斋坛，东向举熊飞之策。顾盼可以荡山岳，咄嗟可以降雷雨。遂令用与不用，是非于楚汉之间；知与不知，得失于虞秦之际。故死生有数，审穷达者系于天；材运相符，决行藏者定于己。君侯足下，可不谓然乎？

借如勃者，眇小之一书生耳，曾无击钟鼎石之荣，非有南臨北阁之援，山野悖其心迹，烟雾养其神爽。未尝降身摧气，逡巡于列相之门；窃誉干时，匍匐于群公之室。所以慷慨于君侯者，有气存乎心耳。实以四海兄弟，齐远契于萧韩；千载风云，托神知于管鲍。不然，则荷裳桂楫，拂衣于东海之东；菌阁松楹，高枕于北山之北。焉复区区屑屑，践名利之门哉？至尊以摇河徙岳之威，当立地开天之运。圣人有作，群材毕举。星辰入仕，揖让朱鸟之门；风雨称臣，奔走苍龙之阙。方欲停旌金室，引成康于己任；辟广瑶林，复尧舜于兹日。可谓明明穆穆，尽天子之容貌矣。抑尝闻之：丹山九仞，烟峰非数篑之功；紫极千门，云台侯万楹之力。故天下至旷，神器不可独专；天道无私，玄勋有待而立。《书》曰："元首明哉，股肱良哉。""好问则裕，自用则小。"况掌万国之权，受一人之宠，动见臧否，言知利害，君侯足下，何时易耶？虽有大命，不资童子之言；而恭此小心，敢进狂夫之说。

伏见辽阳未靖,大军频进,有识寒心,群黎破胆。昔明王之制国也,自近而至远,先仁而后罚,征实则效存,徇名则功浅。是以农疏千里,仅逾重石之乡;禹截九州,不叙流沙之境。岂才不及而智有遗哉?将以辨离方而存正功也。虽至人无外,甲兵曜天子之威;王事有征,金鼓发将军之气。而长城在界,秦汉所以失全昌;巨海横流,天地所以限殊俗。辟土数千里,无益神封;勤兵十八万,空疲帝卒。惊烽走传,骇秦鹿之盱;飞刍挽粟,竭淮海之费。于是乘奸放命者,出绳缰以生威;因公挟私者,入间阎而竞法。虽一物失所,泰阶延旰食之忧;而百战方雄,中国鲜终年之乐。图得而不图失,知利而不知害,移手足之病,戒腹心之疾。征税屈于东西,威信塞于表里。语曰:"胜之不武,不胜为辱。"天下之责,四面至矣。诚可远凝高策,上荐忠言,决人事于去就,合天情于终始,遂令回麾转檄,背青丘而鸳,列障分亭,巡苍波而守。

昔者齐侯以力,方城为楚国之辞;虞帝崇文,苗人失洞庭之险。况乎仗德绥乱,以直乘邪,明逆顺之端,耸华夷之望。虽复舳舻沸海,旌旗触天,铁山四面,金城千里,亦不能为敌人计矣。此君侯之未谕一也。

盖闻《易》曰:"拔茅连茹,以其汇征吉。"岂非顺物不若招类,报国不如进贤?阳事升而雨露归,阴驾凝而风霜厉,莫不观时有记,抚气相求。穷则独善其私,达则兼善天下。而利己疲物者,以自任为身谋;知进忘退者,谓专荣而得计。岂知夫尺波易谢,寸晷难留,陵谷好迁,乾坤忌满。君侯足下,出纳王命,升降天衢,激扬凤戾之前,趋步麟台之上,亦复知天下有遗俊乎?夫心之精微,口不能言也;言之微妙,书不能文也。伏愿辟东阁,开北堂,待之以上宾,期之以国士,使得披肝胆,布腹心,大论古今之利害,高谈帝王之纲纪。然后鹰扬豹变,出蓬户而拜青墀;附景挟风,舍台衣而见绛阙。

第四编　近古文学上

幸甚，斯不为难矣。庶几乎麋卵不弃，终感玄枵之精；骏骨时收，或致飞黄之锡。书生王勃死罪死罪再拜。

高丽自太宗用兵，而民疲于征战，故勃书及之。祥道以表于朝，对策高第，年未及冠，授朝散郎，数献颂阙下。沛王闻其名，召署府修撰。诸王斗鸡，勃戏为文檄；高宗见之，怒，以为兄弟构衅之渐也，坐罪废斥。父雍州司功参军福畤，亦以勃故，谪交阯令。勃往省，度海溺水，悸而卒，年二十九。初，道出钟陵，九月九日，洪州牧阎伯屿大宴滕王阁；有婿，才子也，宿命之作序以出夸客。因命纸笔遍请客，莫敢当。至勃，抗笔不辞。阎怒起更衣，遣吏伺其文辄报；一再报，至"落霞与孤鹜齐飞，秋水共长天一色"句，矍然曰："天才也！"遂极欢罢。勃作文初不精思，先磨墨数升，则酣饮，引被覆而卧；及寤援笔成篇，不易一字，时人谓勃为腹稿。传有《王子安集》十六卷。其为诗文，发愀怆之词，怨者之流，文秀而质羸，其原出于庾信。诗七言古如《秋夜长》、《采莲曲》、《临高台》、《滕王阁》诸篇，五言古如《铜雀伎》二首，音韵铿锵，文体相辉，得开府之清新。五言律兴托不奇，未能宏赡；然体物颇有工语；如《咏风》结语云："日落山水静，为君起松声。"《麻平晚行》结语云："羁心何处尽，风急暮猿清。"悠然不尽，篇有余韵。又《饯韦兵曹》云："川霁浮烟敛，山明落照移。"《仲春郊外》云："鸟飞村觉曙，鱼戏水知春。"《郊兴》云："雨去花光湿，风归叶影疏。"《秋日别王长史》云："野色笼寒雾，山光敛暮烟。"融情于景，风味隽永。文则书疏之文，志气盘桓，颇含殊采。如《上右相刘祥道书》及《上绛州上官司马书》、《为人与蜀城父老两书》、《上从舅侍郎启》、《上吏部裴侍郎启》，托风采，散郁陶，诡丽辐辏，杼轴尺素。赋则如《游庙山赋》、《驯鸢赋》、《江曲孤凫赋》、《涧底寒松赋》、《青苔赋》，虽是律体，而体物写志，颇臻遒亮。《九成宫颂》，规模虽宏，波澜未壮。序如《游冀州韩家园序》、《山亭兴序》、《山亭思友人序》、《秋晚入洛于毕公宅别道王宴序》，虽多寂寥短章，而情高以会采，浏亮顿挫；其后李白多学之。而《滕王阁饯别》一序，铿锵鼓舞，辞笔纷纭，独为传诵。碑则铺张排比，只此一格；殊逊开府之驱迈苍凉，独臻遒变也。

华阴杨炯闻时人以四杰称，乃自言曰："吾愧在卢前，耻居王后。"炯自幼聪敏博学，善属文。年十一，举神童，授校书郎，为崇文馆学士。武后时，左转梓州司法参军。秩满，迁婺州盈川令，卒于官。传有《盈川集》十卷。其为诗仗气卓荦，如《广溪峡》、《西陵峡》、《从军行》诸篇，俱可诵。录《从军行》，辞曰：

烽火照西京，心中自不平。牙璋辞凤阙，铁骑绕龙城。雪暗雕旗画，风多杂鼓声。宁为百夫长，胜作一书生。

语与兴驱，势逐情起，不申作意，气格自高，文则承庾信一脉，与王勃同调，而布局颇谨，驶篇未遒，不如勃之奕奕清畅。

卢照邻，字升之，范阳人。十岁，从曹宪、王义方授苍雅；调邓王府典签。王有书十二车，照邻总披览，略能记忆。王爱重，比之相如。调新都尉，染风疾，去官；居太白山，以服饵为事。又客东龙门山，疾甚足挛，一手又废；乃去阳翟具茨山下，买园数十亩，疏颍水周舍；复豫为墓偃卧其中。后不堪其苦，与亲属诀，投颍水死，年四十。尝著《五悲文》《释疾文》以自明；传有《幽忧子集》七卷。其诗文皆俪偶而颇臻遒变；虽波澜不大，然鲜明紧健，去凡俗远矣。虽调采葱菁，不如王勃；而风骨则照邻为俊拔。勃流韵清绮，承南朝之遗，为时体；而照邻则造语奇伟，骎骎逮古；特文则不免危仄，颇伤清雅之调。《穷鱼赋》仗气爱奇，最为卓荦入古。辞曰：

余曾有横事被拘，为群小所使，将致之深议，友人救护得免。窃感赵壹穷鸟之事，遂作《穷鱼赋》，常思报德，故冠之篇首云。

有一巨鳞，东海波臣。洗静月浦，涵丹锦津。映红莲而得性，戏碧浪以全身。宕而失水,届于阳濒。渔者观焉,乃具竿索,集朋党,凫趋雀跃,风驰电往,竞下任公之钓,争陈豫且之网。蝼蚁见而甘心,猿獭闻而抵掌。于是长舌利嘴,曳纶争钩;拖鬐挫鬣,抚背扼喉。动摇不可,腾跃无由。有怀纤润,宁望洪流。大鹏过而哀之曰:"昔予为鲲也,与尔游乎?自余羽化之后,子其遗孤。"俄抚翼而下,负之而趋,南浮七泽,东泛五湖。是鱼也,已相望于江海;而渔者犹怅望于泥涂。

其他如《病梨树赋》、《秋霖赋》、《杨明府过访诗序》、《宴凤泉石翁神祠诗序》,词圆调响,流韵清绮。《五悲文》、《释疾文》,错综震荡,以写幽忧;然悲凉而少沉郁之意,气过其文,遂成倾泻,揽之无余味。诗则雅壮而多风,以开府之华整,协参军之俊逸,气调警拔。录《长安古意》,辞曰:

长安大道连狭斜,青牛白马七香车,玉辇纵横过主第,金鞭络绎向侯家。龙衔宝盖承朝日,凤吐流苏带晚霞。百丈游丝争绕树,一群娇鸟共啼花。游蜂戏蝶千门侧,碧树银台万种色,复道交窗作合欢,双阙连甍垂凤翼。梁家画阁天中起,汉帝金茎云外直。楼前相望不相知;陌上相逢讵相识。借问吹箫向紫烟,曾经学舞度芳年。得成比目何辞死,愿作鸳鸯不羡仙。比目鸳鸯真可羡,双去双来君不见。生憎帐额绣孤鸾,好取门帘帖双燕。双燕双飞绕画梁,罗帏翠被郁金香。片片行云著蝉鬓,纤纤初月上鸦黄。鸦黄粉白车中出,含娇含态情非一。妖童宝马铁连钱,娼妇盘龙金屈膝。

御史府中乌夜啼,廷尉门前雀欲栖。隐隐朱城临玉道,遥遥翠幰没金堤。挟弹飞鹰杜陵北,探丸借客渭桥西。俱邀侠客芙蓉剑,共宿娼家桃李蹊。娼家日暮紫罗裙,清歌一啭口氛氲。北堂夜夜人如月,南陌朝朝骑似云。南陌北堂连北里,五剧三条控三市。弱柳青槐拂地垂,佳气红尘暗天起。汉代金吾千骑来,翡翠屠苏鹦鹉杯。罗襦宝带为君解，燕歌赵舞为君开。别有豪华称将相，转日回天不相让。意气由来排灌夫，专权判不容萧相。专权意气本豪雄，青虬紫燕坐春风。自言歌舞长千载，自谓骄奢凌五公。

节物风光不相待，桑田碧海须臾改；昔时金阶白玉堂，即今惟见青松在。寂寂寥寥扬子居，年年岁岁一床书。独有南山桂花发，飞来飞去袭人裾。

态浓而致远，盖本曹植《名都篇》而别出一格。长安大道，豪贵骄奢，狭邪艳冶，无所不有。自嬖宠而侠客，而金吾，而权臣，皆向娼家游宿，自谓可永保富贵矣！然转瞬沧桑，徒存墟墓，不如读书自守者之为得也。借言子云，即以自况云尔。其他如《关山月》、《紫骝马》、《梅花落》、《结客少年场行》、《咏史》四首、《早度分水岭》、《三月曲水宴得尊字》、《于时春也慨然有江湖之思寄赠柳九陇》、《赠益府群官》、《同临津纪明府》、《孤雁》、《失群雁》、《行路难》、《刘生》、《芳树》、《昭君怨》、《入秦川界》、《春晚山庄率题》、《初夏日幽庄》、《羁卧山中》、《送幽州陈参军赴任寄呈乡曲父老》、《曲池荷》、《寒风蝉》诸篇，善为凄戾之词，自有清拔之气。

骆宾王，义乌人。七岁能赋诗。初为道王府属，历武功主簿，调长安主簿。作《帝京篇》，亦卢照邻《长安古意》之流，而特感慨以抒牢郁。辞曰：

山河千里国，城阙九重门；不睹皇居壮，安知天子尊。皇居帝里崤函谷，鹑野龙山侯甸服；五纬连影集星躔，八水分流横地轴。秦塞重关一百二，汉家离宫三十六；桂殿嶔崟对玉楼，椒房窈窕连金屋。三条九陌丽城隈，万户千门平旦开。复道斜通鹓鹭观，交衢直指凤凰台。剑履南宫入，簪缨北阙来；声名冠寰宇，文物象昭回。钩陈肃兰卮，璧沼浮槐市；铜羽应风回，金茎承露起。校文天禄阁，习战昆明水。朱邸抗平台，黄扉通戚里。平台戚里带崇墉，炊金馔玉待鸣钟。小堂绮帐三千户，大道青楼十二重。宝盖雕鞍金络马，兰窗绣柱玉盘龙。绣柱璇题粉壁影,锵金鸣玉王侯盛。王侯贵人多近臣,朝游北里暮南邻。陆贾分金将宴喜,陈遵投辖正留宾。赵李经过密,萧朱结交亲。

丹凤朱城白日暮,青牛绀幰红尘度。侠客珠弹采杨道,娼妇银钩采桑路。娼家桃李自芳菲,京华游侠盛轻肥。延年女弟双飞入,罗敷使君千骑归。同心结缕带,连理织成衣。春朝桂樽樽百味,秋夜兰灯灯九微。翠幌珠帘不独映,清歌宝瑟自相依。且论三万六千是,宁知四十九年非。

古来荣利若浮云,人生倚伏信难分。始见田窦相倾夺,俄闻卫霍有功勋。未厌金陵气,先开石椁文。朱门无复张公子,灞亭谁畏李将军。相顾百龄皆有待,居然万化咸应改;桂枝芳气已销亡,柏梁高宴今何在! 春去春来苦自驰,争名争利徒尔为。久留郎署终难过,空扫相门谁见知。当时一旦擅豪华,自言千载常骄奢。倏忽抟风生羽翼,须臾失浪贱泥沙。黄雀徒巢桂,青门遂种瓜。黄金销铄素丝变,一贵一贱交情见。红颜凋昔白头新,脱粟布衣轻故人。故人有湮沦,新知无意气;灰死韩安国,罗伤翟廷尉。

已矣哉,归去来! 马卿辞蜀多文藻,扬雄仕汉乏良媒。三冬自矜诚足用,十年不调几遭回。汲黯薪逾积,孙弘阁未开。谁惜长沙傅,独负洛阳才。

当时以为绝唱。武后时,数上疏言事,下除临海丞,鞅鞅不得志,弃官去。既而武后称制,改唐为周。徐敬业以扬州起兵,署宾王为府属;为敬业传檄天下,斥武后罪。辞曰:

伪周武氏者,人非温顺,地实寒微。昔充太宗下陈,曾以更衣入侍。洎乎晚节,秽乱春宫;密隐先帝之私,阴图后房之嬖。入门见嫉,蛾眉不肯让人;掩袖工谗,狐媚偏能惑主。陷元后于翚翟,致吾君于聚麀。加以虺蜴为心,豺狼成性;近狎邪佞,残害忠良;杀姊屠兄,弑君鸩母。人神之所共弃,天地之所不容。犹复包藏祸心,窥窃神器。君之爱子,幽在别宫;贼之宗盟,委之重任。呜呼,霍子孟之不作,朱虚侯之已亡。燕啄皇孙,知汉祚之将尽;龙漦帝后,识夏庭之遽衰。

敬业,皇唐旧臣,公侯冢子;奉先君之成业,荷本朝之厚恩。宋微子之兴悲,良有以也;袁君山之流涕,岂徒然哉。是以气愤风云,志安社稷;因天下之失望,顺宇内之推心,爰举义旗,以清妖孽。南连百越,北尽三河,铁骑成群,玉轴相接。海陵红粟,仓储之积靡穷;江浦黄旗,匡复之功何远。班声动而北风起,剑气冲而星斗平;喑呜则山岳崩颓,叱咤则风云变色。以斯制敌,何敌不摧;以斯图功,何功不克。

公等或居汉地,或叶周亲;或膺重寄于话言,或受顾命于宣室。言犹在耳,忠岂忘心?一抔之土未干,六尺之孤安在!傥能转祸为福,送往事居,共立勤王之师,无废大君之命,凡诸爵赏,同指山河。若或眷恋穷城,徘徊歧路,坐昧先几之兆,必贻后至之诛。请看今日之域中,竟是谁家之天下。

武后读檄,至"一抔之土未干,六尺之孤安在",矍然曰:"谁为之?"或以宾王对。后曰:"宰相安得失此人!"敬业败,宾王亡命,不知所之。传有《骆宾王集》十卷。初唐四杰,骆称殿军;今诵其诗才高词赡,以俪偶出排荡,上承王粲陆机,下开杜陵香山,如《帝京篇》及《夏日游德州赠高四》、《咏怀古意上裴侍郎》、《从军中行路难》、艳情《代郭氏答卢照邻》、《渡瓜步江》、《在狱咏蝉》、《边夜有怀》、《咏怀》诸篇,沉郁顿挫,不仅天才绮练;于四杰中最为卓荦。王勃则气少于卢,文劣于骆;骆俳而气古,王俳而气今。文则调彩葱菁,音韵铿锵,承庾信之枝脉,与王勃为同工,而异卢之危仄;辞笔纷纭,书记尤工,如《上吏部裴侍郎书》、《与程将军书》、《上瑕丘韦明府启》、《上司刑太常伯启》、《上李少常启》、《上兖州刺史启》、《上兖州崔长史启》、《上兖州张司马启》、《上齐州张司马启》、《上廉使启》、《上梁明府启》、《上吏部侍郎帝京篇启》,急于呈身,不免露才扬己;而以南朝徐庾之体,得西京枚马之笔,语尽排偶,意涉纵横。《代徐敬业讨武氏檄》,气激而词腴,味态无穷,最为传作。《兵部奏姚州破逆贼两露布》,指画形势,跌宕昭彰。《为齐州父老请陪封禅表》,以造语见姿态,隶事精切,而出以顿挫,弥见遒警。《答员半千书》,愤发而托志。《与博昌父老书》,情高以会彩。《自叙状》、《钓矶应诘文》,独为散朗,不矜组练,于集中为别裁矣。

第四节　沈佺期　宋之问_{附李峤}

苏味道　崔融　杜审言等

　　王、杨、卢、骆,皆不得志于武后。然武后染翰流丽,宏奖文学,先讽高宗广召词章之士入禁中修撰,谓之北门学士。及改周以后,大搜遗逸;天下向风。苏、李、沈、宋,接声并骛。而诗五言至沈佺期、宋之问,始可称律;律为音律法律,天下无严于是者;知虚实平仄不得任情,而律体备矣。建安以后,诗律屡变;至王融、沈约,始以音韵相婉附,属对精整;及佺期、之问,又加密焉,回忌声病,约句准篇,学者宗之,号为沈宋。

　　沈佺期,字云卿,相州内黄人。武后时,与宋之问预修《三教珠英》。之问,字延清,一名少连,汾州人。之问伟仪貌,雄于辩。甫冠,武后召与杨炯分直习艺馆,累转尚方监丞、左奉宸内供奉。武后游洛南龙门,召从臣赋诗。左史东方虬诗先成,后赐锦袍。之问俄顷献诗,后览之嗟赏,更夺袍以赐。于时,张易之等烝昵宠甚;之问、佺期倾心媚附。易之所赋诸篇,多之问代为;至为易之奉溺器,大为士论所薄,而因诋其诗文俳体轻靡。传有《宋之问集》二卷。今诵其诗,雅壮多风,往往清拔,固不为俳体轻靡。五言古如《夜饮东亭》、《题张老松树》、《浣纱篇赠陆上人》、《雨从箕山来》、《入崖口五渡寄李适》、《温泉庄卧病寄杨七炯》、《答田征君》、《见南山夕阳召监师不至》、《游陆浑南山自歇马岭到枫香林以诗代书答李舍人适》、《早发大庾岭》、《自洪府舟行直书其事》、《下桂江县黎壁》、《奉使嵩山途经缑岭》、《使至嵩山等杜四不遇慨然复伤田洗马韩观主因以题壁赠杜四》、《玩郡斋海榴》等篇,解散辞体,体物写志。录《题张老松树》、《奉使嵩山途经缑岭》两首。

题张老松树

岁晚东岩下,周顾何凄恻。日落西山阴,众草起寒色。中有乔松树,使我长叹息,百尺无寸枝,一生自孤直。

奉使嵩山途经缑岭

使星发洛城,城中歌吹声。毕景至缑岭,岭上烟霞生。草树饶野意,山川多古情。大隐德所薄,归来可退耕。

以高雅冲澹之韵,为跌宕昭彰之体,蜕苏李之风骨,异齐梁之俳优。七言古如《寒食还陆浑别业》、《寒食江州满塘驿》、《明河篇》、《龙门应制》、《桂州三月三日》、《有所思》诸诗,抑扬爽朗,音靡而节不平。录《寒食还陆浑别业》、《有所思》二首。

寒食还陆浑别业

洛阳城里花如雪,陆浑山中今始发。旦别河桥杨柳风,夕卧伊川桃李月。伊川桃李正芳新,寒食山中酒复春。野老不知尧舜力,酣歌一曲太平人。

有所思

洛阳城东桃李花,飞来飞去落谁家?幽闺女儿惜颜色,坐见落花长叹息：今年花落颜色改,明年花开复谁在！已见松柏摧为薪,更闻桑田变成海。古人无复洛城东,今人还对落花风;年年岁岁花相似,岁岁年年人不同。寄言全盛红颜子,须怜半死白头翁。此翁白头真可怜,伊昔红颜美少年。公子王孙芳树下,清歌妙舞落花前。光禄池台交锦绣,将军楼阁画神仙。一朝卧病无相识,三春行乐在谁边？婉转蛾眉能几时,须臾鹤发乱如丝;但看古来歌舞地,惟有黄昏鸟雀飞。

圆美流转,辞清而体润,则婉媚而不为绮错。五言律如《扈从登封途中作》、《陆浑山庄》、《奉和幸长安故城未央宫应制》、《送杨六望赴金水》、《登粤王台》、《灵隐》、《早入清远峡》、《发端州初入西江》、《留别之望舍弟》、《题大庾岭北驿》诸诗,气体深稳,遒宕天成。录《扈从登封途中作》、《陆浑山庄》、《早入清远峡》三首。

扈从登封途中作

帐殿郁崔嵬,仙游实壮哉。晓云连幕卷,夜火杂星回。谷暗千骑出,山鸣万乘来。扈从良可赋,终乏掞天才。

陆浑山庄

归来物外情,负杖阅岩耕。源水看花入,幽林采药行。野人相问姓,山鸟自呼名。去去独吾乐,无能愧此生。

早入清远峡

传闻峡山好,旭日耀前沂。雨色摇丹嶂,泉声聒翠微。两岩天作带,万壑树拔衣。秋菊迎霜序,春藤碍日辉。翳潭花似织,缘岭竹成围。寂历环沙浦,葱茏转石圻。露余江未热,风落瘴初稀。猿饮排虚上,禽惊掠水飞。榜童夷唱合,樵女越吟归。良候斯为美,边愁自有违。谁言望乡国,流涕失芳菲。

《扈从》之作,沉雄浑脱;而《陆浑山》、《清远峡》两篇,则传音振逸,鸣节疏韵，一洗南朝脂粉涂泽之习，何尝彩丽竞繁而兴寄都绝？文则囿于时习，气无奇类；而《为梁王武三思妃让封表》、《为定王武攸暨请降王位》两表，《在桂州与修史学士吴兢书》，深切往复，独为感激顿挫。《为长安马明府亡母请邑号状》、《祭王城门文》、《祭杨盈川文》，雅意深笃，其辞恻怛，使人味之亹亹不倦；亦非缥缈浮音，丽辞碌碌之比也。

沈佺期文婉谐而或伤俗滥，警遒又不免危仄，殊无足观。诗极有名，今诵其七言《古凤箫曲》、《七夕曝衣篇》，七言律《古意呈补阙乔知之》，调采葱菁，音韵铿锵，的是徐庾之遗。录《凤箫曲》。辞曰：

> 八月凉风动高阁，千金丽人卷绡幕。已怜池上歇芳菲，不念君恩坐摇落。世上荣华如转蓬，朝随阡陌暮云中。飞燕侍寝昭阳殿，班姬饮恨长信宫。长信宫，昭阳殿，春来歌舞妾自知，秋至帘栊君不见。昔时嬴女厌世纷，学吹凤箫乘彩云。含情转睐向萧史，千载红颜持赠君。

诚不免缘情绮靡。然如五言古《凤笙曲》、《拟古别离》、《别侍御严凝》、《同工部李侍郎适访司马子微》、《自昌乐郡溯流至白石岭下行入郴州》、《过蜀龙门》、《枉系》二首、《黄鹤》、《古镜》、《铜雀台》、《巫山高》二首、《陇头水》、《紫骝马》诸篇，风骨遒高，或同阮籍之《咏怀》，或为左思之《咏史》，或效郭璞之《游仙》，或拟谢灵运之山水，不拘一格，自写胸怀。录《凤笙曲》、《铜雀台》、《陇头水》、《紫骝马》四首：

凤笙曲
> 忆昔王子晋，凤笙游云空。挥手弄白日，安能恋青宫。岂无婵娟子，结念罗帏中？怜寿不贵色，身世两无穷。

铜雀台
> 昔年分鼎地，今日望陵台。一旦雄图尽，千秋遗令开。绮罗君不见，歌舞妾空来。恩共漳河水，东流无重回。

陇头水

陇山飞落叶，陇雁度寒天。愁见三秋水，分为两地泉。西流入羌郡，东下向秦川。征客重回首，肝肠空自怜。

紫骝马

青玉紫骝鞍，骄多影屡盘。荷君能剪拂，蹙蹀喷桑干。跣足追奔易，长鸣遇赏难。拟金一万里，霜露不辞寒。

沉郁顿挫，不止流靡自妍而已。其他五言律如《乐城白鹤寺》、《游少林寺》、《夜宿七盘岭》、《十三四时尝从巫峡过偶然有思》、《秦州薛都督挽词》、《初冬从幸汉故青门应制》、《仙萼池亭侍宴应制》、《三日独坐骧州思忆旧游》、《从骧州廨宅移住山间水亭》、《赠苏使君》、《赦到不得归题江上石》、《答魑魅代书寄家人》诸诗，跌宕昭彰，格律浑成。录《游少林寺》、《秦州薛都督挽词》、《初冬从幸汉故青门应制》三首：

游少林寺

长歌游宝地，徙倚对珠林。雁塔风霜古，龙池岁月深。绀园澄夕雾，碧殿下秋阴。归路烟霞晚，山蝉处处吟。

秦州薛都督挽词

十里绛山幽，千年汾水流。碑传门客建，剑是故人留。陇树烟含夕，山门月对秋。古来钟鼎盛，共尽一蒿丘！

初冬从幸汉故青门应制

汉王建都邑，渭水对青门。朝市俱东逝，坟陵共北原。荒凉萧相阙，芜没邵平园。全盛今何在？英雄难重论。故基仍岳立，遗堞尚云屯。当极土功壮，安知人力烦。天游戒东首，怀昔驻龙轩。何必金汤固，无如道德藩。微臣谅多幸，参乘偶殊恩；预此陈古事，敢奏兴亡言。

不尚浮华，自饶风力，亦非巧用文字，务为研冶之作。则继沈宋之所以为诗者，承初唐四杰之律体，精研韵律，使永明宫商之论，发展而为唐代之律诗，而力湔藻缛，固非南朝靡丽之遗。然后知风气之变也，有开必先。王勃、骆宾王，文为徐庾，而以排偶出纵横，化以西京之枚马；沈佺期、宋之问，诗继永明而加以律化，以清遒发宫商，不为南朝之靡丽，气调犹是也，而神明已非；固有莫之为而为，不自知其所以者。

赵州李峤，与沈佺期、宋之问同修《三教珠英》，而峤实为修书使。峤本与同里苏味道齐名，号苏李；又与齐州崔融、襄阳杜审言，并号文章四友。

崔融为文，辞尚雅切，丽典新声，当时称未有辈者；朝廷大笔，多手敕委之。特以雕文织彩，过为精密，遂致气不逮文，辞过于意。而《代皇太子请给庶人衣服表》、《为宗监请停政事表》、《为温给事请致仕归侍表》，指事殷勤，雅意深笃；《拔四镇议》、《报三原李少府书》，气调卓荦，颇为振绝；综观所作，此为秀拔。

杜审言诗笔整栗，小让沈宋；而气度高逸，神情圆畅，自开盛唐之音。

李峤富才思，有所属词，人多传诵。武后时，汜水获瑞石；峤为御史，上《皇符》一篇，为世讥薄。然其仕前与王勃杨炯接，中与崔融苏味道齐名，晚诸人没而为文章老宿，一时学者取法焉。今诵其诗，稳称有余，遒变未臻。惟《鹧鸪》、《汾阴行》两诗，感慨苍凉，倜傥有古意。其余摘句，如"雨余林气静，山空夜响哀"，亦复情景两融。文则惟《秋望赋》，自伤牢落，颇脱胎江淹《恨》、《别》二赋，而逊其标致；《上雍州高长史书》、《与夏县崔少府书》、《答李清河书》，感激顿挫，气调警拔；《攀龙台碑》，错综震荡，才章富健，斯则集中之胜。其他四六表章，颇伤冗滥；中以《为百寮贺恩制表》、《让鸾台侍郎表》、《为公主辞家人畜产官给料表》、《自叙表》，顿挫浏亮，不同琭琭。要之拘于偶律，诗文同病；视王勃逊其流韵清绮，比杨炯又嫌体气驽缓；王杨才人吐属；李峤达官能文，未能驾驭也。然而玄宗读峤《汾阴行》,叹曰:"李峤真才子也!"武后之世,武三思奉敕修《三教珠英》一千三百卷,荟萃一时文人,得四十七人;崔融汇集其所赋诗,为《珠英学士集》,各题爵里,以官班为次,而峤为首。其他可考见者,峤而外,有员半千、崔湜、张说、徐坚、阎朝隐、徐彦伯、宋之问、沈佺期、富嘉谟、刘知幾、刘元济、李适、王无竞、尹元凯、乔备等十余人而已。武后在高宗时,已奖进文学;始则以北门学士诸人,纂集群书;至是《三教珠英》之集,引拔尤众;一时文士如苏、李、沈、宋之诗篇,陈子昂、卢藏用之古文,富嘉谟、吴少微之经典,刘知幾之史学,以及张说之词笔,徐坚之博洽,并腾誉文坛,上总初唐之丽则,下启开元之极盛。有唐一代,律诗与古文之体,度越前代,而皆发于武后时,可谓彬彬焉。

第五节　陈子昂 附富嘉谟 吴少微 卢藏用

唐兴,文章承徐庾余风,竞为绮丽。射洪陈子昂始奋发自为,追古作者。子昂,字伯玉;家世富豪,而苦志读书。善属文,而诗尤首唱平淡清雅之音,力排雕镂凡近之气。初为《感遇诗》三十首,录其九首。辞曰:

兰若生春夏,芊蔚何青青。幽独空林色,朱蕤冒紫茎。迟迟白日晚,袅袅秋风生。岁华尽摇落,芳意竟何成。

苍苍丁零塞,今古缅荒途。亭堠何摧兀,暴骨无全躯。黄沙漠南起,白日隐西隅。汉甲三十万,曾以事匈奴。但见沙场死,谁怜塞上孤。

乐羊为魏将,食子殉军功。骨肉且相薄,他人安得忠。吾闻中山相,乃属放麑翁。孤兽犹不忍,况以奉君终。

吾爱鬼谷子，青溪无垢氛。囊括经世道，遗身在白云。七雄方龙斗，天下久无君。浮荣不足贵，遵养晦时文。舒可弥宇宙，卷之不盈分，岂徒山木寿，空与麋鹿群。

圣人不利己，忧济在元元。黄屋非尧意，瑶台安可论。吾闻西方化，清净道弥敦。奈何穷金玉，雕刻以为尊？云构山林尽，瑶图珠翠烦。鬼工（一本作"功"）尚未可，人力安能存。夸愚适增累，矜智道逾昏。

蜻蛉游天地，与世本无患。飞飞未能止，黄雀来相干。穰侯富秦宠，金石比交欢。出入咸阳里，诸侯莫敢言。宁知山东客，激怒秦王肝。布衣取丞相，千载为辛酸。

翡翠巢南海，雄雌珠树林。何知美人意，骄爱比黄金。杀身炎州里，委羽玉堂阴。旖旎光首饰，葳蕤烂锦衾。岂不在遐远，虞罗忽见寻。多材信为累，叹息此珍禽。

可怜瑶台树，灼灼佳人姿。碧华映朱实，攀折青春时。岂不盛光宠，荣君白玉墀。但恨红芳歇，凋伤感所思。

朔风吹海树，萧条边已秋。亭上谁家子，哀哀明月楼。自言幽燕客，结发事远游。赤丸杀公吏，白刃报私仇。避仇至海上，被役此边州。故乡三千里，辽水复悠悠。每愤胡兵入，常为汉国羞。何如七十战，白首未封侯。

京兆司功王适读而惊曰："此子必为天下文宗矣。"年二十一，游京师。始至，不为人知。有卖胡琴者价百万，豪贵传视，无辨者。子昂突出，顾左右以千缗市之。众惊问，答曰："余善此乐。"皆曰："可得闻乎？"曰："明日可集宣阳里。"如期偕往，则酒肴毕具，置胡琴于前；食毕，捧琴语曰："蜀人陈子昂有文百轴，驰走京毂，碌碌尘土，不为人知。此乐贱工之役，岂宜留心。"举而碎之，以其文轴遍赠会者；一日之间，声华溢都。

以进士对策高第。属唐高宗崩于洛阳，灵驾将西归，子昂乃献书阙下。武后览其书而壮之，召见问状。子昂貌寝寡援，然言王霸大略，君臣之际，甚慷慨焉。特其所作《大周受命颂》及《进表》、《请追上太原王帝号表》、《大崇福观记》诸篇，以文字献媚女主，大为儒林所薄。官至右拾遗，传有《陈拾遗集》十卷。诗则五言古如《感遇》、《登幽州台歌》，寄兴无端，词气铿訇，追建安之风骨，变齐梁之绮靡；而《感遇》尤世所传诵。其他如《度峡口山赠乔补阙知之王二无竞》、《答韩使同在边》、《送别》、《出塞》、《登蓟丘楼》、《送贾兵曹入都》、《登泽州城北楼宴》、《晚次乐乡县》、《送魏大从军》、《和陆明府赠将军重出塞》、《还至张掖古城闻东军告捷赠韦五虚己》诸诗，倜傥昭彰，举止岸异，语尽偶对，气自横杰。至文则风气将变，体格未纯。有骈俪仍徐庾之余风者，如《为陈御史上奉和秋景观竞渡诗表》、《为河内王等论军功表》、《为永昌父老劝追尊中山王表》、《为副大总管屯营大将军苏宏晖谢表》、《薛大夫山亭宴序》、《别中岳二三真人序》、《送吉州杜司户审言序》、《晖上人房饯齐少府使入京府序》、《送麴郎将使默啜序》、《宥冥君古坟记铭序》等篇，虽是俪体而抑扬爽朗，亦臻英奇。有雅练摹崔蔡之逸调者，如《大周受命颂》、《为人陈情表》、《为程处弼辞放流表》、《为将军程处弼谢放流表》、《为义兴公求拜扫表》、《为义兴公陈请终丧第二表》、《谢免罪表》、《为金吾将军陈令英请免官表》、《唐故朝议大夫梓州长史杨府君碑铭》、《上殇高氏墓志铭》、《唐陈州宛丘县令高君夫人河南宇文氏墓志铭》、《馆陶郭公薛氏墓志铭》、《我府君有周居士文林郎陈公墓志铭》等篇，不加雕削而曲写毫介，文洁体清。然亦有论议疏快，词直义畅，上承贾董，下开苏王者，当以论事书疏如《为乔补阙论突厥表》、《上军国机要事》、《上军国利害事》、《谏灵驾入京书》、《谏雅州讨生羌书》、《谏刑书》、《谏用刑书》、《申宗人冤狱书》、《复仇议状》诸篇；为八家之前导，六朝之驱除焉！录《复仇议状》。辞曰：

先王立礼，所以进人也；明罚，所以齐政也。夫枕干仇敌，人子之义；诛罪禁乱，王政之纲。然则无义不可以训人，乱纲不可以明法。故圣人修礼理内，饬法防外，使夫守法者不以礼废刑，居礼者不以法伤义；然后暴乱不作，廉耻以兴，天下所以直道而行也。窃见同州下邽人徐元庆，先时，父为县吏赵师韫所杀；遂鬻身庸保，为父报仇，手刃师韫，束身归罪。虽古烈者，亦何以多。诚足以激清名教，立懦夫之志，振下士之靡者也。然按之国章，杀人者死，则国家画一之法也。法之不二，元庆宜伏辜。又按《礼》经，父仇不同天，亦国家劝人之教也。教之不苟，元庆不宜诛。

然臣闻在古，刑之所生，本以遏乱。仁之所利，盖以崇德。今元庆报父之仇，意非乱也；行子之道，义能仁也。仁而无利，与乱同诛，是曰能刑，未可以训。元庆之可宥，显于此矣。然而邪由正生，理必乱作。昔礼防至密，其弊不胜；先王所以明刑，本实由此。今傥义元庆之节，废国之刑，将为后图，政必多难；则元庆之罪，不可废也。何者？人必有子，子必有亲，亲亲相仇，其乱谁救？故圣人作始，必图其终，非一朝一夕之故，所以全其政也。故曰："信人之义，其政不行。"且夫以私义而害公法，仁者不为；以公法而徇私节，王道不设。元庆之所以仁高振古，义伏当时，以其能忘生而及于德也。今若释元庆之罪以利其生，是夺其德而亏其义；非所谓杀身成仁，全死无生之节也。如臣等所见，谓宜正国之法，置之以刑，然后旌其闾墓，嘉其徽烈，可使天下直道而行。编之于令，永为国典。谨议。

杀其身，旌其人，如何说得通，极是不情不理，而偏有本有原，清空辨折，笔有断制；固与徐庚之以词采见珍者异矣。当时议者咸以子昂为是。子昂父在乡，为县令段简所辱。子昂闻之归省，简乃因事收系狱，发愤

第四编　近古文学上

死,年四十余。友人黄门侍郎卢藏用哀之而为序其诗文,盛行于世。

同时武功富嘉谟,与新安吴少微以文章同官友善。先是文士撰碑颂,皆以徐庾为宗,气调渐劣。嘉谟与少微属词皆以经典为本,时人钦慕之,文体一变,称为富吴体。今观所传嘉谟之文,殊未称意;丽辞琜琜,时涉淫靡,不脱南朝窠臼。少微名亚嘉谟,而诗文胜之。《为任虚白陈情表》,意激而辞婉,得《小雅》怨诽不怒之旨;而《唐北京崇福寺铜钟铭》,创语新特,错综震荡,最为时诵。诗则五言古《长门怨》、七言古《古意》等篇,缘情绮靡,徐庾之遗,不脱南朝窠臼;而文格则蕲于遒变以自名家,然不如子昂之吐辞天拔,浩落有致也。

卢藏用与子昂交游,观其所为子昂《文集序》及《谏营兴泰宫疏》、《答毛杰书》,感激顿挫,颇以疏朴见偶傥,不以俪体自限。《析滞论》,虽是俪辞,而有理致,醇茂痛快,指归经诰。有开必先,亦韩愈之陈项,而子昂之流亚也。

第六节　刘知幾

刘知幾扬榷史家,谓徐庾不宜以载笔;然而《史通》之作,藻去缛浮而辞仍偶俪,亦囿于时习也。知幾,字子玄,彭城人。自称年在纨绮,便受《古文尚书》,每苦其辞艰琐,难为讽读,虽屡捶挞而业不成。闻父为诸兄讲《春秋左氏传》,每废书而听;逮讲毕,即为诸兄说之,因窃叹曰:"若使书皆如此,吾不复怠矣。"父奇其意,于是授以《左传》;于时年十有二,大义略举,乞观余部以广异闻。读班谢两《汉书》,便怪《前书》不应有《古今人表》,《后书》宜为更始立纪。既欲知古今沿革,历数相承;于是触类而观,不假师训,自汉中兴已降,迄乎本朝实录,年十有七而窥览略周。洎年弱冠,射策登朝。武后时,官获嘉主簿。时吏横酷,公卿冤诛;知幾悼士无良而甘于祸,作《思慎赋》以刺时。苏味道、李峤见之赏叹,比之陆机《豪士赋》。亦预《珠英》学士之列,累迁凤阁舍人,兼修国史。中宗时,迁秘书少监,仍领史事。凡所著述,常欲行其旧议;而当时同作诸士及监修贵臣,多与凿枘,抑不施用。乃撰《史通》五十二篇以伸其意;其书《内篇》论史家体例,凡三十九篇,今佚其三篇;《外篇》述史籍源流与古人得失,凡十三篇。每谓:"文之与史,较然异辙。故以张衡之文,而不闲于史;以陈寿之史,而不习于文。其有赋述两都,诗裁八咏,而能编次汉册,勒成宋典,若斯人者,其流几何。是以略观近代,有齿迹文章而兼修史传,其为式也,罗含、谢客,宛为歌颂之文,萧绎、江淹,直成铭赞之序,温子升尤喜复语,卢思道雅好丽词,江总猖獗以沉迷,庾信轻薄而流宕。此其大较也。然向之数子,所撰者,盖不过偏记杂说,小卷短书而已;犹且乖滥蹉驳,一至于斯;而况责之以刊勒一家,弥纶一代,使其始末圆备,表里无咎,盖亦难矣。但自世重文藻,词宗丽淫;于是沮诵失路,灵均当轴。每西省虚职,东观伫才,凡所拜授,必推文士,遂使握管怀铅,多无铨综之职;连章累牍,罕逢微婉之言(《覆才》第三十一)。而大唐修《晋书》,作者皆当代词人,远弃史班,近宗徐庾。夫以饰彼轻薄之句,而编为史籍之文,无异加粉黛于壮夫,服绮纨于高士"(《论赞》第九)。盖魏文《典论》,始评文章,迄梁刘勰继之,遂著《文心雕龙》,大放厥辞;而揆其所论,多详于词笔,而略于史记。至知幾乃扬榷前言,括囊史例,其所剽剥,虽马班不能自解免,以成一家之言;古所未有也。独恨任当其职而吾道不行,见用于时而美志不遂,忽忽不乐,于是发愤《与监修国史萧至忠等书》曰:

仆幼闻《诗》《礼》,长涉艺文;至于史传之言,尤所耽悦。寻夫左史右史,是曰《春秋》、《尚书》;素王素臣,斯称微婉志晦。两京三国,班、谢、陈、习阐其谟;六朝江左,王、陆、干、孙纪其历。刘石僭

第四编　近古文学上

号，方策委于和张；宋齐应录，惇史归于萧沈。亦有汲冢古篆，禹穴残编，孟坚所亡，葛洪刊其杂记；休文所缺，荀绰裁其拾遗。凡此诸家，其流盖广。莫不颐彼泉薮，寻其枝叶；原始要终，备知之矣。若乃刘峻作传，自述长于论才；范晔为书，盛言矜其费体。斯又当仁不让，庶几前哲者焉。

　　然自策名仕伍，待罪朝列，三为史臣，再入东观，竟不能勒成国典，贻彼后来者，何哉？静言思之，其不可有五故也。何者？古之国史，皆出自一家，如鲁、汉之丘明、子长，晋、齐之董狐、南史，咸能立言不朽，藏诸名山。未闻藉以众功，方云绝笔。唯后汉东观，大集群儒，著述无主，条章靡立。由是伯度讥其不实，公理以为可焚。张蔡二子，纠之于当代；傅范两家，嗤之于后叶。今者史司取士，有倍东京，人自以为荀袁，家自称为政骏。每欲记一事，载一言，皆阁笔相视，含毫不断；故首白可期，而汗青无日。其不可一也。前汉郡国计书，先上太史，副上丞相；后汉公卿所撰，始集公府，乃上兰台。由是史官所修，载事为博。爰自近古，此道不行。史臣编录，唯自询采；而左右二史，阙注起居；衣冠百家，罕通行状。求风俗于州郡，视听不该；讨沿革于台阁，簿籍难见。虽使尼父再出，犹且成其管窥；况仆限以中才，安能遂其博物。其不可二也。昔董狐之书法也，以示于朝；南史之书弑也，执简以往。而近代史局，皆通籍禁门，深居九重，欲人不见；寻其义者，盖由杜彼颜面，防诸请谒故也。然今馆中作者，多士如林，皆愿长嘴，无闻齰舌。傥有五始初成，一字加贬，言未绝口而朝野具知，笔未栖毫而搢绅咸诵。夫孙盛纪实，取嫉权门，王劭直书，见雠贵族，人之情也，能无畏乎？其不可三也。古者刊定一史，篡成一家，体统各殊，指归咸别。夫《尚书》之教也，以疏通致远为主；《春秋》之义也，以惩恶劝善为先；《史记》则退处士而进奸雄，《汉书》则抑忠臣而饰主阙。斯并襄时得失之例,良史是非之准,作者言之详矣。顷史官注记,多取禀监修,杨令公则云必须直词,宗尚书则云宜多隐恶。十羊九牧,其令难行;一国三公,适从何在。其不可四也。窃以史置监修,虽古无式,寻其名号,可得而言。夫言监者,盖总领之义耳。如创立纪年,则年有断限;草传叙事,则事有丰约;或可略而不略,或应书而不书,此刊削之务也。属辞比事,劳逸宜均;挥毫奋墨,勤惰须等。某表某篇,付之此职;某传某志,归之彼官。此铨配之理也。斯并宜明立科条,审定区域。傥人思自勉,则书可立成。今监之者既不指授,修之者又无遵奉,用使争学苟且,务相推避,坐变炎凉,徒延岁月。其不可五也。凡此不可,其流实多;一言以蔽,三隅自反。而时谈物议,安得笑仆编次无闻者哉。

　　比者伏见明公每汲汲于劝诱,勤勤于课责,或云坟籍事重,努力用心;或云岁序已淹,何时辍手。窃以纲维不举,而督课徒勤,虽威以刺骨之刑,勖以悬金之赏,终不可得也。必谓诸贤载削非其所长,以仆铨铨铰铰,推为首最;就如斯理,亦有其说。何者?仆少小从仕,早蹑通班。当皇上初临万邦,未亲庶务,而以守兹介直,不附奸臣;遂使官若土牛,弃同刍狗。逮銮舆西幸,百寮毕从,自惟官曹务简,求以留后居台;常谓朝廷不知,国家于我已矣。岂谓一旦忽承恩旨,州司临门,使者结辙;既而驱驷马,入函关,排千门,谒天子,引贾生于宣室,虽叹其才;召季布于河东,反增其愧。明公既位居端揆,望重台衡,飞沉属其顾盼,荣辱由其俯仰。曾不上祈辰极,申之以宠光;佥议搢绅,縻我以好爵。其相见也,直云"史笔阙书,为日已久;石渠扫第,思子为劳。今之仰追,惟此而已"。抑明公足下,独不闻刘炫蜀王之说乎?

　　昔刘炫仕隋,为蜀王侍读。尚书牛弘尝问之曰:"君王遇子,其礼如何?"曰:"相期高于周孔,见待下于奴仆。"弘不悟其言。炫曰:

"吾王每有所疑,必先见访;是相期高于周孔。酒食,左右皆餍,而我余沥不沾;是见待下于奴仆也。"仆亦窃不自揆,辄敢方于鄌宗。何者?求史才,则千里降追;语宦途,则十年不进。意者得非相期高于班马,见待下于兵卒乎?又人之品藻,贵识其性。明公视仆,于名利何如哉?当其坐啸洛城,非隐非仕,惟以守愚自得,宁以充诎撄心。但今者黾勉从事,牵拘就役,朝廷厚用其才,竟不薄加其礼;求诸隗始,其义安施?傥使士有澹雅若严君平,清廉如段干木,与仆易地而处,亦将弹铗告老,积薪为恨。况仆未能免俗,能不蒂芥于心者乎!当今朝号得人,国称多士。蓬山之下,良直差肩;芸阁之中,英奇接武。仆既功亏刻鹄,笔未获麟,徒殚太官之膳,虚索长安之米。乞已本职,还其旧居;多谢简书,请避贤路。惟明公足下哀而许之。

至忠得书大惭,无以酬答。其他文章亦不脱俪体,而辞笔腾跃;如《思慎赋》困心横虑;《孝经》《老子》注,《易传议》,辨析疏通。而《史通·自叙》,自道生平;与《上萧至忠》此书之急言竭论,境界不同;而气流墨中,声动简外,虽不免露才扬己,要是才人之笔已。

第七节　苏颋　张说 附薛稷 阎朝隐 韩休等　张九龄

唐代文章,莫盛于开元天宝。而开风气之先,成一王之法,则有燕国公张说,许国公苏颋,以辅相之重,擅述作之才,佐佑王化,粉泽典章,骈称燕许。而张说诗兼李、杜、王、孟之长,文开唐代小说之局,雄辞逸气,耸动群听;郁郁之文,于是乎在。顾苏颋稍先起。

苏颋,字廷硕,武功人,宰相许国公瑰之子也;武后时,拜中书舍人。

时瑰同中书门下三品，父子同坐禁管。玄宗初平内难，书诏填委，颋在太极后阁，口占授书史。书史白曰："丐公徐之；不然，手腕脱矣！"李峤曰："舍人思若涌泉，吾不及。"帝谓颋曰："卿所为诏令，别录副本，署臣某撰；朕当留中。"后世传其制敕代言，采入《文苑英华》及《全唐文》者，乃至五卷；然丽词琭琭，绝鲜异彩；惟《幸新丰及同州敕》，清新不肤；其他《上开元神武皇帝册文》、《右仆射太子少师唐璿神道碑》、《高安长公主神道碑》、《唐紫微侍郎赠黄门监李乂神道碑》，虽文体未遒，而篇章赡肆；《太阳亏为宰臣乞退表》、《谢弟诜除给事中自求改职表》，指事殷勤，感激顿挫，亦为佳作。而《双白鹰赞》，弈弈清畅而跻英逸，最为一集之胜。辞曰：

开元乙卯岁，东夷君长自肃慎扶余而贡白鹰一双，其一重三斤有四两，其一重三斤有二两，皆皓如练色，斑若彩章，积雪全映，飞花碎点，所谓金气之英，瑶光之精；高髻伟臆，长距秀颈，奋发而锐，坚刚则厉，摩天绝海，雷击飙逝。观其行时令，顺秋杀，指麾应捷，顾眄余雄，当落雕之赏，蔑仇鹞之敌，实稀代之尤也。皇上只膺圣图，钦若王道，方宝贤重谷，尊儒食艾；后宫撤绣绮，前殿焚珠玉；与王侯卿士朝夕论思。异无所贵，轻卫公之好鹤；奇无所珍，同汉皇之却马。畋岂务于驰骋，猎以存乎蒐狩；未尝合围掩群，载羽洒血，乃强不攫而猛不噬矣。然以万方入贡，怀其来也；三年重译，嘉其至也。故仁为之心，有仁则勇；威为之力，有威则重。况此鸟猛过于众，重倍于凡；礼于君则劝忠，祭于祖则立敬，壮其体则用武，绚其翼则成文。彼宠而服之，鹞也能果；荣而戴之，蝉也能洁。矧乎职命司寇，师惟尚武，闻箴刺奸，择善为吏，盖选士之是式，非从禽之足云。此谓备于图而徵在位也。微臣奉制，敢称赞曰：

鹰之大者，精明竦峻。劲而横绝，雄则远振。锦文素彩，珠联玉润。往乃奋威,将军所徇。鹰之次者,勇锐光芒。截海而至,乘凤载扬。络以红点,文其彩章。下韝必中,惟吏之良。

辞不脱于俪偶,而六朝浮藻,湔洗尽矣。然它文未能称是。颂袭封许国公,以制诏碑颂称大手笔。张说稍后起,封燕国公,亦能文章,品望与颂略等。今诵颂所传诗文,动无虚散,颇乖秀逸,远不如说之倜傥卓荦,风力遒矫;又喜用古事,弥见拘束。诗则披沙拣金,惟五言律《小园纳凉即事》,七言律《景龙观送裴士曹》,五言绝《汾上惊秋》、《山驿闲卧即事》四首,词兴婉惬,殊得风流媚趣;而才力苦弱,故务其清浅。以视说之词采华茂,风流调达,亦何异跛鳖之与骐骥哉。

张说,字道济,洛阳人。武后初革命,大搜遗逸,四方之士,应制者向万人。武后御洛阳城南门,亲自临试,而说对策为天下第一。其警语曰:"昔三监玩常,有司既纠之以猛。今四罪咸服,陛下宜济之以宽。"拜太子校书,仍令写策本于尚书省。玄宗时,累官中书令,封燕国公,朝廷大述作,多出其手。帝好文辞,有所为,必使视草。传有《张燕公集》三十卷,今佚五卷。唐诗自陈子昂夺魏晋之风骨,变梁陈之俳优,力追古意,而规模未大。说则材力标举,尤臻宏肆;或遒壮抑扬以导李杜之前驱,或清拔孤秀以开王孟之先河,而触景生悟,有会象外,则又似谢灵运,得其理趣而祛其质闷;不名一格,而变化极焉,不可不为盛唐之具体也。五言古如《赠崔公》、《忆郡》、《过汉南城叹古坟》、《巡边在河北作》、《岳州作》、《岳阳早霁南楼》、《闻雨》、《山夜闻钟》、《杂诗》四首、《岳州夜坐》,五言律如《蜀路》、《岳州宴别潭州王熊》二首、《过庾信宅》、《奉和圣制过王浚墓应制》、《巴丘春作》、《清远江峡山寺》诸诗,以偶对出跌宕,以感慨见抱负。录十首:

赠崔公

我闻西汉日,四老南山幽;长歌紫芝秀,高卧白云浮。朝野光尘绝,榛芜年貌秋。一朝驱驷马,连辔入龙楼。昔遁高皇去,今从太子游。行藏惟圣节,福祸在人谋。卒能匡惠帝,岂不赖留侯。事随年代远,名与图籍留。平生钦淳德,慷慨景前修。蜉蛤伺阴兔,蛟龙望斗牛。无嗟异飞伏,同气幸相求。

巡边在河北作

抚剑空余勇,弯弧遂无力。老去事如何,据鞍长叹息。故交索将尽,后进稀相识。独怜半死心,尚有寒松直。

闻雨

多雨绝尘事,寥寥入太玄。城阴疏复合,檐滴断还连。念我劳造化,从来五十年。误将心徇物,近得还自然。闲居草木侍,虚室鬼神怜。有时进美酒,有时泛清弦。声真不世识,心醉岂言诠。

山夜闻钟

夜卧闻夜钟,夜静山更响。霜风吹寒月,窅窅虚中上。前声既春容,后声复晃荡。听之如可见,寻之定无像。信知本际空,徒挂生灭想。

蜀路

云埃夜澄廓,山日晓晴鲜。叶落苍江岸,鸿飞白露天。磷磷含水石,幂幂覆林烟。客心久无绪,秋风殊未然。

岳州宴别潭州王熊二首

丝管清且哀,一曲倾一杯。气将然诺重,心向友朋开。古木无生意,寒云若死灰。赠君芳杜草,为植建章台。

缙云连省阁,沟水遽西东。然诺心犹在,荣华岁不同。孤城临楚塞,远树入秦宫。谁念三千里,江潭一老翁。

过庾信宅

兰成追宋玉,旧宅偶词人。笔涌江山气,文骄云雨神。包胥非救楚,随会反留秦。独有东阳守,来嗟古树春。

奉和圣制过王浚墓应制

牛斗三分国,龙骧一统年。智高宁受制,风急肯回船。有策擒吴嚭,无言让范宣。援孤因势屈,功重为谗偏。旧迹灰尘散,枯坟古老传。百代逢明主,何辞死道边。

清远江峡山寺

流落经荒外,逍遥此梵宫。云峰吐月白,石壁淡烟红。宝塔灵仙涌,悬龛造化功。天香涵竹气,虚呗引松风。檐牖飞花入,廊房激水通。猿鸣知谷静,鱼戏辨江空。静默将何贵,惟应心境同。

沉郁顿挫,寓纵横颠倒于整密中,上承颜延之、谢朓,下开李、杜、王、孟,驰骋有余,安详合度。七言古变动闿辟,亦骁风力。录两首。

邺都引

君不见魏武草创争天禄,群雄睚眦相驰逐,昼携壮士破坚阵,夜接词人赋华屋。都邑缭绕西山阳,桑榆汗漫漳河曲。城郭为虚人代改,但有西园明月在。邺傍高塚多贵臣,蛾眉曼睩共灰尘。试上铜台歌舞处,惟有秋风愁杀人。

同赵侍御乾湖作

江南湖水咽山川,春江溢入共湖连。气色纷沦横罩海,波涛鼓怒上漫天。鳞宗壳族嬉为府,弋叟罟师利焉聚。鼓帆侧柁弄风口,赴险临深绕湾浦。一湾一浦怅邅回,千曲千嵯恍迷哉。乍见灵妃含笑往,复闻游女怨歌来。暑来寒往运洄洑,潭生水落移陵谷。云间坠翮散泥沙,波上浮查栖树木。昨暮飞霜下北津,今朝行雁度南滨。处处沟泽清源竭,年年旧苇白头新。天地盈虚尚难保,人间倚伏何须道;秋月晶晶泛澄澜,冬景青青步纤草。念君宿昔观物变,安得踌躇不衰老!

纵横挥霍,已非徐庾阐缓之音,而凄惋得江山之助。观其《过庾信宅》诗云:"笔涌江山气,文骄云雨神。"盖不啻夫子自道矣。文则仍是徐庾俪体,而血脉动宕,意度春容,亦健笔有凌云意。尤工为诏表碑颂,而《大唐封祀坛颂》、《论神兵军大总管功状》、《唐开元十三年陇西监牧颂德碑》、《兵部尚书代国公赠少保郭公行状》四篇,局阵开张,笔情踔厉,尤为卓荦入奇。独所为《虬髯客传》,集中不收,盛传于世,事尽谬悠而情辞雄丽,写英雄美人,栩栩如生,刻意构画,以别出于魏晋散记,异军突起,而开唐代小说之局,尤为伟观。辞曰:

隋炀帝之幸江都,命司空杨素守西京。素骄贵,又以时乱,天下之权重望崇者,莫我若也;奢贵自奉,礼异人臣。每公卿入言,宾客上谒,未尝不踞床而见,令美人捧出,侍婢罗列,颇僭于上。末年愈甚,无复知所负荷,有扶危持倾之心。一日,卫公李靖以布衣上谒,献奇策。素亦踞见。公前揖曰:"天下方乱,英雄竞起。公为帝室重臣,须以收罗豪杰为心,不宜踞见宾客。"素敛容而起,谢公,与语,大悦,收其策而退。

当公之骋辩也,一妓有殊色,执红拂立于前,独目公。公既去,而执拂者临轩指吏问曰:"去者处士第几?住何处?"公具以对。妓颔而去。公归逆旅,其夜五更初,忽闻叩门而声低者。公起问焉,乃紫衣带帽人,杖一囊。公问谁,曰:"妾,杨家之执拂妓也。"公遽延入,脱衣去帽,乃十八九佳丽人也,素面画衣而拜。公惊答拜。曰:"妾侍杨司空久,阅天下之人久矣,无如公者。丝萝非独生,愿托乔木,故来奔耳。"公曰:"杨司空权重京师,如何?"曰:"彼尸居余气,不足畏也。诸妓知其无成,去者甚众矣,彼亦不甚逐也。计之详矣,幸无推焉。"问其姓,曰:"张。"问其伯仲之次,曰:"最长。"观其肌肤仪状,言词气语,真天人也。公不自意获之,愈喜愈惧,瞬息万虑不安,而窥户者无停履。数日,亦闻追讨之声,意亦非峻;乃雄服乘马,排闼而去。将归太原,行次灵石旅邸,既设床;炉中烹肉且熟。

张氏以发长委地,立梳床前。公方刷马;忽有一人,中形,赤髯而虬,乘蹇驴而来,投革囊于炉前,取枕欹卧,看张梳头。公怒甚未决,亲犹刷马。张熟视其面,一手握发,一手映身摇示公,令勿怒。急急梳头毕,敛衽前问其姓,卧客答曰:"姓张。"对曰:"妾亦姓张,合是妹。"遽礼问"第几?"曰:"第三。"因问"妹第几?"曰:"最长。"遂喜曰:"今多幸逢一妹!"张氏遥呼:"李郎且来见三兄。"公骤礼之;遂环坐。曰:"煮者何肉?"曰:"羊肉,计已熟矣。"客曰:"饥。"公出市胡饼。客抽腰匕首,切肉共食。食竟,余肉乱切送驴前,食之甚速。客曰:"观李郎之行,贫士也,何以致斯异人?"曰:"靖虽贫,亦有心者焉。他人见问,固不言;兄之问,则无隐耳。"具言其由。曰:"然则何之?"曰:"将避地太原。"曰:"然! 故非君所致也。"曰:"有酒乎?"曰:"主人西则酒肆也。"公取酒一斗,既巡。客曰:"吾有少下酒物,李郎能同之乎?"曰:"不敢!"于是开革囊,取一人头并心肝,却头囊中,以匕首取心肝共食之,曰:"此人天下负心者,衔之十年。今始获之,吾憾释矣!"又曰:"观李郎仪形器宇,真丈夫也。亦闻太原有异人乎?"曰:"尝识一人,愚谓之真人也,其余将帅而已。"曰:"何姓?"曰:"靖之同姓。"曰:"年几?"曰:"仅二十。"曰:"今何为?"曰:"州将之子也。"曰:"似矣,亦须见之。李郎能致吾一见乎?"曰:"靖之友刘文静者与之狎。因文静见之,可也。然兄何为?"曰:"望气者言太原有奇气,使吾访之。李郎何日到太原?"靖计之日,曰:"期达之明日,日方曙,候我于汾阳桥。"言讫,乘驴而去,其行若飞,回顾已失。公与张氏且惊且喜,久之,曰:"烈士不欺人;固无畏。"促鞭而行。及期,入太原。候之,果相见;大喜,偕诣刘氏。诈谓文静曰:"有善相者思见郎君,请迎之。"文静素奇其人,一旦闻有客善相,遽遣使迎之。使回而至,不衫不履,裼裘而来,神气扬扬,貌与常异。虬髯默然居末坐,见之心死。饮数杯,招靖曰:"真天子也。"公以告刘。刘益喜自负。既出,而虬髯曰:"吾见之十八九定矣,亦须道兄见之。李郎宜与一妹复入京,某日午时,访我于马行东酒楼,楼下有此驴及瘦驴,即我与道兄俱在于上矣,到即登焉。"又别,而公与张氏复应之。

及期,访焉,宛见二乘,揽衣登楼。虬髯与道士方对饮,见公惊喜,召坐同饮十数巡,曰:"楼下柜中有钱十万,择一深稳安妹处。某日复会于汾阳桥。"如期至,即道士与虬髯已先到矣,俱谒文静。时方弈棋,起揖而语。少焉,文静飞书召文皇看棋。道士对文静弈,虬髯与靖旁立而视。俄而文皇来,长揖就坐,神清气朗,满坐风生,顾盼炜如也。道士一见惨然,敛棋子曰:"此局全输矣。于此失却局,奇哉,救无路矣。"罢弈,请去。既出,谓虬髯曰:"此世界,非公世界也。他方可勉图之,勿以为念!"因共入京。虬髯路语靖曰:"计李郎之程,某日方到。到之明日,可与一妹同诣某坊小宅。为李郎往复相从,一妹悬然如磬,欲令新妇祗谒从容,无令前却。"言毕,吁嗟而去。靖亦驰马速征,俄即到京,与张氏同往。至一小板门,叩之,有应者,出拜曰:"三郎令候李郎一娘子久矣。"延入重门,门益壮丽;奴婢三十余人,罗列于前;青衣二十人,引靖入东厅。厅之陈设,穷极珍异,巾箱妆奁冠镜首饰之盛,非人间之物,巾栉装饰毕备。请更衣,衣又珍奇。甫毕,传云:"三郎来!"乃虬髯也。纱帽紫衫,趋走有龙虎之状,相见欢然;命妻出拜,亦天人也。遂延中堂,陈设盘筵之盛,虽王公亦不侔也。四人对坐陈馔,次出女乐二十人,旅奏于庭,似从天降,非人间之曲度。食毕,行酒,有苍头自西堂舁出二十床,各覆以锦帕。既列,尽去其帕,乃文簿匙钥之类。虬髯指告靖曰:"此皆珍宝货帛之数,吾之所有,悉以充赠。何者?

某本欲于此世界求事，或当龙战二三年，建少功业。今既有主，住亦何为！太原李氏，真英主也；三五年内，即当太平。李郎以英特之才，辅清平之主，竭心尽力，必极人臣。一妹以天人之姿，蕴不世之艺，从夫之贵，荣及轩裳。非一妹不能识李郎，非李郎不能遇一妹。圣贤起陆之渐，际会如期，虎啸风生，龙腾云合，固非偶然也。将予之赠，以助真主，施功立业，勉之勉之！此后十余年，东南数千里外有异事，是吾得意之秋也，一妹与李郎，可沥酒相贺。"复引家僮列拜曰："李郎，一妹，是汝主也，可善事之。"言讫，与其妻戎服乘马，一奴从后，数步遂不复见。

靖据其宅，遂为豪家，得以助文皇缔构之资，遂匡大业。贞观中，公以左仆射平章事，适东南蛮奏曰："有海船千艘，甲兵数十万，入扶余国，杀其主自立，国已定矣。"靖知虬髯成功也，归告张氏，共沥酒向东南拜贺之。乃知真人之兴，非英雄所冀，况非英雄者乎！人臣之谬思乱者，乃螳臂之拒走轮耳。我皇家垂福万叶，岂虚然哉！或曰："卫公之兵法，半是虬髯所传也。"

抑英雄以明真主，其意本之班彪《王命论》，别出机杼而托之小说。小说家者流，盖出于稗官，就所睹记，曲道人物风俗、学术、方伎以拾史官之遗，如虞初之周说九百，刘义庆之《世说新语》，多当时实事也。其下或及神怪，时有目睹，不乃得之风闻，而不刻意构画其事，如干宝《搜神记》之伦，亦多记传说，盖不违于街谈巷语，道听途说者所造；未有辞尚浮夸，事出意构者也。若乃以谲怪诡奇相尚，以惊世骇俗为志，因物骋辞，事贵传奇者，当自说《虬髯客传》始。

开元中，说为集贤殿大学士十余年。常与学士徐坚论近代文士，悲其凋丧。坚曰："李赵公、崔文公之笔术，擅价一时，其间孰优？"说曰："李峤、崔融、薛稷、宋之问之文，如良金美玉，无施不可。富嘉谟之文，如孤峰绝岸,壁立万仞,浓云郁兴,震雷俱发,诚可畏也;若施于廊庙,则骇矣。杨炯文思如悬河注水,酌之不竭,既优于卢,亦不减王,耻居王后,信然;愧在卢前,谦也。阎朝隐之文,如丽服靓妆,燕歌赵舞,观者忘疲;若类之风雅,则罪人矣。"问后进词人之优劣,说曰:"韩休之文,如太羹旨酒,雅有典则,而薄于滋味。许景先之文,如丰肌腻理,虽秾华可爱,而微少风骨。张九龄之文,如轻缣素练,实济时用,而微窘边幅。王翰之文,如琼杯玉斝,虽烂然可珍,而多有玷缺。"坚以为然。然余睹记所及,则亦有可信有不可信。薛稷,汾阳人,为文不脱俪体,而诗如《早春鱼亭山》、《秋日还京陕西十里作》、《春日登楼野望》三篇,清新遒亮,绰有古思。阎朝隐,赵州栾城人,诗颇遒爽而调欠沉郁,文亦丽赡而韵未清迥,知为华士而非正人也。韩休,京兆人,文亦俪体,而《许国文宪公苏颋文集序》,辞笔朗畅,出之疏宕;《梁宣帝、明帝二陵碑》,才调警拔,发以顿挫;骈文得此,亦大手笔。而说谓如太羹旨酒,薄于滋味,殊未为然也。

张九龄,字子寿,韶州曲江人。七岁知属文,擢进士,官中书舍人,出为洪州都督。张说以为后出词人之冠,荐为集贤院学士。俄拜中书侍郎,同平章事。玄宗每谓侍臣曰:"张九龄文章,自有唐名公皆不如也。朕终身师之,不得其一二,此人真文场之元帅也。"传有《曲江集》廿卷。其诗文大抵稳称有余,雄丽不足,而文尤窘边幅,独其代玄宗敕边将夷酋诸书,随事抒写,不大声色,而指示殷勤,吐属矜贵,军情虏势,朗如列眉,可以上追西京,俯视南朝。录敕文六篇。

敕北庭将士书

敕北庭将士瀚海军使盖嘉运已下:逆胡忿戾,乘此猖狂,驱率匪人,围犯边镇。皆如素虑,不出下策。卿等虽在绝境,且据坚城,将士一心,莫非义勇。观衅而动,取乱在兹,宜临事筹之,无失此便。但苏禄本以奸诈,诳诱群胡,无德在人,何能有国。今乃驱乌合之众,作不义之举,师曲在老,族灭其时。卿可因其不固之心,乘其已疲之众,犄角归路,翦灭逋丑,此亦天与,岂直人谋。仍熟料之,取万全也。国之重赏,惟待奇功,岂在言之,自良图耳。比秋气已冷,卿及将士百姓并安好。遣书指不多及。

敕安西节度王斛斯书

敕王斛斯:得卿表,知诸将接勇,亦有克捷,是卿指麾,获此凶丑。苏禄背德,敢此寇仇,自毙犬马之群,我无毫厘之失。闻其狼狈,疲羸满道,乘此颠扑,势若摧枯。张羲之等虽各行诛,犹恨其少。古之善用兵者,不必在众;能制敌者,会在出奇。狂贼此来,真亦送死,众既不整,心且非一;乌合之虏,持久气衰,向有奇决,破之必矣。且如所奏,亦足申威。其将士立功,擒杀有状,各据实闻奏,当加优赏。顷来诸军奏请,所患在于不实。将既虚叙,人则妄求,如此相蒙,自然挠法。朕以信示下,以赏劝劳,岂于其间,亦容有诡?故委卿在远,所寄则深,必取诚实,勿令致此。冬初已冷,卿等及将士以下并平安好。遣书指不多及。

敕幽州节度张守珪书

敕幽州节度副大使兼御史中丞张守珪:渔阳平卢,东北重镇,匈奴断臂,山戎扼喉。节制之权,莫不在此。朕所以雅仗才识,诚思远图,既膺此举,当成本志。今奚贼残破,固不足言。契丹余孽,犹且为梗,将遂扫荡,悬赏颁明。至如寇抄之来,边境常事,苟非大敌,不劳我师。顷者偏小邀功,或亦附益其事。言而不实,示信何归,赏而有虚,叙劳何劝。适使贪嗜小利之辈,不思翦灭大举之策,则深谋重赏,更待何人;而革弊成功,当在卿尔。其有贼非大下,因有擒馘,灼然殊效者,可量事奏闻;其余微劳,并任军中赏赐,冀能自勉,令有后图。若信其苟为,终若成事,而纲纪不立,夷狄笑人。

以卿之明，固在目击也。秋气已冷，卿及将吏以下并平安好。遣书指不多及。

敕平卢使乌知义书

敕乌知义：两蕃既已归我，突厥仍敢犯边，此其不顺，诚可残灭。适闻契丹及奚等并力合谋，同破凶丑；卿亦继进，相与成功；此之一捷，使其丧气。然斗防困兽，诱备嬴师，兵家之难，慎在终始。卿是宿将，当自明之。若见可则行，务须灵敏，固在临事，难用预言，必图万全，不可轻举。已敕守珪与卿计会，可须观衅裁之。秋凉，卿及将士已下并平安好。遣书指不多及。（以上敕边将）

敕契丹都督泥礼书

敕契丹都督泥礼：往者屈烈突干凶恶，无心忧矜百姓，背叛于我，终日自防，丁壮不得耕耘，牛马不得生养；及依附突厥而课税又多，部落吁嗟，卿所见也。李过折因众人之忿，诛顽凶之徒；诸部酋豪相率归我，已令随事赏赐，亦云且得安宁。过折封王，岂直赏功而已，亦为百姓众意赖其抚存。不知近日已来，若为非理，亦闻杀害无罪，棒打又多，众情不安，遂致非命。然卿彼之蕃法，多无义于君长，自昔如此，朕亦知之。然是卿蕃王，有恶径杀，为此王者，不亦难乎？但恐卿今为王，后人亦常不自保，谁愿作王？卿虽蕃人，是当土豪杰，亦须防虑后事，岂取快志目前。过折既亡，卿初知都督，百姓诸处分，复得安宁以否？卿应有官赏，即有处分。夏中甚热，卿及首领百姓并安好。今赐卿锦衣一副，并细腰带七事，至宜领取。遣书指不多及。

敕吐蕃赞普书

皇帝问赞普：缘国家先代公主，既是舅甥，以今日公主，即为子婿；如是重姻，何待结约。遇事足以相信，随情足以相亲。不知彼心复同然否？近得四镇节度使表，云"彼使人与突骑施交通"。

294

但苏禄小蕃,负恩逆命。赞普既是亲好,即合同嫉顽凶,何为却与恶人密相往来,又将器物交通赂遗?边镇守捉,防遏是常。彼使潜行,一皆警觉,夜中格拒,人或死伤,比及审知,亦不总损。所送金银诸物及偷盗人等,并付悉诺勃藏却将还。彼既与赞普亲厚,岂复以此猜疑。自欲坦怀,略无所隐,纵通异域,何虑异心。至于边将在远,下人邀功,变好为恶,诚亦有此。非独相规,亦当自诫。如此觉察,更有何忧。万事之间,一无所限隔,所以细故无不尽言,想所知之,体至怀也。晚春极暄,赞普及平章事首领并平安好。有少信物,别具委曲。遣书指不多及。(以上敕夷酋)

语无枝辞,意有余诚,而经事综物,指挥若定。大抵敕边将书,机宜曲尽,于周详中出英明,于温慰中见肃毅。敕夷酋书,雅意深笃,于宣慰中尽情伪,于诰诫中见体恤。自魏武、蜀相而后,诸为教令,罕见如此之恳到周详者也。其他《上姚令公书》,感慨激发,自臻英逸;《景龙观山亭集送密县高赞府序》、《岁除陪王司马登薛公逍遥台序》、《韦司马别业集序》,顿挫浏亮,亦昭偶傥;《狮子赞序》,胎息茂古,立言能见其大;《故瀛州司户参军李府君碑铭》、《后汉征君徐君碣铭》,载笔清畅,抒藻不免于缛;虽未瑰伟,而亦可诵。

张九龄诗则排律居多,而五言古《杂诗》五首,《感遇》十二首,独盛传于世。录诗三首:

杂诗

孤桐亦胡为,百尺傍无枝。疏阴不自覆,修干欲何施?高冈地复迥,弱植风屡吹。凡鸟已相噪,凤凰安得知。

感遇

兰叶春葳蕤,桂华秋皎洁。欣欣此生意,自尔为佳节。谁知林栖者,闻风坐相悦。草木有本心,何求美人折!

> 孤鸿海上来，池潢不敢顾。侧见双翠鸟，巢在三珠树。矫矫珍木巅，得无金丸惧？美服患人指，高明逼神恶。今我游冥冥，弋者何所慕。

跌宕昭彰，解散辞体，蔚彼风力，文明以健。而《望月怀远》一律，文温以丽，凄怆怨者之流，又是一格；辞曰：

> 海上生明月，天涯共此时。情人怨遥夜，竟夕起相思。灭烛怜光满，披衣觉露滋。不堪盈手赠，还寝梦佳期。

意悲而远，情高会采，风味隽永，尤为独绝；其他碌碌，未能称是。柳宗元谓张说擅著述，张九龄工比兴；而不以比兴许张说。然以我观之，篇章之盛，体气之完，以备盛唐之格，而开李杜之风者，张九龄何能及张说。而九龄之诗，《杂诗》《感遇》，古调仅弹，佗未能称；虽是清拔以洗梁陈之绮靡，而未遒壮以树李杜之风骨，所以不如张说也。

第八节　李白　杜甫　王维　孟浩然_{附储光羲}　崔颢　王昌龄_{附王之涣}　李颀　高适　岑参　常建　钱起_{附郎士元}　刘长卿

唐代文学，莫盛于诗，诗莫盛于开元天宝。无诗，则唐文学不盛，无开元天宝，则无盛唐。而李白、杜甫，独为盛唐之冠。先是太宗朝，魏徵、王绩，首开草昧之风；而陈子昂特以雄丽遒茂振一代之势；沈佺期、宋之问、张说、张九龄，运古于律，力澜藻缛，亦各擅清拔之气，于音节圆畅之中；旁薄郁积，久而势厚。至李白、杜甫，茹古涵今，独以浑遒高亮，创开风气，结汉魏六朝之局，而开唐以后诗家之派；而杜甫之体备，李白之气奇。

第四编　近古文学上

李白,字太白,其先陇西成纪人,隋末,以罪徙西域,既而遁归于蜀。白之生,母梦长庚星,因以命之。十岁,通诗书;既长,隐岷山,州举有道,不应。苏颋为益州长史,见白,异之曰:"此子天才奇特,可比相如。"然喜纵横术,击剑为任侠,而门多长者车,常欲一鸣惊人,慷慨自负。出游荆州,《与刺史韩朝宗书》曰:

  白闻天下谈士相聚而言曰:"生不用封万户侯,但愿一识韩荆州。"何令人之景慕一至于此耶？岂不以有周公之风,躬吐握之事,使海内豪俊奔走而归之。一登龙门,则声价十倍。所以龙盘凤逸之士,皆欲收名定价于君侯？愿君侯不以富贵而骄之,贫贱而忽之,则三千宾中有毛遂,使白得脱颖而出,即其人焉。

  白,陇西布衣,流落楚汉。十五好剑术,遍干诸侯;三十成文章,历抵卿相。虽长不满七尺,而心雄万夫,王公大臣许与气谊。此畴曩心迹,安敢不尽于君侯。惟君侯制作侔神明,德行动天地,笔参于造化,学究于天人。幸愿开张心颜,不以长揖见拒。必若接之以高宴,纵之以清谈,日试万言,倚马可待。今天下以君侯为文章之司命,人物之权衡,一经品题,便作佳士;而君侯何惜阶前盈尺之地,不使白扬眉吐气,激昂青云耶？

  昔王子师为豫章,未下车,即辟荀慈明;既下车,又辟孔文举。山涛作冀州,甄拔三十余人,或为侍中尚书。先代所美。而君侯亦荐一严协律,入为秘书郎;中间崔宗之、房习祖、黎昕、许莹之徒,或以才名见知,或以清白见赏。白每观其衔恩抚躬,忠义奋发。白以此感激,知君侯推赤心于诸贤腹中,所以不归他人,而愿委身国士。傥急难有用,敢效微躯。且人非尧舜,谁能尽善？白谟猷筹画,安能尽矜;至于制作,积成卷轴,则欲尘秽视听,恐雕虫小伎,不合大人。若赐观刍荛,请给以纸墨兼之书人。然后退归闲轩,缮写呈上,庶青萍结绿,长价于薛卞之门。幸推下流,大开奖饰,惟君侯图之。

朝宗延饮,白拜;朝宗让以何不长揖,白曰:"酒以成礼。"朝宗大悦。既而之京师,秘书监贺知章闻其名,首访之,请所为文。白出《蜀道难》,读未竟,叹曰:"子,谪仙人也!"白酷好酒,知章解金龟换酒,与倾尽醉。言于玄宗,召见,论当世事,赐食亲为调羹,有诏供奉翰林。开元中,禁中初重牡丹,得四本红、紫、浅红、通白者,植兴庆池东,沉香亭前。花方繁开,玄宗携太真妃宴赏。李龟年以歌擅一时之名,手捧檀板,押众乐前,将歌。上曰:"赏名花,对妃子,焉用旧辞!"命龟年持金花笺宣赐白立进《清平调辞》三章。白宿醒未解,乃欣然援笔,辞曰:

云想衣裳花想容,春风拂槛露华浓。若非群玉山头见,会向瑶台月下逢。

一枝红艳露凝香,云雨巫山枉断肠。借问汉宫谁得似,可怜飞燕倚新妆。

名花倾国两相欢,长得君王带笑看。解释春风无限恨,沈香亭北倚阑干。

龟年以歌辞进,上命调抚丝竹歌之。太真妃持颇梨七宝杯,酌西凉州葡萄酒,笑领歌辞,意甚厚。上因调玉笛以倚曲,每曲遍将换,则迟其声以媚之。太真妃饮罢,敛绣巾重拜,顾不慊白之以飞燕相譬况。白自知不为所容,益放于酒,与贺知章及汝阳王琎、崔宗之、苏晋、张旭、焦遂,为酒中八仙。恳求放还。安禄山反,转侧宿松匡庐间。永王璘起兵,辟为僚佐。璘败,诏长流白夜郎,会赦,还浔阳,再坐事下狱。寻依当涂令李阳冰,而卒于当涂。传有《李太白集》三十卷。

白以诗歌为一代宗,而诵其文章,不脱骈偶组俪之习,饶有纵横遒逸之意,如《与韩荆州书》及《春夜宴从弟桃李园序》、《暮春于江夏送张祖监丞之东都序》《秋于敬亭送从侄崟游庐山序》，磊落嵚崎。所谓卓卓有异气，笔墨之性，殆不可胜。大抵以词赋为纵横，如汉枚乘司马相如一流人，具体而微，不仅靡密以闲畅也。诗则气象高朗，风骨恢张。观其抒写，直取自然，初非琢炼之劳，吐以匠心之感，《咏怀》同阮嗣宗，《游仙》似郭景纯，不为凄戾，自臻清拔，仗气爱奇，动多振绝；然而不贵绮错，有伤直致。录五七言古、五七言律、五七言绝共十六首：

古风

桃花开东园，含笑夸白日。偶蒙东风荣，生此艳阳质。岂无佳人色，但恐花不实。宛转龙火飞，零落早相失。讵知南山松，独立自萧瑟。

长干行

妾发初覆额，折花门前剧。郎骑竹马来，绕床弄青梅。同居长干里，两小无嫌猜。十四为君妇，羞颜未尝开；低头向暗壁，千唤不一回。十五始展眉，愿同尘与灰；常存抱柱信，岂上望夫台？十六君远行，瞿塘滟滪堆；五月不可触，猿声天上哀。门前迟行迹，一一生绿苔。苔深不能扫，落叶秋风早；八月蝴蝶来，双飞西园草。感此伤妾心，坐愁红颜老。早晚下三巴？预将书报家。相迎不道远，直至长风沙。

月下独酌

花间一壶酒，独酌无相亲，举杯邀明月，对影成三人。月既不解饮，影徒随我身。暂伴月将影，行乐须及春。我歌月徘徊，我舞影零乱。醒时同交欢，醉后各分散；永结无情游，相期邈云汉。

望终南山寄紫阁隐者

出门见南山，引领意无限，秀色难为名，苍翠日在眼。有时白云起，天际自舒卷；心中与之然，托兴每不浅。何当造幽人，灭迹栖

绝巘。(以上五言古)

蜀道难

噫吁嚱,危乎高哉!蜀道之难难于上青天!蚕丛及鱼凫,开国何茫然。尔来四万八千岁,不与秦塞通人烟。西当太白有鸟道,可以横绝峨眉巅。地崩山摧壮士死,然后天梯石栈方钩连。上有六龙回日之高标,下有冲波逆折之回川;黄鹤之飞尚不得过,猿猱欲度愁攀缘。青泥何盘盘,百步九折萦岩峦。扪参历井仰胁息,以手抚膺坐长叹。问君西游何时还,畏途巉岩不可攀。但见悲鸟号古木,雄飞雌从绕林间。又闻子规啼夜月,愁空山。蜀道之难难于上青天,使人听此凋朱颜。连峰去天不盈尺,枯松倒挂倚绝壁。飞湍瀑流争喧豗,砯崖转石万壑雷。其险也若此;嗟尔远道之人胡为乎来哉!剑阁峥嵘而崔嵬,一夫当关,万夫莫开。所守或非亲,化为狼与豺。朝避猛虎,夕避长蛇。磨牙吮血,杀人如麻。锦城虽云乐,不如早还家。蜀道之难难于上青天,侧身西望长咨嗟。

将进酒

君不见黄河之水天上来,奔流到海不复回。君不见高堂明镜悲白发,朝如青丝暮成雪。人生得意须尽欢,莫使金樽空对月。天生我材必有用,千金散尽还复来。烹羊宰牛且为乐,会须一饮三百杯。岑夫子,丹丘生,将进酒,君莫停!与君歌一曲,请君为我倾耳听:钟鼓馔玉不足贵,但愿长醉不用醒。古来圣贤皆寂寞,惟有饮者留其名。陈王昔时宴平乐,斗酒十千恣欢谑。主人何为言少钱,径须沽取对君酌。五花马,千金裘,呼儿将出换美酒,与尔同销万古愁。

梦游天姥吟留别

海客谈瀛洲,烟涛微茫信难求。越人语天姥,云霓明灭或可睹。天姥连天向天横,势拔五岳掩赤城。天台一万八千丈,对此欲倒东南倾。我欲因之梦吴越,一夜飞渡镜湖月。湖月照我影,送我至剡溪;谢公宿处今尚在,绿水荡漾清猿啼。脚著谢公屐,身登青云梯。半壁见海日,空中闻天鸡。千岩万壑路不定,迷花倚石忽已暝。熊咆龙吟殷岩泉,栗深林兮惊层巅。云青青兮欲雨,水澹澹兮生烟。列缺霹雳,丘峦崩摧。洞天石室,訇然中开。青冥浩荡不见底,日月照耀金银台。霓为衣兮风为马,云之君兮纷纷而来下;虎鼓瑟兮鸾回车,仙之人兮列如麻。忽魂悸以魄动,恍惊起而长嗟。惟觉时之枕席,失向来之烟霞。世间行乐亦如此,古来万事东流水。别君去兮何时还?且放白鹿青崖间,须行即骑访名山。安能摧眉折腰事权贵,使我不得开心颜。(以上七言古)

送友人
青山横北郭,白水绕东城。此地一为别,孤蓬万里征。浮云游子意,落日故人情。挥手自兹去,萧萧班马鸣。

访戴天山道士不遇
犬吠水声中,桃花带雨浓。树深时见鹿,溪午不闻钟。野竹分青霭,飞泉挂碧峰。无人知所去,愁倚两三松。(以上五言律)

登金陵凤凰台
凤凰台上凤凰游,凤去台空江自流。吴宫花草埋幽径,晋代衣冠成古丘。三山半落青天外,二水中分白鹭洲。总为浮云能蔽日,长安不见使人愁。

鹦鹉洲
鹦鹉来过吴江水,江上洲传鹦鹉名。鹦鹉西飞陇山去,芳洲之树何青青。烟开兰叶香风暖,岸夹桃花锦浪生。迁客此时徒极目,长洲孤月向谁明。(以上七言律)

夜思
床前明月光,疑是地上霜。举头望明月,低头思故乡。

敬亭独坐

众鸟高飞尽,孤云去独闲。相看两不厌,只有敬亭山。(以上五言绝)

越中怀古

越王句践破吴归,战士还家尽锦衣。宫女如花满春殿,只今惟有鹧鸪飞。

送孟浩然之广陵

故人西辞黄鹤楼,烟花三月下扬州。孤帆远影碧空尽,惟见长江天际流。

望天门山

天门中断楚江开,碧水东流向北回。两岸青山相对出,孤帆一片日边来。(以上七言绝)

大抵才雄而气遒,笔力变化,极于七言歌行。语短而情长,词意隽永,尤妙五七言绝。然余独爱其五言古,能寓意思安闲,于笔阵排宕之中,得明远之俶诡,含元亮之旷真,风调高雅,笔力遒古,体被文质,为莫尚已。于时,玄宗雅好声乐,有《好时光》之词,而太真妃有《阿那曲》;白则制《清平调》三章以娱媚之,婉丽精切;而玩其体,则七言绝也。徒以调或未谐,则用律绝诗体,裁为长短句以就曲拍。而传有《桂殿秋》两阕,《连理枝》两阕,《菩萨蛮》、《忆秦娥》各一阕,《清平乐》五阕;开后世填词之风。录二首。

菩萨蛮

平林漠漠烟如织。寒山一带伤心碧。暝色入高楼,有人楼上愁。　玉阶空伫立,宿鸟归飞急。何处是归程?长亭更短亭。

忆秦娥

箫声咽,秦娥梦断秦楼月。秦楼月,年年柳色,灞陵伤别。　　乐游原上清秋节,咸阳古道音尘绝。音尘绝,西风残照,汉家陵阙。

律绝莫盛于唐,然律绝盛而词兴。而词者,则律绝之解散辞体,如《菩萨蛮》,合五言七言而成;而《忆秦娥》长短句错落,则裁之于七言,或有余,或不足,皆以协和其调也,遂为词家之祖焉。

杜甫,字子美,杜审言之孙,本襄阳人,后徙河南巩县。初应进士不第,天宝末献《三大礼赋》,玄宗奇之。会安禄山乱,陷贼中,脱身奔凤翔,肃宗用为左拾遗。后依严武居成都。武卒居夔州,旋至夔州,去夔出峡,下江陵,溯沅湘以登衡山,因客耒阳,卒。传有《杜工部集》三十卷。甫以诗歌与李白齐名,世称李杜。诵其文章,殊不如白,同白之骈俪而异其逍逸,有白之靡密而无其闲畅。独诗则别出于白以自名一家。白富于想象,运以逸气;而甫工为叙述,尤擅议论。白存古意,甫开今体。白才气无双,每论诗云:"梁陈以来,艳薄斯极。沈休文又尚以声律。将复古道,非我而谁,况使束于声调俳优哉!"肆意为之,摆脱拘束。而甫不免苦吟,于古人诗无所不学,而学曹植,学陶潜,学大小谢,学鲍照,学庾信诸家者,辙迹尤显然。每谓"读书破万卷,下笔如有神";又曰:"别裁伪体亲风雅,转益多师是汝师。"顾白自负文格放达,讥以诗曰:"饭颗山头逢杜甫,头戴笠子日卓午。借问别来太瘦生,总为从前作诗苦。"盖白以才气胜,甫以学养胜也。五七言古,同一跌宕昭彰,而白出以奔迸,甫抒以沉郁。近体则白擅绝句,而甫工律体。汉魏以前,诗格简古,世间一切琐事猥语,皆著不得;即李白诗酒轶荡,怀奇负气,亦不屑意世故。独杜甫抒所欲言,意到笔随,以尽天下之情事,逢源而泛应。五言古如《赠卫八处士》曰:

人生不相见,动如参与商。今夕复何夕,共此灯烛光。少壮能几时,鬓发各已苍。访旧半为鬼,惊呼热中肠。焉知二十载,重上君子堂。昔别君未婚,儿女忽成行;怡然敬父执,问我来何方。问答乃未已,儿女罗酒浆,夜雨剪春韭,新炊间黄粱。主称会面难,一举累十觞。十觞亦不醉,感子故意长。明日隔山岳,世事两茫茫。

深情挚语,不假雕琢,若不经意,而自然渊永,其源盖出陶潜也。又如《石壕吏》曰:

暮投石壕村,有吏夜捉人。老翁逾墙走,老妇出门看。吏呼一何怒,妇啼一何苦;听妇前致词:"三男邺城戍。一男附书至,二男新战死。存者且偷生,死者长已矣!室中更无人,惟有乳下孙;有孙母未去,出入无完裙。老妪力虽衰,请从吏夜归。急应河阳役,犹得备晨炊。"夜久语声绝,如闻泣幽咽。天明登前途,独与老翁别。

直书其事,调响而意激;鲍明远有其警挺,而无此古直。又如《新婚别》曰:

兔丝附蓬麻,引蔓故不长;嫁女与征夫,不如弃路旁。结发为妻子,席不暖君床;暮昏晨告别,无乃太匆忙。君行虽不远,守边赴河阳。妾身未分明,何以拜姑嫜!父母养我时,日夜令我藏。生女有所归,鸡狗亦得将。君今往死地,沉痛迫中肠。誓欲随君去,形势反苍黄。勿为新婚念,努力事戎行。妇人在军中,兵气恐不扬。自嗟贫家女,久致罗襦裳;罗襦不复施,对君洗红妆。仰视百鸟飞,大小必双翔。人事多错迕,与君永相望。

含羞难言之情,而出以放声长号;尽情抉露之词,而不碍新人羞口。笔力矫健,笔情警细。又如《赠友》曰:

元年己巳月,郎有焦校书。自夸足膂力,能骑生马驹。一朝被马踏,唇裂板齿无。壮心不肯已,欲得东擒胡。

戏也,而大笔如椽,寥寂短章,亦复雄奇倔强,此是少陵本色。七言古如《今夕行》曰:

> 今夕何夕岁云徂,更长烛明不可孤。咸阳客舍一事无,相与博塞为欢娱;凭陵大叫呼五白,袒跣不肯成枭卢。英雄有时亦如此,邂逅岂即非良图。君莫笑,刘毅从来布衣愿,家无担石输百万。

琐细事写得豪,寻常事写得辞意铿訇,所以为雄。又如《哀王孙》曰:

> 长安城头头白乌,夜飞延秋门上呼。又向人家啄大屋,屋底达官走避胡。金鞭断折九马死,骨肉不得同驰驱。腰下宝玦青珊瑚,可怜王孙泣路隅。问之不肯道姓名,但道困苦乞为奴。已经百日窜荆棘,身上无有完肌肤。高帝子孙尽隆准,龙种自与常人殊。豺狼在邑龙在野,王孙善保千金躯。不敢长语临交衢,且为王孙立斯须。昨夜东风吹血腥,东来橐驼满旧都。朔方健儿好身手,昔何勇锐今何愚。窃闻天子已传位,圣德北服南单于。花门剺面请雪耻,慎勿出口他人狙。哀哉王孙慎勿疏,五陵佳气无时无。

轩然而来,乱后情景,从鸟写起,真觉满目凄凉,如闻如睹;中间"可怜王孙泣路隅",折入正意;入后"哀哉王孙慎勿疏",结醒题面;丁宁恻怛,曲尽眉语目视光景;而以跌宕昭彰之笔,写路隅畏泣之情,道路以目,欲言不言,神妙直到秋毫巅。又如《茅屋为秋风所破歌》曰:

> 八月秋高风怒号,卷我屋上三重茅。茅飞渡江洒江郊,高者挂罥长林梢,下者飘转沈塘坳。南村群童欺我老无力,忍能对面为盗贼,公然抱茅入竹去;唇焦口燥呼不得,归来倚杖自叹息。俄顷风定云墨色,秋天漠漠向昏黑。布衾多年冷似铁,娇儿恶卧踏里裂。床头屋漏无干处,雨脚如麻未断绝。自经丧乱少睡眠,长夜沾湿何由彻。安得广厦千万间,大庇天下寒士俱欢颜,风雨不动安如山!

呜呼，何时眼前突兀见此屋，吾屋独破受冻死亦足！

放笔为直干，而笔笔驶转，如狮跳虎卧，通身解数；尽是闾巷委琐，到公笔下，无不俊迈跌宕；夹叙夹议，有识有笔，其气足以举之也。五言律如《得舍弟消息》曰：

乱后谁归得，他乡胜故乡。直为心厄苦，久念与存亡。汝书犹在壁，汝妾已辞房。旧犬知愁恨，垂头傍我床。

不假雕饰，自然沉哀。七言律如《早秋苦热堆案相仍》曰：

七月六日苦炎蒸，对食暂餐还不能。每愁夜中自足蝎，况乃秋后转多蝇。束带发狂欲大叫，簿书何急来相仍。南望青松架短壑，安得赤脚踏层冰。

以粗朴臻老健，亦以粗朴见谲诡，后来韩愈、黄庭坚多学之。又如《客至》曰：

舍南舍北皆春水，但见群鸥日日来。花径不曾缘客扫，蓬门今始为君开。盘飧市远无兼味，樽酒家贫只旧醅。肯与邻翁相对饮，隔篱呼取尽余杯。

幽情逸调，得陶之意兴婉惬。又如《闻官军收河南河北》曰：

剑外忽传收蓟北，初闻涕泪满衣裳。却看妻子愁何在，漫卷诗书喜欲狂。白日放歌须纵酒，青春作伴好还乡。即从巴峡穿巫峡，便下襄阳向洛阳。

笔能赴情，情来引文，自在流出，一笔挥洒；悲喜交集，声情如绘。七言绝如《漫兴》曰：

手种桃李非无主，野老墙低还是家。恰似春风相欺得，夜来吹折数枝花。

熟知茅斋绝低小，江上燕子故来频。衔泥点污琴书内，更接飞虫打著人。
　　二月已破三月来，渐老逢春能几回。莫思身外无穷事，且尽生前有限杯。
　　肠断江春欲尽头，杖藜徐步立芳洲。颠狂柳絮随风去，轻薄桃花逐水流。

天趣旷真，第一二两首借墙低屋矮生发，而骂春风相欺，怪燕子来频，匪夷所思，笔情奇警。第三首以排遣悲凉。而第四首即景生情，妙在叱柳问桃；曰"随风"，曰"逐水"，见得我尽肠断，而桃柳自在，我有情而桃柳无情，此柳之所以为"颠狂"，桃之所以为"轻薄"也。造语奇而用思曲。其浅率平易处，有愚夫老妪所欲言，所不尽能言者；难在极猥琐之境，写以极浩落之笔，造辞坚卓，立意浑大，遇物写难状之景，如在目前，抒情出不说之意，意在言外。而此笔人人所无，此境人人所历，所以继往开来而为百世所宗也。

诗以言志。汉魏六朝人诗，多写景抒情，而罕议论记事。杜甫天挺雄豪，境界独开；叙事则气势排荡，而出以沉郁顿挫，如太史公书；议论则跌宕昭彰，而抒以流涕太息，似贾太傅疏。大力控抟，奇趣洋溢。五言古如《塞芦子》曰：

　　五城何迢迢，迢迢隔河水。边兵尽东征，城内空荆杞。思明割怀卫，秀岩西未已。回略大荒来，崤函盖虚尔。延州秦北户，关防犹可倚。焉得一万人，疾驱塞芦子。岐有薛大夫，旁制山贼起；近闻昆戎徒，为退三百里。芦关扼两寇，深意实在此。谁能叫帝阍，胡行速如鬼。

地势兵情，跌宕昭彰，不意诗人之篇什，而具兵家之形势。以诗歌写抱负，古人之所有；而以诗歌抒经纶，惟甫为开山矣。又如《九成宫》曰：

> 苍山八百里，崖断如杵臼。层官凭风回，㞢㞢土囊口；立柱扶栋梁，凿翠开户牖。其阳产灵芝，其阴宿牛斗。纷披长松倒，揭嶭怪石走。哀猿啼一声，客泪迸林薮。荒哉隋家帝，制此今颓朽。向使国不亡，焉为巨唐有！虽无新增修，尚置官居守。巡非瑶水远，迹是雕墙后。我行属时危，仰望嗟叹久。天王守太白，驻马更搔首。

陈古以监今，于六义为风人之比兴，于论文为贾生之《过秦》。入后"向使国不亡，焉为巨唐有"一折，眼前指点，耸切动人。又如《义鹘行》曰：

> 阴崖有苍鹰，养子黑柏颠。白蛇登其巢，吞噬恣朝餐。雄飞远求食，雌者鸣辛酸，力强不可制，黄口无半存。其父从西归，翻身入长烟。斯须领健鹘，痛愤寄所宣。斗上捩孤影，噭哮来九天。修鳞脱远枝，巨颡折老拳，高空得蹭蹬，短草辞蜿蜒。折尾能一掉，饱肠皆已穿。生虽灭众雏，死亦垂千年。物情有报复，快意贵目前。兹实鸷鸟最，急难心炯然。功成失所在，用舍何其贤。近经潏水湄，此事樵夫传。飘萧觉素发，凛欲冲儒冠。人生许与分，只在顾盼间；聊为义鹘行，用激壮士肝。

奇情雄笔，夭矫灭没，极兔起鹘落之致，所谓巨刃摩天扬也。于文家中，惟太史公有此笔仗，亦惟太史公有此胸襟。又如《留花门》曰：

> 花门天骄子，饱肉气勇决，高秋马肥健，挟矢射汉月。自古以为患，诗人厌薄伐。修德使其来，羁縻固不绝。胡为倾国至，出入窥金阙。中原有驱除，隐忍用此物。公主歌《黄鹄》，君王指白日。连云屯左辅，百里见积雪。长戟鸟休飞，哀笳曙幽咽。田家最恐惧，麦倒桑枝折。沙苑临清渭，泉香草丰洁。渡河不用船，千骑常撇烈。胡尘逾太行，杂种抵京室。花门既须留，原野转萧瑟。

急言竭论,而出以具体描绘,形象鲜明,含意深刻,如贾谊《陈政事疏》;跌宕昭彰,辞无不达,亦正似之。又如《佳人》曰:

绝代有佳人,幽居在空谷。自云良家子,零落依草木。关中昔丧败,兄弟遭杀戮。官高何足论,不得收骨肉。世情恶衰歇,万事随转烛;夫婿轻薄儿,新人美如玉。合昏尚知时,鸳鸯不独宿;但见新人笑,那闻旧人哭。在山泉水清,出山泉水浊。侍婢卖珠回,牵萝补茅屋。摘花不插鬓,采柏动盈掬。天寒翠袖薄,日暮倚修竹。

静女如姝,天然爱好;乃知曹子建《美人篇》故作身分之不免诲淫;而冲澹深粹之情事,出以太史公之沉郁呜咽,慨当以慷,则是甫本色如此。又如《送重表侄王砯评事使南海》曰:

我之曾祖姑,尔之高祖母。尔祖(王珪)未显时,归为尚书妇。隋朝大业末,房杜俱交友。长者来在门,荒年自糊口。家贫无供给,客位但箕帚。俄顷羞颇珍,寂寥人散后;入怪鬓发空,吁嗟为之久。自陈翦鬌鬓,鬻市充沽酒。上云天下乱,宜与英俊厚。向窃窥数公,经纶亦俱有。次问最少年,虬髯十八九。子等成大名,皆因此人手。下云风云合,龙虎一吟吼。愿展丈夫雄,得辞儿女丑!"秦王时在坐,真气惊户牖。及乎贞观初,尚书践台斗。夫人常肩舆,上殿称万寿。六宫师柔顺,法则化妃后。至尊呼嫂叔,盛事垂不朽。

凤雏无凡毛,五色非尔曹。往者胡作逆,乾坤沸嗷嗷。吾客左冯翊,尔家同遁逃。争夺至徒步,块独委蓬蒿。逗留热尔肠,十里却呼号。自下所骑马,右持腰间刀。左牵紫游缰,飞走使我高。苟活到今日,寸心铭佩牢。乱离又聚散,宿昔恨滔滔。水花笑白首,春草随青袍。廷评近要津,节制收英髦。北驱汉阳传,南泛上泷舠。家声肯坠地,利器当秋毫。番禺亲贤领,筹运神功操。大夫出

> 卢宋，宝贝休脂膏。洞主降接武，海胡舶千艘。我欲就丹砂，跋涉觉身劳。安能陷粪土，有志乘鲸鳌。或骖鸾腾天，聊作鹤鸣皋。

只是亲戚情话，追念旧事；而文章不群，骨飞肉腾，如读太史公《项羽本纪》、《李广列传》，此之谓大手笔。七言古如《兵车行》曰：

> 车辚辚，马萧萧，行人弓箭各在腰。耶娘妻子走相送，尘埃不见咸阳桥。牵衣顿足拦道哭，哭声直上干云霄。道旁过者问行人，行人但云点行频。或从十五北防河，便至四十西营田。去时里正与裹头，归来头白还戍边。边亭流血成海水，武皇开边意未已。君不闻汉家山东二百州，千村万落生荆杞。纵有健妇把锄犁，禾生陇亩无东西。况复秦兵耐苦战，被驱不异犬与鸡！长者虽有问，役夫敢申恨。且如今年冬，未休关西卒。县官急索租，租税从何出？信知生男恶，反是生女好。生女犹得嫁比邻，生男埋没随百草。君不见，青海头，古来白骨无人收；新鬼烦冤旧鬼哭，天阴雨湿声啾啾。

长歌当哭，何啻贾生痛哭流涕长太息；惟贾发以议论，而甫托于叙述，只就目睹抒写，不著一些议论；而疲民以逗，意溢言表。跌宕顿挫，扪之有芒。又如《饮中八仙歌》曰：

> 知章骑马似乘船，眼花落井水底眠。汝阳三斗始朝天，道逢麴车口流涎，恨不移封向酒泉。左相日兴费万钱，饮如长鲸吸百川，衔杯乐圣称避贤。宗之潇洒美少年，举觞白眼望青天，皎如玉树临风前。苏晋长斋绣佛前，醉中往往爱逃禅。李白一斗诗百篇，长安市上酒家眠，天子呼来不上船，自称臣是酒中仙。张旭三杯草圣传，脱帽露顶王公前；挥毫落纸如云烟。焦遂五斗方卓然，高谈雄辩惊四筵。

类叙八人，直起直落，就"饮中"二字生发，描写八人性情，绘影绘声，各极其妙。写八人同而不同，不类而类，此太史公《游侠》《滑稽》诸传体也。尤难大笔淋漓，如酒气拂拂之从十指中出；此之谓景与人称，人与事称。又如《丽人行》曰：

三月三日天气新，长安水边多丽人，态浓意远淑且真，肌理细腻骨肉匀。绣罗衣裳照暮春，蹙金孔雀银麒麟。头上何所有？翠微匐叶垂鬓唇。背后何所有？珠压腰衱稳称身。就中云幕椒房亲，赐名大国虢与秦。紫驼之峰出翠釜，水精之盘行素鳞。犀箸厌饫久未下，鸾刀缕切空纷纶。黄门飞鞚不动尘，御厨络绎送八珍。箫鼓哀吟感鬼神，宾从杂遝实要津。后来鞍马何逡巡，当轩下马入锦茵。杨花雪落覆白蘋，青鸟飞去衔红巾。炙手可热势绝伦，慎莫近前丞相嗔。

柔声曼调，意态曲尽，脱胎庾子山。而沉郁顿挫，于浓腴中出奇峭，则少陵之所独。结句云"炙手可热势绝伦，慎莫近前丞相嗔"，满腹块垒，只是如此戛然而止，令人意会言外。然同一伤心时事，悲歌慷慨；而《兵车行》以尽为奇，《丽人行》以不尽为奇；亦见逆鳞可犯，城狐难瞵。又如《丹青引赠曹将军霸》曰：

将军魏武之子孙，于今为庶为青门。英雄割据虽已矣，文彩风流犹尚存。学书初学卫夫人，但恨无过王右军。丹青不知老将至，富贵于我如浮云。开元之中常引见，承恩数上南薰殿。凌烟功臣少颜色，将军下笔开生面。良相头上进贤冠，猛将腰间大羽箭；褒公鄂公毛发动，英姿飒爽来酣战。先帝御马玉花骢，画工如山貌不同。是日牵来赤墀下，迥立阊阖生长风。诏谓将军拂绢素，意匠惨澹经营中。斯须九重真龙出，一洗万古凡马空。玉花却在御榻上，榻上庭前屹相向。至尊含笑催赐金，圉人太仆皆惆怅。弟子韩幹早入室，亦能画马穷殊相。幹惟画肉不画骨，忍使骅骝气凋丧。将军画善盖有神,每逢佳士亦写真。即今飘泊干戈际,屡貌寻常行路人。途穷反遭俗眼白,世上未有如公贫。但看古来盛名下,终日坎壈缠其身。

起段"丹青不知老将至"两句,直注篇末,为全文关锁。中间写其画人画马,至尊含笑,圉人惆怅,真乃显名当朝,一时煊赫。然后折到"即今飘泊干戈际"云云,盛衰相形;富贵浮云,感喟苍凉,极沉郁顿挫之致。观其跌宕昭彰,笔势矫变,无一句落平直;然而章妥句适,前后照映,无一笔不深稳。又如《三绝句》曰:

前年渝州杀刺史,今年开州杀刺史;群盗相随剧虎狼,食人更肯留妻子!

二十一家同入蜀,惟残一人出骆谷。自说二女啮臂时,回头却向秦云哭。

殿前兵马虽骁雄,纵暴略与羌浑同。闻道杀人汉水上,妇女多在官军中!

绝句多以婉惬见蕴藉,而此独以爽辣臻老到,惊心动魄,巨刃摩天扬,令人躲闪不得。语不惊人死不休,叹观止矣!

模山范水,古称谢客,然拘于偶对,差拟形似,未极山川之壮,刻画之致;虽有兴象,而未生动。至甫天生一枝雄笔,缒幽凿险,力破余地;篇章之磊落,称山川之嶔崎,拔天倚地,划然轩昂。而云属波委,官止神行,奇横之趣,自然之致,二者兼擅其胜;雄矫而不为生硬,妙造自然,此所以为精能之至也。录《三川观水涨》曰:

我经华原来,不复见平陆。北上惟土山,连天走穷谷。火云出无时,飞电常在目。自多穷岫雨,行潦相豗蹙。蓊匌川气黄,群流会空曲。清晨望高浪,忽谓阴崖踣。恐泥窜蛟龙,登危聚麋鹿。枯查卷拔树,礧磈共充塞。声吹鬼神下,势阅人代速。不有万穴归,何以尊四渎。及观泉源涨,反惧江海覆。漂沙坼岸去,漱壑松柏秃。乘陵破山门,回斡裂地轴。交洛赴洪河,及关岂信宿。应沉数州没,如听万室哭。秽浊殊未清,风涛怒犹蓄。何时通舟车,阴气不黪黷?浮生有荡汩,吾道正羁束。人寰难容身,石壁滑侧足;云雷屯不已,艰险路更局。普天无川梁,欲济愿水缩。因悲中林士,未脱众鱼腹。举头向苍天,安得骑鸿鹄!

字炼语奇,而出以节短势险,遂开昌黎一派。又如《石龛》曰:

熊罴咆我东,虎豹号我西。我后鬼长啸,我前狨又啼。天寒昏无日,山远道路迷。驱车石龛下,仲冬见虹蜺。伐竹者谁子,悲歌上云梯;为官采美箭,五岁供梁齐;苦云直簳尽,无以充提携。奈何渔阳骑,飒飒惊烝黎!

又如《木皮岭》曰:

首路栗亭西,尚想凤凰村。季冬携童稚,辛苦赴蜀门。南登木皮岭,艰险不易论。汗流被我体,祁寒为之暄。远岫争辅佐,千岩自崩奔。始知五岳外,别有他山尊。仰干寒大明,俯入裂厚坤。再闻虎豹斗,屡局风水昏。高有废阁道,摧折如短辕。下有冬青林,石上走长根。西崖特秀发,焕若灵芝繁。润聚金碧气,清沙无土痕。忆观昆仑图,目击玄圃存。对此欲何适?默伤垂老魂。

又如《龙门阁》曰:

清江下龙门,绝壁无尺土。长风驾高浪,浩浩自太古。危途中萦盘,仰望垂线缕。滑石欹谁凿,浮梁袅相拄。目眩陨杂花,头风吹过雨。百年不敢料,一坠那得取!饱闻经瞿塘,足见度大庾;终身历艰险,恐惧从此数。

三首雕琢山水，人骇鬼眩，而不害韵味深美。七言古如《渼陂行》曰：

> 岑参兄弟皆好奇，携我远来游渼陂。天地黮惨忽异色，波涛万顷堆琉璃。琉璃汗漫泛舟入，事殊兴极忧思集。鼍作鲸吞不复知，恶风白浪何嗟及。主人锦帆相为开，舟子喜甚无氛埃；凫鸥散乱棹歌发，丝管啁啾空翠来。沈竿续蔓深莫测，菱叶荷花净如拭，宛在中流渤澥清，下归无极终南黑。半陂以南纯浸山，动影袅窕冲融间，船舷暝戛云际寺，水面月出蓝田关。此时骊龙亦吐珠，冯夷击鼓群龙趋。湘妃汉女出歌舞，金支翠旗光有无。咫尺但愁雷雨至，苍茫不晓神灵意。少壮几时奈老何，向来哀乐何其多！

风波灭没，写以游仙，奇情幻思，辞与景称。五言律如《江亭》曰：

> 坦腹江亭暖，长吟野望时。水流心不竞，云在意俱迟。寂寂春将往，欣欣物自私。江东犹苦战，回首一颦眉。

笔臻浑化，而不极意刻画，纯以神行。又如《客夜》曰：

> 客睡何曾著，秋天不肯明。卷帘残月影，高枕远江声。计拙无衣食，途穷仗友生。老妻书数纸，应悉未归情。

写夜，写客夜，融情于景，笔能赴情。又如《旅夜书怀》曰：

> 细草微风岸，危樯独夜舟。星垂平野阔，月涌大江流。名岂文章著，官应老病休。飘飘何所似，天地一沙鸥。

四十字作一笔书，笔意高浑，波澜老成。七言绝如《漫成》曰：

> 江月去人只数尺，风灯照夜欲三更。沙头宿鹭联拳静，船尾跳鱼拨剌鸣。

诗中有画，此非画之所能到也；而描写如睹，神来之笔。至于集中《发秦州》以下至成都府五言古二十五首，历记旅途山水，如柳宗元永州西山诸记,分之则各自结篇,合之则一气相生,跌宕俊伟,转换无迹。柳之笔清峭,甫之诗沉雄;同一融情于景,而柳寄意山水,以放旷为牢骚;甫寄意山水,以险恶见况瘁。柳记凄神寒骨,悄怆幽邃,其音哀;甫则奇景雄笔,瑰玮飞腾,其势壮。而五言古《石龛》《木皮岭》《龙门阁》三首,则《发秦州》以下之第九首、第十四首、第十九首云。

诗家重古体而轻近体。诗格尊五言而卑七言。杜甫间以七言近体供戏笔;至于五言古则如礼法之士,冠佩端绅,动作不苟,无竭言急词,无弛筋懈骨,篇篇庄重。七古别有敧崛拗折之调;而无篇不著歌"行"字,其不著此字者,晚作短篇三五首而已。李白则多用"吟"字,皆本乐府古歌之意,要使可以协律歌唱;与五言之叙事称古诗者,体意趣致为不同。盖歌行自有体,须句句得长言咏叹之意;不比五言古诗可以逐细叙事。然叙事即不能无,观其融裁无迹,出以浑化;虽叙事,而以唱叹行乎其间。惟李杜最得此意,而李豪宕,杜沉郁,声调各极其变。然李尚是别调,如杜乃成绝唱。杜甫峭调拗对,所以折常语使见标格也。韩愈硬句鹜字,所以压强韵使其调伏也。至于五言律,则甫纯以意胜,无所谓炼字炼句者;其沉郁顿挫处,无非精意所结撰;而词句略无新异。七律则不炼句而炼格,炼句则伤其浑融之气,炼格则存其卓简之风。贞元元和以后,炼句转工,而气日趋于薄,故其格益逊。合观《杜集》,未尝有一句炼处,乃知炼句非大家所贵;至于炼字,抑末矣。昔尝谓李白得明远之俶诡,含元亮之旷真,风调高浑,格力遒古。甫则协于建之风力,擅开府之靡漫,骨气奇高,辞采华茂;而后来韩愈、黄庭坚得其拗怒,白居易、苏轼得其疏宕,杜牧、李商隐得其赡丽,皆衍甫之一体者也。盛唐诗宗,骈称李杜;而继往开来,厥推杜甫。一传而为元和,得韩愈、白居易焉,皆学杜甫者也。特韩更欲高,白更欲卑;韩得其峻,白得其平。自白衍而益为绮,则为温庭筠、李商隐,为宋之西昆。自韩流而入于拗,则为孟郊、贾岛,为宋之西江焉。

李白、杜甫,既以雄浑高奇为盛唐之宗;而王维、孟浩然,生与同时,又以清微萧远别张一军,而自开蹊径,其源盖出陶潜也。然王维朗而能丽,孟浩然澹而入古,则又同而不同。

王维,河东人,好释氏,故字摩诘。开元九年,擢进士第一,累官尚书右丞。而立性高致,得宋之问辋川别业,啸吟其中,山水胜绝。传有《王右丞集》六卷。其为诗通于绘画音乐之理,摛藻铁丽,措思冲旷,而出以庄重闲雅,浑然天成。柔厚而不为华靡,简澹而不伤寒俭。格调高浑,而寄兴复远。录五言古诗律诗绝诗六首。

青溪

言入黄花川,每逐青溪水。随山将万转,趣途无百里。声喧乱石中,色静深松里。漾漾泛菱荇,澄澄映葭苇。我心素已闲,清川澹如此。请留盘石上,垂钓将已矣!(以上五言古)

辋川闲居赠裴秀才迪

寒山转苍翠,秋水日潺湲。倚杖柴门外,临风听暮蝉。渡头余落日,墟里上孤烟。复值接舆醉,狂歌五柳前。

山居秋暝

空山新雨后,天气晚来秋。明月松间照,清泉石上流。竹喧归浣女,莲动下渔舟。随意春芳歇,王孙自可留。(以上五言律)

鹿柴

空山不见人,但闻人语响。返景入深林,复照青苔上。

竹里馆

独坐幽篁里,弹琴复长啸。深林人不知,明月来相照。

辛夷坞

木末芙蓉花,山中发红萼。涧户寂无人,纷纷开且落。

一字一句,皆出常境。往往意兴发端,神情傅合,由工入微,不犯痕迹,所以为佳。而意太深,气太雄,色太浓,亦是诗家一病;维则行所无事,转以不著力臻于高浑,此所以异于李杜也。然亦有沉郁顿挫者,五言古如《献始兴公》曰:

> 身栖野树林,宁饮涧水流;不用食粱肉,崎岖见王侯。鄙哉匹夫节,布褐将白头。任智诚则短,守仁固其优。侧闻大君子,安问党与仇;所不卖公器,动为苍生谋。贱子跪自陈,可为帐下不?感激有公议,曲私非所求。

慨当以慷,气有余激。七言古如《老将行》曰:

> 少年十五二十时,步行夺取胡马骑。射杀山中白额虎,肯数邺下黄须儿。一身转战三千里,一剑曾当百万师。汉兵奋迅如霹雳,虏骑崩腾畏蒺藜。卫青不败由天幸,李广无功缘数奇。自从弃置便衰朽,世事蹉跎成白首。昔时飞箭无全目,今日垂杨生左肘。路旁时卖故侯瓜,门前学种先生柳。茫茫古木连穷巷,辽落寒山对虚牖。誓令疏勒出飞泉,不似颍川空使酒。贺兰山下阵如云,羽檄交驰日夕闻。节使三河募年少,诏书五道出将军。试拂铁衣如雪色,聊持宝剑动星文。愿得燕弓射大将,耻令越甲鸣吾君。莫嫌旧日云中守,犹堪一战立功勋。

此诗纯以队仗胜,而寓疏荡于队仗之中;卖瓜种柳,极形落寞;而烈士暮年,壮心未已,跃跃欲试,是何意态雄且杰耶!亦有清扬婉丽者,如七言古《洛阳女儿行》曰:

> 洛阳女儿对门居,才可颜容十五余。良人玉勒乘骢马,侍女金盘脍鲤鱼。画阁朱楼尽相望,红桃绿柳垂檐向。罗帷送上七香车,宝扇迎归九华帐。狂夫富贵在青春,意气骄奢剧季伦!自怜碧玉亲歌舞,不惜珊瑚持与人。春窗曙灭九微火,九微片片飞花琐。戏

罢曾无理曲时,妆成只是薰香坐。城中相识尽繁华,日夜经过赵李家。谁怜越女颜如玉,贫贱江头自浣纱。

词尽俪语,气有奇类。然而论王维诗者,多称其清微澹远,罕道其雄奇苍郁;喜言其萧散旷真,不知其精整华丽;是所谓知其一而不知其二。大抵意寄清旷,而出以跌宕昭彰,上承陶潜之血脉;格调高亮,而发以沉郁顿挫,近媲杜陵之气体;法度森严,神情俱诣,驰迈前桀,雄概名隽矣。

孟浩然,襄阳人。少时隐居鹿门山。后入长安,应进士试,失意归。相传王维私邀之入内署,俄而玄宗至,浩然匿床下。维以实对。帝喜曰:"朕闻其人而未见也。"诏浩然出。帝问其诗,再拜自诵所为。至"不才明主弃"之句,帝曰:"卿不求仕,而朕未尝弃卿,奈何诬朕?"恐不可信。传有《孟浩然集》四卷。浩然之诗,不钩奇斗靡,随景入咏,语参禅悦,出以排比,其原出谢灵运;而冲淡得陶公之婉惬,秀爽有小谢之清迥,而会心不远,清空拗折,行乎自在,理趣洒然。五言律绝,尤匠心独妙,尽是偶对,而出以浑化,不烦绳削而自合;纯以神行,不为巧琢。录五言律绝五首。

晚春
二月湖水清,家家春鸟鸣。林花扫更落,径草踏还生。酒伴来相命,开樽共解酲。当杯已入手,歌妓莫停声。

过故人庄
故人具鸡黍,邀我至田家。绿树村边合,青山郭外斜。开筵面场圃,把酒话桑麻。待到重阳日,还来就菊花!

望洞庭湖赠张丞相
八月湖水平,涵虚混太清。气吞云梦泽,波撼岳阳城。欲济无舟楫,端居耻圣明。坐观垂钓者,徒有羡鱼情。(以上五言律)

春晓
春眠不觉晓,处处闻啼鸟。夜来风雨声,花落知多少?
寻菊花潭主人不遇
行至菊花潭,村西日已斜。主人登高去,鸡犬空在家。(以上五言绝)

随事抒怀,由静入语,而悠远深厚,超以象外。王维朗秀而不华靡,浩然则专心古澹,伫兴造思,自然超妙。惟咏洞庭诗,一起高浑,三四雄阔,为难得之作。

储光羲,兖州人。官监察御史。安禄山陷长安,任伪职,后贬死岭南。储诗以写山水田园著称,与王维、孟浩然同工异曲。有《储光羲诗》五卷。录五言古绝各一首。

田家杂兴四首之二
众人耻贫贱,相与尚膏腴,我情既浩荡,所乐在畋渔。山泽时晦冥,归家暂闲居。满园种葵藿,绕屋树桑榆。禽雀知我闲,翔集依我庐。所愿在优游,州县莫相呼。日与南山老,兀然倾一壶。

江南曲四首之三
日暮长江里,相邀归渡头。落花如有意,来去逐轻舟。

储诗写隐士归田园之闲适,兼及乐府民歌之情味。

崔颢,汴州人。官至尚书司勋员外郎,以《黄鹤楼》诗著名。录七言律与五言绝三首。

黄鹤楼
昔人已乘黄鹤去,此地空余黄鹤楼。黄鹤一去不复返,白云千载空悠悠。晴川历历汉阳树,芳草萋萋鹦鹉洲。日暮乡关何处是?烟波江上使人愁。

长干行(四首之一二)

"君家住何处?妾住在横塘。停船暂借问,或恐是同乡。"

"家临九江水,来去九江侧。同是长干人,生少不相识。"

《唐诗纪事》崔颢下注称:"世传太白云:'眼前有景道不得,崔颢题诗在上头。'遂作《凤凰台》诗以较胜负。"《凤凰台》诗起首实仿《黄鹤楼》。《长干行》写情真挚,本于民歌。

王昌龄,字少伯,长安人。官至校书郎,后贬龙标尉。以七言绝句著名,录七绝七首。

从军行七首之四五

青海长云暗雪山,孤城遥望玉门关。黄沙百战穿金甲,不破楼兰终不还。

大漠风尘日色昏,红旗半卷出辕门。前军夜渡洮河北,已报生擒吐谷浑。

出塞二首之一

秦时明月汉时关,万里长征人未还。但使龙城飞将在,不教胡马度阴山。

闺怨

闺中少妇不知愁,春日凝妆上翠楼。忽见陌头杨柳色,悔教夫婿觅封侯。

长信秋词五首之三

奉帚平明金殿开,暂将团扇共徘徊。玉颜不及寒鸦色,犹带昭阳日影来。

采莲曲二首之一

荷叶罗裙一色裁,芙蓉向脸四边开。乱入池中看不见,闻歌始觉有人来。

芙蓉楼送辛渐二首之一

寒雨连江夜入吴,平明送客楚山孤。洛阳亲友如相问,一片冰心在玉壶。

王昌龄《从军》之作,意气飞扬,《出塞》之作用思深远,《闺怨》及《长信秋词》体贴入微,《采莲曲》本于民歌而别出新意,《芙蓉楼》表达志事,皆语言精练,形象鲜明,为七绝中杰出之作。

王之涣,并州人。与高适、王昌龄相唱和,有"旗亭画壁"事。录五七言绝各一首。

登鹳雀楼

白日依山尽,黄河入海流。欲穷千里目,更上一层楼。

凉州词

黄河远上白云间,一片孤城万仞山。羌笛何须怨杨柳,春风不度玉门关。

王之涣《登鹳雀楼》以雄浑之笔,发深邃之思,不但以情韵取胜。其《凉州词》,境界阔大,而以孤城相映照,借羌笛以抒战士之情。

李颀,赵郡人,寄籍颍川。官新乡尉。以《古从军行》著称。录七言古律各一首。

古从军行

白日登山望烽火,黄昏饮马傍交河。行人刁斗风沙暗,公主琵琶幽怨多。野云万里无城郭,雨雪纷纷连大漠。胡雁哀鸣夜夜飞,胡儿眼泪双双落。闻道玉门犹被遮,应将性命逐轻车。年年战骨埋荒外,空见蒲桃入汉家。

送魏万之京

朝闻游子唱离歌,昨夜微霜初渡河。鸿雁不堪愁里听,云山况是客中过。关城树色催寒近,御苑砧声向晚多。莫是长安行乐处,空令岁月易蹉跎。

李颀之《古从军行》,于雄奇中寓战士之幽怨,借玉门被遮,蒲桃入汉以作讽,寓意深沉。送别诗一起倒装,发唱惊挺。中间既点送别,又点到京。一结出以勖勉,措辞得体。

高适,字达夫,一字仲武,渤海蓨人。曾参河西节度幕府,有从军边塞生活。安史乱起,任淮南节度使、西川节度使,官终散骑常侍。以边塞诗著名,有《高常侍集》。录七言古绝各一首。

燕歌行

汉家烟尘在东北,汉将辞家破残贼。男儿本自重横行,天子非常赐颜色。摐金伐鼓下榆关,旌旆逶迤碣石间。校尉羽书飞瀚海,单于猎火照狼山。山川萧条极边土,胡骑凭陵杂风雨。战士军前半死生,美人帐下犹歌舞。大漠穷秋塞草腓,孤城落日斗兵稀。身当恩遇恒轻敌,力尽关山未解围。铁衣远戍辛勤久,玉箸应啼别离后。少妇城南欲断肠,征人蓟北空回首。边庭飘摇那可度,绝域苍茫无所有。杀气三时作阵云,寒声一夜传刁斗。相看白刃血纷纷,死节从来岂顾勋?君不见沙场征战苦,至今犹忆李将军。

别董大

千里黄云白日曛,北风吹雁雪纷纷。莫愁前路无知己,天下谁人不识君。

高适《燕歌行》暗指营州都督张守珪,命裨将逼平卢军使乌知义邀击叛奚,战败,高适讳败为功。诗既赞战士为国奋战,又讥将领之贪恋歌舞,高亢之音与忧伤之情,交互并作,一结婉讽。送别诗,结合塞外荒凉以表达友情,情意深挚。

岑参,南阳人,迁居江陵。曾充安西节度使府掌书记及安西北庭节度判官,有出塞从军之生活经历。最后官嘉州刺史,有《岑嘉州集》。以边塞诗著称,录七言古一首。

走马川行奉送封大夫出师西征

君不见走马川,雪海边,平沙莽莽黄入天。轮台九月风夜吼,一川碎石大如斗,随风满地石乱走。匈奴草黄马正肥,金山西见烟尘飞,汉家大将西出师。将军金甲夜不脱,半夜行军戈相拨,风头如刀面如割。马毛带雪汗气蒸,五花连钱旋作冰,幕中草檄砚水凝。虏骑闻之应胆慑,料知短兵不敢接,车师西门伫献捷。

天宝十三载,岑参为安西北庭节度判官,在轮台,送北庭都护封常清出兵西征。诗写轮台风光奇险,大军意气飞扬,瑰奇壮丽,为边塞诗中名篇。与《白雪歌送武判官归京》,称:"北风卷地白草折,胡天八月即飞雪。忽如一夜春风来,千树万树梨花开。"比喻奇丽,同为名作。

常建,长安人,曾任盱眙尉。诗写景抒情,皆极警辟。选五言古律各一首。

吊王将军墓

嫖姚北伐时,深入强千里。战余落日黄,军败鼓声死。尝闻汉飞将,可夺单于垒。今与山鬼邻,残兵哭辽水。

题破山寺后禅院

清晨入古寺,初日照高林。曲径通幽处,禅房花木深。山光悦鸟性,潭影空人心。万籁此俱寂,但余钟磬音。

《吊王将军墓》诗,既工于叙悲,又借霍嫖姚与汉飞将写王将军之深入善战,悲壮警切。题禅院诗,工于写景。"曲径"一联,欧阳修尝欲效之而不得(见《题青州山斋》),亦为传诵之作。

钱起,字仲文,吴兴人。官终考功郎中。与郎士元齐名,为大历时代诗人。清词丽句,颇饶韵味。有《钱仲文集》。录七绝一首。

归雁

潇湘何事等闲回?水碧沙明两岸苔。二十五弦弹夜月,不胜清怨却飞来。

一起于提问中暗含归雁,归结到湘灵鼓瑟之不胜清怨,情思含蓄,意境凄迷,为创新之作。

郎士元,字君胄,中山人。官终郢州刺史,有《郎士元集》。录七绝一首。

柏林寺南望

溪上遥闻精舍钟,泊舟微径度深松。青山霁后云犹在,画出东南四五峰。

此诗诗中有画,从闻钟至微径度深松,至青山,用以衬托柏林寺,则又画中有诗。

刘长卿,字文房,河间人。曾官监察御史及随州刺史。工于五言律,七言律亦精。深婉不迫,富有情味。录五七言律及五绝三首。

秋日登吴公台上寺远眺

古台摇落后,秋入望乡心。野寺人来少,云峰水隔深。夕阳依旧垒,寒磬满空林。惆怅南朝事,长江独至今。

过贾谊宅

三年谪宦此栖迟,万古长留楚客悲。秋草独寻人去后,寒林空见日斜时。汉文有道恩犹薄,湘水无情吊岂知?寂寂江山摇落处,怜君何事到天涯。

逢雪宿芙蓉山主人

日暮苍山远,天寒白屋贫。柴门闻犬吠,风雪夜归人。

登吴公台是怀古,台为陈将吴明澈弩台,用以攻江都城者,今则唯有夕阳依旧垒,从而伤今,惟有寒磬满空林,因有望乡之心,飘泊之感,情景交融。过贾谊宅,吊贾谊远贬,亦所以自伤。汉文一联,感慨尤深。宿芙蓉山,工于写景,情事如绘。

上列高适、岑参与李、杜、王、孟唱酬。适五十学诗,以气质自高,感激顿挫,腾踊篇章,得杜甫之一体。参则遒劲少逊高,而属辞尚清,用意尚切,其有得意,迥拔孤秀。近体融情入景,以清迥出朗丽,毗于右丞。古体运笔如舌,以轶荡见沉郁,亦似杜陵,语逸体俊,尤长于边塞也。储光羲有孟浩然之古,而无其深远。岑参有王维之秀,而或流华靡。而李颀则以工七言律与王岑骖驾,然李有风调而不甚丽,岑参才甚丽而情不足,惟王差备美尔。至于常建好以拗峭警炼之笔,写杳冥变幻之境,气以沉郁出顿挫,笔以清迥出幽秀,而饶生拗之气,无轻靡之态,则又于王、孟、李、杜外别出一格。迄于大历,遂矜卓炼,而为中唐。刘长卿以高秀得韵,钱起、韦应物以旷真寄趣。而应物五言,闲澹简远,差似王维;特应物诗韵高而气清,维则诗格老而辞丽尔。

韦应物,长安人。少以三卫郎事明皇,晚更折节读书。德宗之世,累官左司郎中,拜苏州刺史,传有《韦苏州集》十卷。其诗近体不如古体,五言胜于七言。录五言古绝四首:

寄全椒山中道士

今朝郡斋冷,忽念山中客。涧底束荆薪,归来煮白石。欲持一瓢酒,远慰风雨夕。落叶满空山,何处寻行迹?

春游南亭

川明气已变,岩寒云尚拥。南亭草心绿,春塘泉脉动。景煦听禽响,雨余看柳重。逍遥池馆华,益愧专城宠。

宿永阳寄璨师

遥知郡斋夜,冻雪封松竹。时有山僧来,悬灯独自宿。

秋夜寄邱员外

怀君属秋夜,散步咏凉天。山空松子落,幽人应未眠。

大抵源出于陶,而参以大小谢,故真而不朴,秀而不绮;超然出于畦径之外,辞不迫切,而语甚炼,味甚长也。

第九节　萧颖士　李华　元结　独孤及

唐诗至开元天宝而新变已极,唐文至开元天宝而新变方始,于是兰陵萧颖士、赵州李华,乃奋起崇尚古文。颖士,字茂挺;华,字遐叔;两人同开元二十三年进士,而颖士对策第一,以文章与华相切磨,世称萧李。颖士有《萧茂挺文集》一卷,华有《李遐叔文集》四卷,并传于世。颖士《赠韦司业书》,自称:"平生属文,格不近俗,凡所拟议,必希古人;魏晋以来,未尝留意。"今观其文,波澜畅矣;然骈俪犹存;惟《为邵翼作上张兵部书》,仗气爱奇,拓体卓荦,一变初唐雕采之辞,而于风气有创变之功。至于李华解散辞体,亦复明而未融;有意拗折而未臻爽朗,时为雅练而或乏温润;惟《吊古战场文》,感激顿挫,虽是词赋,而健笔有纵横之意。辞曰:

浩浩乎平沙无垠,敻不见人。河水萦带,群山纠纷。黯兮惨悴,风悲日曛。蓬断草枯,凛若霜晨。鸟飞不下,兽挺亡群。亭长告余曰:"此古战场也,常覆三军。往往鬼哭,天阴则闻。"伤心哉!秦欤汉欤?将近代欤?吾闻夫齐魏徭戍,荆韩召募,万里奔走,连年暴露。沙草晨牧,河冰夜渡。地阔地长,不知归路。寄身锋刃,腷臆谁诉。秦汉而还,多事四夷,中州耗斁,无世无之。古称戎夏,不抗王师。文教失宣,武臣用奇。奇兵有异于仁义,王道迂阔而莫为。呜呼噫嘻!

吾想夫北风振漠,胡兵伺便。主将骄敌,期门受战。野竖旄旗,川回组练。法重心骇,威尊命贱。利镞穿骨,惊沙入面。主客相搏,山川震眩,声折江河,势奔雷电。至若穷阴凝闭,凛冽海隅;积雪没胫,坚冰在须。鸷鸟休巢,征马踟蹰,缯纩无温,堕指裂肤。当此苦寒,天假强胡,凭陵杀气,以相剪屠。径截辎重,横攻士卒。都尉新降,将军覆没。尸填巨港之岸,血满长城之窟。无贵无贱,同为枯骨。可胜言哉!鼓衰兮力尽,矢竭兮弦绝,白刃交兮宝刀折,两军蹙兮生死决。降矣哉,终身夷狄;战矣哉,暴骨沙砾。鸟无声兮山寂寂,夜正长兮风淅淅,魂魄结兮天沉沉,鬼神聚兮云幂幂。日光寒兮草短,月色黄兮霜白。伤心惨目,有如是耶!

吾闻之:牧用赵卒,大破林胡,开地千里,遁逃匈奴。汉倾天下,财殚力痛,任人而已,其在多乎。周逐猃狁,北至太原,既城朔方,全师而还;饮至策勋,和乐且闲,穆穆棣棣,君臣之间。秦起长城,竟海为关,荼毒生人,万里朱殷。汉击匈奴,虽得阴山,枕骸遍野,功不补患。苍苍蒸民,谁无父母?提携捧负,畏其不寿。谁无兄弟,如足如手?谁无夫妇,如宾如友?生也何恩,杀之何咎?其存其没,家莫闻知;人或有言,将信将疑。悁悁心目,寝寐见之。布奠倾觞,哭望天涯。天地为愁,草木凄悲。吊祭不至,精魂无依。必有凶年,人其流离。呜呼噫嘻!时耶命耶,从古如斯!为之奈何?守在四夷。

华文辞绵丽,少宏杰之气;而颖士则倜傥自喜,时谓华所不及。而华自疑过之,因作《吊古战场文》,极思研榷,已成,污为古书,杂置梵书之皮。他日,与颖士读之,称工。华问今谁可及。颖士曰:"君加精思,便能至矣!"华愕然而服。然颖士及华,碌碌丽辞,犹嫌湔洗不尽;不如元结之瘦硬通神,范经铸子,务铲绮靡以臻于简古不蹈袭。

元结,字次山,河南鲁山人。天宝十二年进士。礼部侍郎阳浚曰:"一第污元子耳,有司得元子是赖。"遂登高第。及安禄山反,逃难于猗玗洞,因招集邻里二百余家奔襄阳。玄宗异而征之,值结移居瀼溪,乃寝。乾元二年,李光弼拒史思明于河阳;肃宗欲幸河东,闻结有谋略,虚怀召问。结陈兵势,献《时议》三篇。上大悦曰:"卿果破朕忧!"遂止不行。乃拜结右金吾兵曹参军,摄监察御史,充山南西道节度参谋,仍于唐邓汝蔡等州招辑义军。方在军旅,与瀼溪邻里不得如往时相见游,又知其人困于力役,故作诗与之曰:

昔年苦逆乱,举族来南奔。日行几十里,爱君此山村。峰谷呀回映,谁家无泉源。修竹多夹路,扁舟皆到门。瀼溪中曲滨,其阳有闲园。邻里昔赠我,许之及子孙。我尝有匮乏,邻里能相分。我尝有不安,邻里能相存。斯人转贫弱,力役非无冤。终以瀼滨讼,无令天下论。

又《喻瀼溪乡旧游》曰:

往年在瀼滨,瀼人皆忘情。今来游瀼乡,瀼人见我惊。我心与瀼人,岂有辱与荣?瀼人异其心,应为我冠缨。昔贤恶如此,所以辞公卿。贫穷老乡里,自休还力耕。况曾经逆乱,日厌闻战争;尤爱一溪水,而能存让名(瀼溪亦名让溪)。终当来其滨,饮啄全此生。

其为诗自写胸次,不欲规模古人,振笔而书,遂开韩愈以文为诗一脉;特韩愈发之以雄鸷,结则出之以坦迤,不为豪曲快语而为奇响逸趣,不为苍坚而为幽秀,近开元和之郊岛,远则明季之钟谭,色夷气清,在中唐别开蹊径。而以讨贼功,拜水部员外郎兼殿中侍御史,又参山南东道,知节度观察使事。代宗登极,例加封邑。结逊让不受,遂归养亲。特蒙褒嘉,乃拜著作郎;遂家于武昌之樊口,名其湖曰掊湖,名其谷曰退谷;而作《退谷铭》,指曰"干进之客,不能游之",作《掊湖铭》,指曰"为人厌者,勿泛掊湖";以孟士源尝黜官,无情干进,而守武昌,不为人厌,可游退谷,可泛掊湖:故作诗招之曰:

  风霜枯万物,退谷如春时;穷冬涸江海,掊湖澄清漪。湖尽到谷口,单船近阶墀。湖中更何好?坐见大江水;敧石为水涯,半山在湖里。谷口更何好?绝壑流寒泉,松桂荫茅舍,白云生坐边。武昌不干进,武昌人不厌。退谷正可游,掊湖任来泛。湖上有水鸟,见人不飞鸣;谷口有山兽,往往随人行。莫将车马来,令我鸟兽惊。

意到笔随,自然清遒,其素所蓄积也。寻起家为道州刺史。先是西原贼入道州,焚烧杀掠几尽而去;既而贼又攻永破邵,独不犯道州,盖知州之瘠也。顾民苦征敛,有司莫恤,而结哀之,乃作《贼退示官吏》曰:

  昔岁逢太平,山林二十年。泉源在庭户,洞壑当门前。井税有常期,日宴犹得眠。忽然遭世变,数岁亲戎旃。今来典斯郡,山夷又纷然。城小贼不屠,人贫伤可怜;是以陷邻境,此州独见全。使臣将王命,岂不如贼焉?今何征敛者,迫之如火煎。谁能绝人命,以作时世贤!思欲委符节,引竿自刺船;将家就鱼麦,归老江湖边。

性不谐俗,制行高洁,而闵时忧国,忠诚之意,形于纸墨。寻转容府都督兼侍御史本管经略使,传有《元次山文集》十卷。而碑颂开昌黎之肃括,山水有柳州之刻镂。如《大唐中兴颂》曰:

  天宝十四年,安禄山陷洛阳;明年,陷长安。天子幸蜀,太子即位于灵武。明年,皇帝移军凤翔。其年复两京,上皇还京师。于戏!前代帝王有盛德大业者,必见于歌颂。若今歌颂大业,刻之金

石,非老于文学,其谁宜为?颂曰:

噫嘻前朝,孽臣奸骄,为昏为妖。边将骋兵,毒乱国经,群生失宁。大驾南巡,百僚窜身,奉贼称臣。天将昌唐,繄睨我皇,匹马北方。独立一呼,千麾万旟,戎卒前驱。我师其东,储皇抚戎,荡攘群凶。复服指期,曾不逾时,有国无之。事有至难,宗庙再安,二圣重欢。地辟天开,蠲除妖灾,瑞庆大来!凶徒逆俦,涵濡天休,死生堪羞。功劳位尊,忠烈名尊,泽流子孙。盛德之兴,山高日升,万福是膺。能令大君,声容沄沄,不在斯文?湘江东西,中直浯溪,石崖天齐。可磨可镌,刊此颂焉,何千万年!

又如《峿台铭》曰:

浯溪东北二十余丈,得怪石焉,周行三百余步,从未申至丑寅,崖壁斗绝,左属回鲜,前有碕道,高八九十尺,下当洄潭;其势硗磳,半出水底,苍然泛泛,若在波上。石巅胜异之处,悉为亭堂。小峰欹窦,宜间松竹,掩映轩户,毕皆幽奇。于戏!古人有蓄愤闷,与病于时俗者,力不能筑高台以瞻眺,则必山巅海畔,伸颈歌吟以自畅达。今取兹石,将为峿台;盖非愁怨,乃所好也。铭曰:

湘渊清深,峿台峭峻。登临长望,无远不尽。谁厌朝市,羁牵局促?借君此台,一纵心目。阳崖砻琢,如瑾如珉。作铭刻之,彰示后人。

浯溪者,吾溪也;峿台者,吾台也;爱其胜异,彰所独有,而名之曰浯溪、峿台。其为文章,宁朴无华,宁瘦无腴,宁拙无巧,而微伤削薄,未能雄浑。长于使劲,短于运气,以故遒而寡变,清而不宏,然戛戛自异。唐文在韩柳以前,力扫雕藻绮靡之习,而出之以清刚简质者,不得不推结为俶落权舆。韩愈柳宗元之有元结,犹陈涉之开汉高项羽乎?所惜顿宕而波澜不大,拗折而筋节太露。韩愈文雄而茂,笔险以浑;结则不能雄而为遒,不能浑而为削。柳宗元文雅而健,笔廉以悍;结则不同雅而同健,不同悍而同廉。此结之所为具体而微也。独孤及与结并世能文,而亦以开韩柳之前茅。然元结之笔遒峭,独孤及之势宽衍;结之规模狭,而及之波澜平。

独孤及,字至之,河南洛阳人。少孤,母长孙氏高行明识,训导甚至。及以渐教成器,卓然有立,著《延陵论》,诵者谓评议之精,在古人右。天宝十三年,应诏至京师。时玄宗好道,黄老列于学官。及以洞晓玄经对策高第,解褐,拜华阴尉。同县房琯方有重名而贰宪都,请及相见,及因论三代之质。又问六经之指归,王政之根源。琯大骇曰:"非常之才也!"李华、苏源明并许词宗。由是声名日起。累拜常州刺史,本州都团练使,卒谥宪。传有《毗陵集》二十卷,立言遣辞,有古风格,辨论裁正,昭德塞违,浚波澜而去流荡,得菁华而无枝叶;最称杰作者,《仙掌》《函谷》二铭、《琅琊溪述序》、《风后八阵图记》,为世所诵。录《琅琊溪述序》曰:

陇西李幼卿,字长夫,以右庶子领滁州,而滁人之饥者粒,流者召,乃至无讼以听。故居多暇日,常寄傲此山之下,因凿石引泉,酾其流以为溪。溪左右建上下坊,作禅堂琴台以环之,探异好古故也。按《图经》,晋元帝之居琅琊邸而为镇东也,尝游息是山,厥迹犹存,故长夫名溪曰琅琊。他日,赋八题于岸石。及亦状而述之。是岁大历六年,岁次辛亥春三月丙午日。述曰:

自有此山,便有此泉;不浚不刊,几万斯年。造物遗功,若俟后贤。天钟灵奇,公润色之;疏为回溪,削成崇台。山不过十仞,意拟衡霍;溪不袤数丈,趣俟江海。知足造适,境不在大。怪石皑皑,涌湍潺潺;洞壑无底,云兴其间。仲春气至,万木华发,亘陵被坂,吐火喷云。公登山乐,乐者毕同;无小无大,乘兴从公。公举二觞,酒酣气振,溪水为主,而身为宾。舍瑟咏歌,同风舞雩。时时醉归,与夕鸟俱。明月满山,朱蟠徐驱。石门松风,声类笙竽。于戏!人实弘道,物不自美。向微羊公,游汉之涘,岘山寂寞,千祀谁纪?彼美新溪,维公嗣之;

念兹疲人,繄公其肥。后之聆清风而叹息者,挹我于泉乎而已。

刻镂山水,字铸语炼,盖有柳州之雅健焉。然亦有坦迤出之,辞明而理昭,如宋人之随事抒论者;如《慧山寺新泉记》曰:

> 此寺居吴西神山之足,山小多泉,其高可凭而上。山下灵池异花,载在方志。山上有真僧隐客,遗事故迹;而披胜录异者,贱近不书。无锡令敬澄,字深源,以割鸡之余,考古索图,葺而筑之,乃饰乃坛。有客竟陵陆羽,多识名山大川之名,与此峰白云相与为宾主,乃稽厥创始之所以而志之;谈者然后知此山之方广,胜掩他境。其泉伏涌潜泄,濎濴舍下,无沚无窦,蓄而不注。深源因地势以顺水性,始双垦袤丈之沼,疏为悬流,使瀑布下钟,甘溜湍激,若醽醁乳喷,发于禅床,周于僧房;灌注于德地,经营于法堂,潺潺有声,聆之耳清。濯其源,饮其泉,能使贪者让,躁者静,静者勤道,道者坚固,境净故也。夫物不自美,因人美之。泉出于山,发于自然,非夫人疏之凿之之功,则水之时用不广;亦犹无锡之政烦民贫,深源导之,则千室襦袴;仁智之所及,功用之所格,动若响答,其揆一也。予饮其泉而悦之,乃志美于石。

工文章,尤长论议;大抵以立宪诫世,褒贤遏恶为用,非特以词采为胜,而韩愈为古文之所师焉。

第十节　陆　贽

古文者,唐文之所以别树一帜,而湔六朝之浮滥。然朝廷大制作,必以骈文,而骈文厥为文章之正统;古文者,不过欲以革骈文之命,而篡其统焉尔。特古文之机构,未能骤备以济于用;而骈文之浮滥,不可不湍以制其宜。则有陆贽崛起中唐,模楷一代,仍骈文之体,而不用典,不雕藻,辞欲其清,笔欲其畅,跌宕昭彰,意无不达,尽泯排比堆垛之迹焉。

陆贽,字敬舆,吴郡苏人。年十八,登进士第,应博学鸿辞,授郑县尉,以书判拔萃调渭南簿,御史府以监察换之。德宗为太子时,知名;及即位,召对翰林,即日为学士,由祠部员外郎转考功郎中。朱泚以泾原帅居京师,为泾原卒所拥,逐德宗,幸奉天。时车驾播迁,诏书旁午,贽洒翰即成,不复起草;初若不经思虑,及成而奏,无不曲尽事情,中于机会;仓卒填委,同职者无不拱手叹伏。而天下叛乱,诏大赦以安人心。贽乃上《论赦书事条状》曰:

奉宣圣旨,并以中书所撰赦文示臣,令臣"审看可否。如有须改张处,及事宜不尽,条录奏来"者。臣谨如诏旨,详省再三,犹惧所见不周,兼与诸学士等参考得失,佥以为纲条粗举,文理亦通,事多循常,辞不失旧;用于平昔,颇亦可行,施之当今,则恐未称。何则？履非常之危者,不可以常道安;解非常之纷者,不可以常语谕。

自陛下嗣承大宝,志壹中区,穷用甲兵,竭取财赋。盱庶未达于暂劳之旨,而怨咨已深;昊穹不假以悔祸之期,而患难继起。复以刑谪太峻,禁防伤严,上下不亲,情志多壅。乃至变生都辇,盗据宫闱,九庙鞠陷于匪人,六师出次于郊邑;奔逼忧厄,言之痛心。自古祸乱所钟,罕有若此之暴。今重围虽解,遗寇尚存,裂土假王者四凶,滔天僭帝者二竖;又有顾瞻怀贰,叛援党奸,其流实繁,不可悉数。皇舆未复,国柄未归,劳者未获休,功者未及赏,困穷者未暇恤,滞抑者未克申。将欲纾多难而收群心,惟在赦令诚言而已。安危所属,其可忽诸！动人以言,所感已浅,言又不切,人谁肯怀？

昔成汤遇灾,祷于桑林,躬自髡剔以为牺牲。古人所谓割发宜及肤,剪爪宜侵体;良以诚不至者物不感,损不极者益不臻。今兹德音,亦类于是。悔过之意,不得不深,引咎之辞,不得不尽;招延不可以不广,润泽不可以不弘;宣畅郁堙,不可不洞开襟抱;洗刷疵垢,不可不荡去瘢痕。使天下闻之,廓然一变,若披重昏而睹朗曜,人人得其所欲,则何有不从者乎?应须改革事条,谨具别状同进。除此之外,尚有所虞:窃以知过非难,改过为难;言善非难,行善为难。假使赦文至精,止于知过言善,犹愿圣虑,更思所难。《易》曰:"圣人感人心而天下和平。"夫感者,诚发于心而形于事。人或未谕,故宣之以言,言必顾心,心必副事,三者符合,不相越逾,本于至诚,乃可求感。事或未致,则如勿言;一亏其诚,终莫之信。伏惟陛下先断厥志,乃施于辞,度其可行而宣之,其不可者措之,无苟于言以重其悔。言克诚而人心必感,人心既感而天下必平。事何可不详,言何可不务?罄输愚恳,伏听圣裁。谨奏。

上从之;故行在诏书始下,虽武人悍卒,无不挥涕激发。议者以德宗克平寇乱,不惟师武臣之力,盖亦资贽文章之助焉。德宗果于自任,将帅进退,必禀庙算;而贽不以为可,乃上奏曰:

臣闻将贵专谋,兵以奇胜。军机遥制则失变,戎帅禀命则不威。是以古之贤君,选将而任;分之于阃,誓莫干也;授之以钺,俾专断也。夫然,故军败则死众,战胜则策勋,不用刑而师律贞,不劳虑而武功立。其于委任之体,岂不博大哉;其于责成之利,岂不精核哉。自昔帝王之所以夷大难、成大业者,由此道也。其或疑于委任,以制断由己为大权;昧于责任,以指麾顺旨为良将。锋镝交于原野,而决策于九重之中;机会变于斯须,而定计于千里之外。违令则失顺,从令则失宜;失顺则挫君之严,失宜则败君之众。用舍相碍,否臧皆凶,上有掣肘之讥,下无死绥之志,其于分画之道,岂不两伤哉,其于经纶之术,岂不都谬哉。自昔帝王之所以长乱繁刑，丧师戚国者，由此道也。

今四夷之最强盛，为中国甚患者，莫大于土蕃。举国胜兵之徒，才当中国十数大郡而已；其于内虞外患，亦与中国不殊；所能寇边，数则盖寡，且又器非犀利，甲不坚完，识迷韬钤，艺乏趫敏。动则中国惧其众而不敢抗，静则中国惮其强而不敢侵，厥理何哉？良以中国之节制多门，蕃丑之统帅专一故也。夫统帅专一则人心不分，人心不分则号令不贰，号令不贰入则进退可齐；进退可齐则疾徐如意，疾徐如意则机会靡愆，机会靡愆则气势自壮；斯乃以少为众，以弱为强。变化翕辟，在于反掌之内，是由臂之使指，心之制形。若所任得人，则何敌之有！夫节制多门则人心不一，人心不一则号令不行，号令不行则进退难必，进退难必则疾徐失宜，疾徐失宜则机会不及，机会不及则气势自衰；斯乃勇废为尪，众散为弱，逗挠离析，兆乎战阵之前；是犹一国三公，十羊九牧，欲令齐肃，其可得乎！彼攻有余，我守不足；盖彼之号令由将，而我之节制在朝；彼之兵众合并，而我之部分离析。夫部分离析则纪律不一，而气势不全。节制在朝则谋议多端，而机权多失。兹道得失，兵家大枢；当今事宜，所系尤切。盖以寇盗内发，乘舆播迁，人心有观变之摇，王室无自固之重。秦梁回缭，千里而遥。临之以威，则力势不制；授之以策，则阻远不精。

顷者骤降诏书，教谕群帅，事无大小，悉为规裁。及乎章表陈诚，使臣复命，进退迟速，率乖圣谋。岂皆乐于违忤哉？亦由传闻与指实不同，悬算与临事有异故也。设使其中或有肆情奸命者，陛下能于此时戮其违诏之罪乎？臣窃恐未能也。陛下复能夺其兵而易其将帅乎？臣亦恐未能也。是则违命者既不果行罚，从命者又未必合宜。徒费空言，只劳睿虑；匪惟无益，其损实多。何则？时方艰屯，下陵上替，凡在执干戈而卫社稷者，皆自谓勋业由己，义烈发心，安于专行，病于羁制。陛下宜俯徇斯意，因而委之，遂其所安,护其所病;敦以付授之义,固以亲信之恩,假以便宜之权,待以殊常之赏;其余细故,悉勿关言。所赐诏书,务从简要,慎其言以取重,深其托以示诚;言见重则君道尊,托以诚则人心感;尊则不严而众服,感则不令而事成。其势当令智者骋谋,勇者奋力,小大咸极其分,贤愚各适其怀,将自效忠,兵自乐战。与夫迫于驱制,不得已而从之者,志气何啻百倍哉。夫君上之权,特异臣下者,惟不自用乃能用人,其要在顺于物情,其契在通于时变,今之要契,颇具于兹。傥蒙究思,或有可取。谨奏。

启沃谋猷,特所亲信;艰难扈从,行在辄随。有时宴语,不以公卿指名,但呼陆九而已。累拜中书侍郎平章事。敷陈治道,尤善奏议,上以格君心之非,下以通天下之志;论深切于事情,言不离于道德。德宗以苛刻为能,而贽谏之以忠厚;德宗以猜疑为术,而贽劝之以推诚;德宗好用兵,而贽以消兵为先;德宗好聚财,而贽以散财为急。至于用人听言之法,治边驭将之方,罪己以收人心,改过以应天道,去小人以除民患,惜名器以待有功,如此之流,未易悉数。传有《翰苑集》二十二卷。其为文章,仍是俪体;然不贵雕藻而能曲达,力祛堆垛而为清畅;纡余委备,往复百折,而条达疏畅,无所间断;气尽语极,急言竭论,而无艰难劳苦之态。其文体尽是南朝之排比,而辞笔则开宋人之机调,此所以断然自为一家之文,而不同于徐庾也。

第十一节　韩愈 附李翱 皇甫湜 孙樵 孟郊 贾岛 姚合 李贺　柳宗元 附刘禹锡

唐代文学之所以异军突起,而陵驾魏晋,继述周秦者,以诗有李杜,继往开来以尽其变;而文有韩柳,错偶用奇以复于古。盖唐之文,无虑三变:太宗经文纬武以夷大难,沿江左余风,缔句绘章,揣合低昂,故王杨(王勃杨炯)为之伯,如丽服靓妆,燕歌赵舞,虽绮丽盈前,而殊乏风骨,一也。及玄宗好经术,群臣稍嫌雕琢,索理致,崇雅裁滥,不懈而及于古,则萧李(萧颖士李华)擅其誉,波澜畅矣,然骈俪犹存,二也。元结力湔浮滥,骈俪祛矣,而规模未宏。及韩愈宏中肆外,务反近体,经诰之指归,迁雄之气格,抒意立言,自成一家。柳宗元翼之,茹古涵今,齐梁绮艳,毫发都捐,而后古文之体以立。三也。

韩愈,字退之,河内修武人。三岁而孤;七岁好学,言出成文。自以孤子,幼刻苦学儒,不俟奖励,日记数千百言;比长,尽能通六经百家学。大历贞元之间,文字多尚古学,效扬雄董仲舒之述作,而独孤及最称渊奥。愈从其徒游,锐意钻仰,欲自振于一代。贞元八年,宰相陆贽知贡举,擢愈进士第,时年二十五;而故相郑余庆亦为延誉,由是知名。然屡试博学宏词,不第,乃与韦舍人书曰:

> 应博学宏词前进士韩愈谨再拜上书舍人阁下:天池之滨,大江之濆,曰有怪物焉,盖非常鳞凡介之品汇匹俦也。其得水,变化风雨,上下于天,不难也。其不及水,盖寻常尺寸之间耳,无高山大陵,旷途绝险为之关隔也;然其穷涸不能自致乎水,为猵獭之笑者,盖十八九矣。如有力者哀其穷而运转之,盖一举手、一投足之劳也。然是物也,负其异于众也,且曰"烂死于沙泥,吾宁乐之;若俯首帖耳,摇尾而乞怜者,非我之志也。"是以有力者遇之,熟视之,若无睹也;其死其生,固不可知也。今又有有力者当其前矣;聊试仰首一鸣号焉,庸讵知有力者不哀其穷,而忘一举手一投足之劳,而转之清波乎? 其哀之,命也。其不哀之,亦命也。知其在命而且鸣号之者,亦命也。愈今者实有类于是,是以忘其疏愚之罪而有是说

焉。阁下其亦怜察之！

此愈二十六岁少作也。八代之衰，其文内竭而外侈；愈则易之以万怪惶惑，抑遏蔽掩，而指归本之六经，气格融蜕两汉，议论学贾谊董仲舒，序跋似刘氏向歆，传记模《国策》《史记》，碑志参班固蔡邕；而运以司马迁之逸气浩致，以上窥周秦诸子之宏肆，缀以扬子云之奇字瑰句，以下概班范二书之雅健；所以起八代之衰，只是集两汉之成。累官考功郎中，知制诰。彰义军节度使吴元济以淮西叛。宪宗诏裴度以宰相节度彰义军，宣慰淮西，请愈以行。于是以愈兼御史中丞，参度军事，为行军司马。淮西之平，愈有力焉；迁刑部侍郎。诏撰《平淮西碑》，辞曰：

> 天以唐克肖其德，圣子神孙继继承承，于千万年，敬戒不怠。全付所覆，四海九州，罔有内外，悉主悉臣。高祖、太宗既除既治。高宗、中、睿休养生息。至于玄宗，受报收功，极炽而丰，物众地大，孽牙其间。肃宗、代宗、德祖、顺考，以勤以容；大慝适去，稂莠不薅。相臣将臣文恬武嬉，习熟见闻，以为当然。睿圣文武皇帝既受群臣朝，乃考图数贡曰："呜呼！天既全付予有家。今传次在予，予不能事事，其何以见于郊庙。"群臣震慴，奔走率职。明年平夏，又明年平蜀，又明年平江东，又明年平泽潞，遂定易、定，致魏、博、贝、卫、澶、相，无不从志。皇帝曰："不可究武，予其少息。"
>
> 九年，蔡人立其子元济以请。不许。遂烧舞阳，犯叶、襄城，以动东都，放兵四劫。皇帝历问于朝，一二臣外，皆曰："蔡帅之不廷授，于今五十年，传三姓四将，其树本坚，兵利卒顽，不与他等。因抚而有，顺且无事。"大官臆决唱声，万口附和，并为一谈，牢不可破。皇帝曰："惟天惟祖宗所以付任予者，庶其在此；予何敢不力？况一二臣同，不为无助。"曰："光颜！汝为陈、许帅，维是河东、魏、博、郃阳三军之在行者，汝皆将之！"曰："重胤！汝故有河阳、怀，今

益以汝；维是朔方、义成、陕、益、凤翔、延、庆七军之在行者,汝皆将之！"曰："弘！汝以卒万二千,属而子公武往讨之！"曰："文通！汝守寿,维是宣武、淮南、宣歙、浙西四军之行于寿者,汝皆将之！"曰："道古！汝其观察鄂、岳！"曰："愬！汝帅唐、邓、随,各以其兵进战！"曰："度！汝长御史,其往视师！"曰："度！惟汝予同,汝遂相予,以赏罚用命不用命！"曰："弘！汝其以节都统诸军！"曰："守谦！汝出入左右,汝惟近臣,其往抚师！"曰："度！汝其往衣服饮食予士,无寒无饥,以既厥事,遂生蔡人。赐汝节斧,通天御带,卫卒三百。凡兹廷臣,汝择自从；惟其贤能,无惮大吏！庚申,予其临门送汝。"曰："御史！予闵士大夫战甚苦！自今以往,非郊庙祠祀,其无用乐！"

颜、胤、武合攻其北,大战十六,得栅城县二十三,降人卒四万。道古攻其东南,八战,降万三千,再入申,破其外城。文通战其东,十余遇,降万二千。愬入其西,得贼将,辄释不杀,用其策,战比有功。十二年八月,丞相度至师；都统弘责战益急；颜、胤、武合战益用命；元济尽并其众洄曲以备。十月壬申,愬用所得贼将自文城因天大雪,疾驰百二十里,用夜半到蔡,破其门,取元济以献,尽得其属人卒。辛巳,丞相度入蔡,以皇帝命赦其人。淮西平,大飨赉功。师还之日,因以其食赐蔡人。凡蔡卒三万五千,其不乐为兵,愿归为农者十九,悉纵之。斩元济京师。册功,弘加侍中；愬为左仆射,帅山南东道；颜、胤皆加司空；公武以散骑常侍帅鄜、坊、丹、延；道古进大夫；文通加散骑常侍。丞相度朝京师,道封晋国公,进阶金紫光禄大夫,以旧官相；而以其副总为工部尚书,领蔡任。既还奏,群臣请纪圣功,被之金石。皇帝以命臣愈。臣愈再拜稽首而献文曰：

唐承天命,遂臣万邦。孰居近土,袭盗以狂。往在玄宗,崇极而圮,河北悍骄,河南附起。四圣不宥,屡兴师征,有不能克,益戍以兵。夫耕不食,妇织不裳。输之以车,为卒赐粮。外多失朝,旷不岳狩。百隶怠官,事忘其旧。帝时继位,顾瞻咨嗟:"惟汝文武,孰恤予家!"既斩吴蜀,旋取山东。魏将首义,六州降从。

淮蔡不顺,自以为强;提兵叫欢,欲事故常。始命讨之,遂连奸邻;阴遣刺客,来贼相臣。方战未利,内惊京师。群公上言:"莫若惠来!"帝为不闻,与神为谋;乃相同德,以讫天诛。乃敕"颜、胤、愬、武、古、通,咸统于弘,各奏汝功!"三方分攻,五万其师。大军北乘,厥数倍之。常兵时曲,军士蠢蠢。既翦陵云,蔡卒大窘。胜之邵陵,郾城来降。自夏入秋,复屯相望。兵顿不励,告功不时。帝哀征夫,命相往厘。士饱而歌,马腾于槽,试之新城,贼遇败逃;尽抽其有,聚以防我,西师跃入,道无留者。颉颉蔡城,其疆千里。既入而有,莫不顺俟。帝有恩言,相度来宣:"诛止其魁,释其下人。"蔡之卒夫,投甲呼舞。蔡之妇女,迎门笑语。蔡人告饥,船粟往哺。蔡人告寒,赐以缯布。

始时蔡人,禁不往来;今相从嬉,里门夜开。始时蔡人,进战退戮;今旰而起,左飧右粥。为之择人,以收余惫。选吏赐牛,教而不税。蔡人有言:"始迷不知。今乃大觉,羞前之为。"蔡人有言:"天子明圣。不顺族诛,顺保性命!汝不吾信,视此蔡方:孰为不顺,往斧其吭。凡叛有数,声势相倚;吾强不支,汝弱奚恃?其告而长,而父而兄。奔走偕来,同我太平!"淮蔡为乱,天子伐之。既伐而饥,天子活之。始议伐蔡,卿士莫随;既伐四年,小大并疑。不赦不疑,由天子明。凡此蔡功,惟断乃成。既定淮蔡,四夷毕来。遂开明堂,坐以治之。

其辞主裴度,而著李愬入蔡之功,列于诸将。顾愬自以先入蔡州,擒吴

元济,为首功,特不平之。愬妻出入禁中,因诉碑辞不实。诏磨愈文,而命翰林学士段文昌重撰勒石,辞曰:

夫五兵之设,本以助文德而成教化,故圣人不专任之。其有桀骜暴邪,干纪作孽;道德不服,则兵以威之;文告不谕,则兵以静之;在禁暴除害而已。自黄帝尧舜,不能无诛;至汤武受命,武功浸盛,其本之以仁义,行之以吊伐,惟帝与王,率由兹道。于戏!创业之君,劳而后定。守文之主,安而忘战。故三代之衰,功在五伯。未有中叶之后,再安生灵;前古所无,归于圣代。

我唐运之兴也,高祖太宗,以仁义之兵,除暴隋之乱,戎功祖武,百代丕承。玄宗尝亦内翦奸邪,外清夷狄。所以继文之代,协帝之明。既而祸起于微,乱生于理;由是髋髀之众,结固于两河;斤斧不用,绵历于五代。肃宗代宗,亲翦大憝,且务生育。德宗顺宗,观于天象,察于人事,以理运未至,沴气犹凝,运启升平,以俟后圣。

惟我后握枢出震,端扆向明,考上玄之心,思祖宗之意,扫涤区宇,光启帝图。不以万乘为尊,四海为富;尊大禹栉风之志,有光武乙夜之勤。以为景擒七国而汉民安,成翦三监而周化洽。焉有患难未去,而德教可兴。日者惠琳恃近狄之固,刘辟凭坤维之险,李锜保长江之冲,从史资太行之阻,四凶相扇,继为乱常;三数年间,尽膏铁锧。太尉茂昭以中山之地,尽室来朝;司空弘正以全魏之邦,举宗向阙,义风所激,莫不归心。况彭城从折简之召,横海展执珪之勤;向之谈虞虢之存亡,议辅车之形势,莫不刳心断臂,继踵为忠。既而麟见于巴寳之间,河清于郦卫之际,固同本之贶,昭圣祚之符,廓清寰海,兆于此矣。而长淮右地,连山四起,控扼吴楚,密迩辇辕;有上帝濯龙之池,同冀方多马之国,戈铤雪照,驵骏云屯,二姓三凶,凭阻作孽。岁在甲午,吴少诚积祸而毙,余殃聚于逆嗣,氛禠淮濆。我后方吊人省冤,垦灾除秽;犹命使者持节往申宠赗,以柔服之义,示含弘之仁。

元济劫众拒境,滔天肆逆,剽叶县,烧舞阳,侵襄城,伊洛之间,骚然震恐。乃询廷议,咸愿假以墨绖,授以兵符。天子渊默以思,霆驰以断,独发宸虑,不询众谋;汉宣从屯田之议,晋武决平吴之计,至圣不惑,群议自消。于是会凫藻之师,得鹰扬之帅:以中军帅李光颜,往者平朔边,静庸蜀;双矛电激,孤剑飙驰,亦犹冯异之总军锋,子颜之将突骑,才气雄武,可扫欃枪;总魏博、河阳、郐阳,凡三军,自临颍而前。以河阳军帅乌重允,当从史内讦邪谋,外阻兵势,精诚奋发,密应王师,故得虏魏豹于军中,缚吕布于麾下,识虑中正,可革枭音;益以汝海之地、总朔方、义成、陕虢、剑南、西川、凤翔、延州、宁庆,凡七军,由襄阳而进。宣武帅韩宏请以子公武领精卒一万二千,时集洄曲。栾书作帅,针为戎右;充国讨虏,卬统支军;是能从帅之命,成父之志。又以寿春守李文通,夙精戎韬,累习军旅,明于守备,可保金汤;总宣武、淮南、宣歙、浙西、徐泗,凡五军,扼固始之险。以鄂岳都团练使李道古,以先曹王皋有任城之武,昔征凶渠,尝取安陆,授以戎柄,嗣其家声;乘五关之隘。以唐邓随帅李愬,温敏能断,静深有谋;昔赵孟慕成季之勋,复能霸晋;亚夫绍绛侯之武,亦克擒吴;想其英徽,必有以似;总山南东道、荆南,凡两军,自文成而东。乃命御史中丞裴度布挟纩之恩,奉如丝之命,以谕群帅,以抚舆师。且以古之会兵,必谋元帅,令归于一,势不欲分;令宣武军帅韩宏为诸道行营都统,假陆逊之钺,拜韩信之坛,指踪画奇正之机,发号申严凝之令,然后有司马之法,申节制之师。而寒暑再雁,贼巢未下。又命内掌枢密之臣梁守谦肃将天威,尽护诸将,悬白日于千里,推赤心于万人。由是甘宁奋升城之勇,君文励击郾之志,焚上蔡以翦其翼,拔郾城以扼其吭。以轩后攻蚩尤之乱，殷宗伐鬼方之罪，周公诛淮夷之叛，虽以圣讨逆，皆三年后定。百辟之议，且谓久劳；将决其机，以安海内。复命丞相裴度拥淮蔡之节，抚将帅之臣，分邓禹之麾旆，盛窦宪之幕府，四牡业业，于蕃于宣。

先是光颜、重允、公武，戎旅同心，垒垣齐列；常蛇之势，首尾相从；胡骑之雄，纷纭纵击；逐余孽如鸟雀，猎残寇似狐狸，干矛如林，行次于洄曲。丞相之来也，群帅之志气逾励，统制之号令益明，势如雷霆，功在漏刻。贼乃悉其精锐以备洄曲之师。唐随帅李愬新总伤痍之军，稍励奔北之气，城孤援绝，地逼势危；而能养貔虎之威，未尝矍视；屈鸷鸟之势，不使露形；是以收文城栅而降吴秀琳，下兴桥而擒李祐。祐果敢多略，众以留之或谓蓄患，不利吾军。愬诚明在躬，秉信不挠；爰命释缚，授之亲兵。祐感慨之心，出于九死，纵横之计，果效六奇。粤十月既望，阴凝雪飞，天地尽闭；愬乃遣其将史旻、仇良辅，留镇文城，备其侵轶；命李祐领突骑三千以为向导；自领中权三千，与监军使李诚义继进；又遣其将田进诚领马步三千以殿后。郊云晦冥，寒可堕指；一夕卷旆，凌晨破关。铺敦淮渍，仍执丑虏。虽魏军得田畴为道，潜出卢龙；邓艾得田章先登，长驱绵竹；用奇制胜，与古为侔。四纪逋诛，一朝荡定，摅宗庙之宿愤，致黎庶之大安，周汉以还，莫斯为盛！

帝命策勋，进宏为侍中；光颜、重允，并为司空；愬为左仆射，帅山南东道；公武加散骑常侍，节制鄜、坊、丹、延；道古进御史大夫，文通加散骑常侍。王师获金爵之赏，环境蒙优复之恩；掩骼埋胔，除瑕宥罪，跻群生于寿域，还比户于可封；东西南北，无思不服。丞相旋请来朝，后加金紫光禄大夫，封晋国公；乃眷淮渍，烝人生殖，俾择循吏，抚其疾伤；以宣慰副使刑部侍郎马总领淮蔡之任。天子议功云台，追美将帅，俾刻金石，以扬休勋。而百辟佥谋，群帅克让,推义士之志,敢贪天功;征贤臣之言,实在君德。于是搢绅之士,暨侯服之臣,上献鸿名,式昭徽册,然后光辉千古,声名百蛮。诏命掌文之臣文昌勒铭淮浦,庶乎阅《周雅》者,美宣王之中兴;观《剑铭》者,戒蜀川之恃险。铭曰:

  天有肃杀,万物以感;雷风为令,霜霰为刑。君有武节,四海以宁。陈之原野,阻以甲兵。在昔圣主,恪宁邦国;武以禁暴,刑以助德。牧除害马,农去蟊贼。苟非戎功,孰静群慝?明明我后,神算精微;九重独运,千里不违。宵衣旰食,再安中宇。始蔑朔漠,旋枭蜀虏。丹徒钬䥫,白门缚布。服兹四罪,岂劳一旅。

  淮夷怙乱,四十余年;长蛇未翦,寰宇骚然。逮于孽童,逆志滔天。怀柔匪及,告谕罔悛。帝念生人,乃申薄伐;飞将鹰扬,前锋电发。斋坛命信,灵旗指越。我武惟扬,祆氛未灭。集于洄曲,决战摧凶。豹略临晋,维留沓中。桓桓襄帅,奇谋成功;浮罂暗渡,束马潜攻。合以长围,绝其飞走,布德灭妖,升城获丑。商不易肆,农安其亩。洄曲残兵,投戈束手。帝嘉群帅,赏不逾时。画社启封,珪组陆离。洎于蛮貊,服我英威。刻之金石,作戒淮夷。

其辞主李愬,与愈之主裴度者异趣;然张皇六师,归美庙算,则与愈同一机杼。特愈以古文,文昌以骈,岂徒将相之争功,抑亦骈散之竞爽乎?

  段文昌,字墨卿,一字景初,西河人。元和中,累转祠部郎中,知制诰,名辈于裴度为后,而与愈差比肩;然好俪体以持斯文之统,则与愈异,与度同。度《与皇甫湜书》,论唐中叶以前文家,而于愈独致贬词。至《寄李翱书》,则曰:"文人之异,在气格之高下,思致之浅深,不在其磔裂章句,䚢废声韵也。昌黎韩愈恃其捷足,往往奔放,不以文立制,而以文为戏,可乎?"于时,愈之倡古文也,虽欲以振六朝之懦缓,而未以餍时人之观听,持异议者正大有人,而度特其矫矫者耳。然愈不以为意,而为之益力,语于人曰:"仆为文久,每自测,意中以为好,则人必以为恶矣。小称意,人亦小怪之;大称意,即人必大怪之也。时时应事作俗下文字,下笔令人惭;及示人,则人以为好矣。小惭者,亦蒙谓之小好;大惭者,即必以为大好矣。然百物,朝夕所见者,人皆不注视也;及睹其异者,则共观而言之;夫文,岂异于是乎?汉朝人莫不能为文,独司马相如、太史公、刘向、扬雄为之最;然则用功深者,其收名也远;若皆与世浮沉,不自树立,虽不为当时所怪,亦必无后世之传也。"尝自道其所以用功者,以《答李翊书》曰:

愈白李生足下:生之书辞甚高,而其问何下而恭也?能如是,谁不欲告生以其道,道德之归也有日矣,况其外之文乎?抑愈所谓望孔子之门墙而不入于其宫者,焉足以知是且非耶?虽然,不可不为生言之,生所谓立言者是也。生所为者与所期者甚似而几矣,抑不知生之志,蕲胜于人而取于人耶?将蕲至于古之立言者耶?蕲胜于人而取于人,则固胜于人而可取于人矣。将蕲至于古之立言者,则无望其速成,无诱于势利,养其根而俟其实,加其膏而希其光;根之茂者其实遂,膏之沃者其光晔;仁义之人,其言蔼如也。

抑又有难者,愈之所为,不自知其至犹未也?虽然,学之二十余年矣。始者非三代两汉之书不敢观,非圣人之志不敢存,处若忘,行若遗,俨乎其若思,茫乎其若迷;当其取于心而注于手也,惟陈言之务去,戛戛乎其难哉。其观于人,不知其非笑之为非笑也。如是者亦有年,犹不改;然后识古书之正伪,与虽正而不至焉者,昭昭然白黑分矣,而务去之,乃徐有得也。当其取于心而注于手也,汩汩然来矣。其观于人也,笑之则以为喜,誉之则以为忧,以其犹有人之说者存也。如是者亦有年,然后浩乎其沛然矣。吾又惧其杂也,迎而距之,平心而察之,其皆醇也,然后肆焉。虽然,不可以不养也。行之乎仁义之途，游之乎诗书之源，无迷其途，无绝其源，终吾身而已矣。

气，水也；言，浮物也；水大而物之浮者大小毕浮，气之与言犹是也，气盛，则言之短长与声之高下者皆宜。虽如是，其敢自谓几于成乎？虽几于成，其用于人也奚取焉？虽然，待用于人者，其肖于器耶？用与舍属诸人。君子则不然。处心有道，行己有方，用则施诸人，舍则传诸其徒，垂诸文而为后世法，如是者其亦足乐乎，其无足乐也？有志乎古者希矣。志乎古，必遗乎今；吾诚乐而悲之。亟称其人，所以劝之，非敢褒其可褒而贬其可贬也。问于愈者多矣，念生之言，不志乎利，聊相为言之。愈白。

自道所得，理足而辞沛。愈自谓于文章"宏其中而肆其外"，"上窥姚姒，浑浑无涯；周诰殷盘，诘屈聱牙；《春秋》谨严，《左氏》浮夸；《易》奇而法，《诗》正而葩，下逮《庄》《骚》，太史所录；子云相如，同工异曲"；"沈浸酰郁，含英咀华"。此其所谓"非三代两汉之书不敢观"也。当其所得，粹然一出于正，刊落陈言，横骛别驱；汪洋大肆，自诩因文见道。累官吏部侍郎，卒谥曰文。传有《昌黎先生集》四十卷，乃其侄女婿陇西李汉所编。后人搜其阙遗，为《昌黎先生外集》十卷，《遗文》一卷。

愈之为文，论说记事，兼能并擅；而相其论说，不外二端：其一托物取譬，抑扬讽谕，为诗教比兴之遗；如《杂说》、《获麟解》、《师说》、《伯夷颂》是也。录《杂说》、《伯夷颂》。

杂说

龙嘘气成云，云固弗灵于龙也。然龙乘是气，茫洋穷乎玄间，薄日月，伏光景，感震电，神变化，水下上，汩陵谷；云亦灵怪矣哉。云，龙之所能使为灵也。若龙之灵，则非云之所能使为灵也。然龙弗得云，无以神其灵矣；失其所凭依，信不可欤。异哉！其所凭依，乃其所自为也!《易》曰:"云从龙。"既曰龙,云从之矣。

世有伯乐,然后有千里马。千里马常有,而伯乐不常有;故虽有名马,只辱于奴隶人之手,骈死于槽枥之间;不以千里称也。马之千里者,一食或尽粟一石;食马者,不知其能千里而食也。是马也,虽有千里之能,食不饱,力不足,才美不外见,且欲与常马等不可得,安求其能千里也?策之不以其道,食之不能尽其材,鸣之而不能通其意,执策而临之曰天下无马。呜呼!其真无马耶?其真不知马也!

伯夷颂

士之特立独行,适于义而已,不顾人之是非;皆豪杰之士,信道笃而自知明者也。一家非之,力行而不惑者寡矣;至于一国一州非之,力行而不惑者,盖天下一人而已矣。若至于举世非之,力行而不惑者,则千百年乃一人而已耳。若伯夷者,穷天地,亘万世而不顾者也。昭乎日月不足为明,崒乎泰山不足为高,巍乎天地不足为容也。当殷之亡,周之兴,微子,贤也,抱祭器而去之。武王、周公,圣也,从天下之贤士,与天下之诸侯,而往攻之,未尝闻有非之者也。彼伯夷叔齐者,乃独以为不可。殷既灭矣,天下宗周;彼二子乃独耻食其粟,饿死而不顾。由是而言,夫岂有求而为哉?信道笃而自知明也。今世之所谓士者,一凡人誉之,则自以为有余;一凡人沮之,则自以为不足;彼独非圣人而自是如此。夫圣人,乃万世之标准也。余故曰若伯夷者,特立独行,穷天地,亘万世而不顾者也。虽然,微二子,乱臣贼子接迹于后世矣。

此论说之一种也。其一论事析理,轩昂洞豁,汲《孟子》七篇之流;如《原道》、《原性》、《原毁》、《原人》、《原鬼》、《对禹问》、《守戒》是也。录《对禹问》、《守戒》。

对禹问

或问曰:"尧舜传诸贤,禹传诸子,信乎?"曰:"然。""然则禹之贤,不及于尧与舜也欤?"曰:"不然。尧舜之传贤也,欲天下之得其所也。禹之传子也,忧后世争之之乱也。尧舜之利民也大,禹之虑民也深。"曰:"然则尧舜何以不忧后世?"曰:"舜如尧,尧传之;禹如舜,舜传之。得其人而传之,尧舜也。无其人,虑其患而不传者,禹也。舜不能以传禹,尧为不知人。禹不能以传子,舜为不知人。尧以传舜为忧后世,禹以传子为虑后世。"

曰:"禹之虑也则深矣,传之子而当不淑,则奈何?"曰:"时益以难理,传之人则争,未前定也。传之子则不争,前定也。前定虽不当贤,犹可以守法。不前定而不遇贤,则争且乱。天之生大圣也不数,其生大恶也亦不数。传诸人,得大圣,然后人莫敢争。传诸子,得大恶,然后人受其乱。禹之后四百年,然后得桀;亦四百年,然后得汤与伊尹。汤与伊尹,不可待而传也。与其传不得圣人而争且乱,孰若传诸子?虽不得贤,犹可守法。"

守戒

《诗》曰:"大邦维翰。"《书》曰:"以蕃王室。"诸侯之于天子,不惟守土地、奉职贡而已,固将有以翰蕃之也。今人有宅于山者,知猛兽之为害,则必高其柴援而外施陷阱以待之。宅于都者,知穿窬之为盗,则必峻其垣墙而内固扃镝以防之。此野人鄙夫之所及,非有过人之智而后能也。今之通都大邑,介于屈强之间,而不知为之备,噫,亦惑矣!野人鄙夫能之,而王公大人反不能焉;岂材力为有不足欤?盖以谓不足为而不为耳。

天下之祸,莫大于不足为;材力不足者次之。不足为者,敌至而不知。材力不足者,先事而思,则其于祸也有间矣。彼之屈强者,带甲荷戈,不知其多少;其绵地则千里,而与我壤地相错,无有丘陵江河洞庭孟门之关其间;又自知其不得与天下齿,朝夕举踵引颈,冀天下之有事以乘吾之便;此其暴于猛兽穿窬也甚矣。呜呼,胡知而不为之备乎哉!贲育之不戒,童子之不抗;鲁鸡之不期,蜀鸡之不支。今夫鹿之与豹,非不巍然大矣;然而卒为之禽者,爪牙之材不同,猛怯之资殊也。曰:"然则如之何而备之?"曰:"在得人。"

此论说之又一种也。而细意籀诵,盖有两种笔力:《杂说》、《守戒》,笔能奔放,如风发云涌,笔力之能雄肆者也。《伯夷颂》、《对禹问》,语有断制,如刀斩斧截,笔力之能崭峭者也。其后王安石崭峭而不雄肆,苏轼奔放而欠崭峭,各得韩愈之一体。

记事之文,愈尤所擅,或诙诡以发奇趣,或直书以垂监戒。如《蓝田县丞厅壁记》曰:

丞之职,所以贰令,于一邑无所不当问。其下主簿尉,主簿尉乃有分职。丞位高而逼,例以嫌不可否事。文事行,吏抱成案诣丞,卷其前,钳以左手,右手摘纸尾,雁鹜行以进,平立睨丞曰"当署"。丞涉笔占位署惟谨,目吏问"可不可?"吏曰"得",则退;不敢略省,漫不知何事。官虽尊,力势反出主簿尉下。谚数慢必曰丞,至以相訾謷。丞之设,岂端使然哉?

博陵崔斯立,种学积文以蓄其有,泓涵演迤,日大以肆。贞元初,挟其能战艺于京师,再进再屈于人。元和初,以前大理评事言得失,黜官;再转而为丞兹邑。始至,喟曰:"官无卑,顾材不足塞职。"既噤不得施用,又喟曰:"丞哉丞哉,余不负丞而丞负余!"则尽枿去牙角,一蹳故迹,破崖岸而为之。丞厅故有记,坏漏污不可读。斯立易桷与瓦,墁治壁,悉书前任人名氏。庭有老槐四行,南墙钜竹千挺,俨立若相持。水㶁㶁循除鸣。斯立痛扫漑,对树二松,日哦其间;有问者,辄对曰:"余方有公事;子姑去!"

此诙诡以发奇趣者,而《试大理评事王君墓志铭》,亦其比也。又如《故太学博士李君墓志铭》曰:

> 太学博士顿丘李于,余兄孙女婿也,年四十八,长庆三年正月五日卒;其月二十六日,穿其妻墓而合葬之,在某县某地。子三人,皆幼。初于以进士为鄂岳从事,遇方士柳泌,从受药法。服之,往往下血;比四年,病益急,乃死。其法以铅满一鼎,按中为空,实以水银,盖封四际,烧为丹砂云。余不知服食说自何世起,杀人不可计,而世慕尚之益至,此其惑也。在文书所记,及耳闻相传者不说,今直取目见,亲与之游,而以药败者六七公以为世诫。工部尚书归登、殿中御史李虚中、刑部尚书李逊、逊弟刑部侍郎建,襄阳节度使工部尚书孟简、东川节度御史大夫卢坦、金吾将军李道古,此其人皆有名位,世所共识。工部既食水银得病,自说若有烧铁杖,自颠贯其下者,摧而为火,射窍节以出,狂痛号呼乞绝。其茵席常得水银,发且止,唾血十数年以毙。殿中疽发其背死。刑部且死,谓余曰:"我为药误!"其季建一旦无病死。襄阳黜为吉州司马。余自袁州还京师,襄阳乘舸邀我于萧洲,屏人曰:"我得秘药,不可独不死。今遗子一器,可用枣肉为丸服之。"别一年而病。其家人至,讯之,曰:"前所服药误,方且下之;下则平矣!"病二岁,竟卒。卢大夫死时,溺出血,肉痛不可忍,乞死,乃死。金吾以柳泌得罪,食泌药,五十死海上。此可以为诫者也。蕲不死,乃速得死,谓之智,可不可也?五谷三牲,盐醯果蔬,人所常御。人相厚勉,必曰强食。今惑者皆曰:"五谷令人夭,不能无食,当务减节。"盐醯以济百味,豚鱼鸡三者古以养老,反曰:"是皆杀人,不可食!"一筵之馔,禁忌十常不食二三。不信常道而务鬼怪,临死,乃悔。后之好者又曰:"彼死者,皆不得其道也。我则不然。"始病,曰:"药动故病;病去,药行,

乃不死矣。"及且死，又悔。呜呼，可哀也已，可哀也已！
此直书以见事实者，而《郓州溪堂诗序》、《赠太傅董公行状》，亦其比也。碑传文有两体：其一蔡邕体，语多虚赞而纬以事历，魏、晋、宋、齐、梁、陈、隋、唐人碑多宗之；其一韩愈体，事尚实叙而裁如史传，唐以下欧、苏、曾、王诸人碑多宗之。而愈之所以为文者有二：有炼语拗舌，而故为迟重生奥者。有振笔直书，而发以坦迤爽朗者。如《贞曜先生墓志铭》曰：

唐元和九年，岁在甲午八月己亥，贞曜先生孟氏卒；无子，其配郑氏以告。愈走位哭，且召张籍会哭。明日，使以钱如东都供葬事。诸尝与往来者，咸来哭吊。韩氏遂以书告兴元尹故相余庆。闰月，樊宗师使来吊，告葬期，征铭。愈哭曰："呜呼，吾尚忍铭吾友也夫！"兴元人以币如孟氏赙，且来商家事。樊子使来速铭曰："不则无以掩诸幽。"乃序而铭之。

先生，讳郊，字东野。父庭玢，娶裴氏女，而选为昆山尉，生先生及二季郢郜而卒。先生生六七年，端序则见。长而愈骞，涵而揉之，内外完好，色夷气清，可畏而亲。及其为诗，刿目钳心，刃迎缕解，钩章棘句，掐擢胃肾，神施鬼设，间见层出。惟其大玩于词而与世抹摋，人皆劫劫，我独有余。有以后时开先生者，曰："吾既挤而与之矣，其犹足存耶？"年几五十，始以尊夫人之命，来集京师，从进士试，既得即去。间四年，又命来选；为溧阳尉，迎侍溧上。去尉二年，而故相郑公尹河南，奏为水陆运从事，试协律郎；亲拜其母于门内。母卒五年，而郑公以节领兴元军，奏为其军参谋，试大理评事；挈其妻行，之兴元。次于阌乡，暴疾卒，年六十四。买棺以敛，以二人舆归。郢郜皆在江南。十月庚申，樊子合凡赠赙，而葬之洛阳东，其先人墓左，以余财附其家而供祀。将葬，张籍曰："先生揭德振华，于古有光。贤者故事有易名，况士哉？如曰贞曜先生，则姓

>名字行有载,不待讲说而明。"皆曰:"然。"遂用之。初先生所与俱学同姓简,于世次为叔父,由给事中观察浙东;曰:"生吾不能举。死吾知恤其家。"铭曰:
>
>>于戏贞曜,维执不猗,维出不訾,维卒不施,以昌其诗。

此炼语拗舌而故为迟重生奥者,而《平淮西碑》、《施先生墓铭》、《赠司勋员外郎孔君墓志铭》、《清河郡公房公墓碣铭》、《曹成王碑》、《唐故相权公墓碑》、《柳州罗池庙碑》、《赠太尉许国公神道碑铭》,亦其比也。

又如《乳母墓铭》曰:

>乳母李,徐州人,号正真。入韩氏,乳其儿愈。愈生未再周月孤,失怙恃。李怜不忍弃去,视保益谨,遂老韩氏。及见所乳儿愈举进士第,历佐汴徐军,入朝为御史、国子博士、尚书都官员外郎、河南令,娶妇,生二男五女。时节庆贺,辄率妇孙,列拜进寿。年六十四,元和六年三月十八日疾卒。卒三日,葬河南县北十五里。愈率妇孙视窆封,且刻其语于石,纳诸墓,为铭。

此振笔直书而出以坦迤爽朗者,而《柳子厚墓志铭》、《殿中少监马君墓志》、《太学博士李君墓志铭》、《赠太傅董公行状》,亦其比也。综愈所为碑志,其中人物,如《清边郡王杨燕奇碑文》、《曹成王碑》、《刘统军碑》、《唐故检校尚书左仆射右龙武统军刘公墓志铭》、《唐故相权公墓碑》、《赠太尉许国公神道碑铭》,王侯将相也。《唐故江西观察使韦公墓志铭》、《唐故虞部员外郎张府君墓志铭》、《唐故河南令张君墓志铭》、《唐故江南西道观察使太原王公神道碑铭》、《唐故朝散大夫尚书库部郎中郑君墓志铭》、《唐故国子司业窦公墓志铭》、《故江南西道观察使赠散骑常侍太原王公墓志铭》,文武具寮也。《施先生墓铭》、《贞曜先生墓志铭》、《南阳樊绍述墓志铭》,经生文儒也。《国子助教河东薛君墓志铭》、《赠司勋员外郎孔君墓志铭》、《试大理评事王君墓志铭》、《殿中侍御史李君墓志铭》、《故幽州节度判官赠给事中清河张君墓志铭》,忠臣畸士也。《殿中侍御史李君墓志铭》、《唐故监察御史卫府君墓志铭》、《故太学博士李君墓志铭》,服食方士也。《李元宾墓志铭》、《柳州罗池庙碑》、《柳子厚墓志铭》、《河南府法曹参军卢府君夫人苗氏墓志铭》、《韩滂墓志铭》、《女挐圹铭》、《乳母墓铭》,至亲好友也。随事赋形,各肖其人;其气浑灏以转,其辞铸炼以巀,气载其辞,辞凝其气;奇词奥句,不见滞笔,豪曲快字,不见佻意,骨重气驶,章安句适,各体之中,此为第一。

愈文起八代之衰,而诗亦参李杜之长,融裁以别开一派。盖杜甫诗有二种:一种气调高浑,珠圆玉润,而出以雍容。一种笔力拗怒,狮跳虎卧,而故为雄矫。愈则敩其拗怒而祛其雍容,以想像出诙诡,以生铲为刻画,以单驶见奔进,以排奡臻妥帖,敩杜而亦参李。观其《调张籍》曰:"李杜文章在,光焰万丈长。""伊我生其后,举颈遥相望。夜梦多见之,昼思反微茫。徒观斧凿痕,不瞩治水航。想当施手时,巨刃摩天扬。垠岸划崩豁,乾坤摆雷硠。""我愿生两翅,捕逐出八荒。精诚忽交通,百怪入我肠。刺手拔鲸牙,举瓢酌天浆。腾身跨汗漫,不著织女襄。"即此可以见生平薪尚及功力之所在焉。盖以想像出诙诡,以单驶见奔进,其源自李;而以生铲为刻画,以排奡臻妥帖,则得之杜也。杜工于刻画,而李富有想像。李任性自然,初非琢炼;而愈则以生铲为雕镂;此其得之于杜,所以殊于李也。杜物态曲尽,工为写实之篇;而愈则以想像融事实,此其得之于李,所以异于杜也。李天怀坦荡,不为凄厉;而愈则凄厉而有殊坦荡。杜身世迍邅,多为沉郁;而愈则恣肆而不为沉郁。刘勰籀文心,而愈则尚诗胆;其《送无本师归范阳》曰:"无本于为文,身大不及胆。吾尝示之难,勇往无不敢。蛟龙弄牙角,造次欲手揽;众鬼囚大幽,下觑袭玄窞。天阳熙四海,注视首不领。鲸鹏相摩窣,两举快一啖。夫岂能必然,固已谢黯黯。狂词肆滂葩,低昂见舒惨。奸穷变怪得,往往造平澹。"此诗贵有胆,然后有笔之说也。诗之体,至杜甫而备。诗之胆，至韩愈乃大。顾观愈《荐士》一诗，所以称孟郊者，则曰："横空盘硬语，妥帖力排奡。敷柔肆纡余，奋猛卷海潦。荣华肖天秀，捷疾逾响报。"则先敷柔而后奋猛，由荣华而出捷疾，似与《送无本》之说不同，而意实相发。盖变怪必造于平澹，妥帖而后出排奡；奇横之趣，自然之致，二者并进，乃为成体。今诵其诗，万怪惶惑，往往盛气喷薄而出，跌宕淋漓，曲折如意，不复知其为有韵之文；不惟五七言古猖狂恣睢，肆意有作，而律绝近体，寂寥短章，亦复拔天倚地，句句欲活；是所谓"狂词肆滂葩，低昂见舒惨；奸穷变怪得，往往造平澹"；亦即"横空盘硬语，妥帖力排奡"之说也。大抵愈之为诗，笔力蕲于雄矫，意境务为诙诡。顾有力造诙诡而诙诡者；五言古如《慰孟东野失子》曰：

  失子将何尤，吾将上尤天："女实主下人，与夺一何偏？彼于女何有，乃令蕃且延？此独何罪辜，生死旬日间？"上呼无时闻，滴地泪到泉。地只为之悲，瑟缩久不安；乃呼大灵龟，骑云款天门。问："天主下人，薄厚胡不均？"

  天曰："天地人，由来不相关。吾悬日与月，吾系星与辰。日月相噬啮，星辰蹜而颠。吾不女之罪，知非女由因。且物各有分，孰能使之然？有子与无子，祸福未可原。鱼子满母腹，一一欲谁怜？细腰不自乳，举族长孤鳏。鸱枭啄母脑，母死子始翻。蝮蛇生子时，坼裂肠与肝。好子虽云好，未还恩与勤。恶子不可说，鸱枭蝮蛇然。有子且勿喜，无子固勿叹！上圣不待教，贤闻语而迁。下愚闻语惑，虽教无由悛！"大灵顿头受，即日以命还。地祇谓大灵："女往告其人。"东野夜得梦，有夫玄衣巾。闯然入其户，三称天之言。再拜谢玄夫，收悲以欢欣。

又如《双鸟诗》曰：

  双鸟海外来，飞飞到中州。一鸟落城市，一鸟集岩幽。（朱子以双鸟指己与孟郊而作,落城市者己也,集岩幽者孟也。《韵语阳秋》已有此说。)不得相伴鸣,尔来三千秋。两鸟各闭口,万象衔口头。春风卷地起,百鸟皆飘浮。两鸟忽相逢,百日鸣不休;有耳聩皆聋,有口反自羞。百舌旧饶声,从此恒低头;得病不呻唤,泯默至死休。

雷公告天公:"百物须膏油。自从两鸟鸣,聒乱雷声收。鬼神怕嘲咏,造化皆停留。草木有微情,挑抉示九州。虫鼠诚微物,不堪苦诛求。不停两鸟鸣,百物皆生愁。不停两鸟鸣,自此无春秋。不停两鸟鸣,日月难旋辀。不停两鸟鸣,大法失九畴;周公不为公,孔丘不为丘。"

天公怪两鸟,各捉一处囚;百虫与百鸟,然后鸣啾啾。两鸟既别处,闭声省愆尤。朝食千头龙,暮食千头牛。朝饮河生尘,暮饮海绝流。还当三千秋,更起鸣相酬。

又如《嘲鲁连子》曰:

鲁连细而黠,有似黄鹂子。田巴兀老苍,怜汝矜爪觜。开端要惊人,雄跨吾厌矣。高拱禅鸿声,若辍一杯水。独称唐虞贤,顾未知之耳。(按此当有与公争名者,而公甘以名让之。禅,让也,鸿声乃名也。)

七言古如《月蚀诗效玉川子作》曰:

元和庚寅斗插子,月十四日三更中。森森万木夜僵立,寒气屃奰顽无风。月形如白盘,完完上天东。忽然有物来啖之,不知是何虫。如何至神物,遭此狼狈凶!星如撒沙出,攒集争强雄。油灯不照席,是夕吐焰如长虹。玉川子涕泗下中庭独行,念此日月者,为天之眼睛。此犹不自保,吾道何由行?尝闻古老言,疑是虾蟆精,径圆千里纳女腹，何处养女百丑形？杷沙脚手钝，谁使女解缘青冥？黄帝有四目，帝舜重其明；今天只两目，何故许食使偏盲？尧呼大水浸十日，不惜万国赤子鱼头生；女于此时若食日，虽食八九无馋名。赤龙黑乌烧口热，翎鬣倒侧相搪撑。婪酣大肚遭一饱，饥肠彻死无由鸣。后时食月罪当死，天罗磕币何处逃汝形！

玉川子立于庭而言曰："地行贱臣同，再拜敢告上天公：臣有一寸刃，可剐蟇肠凶。无梯可上天，天阶无由有臣踪。寄笺东南风，天门西北祈风通。丁宁附耳莫漏泄，薄命正值飞廉慵。东方青色龙，牙角何呀呀；从官百余座，嚼啜烦官家。月蚀汝不知，安用为龙窟天河？赤乌司南方，尾秃翅鮛沙。月蚀于汝头，汝口开呀呀；虾蟆掠汝两吻过，忍学省事不以汝觜啄虾蟆？於菟蹲于西，旗旄卫毵毿。既从白帝祠，又食于禚礼有加。忍令月被恶物食，枉于汝口插齿牙？乌龟怯奸，怕寒缩颈，以壳自遮。终令夸蛾抉汝出，卜师烧锥钻灼满板如星罗。此外内外官，琐细不足科。臣请悉扫除，慎勿许语令啾哗，并光全耀归我月，盲眼镜净无纤瑕。弊蛙拘送主府官，帝箸下腹尝其皤。依前使兔操杵臼，玉阶桂树闲婆娑。嫦娥还官室，太阳有室家。天虽高，耳属地，感臣赤心，使臣知意。"虽无明言，潜喻厥旨，有气有形，皆吾赤子。虽忿大伤，忍杀孩稚。还女月明，安行于次。尽释众罪，以蛙磔死。

他如五言古《南山》、《驽骥》、《三星行》、《苦寒》、《杂诗》、《初南食贻元十八协律》、《猛虎行》、《读东方朔杂事》、《送张道士》、《嘲鼾睡》两首，七言古《陆浑山火和皇甫湜用其韵》、《记梦》，奇趣横生，人骇鬼眩，皆力造诙诡而诙诡者也。亦有无意诙诡而诙诡者，琐碎事物而恢张之使奇，寻常山水而刻画之使诡。五言古如《醉后》曰：

煌煌东方星，奈此众客醉。初喧或忿争，中静杂嘲戏；淋漓身上衣，颠倒笔下字。人生如此少，酒贱且勤置。

又如《醉赠张秘书》曰：

人皆劝我酒，我若耳不闻。今日到君家，呼酒持劝君。为此座上客，及余各能文。君诗多态度，蔼蔼春空云。东野动惊俗，天葩吐奇芬。张籍学古淡，轩鹤避鸡群。阿买不识字，颇知书八分。诗成使之写，亦足张吾军。所以欲得酒，为文侯其醺。酒味既冷冽，酒气又氤氲，性情渐浩浩，谐笑方云云。此诚得酒意，余外徒缤纷。长安众富儿，盘馔罗羶荤，不解文字饮，惟能醉红裙，虽得一饷乐，有如聚飞蚊。今我及数子，固无莸与薰；险语破鬼胆，高词媲皇坟，至宝不雕琢，神功谢锄耘。方今向太平，元凯承华勋。(《左传》文十二年有才子八元八恺。《书》称尧曰放勋，舜曰重华。)吾徒幸无事，庶以穷朝曛。

又如《符读书城南》曰：

木之就规矩，在梓匠轮舆。人之能为人，由腹有诗书。诗书勤乃有，不勤腹空虚。欲知学之力，贤愚同一初；由其不能学，所入遂异闾。两家各生子，提孩巧相如；少长聚嬉戏，不殊同队鱼。年至十二三，头角稍相疏。二十渐乖张，清沟映污渠。三十骨骼成，乃一龙一猪。飞黄腾踏去，不能顾蟾蜍。一为马前卒，鞭背生虫蛆。一为公与相，潭潭府中居。问之何因尔，学与不学欤。

金璧虽重宝，费用难贮储。学问藏之身，身在则有余。君子与小人，不系父母且。不见公与相，起身自犁锄？不见三公后，寒饥出无驴？文章岂不贵，经训乃菑畬。潢潦无根源，朝满夕已除。人不通古今，马牛而襟裾；行身陷不义，况望多名誉。时秋积雨霁，新凉入郊墟。灯火稍可亲，简编可卷舒。岂不旦夕念？为尔惜居诸。

恩义有相夺,作诗劝踟蹰。

七言古如《雉带箭》曰:

原头火烧静兀兀,野雉畏鹰出复没。将军欲以巧伏人,盘马弯弓惜不发。地形渐窄观者多,雉惊弓满劲箭加。冲人决起百余尺,红翎白镞随倾斜。将军仰笑军吏贺,五色离披马前堕。

又如《汴泗交流赠张仆射》曰:

汴泗交流郡城角,筑场千步平如削。短垣三面缭逶迤,击鼓腾腾树赤旗。新秋朝凉未见日,公早结束来何为?分曹决胜约前定,百马攒蹄近相映。球惊杖奋合且离,红牛("牛"一作"氂")缨绂黄金羁,侧身转臂著马腹,霹雳应手神珠驰。超遥散漫两闲眼,挥霍纷纭争变化;发难得巧意气粗,欢声四合壮士呼。此诚习战非为剧,岂若安坐行良图。当今忠臣不可得,公马莫走须杀贼!

又如《赠侯喜》曰:

吾党侯生字叔起,呼我持竿钓温水。平明鞭马出都门,尽日行行荆棘里。温水微茫绝又流,深如车辙阔容辀。虾蟆跳过雀儿浴,此纵有鱼何足求。我为侯生不能已,盘针擘粒投泥滓。晡时坚坐到黄昏,手倦目劳方一起。暂动还休未可期,虾行蛭渡似皆疑。举竿引线忽有得,一寸才分鳞与鬐。是日侯生与韩子,良久叹息相看悲。我今行事尽如此,此事正好为吾规。半世遑遑就举选,一名始得红颜衰。人闲事势岂不见,徒自辛苦终何为!便当提携妻与子,南入箕颍无还时。叔起君今气方锐,我言至切君勿嗤。君欲钓鱼须远去,大鱼岂肯居沮洳?

又如《赠刘师服》曰:

羡君齿牙牢且洁，大肉硬饼如刀截。我今呀豁落者多，所存十余皆兀骳。匙钞烂饭稳送之，合口软嚼如牛呞。妻儿恐我生怅望，盘中不饤栗与梨。只今年才四十五，后日悬知渐莽卤。朱颜皓颈讶莫亲，此外诸余谁更数。忆昔太公仕进初，口含两齿无赢余。虞翻十三比岂少，遂自惋恨形于书。丈夫命存百无害，谁能检点形骸外？巨缗东钓倘可期，与子共饱鲸鱼脍。

此琐碎事物而恢张之使奇者也。五言古如《陪杜侍御游湘西两寺独宿有题一首因献杨常侍》曰：

长沙千里平，胜地犹在险；况当江阔处，斗起势匪渐。深林高玲珑，青山上琬琰。路穷台殿辟，佛事焕且俨。剖竹走泉源，开廊架崖广。是时秋之残，暑气尚未敛。群行忘后先，朋息弃拘检。客堂喜空凉，华榻有清簟。涧蔬煮蒿芹，水果剥菱芡。伊余夙所慕，陪赏亦云忝。幸逢车马归，独宿门不掩。

山楼黑无月，渔火灿星点。夜风一何喧，杉桧屡磨飐。犹疑在波涛，怵惕梦成魇。静思屈原沉，远忆贾谊贬；椒兰争妒忌，绛灌共谗诌。谁令悲生肠，坐使泪盈脸。翻飞乏羽翼，指摘因瑕玷。珥貂藩维重，政化类分陕；礼贤道何优，奉己事苦俭。大厦栋方隆，巨川楫行剡。经营诚少暇，游宴固已歉。旅程愧淹留，徂岁嗟荏苒。平生每多感，柔翰遇频染。展转岭猿鸣，曙灯青睒睒（祝本、魏本作"㸒㸒"）。

又如《洞庭湖阻风赠张十一署》曰：

十月阴气盛，北风无时休。苍茫洞庭岸，与子维双舟。雾雨晦争泄，波涛怒相投。犬鸡断四听，粮绝谁与谋！相去不容步，险如碍山丘。清谈可以饱，梦想接无由。男女喧左右，饥啼但啾啾。非怀北归兴,何用胜羁愁。云外有白日,寒光自悠悠;能令暂开霁,过是吾无求(廖本作"无",魏本作"何")。

又如《庭楸》曰:

庭楸止五株,共生十步间。各有藤绕之,上各相钩联;下叶各垂地,树颠各云连。朝日出其东,我常坐西偏;夕日在其西,我常坐东边;当昼日在上,我在中央间。仰视何青青,上不见纤穿。朝暮无日时,我且八九旋。濯濯晨露香,明珠何联联。夜月来照之,蒨蒨自生烟。我已自顽钝,重遭五楸牵。客来尚不见,肯到权门前?权门众所趋,有客动百千;九牛亡一毛,未在多少间。往既无可顾,不往自可怜。

七言古如《山石》曰:

山石荦确行径微,黄昏到寺蝙蝠飞。升堂坐阶新雨足,芭蕉叶大支子肥。僧言古壁佛画好,以火来照所见稀。铺床拂席置羹饭,疏粝亦足饱我饥。夜深静卧百虫绝,清月出岭光入扉。天明独去无道路,出入高下穷烟扉。山红涧碧纷烂漫,时见松枥皆十围。当流赤足蹋涧石,水声激激风吹衣。人生如此自可乐,岂必局束为人靰!嗟哉吾党二三子,安得至老不更归。

又如《李花》二首曰:

平旦入西园,梨花数株若矜夸。旁有一株李,颜色惨惨似含嗟;问之不肯道所以,独绕百匝至日斜。忽忆前时经此树,正见芳意初萌芽。奈何趁酒不省录,不见玉枝攒霜葩。泫然为汝下雨泪,无由反旆羲和车。东风来吹不解颜,苍茫夜气生相遮。冰盘夏荐碧实脆,斥去不御惭其花。

当春天地争奢华,洛阳园苑尤纷拿。谁将平地万堆雪,剪刻作此连天花？日光赤色照未好，明月暂入都交加。夜领张彻投卢同，乘云共至玉皇家。长姬香御四罗列，缟裙练帨无等差。静濯明妆有所奉，顾我未肯置齿牙。清寒莹骨肝胆醒，一生思虑无由邪。

七言绝如《盆池》曰：

老翁真个似童儿，汲水埋盆作小池。一夜青蛙鸣到晓，恰如方口钓鱼时。

莫道盆池作不成，藕梢初种已齐生。从今有雨君须记，来听萧萧打叶声。

池光天影共青青，拍岸才添水数缾。且待夜深明月去，试看涵泳几多星。

又如《晚春》曰：

草树知春不久归，百般红紫斗芳菲。杨花榆荚无才思，惟解漫天作雪飞。

谁收春色将归去？慢绿妖红半不存。榆荚只能随柳絮，等闲撩乱走空园。

此寻常风景而刻画之使诡者也。他如五言古《归彭城》、《县斋有怀》、《岳阳楼别窦司直》、《齪齪》、《落齿》、《崔十六少府摄伊阳以诗及书见投因酬三十韵》、《送侯参谋赴河中幕》、《东都遇春》、《送进士刘师服》、《赠张籍》、《答孟郊》、《泷吏》、《斗鸡联句》，七言古《赠郑兵曹》、《八月十五夜赠张功曹》、《谒衡岳遂宿岳寺题门楼》、《杏花》、《郑群赠簟》、《游青龙寺赠崔大补阙》、《赠崔立之评事》、《醉留东野》、《酬四门卢四兄云夫院长望秋作》、《听颖师弹琴》、《短灯檠歌》，五言排律《叉鱼赠张功曹》，七言绝《和归工部送僧约》、《遣兴》、《镇州初归》、《同水部张员外曲江春游寄白二十二舍人》；粗话说得细，俗语说得俊，无不可咏之景物，无不可抒之情怀，愈粗朴，愈妩媚，戏笑怒骂，皆成文章。李白诗工为比兴，杜甫有赋有比兴；而愈则赋多而比兴少，如《驽骥》、《苦寒》、《双鸟诗》、《月蚀诗效玉川子作》、《猛虎行》、《记梦》等篇，尽是托物寄兴，而尽情刻画，如实有其事；则是比兴之意而赋之体也。杜诗有叙事，有写景，有议论，而愈则叙事多而议论少；尤善叙人物，跌宕昭彰，以史笔为诗篇；七言古如《永贞行》，是一篇《顺宗实录》；而五言古如《送惠师》、《送灵师》、《寄崔二十六立之》、《孟生诗》，七言古如《刘生诗》、《寄卢仝》等篇，不惟其人之声音笑貌，跃跃纸上，呼之欲出；而详次生平，夹叙夹议，则是以诗篇为史传也。奇辞大句，得瑰玮飞腾之气驱之以行，其辞俊迈跌宕而不可以方物。惟《秋怀》十一首，感慨身世，托物寄兴，独为《文选》体，敛而不肆，盖集中之别调；然而气有奇类，力渐浮藻，殆同建安之风骨，而非齐梁之缛丽也。从愈游者，皇甫湜、李翱，雄于文；孟郊、贾岛，工为诗；而张籍独以乐府著名。

张籍，字文昌，和州乌江人。孟郊尝为愈言籍有文章，而愈延见，开怀听说，称以诗曰："张籍学古淡，轩鹤避鸡群。"遂为荐扬，登贞元十五年进士第，累官国子司业。顾籍性狷直，方始缔交，连两书抵愈，责以不宜博塞，及为驳杂之说，论议好胜人而不能著书。愈无以难也。传有《张司业集》八卷。其文多佚，独与愈两书存。属词诘难，易为骏快，而蓄以顿挫；相其笔力，奇崛不如皇甫湜，而矜慎略似；安雅逊于李翱，而迟重胜之。尤喜为诗，而乐府称绝。同时白居易有诗称之曰："张公何为者，业文三十春。尤工乐府词，举代少其伦。"录两首。

节妇吟寄东平李司空

君知妾有夫，赠妾双明珠；感君缠绵意，系在红罗襦。妾家高楼连苑起，良人执戟明光里。知君用心如日月，事夫誓拟同生死。还君明珠双泪垂，恨不相逢未嫁时！

宴客词

上客不用顾金羁，主人有酒君莫违。请君看取园中花，地上渐多枝上稀。山头树绿不见石，溪水无风应更碧。人人齐醉起舞时，谁觉翻衣与倒帻。明朝花尽人已去，此地独来空绕树。

清丽深婉，与元稹、白居易一律，专以道得人心中事为工；但白才多而意切，元体轻而词躁，籍则思深而语婉尔。

李翱，陇西成纪人。娶韩愈从兄弇之女，从愈学为文。而年少于籍，博雅好古。登贞元十四年进士第，累官检校户部尚书，襄州刺史，充山南东道节度。亦以文章见推当时，卒谥曰文，与愈同。生平持论，以为："人号文章为一艺者，乃时世所好之文，或有盛名于近代者是也。其能到古人者，则仁义之辞也，恶得以一艺而名之哉。列天地，立君臣，亲父子，别夫妇，明长幼，浃朋友，六经之旨矣。浩乎若江海，高乎若丘山，赫然若日火，包乎若天地，掇章称咏，津润怪丽，六经之词也。创意造言，皆不相师；故其读《春秋》也，如未尝有《诗》也；其读《诗》也，如未尝有《易》也；其读《易》也，如未尝有《书》也；其读屈原庄周也，如未尝有六经也；故义深则意远，意远则理辩，理辩则气直，气直则词盛，词盛则文工。天下之语文章，有六说焉：其尚异者，则曰文章辞句奇险而已；其好理者，则曰文章叙意苟通而已；其溺于时者，则曰文章必当对；其病于时者，则曰文章不当对；其爱难者，则曰文章宜深不当易；其爱易者，则曰文章宜通不当难。此皆情有所偏，滞而不流，未识文章之所主也。古之人能极于工而已，不知其词之对与否，易与难也。《诗》曰：'忧心悄悄，愠于群小。'此非对也。又曰：'遘闵既多，受侮不少。'此非不对也。《书》曰：'朕圣谗说殄行，震惊朕师。'《诗》曰：'菀彼柔桑，其下侯旬。将采其刘，瘼此下人。'此非易也。《书》曰：'允恭克让，光被四表，格于上下。'《诗》曰：'十亩之间兮，桑柘闲闲兮，行与子旋兮。'此非难也。学者不知其方，而称说云云，如前所陈者，非吾之敢闻也。六经之后，百家之言，与老聃、列御寇、庄周、鹖冠、田穰苴、孙武、屈原、宋玉、孟轲、吴起、商鞅、墨翟、鬼谷子、荀况、韩非、李斯、贾谊、枚乘、司马迁、相如、刘向、扬雄，皆足以自成一家之文，学者之所师归也。故义虽深，理虽当，词不工者不成文，宜不能传也。文、理、义三者兼并，乃能独立于一时，而不泯灭于后代，能必传也。陆机曰：'怵他人之我先。'韩退之曰：'惟陈言之务去。'假令述笑哂之状曰'莞尔'，则《论语》言之矣；曰'哑哑'，则《易》言之矣；曰'粲然'，则《谷梁子》言之矣；曰'攸尔'，则班固言之矣；曰'辴然'，则左思言之矣；吾复言之，与前文何以异也？此创意造言之大归。然吾所以不协于时而学古文者，悦古人之行也；悦古人之行者，爱古人之道也。故学其言，不可以不行其行；行其行，不可以不重其道；重其道，不可以不循其礼。"又自言"所叙《高愍女》、《杨烈妇传》，不在班孟坚、蔡伯喈下。"传有《李文公集》十八卷。其文章弈弈清畅，俯仰有度，不似愈之猖狂恣睢，肆意有所作。而所为《韩愈行状》，当为集中第一篇文字；只是从幼到老，顺次叙去，而提挈顿挫，自然起伏，明归有光论《史记》如平地忽见高山，如地高高下下相因，乃去得长，如水平平流去，忽然遇石激起来。而读翱《韩愈行状》，波澜意境，乃真如此。其他如《故东川节度使卢公传》、《赠司空柏公神道碑》、《赠左仆射傅公神道碑》、《赠司空杨公墓志铭》、《赠工部尚书武公墓志铭》，凝重而不伤板滞，平直而致有波澜，亦为集中之胜。大抵翱之文，不宜驰骋，不适铺排，只宜顺理成章，自然安而得遒。《故处士侯君墓志》、《叔氏墓志铭》、《昌黎韩君夫人京兆韦氏墓志铭》，则又拗峭之笔，饶有妩媚，别出机杼，而脱胎愈《赠司勋员外郎孔君》、《试大理评事王君》两墓志笔意者也。至《高愍女碑》、《杨烈妇传》，翱自谓不在班孟坚蔡伯喈下；然以议论为波澜，既太著迹；而尤病在不能强，又不安于弱；既不能为孟轲太史公之勇猛健举，又不如班固蔡邕之优游缓节，一振不起，便觉声嘶力竭；此如秦武王无乌获之力，而为乌获之举鼎，不免绝脰；天分所限，无可如何。《杨烈妇传》以议论作结，而重系以《赞曰》，更叠床架屋，不免刘子玄所讥矣。

皇甫湜，字持正，睦州新安人。元和元年擢进士第，累官工部郎中，传有《皇甫持正集》六卷。其为文章，与李翱同出韩愈。翱得愈之醇雅，而湜得愈之奇崛。翱文章贵平正，而湜议论务为奇怪；翱文章求洁净，而湜词笔不湔缛藻。集中答翱三书，盛气攻辨，其大指以为："意新则异于常，异于常则怪矣。词高则出众，出众则奇矣。虎豹之文，不得不炳于犬羊；鸾凤之音，不得不锵于乌鹊；金玉之光，不得不炫于瓦石；非有意先之也，乃自然也。夫文者非他，言之华者也。其用在通理而已，固不务奇。然言亦可以通理矣，而以文为贵者，无他，文则远，无文即不远也。以非常之文，通至正之理，是所以不朽也！《书》之文不奇，《易》之文可谓奇矣，岂碍理伤圣乎！如'龙战于野，其血玄黄'，'见豕负涂，载鬼一车'，'突如其来如，焚如，死如，弃如'，此何等语也！"今观所作，欲学韩愈之怪怪奇奇，而不能；识议文笔，不如李翱远甚；而矜己自足过之。李翱《帝王所尚问》，仿韩愈《对禹问》；《知凤》仿《获麟解》；尚是仿其体格。而湜则《孟荀言性论》，直袭《原性》三品之说；《上江西李大夫书》，直袭《与于襄阳书》"上之人负其位，下之人负其才"之辞；不惮公然抄袭。然愈纵笔一挥，如兔起鹘落，捉拿不住；而湜则跬步左次，无一句活脱；驽之视雄，何啻跛鳖之与骐骥。徒以气矜之隆，有意奥奇，襞积字句，而无大力控抟，转成拙累。叙事不见端委，而拗调涩句，刺口棘舌；议论亦无本末，而矜气夸调，连篇累章；惟《韩文公墓铭》，字铸句练，敩韩愈《曹成王碑》、《贞曜先生墓志铭》笔意，无一率语，字字如履危崖而下；然骨重而神流，遥逸横生。他未能称也。夫韩愈之文，所以开八家之宗而不为伧野者，在运气以驭辞，又铸辞以凝气，所以疏而能密，雄而不快。李翱得其笔而辞未雄，皇甫湜敩其辞而气不疏。迄唐之末也，关东孙樵，自称"得为文真诀于来无择，来无择得之于皇甫持正，皇甫持正得之于韩吏部退之"。其论文一主于奇,承皇甫湜之绪。然清言奥旨,出以融铸,笔峭而韵流,不以削薄为嫌,远胜皇甫之肤字缛句,硬砌生填,无裨文采,徒为冗累。皇甫以文句涩艰为奇,樵则以笔势紧健为奇。皇甫之学韩,不能古健而为艰涩;而樵之学韩,不能雄茂而为峻削。皇甫不免于滞,樵则往往遒变,可谓青出于蓝矣。有集十卷行世。

孟郊与韩愈友善,愈文至高而郊长于五言,时号孟诗韩笔。郊,字东野,湖州武康人。愈赋《荐士诗》以称之;又曰:"郊以其诗鸣,其高出魏晋,不懈而及于古。"传有《孟东野集》十卷。其为诗,工于凄寂之音,比兴之词,独长五言。如《遣兴》曰:

> 弦贞五条音,松直百尺心。贞弦含古风,直松凌高岑。浮声与狂葩,胡为欲相侵?

又如《寓言》曰:

> 谁言碧山曲,不废青松直。谁言浊水泥,不污明月色。我有松月心,俗骋风霜力;贞明既如此,摧折安可得。

又如《偶作》曰:

> 利剑不可近,美人不可亲。利剑近伤手,美人近伤身。道险不在广,十步能摧轮。情忧不在多,一夕能伤神。

以质出炼,拗直成峭,短于蓄势,而善使劲;不能运气,而为炼格;诗骨甚遒,诗涛未壮。昔人称陶潜诗跌宕昭彰,独超众类;而吾观郊之诗抑遏蔽掩,乃见孤诣。观其《戏赠无本》,有句云:"诗骨耸东野,诗涛涌退之",所以自许者固自有在。愈之诗,猖狂恣睢,肆意有所作;而郊则敛雄为遒,出之矜炼,欲以少许胜多许,此诗涛之所以涌退之,而郊欲避所短而不犯者也。他如《长安羁旅行》、《送远吟》、《古薄命妾》、《古怨别》、《伤春》、《夜感自遣》、《秋怀》、《梦泽行》、《京山行》、《赠崔纯亮》、《峡哀》

诸篇,凄戾之词,清拔之气,固是情与景称,辞与题称。然亦有风物妍华,不害古直,而出以凄戾者;如《古乐府》曰:

> 夭桃花清晨,游女红粉新。夭桃花薄暮,游女红粉故。树有百年花,人无一定颜;花送人老尽,人悲花自闲。

亦有风物妍华,不为凄戾,而抒以婉媚者;如《邀人赏蔷薇》曰:

> 蜀色庶可比,楚丛亦应无。醉红不自力,狂艳如索扶。丽蕊惜未扫,宛枝长更纤。何人是花侯,诗老强相呼。

亦有辞气清拔,不为凄戾,而发为萧旷者;如《游终南龙池寺》曰:

> 飞鸟不到处,僧房终南巅。龙在水长碧,雨开山更鲜。步出白日上,坐依清溪边。地寒松桂短,石险道路偏。晚磬送归客,数声落遥天。

又如《送豆卢策归别墅》曰:

> 短松鹤不巢,高石云不栖。君今潇湘去,意与云鹤齐。力买奇险地,手开清浅溪;身披薜荔衣,山陟莓苔梯。一卷冰雪文,避俗常自携。

亦有辞气敦厚,不为凄戾,而出以深挚者;如《静女吟》曰:

> 艳女皆妒色,静女独检踪。任礼耻任妆,嫁德不嫁容。君子易求品,小人难自从。此志谁与谅,琴弦幽韵重。

又如《游子吟》曰:

> 慈母手中线,游子身上衣。临行密密缝,意恐迟迟归。谁言寸草心,报得三春晖!

又如《山中送从叔简》曰:

> 莫以手中琼,言邀世上名;莫以山中迹,永向人间行。松柏有霜操,风泉无俗声。应怜枯朽质,惊此别离情。

又如《送丹霞子阮芳颜上人归山》曰:

> 松色不肯秋,玉性不可柔。登山须正路,饮水须直流。倩鹤附书信,索云作衣裘。仙村莫道远,枉策招交游。

韩愈之诗,粗语说得朴,常情写得诡;而郊之诗,直笔拗之曲,浅意抑之深。及郊之死,而愈极称贾岛,有诗云:"孟郊死葬北邙山,日月风云顿觉闲。天恐文章浑断绝,再生贾岛在人间。"盖二人幽峭之致有相同也。"郊寒岛瘦"遂以骈称。

贾岛,字浪仙,范阳人。应试不第,遂为僧,即无本也。旋去浮屠,举进士,官遂州长江主簿。传有《长江集》十卷。其为诗力铲浮艳,刻意生炼,凄戾之音,清拔之气,与孟郊声气应求。而郊工五古,岛工五律;五古则意不如郊之炼得深,格不如郊之炼得遒,差可诵者,如《朝饥》,有遒格而意不渊永;《望山》、《寄迹》、《玩月》、《客喜》四篇,有生意而篇不遒发。其他语虽瘦硬,意未通神,所以郊笔峭而味永,岛体拗而意率也。五言律如《山中道士》、《寄白阁默公》、《题李凝幽居》、《题青龙寺镜公房》、《送金州鉴周上人》、《送谭远上人》、《寄山友长孙栖峤》、《马戴居华山因寄》、《宿山寺》九篇,融情入景,炼语归凝,不为凄苦,自臻幽秀,戛戛独造,南宋永嘉四灵徐照、徐玑、翁卷、赵师秀之所由出也。录五律三首:

寄白阁默公

已知归白阁,山远晚晴看。石室人心静,冰潭月影残。微云分片灭,古木落薪干。后夜谁闻磬,西峰绝顶寒。

马戴居华山因寄

玉女洗头盆,孤高不可言;瀑流莲岳顶,河注华山根。绝雀林藏鹘,无人境有猿。秋蟾才过雨,石上古松门。

宿山寺

众岫耸寒色,精庐向此分。流星透疏木,走月逆行云。绝顶人来少,高松鹤不群。一僧年八十,世事未曾闻。

同一生炼,而孟郊直笔拗之曲;岛则舒笔欲为直。同一幽僻,而孟郊浅意抑之深;岛则幽境欲为显。苏绛为《岛墓志》,称:"所著文篇,不以新句绮靡为意,淡然蹑陶谢之踪,片云独鹤,高躅尘表。"然岛以质出新,以瘦救靡,略同元亮之简澹,而非康乐之排比。特元亮跌宕昭彰,气舒而骨劲,味厚而神和;岛则瘦硬局促,貌癯而骨削,境幽而神郁;此其所以异也。

姚合,陕州人。《长江集》中《酬姚合校书》所谓"美酒倾易尽,好诗难卒酬"者也;举元和十一年进士,调武功主簿;以《武功县诗》三十首,为世传诵,后官至秘书少监,诗家终谓之姚武功,相习而不改也。传有《姚少监诗集》十卷。其诗亦即称武功体,不如岛之为凄苦;而务为瘦炼,抒以清拔,冥搜物象,刻意苦吟,则与岛为同调。五古不如五律,而五律尤刻意于中二联,亦与岛如一辙。集中《别贾岛》云:"野客狂无过,诗仙瘦始真。"《寄贾岛》云:"狂发吟如哭,愁来坐似禅。新诗有几首,旋被世人传。"《寄贾岛时任普州司仓》云:"吟寒应齿落,才峭自名垂。"倾倒可知已;宜其诗之吟寒而才峭以与同调也。五言古如《寄狄拾遗时魏州从事》曰:

少在兵马间,长还系戎职。鸡飞不得远,岂要生羽翼。三年城中游,与君最相识;应知我中肠,不苟念衣食。主人树勋名,欲灭天下贼。愚虽乏智谋,愿陈一人力。人生须气健,饥冻缚不得。睡当一席宽,觉乃千里窄。古人不惧死,所惧死无益。至交不可合,一合难离坼。君尝相劝勉,苦语毒胸臆。百年心如披,谁限河南北。

生峭而出以警发,志气盘桓,胜孟郊之逼仄。而五言律如《送殷遥藩侍御游山南》曰:

诗境西南好,秋深昼夜蛩。人家连水影,驿路在山峰。谷静云生石,天寒雪覆松。我为公府系,不得此相从。

又如《过无可上人院》曰:

寥寥听不尽,孤磬与疏钟,烦恼师长别,清凉我暂逢。蚁行经古藓,鹤毳落深松。自想归时路,尘埃复几重。

七言律如《送别友人》曰:

独向山中觅紫芝,山人勾引住多时。摘花浸酒春愁尽,烧竹煎茶夜卧迟。泉落林梢多碎滴,松生石底足旁枝。明朝却欲归城市,问我来时总不知。

则又警炼之语,幽秀之格,而皆工于发端。南宋四灵,奉以为宗;而炼意炼格之未能,遂炼字句,可惋在碎;而有警语,罕遘篇矣。

李贺,字长吉,昌谷人。于时孟郊贾岛诗,以幽峭变韩愈;而李贺则以诡丽变韩愈。贺七岁能辞章,名动京邑。韩愈皇甫湜览其作,奇之而未信;遂相过其家,使赋诗。贺欣然援笔,赋《高轩过》,辞曰:

华裾织翠青如葱,金环压辔摇玲珑,马蹄殷耳声隆隆,入门下马气如虹。云是东京才子,文章巨公。二十八宿罗心胸,九精照耀贯当中。殿前作赋声摩空,笔补造化天无功。庞眉书客感秋蓬,谁知死草生华风。我今垂翅附冥鸿,他日不羞蛇作龙。

二人大惊,自是有名。以父名晋肃,或以为不得举进士;愈为作《讳辩》;然亦卒不就举。辞尚奇诡,而工乐府,为数十篇,合之弦管;官协律郎。传有《歌诗编》四卷,附《集外诗》一卷。其为诗亦如郊岛之衍韩愈而别出一体；不能为愈之雄怪，而出以诡奇；不能如愈之纵恣，而敛为矜炼，凄戾之音，危仄之体，与郊岛不同而同；不同者，辞有华朴；而同者，笔之拗涩也。惟郊岛五言，贺则乐府。郊岛以清峭为铸炼，不贵绮错；贺则以雕藻为铸炼，务求诡丽。郊岛取意眼前之情景，而出以精思；贺则好为虑表之诞幻，而语必生造。如《雁门太守行》曰：

　　黑云压城城欲摧，甲光向日金鳞开。角声满天秋色里，塞上燕脂凝夜紫。半卷红旗临易水，霜重鼓寒声不起。报君黄金台上意，提携玉龙为君死！

又如《苦昼短》曰：

　　飞光，飞光，劝尔一杯酒。吾不识青天高，黄地厚。惟见月寒日暖，来煎人寿。食龙则肥，食蛙则瘦。神君何在？太一安有？天东有若木，下置衔烛龙。吾将斩龙足，嚼龙肉；使之朝不得回，夜不得伏；自然老者不死，少者不哭。何为饵黄金，吞白玉？谁似任公子，云中骑碧驴。刘彻茂陵多滞骨，嬴政梓棺费鲍鱼。

无一笔肯坦迤，无一语不绮错，其辞若可解，若不可解，其意有可测，有不可测。五言如《咏怀》、《走马引》、《赠陈商》、《绿水辞》、《休洗红》，七言如《雁门太守行》、《苦昼短》及《南山田中行》、《宫娃辞》、《致酒行》、《开愁歌》、《公无出门》、《官不来》、《江楼曲》、《野歌》、《将进酒》、《美人梳头歌》诸篇，辞若可解，意有可测；然而跌宕俊迈，不可方物。其中五言之《赠陈商》，七言之《致酒行》、《官不来》，不为雕藻而特廉悍，直是《昌黎集》中诗篇；而《苦昼短》，奇想天开，亦昌黎《双鸟》、《月蚀》之流亚也。其他所作，饰夷以艰，袭昭以幽，易常以异，有意为之，不免意以辞夺，务为艰深，猝未易晓。宋刘辰翁好贺诗，谓"可以意会而不可以言诠"；然细籀其意，亦无甚深微妙。吴正子笺注，无可推详，亦只不解解之；此与樊宗师之文，好为险僻，同一舍康庄而走羊肠。盖唐至元和，诗势已尽！杜甫力破余地，韩愈弥以奇险；后来者欲居其上，而无可陵驾，不得不曲径通幽，别出奇兵，郊岛然，而贺亦然。元张枢《跋樊宗师绛守居园池记》，谓："宗师与韩柳同时，又相好也，视二氏之逸驾绝足，瞠乎若恐后之；将掉鞅争先，则力之不及，欲俯仰袭沿，则耻为之下。于是瘁心竭液，恢诡险僻，务奇以掩之。"而贺之诗，与宗师之文，同一务奇。惟贺气词警迈，为胜宗师；而宗师文落滞相，气不足以运其辞，徒为诡僻。及至诡无可诡，诗境穷而必变；于是元稹、白居易，以乐易广博救危仄，以切近的当变诡异，诗格不能不谓之卑，而诗体不得不谓之大也。

樊宗师，字绍述，南阳人。为文吊诡，与常人不同；韩愈所为志其墓，谓"必以己出为贵，不袭蹈前人一字一句"者也。元和之后，文笔则学奇于韩愈，学涩于樊宗师。而愈之子昶，读宗师文而慕之；一旦为文，宗师大奇；其文中字或出于经史之外，宗师读不能通，昶以自喜也。宗师传有《蜀绵州越王楼诗并序》及《绛守居园池记》；而《绛守居园池记》，播诵人间，注家纷纭，推测钩贯，罔适定论焉。

柳宗元，字子厚，其先盖河东人。与韩愈同时，而文章差颉颃者，盖莫如柳宗元。宗元少聪警绝众，尤精西汉诗骚，下笔构思，与古为侔。贞元九年，登进士第，举博学鸿辞科，授校书郎，调蓝田尉。议论证据今古。为监察御史里行，善王叔文、韦执谊。二人者奇其才。及得政，引内禁近，与计事；转尚书礼部员外郎。俄而叔文败，与同辈刘禹锡、吕温等七人俱贬，而宗元为邵州刺史，在道，再贬永州司马。既罹窜逐，益自刻苦，务记览，为词章，泛滥渟蓄，为深博无涯涘，而自肆于山水间。乃作《始得西山宴游记》曰：

　　自余为僇人，居是州，恒惴栗。其隙也则施施而行，漫漫而游。日与其徒上高山，入深林，穷回溪，幽泉怪石，无远不到。到则披草而坐，倾壶而醉；醉则更相枕以卧。意有所极，梦亦同趣。觉而起，起而归；以为凡是州之山有异态者，皆我有也；而未始知西山之怪特。

今年九月二十八日，因坐法华西亭，望西山，始指异之。遂命仆过湘江，缘染溪，斫榛莽，焚茅茷，穷山之高而止。攀援而登，箕踞而遨，则凡数州之土壤，皆在衽席之下。其高下之势，岈然洼然，若垤若穴，尺寸千里，攒蹙累积，莫得遁隐，萦青缭白，外与天际，四望如一。然后知是山之特出，不与培塿为类，悠悠乎与颢气俱，而莫得其涯；洋洋乎与造物者游，而不知其所穷。引觞满酌，颓然就醉，不知日之入；苍然暮色，自远而至，至无所见，而犹不欲归。心凝形释，与万化冥合。然后知吾向之未始游，游于是乎始，故为之文以志。是岁元和四年也。

钴鉧潭记

钴鉧潭在西山西，其始盖冉水自南奔注，抵山石，屈折东流，其颠委势峻，荡击益暴，啮其涯，故旁广而中深，毕至石乃止。流沫成轮，然后徐行。其清而平者且十亩，有树环焉，有泉悬焉。其上有居者，以予之亟游也，一旦款门来告曰："不胜官租私券之委积，既芟山而更居；愿以潭上田，贸财以缓祸。"予乐而如其言。则崇其台，延其槛，行其泉于高者坠之潭，有声潀然；尤与中秋观月为宜，于以见天之高，气之迥。孰使予乐居夷而忘故土者，非兹潭也欤？

钴鉧潭西小丘记

得西山后八日，寻山口西北，道二百步，又得钴鉧潭。潭西二十五步，当湍而浚者为鱼梁。梁之上有丘焉，生竹树。其石之突怒偃蹇，负土而出，争为奇状者，殆不可数。其嵚然相累而下者，若牛马之饮于溪；其冲然角列而上者，若熊罴之登于山。丘之小不能一亩，可以笼而有之。问其主，曰："唐氏之弃地，货而不售。"问其价，曰："止四百。"余怜而售之。李深源、元克己时同游，皆大喜出自意外。即更取器用，铲刈秽草，伐去恶木，烈火而焚之；嘉木立，美竹露，奇石显。由其中以望，则山之高，云之浮，溪之流，鸟兽鱼之遨游，举熙熙然回巧献技，以效兹丘之下。枕席而卧，则清泠之状与目谋，潜潜之声与耳谋，悠然而虚者与神谋，渊然而静者与心谋。不匝旬而得异地者二，虽古好事之士或未能至焉。

噫！以兹丘之胜，致之沣、镐、鄠、杜，则贵游之士争买者，日增千金而愈不可得。今弃是州也，农夫渔父过而陋之；价四百，连岁不能售。而我与深源、克己，独喜得之。是其果有遭乎？书于石，所以贺兹丘之遭也。

至小丘西小石潭记

从小丘西行百二十步，隔篁竹，闻水声，如鸣珮环，心乐之。伐竹取道，下见小潭，水尤清冽；全石以为底，近岸卷石底以出，为坻，为屿，为嵁，为岩。青树翠蔓，蒙络摇缀，参差披拂。潭中鱼可百许头，皆若空游无所依，日光下澈，影布石上，佁然不动，俶尔远逝，往来翕忽，似与游者相乐。潭西南而望，斗折蛇行，明灭可见。其岸势犬牙参互，不可知其源。

坐潭上，四面竹树环合，寂寥无人，凄神寒骨，悄怆幽邃。以其境过清，不可久居，乃记之而去。同游者吴武陵、龚古，余弟宗玄。隶而从者，崔氏二小生，曰恕己，曰奉壹。

袁家渴记

由冉溪西南，水行十里，山水之可取者五，莫若钴鉧潭。由溪口而西，陆行，可取者八九，莫若西山。由朝阳岩东南，水行至芜江，可取者三，莫若袁家渴。皆永中幽丽奇处也。楚越之间，方言谓水之反流者为渴，音若衣褐之褐。渴上与南馆高嶂合，下与百家濑合。其中重洲小溪，澄潭浅渚，间厕曲折；平者深黑，峻者沸白。

舟行若穷,忽又无际。

有小山出水中,山皆美石,石上生青丛,冬夏常蔚然。其旁多岩洞,其下多白砾。其树多枫柟石楠,楩槠樟柚;草则兰芷。又有异卉,类合欢而蔓生,轇轕水石。每风自四山而下,振动大木,掩苒众草,纷红骇绿,蓊勃香气,冲涛旋濑,退贮溪谷,摇扬葳蕤,与时推移。其大都如此,余无以穷其状。永之人未尝游焉。余得之不敢专也,出而传于世。其地世主袁氏,故以名焉。

石渠记

自渴西南行不能百步,得石渠,民桥其上。有泉幽幽然,其鸣乍大乍细。渠之广,或咫尺,或倍尺;其长可十许步。其流抵大石,伏出其下。逾石而往,有石泓,菖蒲被之,青鲜环周。又折西行,旁陷岩石下,北堕小潭。潭幅员减百尺,清深多倏鱼。又北曲行纡余,睨若无穷,然卒入于渴。其侧皆诡石怪木,奇卉美箭,可列坐而休焉。风摇其巅,韵动崖谷,视之既静,其听始远。

予从州牧得之,揽去翳朽,决疏土石,既崇而焚,既酾而盈。惜其未始有传焉者,故累记其所属,遗之其人,书之其阳,俾后好事者,求之得以易。元和七年正月八日,蠲渠至大石;十月十九日,逾石得石泓小潭,渠之美于是始穷也。

石涧记

石渠之事既穷,上由桥西北,下土山之阴,民又桥焉;其水之大,倍石渠三之。巨石为底,达于两涯,若床若堂,若陈筵席,若限阃奥。水平布其上,流若织文,响若操琴。揭跣而往,折竹扫陈叶,排腐木,可罗胡床十八九居之,交络之流,触激之音,皆在床下。翠羽之木,龙鳞之石,均荫其上。古之人其有乐乎此邪?后之来者有能追余之践履邪?得意之日,与石渠同。

由渴而来者,先石渠,后石涧。由百家濑上而来者,先石涧,后石渠。洄之可穷者，皆出石城村东南，其间可乐者数焉。其上深山幽林，逾峭险，道狭，不可穷也。

小石城山记

自西山道口径北，逾黄茅岭而下，有二道：其一西出，寻之无所得。其一少北而东，不过四十丈，土断而川分，有积石横当其垠。其上为睥睨梁欐之形；其旁出堡坞，有若门焉，窥之正黑，投以小石，洞然有水声，其响之激越，良久乃已。环之可上，望甚远；无土壤而生嘉树美箭，益奇而坚。其疏数偃仰，类智者所施设也。

噫！吾疑造物者之有无久矣，及是愈以为诚有。又怪其不为之于中州，而列是夷狄，更千百年不得一售其伎，是固劳而无用，神者傥不宜如是，则其果无乎？或曰："慰夫贤而辱于此者"。或曰："其气之灵，不为伟人，而独为是物；故楚之南，少人而多石。"是二者余未信之。

其埋厄感郁，一寓诸文，读者咸悲恻。然众畏其才高，惩刘复进，无为用力者。雅善京兆尹许孟容、翰林萧俛、李建，诒书言情，沉郁顿挫，不亚太史公《报任少卿书》也。既而移柳州刺史；其为文思益深，尝著书一篇，号《贞符》。宗元少时嗜进，谓功业可就；既坐废，遂不振，然其才实高。所为《封建论》，囊括古今，笔势纵放，惟贾生《过秦论》足与相当，体大而思精，实天下之奇作；而原本生人之初，义与《贞符》相发；惟《贞符》雅健，而《封建论》则雄深；《贞符》肃穆，而《封建论》则恣肆；奥如旷如，各臻其妙。宗元为《永州龙兴州东丘记》曰："游之适，大率有二，旷如也，奥如也。"可以喻其文境。《贞符》，奥如也；《封建论》，旷如也。衡湘以南为进士者，皆以宗元为师；其经承宗元口讲指画，为文词者皆有法度可观。宗元有《答韦中立论师道书》曰：

二十一日，宗元白：辱书云欲相师。仆道不笃，业甚浅近，环顾其中,未见可师者;虽尝好言论为文章,甚不自是也。不意吾子自京师来蛮夷间,乃幸见取。仆自卜固无取,假令有取,亦不敢为人师。为众人师且不敢,况敢为吾子师乎?孟子称"人之患,在好为人师"。由魏晋氏以下,人益不事师。今之世不闻有师,有辄哗笑之以为狂人。独韩愈奋不顾流俗,犯笑侮,收召后学,作《师说》,因抗颜而为师。世果群怪聚骂,指目牵引,而增与为言词。愈以是得狂名,居长安,炊不暇熟,又挈挈而东,如是者数矣。屈子赋曰:"邑犬群吠,吠所怪也。"仆往闻庸蜀之南,恒雨,少日;日出则犬吠。余以为过言。前六七年,仆来南二年,冬幸大雪,逾岭,被南越中数州;数州之犬,皆苍黄吠噬,狂走者累日,至无雪乃已。然后始信前所闻者。今韩愈既自以为蜀之日,而吾子又欲使吾为越之雪,不以病乎?非独见病,亦以病吾子。然雪与日岂有过哉?顾吠者犬耳。度今天下不吠者几人,而谁敢衒怪于群目,以召闹取怒乎?

仆自谪过以来,益少志虑。居南中九年,增脚气病,渐不喜闹,岂可使呶呶者早暮咈吾耳,骚吾心;则固僵仆烦愦,愈不可过矣。平居望外遭齿舌不少,独欠为人师耳。抑又闻之,古者重冠礼,将以责成人之道,是圣人所尤用心者也。数百年来,人不复行。近有孙昌允者,独发愤行之。既成礼,明日造朝,至外廷,荐笏言于卿士曰:"某子冠毕。"应之者咸怃然。京兆尹郑叔,则怫然曳笏却立曰:"何预我耶?"廷中皆大笑。天下不以非郑尹而快孙子,何哉?独为所不为也。今之命师者大类此。

吾子行厚而辞深,凡所作皆恢恢然有古人形貌,虽仆敢为师,亦何所增加也?假而以仆年先吾子,闻道著书之日不后,诚欲往来言所闻,则仆固愿悉陈中所得者,吾子苟自择之,取某事,去某事,则可矣。若定是非以教吾子,仆材不足,而又畏前所陈者,其为不敢也决矣。吾子前所欲见吾文,既悉以陈之,非以耀明于子,聊欲以观子气色，诚好恶何如也。今书来言者皆大过。吾子诚非佞誉诬谀之徒，直见爱甚故然耳。

始吾幼且少，为文章以辞为工；及长，乃知文者以明道，是固不苟为炳炳烺烺，务采色，夸声音而以为能也。凡吾所陈皆自谓近道，而不知道之果近乎远乎？吾子好道而可吾文，或者其于道不远矣？故吾每为文章：未尝敢以轻心掉之，惧其剽而不留也；未尝敢以怠心易之，惧其弛而不严也；未尝敢以昏气出之，惧其昧没而杂也；未尝敢以矜气作之，惧其偃蹇而骄也。抑之欲其奥，扬之欲其明，疏之欲其通，廉之欲其节，激而发之欲其清，固而存之欲其重，此吾所以羽翼夫道也。本之《书》以求其质，本之《诗》以求其恒，本之《礼》以求其宜，本之《春秋》以求其断，本之《易》以求其动，此吾所以取道之原也。参之《穀梁》氏以厉其气，参之《孟》《荀》以畅其支，参之《庄》《老》以肆其端，参之《国语》以博其趣，参之《离骚》以致其幽，参之太史以著其洁，此吾所以旁推交通而以为之文也。凡若此者，果是耶，非耶，有取乎，抑其无取乎？吾子幸观焉择焉，有余以告焉；苟亟来以广是道，子不有得焉，则我得矣，又何以师云尔哉！取其实而去其名，无招越蜀吠怪，而为外廷所笑，则幸矣。宗元复白。

盖所以自道者如此。传有《柳先生集》四十三卷，《别集》二卷，《外集》二卷。韩愈评其文曰："雄深雅健似司马子长，崔蔡不足多也。"而宗元之论韩愈，则谓："退之所敬者，司马迁、扬雄。迁于退之，固相上下。若雄者，如《太玄》、《法言》及《四愁赋》，退之独未作耳；决作之，加恢奇。至他文过扬雄远甚。雄文遣言措意，颇短局滞涩；不若退之猖狂恣睢，肆意有所作。"互相推挹；而愈所穷年孜兀者，为《尚书》、《诗》三百篇、《庄子》、《离骚》、《太史公》、扬雄诸家；宗元之所致力，则在《尚书》、《诗》三百篇、《左传》、《国语》、《离骚》、《汉书》、扬雄之书。议论之文,韩愈雄肆而尽,宗元辩核而裁;若论持之有故,言之成理,则韩不如柳。何者？韩愈善用奇以畅气势,宗元工为偶以相比勘。韩愈急言竭论,孤行一意以发其辞;宗元比事属辞,巧设两端以尽其理。韩愈辞胜于理,宗元理胜于辞。昔贤以为辩者,别殊类,使不相害;序异端,使不相乱：柳子有焉。若韩公则烦辞以相假,饰辞以相惇,巧譬以相移,引人声使不得及其意尔。碑志之文,韩愈事多实叙而驶以奇,乃用太史公之传体;宗元语为虚美而凝以骈,厥承蔡伯喈之碑制;顾亦有袭徐庾体者,《南府君霁云睢阳庙碑》、《张公舟墓志铭》,是也。而《南府君庙碑》特奇伟;入后震荡以议论,堆砌化为烟云,笔力横恣,徐庾之所未逮者焉。韩愈服膺儒者,而宗元兼通佛学,于《南岳大明寺律和尚碑》之《碑阴》,称："凡葬大浮图,其徒广则能为碑。晋宋尚法,故为碑者多法。梁尚禅,故碑多禅。法不周施,禅不大行,而律存焉,故近世碑多律。"于时,禅宗衰而律代兴也。其为《龙安海禅师碑》曰：

佛之生也,远中国仅二万里;其没也,距今兹仅二千岁;故传道益微,而言禅最病。拘则泥乎物,诞则离乎真,真离而诞益胜。故今之空愚失惑,纵傲自我者,皆诬禅以乱其教,冒于嚣昏,放于淫荒。其异是者,长沙之南曰龙安师。

师之言曰："由迦叶至师子,二十三世而离,离而为达摩;由达摩至忍,五世而益离,离而为秀、为能,南北相訾,反戾斗狠,其道遂隐。呜呼,吾将合焉！且世之传书,皆马鸣、龙树道也;二师之道,其书具存。征其书,合于志,可以不愿。"于是北学于惠隐,南求于马素,咸黜其异以蹈乎中,乖离而愈同,空洞而益实;作《安禅通明论》,推一而适万,则事无非真;混万而归一,则真无非事;推而未尝推,故无适;混而未尝混,故无归。块然趣定,至于旬时,是之谓施用;茫然同俗,极乎流动,是之谓真常。居长沙,在定十四日,人即其处而成室宇,遂为宝应寺。去于湘之西,人又从之,负大木,砻密石,以益其居,又为龙安寺焉。尚书裴公某、李公某,侍郎吕公某、杨公某,御史中丞房公某,咸尊师之道,执弟子礼。凡年八十一,为僧五十三,元和三年二月九日而没。

其弟子玄觉洎怀直、浩初等状其师之行,谒余为碑。曰:师,周姓,如海名也,世为士。父曰择交,同州录事参军。叔曰择从,尚书礼部侍郎。师始为释,其父违之志,使仕,至成都主簿,不乐也。天宝之乱,复其初心。尝居京师西明寺,又居峋嵝山,终龙安寺,葬其原。铭曰:

浮图之修,其奥为禅。殊区异世,谁得其传?遁隐乖离,浮游散迁;莫征旁行,徒听浮言。空有互斗,南北相残。谁其会之,楚有龙安。龙安之德,惟觉是则,苞并绝异,表正失惑。貌昧形静,功流无极,动言有为,弥寂而默。祠庙之严,我居不饰。贵贱之来,我道无得。逝耶匪追,至耶谁抑?惟世之几,惟道之微;既陈而明,乃去而归。象物徒设,真源无依。后学谁师,呜呼兹碑。

又为《南岳云峰寺和尚碑》曰:

乾元元年某月日,皇帝曰:"予欲俾慈仁怡愉,怡于生人,惟浮图道允迪。"乃命五岳求厥元德,以仪于下。惟兹岳上于尚书,其首曰云峰大师法证,凡莅事五十年,贞元十七年乃没。其徒曰诠、曰远、曰振、曰巽、曰素,凡三千余人。其长老咸来言曰:"吾师轨行峻特,器宇弘大。有来受律者,吾师示之以为尊严整齐,明列义类,而人知其所不为。有来求道者,吾师示之以为高广通达,一其空有,而人知其所必至。元臣硕老,稽首受教,髫童毁齿,踊跃执役,故从吾师之命而度者凡五万人。吾师冬不燠裘,饥不丰食;每岁会其类读群经,俾圣言毕出,有以见其大。又率其件,伐木辇土,作佛塔庙,洎刊经与,俾像法益广,有以见其用。将没,告门人曰:'吾自始学至去世,未尝有作焉。'然后知其动无不虚,静无不为,生而未始来,殁而未始往也。其道备矣。愿刻山石,知教之所以大。"其词曰:

师之教,尊严有耀。恭天子之诏,维大中以告,后学是效。师之德,简峻渊默,柔惠以直;涣焉而不积,同焉而皆得,兹道惟则。师之功,勤劳以庸,维奥秘必通,以兴祠官,遐迩攸从。师之族,由虢而郭,世德有奕,从佛于释。师之寿,七十有八,惟终始罔缺,丕冒遗烈。厥徒蒸蒸,维大教是膺,维宪言是征。溥博恢弘,如川之增,如云之兴,如岳之不崩,终古其承之。

又为《南岳大明寺律和尚碑》曰:

儒以礼立仁义,无之则坏。佛以律持定慧,去之则丧。是故离礼于仁义者,不可与言儒。异律于定慧者,不可与言佛。达是道者,惟大明师。师姓欧阳氏,号曰惠开,唐开元二十一年始生,天宝十一载始为浮图,大历十一年始登坛为大律师,贞元十三年十一月十一日卒。元和九年正月,其弟子怀信、道嵩、尼无染等,命高道僧灵屿为行状,列其行事,愿刊之兹碑。

宗元今掇其大者言曰:师先因官,世家潭州,为大姓,有勋烈爵位。今不言,大浮图也。凡浮图之道衰,其徒必小律而去经。大明恐焉,于是从峻洎侃以究戒律,而大法以立;又从秀洎昱以通经教,而奥义以修。由是二道,出入隐显,后学以不惑,来求以有得。广德二年始立大明寺于衡山,诏选居寺僧二十一人,师为之首。乾元元年又命衡山立毗尼藏,诏选讲律僧七人,师应其数。凡其衣服器用,动有师法;言语行止,皆为物轨。执巾匜,奉杖屦,为侍者数百;剪发髦,被教戒,为学者数万,得众若独,居尊若卑;晦而光,介而大,灏灏焉无以加也。其塔在祝融峰西趾下,碑在塔东。其辞曰:

儒以礼行,觉以律兴。一归真源,无大小乘。大明之律,是定是慧。丕穷经教,为法出世。化人无疆,垂裕无际。诏尊硕德,威仪有继。道遍大州,徽音勿替。祝融西麓,洞庭南裔。金石刻辞,弥亿千岁。

谈空显有,深入理奥,难在虚无寂灭之教,写以宏深肃括之文。其气安重以徐,其笔辨析而肆,钩赜索隐,得未曾有,此固韩愈之所不屑为,而亦韩愈之所不能为者也。然宗元之文,有有意与韩愈争能者:韩愈有《元和圣德诗》、《平淮西碑》,而宗元则为《平淮西雅表》、《平淮西雅》及《贞符》,皆仿《诗》、《书》。韩愈有《感二鸟赋》、《复志赋》、《闵己赋》、《别知赋》,而宗元则为《佩韦》、《解祟》、《惩咎》、《闵生》诸赋,皆仿《离骚》。韩愈有《进学解》、《送穷文》,而宗元则为《瓶赋》、《牛赋》、《乞巧文》、《骂尸虫文》,皆学扬雄。韩愈有《争臣论》、《郓州溪堂诗序》,而宗元则为《馆驿使壁记》、《岭南节度使飨军堂记》、《邠宁进奏院记》、《兴州江运记》、《贺进士王参元失火书》,皆脱胎《左传》、《国语》。韩愈有《答崔立之书》、《与崔群书》,而宗元则为《寄许京兆孟容书》、《与杨京兆凭书》、《与萧翰林俛书》,皆脱胎太史公《报任少卿书》。韩愈有《伯夷颂》,而宗元则为《伊尹五就桀赞》,皆以自喻。韩愈有《五箴》,而宗元则为《戒惧箴》、《忧箴》,皆以自箴。韩愈有《杂说》、《获麟解》,而宗元则为《罴说》、《蝜蝂传》、《临江之麋》、《黔之驴》、《永某氏之鼠》、《鞭贾》,比物连类,抑扬讽谕,皆以诸子之议论,而托诗人之比兴;韩愈有《圬者王承福传》,而宗元则为《捕蛇者说》、《种树郭橐驼传》、《梓人传》,借题抒慨,抑扬讽谕,又以诸子之议论,而为史家之传记;同为诸子之支与流裔也。他如韩愈有《师说》，宗元则有《答韦中立论师道书》；韩愈有《张中丞传后序》，宗元则有《段太尉逸事状》；韩愈有《驱鳄鱼文》，宗元则有《宥蝮蛇文》；韩愈有《后十九日复上宰相书》、《应科目时与人书》，宗元则有《上门下李夷简相公书》；辞意即异，蹊径尽似；若有意，若无意，或不及，或过之。韩愈铁荡雄肆，气运而化；宗元隽杰廉悍，辞辨以核。韩愈刻画人物，工于叙事；宗元冥搜物象，独擅写景。韩愈碑传，随事肖形，万怪惶惑，非宗元所能。而宗元记永柳山水，博揽物态，逸趣横生，而字矜句炼，语语如铸；穷态极妍，刻意镂画，而清旷自怡，萧闲出之；心凝形释，有在笔墨蹊径之外；亦岂韩愈所及哉。至其识古书之真伪，如《论语辨》、《辨列子》、《辨文子》、《辨鬼谷子》、《辨晏子春秋》、《辨鹖冠子》诸篇，读书得间，辨折拗峭之笔，清深旷邈之致，意绪风规，亦非韩愈《读仪礼》、《读荀子》、《读墨子》所能及也。诗工五言，往往融情入景，而托之禅悦，发挥理趣；铺张排比，其源出谢灵运，而祛其滞闷，出以秀朗。五言古如《晨诣超师院读禅经》曰：

汲井漱寒齿，清心拂尘服。间持贝叶书，步出东斋读。真源了无取，妄迹世所逐；遗言冀可冥，缮性何由熟？道人庭宇静，苔色连深竹；日出雾露余，青松如膏沐。澹然离言说，悟悦心目足。

又如《秋晓行南谷经荒村》曰：

杪秋霜露重，晨起行幽谷。黄叶覆溪桥，荒村惟古木。寒花疏寂历，幽泉微断续。机心久已忘，何事惊麋鹿。

以陶之疏宕，运谢之排比，可谓智过其师。其他有古淡婉惬，径似陶者，五言古如《酬贾鹏山人郡内新栽松寓兴见赠》二首、《觉衰》。有沉郁顿挫，颇似杜者，五言古如《韦道安》、《掩役夫张进骸》，七言律如《登柳州城寄漳汀封连四州》、《别舍弟宗一》。然宗元诗有不经意出之，而以淡

得厚,以质得绮,极耐人寻味者。五言古如《江雪》曰:

  千山鸟飞绝,万径人踪灭。孤舟簑笠翁,独钓寒江雪。

七言古如《渔翁》曰:

  渔翁夜傍西岩宿,晓汲清湘然楚竹。烟销日出不见人,欸乃一声山水绿。回看天际下中流,岩上无心云相逐。

文章天成,妙手偶得,看似容易却艰辛。韩愈诗以想像出诡诙,以生铲为琢炼;而宗元则以排遣为悲凉,以雅润出秀爽,此其较也。

  刘禹锡,字梦得,彭城人。与宗元同登贞元九年进士,而以才名同官御史,为王叔文引进。元和初,又同贬官,为朗州司马。而发为歌咏,形之诗什,感慨沉郁,跌荡诙诡,上追杜陵,近媲昌黎,可惊可喜,可歌可泣,承风气之已开,而健笔有陵云意焉。其仿民歌所作《竹枝词》,尤为生面别开。录近体诗四首。

西塞山怀古

王浚楼船下益州,金陵王气黯然收。千寻铁锁沉江底,一片降幡出石头。人世几回伤往事,山形依旧枕寒流。今逢四海为冢日,故垒萧萧芦荻秋。

金陵五首之一二　石头城　乌衣巷

山围故国周遭在,潮打空城寂寞回。淮水东边旧时月,夜深还过女墙来。

朱雀桥边野草花,乌衣巷口夕阳斜。旧时王谢堂前燕,飞入寻常百姓家。

竹枝词

山桃红花满上头,蜀江春水拍山流。花红易衰似郎意,水流无限似侬愁。

杨柳青青江水平,闻郎江上唱歌声。东边日出西边雨,道是无情还有情。

禹锡文则敛笔为遒,拓体以宏,遒健而不为肆,矜庄而不伤滞;不为昌黎之肆而得其重,略同柳州之廉而逊其悍;警辟以发奥,徐重以凝气,此所以卓荦为杰,别出于韩柳之外,而自名一家者也。《天论》上中下,纵横博辩;《上杜司徒书》,激昂慷慨,亦殊肆笔为之。而为人诗文集序,详次生平,约其归趣;叙录之文,而用传状之法,盖唐人文体如此;而不同唐以后序人诗文之发议论,抒交情;托体甚古,其源出于太史公《老庄》、《孟荀》诸传及《自序》,而《汉书·叙传》亦复如此。孟子所谓"诵其诗,读其书,不知其人,可乎,是以论其世也"。其中《唐故中书侍郎平章事韦公集纪》、《唐故相国赠司空令狐公集纪》两篇,骨峻重而气疏古。至于《天平军节度使厅壁记》、《山南西道节度使厅壁记》、《汴州刺史厅壁记》,隽杰廉悍,似昌黎《郓州溪堂诗序》;《代郡开国公王氏先庙碑》、《彭阳侯令狐氏先庙碑》,朴重茂典,似昌黎《乌氏庙》、《沂国公先庙》、《袁氏先庙》诸碑;《赠太师崔公神道碑》、《赠左散骑常侍王公神道碑》、《赠右仆射史公神道碑》,渊懿宏放,似昌黎《赠太尉许国公神道碑》、《唐故相权公墓碑》;皆得昌黎之一体。而尤深明佛法,晓畅禅机,以为:"天生人而不能使情欲有节,君牧人而不能去威势以理。至有乘天工之隙以补其化,释王者之位以迁其人,则素王立中枢之教,懋建大中;慈氏起西方之教,习登正觉。然儒以中道御群生,罕言性命,故世衰而浸息;佛以大慈救诸苦,广起因业,故劫浊而益尊。自白马东来而人知像教,佛衣始传而人知心法,宏以权实,示其摄修,味真实者,即清净以观空,存相好者,怖威神而迁善,厚于求者植因以觊福,罹于苦者证业以销冤,革盗心于冥昧之间,泯爱缘于死生之际,阴助教化,总持人天,所谓生成之外,别有陶冶;刑政不及,曲为调柔。始由见性,终得自在。机有浅深,法无高下。分二宗者，众生存顿渐之见，说三乘者，如来开方便之门。名自外得，故生分别；道由内证，则无异同。"遂为《牛头山第一祖融大师新塔记》曰：

> 初，摩诃迦叶受佛心印，得其人而传之，至师子比丘，凡二十五叶，而达摩得焉。东来中华，华人奉之为第一祖。又三传至双峰信公。双峰广其道而歧之：一为东山宗，能、秀、寂，其后也。一为牛头宗，严持威、鹤林、径山，其后也。分慈氏之一支，为如来之别子，咸有祖称，粲然贯珠。大师，号法融，姓韦氏，延陵人。少为儒，博极群书；既而叹曰："此仁义言耳，吾志求出世间法。"遂入句曲，依僧炅，改褐而缁之。徙居是山，宴坐石室；以慧力感通，故旱麓泉涌；以神功示现，故皓雪莲生。巨蛇摧伏，群鹿听法。贞观中，双峰过江，望牛头，顿锡曰："此山有道气，宜有得之者！"乃东，果与大师相遇，性合神契，至于无言，同跻智地，密付真印；揭立江左，名闻九围。学徒百千，如水归海。由其门而为天人师者，皆脉分焉。显庆二年，报身示灭。道在后觉，神依故山；戒香不绝，龛座未饰，夫岂不思乎！盖神期冥数，必有所待。
>
> 大和三年，润州牧浙江西道观察使检校礼部尚书赵郡李公在镇三闰，百为大备，尚理信古，儒玄交修；始下令禁桑门贩佛以眩人者，而于真实相深达焉。尝谓大师像设，宜从本教；言自我启，因自我成。乃召主吏籍我月入，得缗钱二十万，俾秣陵令如符经营之。三月甲子，新塔成；事严而工人尽艺，诚达而山神来护；愿力既从，众心知归，撞钟告白，龙象大会，诸天声香之蕴，如见如闻；即相生敬，明幽同感。尚书欲传信于后，远命愚志之。夫上士解空而离相，中士著空而嫉有。不因相，何以示觉？不因有，何以悟无？彼达真谛而得中道者，当知为而不有，贤乎以不修为无也。

又《唐故衡岳律大师湘潭唐兴寺俨公碑》曰：

佛法在九州间，随其方而化。中夏之人汩于荣利，破荣莫若妙觉，故言禅寂者宗嵩山。北方之人锐以武力，摄武莫若示现，故言神通者宗清凉山。南方之人剽而轻，制轻莫若威仪，故言律藏者宗衡山。是三名山，为庄严国；必有达者，与山比崇。南岳律门，以津公为上首；津公之后，云峰证公承之；证公之后，湘潭俨公承之。星月丽天，珠玑同贯，由其门者为正法焉。

公，号智俨，曹氏子，世为柳之右姓。兆形在孕，母不嗜荤，成童在侣，独不嗜戏，其夙植固厚者欤。生九年，乐为僧，父不能夺其志。抱经笥，入岣嵝山，从名师执业。凡进品，受具闻，经传印，皆当时大长老。我入名门，不住诸乘。我得觉路，径入智地。居室方丈，名闻大千。护法大臣，多所宾礼。嗣曹王皋之镇湖南，请为人师，自是登坛莅事，三十有八载；由我得度者万有余人，人持宝衣，奉璎珞为礼。公色受之，谓门弟子曰："彼以有相求我，我以有为应之。"凡建宝幢，修废寺，饰大像，皆极其工，应物故也。元和十三年九月二十七日。中夜，具汤沐，剃颐顶，与门人告别。既即寂，而视身与色，无有坏相。呜呼！岂生能全吾真，故死不速朽，将有愿力耶？予不得而知也。问年八十二，问腊六十一。葬于寺东北隅。传律弟子中巽、道准，传经弟子圆皎、贞璨，与其徒圆静、文外、惠荣、明素、存政等，欲其师之道光且远，故咨予乞辞。乃作长句以偈铭之曰：

祝融灵山禹所治，非夫有道不可止。中有毗尼出尘士，以律视俨犹孙子。登坛人师四十纪，南方学徒宗奥旨。幼无童心至儿齿，识灭形全异凡死。长沙潭西逾五里，陶侃故居石头寺。门前一带湘江水，吁嗟律席之名兮，与湘流而不已。

紧健洞爽，理无障翳，语必遒雅，此固与宗元为同工，而为韩愈所不屑者也。传有《刘梦得文集》三十卷，《外集》十卷。

第十二节　白居易　元稹

　　元和以后，士大夫流风所被，文则学雄肆于韩愈，学奇涩于樊宗师；诗则学瘦硬于孟郊，学浅切于白居易，学淫靡于元稹，俱名为元和体也。

　　白居易，字乐天，其先太原人，徙下邽。贞元十四年进士，元和元年制策乙等，累官左赞善，以言事贬江州司马；后入为中书舍人，累转主客郎中，知制诰；外迁杭州刺史，又为苏州刺史。文宗立，召迁刑部侍郎。以朝多党祸，移病。还，起拜河南尹，寻以刑部尚书致仕。居易敏悟绝人；其始生七月，能展拇指书之无两字，虽试百数不差。九岁谙识声律，其笃于文章，盖天禀然。未冠，入京师，谒顾况。况，吴人，恃才少所许可，出见曰："长安居大不易！"既而献诗篇，有《赋得古原草送别》一章，辞曰：

　　　　离离原上草，一岁一枯荣。野火烧不尽，春风吹又生。远芳侵古道，晴翠接荒城。又送王孙去，萋萋满别情。

况读，叹曰："得此，居长安亦易矣！"遂以知名。居易于文章精切，然所自得意者在诗。与元稹为文字交，每下笔时，辄相顾语："患其意太切而理太周。理太周，则辞繁；意太切，则言激。然与足下为文所长在于此，所病亦在于此。"既而与稹书曰："圣人感人心而天下和平。感人心者，莫先乎情，莫始乎言，莫切乎声，莫深乎义。诗者，根情苗言，华声实义。上自贤圣，下至愚呆，微及豚鱼，幽及鬼神，群分而气同，形异而情一；未有声入而不应，情交而不感者。圣人知其然；因其言，经之以六义；缘其

第四编 近古文学上

声,纬之以五音;音有韵,义有类;韵协则言顺,言顺则声易入;类举则情见,情见则感易交。五帝三王,所以直道而行,揭此以为大柄;言者无罪,闻者足戒。洎周衰秦兴,采诗官废,上不以诗补察时政,下不以歌泄导人情;乃至于谄成之风动,救失之道缺,于时,六义始刓矣。国风变为骚辞,五言始于苏李;苏李骚人,皆不遇者,各系其志,发而为文。故河梁之句,止于伤别;泽畔之吟,归于怨思;彷徨抑郁,不可及他耳。然去《诗》未远,梗概尚存;故兴感离别,则引双凫一雁为喻;讽君子小人,则引香草恶鸟为比。虽义类不具,犹得风人之十二三焉,于时,六义始缺矣。晋宋以还,得者盖寡,以渊明之高古,偏放于田园,江鲍之流,又狭于此。如梁鸿《五噫》之例者,百无一二焉;于时,六义浸微矣,陵夷矣。至于梁陈间,率不过嘲风雪,恋花草而已。噫!风雪花草之物,三百篇中岂舍之哉,顾所用何如耳。设如'北风其凉',假风以刺威虐也;'雨雪霏霏',因雪以愍征役也;'棠棣之华',感华以讽兄弟也;'采采芣苢',美草以乐有子也。皆兴发于此而义起于彼,反是者,可乎哉?然则'余霞散成绮,澄江净如练','离花先委露,别叶乍辞风'之什,丽则丽矣,吾不知其所讽焉。故仆所谓嘲风雪,弄花草而已。于时,六义尽去矣。唐兴二百年,其间诗人不可胜数。所可举者,陈子昂有《感遇》诗二十首,鲍妨有《感兴诗》十五首。又诗之豪者,世称李杜。李之作,才矣,奇矣,人不逮矣;索其风雅比兴,十无一焉。杜诗最多,可传者千余首;至于贯穿金石,铓缕格律,尽工尽善,又过于李;然撮其《新安》、《石壕》、《潼关吏》、《芦子关》、《花门》之章,'朱门酒肉臭,路有冻死骨'之句,亦不过十三四;杜尚如此,况不逮杜者乎。自登朝来,年齿渐长,阅事渐多,每与人言,多询时务;每读书史,多求理道。始知文章合为时而著,歌诗合为事而作。仆当此日,擢在翰林,身是谏官,手请谏纸,启奏之外,有可以救济人病,拾补时阙,而难于直言者,辄咏歌之,欲稍稍递进闻于上;上以广宸聪,副忧勤;次亦酬恩奖,塞言责;下以复吾平生之志。凡所适所

389

感,关于美刺兴比,因事立题,题为《新乐府》者,谓之《讽谕诗》。又或退公独处,或移病闲居,知足保和,吟玩情性者,谓之《闲适诗》。又有事物牵于外,情理动于内,随感遇而形于叹咏者,谓之《感伤诗》。又有五言七言,长句绝句,自一百韵至两韵者,谓之《杂律诗》。古人云:'穷则独善其身,达则兼善天下。'仆虽不肖,常师此语,奉而始终之则为道,言而发明之则为诗,谓之《讽谕诗》,兼济之志也。谓之《闲适诗》,独善之义也。故览仆诗,知仆之道焉。其余《杂律诗》,或诱于一时一物,发于一笑一吟,率然成章,非平生所尚者。今仆之诗,人所爱者,悉不过《杂律诗》与《长恨歌》已下耳。时之所重,仆之所轻。至于《讽谕》者,意激而言质;《闲适》者,思澹而词迂;以质合迂,宜人之不爱也!"然《编集诗成因题卷末戏赠元九李二十》,有句曰:"一篇《长恨》有风情,十首《秦吟》近正声,每被老元偷格律,苦教短李伏歌行。"则《长恨歌》,亦为得意之作可知。其辞曰:

汉皇重色思倾国,御宇多年求不得。杨家有女初长成,养在深闺人未识。天生丽质难自弃,一朝选在君王侧。回眸一笑百媚生,六宫粉黛无颜色。春寒赐浴华清池,温泉水滑洗凝脂。侍儿扶起娇无力,始是新承恩泽时。云鬓花颜金步摇,芙蓉帐暖度春宵;春宵苦短日高起,从此君王不早朝。承欢侍宴无闲暇,春从春游夜专夜。后宫佳丽三千人,三千宠爱在一身;金屋妆成娇侍夜,玉楼宴罢醉和春。姊妹弟兄皆列土,可怜光彩生门户,遂令天下父母心,不重生男重生女。骊宫高处入青云,仙乐风飘处处闻。缓歌慢舞凝丝竹,尽日君王看不足。渔阳鼙鼓动地来,惊破霓裳羽衣曲。九重城阙烟尘生,千乘万骑西南行。翠华摇摇行复止,西出都门百余里。六军不发无奈何,宛转蛾眉马前死。花钿委地无人收,翠翘金雀玉搔头。君王掩面救不得,回看血泪相和流。

黄埃散漫风萧索，云栈萦纡登剑阁，峨嵋山下少人行，旌旗无光日色薄。蜀江水碧蜀山青，圣主朝朝暮暮情，行宫见月伤心色，夜雨闻铃肠断声。天旋地转回龙驭，到此踌躇不能去。马嵬坡下泥土中，不见玉颜空死处。君臣相顾尽沾衣，东望都门信马归。归来池苑皆依旧，太液芙蓉未央柳，芙蓉如面柳如眉，对此如何不泪垂。春风桃李花开日，秋雨梧桐叶落时。西宫南内多秋草，落叶满阶红不扫。梨园弟子白发新，椒房阿监青娥老。夕殿萤飞思悄然，孤灯挑尽未成眠，迟迟钟鼓初长夜，耿耿星河欲曙天。鸳鸯瓦冷霜华重，翡翠衾寒谁与共，悠悠生死别经年，魂魄不曾来入梦。

临邛道士鸿都客，能以精诚致魂魄。为感君王辗转思，遂教方士殷勤觅。排云驭气奔如电，升天入地求之遍，上穷碧落下黄泉，两处茫茫皆不见。忽闻海上有仙山，山在虚无缥渺间，楼阁玲珑五云起，其中绰约多仙子。中有一人字太真，雪肤花貌参差是。金阙西厢叩玉扃，转教小玉报双成。闻道汉家天子使，九华帐里梦魂惊。揽衣推枕起徘徊，珠箔银屏迤逦开。云鬓半偏新睡觉，花冠不整下堂来。风吹仙袂飘飘举，犹似《霓裳羽衣舞》。玉容寂寞泪阑干，梨花一枝春带雨。含情凝睇谢君王，一别音容两渺茫。昭阳殿里恩爱绝，蓬莱宫中日月长。回头下望人寰处，不见长安见尘雾。惟将旧物表深情，钿合金钗寄将去。钗留一股合一扇，钗擘黄金合分钿；但教心似金钿坚，天上人间会相见。临别殷勤重寄词，词中有誓两心知，七月七日长生殿，夜半无人私语时，"在天愿作比翼鸟，在地愿为连理枝"。天长地久有时尽，此恨绵绵无绝期。

情文相生，沉郁顿挫，哀艳之中，具有讽刺："汉皇重色思倾国"，"从此君王不早朝"，皆微词也。明皇践阼，开元厉精，几致太平；天宝以后，溺情床笫；而太真专宠，"六宫粉黛无颜色"，如有佳丽，辄配别宫幽锢焉；上

阳,其一也;贞元中,尚有存者。居易著新乐府《上阳白发人》以愍之曰:

上阳人,上阳人,红颜暗老白发新。绿衣监使守宫门,一闭上阳多少春!玄宗末岁初选入,入时十六今六十。同时采择百余人,零落年深残此身。

忆昔吞悲别亲族,扶入车中不教哭。皆云入内便承恩,脸似芙蓉胸似玉。未容君王得见面,已被杨妃遥侧目;妒令潜配上阳宫,一生遂向空房宿。宿空房,秋夜长,夜长无寐天不明。耿耿残灯背壁影,萧萧暗雨打窗声。春日迟,日迟独坐天难暮。宫莺百啭愁厌闻,梁燕双栖老休妒。莺归燕去长悄然,春往秋来不记年。惟向深宫望明月,东西四五百回圆。今日宫中年最老,大家遥赐尚书号。小头鞋履窄衣裳,青黛点眉眉细长。外人不见见应笑,天宝末年时世妆。上阳人,苦最多,少亦苦,老亦苦,少苦老苦两如何。君不见昔时吕向《美人赋》,又不见今日上阳宫人白发歌。

只"惟向深宫望明月,东西四五百回圆"二语,宫人怨旷心事如绘,而"六宫粉黛无颜色",非无颜色也,太真之嫉妒专宠,不许有颜色。居易天性恻怛,耳目所及,往往感时伤怀,播之歌咏,如《秦中吟》、《新乐府》,其辞质而径,欲见之者易谕也;其言直而切,欲闻之者深戒也;其事核而实,欲采之者传信也。《秦中吟》如《轻肥》曰:

意气骄满路,鞍马光照尘。借问何为者,人称是内臣。朱绂皆大夫,紫绶或将军。夸赴军中宴,走马去如云。樽罍溢九酝,水陆罗八珍,果擘洞庭橘,脍切天池鳞。食饱心自若,酒酣气益振。是岁江南旱,衢州人食人。

又如《买花》曰:

帝城春欲暮,喧喧车马度,共道牡丹时,相随买花去。贵贱无常价,酬直看花数,灼灼百朵红,戋戋五束素。上张幄幕庇,旁织笆篱护,水洒复泥封,移来色如故。家家习为俗,人人迷不悟。有一田舍翁,偶来买花处。低头独长叹,此叹无人谕。一丛深色花,十户中人赋。

新乐府如《杜陵叟》曰:

杜陵叟,杜陵居,岁种薄田一顷余。三月无雨旱风起,麦苗不秀多黄死。九月降霜秋早寒,禾穗未熟皆青干。长吏明知不申破,急敛暴征求考课。典桑卖地纳官租,明年衣食将何如。剥我身上帛,夺我口中粟,虐人害物即豺狼,何必钩爪锯牙食人肉。不知何人奏皇帝,帝心恻隐知人弊;白麻纸上书德音,京畿尽放今年税。昨日里胥方到门,手持尺牒榜乡村。十家租税九家毕,虚受吾君蠲免恩。

又如《母别子》曰:

母别子,子别母,白日无光哭声苦。关西骠骑大将军,去年破虏新策勋,敕赐金钱二百万,洛阳迎得如花人。新人迎来旧人弃,掌上莲花眼中刺。迎新弃旧未足悲,悲在君家留两儿:一始扶行一初坐,坐啼行哭牵人衣。以汝夫妇新嬿婉,使我母子生别离。不如林中乌与鹊,母不失雏雄伴雌。应似园中桃李树,花落随风子在枝。新人新人听我语,洛阳无限红楼女;但愿将军重立功,更有新人胜于汝!

皆得《小雅》怨悱之旨焉。此外五言古如《燕诗示刘叟》曰:

梁上有双燕,翩翩雄与雌;衔泥两椽间,一巢生四儿。四儿日夜长,索食声孜孜。青虫不易捕,黄口无饱期。觜爪虽欲弊,心力不知疲;须臾十来往,犹恐巢中饥。辛勤三十日,母瘦雏渐肥。喃喃教言语，一一刷毛衣。一旦羽翼成，引上庭树枝。举翅不回顾，随风四散飞。雌雄空中鸣，声尽呼不归。却入空巢里，啁啾终夜悲。燕燕尔勿悲，尔当反自思：思尔为雏日，高飞背母时。当时父母念，今日尔应知。

读之油然生仁孝之情。又如《妇人苦》曰：

蝉鬓加意梳，蛾眉用心扫，几度晓妆成，君看不言好。妾身重同穴，君意轻偕老。惆怅去年来，心知未能道。今朝一开口，语少意何深；愿引他时事，移君此日心。人言夫妇亲，义合如一身。及至生死际，何曾苦乐均？妇人一丧夫，终身守孤子，有如林中竹，忽被风吹折，一折不重生，枯死犹抱节。男儿若丧妇，能不暂伤情？应似门前柳，逢春易发荣，风吹一枝折，还有一枝生。为君委曲言，愿君再三听，须知妇人苦，从此莫相轻。

读之恻然笃伉俪之谊。至于《纳粟诗》曰：

有吏夜叩门，高声催纳粟。家人不待晓，场上张灯烛，扬簸净如珠，一车三十斛。犹忧纳不中，鞭责及僮仆。昔余谬从事，内愧才不足，连授四命官，坐尸十年禄。常闻古人语，损益周必复。今日谅甘心，还他太仓谷。

又《新制布裘》诗曰：

桂布白似雪，吴绵软于云；布重绵且厚，为裘有余温。朝拥坐至暮，夜覆眠达晨。谁知严冬月，支体暖如春。中夕忽有念，抚裘起逡巡，丈夫贵兼济；岂独善一身？安得万里裘，盖裹周四垠，稳暖皆如我，天下无寒人！

则尤现身说法，君子恺悌，发之以跌宕昭彰，本之于温柔敦厚；盖根柢六义之旨,而上欲以补察时政,下亦以宣导民隐,谓之《讽谕诗》者也。然仁于及物,旷以自怡,行吟踯躅,萧然尘外,不戚劳生,独欣暂闲。其形于诗者,五言古如《病假中南亭闲望》曰:

> 欹枕不视事,两日门掩关。始知吏役身,不病不得闲。闲意不在远,小亭方丈间;西檐竹梢上,坐见太白山。遥愧峰上云,对此尘中颜。

又如《秋山》曰:

> 久病旷心赏,今朝一登山。山秋云物冷,称我清羸颜。白石卧可枕,青萝行可攀。意中如有得,尽日不欲还。人生无几何,如寄天地间。心有千载忧,身无一日闲。何时解尘网,此地来掩关。

又如《山中独吟》曰:

> 人各有一癖,我癖在章句。万缘皆已销,此病独未去。每逢美风景,或对好亲故,高声咏一篇。恍若与神遇。自为江上客,半在山中住。有时新诗成,独上东岩路。身倚白石崖,手攀青桂树;狂吟惊林壑,猿鸟皆窥觑。恐为世所嗤,故就无人处。

又如《负冬日》曰:

> 杲杲冬日出,照我屋南隅。负暄闭目坐,和气生肌肤,初似饮醇醪,又如蛰者苏。外融百骸畅,中适一念无,旷然忘所在,心与虚空俱。

又如《日长》曰:

> 日长昼加餐,夜短朝余睡。春来寝食间,虽老犹有味。林塘得芳景,园曲生幽致,爱水多棹舟,惜花不扫地。幸无眼下病,且向樽前醉。身外何足言,人间本无事。

逸趣横生，读之栩栩焉神愉而体轻。其见于文者，如《池上篇》曰：

> 十亩之宅，五亩之园，有水一池，有竹千竿。勿谓土狭，勿谓地偏，足以容膝，足以息肩。有堂有庭，有桥有船，有书有酒，有歌有弦。有叟在中，白须飘然，识分知足，外无求焉。如鸟择木，姑务巢安。如龟居坎，不知海宽。灵鹤怪石，紫菱白莲，皆吾所好，尽在吾前。时饮一杯，或吟一篇。妻孥熙熙，鸡犬闲闲。优哉游哉，吾将终老乎其间。

又如《齿落辞》曰：

> 嗟嗟乎双齿！自吾有尔，俾尔嚼肉咀蔬，衔杯漱水；丰吾肤革，滋吾血髓，从幼逮老，勤亦至矣。幸有辅车，非无龂腭，胡然舍我，一旦双落？齿虽无情，吾岂无情？老与齿别，齿随涕零。我老日来，尔去不回。嗟嗟乎双齿，孰谓而来哉，孰谓而去哉？

> 齿不能言，请以意宣："为口中之物，忽乎六十余年！昔君之壮也，血刚齿坚；今君之老矣，血衰齿寒。辅车龂腭，日削月朘，上参差而下脆軃，曾何以少安？嘻！君其听哉。女长辞姥，臣老辞主，发衰辞头，叶枯辞树；物无细大，功成者去。君何嗟嗟，独不闻诸道经，我身非我有也，盖天地之委形？君何嗟嗟，又不闻诸佛说，是身如浮云，须臾变灭？由是而言，君何有焉？所宜委百骸而顺万化；胡为乎嗟嗟于一牙一齿之间？"吾应曰"吾过矣，尔之言然"！

游戏名通，无营无待，胸次悠然，笔下洒然。而外形骸，齐得丧，每以长生为不足学。五言古《梦仙诗》及新乐府之《海漫漫》，戒求仙也。而五言古之《赠王山人》，及《和微之诗二十三首》之《和晨霞》、《和送刘道士游天台》，则谓长生不如无生，求仙不如学佛也。赠《王山人》曰：

> 闻君减寝食，日听神仙说。暗待非常人，潜求长生诀。言长本

对短,未离生死辙;假使得长生,才能胜夭折。松树千年朽,槿花一日歇。毕竟共虚空,何须夸岁月?彭生徒自异,生死终无别。不如学无生,无生终无灭。

又《和微之晨霞》曰:

君歌仙氏真,我歌慈氏真。慈氏发真念,念此阎浮人。左命大迦叶,右召桓提因,千万化菩萨,百亿诸鬼神。上自非想顶,下及风水轮;胎卵湿化类,蠢蠢难具陈。弘愿在救拔,大悲忘辛勤。无论善不善,岂间冤与亲;抉开生盲眼,摆去烦恼尘,独以智慧日,洒之甘露津。千界一时度,万法无与邻。借问晨霞子,何如朝玉宸?

又《和送刘道士游天台》曰:

闻君梦游仙,轻举超世雰。握持尊皇节,统卫吏兵军。灵旃星月象,天衣龙凤纹。佩服交带箓,讽吟蕊珠文。阆宫缥缈间,钧乐依稀闻。斋心谒西母,瞑拜朝东君。烟霏子晋裾,霞烂麻姑裙。倏忽别真侣,怅望随归云。

人生同大梦,梦与觉谁分?况此梦中梦,悠哉何足云。假如金阙顶,设使银河渍。既未出三界,犹应在五蕴。饮咽日月精,茹嚼沆瀣芬。尚是色香味,六尘之所薰。仙中有大仙,首出梦幻群。慈光一照烛,奥法相烟煴。不知万龄暮,不见三光曛,一性自了了,万缘徒纷纷。苦海不能漂,劫火不能焚。此是竺乾教,先王垂典坟。

又七言绝《客有说》、《答客说》曰:

近有人从海上回,海山深处见楼台。中有仙龛虚一室,多传此待乐天来。

吾学空门非学仙,今君此说是虚传。海上不是吾归处,归即应归兜率天。

栖神虚漠,超乎象外;而以视魏晋之贵黄老、赋游仙者异趣矣,亦文章得失之林也。然居易诗,亦有呜咽萧瑟,凄楚欲绝者,以情深也。《琵琶行》,一弹再三叹,慷慨有余哀,最为大篇传作。其他五言古如《秋凉闲卧》曰:

> 残暑昼犹长,早凉秋尚嫩。露荷散清香,风竹含疏韵。幽闲竟日卧,衰病无人问。薄暮宅门前,槐花深一寸。

五言绝如《勤政楼西老柳》曰:

> 半朽临风树,多情立马人。开元一株柳,长庆二年春。

七言律如《县西郊秋寄赠马造》曰:

> 紫阁峰西清渭东,野烟深处夕阳中。风荷落叶萧条绿,水蓼残花寂寞红。我厌宦游君失意,可怜秋思两心同。

又《杪秋独夜》曰:

> 无限少年非我伴,可怜清夜与谁同?欢娱牢落中岁少,亲故凋零四面空。红叶树飘风起后,白须人立月明中。前头更有萧条物,老菊衰兰三两丛。

七言绝如《村夜》曰:

> 霜草苍苍虫切切,村南村北行人绝。独出门前望野田,月明荞麦花如雪。

又《旧房》曰:

> 绕壁秋声虫络丝,入檐新影月低眉。床帷半故帘旌断,仍是初寒欲夜时。

又《暮江吟》曰:

> 一道斜阳铺水中,半江瑟瑟半江红。可怜九月初三夜,露似真珠月似弓。

上二句绚丽,下二句凄清,反正相生。又《叹春风兼赠李二十侍郎》曰:

> 树根雪尽催花发,池岸冰销放草生。惟有须霜依旧白,春风于我独无情。

上二句兴会,下二句凄咽,反正相生。然居易诗,有在凄寒之境,而为兴会之句者,如五言绝《问刘十九》曰:

> 绿蚁新醅酒,红泥小火炉。晚来天欲雪,能饮一杯无?

又七言绝《衰荷》曰:

> 白露凋花花不残,凉风吹叶叶初干。无人解爱萧条境,更绕衰丛一匝看。

此篇意境,与《杪秋独夜》同,而正言若反。居易诗,亦有风华婉媚,眷恋无已者,亦以情深也。如七言绝《春词》曰:

> 低花树映小妆楼,春入眉心两点愁。斜倚栏杆背鹦鹉,思量何事不回头?
> 菱叶萦波荷飐风,荷花深处小船通。逢郎欲语低头笑,碧玉搔头落水中。

婉娈如绘,艳语妙于蕴藉。又《下邽庄南桃花》曰:

> 村南无限桃花发,惟我多情独自来。日暮风吹红满地,无人解惜为谁开。

风流谁赏,顾影自怜。至《邯郸除夜思家》一绝曰:

> 邯郸驿里逢冬至,抱膝灯前影对身。想得家中夜深坐,还应说

着远行人。

则更语浅而情挚矣。然其诗又有微言讽刺,语极尖冷者。七言绝如《过天门街》曰:

> 雪尽终南又欲春,遥怜翠色对红尘。千车万马九衢上,回首看山无一人。

又《夜题玉泉寺》曰:

> 遇客多言爱山水,逢僧尽道厌嚣尘。玉泉潭畔松间宿,要且经年无一人。

其为诗洞爽显豁,随意抒写,一一如所欲出;而浑成熨帖,无一点安排痕迹,亦绝不假一字纤巧雕琢,此居易之所长也。居易以长庆四年,始排缵所著诗文,因题曰《长庆集》;传有《前集》五十卷,《后集》二十卷,又《续》一卷。今诵所作,大抵《闲适诗》之融情入景,意兴婉惬,其源出于陶潜,得其旷真而逊其郁厚。《讽谕诗》之惊心动魄,辞笔倜傥,其源出于杜甫,有其昭彰而无其变化。而与人有情,于物无著,杂以诙戏,出之坦迤,则尤开从前未有之蹊径,而为宋诗苏轼之所自出。大抵古体多以铺叙畅达见长,而入后警发以出遒。短篇间以含蓄蕴藉生姿,而起笔铺张以立局。材力标举,篇幅恢张,而议论澜翻不竭。以行文之法,施之诗什,以琐俗之情,发为文言,与韩愈同出于杜;而韩愈奥如,居易旷如。韩愈怪怪奇奇,欲为其难,开宋之黄庭坚,力避俗熟。居易寻寻常常,务为其易,开宋之苏轼,力避生涩。韩愈拗笔以出,居易脱口如生。见理透,体物精,此韩之所为不如白也;取境旷,寓意适,此白之所为异于杜也;所以诗境无杜之郁厚,而旷真过之;诗笔无韩之雄伟,而透快过之。无不尽之情,无不达之辞,胸无挂碍,触手明通,涉笔游戏,得大自在;此所以异军突起,而成一家之言也。

长安有军使高霞寓，欲聘妓。妓大夸曰："我诵得白学士《长恨歌》，岂同他妓哉！"由是增价。而居易之过汉南也，适主人集众乐娱他宾。诸妓见居易来，指而相顾曰："此是《秦中吟》《长恨歌》主耳。"凡禁省观寺邮候墙壁之上，无不写居易之诗；自王公妾妇牛童马走之口，无不道居易之词；至于缮写模勒，衒卖于市井，或持之以交酒茗者，处处皆是。自篇章以来，未有流传如是之广者。而与元稹齐名。稹尝出行，见村中儿童竞习诗，即而问之。曰："先生教我乐天、微之诗。"固不知问者之为微之也。一时谓之元白。居易每戏语曰："仆与足下二十年来为文友诗敌，幸也，亦不幸也。吟咏情性，播扬名声，其适遗形，其乐忘老，幸也。然江南士女，语才子者，多云'元白'；以吾子之故，仆不得独步：亦不幸也。"

白居易文则学《尚书》，学《左传》，学陶潜，铺张排比，而出以坦迤，不为钩棘，掉臂游行，纡徐委备；此亦所以为白氏之文也。箴如《箴言》，传如《醉吟先生传》，碑碣如《和州刺史吴郡张公神道碑》、《故饶州刺史吴府君神道碑》、《赠尚书左仆射河南元公墓志铭》、《赵郡李公家庙碑》，叙记如《江州司马厅记》、《养竹》、《冷泉亭记》、《池上篇并序》、《白蘋洲五亭记》，奏状如《初授拾遗献书》、《论制科人状》、《论顿裴衮均状》，书如《与杨虞卿》、《与元九书》、《与济法师书》，杂文如《落齿辞》，咸可诵览，而诗最有名。

元稹，字微之，河南人。九岁，学为赋诗。十六岁，读陈子昂《感遇诗》，吟玩激烈，即日为《寄思玄子诗》二十首，为长老所惊。既而得杜甫诗数百首，爱其浩荡津涯；乃病沈宋之不存寄兴，而讶子昂之未暇该备也。擢明经，判入等，补校书郎。始与白居易同官，诗章相赠答，气类相许与。而稹累官同中书门下平章事，拜武昌节度使。居易亦历官中外，而篇什酬寄。居易驱驾文字，穷极声韵，或为千言，或为五百言律诗以投稹。稹自度不能过之，往往戏排旧韵，别创新词，名为次韵相酬，自诩韵同意异,盖诗之和韵创于稹也。然居易酬和,则称:"大凡依次用韵,韵同而意殊;约体为文,文成而理胜;此足下素所长者。然所见同者固不能自异,异者亦不能强同,同者谓之'和',异者谓之'答'。"则谓"和"不妨韵同意等;而题"答"则必韵同意异矣。盛唐诗宗,李杜骈称。居易与稹书,始推杜以为过李;而稹撰《唐故工部员外郎杜君墓系铭并序》,更上下古今而推极言之,以申其指曰:

> 叙曰:予读诗至杜子美,而知古人之才有所总萃焉。始尧舜时,君臣以赓歌相和。是后诗人继作,历夏、殷、周千余年,仲尼缉拾选练,取其与于教化之尤者三百,余无闻焉。骚人作而怨愤之态繁;然犹去风雅日近,差相比拟。秦汉以还,采诗之官既废;天下妖谣民讴,歌颂讽赋,曲度嬉戏之词,亦随时间作。逮至汉武赋《柏梁诗》而七言之体具。苏子卿李少卿之徒,尤工为五言,虽句读文律各异,雅郑之音亦杂,而词意简远,指事言情,自非有为而为,则文不妄作。建安之后,天下文士遭罹兵战;曹氏父子鞍马间为文,往往横槊赋诗,故其遒文壮节,抑扬冤哀悲离之作,尤极于古。晋世,风概稍存。宋齐之间,教失根本,士以简慢歙习舒徐相尚,文章以风容色泽、放旷精清为高;盖吟写性灵,流连光景之文也,意义格力无取焉。陵迟至于梁陈,淫艳刻饰、佻巧小碎之词剧,又宋齐之所不取也。
>
> 唐兴,官学大振,历世之文,能者互出。而又沈宋之流,研练精切,稳顺声势,谓之为律诗,由是而后文体之变极焉。然而莫不好古者遗近,务华者去实,效齐梁则不逮于魏晋,工乐府则力屈于五言,律切则骨格不存,闲暇则纤秾莫备。
>
> 至于子美,盖所谓上薄风骚,下该沈宋,言夺苏李,气吞曹刘,掩颜谢之孤高,杂徐庾之流丽,尽得古今之体势,而兼人人之所独

专矣。使仲尼考锻其旨要，尚不知贵其多乎哉。苟以为能所不能，无可不可，则诗人以来，未有如子美者。时山东人李白，亦以奇文取称，时人谓之李杜。予观其壮浪纵恣，摆去拘束，模写物象，及乐府歌诗，诚亦差肩于子美矣。至若铺陈终始，排比声韵，大或千言，次犹数百，词气豪迈而风调清深，属对律切而脱弃凡近，则李尚不能历其藩翰，况堂奥乎。予尝欲条析其文，体别相附，与来者为之准；特病懒未就。适子美之孙嗣业，启子美之柩，裛祔事于偃师，次于荆楚。雅知予爱言其大父为文，拜予为志。辞不可绝，予因系其官阀而铭其卒葬云。

系曰：晋当阳成侯姓杜氏，下十世而生依艺，令于巩。依艺生审言，善诗，官至膳部员外郎。审言生闲。闲生甫。闲为奉天令。甫，字子美！天宝中，献《三大礼赋》。明皇帝奇之，命宰相试文；文善，授率府曹属。京师乱，步谒行在，拜左拾遗。岁余以直言失官，出为华州司功；寻迁京兆功曹。剑南节度使严武拔为工部员外郎，参谋军事。旋又弃去，扁舟下荆楚间；竟以寓卒，旋殡岳阳，享年五十九。夫人，弘农杨氏女，父曰司农少卿怡，四十九年而终。嗣子曰宗武，病不克葬，殁命其子嗣业。嗣业以家贫无以给丧，收拾乞丐，焦劳昼夜，去子美殁后余四十年，然后卒先人之志，亦足为难矣。铭曰：

维元和之癸巳，粤某月某日之佳晨。合窆我杜子美于首阳之前山。呜呼！千岁而下，曰此文先生之古坟。

《旧唐书》、《新唐书》传杜甫，咸采其说；而继往开来，杜甫集诗家之大成，遂以论定，则自稹之说也。稹又有诗曰："杜甫天材颇绝伦，每寻诗卷似情亲。怜渠直道当时语，不著心源傍古人。"而稹尤推甫歌行以为后世法，谓："诗之流为二十四名，赋、颂、铭、赞、诔、箴、诗、行、咏、吟、题、怨、叹、章、篇、操、引、谣、讴、歌、曲、词、调，皆诗人六义之余。而由操而下八名，皆起于郊祭军宾，吉凶苦乐之际，在音声者因声以度词，审调以节唱，句度短长之数，声韵平上之差，莫不由之准度；而又别其在琴瑟者为操、引，采民氓者为讴、谣，备曲度者总得谓之歌、曲、词、调；斯皆由乐以定词，非选调以配乐也。由诗而下九名，皆属事而作，虽题号不同，而悉谓之为诗，可也。后之审乐者，往往采取其词，度为歌曲；盖由词以配乐，非选乐以定词也。自风雅至于乐流，莫非讽兴当时之事，以贻后代之人。而后之文人，达乐者少，沿袭古题，唱和重复，于文或有短长，于义咸为赘剩；尚不知寓意古题，刺美见事，犹有诗人引古以讽之义焉。曹、刘、沈、鲍之徒，时得如此，亦复稀少。近代惟诗人杜甫《悲陈陶》、《哀江头》、《兵车》、《丽人》等，凡所歌行，率皆即事名篇，无复倚傍。予少时与友人乐天谓是为当，遂不复拟赋古题。"此居易之所为作《新乐府》也。

稹以诗章与居易酬唱，天下传讽，号元和体。穆宗在东宫，妃嫔近习皆诵之，宫中呼元才子。而帝读《连昌宫词》，尤称叹；及即位，即擢祠部郎中，知制诰；变诏书体，务为纯厚明切，如《崔适等可翊麾校尉守左千牛备身制》曰：

敕三品子崔适等；左右备身，在吾旒扆之侧；非贵游子弟之可亲信者，不在选中。尔等阀阅甚崇，教诲斯至；事我如事父，畏法犹畏师，勿惰勿佻，以期无悔。斯可与成人并行于朝廷矣。

又《许天平军节度使刘总出家制》曰：

门下：朕闻西方有金仙子，自著书云："昔我于无量劫中，舍国城妻子以求法要。"朕尝闻其语，未见其人；安知股肱之中，目验兹事。脱身羁网，诚乐所从，舍我絷维，能无永叹。遂其高尚，良用怃然。

具官刘总五岳孕灵，三台降瑞，位兼将相，代袭勋庸。视轩冕若浮云，弃妻孥犹脱屣，屡陈章表，恳愿舍家。勉喻再三，终然不夺。朕又移之重镇，宠以上公，莫顾中人之情，遂超开士之迹。於戏！张良却粒，尚想高踪；范蠡登舟，空瞻遗象。功留鼎鼐，誓著山河。长存鱼水之欢，勿忘香火之愿。宜赐法号大觉，仍赐僧腊五十夏。主者施行！

又《授李绛检校右仆射兼兵部尚书制》曰：

敕中大夫守御史大夫赐紫金鱼袋李绛：昔先皇帝诲予小子曰："尧时有神羊在廷，屈轶指佞，汝知之乎？夫邪正在人，焉有异物？朕有臣李绛，犹汉臣之汲黯也。我百岁后，尔其用之为神羊屈轶，斯可矣。"

予小子铭镂丕训，夙夜求思，是用致理之初，付授邦宪，且欲吾丞相以降，皆卑下之，以示优遇。朕亦常命安其步武，无为屑屑之仪。而绛屡以疾辞，不宁其职；又焉敢以劳倦之故，烦先帝旧臣？昔晋仆射何季元病足求免，犹命坐家视事。张子儒拜大司马，仍令兼录尚书。则卧理不独专于郡符，端右可以旁绥戎政，由古道也。尔其处议持平，勉居喉舌，慎所观听，为人司南。可检校尚书右仆射，兼兵部尚书，散官勋封如故。

又《授刘士泾太仆卿制》曰：

敕：卿寺甚重，不易其人；其或以勋以亲，以报以劝，又何爱焉。检校大理少卿驸马都尉刘士泾，去岁西戎跳入泾上，京师戒严，朕慨然有思廉颇李牧之志。而习事者言：尔父之在泾也，筑平凉等八城二堡，保定平原，使泾人益树麦禾以复后稷公刘之教，十有六年，犬戎不敢东顾。朕闻其人，思见其后。果有令子，在吾懿亲；与之讨论，自亦奇士，铺陈将略，殊有父风。访其班资，则曰"亚诸卿之间，尝十年矣"。今乃除其忧服，命以大僚。岂惟报尔先臣，荣吾戚里，亦欲使缘边诸将，视其爱子，为我竭诚。可守太仆卿驸马都尉，余如故。

又《骆怡等复职制》曰：

敕前江州司马员外同正员骆怡等：一眚而去其人，则改行自新之徒，蔑由进矣。况吏议不一，负累多门。原陟不必终于廉夫，而周处卒为名士，此亦曩时之明验也。尔等受谴既久，省宥斯频，各励日新，以期天秩；并复资品，宜乎慎终。

其他称是。大抵稹之制诰文，茹古涵今，惬理餍情，而抒之以感激顿挫，不漫为铺张排比，自诩"不拘属对，追用古道"；匪追《尚书》之诰体，盖用韩愈之古文。意必切核，语尚遒健，而于陆贽之外，足以别张一军焉。白居易之文，不废排比，而出以坦迤，陆贽之枝流乎？元稹之笔，力跻遒古，而出之峻重，韩愈之别子也。碑志文生峭奥衍，不懈而出以矫厉，尤得韩愈之仿佛，如《沂国公魏博德政碑》、《故中书令赠太尉沂国公墓志铭》，蹈厉发越，足追愈《曹成王》、《许国公》诸碑；《故万州刺史刘君墓志铭》，权奇倜傥，颇似愈《张彻》、《王适》诸志；笔力老健，当在韩门弟子皇甫湜之上。而《唐故工部员外郎杜君墓系铭并序》，则尤排荡顿挫而措之于章安句适，栗密窈眇而发之以鲸铿春丽；一笔挥洒，精能之至。其体格非韩愈，其气调则韩愈也。论者莫知，而盛传其诗以配白居易称为元白。然白不为刻镂，元颇务组丽。白机利而元笔重，白气直而元语涩。同一学杜，而白坦以出新，元遒以追古。白以坦为易，于显见微，意警而语浅；元以炼为雅，于遒见重，气激而旨浮。白情深而文明，元辞繁而情隐。元白齐名，元不如白；独悼亡之什，绝去雕饰，情事恻恻，多潘岳所未道。五言律如《夜闲》曰：

感极都无梦,魂销转易惊。风帘半钩落,秋月满床明。怅望临阶坐,沉吟绕树行。孤琴在幽匣,时进断弦声。

又《除夜》曰:

忆昔岁除夜,见君花烛前。今宵祝文上,重叠叙新年。闲处低声哭,空堂背月眠。伤心小男女,撩乱火堆边。

七言律如《三遣悲怀》曰:

谢公最小偏怜女,自嫁黔娄百事乖。顾我无衣搜荩箧,泥他沽酒拔金钗;野蔬充膳甘长藿,落叶添薪仰古槐。今日俸钱过十万,与君营奠复营斋。

昔日戏言身后意,今朝都到眼前来。衣裳已施行看尽,针线犹存未忍开。尚想旧情怜婢仆,也曾因梦送钱财。诚知此恨人人有,贫贱夫妻百事哀。

闲坐悲君亦自悲,百年能是几多时。邓攸无子寻知命,潘岳悼亡犹费词。同穴窅冥何所望,他生缘会更难期。惟将终夜长开眼,报答平生未展眉。

七言绝如《六年春遣怀》曰:

婢仆晒君余服用,娇痴稚女绕床行。玉梳钿朵香胶解,尽日风吹玳瑁筝。

伴客销愁长日饮,偶然乘兴便醺醺。怪来醒后傍人泣,醉里时时错问君。

又《哭子》曰:

才能辨别东西位,未解分明管带身。自食自眠犹未得,九重泉路托何人!

尔母溺情连夜哭,我身因事有时悲。钟声欲绝东方动,便是寻常上学时。

节量梨栗愁生疾,教示诗书望早成。鞭扑较多怜较少,又缘遗恨哭三声。

平生琐细,历历话念,自然凄惋,惟其情之真也。传有《元氏长庆集》六十卷。时人传诵篇什,而亦颇以淫靡相诋。稹自称:"近世妇人晕淡眉目,绾约头鬓,衣服修广之度,及匹配色泽,尤剧怪艳,因为《艳诗》百余首。"其词或流淫靡,为当时之所好,然检集中不得;而就其存者,意固非淫,格亦未靡;特语以炼而不免滞,意以奥而转欠警尔。苏轼谓"元轻曰俗"。然白浅切而非俗,元遒古而不轻;苏轼之论,亦未为得实也。荆州街子葛清,勇不肤挠,自颈已下,遍刺白居易诗。临淄段成式尝客荆州,呼观之,令其自解;背上亦能暗记,反手指其札处;至"不是此花遍爱菊",则有一人持杯临菊丛。又"黄夹缬林寒有叶",则指一树,树上挂缬,缬橐锁胜绝细。凡刻三十余处,首体无完肤,呼为白舍人行诗图。盖白诗之风行一代如此。

第十三节　杜牧　李商隐　温庭筠_{附唐彦谦 韩偓 吴融}　皮日休　陆龟蒙　段成式

元白之诗,海内传讽。稍晚出而睥睨之者,杜牧而已。杜牧,字牧之,京兆万年人。太和二年,擢进士第,累官中书舍人。家世贵仕,不喜龊龊小谨,敢为激发之论。先是宝历中,敬宗大起宫室;而牧进士未第,年二十余,乃作《阿房宫赋》以讥之曰:

六王毕,四海一。蜀山兀,阿房出。覆压三百余里,隔离天日。

第四编　近古文学上

骊山北构而西折,直走咸阳。二川溶溶,流入宫墙。五步一楼,十步一阁。廊腰缦回,檐牙高啄;各抱地势,钩心斗角。盘盘焉,囷囷焉,蜂房水涡,矗不知其几千万落。长桥卧波,未云何龙?复道行空,不霁何虹?高低冥迷,不知西东。歌台暖响,春光融融;舞殿冷袖,风雨凄凄;一日之内,一宫之间,而气候不齐。妃嫔媵嫱,王子皇孙,辞楼下殿,辇来于秦。朝歌夜弦,为秦宫人。明星荧荧,开妆镜也;绿云扰扰,梳晓鬟也;渭流涨腻,弃脂水也;烟斜雾横,焚椒兰也;雷霆乍惊,宫车过也,辘辘远听,杳不知其所之也。一肌一容,尽态极妍,缦立远视而望幸焉,有不见者三十六年。燕赵之收藏,韩魏之经营,齐楚之精英,几世几年,摽掠其人,倚叠如山。一旦不能有,输来其间。鼎铛玉石,金块珠砾,弃掷逦迤;秦人视之,亦不甚惜。

嗟呼!一人之心,千万人之心也。秦爱纷奢,人亦念其家。奈何取之尽锱铢,用之如泥沙!使负栋之柱,多于南亩之农夫;架梁之椽,多于机上之工女;钉头磷磷,多于在庾之粟粒,瓦缝参差,多于周身之帛缕;直栏横槛,多于九土之城郭;管弦呕哑,多于市人之言语。使天下之人不敢言而敢怒,独夫之心日益骄固。戍卒叫,函谷举;楚人一炬,可怜焦土。呜呼!灭六国者,六国也,非秦也。族秦者,秦也,非天下也。嗟乎!使六国各爱其人,则足以拒秦。使秦复爱六国之人,则递三世,可至万世而为君,谁得而族灭也。秦人不暇自哀而后人哀之;后人哀之而不鉴之,亦使后人而复哀后人也!

虽不甚琢炼,而急言竭论,出之以铿锵鼓舞;铺采摛文,不害为抑扬爽朗。传有《樊川文集》二十卷,《外集》一卷,《别集》一卷。诗出杜甫,得其风调而逊其沉郁。文开苏轼,有其疏快而无其警切。集中《答庄充书》曰:"凡为文以意为主,气为辅,以辞彩章句为之兵卫。未有主强盛,而辅不飘逸者,兵卫不华赫而辅庄整者。四者高下,圆折步骤,随主所指,无不如意。苟意不先立,止以文彩辞句,绕前捧后,是言愈多而理愈乱。意能遣辞,辞不能成意。"其持论归于先意气而后辞句。今观其文,指陈利病,敢论列大事,务肆以尽,欲以文章经世,厥为宋儒苏轼之先河。而宋祁修《新唐书》,录牧《罪言》以为《藩镇传叙》。欧阳修读之,叹曰:"笔力亦不可及!"然辞畅而意不足,气盛而理转浮,苦于有笔力而无笔意。同于苏者,气之畅,辞之尽;而不如苏者,意之透,理之足也。论说然,书疏亦然。《阿房宫赋》陈古以监今,笔势放纵,而意特警发,集中之胜。其他所为如《燕将录》、《赠太尉牛公墓志铭》、《赠司徒周公墓志铭》、《唐故岐阳公主墓志铭》、《唐故歙州邢君墓志铭》、《唐故平卢军节度巡官陇西李府君墓志铭》、《赠吏部尚书沈公行状》,传志杂记之文,浑涵光芒,如行云流水,随笔曲注,而情事都尽;盖得韩公之雄直,而力袪涩艰;开宋人之机利,而妙尽顿挫;波有余渟,笔无滞机。叙事如此,乃苏轼之所难能;而世人顾以议论称之,亦妄已。晚唐学韩文而得其雄直者,杜牧也。学韩文而似其峻拗者,孙樵也。杜牧开苏轼,孙樵开王安石。

于时,诗多柔靡,语尚矜炼,而牧则干之以风力,抒之为豪荡。五言古如《赠宣州元处士》曰:

> 陵阳北郭隐,身世两忘者。蓬蒿三亩居,宽于一天下。樽酒对不酌,默与玄相话。人生自不足,爱叹遭逢寡。

又《村行》曰:

> 春半南阳西,柔桑过村坞。娉娉垂柳风,点点回塘雨。襃唱牧牛儿,篱窥蒨裙女。半湿解征衫,主人馈鸡黍。

七言律如《九日齐山登高》曰：

江涵秋影雁初飞，与客携壶上翠微。尘世难逢开口笑，菊花须插满头归。但将酩酊酬佳节，不用登临恨落晖。古往今来只如此，牛山何必独沾衣。

七言绝如《江南春》曰：

千里莺啼绿映红，水村山郭酒旗风。南朝四百八十寺，多少楼台烟雨中。

又《泊秦淮》曰：

烟笼寒水月笼沙，夜泊秦淮近酒家。商女不知亡国恨，隔江犹唱《后庭花》。

又《宫词》曰：

蝉翼轻绡傅体红，玉肤如醉向春风。深宫锁闭犹疑惑，更取丹砂试辟宫。

监宫引出暂开门，随例须朝不是恩。银轮却收金锁合，月明花落又黄昏。

又《山行》曰：

远上寒山石径斜，白云深处有人家。停车坐爱枫林晚，霜叶红于二月花。

华而有风，抑扬爽朗。其他五言古如《感怀诗》、《杜秋娘诗》、《郡斋独酌》、《张好好诗》、《冬至日寄小侄阿宜诗》、《洛中送冀处士东游》、《送沈处士赴苏州李丞招以诗赠行》、《雪中书怀》，五言律如《长安夜月》；五言长律如《昔事文皇帝三十二韵》、《春末题池州弄水亭》，七言古如《池州送孟迟先辈》、《大雨行》，七言律如《河湟》、《闻庆州赵纵使君与党项战中箭身死长句》、《润州》第一首、《湖南正初招李郢秀才》,七言绝如《齐安郡后池》、《寄扬州韩绰判官》、《赠别》二首、《遣怀》、《秋夕有感》诸作,藻丽茂典之什,而有感喟苍凉之意,所以丽而不缛,气能运藻;盖得杜甫之风调,而衍其赡丽者也。然有才调而无骨力,气不如甫之沉,骨不如甫之坚,所以丽而不雄,朗而伤易。人称小杜,以别于甫;尝为《唐故平卢军节度巡官陇西李府君戡墓志》,述戡之言:"尝痛自元和已来,有元白诗者,纤艳不逞,非庄士雅人,多为破坏,流于民间,疏于屏壁,子父女母,交口教授,淫言媟语,冬寒夏热,入人肌骨,不可除去。"盖牧平日持论如此,而特假戡以发其意。文人相轻,苦不自知;其实元白不多纤艳,而牧诗尽有纤艳。集中《冬至日寄小侄阿宜》诗曰:"李杜泛浩浩,韩柳摩苍苍。近者四君子,与古为强梁。"《读韩杜集》曰:"杜诗韩笔愁来读,似倩麻姑痒处搔。"盖诗学杜而文宗韩也。牧之诗与白居易同出杜甫,特居易为甫之浩浩,而出以浅切,令人易晓;牧则为甫之浩浩,而得其赡丽,令人爱读;学焉而皆得性之所近。居易才大而繁不制,牧则风华而骨不植。元稹情隐而文泽,牧则辞达而旨浮。而思不窥深,骨未造坚,三人者不同病而同蔽。李商隐与牧之同时,亦称李杜;然牧同李之顿挫,而逊其沉郁;李有牧之圆润,而无其爽健。此牧之所以异于李商隐也。

李商隐,字义山,怀州河内人。开成二年进士,历佐节镇幕府,终于东川节度判官,检校工部郎中。传有《李义山诗集》六卷,《文集》五卷,论者颇以卑靡少之。然商隐诗,属对律切而不害抑扬,造词丽缛而尽有寄托。大抵杜甫诗有两种:一种气象高华,而出以圆润。其一辞笔拗怒,而故为雄矫。韩愈、孟郊,敩其拗怒。杜牧、李商隐,出以圆润。观商隐《漫成》绝句曰:"沈宋裁辞矜变律,王杨落笔得良朋。当时自谓宗师妙,今日惟观属对能。"则固自谓属对之外,别有能事。而论者徒诵其《锦瑟》、《碧城》诸律,以为巧用文字,务为妍冶;又疑其动辄用事,曲为

笺注。然五言律如《蝉》曰:

　　本以高难饱,徒劳恨费声。五更疏欲断,一树碧无情。薄宦梗犹泛,故园芜已平。烦君最相警,我亦举家清。

又《桂林》曰:

　　城窄山将压,江宽地共浮。东南通绝域,西北有高楼。神护青枫岸,龙移白石湫。殊乡竟何祷?箫鼓不曾休。

七言律如《隋宫》曰:

　　紫泉宫殿锁烟霞,欲取芜城作帝家。玉玺不缘归日角,锦帆应是到天涯。于今腐草无萤火,终古垂杨有暮鸦。地下若逢陈后主,岂宜重问《后庭花》。

又《马嵬》曰:

　　海外徒闻更九州,他生未卜此生休。空闻虎旅传宵柝,无复鸡人报晓筹。此日六军同驻马,当时七夕笑牵牛。如何四纪为天子,不及卢家有莫愁。

五言绝如《乐游原》曰:

　　向晚意不适,驱车登古原。夕阳无限好,只是近黄昏。

七言绝如《夜雨寄北》曰:

　　君问归期未有期,巴山夜雨涨秋池。何当共剪西窗烛,却话巴山夜雨时。

又《贾生》曰:

　　宣室求贤访逐臣,贾生才调更无伦。可怜夜半虚前席,不问苍生问鬼神。

使事而不用典，律切而为浑脱，沉郁顿挫，抱负殊常。其他五言古如《骄儿诗》、《行次西郊作一百韵》，七言古如《偶成转韵七十二句赠四同舍》、《安平公诗》，五言律如《风雨》、《桂林路中作》、《寓兴》、《登霍山驿楼》，五言长律如《咏怀寄秘阁旧僚二十六韵》、《有感》二首、《摇落》、《戏赠张书记》，七言律如《荆门西下》、《筹笔驿》、《重有感》、《七月二十九日崇让宅宴作》、《春日寄怀》，七言绝如《南朝》诸作，悲歌慷慨，何曾巧为妍冶？跌宕昭彰，何用曲为笺注？即有巧为妍冶，如五言古《春风》曰：

　　春风虽自好，春物太昌昌。若教春有意，惟遣一枝芳。我意殊春意，先春已断肠。

又七言古《七月二十八日夜与王郑二秀才听雨后梦作》曰：

　　初梦龙宫宝焰燃，瑞霞明丽满晴天；旋成醉倚蓬莱树，有个仙人拍我肩。少顷远闻吹细管，闻声不见隔飞烟；逶迤又遇潇湘雨，雨打湘灵五十弦。瞥见冯夷殊怅望，鲛绡休卖海为田，亦逢毛女无憀极，龙伯擎将华岳莲。恍惚无倪明又暗，低迷不已断还连。觉来正是平阶雨，未背寒灯枕手眠。

又七言律《无题》曰：

　　来是空言去绝踪，月斜楼上五更钟。梦为远别啼难唤，书被催成墨未浓。蜡照半笼金翡翠，麝薰微度绣芙蓉。刘郎已恨蓬山远，更隔蓬山一万重。

　　相见时难别亦难，东风无力百花残。春蚕到死丝方尽，蜡炬成灰泪始干。晓镜但愁云鬓改，夜吟应觉月光寒。蓬山此去无多路，青鸟殷勤为探看。

又七言绝《为有》曰：

为有云屏无限娇,凤城寒尽怕春宵。无端嫁得金龟婿,辜负香衾事早朝。

其他如五言律《柳》、《赠柳》、《谑柳》、《僧院牡丹》、《清夜怨》,五言长律《赋得桃李无言》,七言律《辛未七夕》、《春雨》、《汉宫》,七言绝《日射》、《花下醉》诸作,即景生情,虽是巧为妍冶,而亦顿挫浏亮,无待曲为笺注也。七言古如《韩碑》,生崭而力为雄矫,仿佛韩愈。而《七月二十八日夜与王郑二秀才听雨后梦作》,及《无愁果有愁曲》、《北齐歌》、《射鱼曲》、《日高》、《海上谣》、《景阳宫井双桐》、《燕台诗》四首、《河内诗》二首、《烧香曲》,又七言律《锦瑟》、《碧城》诸作,奇丽而出以诞幻,又似李贺;可以意会而不可以迹求,虽笺注,亦不易解也。至如五言律《裴明府居止》曰:

爱君茅屋下,向晚水溶溶。试墨书新竹,张琴和古松。坐来闻好鸟,归去度疏钟。明日还相见,桥南贳酒酽。

又《北青萝》曰:

残阳西入崦,茅屋访孤僧。落叶人何在?寒云路几层?独敲初夜磬,闲倚一枝藤。世界微尘里,吾宁爱与憎。

会心不远,随景入咏,清微淡远,意兴婉惬,则又王孟之逸调矣,宁得香草美人,概以缛靡论之哉。

商隐初为古文,不喜偶对。令狐楚帅河阳,辟置之幕。楚才思俊丽,于笺奏制令尤善。商隐从受学,始为今体章奏,博学强记,下笔不能自休。王茂元镇河阳,爱其才,妻以女,而表掌书记。会文宗以杨贤妃谮,欲废太子永;宰相及群臣谏阻,不听。商隐《为濮阳公(茂元)论皇太子表》上奏,乃止,其辞曰:

臣某言:今月日,得本道进奏院状,报今月六日,宰臣郑覃等率三省官属入论皇太子事者。褫魄疆场，驰魂辇毂；莫知本末，伏用惊惶。臣闻《礼赞》元良，《易》标明两，是司匕鬯，以奉宗祧；华夏式瞻，邦冢大本。自昔质文或异，步骤虽殊，既立之以贤，则辅之有道。北宫养德，东序承荣，务近正人，用光继体。周则周公为太傅，太公为太师；汉则疏氏二贤，商山四老，内扬孝道，外尽忠规。尤在去彼猜嫌，辨其疑似；不由微细，轻致动摇。乃得守三十代之丕图，延四百年之景祚，著于史册，焕若丹青。

伏惟皇帝陛下道冠百王，功高三古，事窥化本，谋动机先。皇太子自正春坊，传辉望苑。陛下旁延俊乂，以赞温文，并学探渊源，气压浮竞。嗜鱼不进，求玦莫从。有王褒之献箴，无卞兰之奉赋。今纵粗乖睿旨，微懒圣心，当以犹属妙龄，未加元服，或携徒御，时纵逸游。乐野夏储，亦常观舞；南皮魏副，屡见飞觞。陛下浚发慈仁，殷勤指教，稍逾规戒，即振威灵。虽伐木析薪，必循其理；而逝梁发笱，亦有可虞。抑臣又闻父之于子也，有严训而无责善；君之于臣也，有掩恶而复录功。故得各务日新，并从夕改，同置于道，不伤其慈。倘犯在斯须，必遗天性；过当造次，遽抵国章，则以古以今，孰为令子？在朝在野，谁曰全臣？虚牵复之至言，失不贰之深旨。

伏惟陛下侔覆育于天地，霁赫怒于雷霆，复许省励宫闱，卑谢师傅，蹈殊休于列圣，尉钦嘱于兆人。臣才则荒凉，志惟朴呆。因缘代业，蒙被官荣；窃诸侯之土田，领大将之旗鼓。当车折槛，合首他人；沥胆刺心，正当今日。而名非朝籍，务切军机，道阻且修，伫立以泣。龙楼献真，戴逵之辞翰蔑闻凤阙；拜章，张俨之精诚未泯。干冒宸极，无任陨涕祈恩之至。

又《为濮阳公谢罚俸状》曰：

right，臣伏准御史壹牒，奉恩旨，以臣不先觉察妖贼贺兰进兴等，宜罚两月俸者。伏以雾市微妖，潢池小寇，有乖先觉，上黩宸聪。昔汉以捕盗不严，犹加黜削。晋以发奸无状，亦峻科条。岂若皇帝陛下恩极好生，德惟宥过；与其漏网，止以罚金。臣与僚属等无任戴恩省罪屏营之至。

凡所草奏，气调警拔，有议论，有波澜，乃以古文之法，而运俪体之辞。其他如《为汝南公华州贺赦表》、《为京兆公陕州贺南郊赦表》、《为汝南公贺彗星不见复御正殿表》、《为柳州郑郎中上表》、《为濮阳公陈情表》、《为怀州李中丞谢上表》、《为荥阳公贺幽州破奚寇表》、《为汝南公贺元日御正殿受朝贺表》、《代仆射濮阳公遗表》、《代彭阳公（令狐楚）遗表》、《代安平公遗表》、《为荥阳公谢赐冬衣状》、《为濮阳公檄刘稹文》、《贺相国汝南公启》、《为河东公谢相国京兆公第二启》、《为柳珪谢京兆公第二启》、《献河东公启》二首、《上尚书范阳公启》第一第二两首、《为白从事上陈许尚书启》、《谢河南公和诗启》、《为张周封上杨相公启》、《为李贻孙上李相公启》、《为贺拔员外上李相公启》、《为举人上翰林萧侍郎启》、《上时相启》、《上河东公启》第一首诸作，铺陈形势，指画天人；笔能健举，意必警发。陆贽奏议，不贵绮错，而妙能曲畅；商隐启奏，尽有绮错，而不害曲畅；意义则古茹今切，气调则大含细入，议论以纬，身世以经，卓然一家之言；足以上承庾信之健笔，近媲陆贽之奏议。至集中书、序、传、碑、杂著之文，则所谓"为古文，不喜偶对"者；然解散辞体，而气不足以举，辞不能以达；惟《李贺小传》、《记齐鲁二生》、《宜都内人》三四篇，生拗而能见本末，如孙樵之学韩愈耳。盖古文多少年之作，而不如今体章奏之殚毕生精力也。与太原温庭筠，南郡段成式齐名，三人者，并兄弟次十六，时号三十六体。

温庭筠，本名岐，字飞卿。数举进士不中第。然敏悟工辞章，与李商隐齐名，而文思清丽，庭筠且过之，故有温李之目也。然就世所传文三十四篇，录入《全唐文》者，与商隐同为四六，顾窘边幅，而不如商隐之波澜长；薄滋味，而不如商隐之议论多；徒为律切，未见才调。诗则与商隐抗手，传有《温庭筠诗集》七卷，《别集》一卷。特庭筠刻意奇丽，不免意以词夺；而商隐则自抒抱负，不徒才藻。庭筠则儿女情长，商隐亦风云意多。气调以商隐为畅肆，字句则庭筠为警丽。五七言律，商隐为胜；五七言古，庭筠则遒。而究其所以警丽，不在隶事之博奥，而在造语之铸炼；读书多，积理富，融裁生新，戛戛独造，亦自不知所以然；而笺注者必欲一字一句，求其来历，则亦可谓诬古人而失之凿也。商隐之律，善学杜甫；而庭筠之古，原本李贺。五言古如《碌碌古词》曰：

左亦不碌碌，右亦不碌碌！野草自根肥，羸牛生健犊。融蜡作杏蒂，男儿不恋家；春风破红意，女颊如桃花。忠言未见信，巧语翻咨嗟。一鞘无两刃，徒劳油壁车。

七言古如《塞寒行》曰：

燕弓弦劲霜封瓦，朴簌寒雕睇平野。一点黄尘起雁喧，白龙堆下千蹄马。河源怒触风如刀，剪断朔云天更高；晚出榆关逐征北，惊沙飞迸冲貂袍。心许凌烟名不灭，年年锦字伤离别，彩毫一画竟何荣，空使青楼泪成血。

其他五言古如《故城曲》、《江南曲》、《侠客行》，七言古如《鸡鸣埭曲》、《织锦词》、《夜宴谣》、《莲浦谣》、《遐水谣》、《晓仙谣》、《锦城曲》、《舞衣曲》、《张静婉采莲曲》、《拂舞词》、《吴苑行》、《兰塘词》、《达摩支曲》、《水仙谣》、《醉歌》、《惜春词》、《苏小小歌》、《懊恼曲》、《三洲词》诸作，以雕藻为铸炼，以吊诡出新丽，语必生撰，意造惝恍，置之李贺歌诗编，直是一手；此在商隐为别调，而于庭筠则惯见也。然庭筠之律，则不以雕藻

为铸炼,而以琢炼出清新。五言律如《题卢处士山居》曰:

> 西溪问樵客,遥指楚人家。古树老连石,急泉清露沙;千峰随雨暗,一径入云斜。日暮雀飞散,满庭荞麦花。

又《商山早行》曰:

> 晨起动征铎,客行悲故乡。鸡声茅店月,人迹板桥霜。槲叶落山路,枳花明驿墙。因思杜陵梦,凫雁满回塘。

七言律如《和赵嘏题岳寺》曰:

> 疏钟细响乱鸣泉,客省高临似水天。岚翠暗来空觉润,涧泉余爽不成眠。越僧寒立孤灯外,岳月秋当万木前。张邴宦情何太薄,远公窗外有池莲。

他如五言律《巫山神女庙》、《早秋山居》、《江岸即事》、《西游书怀》、《题造微禅师院》,七言律《春日偶作》、《春日访李十四处士》诸作,融情入景,托物寄与,上追盛唐之王孟,下开晚明之钟谭,只见以清远出生炼,何尝以侧艳为妍冶耶?至七言律如《过陈琳墓》、《过五丈原》、《苏武庙》、《寒食前有怀》,七言绝如《蔡中郎坟》、《瑶瑟怨》诸作,沉郁苍凉,亦出杜甫。而世论漫以侧艳轻之,亦寻声逐响之谈已。特薄于行,无检幅,而与公卿家无赖子弟游,能逐弦吹之音,唱侧艳之词,好为妍冶,遂成口实。

五代后蜀赵崇祚编《花间集》,选温庭筠词六十六首,列于卷首。首为《菩萨蛮》词十四首,尤著名,录一首。

> 小山重叠金明灭,鬓云欲度香腮雪。懒起画蛾眉,弄妆梳洗迟。　　照花前后镜,花面交相映。新贴绣罗襦,双双金鹧鸪。

庭筠之词亦有清丽而情深者,如《忆江南》曰:

> 千万恨,恨极在天涯。山月不知心里事,水风空落眼前花。摇

曳碧云斜。

梳洗罢,独倚望江楼。过尽千帆皆不是,斜晖脉脉水悠悠。肠断白苹洲!

又《更漏子》曰:

玉炉香,红蜡泪,偏照画堂秋思。眉翠满,鬓云残,夜长衾枕寒。　梧桐树,三更雨,不道离情正苦。一叶叶,一声声,空阶滴到明。

境以静而情幽,情以深而景融,此中有人,呼之欲出。于疏处运追琢,于幽处见神致,而曲折如志,潇洒疏俊,意以运词,固不在绘章饰句之末也。

唐彦谦,字茂业,并州晋阳人。少师温庭筠,而为诗慕李商隐,得其温丽感怆,后学杜甫。传有《鹿门先生集》三卷。录《采桑女》:

春风吹蚕细如蚁,桑芽才努青鸦嘴。侵晨采桑谁家女,手挽长条泪如雨:"去岁初春当此时,今岁春寒叶放迟。愁听门外催里胥:官家二月收新丝。"

韩偓,字致尧,小名冬郎,京兆万年人。十岁即作诗送李商隐,商隐寄酬,称"桐花万里丹山路,雏凤清于老凤声"。后官至翰林承旨,受朱温排挤,全家入闽。录《春尽》。

惜春连日醉昏昏,醒后衣裳见酒痕。细水浮花归别涧,断云含雨入孤村。人闲易得芳时恨,地迥难招自古魂。惭愧流莺相厚意,清晨尤为到西园。

韩偓为李商隐所赏,称其句有老成之风;传有《香奁集》一卷,《韩内翰别集》一卷。而《别集》感时伤事之作,颇有变风变雅之遗;不徒以《香奁》艳曲传诵一时也。

吴融,字子华,山阴人。与偓同年进士,又同为翰林院学士,多相唱和;而融有《唐英歌诗》三卷,音节谐雅,有中唐遗风,与偓正复劲敌也。录《金陵感事》:

> 太行和雪叠晴空,二月郊原尚朔风。饮马早闻临渭北,射雕今欲过山东。百年徒有伊川叹,五利宁无魏绛功?日暮长亭正愁绝,哀笳一曲戍烟中。

晚唐婉丽,盖以温李结一代诗人之局焉。

皮日休,字袭美,襄阳人,为苏州刺史崔璞从事。陆龟蒙,字鲁望,长洲人,居松江甫里,称甫里先生,号天随子。亦来谒璞,与日休唱和,因得《松陵唱和集》十卷;而日休为之序曰:"近代称温飞卿李义山为之最,以陆生参之,乌知其孰先孰后也?"是皮陆近体诗祈向温李,但古体诗多承韩愈体,趋向铺张奇崛。选皮陆近体古体诗各一首。

馆娃宫怀古　皮日休

艳骨已成兰麝土,宫墙依旧压层崖。弩台雨坏逢金镞,香径泥销露玉钗。砚沼只留溪鸟浴,屟廊空信野花埋。姑苏麋鹿真闲事,须为当时一怆怀。

正乐府之二　橡媪叹　又

秋深橡子熟,散落榛芜冈。伛偻黄发媪,拾之践晨霜。移时始盈掬,尽日方满筐。几曝复几蒸,用作三冬粮。山前有熟稻,紫穗袭人香。细获又精舂,粒粒如玉珰。持之纳于官,私室无仓箱。如何一不余,只作五斗量。狡吏不畏刑,贪官不避赃。农时作私债,农毕归官仓。自冬及于春,橡实诳饥肠。吾闻田成子,诈仁犹自王。吁嗟逢橡媪,不觉泪沾裳。

白莲　陆龟蒙

素花多蒙别艳欺,此花端合在瑶池。无情有恨何人觉,月晓风清欲堕时。

五歌之一　放牛　又

江草秋穷似秋半,十角吴牛放江岸。邻肩抵尾作侬偎,横去斜奔忽分散。荒陂断堑无端入,背上时时孤鸟立。日暮相将带雨归,田家烟火微茫湿。

段成式,字柯古,临淄人,宰相文昌子也;以文思清丽,与温庭筠、李商隐齐名,三人皆排行十六,故称其诗为三十六体。《全唐文》录其文十八首。然骈文丽典络绎,而失之碎,不成体段;不惟不能追李,抑亦远逊于温。独所为《酉阳杂俎》二十卷,《续集》十卷;古来佚文秘典,往往而在。而宋以后小说剧曲,多取其材为本事,独为说部之宗匠,而为谈苑所不废。录其数事。

太和中,郑仁本表弟不记姓名,尝与一王秀才游嵩山,扪萝越涧,境极幽夐,遂迷归路。将暮,不知所之。徙倚间,忽觉丛中鼾睡声;披蓁窥之,见一人布衣甚洁白,枕一襆,方眠熟。即呼之曰:"某偶入此径迷路;君知向官道否?"其人举首略视,不应,复寝。又再三呼之,乃起坐,顾曰:"来此!"二人因就之,且问其所自。其人笑曰:"君知月乃七宝合成乎?月势如丸,其影,日烁其凸处也。常有八万二千户修之,予即一数。"因开襆,有斤凿数事,玉屑饭两裹,授二人曰:"分食此,虽不足长生,可一生无疾耳!"乃起,与二人指一支径:"但由此自合官道矣。"言已,不见。(原《前集》卷一)

玄宗学隐形于罗公远,或衣带,或巾脚,不能隐。上诘之,公远极言曰:"陛下未能脱屣天下,而以道为戏。若尽臣术,必怀玺入人家,将困于鱼服也。"玄宗怒,嫚骂之。公远遂走入殿柱中,极疏上失。上愈怒,令易柱破之。复大言于柱础中,乃易础观之,础明莹,见公远形在其中,长寸余。因碎为十数段,悉有公远形。上惧,谢

焉,忽不复见。后中使于蜀道见之,公远笑曰:"为我谢陛下。"(原《前集》卷二)

梵僧不空得总持门,能役百神。玄宗敬之。岁常旱,上令祈雨。不空言:"可过某日。今祈之,必暴雨。"上乃令金刚三藏设坛请雨,连日暴雨不止,坊市有漂溺者;遽召不空令止之。不空遂于寺庭中捏泥龙五六,当溜水,胡言骂之。良久,复置之,乃大笑。有顷,雨霁。邙山有大蛇,樵者常见,头若丘陵,夜常承露气。见不空,作人语曰:"弟子恶报!和尚何以见度?常欲翻河水,陷洛阳城以快所居也。"不空为授戒说苦空,且曰:"汝以瞋心受此苦,复忿恨,吾力何及?当思吾言,此身自舍。"后旬月,樵者见蛇死于涧中,臭达数十里。不空每祈雨,无他轨则,但设數绣座,手簸旋数寸木神,念咒掷之,自立于座上;伺木神吻角牙出,目瞋,则雨至。(原《前集》卷三)

长寿寺僧誓言:他时在衡山,村人为毒蛇所噬,须臾而死,发解,肿起尺余。其子曰:"昝者若在,何虑?"遂迎昝至,乃以灰围尸,开四门。先曰:"若从足入,则不救矣。"遂踏步握固,久而蛇不至。昝大怒,乃取饭数升,捣蛇形,诅之。忽蠕动出门。有顷,饭蛇引一蛇从死者头入,径吸其疮,尸渐低;蛇疱缩而死。村人乃活。(原《前集》卷五)

韦行规自言:少时游京西,暮止店中,更欲前进。店前老人方工作,谓曰:"客勿夜行,此中多盗。"韦曰:"某留心弧矢,无所患也。"因进发,行数十里,天黑,有人起草中尾之。韦叱不应;连发矢中之,复不退;矢尽,韦惧奔马。有顷,风雷总至。韦下马负一树,见空中有电光相逐如鞠杖,势渐逼树杪,觉物纷纷坠其前,韦视之,乃木札也。须臾,积札埋至膝。韦惊惧,投弓矢仰空乞命,拜数十。电光渐高而灭,风雷亦息。韦顾大枝干童矣。鞍驮已失,遂返前店,见老人方籥筍。韦意其异人,拜之,且谢有误也。老人笑曰:"客勿恃弓矢,须知剑术!"引韦入院后,指鞍趿言:"却须取相试耳。"又出桶板一片,昨夜之箭,悉中其上。韦请役力汲汤,不许,微露击剑事,韦亦得其一二焉。(原《前集》卷九)

建中末,书生何讽常买得黄纸古书一卷,读之。卷中得发卷,规四寸,如环无端。何因绝之,断处两头滴水升余。烧之,作发气。讽偶言于道者,吁曰:"君固俗骨,遇此不能羽化,命也!据仙经曰:'蠹鱼三食神仙字,则化为此物,名曰脉望。夜以规映当天中星,星便立降,可求还丹,取此水和而服之,即时换骨上宾。'"因取古书阅之,数处蠹漏。寻义读之,皆"神仙"字;讽方哭伏。(原《续集》卷二)

石首县有沙弥道荫,常持念《金刚经》。宝历初,因他出,夜归,中路忽遇虎,吼掷而前。沙弥知不免,乃闭目而坐,但默念经,心期救护。虎遂伏草守之。及曙,村人来往,虎乃去。视其蹲处,涎流于地。(原《续集》卷七)

所记多荒怪不经,而一以坦迤出之,不刻意构画其事,随抒闻见,不为摛华掞藻,亦非范史仿子。辞笔高简而意态具足,足与干宝《搜神记》后先媲美,乃魏晋文章之枝流,而非唐人说部之浮滥。然记仙佛,记剑侠,记物异,则又唐人之意象,而扩魏晋之所未及。其曰《酉阳杂俎》者,取梁元帝"访酉阳之逸典"语,谓二酉山也。文章不朽,别有千秋,固不必以三十六体与温李分一席矣。

第十四节　司空图　方干 附杜荀鹤 罗隐 徐铉

司空图,字表圣,河中虞乡人。咸通末擢进士第,僖宗行在用为知制诰中书舍人,归隐中条山王官谷。昭宗即位,征拜旧官,以户兵二部侍郎召,皆不起。朱温篡唐为梁,召拜礼部尚书,不食而死。传有《司空表圣诗集》五卷,《文集》十卷。图少学于张籍,生值唐季,感时伤乱,发之诗篇,清音泠然,而务为秀炼,实承韩门弟子之贾岛一派,而上以清远希中盛唐之王维、韦应物,下以幽瘦开南宋之四灵。尝自列其诗之有得于文字之表者,为《诗品》二十四首,辞曰:

雄浑

大用外腓,真体内充。返虚入浑,积健为雄。具备万物,横绝太空。荒荒油云,寥寥长风。超以象外,得其环中。持之非强,来之无穷。

冲淡

素处以默,妙机其微。饮之太和,独鹤与飞。犹之惠风,苒苒在衣。阅音修篁,美曰载归。遇之匪深,即之愈稀。脱有形似,握手已违。

纤秾

采采流水,蓬蓬远春。窈窕深谷,时见美人。碧桃满树,风日水滨。柳阴路曲,流莺比邻。乘之愈往,识之愈真。如将不尽,与古为新。

沉着

绿杉野屋,落日气清。脱巾独步,时闻鸟声。鸿雁不来,之子远行。所思不远,若为平生。海风碧云,夜渚月明。如有佳语,大河前横。

高古

畸人乘真,手把芙蓉。泛彼浩劫,窅然空纵。月出东斗,好风相从。太华夜碧,人闻清钟。虚伫神素,脱然畦封。黄唐在独,落落玄宗!

典雅
玉壶买春,赏雨茆屋。坐中佳士,左右修竹。白云初晴,幽鸟相逐。眠琴绿阴,上有飞瀑。落花无言,人淡如菊。书之岁华,其曰可读。

洗炼
犹矿出金,如铅出银。超心炼冶,绝爱淄磷。空潭泻春,古镜照神。体素储洁,乘月返真。载瞻星气,载歌幽人。流水今日,明月前身。

劲健
行神如空,行气如虹。巫峡千寻,走云连风。饮真茹强,蓄素守中。喻彼行健,是谓存雄。天地与立,神化攸同。期之以实,御之以终。

绮丽
神存富贵,始轻黄金。浓尽必枯,浅者屡深。雾余水畔,红杏在林。月明华屋,画桥碧阴。金尊酒满,伴客弹琴。取之自足,良殚美襟。

自然
俯拾即是,不取诸邻。俱道适往,著手成春。如逢花开,如瞻岁新。真予不夺,强得易贫。幽人空山,过水采苹。薄言情晤,悠悠天钧。

含蓄
不著一字,尽得风流。语不涉己,若不堪忧。是有真宰,与之沉浮。如渌满酒,花时返秋。悠悠空尘,忽忽海沤。浅深聚散,万取一收。

豪放

观化匪禁,吞吐大荒。由道返气,处得以狂。天风浪浪,海山苍苍。真力弥满,万象在旁。前招三辰,后引凤凰。晓策六鳌,濯足扶桑。

精神

欲返不尽,相期与来。明漪绝底,奇花初胎。青春鹦鹉,杨柳池台。碧山人来,清酒满杯。生气远出,不著死灰。妙造自然,伊谁与裁。

缜密

是有真迹,如不可知。意象欲生,造化已奇。水流花开,清露未晞。要路愈远,幽行为迟。语不欲犯,思不欲痴。犹春于绿,明月雪时。

疏野

惟性所宅,真取弗羁。控物自富,与率为期。筑屋松下,脱帽看诗。但知旦暮,不辨何时。倘然适意,岂必有为?若其天放,如是得之。

清奇

娟娟群松,下有漪流。晴雪满汀,隔溪渔舟。可人如玉,步屟寻幽。载行载止,空碧悠悠。神出古异,淡不可收。如月之曙,如气之秋。

委曲

登彼太行,翠绕羊肠。杳霭流玉,悠悠花香。力之于时,声之于羌。似往已回,如幽匪藏。水理漩洑,鹏风翱翔。道不自器,与之圆方。

实境

取语甚直,计思匪深。忽逢幽人,如见道心。晴涧之曲,碧松之阴。一客荷樵,一客听琴。情性所至,妙不自寻。遇之自天,泠然希音。

悲慨

大风卷水,林木为摧,适苦若死,招憩不来。百岁如流,富贵冷灰。大道日丧,若为雄才。壮士拂剑,浩然弥哀。萧萧落叶,漏雨苍苔。

形容

绝伫灵素,少回清真。如觅水影,如写阳春。风云变态,花草精神。海之波澜,山之嶙峋。俱似大道,妙契同尘。离形得似,庶几斯人。

超诣

匪神之灵,匪机之微。如将白云,清风与归。远引若至,临之已非。少有道契,终与俗违。乱山高木,碧苔芳晖。诵之思之,其声愈稀。

飘逸

落落欲往,矫矫不群。缑山之鹤,华顶之云。高人惠中,令色絪缊。御风蓬叶,泛彼无垠。如不可执,如将有闻。识者已领,期之愈分。

旷达

生者百岁,相去几何。欢乐苦短,忧愁实多。何如尊酒,日往烟萝?花覆茆檐,疏雨相过。倒酒既尽,杖藜行过。孰不有古,南山峨峨。

流动

若纳水輨,如转丸珠。夫岂可道,假体如愚。荒荒坤轴,悠悠天枢。载要其端,载闻其符。超超神明,返返冥无。来往千载,是之谓乎?

钟嵘《诗品》,以人为主;而图则以境为主。每论诗,以为:"文之难,而诗之难尤难!古今之喻多矣,而愚以为辨于味,而后可以言诗也。江岭之南,凡是资于适口者,若醯,非不酸也,止于酸而已。若鹾,非不咸也,止于咸而已。华之人以充饥而遽辍者,知其酸咸之外,醇美者有所乏耳。彼江岭之人,习之而不知辨也,宜哉。《诗》贯六义,则讽谕抑扬,渟蓄温雅,皆在其间矣。然直致所得,以格自奇;前辈编集亦不专工于此。国初,上好文章,风雅特盛。沈宋始兴之后,宏思于李杜,极矣。右丞、苏州,趣味澄复,若清流之贯达。大历十数公,抑又其次。元白力劲而气孱,乃都市豪估耳。王右丞、韦苏州,澄澹精致,格在其中,岂妨于遒举哉。贾浪仙诚有警句,视其全篇,意思殊馁;大抵附于蹇涩,方可致才,亦为体之不备也。愚尝览韩吏部歌诗数百首,其驱驾气势,若掀雷挟电,撑抉于天地之间,物状奇怪,不得不鼓舞而徇其呼吸也。其次《皇甫祠部文集》所作,亦为遒逸;非无意于渊密,盖或未遑耳。方得柳诗,味其深搜之致,亦深远矣。噫!近而不浮,远而不尽,然后可以言韵外之致耳。"细籀图之所以为言者有二:曰格,曰味。盖以雄直立格,以渊永出味。格贵遒逸而不蹇,有矫举之奇;味宜深远而不尽,有韵外之致。王维、韦应物,韵不害格。韩愈、柳宗元,格能流韵。贾岛句警而思馁;元稹、白居易力劲而气孱;殆皆健于格而啬于韵者乎。与其格健而韵短,不如味幽而格瘦。今诵其诗,五言古如《秋思》曰:

身病时亦危,逢秋多恸哭。风波一摇荡,天地几翻覆!孤萤出荒池,落叶穿破屋。势利长草草,何人访幽独?

五言律如《塞上》曰:

万里隋城在,三边虏气衰。沙填孤障角,烧断故关碑。马色经寒惨,雕声带晚悲。将军正闲暇,留客换歌辞。

七言绝如《河湟有感》曰：

　　一自萧关起战尘，河湟隔断异乡春。汉儿尽作胡儿语，却向城头骂汉人。

又《南北史感遇》曰：

　　雨淋麟阁名臣画，雪卧龙庭猛将碑。不用黄金铸侯印，尽输公子买蛾眉。兵围梁殿金瓯破，火发陈宫玉树摧。奸佞岂能惭误国，空令怀古更徘徊。

其他五言古如《感时》，七言古如《冯燕歌》，七言律如《丁未岁归王官谷》、《退栖》，五言绝如《避乱》，七言绝如《洛中》三首之"不用频嗟世路难"一首、《狂题》十八首之"交疏自古戒言深"、"南华落笔似荒唐"二首，及《修史亭》三首诸作，感激顿挫，格遒而句警。至七言律如《归王官次年作》曰：

　　乱后烧残数架书，峰前犹自恋吾庐。忘机渐喜逢人少，览镜空怜待鹤疏。孤屿池痕春涨满，小阑花韵午晴初。酣歌自适逃名久，不必门多长者车。

五言绝如《杂题》曰：

　　孤枕闻莺起，幽怀独悄然。地融春力润，花泛晓光鲜。

又《偶书》曰：

　　衰谢当何忏，惟应悔壮图。磬声花外远，人影塔前孤。

七言绝如《白菊杂书》曰：

　　黄昏寒立更披襟，露浥清香悦道心。却笑谁家扃绣户，正薰龙麝暖鸳衾。

又《敷溪桥院有感》曰：

> 昔岁攀游景物同，药炉今在鹤归空。青山满眼泪堪碧，绛帐无人花自红。

其他五言律如《下方》两首、《华下送文浦》、《早春》、《赠圆昉公》，七言律如《争名》，五言绝如《春中》、《独望》、《退居漫题》七首之"花缺伤难缀"、"身外都无事"二首、《即事》九首之"衰鬓闲生少"、"林鸟频窥静"二首，七言绝如《闲夜》两首、《武陵路》、《偶题》三首之"小池随事有风荷"一首、《漫画》五首之"长拟求闲未得闲"、"溪边随事有桑麻"二首，秀丽疏朗，辞简而韵流。不为贾长江之蹇涩，亦异白香山之率易。大抵香山风靡，其末流为率易，为俚浅。温庭筠、李商隐，欲以雕藻救香山之俚浅；而图则以秀炼矫香山之易，以清远救香山之尽。香山力劲而气屦，图则格老而韵远；此其较也。所为文章，碑志一皆俪体，而论说、序跋、书牍、传状之文，则为古文。盖笔为拗劲，如孙樵之敩韩愈；而意之曲而能尽，笔之劲而以达，不如樵也。惟《题东汉传后》、《与惠生书》，陈古以讽，议论既好，笔亦曲畅，斯为一集之胜。至《诗品》二十四首，抒以四言，语句精炼，趣味澄复；穷态极妍，蹊径别开，可谓清音独远者矣。

于时有以不第进士，而诗特有名；亦以味幽格瘦，自湔拔于晚唐纤靡俚俗之中，而与司空图似者，方干也。干，字雄飞，桐庐人。始举进士，谒钱唐太守姚合。合视其貌陋，甚卑之。坐定，览诗卷，骇目变容，馆之数日，登山临水，无不与焉。咸通中，屡举进士不第，遂遁会稽，渔于鉴湖。然自咸通得名，迄文德，江以南，无有及者。既殁，宰相张文蔚奏名儒不第者五人，乞赐一官以慰英魂，干其一也。后进私谥曰玄英先生。传有《玄英集》八卷。其为诗冥搜物象，刻意瘦炼，故与姚合同调；而七言律之气格清迥，意度闲远，则于杜甫以外，自开一径，而为姚合之所未有。姚合特工五言，刻意苦吟，务求古人体貌所未到；而干则以其

清瘦刻炼,并施之七言;以承元白温李之后,如餍肥鱼大肉,饷之蔬笋,入口清脆。五言律如《冬夜泊僧舍》曰:

江东寒近腊,野寺水天昏。无酒能消夜,随僧早闭门。照墙灯焰细,着瓦雨声繁。漂泊仍千里,清泠欲断魂!

又《詹碏山居》曰:

爱此栖心静,风尘路已赊。十余茎野竹,一两树山花。绕石开泉细,穿萝引径斜。无人会幽意,来往在烟霞。

又《山中》曰:

散拙亦自遂,粗将猿鸟同。飞泉高泻月,独树迥含风。果落盘盂上,云生箧笥中。未甘明圣日,终作钓渔翁。

七言律如《再题路支使南亭》曰:

行处避松兼碍石,即须门径落斜开。爱邀旧友看渔钓,贪听新禽驻酒杯。树影不随明月去,溪流常送落花来。睡时分得江淹梦,五色毫端弄逸才。

又《旅次洋州寓居郝氏林亭》曰:

举目纵然非我有,思量似在故山时。鹤盘远势投孤屿,蝉曳残声过别枝。凉月照窗欹枕倦,澄泉绕石泛觞迟。青云未得平行去,梦到江南身旅羁。

又《题故人废宅》曰:

举目凄凉入破门,鲛人一饭尚知恩。闲花旧识犹含笑,怪石无情更不言;樵叟和巢伐桃李,牧童兼草踏兰荪。壶觞笑咏随风去,惟有声声蜀帝魂。

又《水墨松石》曰：

> 三世精能举世无，笔端狼藉见工夫。添来势逸阴崖黑，泼处痕轻灌木枯。垂地寒云吞大漠，过江春雨入全吴。兰堂坐久心弥惑，不道山川是画图。

七言排律如《山中言事八韵寄李支》曰：

> 岂知经史深相误，两鬓垂丝百事休。受业几多为弟子，成名一半作公侯。前时射鹄徒抛箭，此日求鱼未上钩。竹里断云来枕上，岩边片月在床头。过庭急雨和花落，绕舍澄泉带叶流。缅想远书聆鹊喜，窥寻嘉果觉猿偷。旧诗改处空留韵，新酝尝来不满卮。阮瑀如能问寒馁，风光当日入沧洲。

其他警句：五言如"野渡波摇月，空城雨翳钟"，"闲云低覆草，片水静涵空"，"冻云愁暮色，寒色淡斜晖"，"木叶怨先老，江云愁暮寒"，"空窗闲月色，幽壁静虫声"，"暝雪细声积，晨钟寒韵疏"，"众木随僧老，高泉尽日飞"，"坐月何曾夜，听松不似晴"，"曙月落松翠，石泉流梵声"。七言如"曳响露蝉穿树去，斜行沙鸟向池来"，"岂惟啼鸟催人醉，更有繁花笑客愁"，"仰瞻青壁开天罅，斗转寒湾避石棱"，"细泉出石飞难尽，孤烛和云湿不明"，"稚子遮门留熟客，惊蝉入座避游禽"，"绕砌紫鳞敧枕钓，垂檐野果隔窗攀"，"泉迸幽音离石底，松含细韵在霜枝"，"孤云恋石寻常住，落絮萦风特地飞"，"古树含风长带雨，寒岩四月始知春"，"碎花若入樽中去，清气应归笔底来"，"满阁白云随雨去，一池寒月逐潮来"。体物写怀，融情入景。意境深而静，所以异元白之枵响而俚；气格清以炼，可以渐温李之绮丽而缛。然其清炼可为，其秀爽不可及也。宋苏轼手写方干七律，时自省览。以此殿温李之后，而结晚唐之局，如一服清凉散，亦可谓落莫而不落莫也已。

朱温篡唐为梁，天下大乱，递禅而为后唐，为石晋，为刘汉，为柴周，谓之五代。四海鼎沸，儒风不振。晚唐诗人，廑有存者，而负盛名，当推杜荀鹤、罗隐。

杜荀鹤，字彦之，号九华山人，池州石埭人。后依朱温，入梁为翰林学士，五日而死；其人品不足道。而诗律自成一家，世号晚唐格；传有《唐风集》三卷。其诗兼有白居易之俚，李商隐之纤，而独擅其弊者也；惟《春宫怨》一律，温丽得风人之意，或者以为赤城周朴作也。荀鹤以律体作诗而明白如话，此为难能。余律诗二首。

春宫怨

早被婵娟误，欲妆临镜慵。承恩不在貌，教妾若为容。风暖鸟声碎，日高花影重。年年越溪女，相忆采芙蓉。

山中寡妇

夫因兵死守蓬茅，麻纻衣衫鬓发焦。桑柘废来犹纳税，田园荒后尚征苗。时挑野菜和根煮，旋斫生柴带叶烧。任是深山更深处，也应无计避征徭。

罗隐，字昭谏，余杭人。罗隐不事朱温，而出依吴越王钱镠；及温称帝，以谏议大夫召，不行，传有《罗昭谏集》八卷。其为诗讽刺镌刻，而好为俚俗，与荀鹤同。录七律二首。

曲江春感

江头日暖花又开，江东行客心悠哉。高阳酒徒半凋落，终南山色空崔嵬。圣代也知无弃物，侯门未必用非才。一船明月一竿竹，家住五湖归去来。

绵谷回寄蔡氏昆仲

一年两度锦江游，前值东风后值秋。芳草有情皆碍马，好云无处不遮楼。山将别恨和心断，水带离声入梦流。今日因君试回首，淡烟乔木隔绵州。

荀鹤诗，如曰"只恐为僧僧不了，为僧得了尽输僧"。曰"乍可百年无称意，难教一日不吟诗"。曰"啼得血流无用处，不如缄口过残春"。曰"举世尽从愁里老，谁人肯向死前闲"。曰"世间多少能言客，谁是无愁行睡人"。曰"逢人不说人间事，便是人间无事人"。而隐之诗，如曰"今宵有酒今宵醉，明日愁来明日愁"。曰"只知事逐眼前去，不觉老从头上来"。曰"时来天地皆同力，运去英雄不自由"。曰"采得百花成蜜后，不知辛苦为谁甜"。脱口而出，明白如话，此则白话诗之权舆，而汲白居易之末流者也。文体尤浮浅猥俗。宣城蒯鳌，在南唐时，颇有意矫唐末纤丽之弊，而所作不概见。

徐铉，字鼎臣，会稽人。才思敏捷，下笔即成，故其诗流易有余，深警不足。录一首。

登甘露寺北望

京口潮来曲岸平，海门风起浪花生。人行沙上见日影，舟过江中闻橹声。芳草远迷扬子渡，宿烟深映广陵城。游人乡思应如橘，相望须含两地情。

徐铉文亦沿溯燕许，不能嗣韩柳之音；然在五季之中，则迥然孤秀矣。传有《骑省集》三十卷；实以文学侍从，为南唐后主信臣；除礼部侍郎，翰林学士，御史大夫，吏部尚书。既而宋师东讨，遂随后主入宋，历左散骑常侍。

第十五节　蜀韦庄　冯延巳　南唐二主

五代诗词，以蜀与南唐为最盛。南唐诸词，往往见于《尊前集》，有二卷，不著编者名氏。蜀有赵崇祚，编《花间集》十卷，著录词人，自中唐以迄五代，而蜀士为多，有韦庄、牛峤、毛文锡、牛希济、薛昭蕴、顾敻、魏承运、毛熙震、李珣、欧阳炯、孙光宪等，当推韦庄为弁冕。

韦庄，字端己，杜陵人。乾宁元年，第进士；以中原多故，依蜀王建，掌书记；及建僭号，遂以为平章事。其词似直而纡，似达而郁，最为词中胜境。如《女冠子》曰：

　　四月十七，正是去年今日，别君时。忍泪佯低面，含羞半敛眉。　　不知魂已断，空有梦相随。除却天边月，没人知。

　　昨夜夜半，枕上分明梦见，语多时。依旧桃花面，频低柳叶眉。　　半羞还半喜，欲去又依依。觉来知是梦，不胜悲。

又如《菩萨蛮》曰：

　　劝君今夜须沉醉，尊前莫话明朝事。珍重主人心，酒深情亦深。　　须愁春漏短，莫诉金杯满。遇酒且呵呵，人生能几何。

又如《谒金门》曰：

　　空相忆，无计得传消息。天上嫦娥人不识，寄书何处觅？新睡觉来无力，不忍把君书迹。满院落花春寂寂，断肠芳草碧。

南唐诸主多善为词，而后主尤工。词之有后主，犹诗之有杜，文之有韩；宋初词家，靡不祖述。五代文学之馨烈所扇，有开必先者，莫如词；而后主，则词家之宗也。

南唐自先主李昪以徐温养子，柄政而受吴禅，重开唐祚。嗣主李璟，足有才藻，有《浣溪沙》一词，《摊破浣溪沙》两词，为世所诵。其《摊破浣溪沙》第一词曰：

　　菡萏香销翠叶残，西风愁起绿波间。还与韶光共憔悴，不堪看。　　细雨梦回鸡塞远,小楼吹彻玉笙寒。多少泪珠何限恨,倚阑干。

沉以抒郁,凄咽欲绝,尤妙在"还与韶光共憔悴,不堪看"。沉之至,郁之至。词境要深静,词笔贵沉郁;惟沉斯深,惟郁乃静。所谓郁者,意在笔先,神余言外,以香草美人之思,寓体物写志之感。凡世态之炎凉,国事之艰虞,皆可于一草一木发之;而发之必若隐若见,欲露不露,反复缠绵,终不一语道破,令人会之于意象之表,此其所以为沉,此其所以为郁也。

南唐后主李煜词华足以承家,而庙谟未能经国。淫情艳思,恣意欢娱;如《一斛珠》曰:

晚妆初过,沉檀轻注些儿个。向人微露丁香颗。一曲清歌,暂引樱桃破。　　罗袖裛残殷色可,杯深旋被香醪涴,绣床斜凭娇无那。烂嚼红茸,笑向檀郎唾。

又如《菩萨蛮》曰:

花明月暗笼轻雾,今宵好向郎边去。铲袜步香阶,手提金缕鞋。　　画堂南畔见,一晌偎人颤。奴为出来难,教郎恣意怜。

铜簧韵脆锵寒竹,新声慢奏移纤玉。眼色暗相钩,秋波横欲流。　　雨云深绣户,来便谐衷素。宴罢又成空,梦迷春睡中。

盖为昭惠后之妹作也。昭惠感疾,其妹入视,因留幸,故有"教君恣意怜"、"来便谐衷素"之语,声传外庭。昭惠既薨,遂册为后,备礼而已。志不出于淫荡,词何能以沉郁。昔贤以香草美人,寄其君国之思;后主以香草美人,恣为慆淫之乐,亡也忽焉,固其宜也。及为宋俘以抵汴京,封违命侯,怆怀家国,而又噤不敢发,一托之词,乃臻沉郁顿挫之境矣。如《浪淘沙》曰:

帘外雨潺潺,春意阑珊。罗衾不耐五更寒。梦里不知身是客,一晌贪欢。　独自莫凭阑,无限江山。别时容易见时难。流水落花春去也,天上人间。

又如《虞美人》曰:

春花秋月何时了,往事知多少?小楼昨夜又东风,故国不堪回首月明中。　雕阑玉砌应犹在,只是朱颜改。问君能有几多愁?恰似一江春水向东流。

语多呜咽,诚有不堪回首者已。

广陵冯延巳,字正中,事嗣主、后主,累官中书侍郎门下平章事。嗣主尝戏延巳曰:"吹皱一池春水,干卿底事?"延巳曰:"未如陛下小楼吹彻玉笙寒!"嗣主悦。盖一池春水,为延巳谒《金门词语》也。其全篇曰:

风乍起,吹皱一池春水。闲引鸳鸯芳径里,手挼红杏蕊。　斗鸭阑干独倚,碧玉搔头斜坠。终日望君君不至。举头闻鹊喜。

又《归国谣》曰:

何处笛?深夜梦回情脉脉,竹风檐雨寒窗隔。　离人几岁无消息。今头白,不眠特地重相忆。

又《点绛唇》曰:

荫绿围红,梦琼家在桃源住。画桥当路临水开朱户。　春径深深,行到关情处。颦不语,意凭风絮吹向郎边去。

又《薄命妾》曰:

春日宴,绿酒一杯歌一遍,再拜陈三愿:一愿郎君千岁。二愿妾身长健。三愿如同梁上燕,岁岁长相见。

其词极沉郁之致,顿挫之妙,能以怨悱出忠厚,含疏俊于绵丽。宋初词家,得其绵丽者,晏殊也;得其疏俊者,欧阳修也。宋初诸家言词,靡不祖述二主,宪章延巳,譬之欧苏曾王之文,皆出昌黎。南唐君臣,其词多浓艳而隐秀,罕有清空辨折,以机利胜;盖温庭筠以来,一脉相承如此也。独韦庄运笔空灵,意婉辞直,遂变温氏面目,而宋词苏轼之滥觞也。